GROTESCAS

NATSUO KIRINO

GROTESCAS

Tradução de Alexandre d'Elia

Tradução do japonês para o inglês
Rebecca Copeland

Título original
グロテスク
© Natsuo Kirino 2003

Grotesque © 2007 by Natsuo Kirino

http://www.kirino-natsuo.com

Esta é uma obra de ficção. Nomes, personagens, lugares e incidentes são produtos da imaginação da autora ou foram usados de forma fictícia. Qualquer semelhança com pessoas reais, vivas ou não, acontecimentos ou localidades é mera coincidência.

Direitos para a língua portuguesa reservados
com exclusividade para o Brasil à
EDITORA ROCCO LTDA.
Avenida Presidente Wilson, 231 – 8º andar
20030-021 – Rio de Janeiro – RJ
Tel.: (21) 3525-2000 – Fax: (21) 3525-2001
rocco@rocco.com.br
www.rocco.com.br

Printed in Brazil/Impresso no Brasil

preparação de originais
MAIRA PARULA

CIP-Brasil. Catalogação na fonte.
Sindicato Nacional dos Editores de Livros, RJ.

K65g	Kirino, Natsuo, 1951- Grotescas / Natsuo Kirino; tradução de Alexandre d'Elia. – Rio de Janeiro: Rocco, 2010. Tradução de: Grotesque Tradução da versão em inglês. ISBN 978-85-325-2613-7 1. Grotesco – Ficção. 2. Romance japonês. I. D'Elia, Alexandre. II. Título.
10-5324	CDD–895.63 CDU–821.521-3

Sumário

UM Um diagrama de crianças fantasmas 7
DOIS Um cacho de sementes nuas 53
TRÊS Uma prostituta nata: o diário de Yuriko 136
QUATRO Mundo sem amor 195
CINCO Meus crimes: o depoimento
  por escrito de Zhang 262
SEIS Fermentação e decomposição 355
SETE Jizō do desejo: os diários de Kazue 422
OITO Sons de cachoeira a distância:
  o último capítulo 565

SOBRE A MOEDA
Calculados à base de 120 ienes para um dólar, as quantias monetárias apresentadas neste livro seguem as seguintes conversões:

1 mil ienes = 8 dólares
5 mil ienes = 40 dólares
10 mil ienes = 80 dólares
50 mil ienes = 400 dólares
100 mil ienes = 800 dólares
1 milhão de ienes = 8 mil dólares
10 milhões de ienes = 80 mil dólares

✦ U M ✦

Um diagrama
de crianças fantasmas

1

Sempre que conheço um homem começo a imaginar como seria a aparência de nosso filho caso fizéssemos um. É praticamente minha segunda natureza. Seja ele bonito ou feio, velho ou jovem, um retrato de nosso filho pisca em cores vivas em minha mente. Meus cabelos são castanho-claros bem finos, e se os dele forem bem pretos e com fios grossos, eu prevejo que os cabelos de nosso filho terão textura e cor perfeitas. Não terão? Eu sempre começo imaginando os melhores cenários possíveis para essas crianças, mas não demora muito e já começo a ter visões horrendas vindas do lado oposto do espectro.

E se suas sobrancelhas tortas fossem grudadas logo acima de meus olhos dotados de distintas pálpebras duplas? E se suas enormes narinas fossem encaixadas na ponta de meu delicado nariz? Seus joelhos ossudos em minhas pernas robustamente curvas, suas unhas achatadas em meus pés acentuadamente arqueados? E enquanto isso vai passando em minha mente, eu estou abrindo buracos no homem com meus olhos, de modo que é evidente que ele vai achar que eu estou a fim dele. Não saberia dizer aqui quantas vezes esses encontros acabaram em constrangedores mal-entendidos. Mas ainda assim, no fim minha curiosidade sempre me vence.

Quando um espermatozoide e um óvulo se unem, eles criam uma célula inteiramente nova, e então uma nova vida se inicia. Esses novos seres entram no mundo em todos os formatos e tamanhos. Mas e se, no momento em que o espermatozoide e o óvulo se unem, eles estão cheios de inimizade um para com o outro? Será que a criatura que eles produzem não será contrária à expectativa e, como resultado disso, anormal? Por outro lado, se eles têm uma grande afinidade um pelo outro, a cria dos dois será ainda mais esplêndida do que eles próprios. Disso não resta a menor dúvida. No entanto, quem poderia saber que tipo de intenções um espermatozoide e um óvulo abrigam ao se encontrarem?

É em momentos assim que o diagrama de meus filhos hipotéticos surge em minha mente. Todo mundo conhece essa espécie de diagrama: o tipo que se encontra nos livros de biologia ou de ciências. Vocês se lembram deles, não lembram? O tipo de diagrama que reconstrói as formas e as características hipotéticas de uma criatura extinta com base em fósseis descobertos no fundo da terra. Quase sempre esses diagramas incluem ilustrações coloridas de plantas e animais, ou no mar ou no céu. Na verdade, desde pequena eu morro de medo dessas ilustrações porque elas fazem com que o imaginário pareça real. Eu odiava tanto abrir aqueles livros que virou um hábito para mim procurar primeiro a página onde se encontravam esses diagramas para examiná-los. Talvez isso seja a prova de que nós somos atraídos pelo que nos assusta.

Ainda consigo me lembrar da recriação que o artista fez da fauna de Burgess Shale. Derivado dos fósseis do período cambriano descobertos nas Montanhas Rochosas do Canadá, o diagrama é cheio das mais ridículas criaturas nadando no mar. A *Hallicigenia* rasteja pelo sedimento que reveste o fundo do oceano, tantos esporões saindo de seu dorso que se pode até confundir a criatura com uma escova; e depois também tem a *Opabinia* de cinco olhos se enroscando e se contorcendo em meio às rochas e rochedos. A *Anomalocaris*, com seus gigantescos membros dianteiros em forma de gancho, rasteja no fundo dos mares escuros à procura de alguma presa. Meu próprio diagrama fantasioso é parecido com esse. Ele mostra crianças nadando na água – as crianças bizarras que eu produzi em minhas uniões fantasmas com homens.

Por alguma razão eu nunca penso no ato que homens e mulheres realizam para produzir essas crianças. Quando eu era jovem, minhas colegas de turma gozavam dos garotos de que não gostavam dizendo coisas como: "Só de pensar em tocá-lo minha pele começa a coçar!" Mas eu nunca pensava nisso. Eu pulava a parte do ato sexual e ia direto às crianças e à aparência que teriam. Talvez vocês possam dizer que eu sou um tanto estranha nesse aspecto! Se vocês olharem atentamente vão reparar que eu sou "metade" japonesa. Meu pai é suíço e descendente de poloneses. Dizem que o avô dele foi um ministro que se mudou para a Suíça para escapar dos nazistas e acabou morrendo por lá. Meu pai trabalhava no ramo do comércio, importador de doces ocidentais. Sua linha de trabalho pode até impressionar, mas na verdade os produtos que ele importava eram chocolates e biscoitos de má qualidade, nada mais do que guloseimas baratas. Ele pode ter ficado conhecido por esses doces de estilo ocidental, mas quando eu era criança ele nunca me deixou provar nenhum de seus produtos.

Nós vivíamos de modo bastante frugal. Nossa comida, nossas roupas e até mesmo o meu material escolar, tudo isso era feito no Japão. Quando criança, eu não estudei em uma escola internacional, mas sim em escolas públicas japonesas. Minha mesada era estritamente supervisionada, e mesmo o dinheiro reservado às despesas domésticas estava bem aquém do que minha mãe considerava adequado.

Não foi exatamente uma decisão de meu pai passar o resto de sua vida no Japão comigo e com minha mãe. Ele simplesmente era pão-duro demais para agir de outra forma. Ele se recusava a gastar um único centavo desnecessariamente. E ele, é claro, era a única pessoa que determinava o que era e o que não era necessário.

Para provar meu argumento, meu pai mantinha uma cabana na montanha na província de Gunma onde ele passava os finais de semana. Ele gostava de pescar e de simplesmente ficar de pernas para o ar quando estava lá. Nos jantares era costume nosso comer bigos, preparado exatamente como era do agrado dele. Bigos é um ensopado muito apreciado no interior da Polônia preparado com chucrute, legumes e carne. Minha mãe japonesa odiava ter de preparar o prato, nenhuma dúvida quanto a isso. Quando os negócios de meu pai deram para trás e ele levou a família de volta para a Suíça, eu ouvi falar que minha mãe fazia arroz branco japonês todas as noites e meu pai reclamava sempre que ela se sentava à mesa. Eu fiquei no Japão por conta própria, de modo que não tenho certeza se era assim mesmo, mas desconfio que isso deve ter sido minha mãe se vingando de meu pai por conta dos bigos – ou, pensando bem, por causa do egoísmo e da avareza dele.

Minha mãe me disse que trabalhou um tempo na empresa de meu pai. Eu costumava me entregar a visões românticas de um amor terno florescendo entre o jovem estrangeiro proprietário de uma pequena empresa e a garota japonesa que trabalhava para ele. Mas, na verdade, a história é que minha mãe fora casada antes e, como a coisa não deu certo, ela resolveu voltar para casa na província de Ibaraki. Ela trabalhou como empregada na casa de meu pai e foi assim que eles se conheceram.

Eu uma vez quis pedir ao pai de minha mãe que me desse mais detalhes, mas agora é tarde demais. Ele está senil e se esqueceu de tudo. Na cabeça de meu avô, minha mãe ainda está viva e continua sendo uma garota bonitinha que frequenta a escola; meu pai, minha irmã mais nova e eu nem mesmo existimos.

Meu pai é caucasiano, e suponho que pudéssemos descrevê-lo como de constituição física pequena. Ele não é particularmente atraente, mas também não é feio. Um japonês que conhecesse meu pai teria muita dificuldade para encontrá-lo numa rua da Europa, isso é certo. Assim como todos os "orientais" parecem idênticos para os brancos, para um oriental meu pai não passava de um típico homem branco.

Será que devo descrever suas características? Sua pele é branca com um tom avermelhado. Seus olhos são notáveis pela tonalidade azulada ligeiramente esmaecida e triste. Num lampejo eles podem brilhar com uma intensidade cruel. Do ponto de vista físico, sua característica mais atraente são os vívidos cabelos castanhos dotados de um resplandecente brilho dourado. Agora eles ficaram brancos, eu acho, e devem estar rareando no cocuruto. Ele sempre usa ternos em tom escuro para trabalhar. Se alguma vez vocês virem um homem branco de meia-idade vestindo uma capa de chuva bege abotoada até o pescoço no fim do inverno, esse é o meu pai.

O japonês de meu pai é bom o suficiente para uma conversa comum, e houve um tempo em que ele amou minha mãe japonesa. Quando eu era pequena, ele sempre dizia: "Quando papai veio pro Japão ele planejava voltar para casa o mais cedo possível. Mas foi atingido por um raio que o deixou paralisado e incapaz de voltar. Esse raio era sua mãe, sabia?"

Eu acho que isso é verdade. Bem, eu acho que isso *foi* verdade. Meu pai e minha mãe alimentaram a mim e a minha irmã com uma dieta de sonhos românticos como se estivessem nos dando doces. Aos poucos, os sonhos começaram a esmorecer, até que no final desapareceram por completo. Vou contar essa história em seu devido tempo.

A maneira como eu via minha mãe quando eu era pequena e a maneira como a vejo agora são completamente diferentes. Quando era pequena, eu estava convencida de que não existia mulher mais bela do que ela em todo o mundo. Agora que cresci, percebo que minha mãe tinha uma aparência apenas comum, e particularmente pouco atraente até mesmo para um japonês. Sua cabeça era grande e as pernas, curtas; o rosto era achatado e o corpo sem atrativos. Seus olhos e nariz enchiam demais o rosto, ela era dentuça e possuía uma personalidade fraca. Ela cedia em tudo a meu pai.

Meu pai controlava minha mãe. Se alguma vez minha mãe retrucasse, ele respondia agressivamente com uma saraivada de palavras. Mamãe não era esperta; na verdade, era uma fracassada nata. Hein? Vocês acham que estou sendo crítica demais? Isso nem me ocorreu. Por que será que sou tão impiedosa em relação a minha mãe? Vamos deixar essa pergunta de lado, por enquanto, está bem?

Eu quero falar mesmo é de minha irmã. Eu tinha uma irmã um ano mais nova do que eu. Seu nome era Yuriko. Não faço a menor ideia de qual seria a melhor maneira de descrevê-la, mas se eu tivesse que escolher uma palavra, seria *monstro*. Ela era aterrorizantemente bonita. Vocês podem duvidar que uma pessoa possa ser tão bonita a ponto de ser monstruosa. Ser bonita é muito melhor do que ser feia, afinal de contas – pelo menos esse é o consenso geral. Eu gostaria que as pessoas que sustentam esse tipo de opinião dessem uma olhadinha rápida em Yuriko.

As pessoas que viam Yuriko ficavam a princípio irresistivelmente atraídas por sua esplendorosa beleza. Mas aos poucos aquela beleza absoluta começava a ficar cansativa, e em pouco tempo todos achavam a mera presença dela – com seus traços perfeitos – irritante. Se vocês acham que estou exagerando, da próxima vez eu trago uma foto. Eu senti a mesma coisa em relação a ela a vida inteira, mesmo sendo sua irmã mais velha. Não tenho dúvida nenhuma que vocês concordarão comigo.

Às vezes um pensamento me vem à cabeça: será que minha mãe não morreu porque deu à luz o monstro Yuriko? O que poderia ser mais assustador do que duas pessoas de aparência comum tendo uma filha cuja beleza é inimaginável? Existe um conto tradicional japonês sobre um milhafre que um dia pariu um gavião. Mas Yuriko não era nenhum gavião. Ela não possuía a coragem nem a sabedoria que o gavião simboliza. Ela não era particularmente astuta e tampouco má. Ela simplesmente possuía um rosto diabolicamente belo. E este fato em si por certo preocupava demais minha mãe, ainda mais porque seus traços asiáticos não tinham nada de especial. Sim, é isso aí, a coisa também me irritava.

Para o bem ou para o mal, minha aparência é tal que qualquer um pode dizer que eu tenho sangue asiático só de olhar para mim. De repente é por isso que as pessoas gostam do meu rosto. É estrangeiro o suficiente para os japoneses acharem interessante e "oriental" o suficiente para encantar os ocidentais. Ou pelo menos é isso o que eu digo para mim mesma. As pessoas são engraçadas. Rostos que são imperfeitos são considerados como dotados de personalidade e um charme humano. Mas o rosto de Yuriko inspirava medo. A reação ao rosto dela era a mesma, estando ela no Japão ou no exterior. Yuriko era a criança que se destacava sempre na multidão, mesmo nós duas sendo irmãs e mesmo nós duas tendo nascido com um intervalo de um ano entre uma e outra. Não é estranho como os genes são transmitidos tão ao acaso? Será que ela era apenas uma mutação? De repente é por isso que eu imagino os meus próprios filhos hipotéticos sempre que olho para um homem.

Vocês talvez já saibam disso, mas Yuriko morreu cerca de dois anos atrás. Ela foi assassinada. Seu corpo foi encontrado parcialmente despido em um apartamento barato na área de Shinjuku em Tóquio. Eles não sabiam quem era o assassino, a princípio. Meu pai não ficou chateado quando ouviu a notícia, e tampouco voltou da Suíça – nem uma vez sequer. Eu sinto vergonha de dizer que à medida que a queridinha Yuriko dele envelhecia, ela começou a degradar-se com a prostituição. Ela virou uma puta de quinta categoria.

Vocês podem estar imaginando que a morte de Yuriko me deixou chocada, mas não é verdade. Eu fiquei com ódio do assassino? Não. Como meu pai, eu realmente não tinha nenhum interesse em descobrir a verdade. Yuriko foi um monstro a vida inteira; era perfeitamente natural sua morte ter sido incomum. Eu, por outro lado, sou absolutamente comum. A trilha que ela percorreu era visivelmente diferente da minha.

Suponho que estejam achando a minha atitude arrepiante. Mas eu não acabei de explicar? Ela era uma criança predestinada desde o início a ser diferente. A sorte pode brilhar intensamente numa mulher assim, mas a sombra que lança é enorme e escura. Era inevitável que infortúnios surgissem em algum momento.

Minha ex-colega de turma Kazue Satō foi assassinada menos de um ano depois da morte de Yuriko. Morreu exatamente da mesma forma. Ela havia sido deixada num apartamento térreo em Maruyama-chō, distrito de Shibuya, suas roupas em desalinho. Eles disseram que em ambos os casos mais de dez dias haviam se passado antes de os corpos serem encontrados. Eu não quero nem imaginar o estado em que se encontravam quando foram achados.

Eu ouvira falar que Kazue trabalhava para uma empresa idônea no período do dia, mas à noite era prostituta. Fofocas e insinuações circularam semanas e semanas após o incidente. Se eu fiquei horrorizada quando a polícia anunciou que o culpado de ambos os crimes era o mesmo? Bem, para ser franca, a morte de Kazue foi bem mais chocante para mim do que a de Yuriko. Ela e eu havíamos sido colegas de turma. E, além disso, Kazue não era bonita. Não era bela, e no entanto morreu exatamente da mesma maneira que Yuriko. Algo imperdoável.

Suponho que vocês poderiam dizer que eu fui o fio condutor que levou Kazue a Yuriko e proporcionou o longo convívio das duas e que, portanto, em última análise, eu contribuí para sua morte. Talvez a má sorte de Yuriko tenha, de alguma forma, se insinuado na vida de Kazue. Por que eu acredito nisso? Não sei. Só sei que acredito.

Eu sabia algumas coisas sobre Kazue. No ensino médio fomos colegas de turma no mesmo prestigioso colégio particular para moças. Naquela época, Kazue era tão magricela que parecia que seus ossos rangiam, e ela era conhecida pela forma desengonçada como se portava. Ela não era nem um pouco atraente. Mas era inteligente e tirava boas notas. Era o tipo de pessoa que de repente falava alguma coisa na frente de todo o mundo e dava um show de inteligência só porque queria atrair a atenção das pessoas. Ela era orgulhosa e tinha de ser a melhor em tudo o que fazia. Tinha plena consciência de que não era nem um pouco atraente, então é por isso que eu acho que ela queria chamar a atenção por outras coisas. Ela me passava uma sensação ruim – uma energia negativa tão palpável que eu sentia que podia até pegá-la com a mão. Foi essa minha sensibilidade que atraiu Kazue para o meu lado. Ela confiava em mim e começou a deixar um pouco de lado o seu jeito para conversar comigo. Ela até me convidou um dia para ir à sua casa.

Depois que nós duas seguimos para a universidade filiada ao nosso colégio, o pai de Kazue morreu inesperadamente e ela mudou. Ela passou a se dedicar aos estudos e começou a se afastar de mim. Agora, quando penso nisso, percebo que a mudança ocorreu porque ela estava mais interessada em Yuriko. Minha linda irmã, um ano mais nova do que eu, era o assunto da escola.

De qualquer maneira, parece que alguma coisa aconteceu com aquelas duas. Duas pessoas completamente opostas na aparência, na inteligência e nas circunstâncias acabarem como prostitutas e depois serem assassinadas e abandonadas pelo mesmo homem?

Quanto mais se pensa no assunto menos provável parece que uma história tão bizarra quanto essa tenha realmente ocorrido. Os incidentes com Yuriko e Kazue mudaram irrevogavelmente a minha vida. Pessoas que eu jamais vira antes aproveitaram a onda de fofoca para meter o bedelho em assuntos meus, me bombardeando com todo tipo de perguntas invasivas sobre aquelas duas. Chateada, eu me fechei e me recusei a falar com quem quer que fosse. Mas agora minha vida pessoal finalmente se assentou. Eu comecei num novo emprego e, de repente, passei a sentir tanta vontade de falar sobre Yuriko e Kazue que mal dá para suportar. Provavelmente vou continuar falando mesmo que vocês tentem me interromper; com meu pai na Suíça e Yuriko morta eu estou completamente só. Eu sinto que preciso de alguém com quem conversar – ou talvez eu só precise pensar comigo mesma naquele estranho incidente.

Eu tenho comigo as cartas antigas de Kazue e coisas a que posso me referir, e embora haja uma grande chance de o relato levar um bom tempo para ser concluído, eu planejo prosseguir com ele até que tudo tenha sido exposto em todos os detalhes.

2

Avancemos a história por enquanto. Faz um ano que eu trabalho em meio-expediente para a Divisão de Bem-Estar Social em Tóquio. O distrito P fica localizado na parte leste da cidade. A província de Chiba fica exatamente do lado oposto do rio.

Existem quarenta e oito instalações licenciadas para creche no distrito P, e já que a maioria delas opera no limite da capacidade, há listas de espera para admissão. Meu trabalho no setor de creche da Divisão de Bem-Estar Social é ajudar a investigar os candidatos nas listas de espera. "Essa família realmente precisa mandar seu filho para a creche?" É esse tipo de pergunta que eu tenho de responder com minhas investigações.

Existe um sem-número de mães inacreditáveis neste mundo em que vivemos. Se existem aquelas que não têm nenhum escrúpulo em deixar seus filhos aos cuidados da creche só porque querem sair e se divertir, existem também aquelas que estão tão acostumadas a confiar nos outros que nem conseguem confiar em sua própria capacidade de serem boas mães. Este tipo de mãe prefere pedir que uma creche eduque seu filho. Existem também famílias avarentas que simplesmente não pagam as creches – mesmo aceitando pagar as mensalidades escolares – porque insistem que isso é responsabilidade do sistema público de bem-estar social. Como é possível que as mães de hoje tenham ficado tão depravadas? Essa pergunta já me causou uma considerável dose de angústia.

"Por que alguém tão atraente como você se envolve em um trabalho tão prosaico?" De tempos em tempos me fazem essa pergunta. Mas a realidade é que eu não tenho essa beleza toda. Como eu já afirmei mais de uma vez, eu sou meio europeia e meio asiática, mas mesmo assim meu rosto é bem mais asiático do que europeu, consequentemente bem menos intimidante. Eu não possuo as feições de modelo que Yuriko possuía, nem tenho aquela pose escultural. E hoje em dia eu não passo de uma mulher rechonchuda de meia-idade. No trabalho eu tenho até que usar um daqueles uniformes azul-marinho que são tudo menos elegantes! Mas mesmo assim tem sempre alguém interessado em mim, ao que parece, o que é uma chateação.

Foi mais ou menos uma semana atrás que um homem chamado Nonaka disse alguma coisa para mim. O sr. Nonaka está na faixa dos cinquenta anos e trabalha na Divisão de Saneamento. Normalmente ele fica no Edifício Um do Governo Metropolitano. Mas de vez em quando ele arruma uma desculpa para vir até o setor de creche no Anexo – que todo mundo chama de Posto Avançado – para dar umas risadas com o chefe de seção do meu departamento. Sempre que aparece, ele aproveita a oportunidade para lançar olhares furtivos na minha direção.

Eu acho que ele e o chefe jogam no mesmo time de beisebol. O chefe é um *shortstop* e o sr. Nonaka joga na segunda base, ou qualquer coisa assim. Eu não dou muita importância ao que eles fazem, só fico com raiva de ver alguém que trabalha num escritório sem nenhuma relação com o nosso aparecendo aqui durante o expediente por nenhuma outra razão além de bater papo. "O sr. Nonaka não tira os olhos de você!", diz minha colega, a sra. Mizusawa, que é oito anos mais nova do que eu. Ela começou a implicar comigo, o que me deixa ainda mais chateada.

O sr. Nonaka sempre usa um capote cinza, e tem as feições marrons e a pele seca, provavelmente por causa dos tantos cigarros que fuma. Ele tem um brilho repulsivo no olhar, e sempre que olha para mim eu sinto seus olhos pretos furando meu corpo, como se alguém estivesse pressionando um ferro em brasa na minha pele. Isso me deixa constrangida. E aí o sr. Nonaka disse: "Quando você fala, sua voz é alta, mas quando ri, sua voz é baixa. *Eee-hee-hee-hee*. É assim que você ri." E depois ele continuava dizendo coisas assim: "Você pode ser comportada e educada por fora, mas por dentro é totalmente pervertida, não é não?" – Fui pega inteiramente de surpresa. Que direito tinha aquele completo estranho de vir aqui e dizer algo assim para mim? Tenho certeza de que minha consternação ficou estampada na minha cara. O sr. Nonaka olhou na direção do chefe aparentemente confuso, e em seguida os dois saíram juntos.

– O que o sr. Nonaka disse me pareceu assédio sexual – eu reclamei mais tarde com meu chefe, e uma aparência constrangida tomou conta de seu rosto. Oh, eu sei o que está acontecendo aqui!, eu pensei. Só porque tenho sangue estrangeiro nas veias vocês acham que eu gosto mais de discutir do que as japonesas normais! Deixa essa ocidental abrir um processo, estou certa?

– Concordo que não foi apropriado dizer o que ele disse a uma colega de trabalho – disse o chefe após meditar um pouco, fazendo crer que aquilo não era motivo para preocupação. E então ele começou a remexer nos papéis em sua mesa, tentando dar a impressão de que estava fazendo alguma arrumação. Eu não queria começar uma discussão, de modo que não disse mais nada. Se tivesse dito, só teria conseguido deixá-lo zangado comigo.

Eu não trouxera almoço, então decidi ir até o restaurante do Edifício Um, uma curta caminhada de onde eu trabalhava. Eu não gosto de ficar onde as pessoas se reúnem, o que significa que raramente frequento o local. Mas o edifício é novo e tem um restaurante para os funcionários bastante aceitável. Uma tigela de ramen custa apenas 240 ienes e o prato do dia sai por 480 ienes. Tudo indicava que a comida também seria boa.

Eu estava despejando pimenta na tigela de ramen que estava em cima da bandeja quando meu chefe apareceu atrás de mim.

– Vai ficar picante demais com toda essa pimenta que você está botando! – Ele estava com o prato do dia na bandeja: peixe frito e repolho cozido. Os flocos de bonito seco salpicados no repolho pareciam lascas de metal, e o repolho me lembrou o bigos. Cenas da minha infância surgiam como um filme em minha memória: a mesa de jantar em nosso chalé na montanha – silencioso como a morte, minha mãe com a cara mais triste do mundo e meu pai comendo com apetite sem dizer uma palavra. Presa em minhas lembranças, eu devo ter demorado um minuto para responder, mas meu chefe não pareceu notar. – Vamos sentar juntos? – perguntou ele, sorrindo.

Meu chefe tem 42 anos e, como joga beisebol durante o intervalo para o almoço, ele vai trabalhar todos os dias com roupas esportivas e anda de um lado para o outro no corredor com um tênis que trinca quando ele pisa. Ele é o tipo de sujeito que está constantemente preocupado com a forma física, está eternamente bronzeado e tem tanto vigor que chega a ser deprimente. Eu normalmente não me dou muito bem com homens assim, mas acabei flagrando a mim mesma novamente em meu hábito de sempre. Como seria a aparência de nosso filho se fôssemos ter um?

Se fosse uma menina, ela teria a pele clara como a minha. Seu rosto, uma mistura do queixo quadrado do chefe com meu rosto oval, teria uma forma arredondada e atraente. Ela teria o nariz ligeiramente arrebitado do chefe e meus olhos castanhos, e herdaria seus ombros caídos. Seus braços e pernas seriam robustos para uma menina, mas por conta de sua vitalidade seriam bem charmosos. Fiquei satisfeita.

Segui o chefe até a mesa. No enorme restaurante ouviam-se o vozerio dos funcionários conversando alto e o barulho dos empregados do local entrando e saindo com bandejas e outros utensílios, mas eu senti que todos estavam olhando para mim. Desde os incidentes com Yuriko e Kazue, todos sabem de tudo. Era insuportável imaginar todos olhando para mim.

O chefe me olhou fixamente.

– Sobre o que aconteceu agora há pouco – começou ele. – O sr. Nonaka não fez por mal. Ele só estava tentando ser simpático, eu acho. Se isso for assédio – ele abreviou a expressão – então metade de tudo que qualquer homem diz se classificaria como tal, não é verdade? Você não acha?

Ele estava rindo para mim. Seus dentes eram curtos, como os dos dinossauros herbívoros, ou pelo menos foi o que me veio à cabeça quando olhei para a boca dele. Eu me lembrei da ilustração referente ao Cretáceo. Nossa filha provavelmente teria dentes como aqueles. Se tivesse, a forma de sua boca seria deselegante. Seus dedos e suas juntas seriam conspicuamente grossos e, em suas mãos grandes, teriam uma aparência angular demais para uma menina. A criança que o chefe e eu teríamos era bonitinha antes, mas agora havia se transformado em algo completamente diferente. E eu estava ficando a cada minuto mais irritada.

– Assédio sexual, só para esclarecer, também inclui assassinar a personalidade de outra pessoa dessa maneira.

Meu protesto foi transmitido como uma bala de canhão, mas o chefe contrapôs em um tom comedido:

– O sr. Nonaka não estava assassinando sua personalidade. Ele simplesmente fez a observação de que sua voz é diferente quando você fala e quando você ri, só isso. Agora, está claro que não é apropriado implicar com alguém nesses termos, então eu gostaria de pedir desculpas por ele. Será que você pode esquecer o ocorrido? Por favor?

– Tudo bem.

Eu aquiesci. Achava que não havia motivo nenhum para continuar aquela discussão. Existem pessoas com discernimento e pessoas estúpidas. O chefe de seção enquadrava-se na segunda categoria.

Ele mastigou seu peixe frito com os dentes pequenos e curtos, a espessa camada da massa espalhando-se no prato com um ruído desagradável. Ele fez algumas perguntas inofensivas e nem um pouco hostis a respeito de minha carga de trabalho. Eu respondi perfunctoriamente. E então, de súbito, ele baixou a voz e disse:

– Ouvi falar sobre sua irmã mais nova. Deve ter sido horrível.

Foi isso o que ele disse, mas o que ele queria mesmo dizer era que, por causa de Yuriko, eu devia estar particularmente suscetível ao que as outras pessoas diziam ou faziam. Eu já cruzei com gente assim inúmeras vezes – o tipo de homem que acha que pode escapar de uma situação difícil fingindo saber como você está se sentindo. Com os hashis, eu empurrei para o lado as cebolas brancas que flutuavam em cima de meu ramen e fiquei calada. Cebolas fedem, por isso detesto cebolas.

– Eu não sabia nada sobre isso. Nossa, fiquei chocado! O assassino dela não foi o mesmo que foi preso por matar uma mulher que trabalhava num escritório no ano passado?

Eu olhei com raiva para o chefe. Os cantos dos seus olhos estavam virados para baixo e virtualmente pingavam de curiosidade. A criança que eu teria com o chefe se tornara agora grotesca e aterradoramente feia.

– Ainda está sendo investigado. Não há nada conclusivo.

– Eu ouvi falar que ela era sua amiga. É isso mesmo?

– Ex-colega de turma. – Será que Kazue e eu havíamos sido alguma vez amigas? Eu teria de pensar mais sobre isso.

– Eu estou realmente interessado no caso da funcionária assassinada, como eles se referem ao caso. Desconfio que muita gente já comentou com você. A história deixa a gente confusa. O que a levaria a fazer algo assim tão chocante? Como ela podia ter impulsos tão sombrios? Enfim, ela não era por acaso uma mulher que tinha uma carreira e estava empregada numa das mais importantes empresas de construção civil de Otemachi? E ainda por cima era formada pela Universidade Q. Por que uma profissional tão bem graduada se meteria com prostituição? Você deve saber alguma coisa sobre isso.

Então era isso! Yuriko já havia sido esquecida. Se uma mulher que é bonita, mas não possui nenhum outro valor compensatório, vende o corpo até envelhecer, ninguém acha estranho. Mas a entrada de Kazue no mundo da prostituição deixou todo mundo com os miolos em polvorosa tentando entender o porquê. Uma funcionária de carreira de dia, uma prostituta de noite. Por toda parte viam-se homens analisando o caso na tentativa de destrinchar a história. O fato de o meu chefe explicitar daquela maneira sua curiosidade me pareceu particularmente ofensivo. Ele deve ter notado minha expressão porque começou a gaguejar um pedido de desculpa.

– Ah, me desculpe. Eu estou sendo indelicado. – E então acrescentou a título de piada: – Não é assédio! Por favor, não fique aborrecida!

Nossa conversa mudou de rumo e passou a ter como foco seus jogos de beisebol aos domingos. Quando ele me convidou a aparecer um dia para vê-lo jogar, eu assenti com a cabeça apropriadamente e terminei de comer o ramen, fazendo todo o esforço do mundo para parecer indiferente. Finalmente, compreendi. O sr. Nonaka não estava interessado em mim. Ele estava interessado no escândalo Yuriko-Kazue. Onde quer que eu vá esses escândalos me perseguem.

E justamente quando eu imaginava que havia encontrado finalmente um emprego que valia a pena! Eu estava cansada dessa preocupante cadeia de eventos em meu local de trabalho, mas não estava com vontade de pedir demissão. Não era só o emprego. Era também o fato de que um ano inteiro havia se passado desde que eu começara a trabalhar lá, e eu estava achando confortável a regularidade das horas.

Depois de concluir a universidade e antes de conseguir o emprego na Divisão de Bem-Estar Social, eu fiz todo tipo de coisas. Trabalhei durante um tempo numa loja de conveniências e fui vendedora porta a porta de assinaturas de um guia de estudo mensal. Casamento? Não. Nunca pensei nisso. Eu realmente sinto orgulho de ser uma mulher livre de meia-idade, sem compromisso e com um emprego de meio-expediente.

Naquela noite, antes de ir para a cama, eu fantasiei acerca do filho que teria com o sr. Nonaka. Fiz até um desenho dele no verso de uma folheto de propaganda. A criança era um menino com pele bem seca. Tinha os lábios gorduchos e tagarelas do sr. Nonaka e pernas curtas e atarracadas que o faziam cambalear ao andar. Do meu lado ele herdou os dentes muito grandes e brancos e as orelhas adelgaçadas. Fiquei satisfeita ao ver que as feições do menino lhe haviam dado um ar demoníaco. E então pensei no que o sr. Nonaka me havia dito. "Quando você fala, sua voz é alta, mas quando ri sua voz é baixa. *Eee-hee-hee-hee*. É assim que você ri."

A observação dele tinha me chocado; eu jamais prestara atenção na minha própria voz quando ria. E então eu tentei rir ali sozinha. Provavelmente não será surpresa nenhuma o fato de o riso que eu dei nessas circunstâncias parecer tudo menos natural. Fiquei imaginando de qual de meus pais eu herdara aquele riso. Mas eu não tenho nenhuma lembrança de ao menos uma vez na vida ter presenciado meus pais rirem, de modo que não há como julgar. O motivo é que os dois nunca foram muito de rir mesmo. Yuriko também jamais ergueu a voz para dar uma risada. Ela simplesmente sorria misteriosamente, talvez porque soubesse que o sorriso acentuaria mais ainda sua beleza. Que família estranha! Repentinamente os acontecimentos de um dia de inverno retornaram numa enxurrada.

3

Vejamos. Hoje eu tenho 39 anos, então isso deve ter ocorrido 27 anos atrás. Nós passamos as férias de Ano-Novo em nossa cabana na montanha em Gunma; eu acho que deveria chamar o local de "chalé de veraneio". Era uma casa simples e nada mais, nem um pouco diferente das casas de fazenda que ficavam nas cercanias, mas meu pai e minha mãe sempre se referiam a ela como nossa cabana na montanha, então eu também me referia a ela dessa forma.

GROTESCAS

Quando eu era pequena, eu mal podia esperar por nossos fins de semana na cabana. Mas assim que comecei a sétima série no colégio a coisa ficou difícil. Eu odiava a maneira como as pessoas de lá faziam um estardalhaço danado por causa de mim, de minha irmã e de minha família, comparando sigilosamente uma com a outra. Isso se dava principalmente com os fazendeiros locais. Mesmo assim, como eu não podia ficar em Tóquio sozinha durante as férias de Ano-Novo, então lá ia eu para Gunma – contrariada – no carro dirigido por meu pai. Eu estava na sétima série; Yuriko na sexta.

Nossa cabana ficava num pequeno enclave com mais ou menos vinte casas de tamanhos e estilos variáveis reunidas ao pé do monte Asama. Com exceção de um terço de famílias japonesas, quase todas as casas tinham como proprietários empresários estrangeiros que tinham esposas japonesas. Embora aquilo não fosse lei, era como se o povo japonês não tivesse permissão para ter casas ali. Em resumo, o local era uma aldeia onde homens ocidentais casados com mulheres japonesas podiam escapar de suas asfixiantes empresas e passar uma temporada para recuperar o fôlego. Devia haver outras crianças inter-raciais como minha irmã e eu, mas das duas uma: ou elas já eram crescidas ou não moravam no Japão, porque nós raramente víamos pessoas jovens por lá. Naquele Ano-Novo nós éramos as únicas crianças, como de costume.

Na véspera de Ano-Novo minha família e eu fomos esquiar em uma montanha próxima. No caminho de volta demos uma parada numa fonte termal com piscinas externas. Como sempre, a ideia havia sido de meu pai. Ele parecia sentir prazer em surpreender as pessoas com sua presença estrangeira.

A piscina externa fora construída ao lado do rio. A parte do meio era para banhos mistos, mas havia piscinas dos dois lados separadas para homens e mulheres. O lado das mulheres era cercado por uma cerca de bambu, de modo que não dava para ver de fora. Assim que começamos a tirar nossas roupas no vestiário, eu comecei a ouvir os murmúrios.

– Olha só aquela menina.
– Nossa, ela parece uma bonequinha!

No vestiário, no caminho para a piscina, e até mesmo no meio do vapor das águas, as mulheres cochichavam entre si. Mulheres mais velhas olhavam diretamente para Yuriko sem o menor constrangimento, e as mais jovens não faziam nenhuma tentativa de esconder o choque em seus rostos enquanto cutucavam umas as outras com os cotovelos. Crianças também se aproximavam para olhar mais de perto, boquiabertas diante de Yuriko nua. Sempre foi assim.

Desde que era bebê, Yuriko sempre foi acostumada a receber olhares cobiçosos de estranhos. Ela ficava nua sem a menor hesitação. Seu corpo ainda não se desenvolvera, e mantinha o aspecto infantil, sem nenhuma sugestão de seios. Mas mesmo assim, com seu rostinho pequenino e suas feições claras, ela era igualzinha a uma boneca Barbie. Para mim ela parecia estar usando uma máscara.

Eu havia planejado tirar a roupa, dobrá-la cuidadosamente e depois andar pela passagem estreita em direção à piscina a céu aberto enquanto todos estavam com o olhar fixo em Yuriko.

– Ela é sua filha? – falou subitamente uma senhora sentada numa cadeira dirigindo-se a minha mãe. Ela devia ter ficado mergulhada um bom tempo nas águas quentes da piscina porque parecia estar sentindo calor, abanando a carne rosada com a toalha úmida.

As mãos de mamãe pararam no ar, já que ela estava tirando a roupa.

– Seu marido é estrangeiro? – perguntou a mulher, agora olhando de relance para mim. Eu baixei meus olhos e não disse nada. Tirar a calcinha agora parecia uma ideia desconcertante. Eu não era a Yuriko. Eu estava enjoada e cansada de ser objeto de olhares curiosos. Se eu estivesse sozinha minha presença não seria tão óbvia. Mas graças ao fato de eu estar ali com o monstro Yuriko, eu não tinha como passar despercebida. A mulher continuava insistindo com a pergunta.

– Então, acho que seu marido não é japonês, estou certa?

– Está certa, sim.

– Bem, isso explica tudo! Eu nunca vi uma menina tão linda!

– Obrigada. – Uma onda de orgulho cintilou no rosto de minha mãe.

– Mas deve ser esquisito ter uma filha que não se parece nem um pouco com você.

A mulher murmurou aquilo de modo casual, como se estivesse falando sozinha. O rosto de mamãe caiu por terra.

– Corra – disse ela para mim, e me deu um empurrãozinho. Quando eu vi como seu rosto havia endurecido, eu percebi que as palavras da mulher haviam atingido o alvo.

Do lado de fora, já era noite e as estrelas haviam surgido. O ar ficara frio. Uma nuvem de vapor branco pairava sobre a piscina. Eu não conseguia enxergar o fundo da piscina; a atmosfera era fantasmagórica, parecia uma fonte escura. Havia alguma coisa brilhante e branca no meio.

Yuriko estava flutuando de costas na água quente, olhando para o céu. Mulheres e crianças, submersas na água até os ombros, estavam em volta dela olhando-a fixamente sem dizer uma palavra. Eu olhei para o rosto de Yuriko e fiquei horrorizada. Eu nunca a vira tão bonita. Ela parecia quase uma deusa. Era a primeira vez na vida que eu tinha uma experiência como aquela. Ela parecia mais uma efígie do que um ser humano, bonita demais para ser uma criatura deste mundo.

Mamãe chamou:
– Yuriko, querida?
– Mamãe?

A voz límpida de Yuriko soou por cima da água, e os olhos que antes estavam fixos nela voltaram-se subitamente para mim e para minha mãe. Eles retornaram mais uma vez para Yuriko e então giraram de volta para mim: olhos que estavam ocupados em fazer comparações, transbordando de curiosidade. Eu sabia que não demoraria muito para elas determinarem qual de nós era a superior e qual de nós era a inferior. Yuriko queria que aqueles que estavam ao redor dela vissem que ela não tinha nenhuma semelhança com sua mãe e com sua irmã mais velha, e foi por isso que ela respondeu prontamente ao chamado da mãe. Assim era a minha irmã mais nova. Sim, vocês estão certos. Eu nunca senti nenhum amor por Yuriko. E minha mãe sem dúvida nenhuma era obrigada a lutar regularmente com a "sensação esquisita" que a mulher rosada acabara de mencionar.

Olhei fixamente para o rosto de Yuriko. Seus cabelos castanhos grudavam-se à testa excepcionalmente alva. Suas sobrancelhas eram arqueadas. E seus grandes olhos eram levemente oblíquos e voltados para baixo. Embora fosse uma criança, seu nariz era reto e esculpido à perfeição. Seus lábios eram grossos como os de uma boneca. Mesmo entre crianças inter-raciais, um rosto com uma proporção tão perfeita quanto o de Yuriko era difícil de se encontrar.

Meus olhos, por outro lado, eram voltados para cima e meu nariz era aquilino como o de meu pai. E ainda por cima, meu corpo era quadrado e gorducho como o de minha mãe. Por que nós éramos tão diferentes? Eu não concebia como Yuriko havia conseguido herdar um rosto que era tão superior aos rostos de ambos os pais. Eu procurava loucamente algum traço deles nas feições dela, mas por mais que me esforçasse em examiná-la, eu só conseguia concluir que ela devia ser algum tipo de mutação.

Yuriko virou-se para olhar para mim. Estranhamente, a beleza que antes fora tão incrível que chegara a parecer divina agora desaparecera subitamente. Sem pensar, dei um berro.

Sobressaltada, minha mãe virou-se na minha direção.

– O que houve?

– Mamãe, o rosto de Yuriko é horripilante!

De repente eu reparei o que havia acontecido: os olhos de Yuriko não transmitiam nenhuma luz. Até os olhos das bonecas possuem um pontinho preto pintado no centro para sugerir alguma luz, não possuem? Consequentemente, o rosto de uma boneca é doce e encantador. No entanto, os olhos de Yuriko eram poças escuras. O motivo pelo qual ela ficara tão bonita flutuando na piscina era a luz das estrelas refletida em seus olhos.

– Isso não é jeito de falar de sua irmãzinha!

Mamãe beliscou meu braço debaixo d'água. A dor fez com que eu berrasse novamente, mais alto ainda.

– Se é isso o que você acha, você é que é horripilante! – disse ela com um nojo palpável. Mamãe estava com raiva. Ela já se tornara escrava de Yuriko. Com isso eu quero dizer que ela venerava sua bela filha. Ela era totalmente intimidada pelo fato de o destino haver lhe dado uma criança tão adorável. Se mamãe tivesse admitido para mim que Yuriko era horripilante, eu me pergunto se eu teria sido capaz de confiar nela. Mas a perspectiva de mamãe era diferente. Eu não tinha um único aliado na família. Era essa a sensação que eu tinha quando estava na sétima série.

Naquela noite houve uma grande festa de Ano-Novo no chalé dos Johnson. Normalmente, nós meninas não tínhamos permissão para participar das festas dos adultos, mas como éramos as únicas crianças em todo o condomínio da montanha naquela noite, acabamos sendo incluídas. Yuriko, meus pais e eu seguimos pela trilha escura em direção à casa dos vizinhos. Nevava um pouco. O percurso levou vários minutos, e Yuriko, que adorava festas, pulou o caminho todo, chutando alegremente a neve.

Johnson era um empresário americano, dono havia pouco tempo do chalé. Seu rosto parecia ter sido esculpido a mão, seus cabelos eram castanhos com tons dourados. Ele era o tipo de homem que ficava bem de calça jeans, como o ator Jude Law. Mas eu ouvira falar que ele tinha alguns parafusos soltos.

Por exemplo, ele pegou um machado e cortou as árvores que haviam sido recentemente plantadas em frente à janela do quarto porque, segundo ele, elas bloqueavam sua vista do monte Asama. Ele cortou alguns talos de bambus em miniatura pela raiz e os enfiou no chão onde antes ficavam as árvores sem nem mesmo se preocupar em plantá-los adequadamente. O paisagista da comunidade ficou furioso. Johnson, é claro, achou o máximo o jeito como os bambus ficaram. Eu me lembro de ter ouvido meu pai zombar: "Deixa o americano ficar satisfeito com soluções de curto parazo!"

A mulher de Johnson era uma japonesa que atendia pelo nome de Masami. Parece que ela conheceu Johnson quando trabalhava como comissária de bordo. Ela era uma pessoa vibrante e bonita e que ainda achava tempo para ser simpática comigo e com Yuriko. Ela nunca estava sem sua maquiagem aplicada à perfeição ou sem seu gigantesco anel de diamante, mesmo quando estava no meio das montanhas. Usava essas coisas como armaduras – comportamento que a meu ver era absolutamente esquisito.

Assim que chegamos à festa, descobri que as esposas japonesas haviam saído do salão principal, onde a festa acontecia, e estavam apertadas na diminuta cozinha, um hábito que eu achava bem peculiar. Todas se gabando de suas habilidades culinárias. Mas a impressão que dava é que elas estavam discutindo umas com as outras.

Ocasionalmente, mulheres estrangeiras visitavam uma das famílias do condomínio. Quando isso acontecia, elas se sentavam no sofá da sala de estar e conversavam elegantemente enquanto os homens brancos ficavam em pé ao redor da lareira bebendo uísque e falando em inglês. Era estranho ver cada grupo formando esferas tão perfeitamente separadas. Apenas uma esposa japonesa tinha o hábito de penetrar no círculo de homens sorridentes: Masami. Ela ficava ao lado de Johnson e, eventualmente, eu ouvia o trinado enjoativo de sua voz aguda cortar os monótonos murmúrios dos homens.

Assim que entramos, mamãe imediatamente se encaminhou para a cozinha, como se estivesse ansiosa para arranjar um local para se acomodar. Os homens chamaram meu pai para a lareira e deram para ele um copo com alguma bebida alcoólica. Eu não sabia o que devia fazer, então, perdida, segui a trilha de mamãe em direção à cozinha, acotovelando-me no círculo de donas de casa amontoadas ali.

Yuriko grudou-se em Johnson, apoiada em seus joelhos enquanto ele se empoleirava na frente da lareira. Ela estava dando o melhor de si para se exibir para ele. O anel de diamante de Masami cintilava à luz do fogo e lançava lampejos de luz nas bochechas de Yuriko. Foi então que eu fui arrebatada por uma fantasia desvairada. E se Yuriko não fosse realmente minha irmã? E se ela fosse na verdade filha de Masami e Johnson? Eles eram ambos tão bonitos! Não consigo explicar isso claramente, mas se fosse verdade, eu poderia aceitar Yuriko. Até mesmo sua beleza monstruosa adquiriria uma dimensão mais *humana*. O que eu quero dizer com humana? Bem, esta é uma boa pergunta. Eu acho que o que estou tentando dizer é que isso a tornaria algo comum, como se ela fosse apenas um inseto desprezível, uma verruga ou algo assim.

Mas – infelizmente – Yuriko era a cria de meus próprios pais medíocres. Será que não era por este mesmo motivo o fato de ela ter se tornado um monstro de beleza tão perfeita? Yuriko olhou de relance para mim com ar de satisfação. Não olhe para cá, seu monstrinho!, eu pensei comigo mesma. Eu estava me sentindo enjoada. Quando baixei a cabeça e suspirei, mamãe olhou para mim com seriedade. Eu a imaginei dizendo do fundo do coração, *Você não se parece nem um pouco com a Yuriko, não é?*.

De um momento para o outro, comecei a rir histericamente. Como eu não parava, todas as mulheres reunidas na cozinha se viraram para me encarar, chocadas. *Não é que eu não goste dela! É que ela não se parece comigo, não é?* Aquela reação, eu tinha certeza, era a contraposição perfeita à afirmação de minha mãe. A existência de Yuriko forçou que minha mãe e eu nos tornássemos inimigas. Eu ri ao perceber isso. (Eu não sei se o meu riso infantil era o mesmo riso baixo que o sr. Nonaka da Divisão de Saneamento descrevera ou não.)

Depois que o relógio bateu meia-noite e todos brindaram o Ano-Novo, meu pai disse que eu e Yuriko deveríamos voltar sozinhas para casa. Minha mãe ainda estava na cozinha e não demonstrou nenhum sinal de que sairia dali. Ela estava com uma aparência tão imbecilizada que eu fiquei subitamente convencida de que ela seria capaz de viver ali para sempre naquela cozinha se alguém a amarrasse ali. Eu me lembrei de uma tartaruga que nós criávamos na sala de aula quando eu estava no primário. O bicho sempre esticava suas pernas tortas na água lamacenta do tanque, erguia a cabeça e farejava o ar empoeirado de nossa sala de aula com um olhar estúpido na cara, as narinas tremendo em seu imenso nariz.

A entediante programação de virada de ano estava começando na TV enquanto eu procurava minhas botas enlameadas em meio às pilhas de sapatos que haviam sido tirados e espalhados no chão do amplo vestíbulo. Quando a neve derrete, as estradas na montanha viram lama, então até os estrangeiros seguem o costume japonês de retirar os sapatos ao entrar nas residências. Senti que minhas velhas botas vermelhas de borracha estavam frias como gelo assim que as calcei. Yuriko começou a fazer beicinho.

– Não dá para chamar nossa cabana de chalé. Aquilo lá não passa de uma tapera velha e ridícula. Eu gostaria muito de ter uma lareira como a dos Johnson. Isso sim ia ser demais.

– Por quê?

– Masami perguntou se no ano que vem a festa não podia ser em nossa casa.

– Péssima ideia. Papai é pão-duro demais.

– O Johnson ficou realmente surpreso com isso. Ele não conseguiu acreditar que a gente estudava numa escola japonesa. Por que a gente precisa viver como os japoneses se somos tão diferentes de todas as outras pessoas? É como ele diz. Todo mundo está sempre implicando comigo e me chamando de *gaijin* e perguntando se eu sei falar japonês.

– É, mas não adianta nada ficar chorando para cima de mim.

Eu abri a porta com um puxão e fui encarar a escuridão antes de Yuriko. Não sei por que eu estava com tanta raiva. O ar frio ardeu em minhas bochechas. A neve parara de cair e a madrugada estava um breu. As montanhas estavam lá, imensas, assomando sobre nós, pressionando-nos de todos os lados, mas ainda assim elas haviam se dissolvido na escuridão da noite e estavam completamente invisíveis. Apenas com a luz de uma lanterna, os olhos de Yuriko devem ter se transformado novamente naquele negrume sem fundo, eu pensei. Eu não conseguia dirigir o olhar para ela. Eu já ficava assustada só de saber que estava andando sozinha naquela escuridão ao lado de um monstro. Segurei com força a lanterna e comecei a correr.

– Espera aí! – berrou Yuriko. – Não me deixa para trás!

Por fim, Yuriko parou de gritar, mas eu estava assustada demais para me virar. Eu tinha a sensação de estar caminhando com as costas voltadas para um lago fantasmagórico de onde alguma coisa rastejava e começava a me perseguir. Zangada por ter sido deixada para trás, Yuriko estava correndo atrás de mim. Quando eu finalmente me virei, o rosto dela estava bem na minha frente. Olhei lentamente as feições brancas e perfeitas de seu rosto, ago-

ra iluminado pela luz refletida da neve. Seus olhos eram a única coisa nela que eu não conseguia enxergar. Fiquei assustada.
– Onde é que você está? – eu gritei. – Quem é você, afinal?
– Como assim?
– Você é um monstro!
Aquilo deixou Yuriko com raiva.
– Então você é um cachorro!
– Eu espero que você morra!
E com isso eu fui embora. Yuriko agarrou o capuz de meu casaco e puxou-o com tanta força que eu fui obrigada a envergar o corpo para trás. Mas eu ainda consegui empurrá-la com força. Ela era menor do que eu e eu a peguei de surpresa. Ela se soltou, se debatendo, e tombou para trás, caindo sobre um amontoado de neve ao lado da estrada.

Eu corri para casa novamente sem olhar para trás e, uma vez lá dentro, tranquei a porta. Depois de alguns minutos ouvi o som de alguém batendo pateticamente na porta, igualzinho a uma versão em desenho animado de algum conto de fada. Fingi não ouvir.
– Por favor! Abra essa porta. Está frio aqui fora. – Yuriko estava chorando. – Abra a porta! Por favor, eu estou com medo.
– É você que dá medo! Tem tudo a ver com você! – Eu corri para o meu quarto e pulei na cama. Dava para ouvir Yuriko batendo na porta com força suficiente para derrubá-la, mas eu cobri a cabeça com o cobertor. Que ela congelasse até morrer!, eu pensei. É verdade. Eu ansiava por isso no fundo do meu coração.

Caí no sono em pouco tempo para logo em seguida ser acordada pelo odor desagradável de bebida amarga. Que horas seriam?, eu imaginei. Meus pais estavam em pé na porta do meu quarto discutindo. Meu pai estava bêbado. Devido à luz atrás deles, não era possível distinguir a expressão de seus rostos. Meu pai queria me tirar da cama para me dar uma bronca, mas mamãe o impediu.
– Ela queria que a irmãzinha morresse de frio – reclamou ele.
– Não, não é verdade. Além do mais, não aconteceu nada.
– Olha, eu quero saber por que ela fez uma coisa dessa.
– Ela se sente inferior à irmã, é só isso – argumentou minha mãe em voz baixa. Ao ouvir o que ela disse, eu não pude deixar

de imaginar por que havia nascido numa família como aquela, e não pude deixar de chorar.

Vocês estão imaginando por que eu não refutei as afirmações de minha mãe, não estão? Mas talvez eu não conseguisse negar que me sentia inferior. Eu não entendia meus sentimentos naquela época. E talvez eu não quisesse admitir que odiava Yuriko de verdade. Enfim, ela era a minha irmã caçula; não era para eu amá-la? Por muito tempo eu me senti comprimida e sufocada por essa sensação de dever – uma sensação que me dizia que eu tinha de fato uma obrigação moral de amá-la.

E então o espetáculo que eu presenciei na piscina naquela noite e novamente na festa liberou-me da pressão que eu sempre sentira. Eu não conseguia mais suportar aquilo. Eu simplesmente tinha de dizer o que estava sentindo.

Na manhã seguinte não havia nenhum sinal de Yuriko. Mamãe estava lá embaixo colocando querosene no fogão, um olhar amargo no rosto. Meu pai estava sentado à mesa tomando o café da manhã, mas quando viu que eu estava me aproximando levantou-se para falar comigo, o hálito fedendo a café.

– Você disse a sua irmã que queria que ela morresse?

Como eu não respondi imediatamente, ele me deu um tapa bem forte no rosto com a palma da mão. O som do tapa foi tão profundo que deixou meus ouvidos queimando. Minha bochecha ardeu de dor. Cobri meu rosto com as duas mãos para me proteger de futuros golpes, mas eu já esperava que ele reagiria daquela maneira. Ele me batia desde que eu era pequena. Primeiro me batia e depois soltava uma torrente de insultos verbais. Com frequência as agressões eram suficientemente graves a ponto de exigir tratamento médico.

– Reflita sobre seus pecados! – ordenou ele.

Sempre que meu pai castigava mamãe, Yuriko, ou a mim mesma, ele ordenava que refletíssemos sobre nossos pecados. Ele não acreditava realmente em pedidos de desculpa.

No jardim de infância eu aprendi que quando você faz alguma coisa errada você diz: "Desculpa." E então a parte ofendida responde: "Tudo bem." Mas as coisas nunca funcionaram assim lá em casa. Essas palavras nem existiam para nós, portanto o castigo sempre evoluía para um drama. Yuriko era o monstro – então por que diabos eu é que devia "refletir sobre meus pecados"? Eu acho que minha indignação ficou visível em meu rosto, porque meu pai me bateu novamente com toda a força. Do canto do olho eu vislumbrei o perfil encolhido de minha mãe enquanto eu desabava no chão. Ela não tentou me defender. Em vez disso, fingiu se concentrar no querosene para que não derramasse uma gota sequer. Eu me levantei com dificuldade, subi a escada e me tranquei no quarto.

No fim daquela tarde um silêncio mortal tomou conta da casa. Parecia que meu pai havia saído, então eu deixei o quarto na ponta dos pés. Não vi mamãe. Aproveitando o momento, entrei na cozinha, enfiei os dedos numa panela e comi com a mão mesmo o que havia sobrado de arroz. Tirei o suco de laranja da geladeira e esvaziei o frasco. Então encontrei a vasilha com o bigos que havia sobrado do almoço do dia anterior. A gordura da carne solidificara na superfície, formando crostas brancas. Cuspi na vasilha. Meu cuspe-com-suco-de-laranja ficou grudado nos pedaços de repolho cozido em excesso.

Levantei a cabeça e ouvi o som da porta da frente se abrindo. Yuriko havia voltado. Ela estava usando o mesmo casaco que usara na noite anterior e um boné de pelo de cabra branco que eu nunca vira e que só podia pertencer a Masami. Era um pouco grande para ela e ficava bem abaixo da testa, quase cobrindo-lhe os olhos. O perfume fedorento de Masami impregnou o ambiente. Olhei novamente para os olhos de Yuriko para confirmar minha descoberta anterior. Aquela linda menina e seus olhos horripilantes. Yuriko não fez nenhuma tentativa de falar comigo antes de subir às pressas a escada. Liguei a televisão e me sentei no sofá. Eu estava assistindo a uma comédia quando Yuriko entrou na sala carregando uma mochila e seu adorado cãozinho Snoopy.

– Vou para casa dos Johnson. Eu contei a eles o que você fez e eles disseram que era perigoso demais para mim ficar aqui e que eu devia ficar com eles.

– Ótimo, assim você nunca mais vai precisar voltar para casa.

Eu fiquei aliviada. Acabou que Yuriko passou todas as férias de Ano-Novo com os Johnson. Uma vez eu cruzei com Johnson e Masami na rua. Ambos acenaram para mim e disseram "Oi", seus rostos emoldurados em sorrisos. Eu disse "Oi" de volta também com um grande sorriso. Mas por dentro eu estava pensando: Johnson, seu idiota! E que vaca estúpida você é, Masami!

Se havia algo que não me importava nem um pouco era o fato de Yuriko um dia voltar para casa. Por mim, ela podia se tornar a filhinha idiota da idiota família Johnson.

4

No ano seguinte a loja de meu pai começou a dar para trás. Não, não foi bem assim, não foi só a loja, foram todos os negócios de meu pai que começaram a dar para trás. À medida que os japoneses ficavam mais ricos também começava a crescer a demanda por doces importados de melhor qualidade, e os consumidores passaram a ignorar as guloseimas baratas que eram a especialidade de meu pai. Papai fechou a loja. Ele teve de vender tudo para honrar suas dívidas pendentes. Obviamente, ele também foi obrigado a se desfazer da cabana na montanha. Foi obrigado inclusive a vender nossa pequena casa no norte de Shinagawa, nosso carro, tudo.

Assim que fechou a loja, papai decidiu voltar para a Suíça e tentar recomeçar tudo. Seu irmão mais novo, Karl, tinha uma fábrica de malhas em Berna e precisava de ajuda para gerenciar a contabilidade, de modo que ficou decidido que nós todos nos mudaríamos para a Suíça. Essa decisão veio exatamente quando eu estava me preparando para as provas de admissão ao ensino médio. Eu estava querendo entrar para um colégio de alto nível, o tipo de colégio que jamais aceitaria uma imbecil como a Yuriko. Estou falando do colégio no qual eu e Kazue estudamos. Vamos chamá-lo apenas de Colégio Q para Moças, certo? Ele era o colégio de elite filiado à Universidade Q.

Eu pedi que meu pai me deixasse morar com o pai de minha mãe, que morava no distrito P, para que assim eu pudesse pelo menos tentar passar na prova do colégio. E se eu passasse, eu poderia seguir para o colégio direto da casa de meu avô. Para todos os efeitos, eu estava determinada a frustrar qualquer tentativa de me mandarem para a Suíça com Yuriko.

Papai, a princípio, franziu o cenho diante do meu pedido, reclamando que o Colégio Q para Moças era caro e estaria muito além de nossas posses. Mas como Yuriko e eu mal nos falávamos – desde o incidente na cabana – ele decidiu que meu plano era o mais apropriado. Eu pedi para ele assinar um termo de compromisso ratificando que se eu passasse para a escola de minha preferência ele se comprometeria a arcar com os custos de minha educação até eu me formar. Mesmo ele sendo meu pai, não dava para confiar nele sem um acordo escrito e assinado.

Ficou decidido que eu continuaria morando no distrito P com meu avô por parte de mãe, que residia sozinho num conjunto habitacional do governo. Ele tinha 66 anos. Homem de baixa estatura, seus braços e pernas eram delicados e seu físico miúdo. Não havia como ter dúvida de que ele era o pai de minha mãe. Ele era o tipo de pessoa que lutava para manter a elegância, apesar de não ter dinheiro, de modo que estava sempre de terno, independente do local onde estivesse, e penteava os cabelos grisalhos para trás com brilhantina. O cheiro da brilhantina impregnava de tal forma seu pequeno apartamento que quase me dava vontade de vomitar.

Na verdade foram poucas as vezes que eu vira meu avô até então, e eu estava nervosa com a perspectiva de morar com ele. Eu não fazia ideia do que dizer a ele. Mas assim que eu me mudei efetivamente, meus temores ficaram bastante discutíveis. Meu avô falava o dia inteiro sem parar em voz alta. Não que ele precisasse de mim por perto para conversar, na maioria das vezes ele simplesmente falava sozinho. Ou seja, ele repetia a mesma coisa diversas vezes, matraqueando sem parar. Eu desconfio que ele ficou encantado de poder compartilhar sua casa com uma pessoa tão taciturna como eu. Eu não era nada mais do que um receptáculo para sua interminável tagarelice.

Certamente meu avô achou inconveniente o fato de ser obrigado a receber de uma hora para a outra uma neta em sua casa. Mas não resta a menor dúvida de que ele ficou muito grato pela mesada que meu pai fornecia. Naquela época, meu avô estava vivendo de sua pensão. De tempos em tempos ele arranjava um dinheirinho extra realizando trabalhos aqui e ali pelas redondezas; ele era uma espécie de faz-tudo da área. Mas eu desconfio que ele mal ganhava o suficiente para sobreviver.

Qual era a ocupação de meu avô? Bem, é difícil dizer. Quando nós éramos crianças, minha mãe nos contou que quando vovô era jovem ele era bom em pegar ladrões de melancia, então decidiu entrar para a polícia para trabalhar como investigador. É por isso que eu tinha tanta certeza de que ele era uma pessoa rígida, e portanto tive medo dele no princípio. Mas na realidade a verdade era o oposto disso. Meu avô não havia sido investigador. O que ele havia sido? Bem, isso é o que eu vou explicar em seguida. Talvez leve algum tempo, então por favor tenham paciência.

"Não é fácil para nós visitar seu avô porque ele é um investigador de polícia", minha mãe dizia. "Ele é muito ocupado. Além do mais, ele está sempre rodeado de pessoas que fizeram coisas ruins. Mas isso não significa que seu avô seja uma pessoa ruim. Não mesmo. O que acontece é que pessoas ruins são atraídas para pessoas boas. Bom, por exemplo, pessoas que infringiram a lei vão aparecer na casa de seu avô para pedir desculpa e conversar sobre como elas planejam se endireitar. Mas sempre tem alguém que simplesmente é ruim por natureza. Essa pessoa pode eventualmente se indispor com seu avô por ter sido presa por ele, aí quando essa pessoa vai visitá-lo o motivo é por vingança. Seria perigoso ter crianças por perto se isso viesse a acontecer."

Escutar aquelas histórias contadas por minha mãe – como se ela estivesse descrevendo algo que estivesse se passando numa terra muito distante – me deixava bastante excitada, imaginando uma cena de alguma série policial da TV. Meu avô é um investigador de polícia! Eu tirava onda com isso sempre que uma das minhas amigas aparecia lá em casa. Mas Yuriko nunca pareceu se impressionar muito, e sempre perguntava para mamãe por que vovô era investigador. Eu acho que ela não achava particularmente emocionante ter um avô investigador; eu não tinha ideia do que passava pela cabeça dela. Mas a resposta de minha mãe era sempre a mesma. "Seu avô era muito bom em pegar ladrões de melancia. O pai dele era dono de muitas terras na província de Ibaraki, que é o local onde os ladrões ficavam à espreita."

Eu passei nas provas de admissão ao Colégio Q para Moças pouco antes de meus pais e Yuriko partirem para a Suíça, então enchi um pequeno caminhão com meu futon, minha escrivaninha, material da escola e roupas e me mudei do norte de Shinagawa para o apartamento de meu avô no conjunto habitacional do governo. O distrito P fica na parte mais decadente do centro da cidade de Tóquio, na área conhecida como Cidade Baixa. A área é quase toda baixa, quase sem nenhum prédio alto. Inúmeros rios de razoáveis proporções atravessam o distrito, fatiando-o em partes menores. As grandes barragens ao longo dos rios obstruem a visão de quem passa por lá. Os edifícios nas cercanias não são muito altos mas, em decorrência das barragens, parecem opressores. É uma área bastante peculiar, na realidade. Além das barragens, um imenso volume de água flui num ritmo normalmente lânguido. Sempre que escalo as margens das barragens para espiar a água amarronzada do rio lá embaixo, imagino todas as diferentes formas de vida girando seus corpos abaixo da superfície.

No dia em que me mudei, meu avô comprou duas bombas de creme na loja do bairro. Os doces não eram do tipo que se encontra em padarias, mas feitos com uma massa folhada dura e o recheio de creme que eu detesto. Eu não queria magoar vovô, então terminei de comer fingindo saborear cada mordida. Enquanto comia, eu estudava o rosto de vovô, tentando descobrir o que nele lembrava minha mãe. Embora eles tivessem o mesmo porte leve, seus rostos não eram nem um pouco parecidos um com o outro.

– Mamãe não parece com o senhor, vovô. A quem ela puxou?

– Oh, ela não puxou a ninguém, a sua mãe. Algum parente morto há muito tempo deve ter passado suas feições para ela.

Enquanto respondia, vovô empurrou para o lado a caixa de papelão dos doces e dobrou-a de acordo com as instruções da em-

balagem. Ele a colocou em cima de uma prateleira na cozinha junto com o papel de embrulho e barbante que o amarrava.
– Eu também não me pareço com ninguém – eu disse.
– Bom, nós temos esse tipo de característica na família.
Vovô era um homem regrado. Ele se levantava pontualmente às cinco da manhã e começava a cuidar dos bonsai que entupiam a varanda e o espaço estreito do vestíbulo. Cultivar bonsai era o hobby dele. Ele passava mais de duas horas todas as manhãs cuidando das arvorezinhas. Em seguida ele limpava a sala e depois tomava o café da manhã.

Assim que acordava ele começava logo a tagarelar no dialeto ibaraki de sua cidade natal. Mesmo enquanto eu estava lavando o rosto ou escovando os dentes, ele falava e falava sem parar.
– Oh, mas que belo tronco. Olha só aqui! A força! A idade! Inúmeros pinheiros como esse aqui margeiam a autoestrada Tokaido, sem dúvida. Que sorte a minha ter um bonsai tão lindo. Ou quem sabe eu deva agradecer ao meu próprio talento. Sim, é isso. Deve ser o meu talento. Um gênio tem de ser fanático, mas com um pouquinho de humor. Sim, eu sou assim.

Eu olhava de relance na direção dele, pensando que ele estivesse falando comigo, mas ele ficava mirando o bonsai e falando sozinho. Todas as manhãs ele dizia exatamente as mesmas coisas.
– As pessoas que não são realmente fanáticas podem tentar tudo o que quiserem, mas nunca vão ter o talento e seus bonsai não vão ficar nem um pouco parecidos com os que foram criados por um velho bobo como eu! O que terá de diferente? Bom, vamos ver...

Eu por fim parei de me virar quando ouvia que ele estava começando a falar. Já havia percebido que ele não conversava comigo. Ele fazia uma pergunta e depois respondia a si mesmo. Eu estava extasiada por haver passado nas provas de admissão e por estar seguindo em direção a uma vida nova. Nada podia me interessar menos do que bonsai! Eu folheava as páginas do guia da escola e me entregava a imagens embriagantes de como minha vida seria em meu adorado Colégic Q para Moças.

Deixei vovô para lá e fui até a cozinha preparar uma torrada sobre a qual passei uma generosa quantidade de manteiga, geleia e mel. Meu pai não estava ali para me dar bronca por colocar geleia demais. Eu me sentia completamente livre! Meu pai era tão miserável que estava sempre nos alertando a respeito do que e do quanto nós comíamos. Nós podíamos colocar no máximo duas colheres de açúcar no chá e pronto. E podíamos passar apenas uma fina camada de geleia no pão. Se quiséssemos mel, só podíamos ter mel. E suas ideias acerca dos modos à mesa eram igualmente rígidas. Nada de conversa à mesa. Cotovelos para baixo e costas retas. Nada de rir com a boca cheia. Não importa o que eu fizesse, ele sempre achava algum motivo para reclamar. Mas mesmo que eu me sentasse de qualquer maneira e com os olhos remelentos à mesa para tomar o café da manhã, vovô nem reparava. Ele ficava na varanda conversando com suas plantas.

– É preciso inspiração. Isso é essencial. Inspiração. "Impregnar-se de inspiração." Vamos lá, procure no dicionário, por que ficar sem saber? Você vai ver que não é apenas uma questão de ter elegância. A elegância vai animar seu trabalho, sem dúvida nenhuma. Mas você não pode simplesmente se agarrar a isso. Você também precisa ter talento. Os que têm sucesso têm talento. E é isso o que eu digo, eu tenho talento. Eu tenho inspiração.

Meu avô rabiscou no ar com a mão em frente ao rosto os ideogramas chineses referentes a *inspiração*. Em seguida desenhou os caracteres para *fanático*. Eu bebi meu chá e observei sem dizer nada. Depois de um longo tempo meu avô reparou a minha presença à mesa da cozinha.

– Sobrou alguma pro seu avô?

– Sobrou, mas agora está fria. – Eu apontei para a torrada. Vovô atacou a torrada fria e seca com imenso prazer e mordeu-a com sua dentadura, lançando farelo para todos os lados. Assim que vi isso, eu soube que as histórias que minha mãe contava sobre ele ser investigador não passavam de mentiras. Eu não sei muito bem como explicar, mas mesmo para meus olhos de dezesseis anos estava claro que tipo de pessoa era meu avô. Ele era do tipo que só pensava em si mesmo. Não havia como algum dia ele ter perseguido alguém para acusá-lo de um crime.

A dentadura de vovô era frouxa, e parecia que ele tinha dificuldades para mastigar, então ele mergulhou a torrada no chá até que ela ficasse mole e macia. Um pouco do pão derreteu dentro do chá, mas meu avô engoliu tudo assim mesmo.

Eu reuni minha coragem e perguntei:

– Vovô, o senhor acha que Yuriko é inspirada?

Vovô olhou na direção da varanda para o grande pinheiro preto e respondeu com bastante segurança:

– Nem um pouco. Yuriko-chan é uma menina bonita demais para isso. Ela podia ser uma planta de jardim. Uma linda flor. Mas bonsai ela não é.

– Então uma flor, por mais bonita que seja, não tem inspiração?

– Isso mesmo. A inspiração é o trunfo do bonsai. Mas é uma pessoa que faz ele ser assim. Veja o pinheiro negro. Isso sim é inspiração. Viu? Uma árvore velha nos dá uma lição de vida. Estranho, não é? A árvore pode parecer combalida, mas está viva assim mesmo. Uma árvore pode resistir à passagem do tempo. Os homens são os únicos seres que atingem o ápice da beleza quando jovens. Mas uma árvore, não importa quantos anos se passaram, você a dobra, dobra e, embora ela resista naturalmente, ela aos poucos se verga diante da sua vontade. E quando é que isso acontece? Ah, aí é como se a vida tivesse readquirido um novo alento, não é? A inspiração reside naquele ponto em que você começa a sentir o milagre. *Miracle*, é como falam em inglês, não é?

– Acho que sim.

– E em alemão?

– Não sei.

Lá vamos nós outra vez, eu pensei comigo mesma, e apenas fingi olhar para a varanda onde ele estava. Eu não conseguia entender quase nada do que vovô falava, e ouvi-lo acabava ficando cansativo. Tudo o que realmente interessava a meu avô era aquele velho pinheiro seco que caíra de maduro no meio da varanda. As raízes eram retorcidas e horrendas e os galhos estavam entrecruzados com fios. Com as agulhas formando o que pareciam ser capacetes, a árvore ficava no caminho de tudo. Parecia um daqueles velhos pinheiros retorcidos que se vê em qualquer filme de samurai de quinta categoria. E no entanto tinha inspiração, ao passo que a esplendorosa Yuriko não tinha! Nada no mundo podia ser mais perfeito do que isso! Eu amei meu avô por ter dito o que disse. E rezei para poder continuar morando com ele para sempre.

Meu avô, sendo quem era, também lucrava ao ter-me por perto. Eu logo descobriria por quê. Havia dias em que ele ficava correndo de um lado para o outro em pânico, colocando todos os bonsai no closet. No terceiro domingo de cada mês, às onze da manhã, um morador do bairro aparecia para visitar meu avô. Era como um relógio de ponto. Vovô marcara o terceiro domingo do mês em seu calendário com um chamativo círculo vermelho para não se esquecer. Nesses domingos, assim que terminava de conversar com seus bonsai, ele começava a arrumar as coisas no closet e mexia em suas quinquilharias, dispondo-as nos mais diversos lugares. Independentemente de o tempo estar nublado ou de ameaçar chover a qualquer momento, ele mandava eu arrastar o futon para fora e pendurá-lo na varanda onde as roupas secavam – para sobrar mais espaço no closet. E então ele começava a carregar os bonsai para o espaço que acabara de criar. Havia verdadeiras hordas de arvorezinhas amontoadas na diminuta varanda. O que não conseguia espremer no closet, ele levava para os apartamentos dos amigos que também moravam em nosso prédio. Durante um tempo eu fiquei confusa com o comportamento de vovô. Por que ele iria querer esconder as plantas que claramente lhe davam tanto orgulho?

A visita que vovô recebia no terceiro domingo de cada mês era de um homem idoso com um rosto suave. Seus escassos cabelos brancos estavam bem penteados para trás, e sua camisa cinza e paletó marrom faziam uma combinação elegante. Apenas a armação dos óculos – pesada e preta – era exageradamente conspícua. Muito embora ele sempre se desculpasse por visitar vovô de mãos vazias, ele jamais trouxe o tradicional presente que toda visita deve trazer. Quando o velho chegava, meu avô se sentava com o corpo reto e o recebia com a postura mais digna do mundo. Por algum motivo, ele nunca queria que eu ficasse por perto. Quando qualquer outra pessoa vinha visitá-lo, ele sempre insistia para que eu ficasse ao seu lado e falava sem parar a meu respeito, visivelmente orgulhoso pelo fato de ter uma neta metade europeia e que ainda por cima era aluna do prestigioso e elitista Colégio Q para Moças. Meu avô tinha muitos amigos e conhecidos. Tinha a mulher que vendia seguros, o segurança, o administrador do conjunto habitacional e todos os outros velhos que gostavam de bonsai. Eles estavam sempre fazendo uma visitinha. Mas era apenas com esse sujeito velho que ele não me queria por perto. Eu não conseguia deixar de achar aquilo muito esquisito.

Nos dias em que essa visita era esperada, vovô ficava nervoso. Ele me perguntava se eu não tinha dever de casa para fazer. Eu preparava um chá e depois fingia que estava voltando para o quarto, mas ficava ouvindo a conversa do outro lado do biombo. Cortando logo as amabilidades, o velho começava a meter o bedelho.

– Como andam as coisas ultimamente?

– Estou levando. Por favor, não se preocupe comigo. Eu sinto terrivelmente por você ser obrigado a percorrer toda essa distância para vir até este apartamento velho e sujo. Na verdade, minha neta veio morar comigo e nós estamos nos divertindo muito com os nossos trocados e levando uma vidinha bem simples. É claro que nós temos nossos desentendimentos, ela é uma estudante e eu sou um velho bobo e fraco; o que se poderia esperar? Mas nós estamos nos dando muito bem.

– Sua neta, é? Bem, vocês não se parecem muito, não é? Eu queria perguntar sobre ela, mas aí pensei: bom, e se ela for a amante dele? Eu ficaria muito constrangido se fosse esse o caso, e depois eu não queria que você pensasse que eu estava espionando...

O tom de voz do velho era ríspido e insinuante. Ele e meu avô riram juntos:

– *Eee-hee-hee-hee!*

Então é isso? Eu herdei meu riso de vovô? O tom de voz de vovô ao falar era alto, mas seu riso era surpreendentemente baixo, até um pouco lascivo. Meu avô baixou rapidamente o tom de voz.

– Não, não, ela é filha de minha filha. O pai dela é estrangeiro, entende?

— Ah, americano?
— Não, europeu. Minha neta é fluente em alemão e francês e em várias outras línguas, mas decidiu que queria que sua formação fosse japonesa. Ela disse que era japonesa e que tinha intenção de estudar em japonês e se tornar adulta no Japão. Então ela insistiu em ficar aqui quando a família foi embora. Meu genro trabalha no Ministério das Relações Exteriores da Suíça. É isso mesmo, ele só fica atrás do embaixador. Ele é um ótimo genro, mas é uma pena que não fale uma palavra sequer de japonês. Mas ainda assim ele diz que consegue se comunicar através de sinais e de telepatia. Isso existe mesmo, telepatia, sabia? Meu genro sabe exatamente o que eu estou pensando. Outro dia mesmo ele me mandou dois relógios da Suíça. São produtos de inspiração, entende? Você sabe a origem da palavra inspiração? Os ideogramas para ela são escritos assim.

Contive o riso enquanto escutava as mentiras de meu avô.

O visitante suspirou.

— Não, eu acho que não sei a origem.

— Imagino que se poderia dizer que ela se origina a partir de uma referência a algo que é animado pela influência divina ou sobrenatural, uma combinação de elegância e força.

— Bom, então ela é uma palavra muito boa, não é? Mas fale sobre a família de sua neta. Onde eles estão agora?

— O fato é que o governo suíço mandou chamar o meu genro e sua família e levou todo mundo de volta para a Suíça.

— Que coisa admirável.

— Não, nem tanto. Um emprego nas Nações Unidas ou em algum banco teria ainda mais prestígio, sabia?

— Bom, essas novidades me deixam tranquilo, pelo menos por enquanto. Eu ouvi falar que você começou a fazer trabalhos esporádicos, mas tenho confiança de que você manterá o bom comportamento. Você não vai voltar a aplicar golpes nas pessoas, vai? Tem de pensar na sua neta agora.

— Não, não, não há a menor chance. Eu estou mudado. Dê uma olhada. Você não vai encontrar nenhum bonsai. Não, eu nunca mais vou tocar num bonsai.

Vovô falava com grande contrição. Quando ouvi isso percebi que no passado vovô devia ter usado os bonsai em alguma espécie de esquema fraudulento e o velho devia ser algum tipo de funcionário da justiça encarregado de acompanhar os condenados em regime de liberdade condicional. Ele visitava vovô uma vez por mês para ter certeza de que ele não voltara a se utilizar de seus antigos truques, seja lá quais tenham sido.

Ao rememorar tudo isso, começo a me dar conta de que vovô estava em liberdade condicional e que a presença de uma neta estudiosa cursando o ensino médio num ótimo colégio deve ter ajudado a fazer com que ele parecesse mais confiável aos olhos daquele supervisor. Meu avô queria ludibriar o funcionário da justiça e eu queria ficar no Japão. Nós precisávamos um do outro para atingirmos nossos objetivos, então, de uma certa forma, nós éramos parceiros no crime. E ainda por cima, eu conseguia conversar com meu avô sobre todos os defeitos de Yuriko. Aqueles foram verdadeiramente os dias mais felizes de minha vida.

Cruzei inesperadamente com o funcionário da justiça pouco depois daquele domingo. Foi durante as férias da Semana Dourada, na primavera, e eu estava voltando de bicicleta da mercearia. Um ônibus turístico estava parado em frente a uma antiga propriedade, e o cavalheiro que eu vira na casa de vovô estava dando adeus aos passageiros que embarcavam. Todos eram idosos, e todos estavam segurando um bonsai com um olhar de grande satisfação. Meus olhos foram atraídos para a placa pendurada ali perto: JARDIM DA LONGEVIDADE. Então era ali que eles cultivavam os bonsai? Olhei para a placa, meu interesse atiçado pela visão das arvorezinhas. Quando o ônibus partiu, o velho notou a minha presença.

– Oh, que golpe de sorte cruzar com você aqui – disse ele. – Na verdade, eu gostaria muito de trocar uma palavrinha com você, se for possível.

Desci da bicicleta e o cumprimentei educadamente. Olhando para a propriedade através da entrada coberta – que era tão imponente quanto a entrada de um templo – vislumbrei uma magnífica casa construída na elegância despojada do estilo rústico *sukiya*. Ao lado da casa havia uma adorável casa de chá. Havia também no terreno uma estufa revestida de vinil onde vários jovens regavam plantas com mangueiras e remexiam o solo. Aquilo não era apenas um viveiro; o Jardim da Longevidade tinha mais a cara de um parque muito bem-cuidado. Os prédios, o terreno: tudo suntuoso. Até eu conseguia dizer que aquilo era o resultado de um farto desembolso de dinheiro. O funcionário da justiça, com seu avental azul-marinho novinho em folha amarrado por cima da camisa e da gravata, parecia até certo ponto deslocado, como se fosse o prefeito vestido para passar o dia fazendo cerâmica. Ele trocara seus óculos de armação escura por um par de óculos escuros com lentes esverdeadas e uma armação leve de tartaruga.

O velho começou a me interrogar sobre minha família. Eu entendi que ele estava tentando confirmar a veracidade da história de meu avô. Meus pais haviam se mudado mesmo para a Suíça?, inquiriu ele, uma pontinha de preocupação na voz. Eu assegurei que sim.

– O que seu avô faz o dia inteiro?

– Ele parece bem ocupado com os serviços que faz pros vizinhos.

Aquilo era verdade. Por sei lá quais motivos, depois que eu cheguei meu avô foi inundado de pedidos de vizinhos.

– Bom, é bom ouvir isso. Que tipo de trabalho ele está fazendo?

– Ah, ele se livra dos gatos de rua mortos que as pessoas encontram, toma conta de apartamentos cujos donos estão viajando, rega as plantas: esse tipo de coisa.

– Bom, contanto que seu avô não mexa em bonsai eu não tenho do que reclamar. Ele não entende nada de bonsai e não tem nada que ficar fingindo que entende. Ele roubava vasos de outras pessoas e depois vendia como se fossem dele. Alguns ele comprava barato no mercado e depois vendia a preços exorbitantes. Ele causou uma quantidade enorme de problemas e conseguiu arrancar mais de 5 milhões de ienes de um monte de gente.

Eu bem que desconfiei que aquelas pessoas que tiveram o dinheiro tomado na espertiza estavam de alguma forma ligadas ao funcionário da justiça. Muito provavelmente ele próprio cultivava bonsai, ou pelo menos era empregado daquele lugar. E provavelmente era de lá que meu avô havia roubado os bonsai. De repente ele começou a negociar com o lugar agindo como intermediário e acabou tomando o dinheiro de todo mundo. Aquele velho provavelmente fora designado para ficar de olho em meu avô e garantir que ele não se envolvesse mais com bonsai. Era provável que ele ficasse de olho nele ainda por um bom tempo. Senti pena de vovô.

Centenas de bonsai estavam alinhados com uma precisão cuidadosa ao longo de tábuas de madeira dispostas no terreno da propriedade. Entre eles encontrava-se um grande pinheiro que lembrava a árvore que meu avô prezava com tanto ardor. De acordo com minhas estimativas, ele era imponente e caro demais para ao menos ser comparado ao que meu avô possuía.

– Desculpe a pergunta, mas meu avô realmente não entende nada de bonsai?

– Ele é um amador trapaceiro. – O funcionário da justiça bufou de desprezo, sua expressão afável tornando-se subitamente sombria.

– Mas se meu avô enganava as pessoas, elas deviam ser muito ricas.

Eu estava pensando que se havia pessoas que eram tão ricas a ponto de serem suscetíveis aos esquemas fraudulentos de meu avô, a falta de apreço delas pelos bonsai que ele adorava deve tê-lo deixado cego de raiva. Eu mal conseguia imaginar que houvesse gente realmente disposta a gastar tanto dinheiro num único bonsai; eu tinha a impressão de que o trapaceado era pior do que o trapaceiro. É claro que o funcionário da justiça não via a coisa dessa maneira. Ele estava balançando a mão furiosamente no ar.

– Muitas pessoas desta região ficaram ricas devido ao dinheiro que receberam de indenização pela perda de suas áreas pesqueiras. Toda esta região ficava debaixo do mar, sabia?

– Debaixo do mar? – eu perguntei, arfando involuntariamente, esquecendo completamente dos bonsai. De repente me dei conta de que a chama do amor entre meu pai e minha mãe e a energia que ele havia gerado dissipara-se no momento exato em que se deu a concepção. A nova forma de vida que se transformaria em mim deveria ter sido libertada naquela ocasião e lá no interior daquele mar que se abriu entre eles. Eu sempre pensei nisso. E agora, finalmente, eu encontrara minha liberdade nessa nova vida que eu compartilhava com meu avô, uma vida que era o próprio mar. Minha decisão de viver com meu avô em seu pequeno apartamento cheirando a brilhantina, o fato de eu ser obrigada a ouvir seu incessante matraquear e viver num quarto cercada de bonsai, era para mim o mar, o próprio mar. Essa coincidência me deixava feliz, e foi o que me levou a decidir permanecer na região.

Quando cheguei a casa contei ao vovô sobre o encontro com o funcionário da justiça no Jardim da Longevidade. Surpreso, meu avô começou a me fazer perguntas.

– O que ele falou de mim?

– Que o senhor para fazer bonsai era um amador.

– Merda! – rosnou meu avô. – Aquele filho da puta não sabe de porra nenhuma! Aquele "carvalho verdadeiro" dele que venceu o prêmio da prefeitura era uma piada. Ha! Só de pensar nisso fico com vontade de dar uma gargalhada! Qualquer um pode gastar dinheiro e comprar uma boa árvore. Deixa ele ficar se gabando dos 5 milhões de ienes dele. Escuta, ele não sabe nada sobre inspiração.

Daquele dia em diante meu avô começou a passar o dia inteiro na varanda conversando com seus bonsai.

Eu só soube disso mais tarde, mas o funcionário da justiça trabalhava para o escritório da divisão administrativa. Ele assumiu o cargo de guia no Jardim da Longevidade assim que se aposentou, e se apresentou para trabalhar voluntariamente como supervisor de vovô em seu período de liberdade condicional. Ele agora está morto. Assim que ele morreu, meu avô e eu tivemos a sensação de que um rochedo havia sido retirado de nossas cabeças.

Meu avô? Ele ainda está vivo, mas é um velho senil que dorme quase o dia inteiro. Ele não me reconhece mais. Eu troco suas fraldas e trabalho como uma louca para cuidar dele, mas ele só aponta para mim e me pergunta quem eu sou. Vez por outra ele diz o nome de minha mãe e fala coisas assim: "Melhor fazer seu dever de casa ou então você vai acabar virando uma ladra!" Sempre que ouço isso fico tentada a responder: "Tudo bem, mas olha só quem está falando! Foi o senhor quem acabou virando ladrão." Enquanto vovô estiver vivo eu posso continuar morando em seu apartamento no conjunto habitacional do governo, então não posso pegar muito pesado com ele.

    Ah, sim. Eu quero que meu avô tenha uma vida longa e frugal. Parece que a palavra inspiração evaporou completamente de seu cérebro. Eu quase me acabei dois anos atrás tentando cuidar dele, então fui obrigada a colocá-lo no asilo Misosazai, administrado pela jurisdição.

    Meu avô realmente trabalhava como faz-tudo, e eu fazia mais do que simplesmente atender o telefone para ele. Quando eu podia, eu ficava feliz de ajudá-lo com suas tarefas. Eu realmente gostava, principalmente pelo fato de que eu não tinha tido muito contato com as pessoas até então. Quase ninguém vinha nos visitar quando eu era pequena. Meu pai preferia conviver com pessoas de seu próprio país, mas mesmo assim ele quase nunca incluía sua própria família. Minha mãe não convivia com outras pessoas no bairro. Ela não tinha uma única amiga sequer. Nunca foi se encontrar com nossos professores ou assistir a alguma de nossas aulas. Nem preciso dizer que ela não participava da Associação de Pais e Alunos. Esse era o tipo de família que eu tinha.

    Eu nunca pensei que Yuriko fosse voltar para o Japão e arruinar tudo. Porém, quatro meses depois de ter se mudado para a Suíça, minha mãe cometeu suicídio. Antes de ela morrer eu recebera inúmeras cartas dela, mas não lhe enviara um único bilhete que fosse de resposta. É isso mesmo. Nenhum.

    Eu ainda guardo comigo algumas de suas cartas e terei prazer em mostrá-las a vocês. Por mais que eu as lesse, jamais teria passado pela minha cabeça que ela poderia vir a cometer suicídio. Isso porque eu nunca sonhei que mamãe pudesse ter uma tal quantidade de mágoas escondidas. Até ela escolher de fato o suicídio, eu inclusive nunca reparara que ela pudesse querer dar adeus a este mundo. Mas o que realmente me surpreendeu foi o fato de mamãe ter tido a coragem de tirar a própria vida.

Como você está? Nós três estamos bem. Como está se dando com seu avô? Ele é muito mais determinado do que eu, de modo que eu desconfio que vocês dois estejam se dando muito bem. Eu queria que você soubesse, entretanto, que você não precisa dar para seu avô um único iene sequer além dos 40.000 que nós prometemos pagar mensalmente. Você precisa cuidar das coisas sozinha e não pode contar conosco. Mas eu estou transferindo uma pequena soma de dinheiro para sua conta. É para seus gastos pessoais, então não fale nada sobre isso com seu avô. E se ele conseguir engabelá-la a lhe conceder um empréstimo, certifique-se de pedir para que ele redija uma nota promissória. Essas são instruções da parte de seu pai que eu estou apenas repassando para você.

A propósito, como está a escola? Não posso acreditar que você tenha conseguido entrar para um colégio tão prestigioso! Eu falo com orgulho de você sempre que cruzo com algum outro japonês por aqui. E embora Yuriko ainda não tenha dito nada, tenho certeza de que ela está furiosa de inveja. Por favor continue estudando, isso é um grande incentivo para Yuriko! Você sempre conseguirá superá-la com sua inteligência.

Suponho que as cerejas já tenham todas amadurecido no Japão. Sinto falta das cerejas de Yoshino. Elas devem ter ficado lindas no auge da floração. Eu não vi nenhuma cerejeira aqui em Berna. Tenho certeza de que elas devem estar florescendo em algum outro lugar, então na próxima oportunidade que eu tiver, vou perguntar a algum membro da Associação de Cidadãos Japoneses. Embora seu pai não veja com bons olhos eu me tornar membro da Associação de Cidadãos Japoneses, e nem do Grupo de Mulheres Japonesas, diga-se de passagem.

Ainda está frio aqui: não dá para sair sem casaco. O vento para os lados do rio Aare é congelante, e o frio é tão intenso que faz com que eu me sinta solitária. Eu estou usando o casaco bege que nós compramos na liquidação da loja de departamentos Ōdakyu. Você deve se lembrar. Na verdade ele é leve demais para essa temperatura, mas eu não paro de receber elogios por ele. Algumas pessoas até me perguntam onde foi que eu comprei. As pessoas aqui se vestem realmente bem. Elas andam bem alinhadas e sempre estão com um ar digno.

Berna é tão bonita quanto um conto de fadas, mas é menor do que eu imaginava, e isso realmente me surpreendeu a princípio. Também fiquei surpresa de encontrar tantas pessoas de países diferentes vivendo aqui. Quando chegamos eu andava pelas ruas extasiada com tudo o que via, mas com o passar do tempo fui ficando um pouco cansada de tudo. A maior parte de nosso dinheiro vai para sua mesada e para os gastos com a escola, portanto nós não podemos realmente comprar nada e temos de viver com o máximo de frugalidade possível. Yuriko está irritada e afirma que é tudo porque você ficou no Japão. Mas não se preocupe com isso. Você tem de confiar em seu cérebro para seguir em frente.

Nossa casa fica numa área nova da cidade. A malharia de Karl fica a um prédio daqui. Em frente a nós fica um prédio de apartamentos pequenos e ao lado dele, um terreno baldio. Seu pai está satisfeito porque estamos dentro dos limites da cidade, mas a sensação que eu tenho é de que nós estamos na periferia. Mas se eu tocar no assunto seu pai fica furioso. Em Berna as ruas estão sempre limpas, e só se veem pessoas altas falando línguas incompreensíveis. Além disso, todo mundo é muito agressivo. Isso tem sido uma lição e tanto para mim.

Outro dia mesmo eu tive a seguinte experiência. Eu estou sempre tomando cuidado para obedecer aos sinais de trânsito ao atravessar a rua, mas ainda assim é preciso ficar atenta aos veículos que viram à esquerda ou direita. Quando eu estava atravessando, fiquei tão próxima de ser atropelada por um carro que o para-choque acabou rasgando de leve o meu casaco. A mulher que estava dirigindo parou e saiu do carro. Eu pensei que ela estivesse vindo pedir desculpa mas, em vez disso, começou a berrar comigo. Eu não entendia o que ela estava dizendo, mas ela apontava o tempo todo para o meu casaco sem parar um minuto de gritar comigo. Talvez ela estivesse dizendo que tinha sido culpa minha por tentar atravessar a rua com o casaco aberto! Eu disse que sentia muito pelo problema que havia causado a ela e fui para casa. Quando, naquela noite, contei para seu pai o ocorrido ele ficou furioso comigo. "Você nunca deve admitir que cometeu um erro!", disse ele. "No instante em que fizer isso você perdeu a batalha. Você devia pelo menos ter conseguido algum dinheiro *para consertar o casaco!"* Foi então que eu percebi que a recusa de seu pai em aceitar a culpa originou-se neste país, e então isso acabou sendo uma lição para mim.

Três meses se passaram desde que chegamos. A mobília que mandamos finalmente chegou por completo, e isso me deu um pouco de alívio. Mas os móveis não combinam nem um pouco com o tipo de apartamento moderno que nós temos. Seu pai ficou irritado por conta disso. *"Nós tínhamos que ter comprado os móveis aqui mesmo!"*, ele reclamou. *"Essa mobília japonesa não vale nada."* Eu digo para ele que não há como arranjarmos dinheiro para comprar outros móveis, então seria melhor ele simplesmente parar com tanta reclamação. Mas aí ele fica mais nervoso ainda e diz que nós deveríamos ter discutido a coisa antes. Eu acho que seu pai está aos poucos voltando a ser quem ele era antes. Ele está sempre nervoso. Agora que voltou a seu país, ele está até mais preocupado em fazer as coisas da maneira correta, e fica enfurecido com todos os erros que eu cometo.

Ultimamente, ele e Yuriko têm saído muito juntos e sem mim. Isso parece deixar Yuriko bem feliz. Ela se dá muito bem com o filho mais velho de Karl (ele também trabalha na fábrica de seu tio) e eles passam muito tempo juntos.

Eu fiquei bastante surpresa ao descobrir como tudo é tão caro aqui. Muito mais caro do que eu esperava. Se comemos fora a conta não fica por menos de 2 mil ienes por pessoa, e a comida nem é tão boa assim. Uma coisa básica como nattō, o feijão de soja fermentado que eu gosto, chega a custar 650 ienes! Dá para acreditar? Seu pai diz que é por causa dos impostos. Mas parece que o povo todo aqui recebe salários muito bons.

Por outro lado, o novo emprego de seu pai não parece ter decolado da maneira como esperávamos. Eu não sei se é porque ele não se dá muito bem com os outros empregados ou se é porque o negócio de seu tio Karl não anda muito bem no momento, ou sei lá o que poderia ser. O fato é que ele fica logo aborrecido assim que chega em casa, e quando eu pergunto como vai o trabalho ele nem responde. Se você estivesse aqui conosco eu desconfio que vocês dois brigariam o tempo todo. Então é uma boa coisa você estar onde está. Yuriko finge não reparar em nada.

Outro dia fomos fazer uma visita a seu tio Karl. Eu preparei um prato de chirashi-zushi, *uma receita com arroz picante, para levarmos. A mulher de Karl, Yvonne, é francesa. Eles têm dois filhos. Tem o filho que trabalha na fábrica. Este tem dezoito anos e se chama Henri. E eles também têm uma filha cursando o ensino médio. Eles me disseram o nome dela, mas eu esqueci. Ela é muito parecida com a Yvonne. Tem cabelos louros e um nariz adunco. É gorda e nem um pouco bonita. Quando Yvonne e Karl viram Yuriko, ficaram chocados. Karl disse alguma coisa assim: "Quer dizer então que se a gente se casa com uma oriental pode ter filhas lindas como essa?" Yvonne ficou passada.*

Isso me faz lembrar uma coisa. Sempre que seu pai e eu saímos para dar um passeio com Yuriko, nós experimentamos reações estranhas. As pessoas que encontramos no parque nos encaram com curiosidade, todas, sem exceção. Um dia alguém nos perguntou de que país nós havíamos adotado Yuriko. Aqui existem pessoas de todos os países do mundo, e aparentemente adoções são bastante comuns neste país. Quando eu digo a elas que Yuriko é minha filha, elas parecem não acreditar em mim. Eu imagino que não consigam aceitar que uma oriental sem graça como eu pudesse gerar uma beldade como Yuriko, e a ideia as deixa bastante irritadas. "Você está exagerando!", seu pai diz para mim. Mas não consigo evitar. Eu acredito que seja exatamente isso. Eu acho que elas simplesmente não conseguem aceitar que um membro da raça amarela possa dar à luz algo tão perfeito. Eu sinto um pouco de satisfação em poder dizer, não, Yuriko não foi adotada. Eu mesma dei à luz ela.

Por favor escreva dizendo como você está. Seu pai também precisa te escrever contando as novidades. Por favor dê lembranças ao seu avô.

✦ DOIS ✦

Um cacho de sementes nuas

1

DIÁRIO DE TÓQUIO, **EDIÇÃO MATUTINA**

Tóquio, 20 de abril de 2000 – No dia 19 de abril, pouco depois das seis da tarde, o corpo de uma mulher foi encontrado na unidade 103 do Condomínio Green Villa, em Maruyama-chō, no distrito de Shibuya. O administrador do condomínio que encontrou o corpo ligou para a polícia.

O Departamento de Investigações da Polícia Metropolitana, em cooperação com a Delegacia de Polícia do Distrito de Shibuya, abriu um inquérito e determinou que a falecida chamava-se Kazue Satō, 39 anos, residia em Kita-Toriyama no distrito de Setagaya e era funcionária da Firma G de Arquitetura e Engenharia.

A se julgar pelas marcas no pescoço, o Departamento de Investigações apontou estrangulamento como a causa da morte e considerou o caso homicídio. Uma investigação está agora em curso.

De acordo com relatos iniciais, a vítima foi vista pela última vez saindo de casa no dia 8 de abril por volta das quatro horas da tarde com destino ignorado.

Seu corpo foi encontrado num quarto de 12 m² forrado com tatame que estava vago desde agosto do ano anterior. A porta do apartamento vago estava destrancada e o corpo de Satō foi encontrado no meio do quarto, deitado no chão e com o rosto virado para cima. Sua bolsa foi recuperada no local e, embora acredite-se que ela estivesse levando consigo aproximadamente 40 mil ienes, sua carteira estava vazia. Ela estava vestida com as mesmas roupas que fora vista usando mais cedo naquele dia.

Kazue Satō começou a trabalhar na Firma G de Arquitetura e Engenharia após graduar-se na Universidade Q em 1984. Era subgerente do Departamento Geral de Pesquisa da empresa. Solteira, morava com a mãe e uma irmã mais nova.

Quando li esse artigo no *Diário de Tóquio*, soube imediatamente tratar-se da mesma Kazue Satō que eu conheci no colégio. É claro que um nome como Kazue Satō não é dos mais incomuns, e era possível que eu estivesse errada. Mas eu estava convencida. Não podia haver erro. Como eu podia ter tanta certeza? Porque cerca de dois anos antes, pouco depois de Yuriko morrer, Kazue telefonara para mim. Foi o último telefonema que recebi dela.

– Sou eu – ela dissera. – Kazue Satō. Escuta, eu ouvi falar que Yuriko-chan foi assassinada.

Eu não tinha notícias de Kazue desde a universidade. No entanto aquelas foram as primeiras palavras que saíram de sua boca.

– Fiquei chocada!

Eu também estava chocada, não com a morte de Yuriko, e nem mesmo com o fato de Kazue ter me telefonado do nada. Eu estava, isso sim, perturbada com o fato de Kazue estar rindo no outro lado da linha. Seu riso baixo e sussurrante ficou no ar como o zumbido de uma abelha. Talvez sua intenção fosse de que o riso parecesse um consolo, mas eu o senti penetrar em minha mão enquanto segurava o fone. Eu já disse que a morte de Yuriko não foi particularmente surpreendente para mim? Mas naquele momento, e somente naquele momento, eu senti um calafrio percorrer-me a espinha.

– Qual é a graça? – eu perguntei.

– Nada. – A resposta de Kazue foi excessivamente casual. – Bom, eu acho que você está triste, não está?

– Na verdade, não.

– Ah, tem razão. – O tom de Kazue indicava que ela sempre teve conhecimento de como eu me sentia. – Você e Yuriko-chan nunca foram mesmo íntimas, pelo que eu me lembro. Era como se vocês duas não fossem nem parentes. Outras pessoas talvez nem percebessem que vocês eram irmãs, mas eu percebi na hora.

– E aí, o que anda fazendo?

– Adivinha.

– Eu ouvi dizer que você arrumou um emprego numa firma de engenharia depois de terminar a universidade.

– Você ficaria surpresa se eu te dissesse que Yuriko-chan e eu estamos no mesmo ramo de trabalho?

Ao detectar o tom de triunfo em sua voz, fiquei sem palavras. Era difícil para mim associar a vida que Kazue estava levando com palavras como *homens*, *prostituição* e *sexo*. Pelo que eu ouvira dizer, ela trabalhava em uma firma respeitável e se dedicava a uma carreira de sucesso. Como eu não respondi de imediato, Kazue ofereceu o seguinte tiro de misericórdia e depois desligou:

– Bom, mas *eu* pretendo ser mais cuidadosa!

Eu fiquei lá parada por algum tempo olhando para o telefone, imaginando se a pessoa com quem eu acabara de falar era realmente Kazue. Será que podia ter sido outra pessoa dizendo ser ela? A Kazue que eu conhecia nunca foi assim tão enigmática. Ela sempre falava com uma arrogância peremptória, e sempre encarando nervosamente o interlocutor, aterrorizada com a possibilidade de ser pega cometendo um erro. Era incrivelmente orgulhosa ao falar sobre determinado assunto acadêmico. Mas se a conversa mudasse para as últimas tendências da moda, restaurantes ou namorados, ela se fechava na hora, abandonava a superioridade e tirava o time de campo. Essa era a Kazue que eu conhecia. A discrepância entre sua confiança e sua insegurança era tão grande que eu quase sentia pena dela. Se Kazue havia mudado, significava que ela encontrara novos meios de enfrentar o mundo.

É sobre isso que vocês querem que eu fale, não é? É claro que eu pretendo voltar a Kazue e Yuriko no devido tempo, mas a impressão que eu tenho é que continuo me desviando do assunto principal. Perdoem-me. Todas essas digressões sobre mim mesma não têm realmente nada a ver com o tema em questão. Imagino que vocês já estejam pra lá de entediados, pois tenho certeza de que prefeririam muito mais ouvir sobre Yuriko e Kazue.

Mas o que há exatamente nessas duas que interessa tanto a vocês, posso saber? Eu sei que já fiz essa pergunta antes. É que eu simplesmente não consigo entender essa fascinação toda. É por que o homem acusado do crime – o nome dele é Zhang, nascido na China – estava no país ilegalmente? É por causa dos rumores de que Zhang foi acusado injustamente?

Vocês estão sugerindo que Kazue, Yuriko e também esse homem, cada um deles tinha seus próprios desvarios bizarros? A minha opinião não é essa. Mas eu estou convencida de que tanto Kazue quanto Yuriko gostavam do que faziam, e Zhang também. Não, não, não estou dizendo que ele gostava de matar. Na realidade, eu nem tenho certeza se foi ele mesmo o assassino, e também não tenho nenhum interesse particular em saber.

Provavelmente é verdade que o homem mantinha relações com Yuriko e Kazue. Por acaso ele não disse que pagou um preço incrivelmente barato pelo serviço delas? Só 2 ou 3 mil ienes, eu acho que foi isso o que ele disse, menos de 25 dólares. E se foi esse mesmo o caso, ele devia ter alguma coisa que elas queriam. Enfim, deve ter havido algum motivo para Yuriko e Kazue fazerem o que fizeram. É por isso que eu imagino que elas gostavam de se relacionar com ele. Por qual outro motivo iriam concordar em se vender por uma quantia tão ínfima? Não era esse o meio que elas tinham para declarar guerra ao mundo? Foi isso o que eu quis dizer antes ao falar de Kazue. Mas o método delas era muito além de minha capacidade.

Durante os três anos que convivi com Kazue Satō no secundário, mais os quatro na universidade, minha família estava passando por tremendas mudanças. Um fator de peso foi o suicídio de minha mãe na Suíça pouco antes das férias de verão de meu primeiro ano no colégio. (Eu acho que mostrei a vocês a última carta de minha mãe, não mostrei? Também vou falar mais sobre ela no devido tempo.)

Kazue vivenciou uma experiência similar. Seu pai morreu subitamente enquanto ela estava na universidade. Nessa época nós nos víamos muito, então eu não tenho muita certeza das circunstâncias exatas, mas parece que ele teve uma hemorragia cerebral e caiu no banheiro. Por esse motivo, os incidentes envolvendo a família de Kazue e sua posição no colégio não eram muito diferentes dos meus.

Só agora eu me referi à nossa posição no colégio, e eu acho que é seguro dizer que ela e eu éramos as únicas alunas ali que haviam passado por experiências significativamente diversas daquelas vividas por qualquer uma das outras. Então, tudo levava a crer que seria perfeitamente natural o fato de nós duas nos sentirmos mais próximas uma da outra.

Kazue e eu passamos no exame de admissão e ingressamos no Colégio Q para cursar o ensino médio. Como vocês já sabem, o Colégio Q para Moças é extremamente concorrido e aceita somente aquelas candidatas que alcançam as maiores notas nas provas. Kazue, sem dúvida nenhuma, estudou com afinco para as provas enquanto estava numa escola municipal e conseguiu a vaga. Eu não sei se foi por sorte ou questão de destino, mas eu também consegui minha vaga. É claro que minha motivação para esforçar-me ao máximo e conseguir passar nas provas foi meu desejo de ficar longe de Yuriko. Eu nunca estive particularmente interessada no Colégio Q para Moças. Mas com Kazue era diferente. Desde a escola primária ela já pensava no Colégio Q, e mais tarde ela me diria que havia se dedicado aos estudos precisamente para poder alcançar esse objetivo. Eis toda a diferença entre mim e Kazue, e é uma diferença das grandes.

A organização do Colégio Q estende-se do primário à universidade, o que significa que aqueles que conseguissem ingressar no curso primário podiam, para todos os efeitos, galgar todos os degraus até a universidade sem a pressão infernal de exames de admissão adicionais. Esse tipo específico de instituição educacional é, portanto, chamado de sistema "escada rolante". A escola primária admite meninos e meninas e recebe apenas 80 crianças. No ensino fundamental o número de alunos dobra. No ensino médio os alunos são divididos por sexo, e mais uma vez a turma dobra de tamanho. Portanto, das 160 alunas que frequentam a divisão de moças em determinado ano, metade é formada por aquelas que ingressaram no ensino médio, enquanto a outra metade está lá há mais tempo, ou desde o primário ou desde o fundamental.

A universidade, por outro lado, admite estudantes de todo o Japão, e o número de pessoas famosas que afirma haver estudado na Universidade Q é inimaginável. A Universidade Q é tão famosa que os amigos idosos de meu avô suspiram de admiração com a simples menção do nome. Isso porque a universidade não admite qualquer um. E é por isso que os estudantes que ingressam no sistema Q – que mais tarde entrarão para a prestigiosa Universidade Q – sentem-se cheios de direitos. Quanto mais cedo ingressam no sistema, mais profundamente elitista se sentem.

É precisamente devido a esse sistema de escada rolante que os pais com recursos tentam com tanto afinco fazer com que seus filhos ingressem na escola já no primário. Eu ouvi de outras pessoas que a intensidade com que eles encaram esses exames de admissão beira a histeria. É claro, eu não tenho filho e não tenho nenhuma ligação com nada disso, então não posso dizer que seja uma autoridade no assunto.

Quando crio meus filhos imaginários, eu às vezes os mando fazer o primário no Colégio Q? É isso o que vocês estão perguntando? De forma alguma. Nunca. Meus filhos apenas nadam num oceano imaginário. A água é de um azul perfeito, exatamente como aquelas ilustrações hipotéticas baseadas nos fósseis do período cambriano. Lá na areia do fundo do mar, em meio a rochas e pedras, todos os seres estão engajados na sobrevivência dos mais aptos e todas as criaturas vivas existem apenas para procriar. É um mundo bastante simples.

Quando comecei a morar com meu avô, eu sonhava em como seria a minha vida como aluna do cobiçado Colégio Q para Moças. Minha imaginação corria à solta, uma cena desdobrando-se após a outra. Eu sentia um imenso prazer nessas fantasias, como já disse antes. Eu entrava para clubes, fazia amizades e vivia uma vida comum como qualquer outra pessoa comum. Mas a realidade destruiu esses sonhos. Basicamente, as panelinhas foram a minha ruína. A gente simplesmente não podia fazer amizade com qualquer pessoa. Até mesmo as atividades do clube eram ordenadas em hierarquias próprias, muito claramente delineadas entre as cobiçadas e as periféricas. A base de toda essa organização hierárquica era, evidentemente, o elitismo.

Refletir sobre aquele tempo de uma perspectiva atual é óbvio para mim agora. Às vezes, de noite, quando estou deitada na cama acordada, eu me lembro de Kazue por algum motivo e de repente me ocorre uma luz dessas em que a gente diz eureca ao pensar coisas que ela fazia. Pode parecer até que eu estou fazendo outra digressão aqui, mas sinto que deveria contar a vocês mais das minhas experiências no colégio.

Comecemos pelas cerimônias de matrícula. Eu me lembro até hoje da surpresa muda que senti diante de todas aquelas alunas novas paralisadas no auditório onde a cerimônia iria acontecer. As calouras secundaristas dividiam-se em dois grupos distintos: as veteranas do sistema educacional Q e as que tinham entrado naquele ano. Numa rápida olhada era fácil distinguir um grupo do outro. A altura de nossas saias nos separava.

Aquelas dentre nós que estavam entrando pela primeira vez – todas sem exceção – tendo passado com sucesso nas provas de admissão, tinham saias que iam até o meio dos joelhos, exatamente como estipulava o regulamento da escola. Entretanto, a metade que estava na instituição desde o primário ou o ensino fundamental tinha saias acima dos joelhos. Agora vejam bem, eu não estou falando do tipo de saia que as meninas usam hoje, saias tão curtas que nem parecem que estão ali. Não, as saias delas tinham o comprimento exato para proporcionar um equilíbrio perfeito com as meias três-quartos azul-marinho de alta qualidade que usavam. Suas pernas eram longas e delgadas, seus cabelos castanhos. Delicados brincos de ouro brilhavam em suas orelhas. Os acessórios dos cabelos e suas pastas e cachecóis, tudo era de muito bom gosto, e todas elas usavam artigos de marcas caríssimas que eu na verdade jamais havia visto de perto. A sofisticação elegante delas sobrepujava as alunas recém-chegadas.

A diferença não era algo que desaparecia suavemente com o passar do tempo. A única maneira de explicá-la é dizer que nós novatas não possuíamos o que as outras meninas possuíam aparentemente desde que haviam nascido: beleza e riqueza. Nós novatas éramos traídas por nossas saias compridas e nossos cabelos muito pretos, sem brilho e curtos demais. Muitas de nós usávamos óculos grossos e nem um pouco elegantes. Em uma única palavra, as alunas novatas não eram "descoladas".

Por mais que alguma menina tivesse um desempenho extraordinário nos estudos ou nas atividades esportivas, não havia nada que ela pudesse fazer para ser considerada descolada. Para uma aluna como eu, o fato de ser descolada ou não sempre foi irrelevante. Mas havia outras para quem o termo provocava uma considerável ansiedade. Eu diria que metade das alunas que entravam no ensino médio oscilavam perigosamente próximas da fronteira de serem consideradas "por fora". Então, todas elas sem exceção se esforçavam ao máximo para evitar o rótulo e tentavam se misturar com as alunas que já estavam na escola, as "incluídas".

A cerimônia de matrícula teve início. Nós, as excluídas, prestávamos total atenção a tudo o que se dizia. Em contraposição, as alunas veteranas apenas fingiam escutar. Elas mascavam chiclete, cochichavam e agiam como se não estivessem nem remotamente interessadas no que estava acontecendo. Longe de demonstrarem uma atitude séria, elas se comportavam como gatinhos brincalhões, afetadas ao extremo. E nem uma vez sequer olharam na nossa direção.

Enquanto isso as novatas, observando o modo como as incluídas se comportavam, sentiam-se ainda mais ansiosas. Elas começavam a pensar na difícil vida que teriam de encarar dali por diante. Rostos ficavam paralisados e expressões ficavam cada vez mais fechadas. Confusas, elas começavam a desconfiar que o regulamento que haviam seguido até aquele momento não era mais válido. Elas teriam de aprender um novo conjunto de regras.

Talvez vocês achem que eu esteja exagerando. Se acham, devo dizer que estão equivocados. Para uma menina, a aparência pode ser uma poderosa forma de opressão. Não importa o quanto seja inteligente, não importa o quanto seja talentosa, estes atributos não são facilmente discerníveis. Inteligência e talento jamais terão qualquer chance diante de uma menina que é visivelmente mais atraente do ponto de vista físico.

Eu sabia que era, de longe, muito mais inteligente do que Yuriko, e para mim era um incômodo sem fim jamais conseguir impressionar quem quer que fosse com meu cérebro. Yuriko, que não tinha nada além de seu rosto assustadoramente belo, causava, todavia, uma extraordinária impressão em todos que a conheciam. Graças a Yuriko, eu também fui abençoada com um certo talento. Meu talento era uma inflexível capacidade de sentir rancor. E, apesar de meu talento exceder em muito o talento dos outros, ele impressionava somente a mim mesma. Eu paparicava o meu talento. Eu o aprimorava diligentemente a cada dia. E como eu morava com meu avô e tinha a oportunidade de ajudá-lo vez por outra com seus serviços de conserto, eu era sem dúvida diferente de todas as outras alunas que iam para a escola de seus lares e famílias perfeitamente normais. Precisamente por essa razão, eu era capaz de sentir prazer no papel de espectadora à margem, mesmo em meio à crueldade de minhas colegas de escola.

2

Nos dias que se seguiram à cerimônia de matrícula, mais e mais meninas começaram a aparecer no colégio com saias curtas.

Kazue foi uma das primeiras. Mas seus sapatos e sua pasta não tinham nada a ver com o comprimento de sua saia e a definiam claramente como uma excluída. As alunas descoladas não usavam as pastas tradicionais. Elas iam para a escola com mochilas leves de náilon penduradas nos ombros, ou então com aquelas bolsas de viagem chiques ainda pouco comuns na época. Algumas usavam mochilas feitas nos Estados Unidos, ao passo que outras desfilavam com bolsas clássicas. Seriam Louis Vuitton? Sendo ou não sendo, as meninas que as usavam tinham toda a pinta de universitárias a caminho das aulas. Para completar o visual, elas usavam mocassins marrons e meias três-quartos azul-marinho da Ralph Lauren. Algumas alunas usavam um relógio diferente a cada dia. Outras deixavam suas pulseiras de prata – sem dúvida presenteadas por namorados – escorregar pelas mangas dos uniformes escolares. E também havia aquelas que enfiavam pequenos palitos ornamentais afiados como agulhas nos cabelos encaracolados artificialmente ou usavam anéis de diamante grandes e límpidos como contas de vidro. Mesmo que as alunas de então não usassem com tanta liberdade a quantidade de acessórios que as meninas de hoje usam, elas conseguiam competir umas com as outras para saber quem estava mais na moda.

Mas Kazue sempre estava com uma pasta escolar preta e sapatos pretos de salto quadrados e sem cadarço. Suas meias azul-marinho estavam definitivamente incluídas no que se poderia chamar de indumentária tradicional das alunas. Sua carteira vermelha era superinfantil e, com os grampos que usava nos cabelos pretos, ela definitivamente não era nada descolada. Ela andava meio destrambelhada pelos corredores com sua pasta tradicional tentando esconder as deselegantes pernas magricelas visíveis abaixo da saia curta.

Sua aparência era mediana, na melhor das hipóteses. Seus cabelos pretos e fartos cobriam opressoramente a cabeça como um pesado capacete preto. Era cortado tão curto que suas orelhas ficavam expostas, e os cabelinhos ásperos da nuca eram tão pontudos que me faziam lembrar as penas de um pintinho recém-saído do ovo. Ela não parecia ser particularmente burra. Sua testa era larga, seu rosto inteligente e seus olhos brilhavam com o tipo de confiança que seria de se esperar de uma estudante de elite criada num lar próspero. Então quando foi que, fico aqui imaginando, ela desenvolveu o hábito de olhar timidamente para as pessoas a sua volta?

Eu vi uma fotografia de Kazue em uma dessas revistas semanais pouco depois de seu assassinato. Era uma foto dela num motel com um homem, certamente uma foto com uma história por trás. O corpo magro de Kazue estava exposto ao escrutínio do observador, sua boca grande aberta numa gargalhada. Olhei fixamente para a fotografia, tentando achar traços da Kazue que eu conhecera, mas tudo o que consegui encontrar foi um retrato de sua obscenidade – não o tipo de obscenidade que irrompe do luxo excessivo ou mesmo do sexo. Era a licenciosidade de um monstro.

Quando nós entramos para o Colégio Q para Moças, eu não sabia o nome de Kazue e não tinha nenhum interesse em descobrir. Naquela época, todas as excluídas se amontoavam umas em torno das outras e pareciam tão desmilinguidas e estúpidas que era impossível distinguir uma da outra. Para uma aluna que se esforçara enormemente para ingressar no Colégio Q na esperança de ser reconhecida por sua inteligência, aquilo deve ter sido uma experiência particularmente decepcionante. Eu acho que agora consigo entender como Kazue deve ter se sentido. Ela amadurecera em meio à humilhação. Deve ter entrado em parafuso.

Vocês querem saber como eu interagia com Kazue? Está certo, então. Eu fiquei sabendo da existência de Kazue graças a um determinado incidente. Foi num dia chuvoso de maio. Nós estávamos na aula de educação física. Deveríamos na verdade jogar tênis naquele dia, mas devido à chuva fomos obrigadas a ficar no ginásio fazendo aula de dança. Estávamos trocando de roupa no vestiário quando uma aluna estendeu uma meia e falou:

– De quem é isso aqui? Quem perdeu uma meia?

Era o tipo de meia três-quartos azul-marinho que a maioria das meninas usava. Só que aquela tinha um logo da Ralph Lauren no alto.

Todas ficaram absolutamente indiferentes. Ninguém parecia ligar para o fato de haver ou não perdido alguma coisa porque, ao contrário de mim, elas sempre tinham a possibilidade de comprar outro produto igual. Por isso achei estranho que aquela menina estivesse fazendo tanto alarde por causa de uma meia sem graça. Ela estendeu a meia para mostrar às amigas.

– Olhem só para isso! Vejam!

Todas começaram a rir. Outras meninas se aproximaram, formando um círculo em torno da que segurava a meia.

– Isso aqui foi praticamente bordado!

– Que obra-prima!

A dona da meia havia pegado uma meia comum azul-marinho e bordado em linha vermelha na parte de cima o logotipo da Ralph Lauren.

A menina que encontrou a meia não estava procurando a dona motivada por um espírito caridoso de devolver um pertence perdido. Ela queria apenas saber a quem pertencia aquela meia. Por isso chamara a atenção de todas daquela maneira. Ninguém apareceu para reivindicar a meia. Todas as excluídas trocaram de roupa em silêncio, e as descoladas também não falaram coisa alguma. Mas mesmo assim seus rostos revelavam o prazer que sentiam só de antever a cena que certamente aconteceria assim que a próxima aula começasse.

Depois da aula de educação física tínhamos aula de inglês. A maioria das alunas vestiram os uniformes com toda a pressa e saíram correndo para a sala de aula num clima de euforia. Naquele momento não havia divisão entre incluídas e excluídas. No que dizia respeito a perseguir os outros, ficavam todas unidas.

Somente três alunas permaneceram no vestiário, uma incluída com um corpinho mignon, Kazue e eu. Kazue estava embromando, muito mais do que o habitual. Foi quando percebi que havia sido ela a responsável pelo bordado da meia. Naquele momento, a incluída entregou a Kazue um par de meias.

– Toma aqui, você está precisando – disse ela. – As meias eram azul-marinho e novinhas em folha. Kazue mordeu o lábio e pareceu preocupada. Eu imagino que ela tenha percebido que não tinha escolha.

– Obrigada. – Sua resposta quase não foi audível.

Quando nós três entramos na sala de aula, nossas colegas agiram como se não houvesse nada de errado. A verdadeira identidade da bordadeira de meia talvez jamais viesse a ser conhecida. Mas a coisa tinha sido divertida. E mais diversão ainda estaria por vir. Até mesmo um momento de malícia pouco relevante podia inflar e se espalhar por toda a escola, proporcionando incidentes subsequentes até virar uma total e incontrolável maldade.

Tendo escapado de seu apuro, Kazue estava agora com uma expressão indiferente. Naquele dia, como de costume, ela levantou a mão e foi chamada para subir no tablado e ler em voz alta o texto da matéria. Algumas meninas da turma já haviam morado no exterior e outras, inúmeras, eram boas em inglês. Mas isso não inibiu Kazue. Confiante, ela ergueu a mão sem pensar duas vezes.

Eu olhei para a menina que emprestara as meias a Kazue. Ela estava olhando para o livro com cara de sono, as mãos no queixo. Eu não sabia o nome dela, mas ela era uma menina bonitinha com os dentes da frente ligeiramente protuberantes. Por que ela havia ajudado Kazue? Fiquei desconcertada. Não que eu aprove crueldade ou perseguições. E não que eu odiasse Kazue. É que eu a achava irritante. Ela fizera algo despudoradamente idiota e, no entanto, lá estava ela sentada como se nada houvesse acontecido. Ela estava agindo de modo tão audacioso. Será que estava bancando a esperta? Sonsa? Nem eu podia dizer.

Depois da aula, enquanto eu pegava meu livro de literatura clássica, Kazue aproximou-se de mim e disse:

– Sobre o que aconteceu agora há pouco.

– Como assim?

Como eu agia como se não soubesse a que ela estava se referindo, o rosto de Kazue ficou vermelho de raiva. *Você sabe exatamente o que eu estou querendo dizer*, ela devia estar pensando.

– Você deve estar pensando que a minha família não tem dinheiro.

– Eu não dou a mínima.

– Duvido. Mas é que eu detesto ter de escutar toda essa merda sobre ter ou não um logo na meia.

Eu entendi que Kazue havia bordado suas meias não porque sua família fosse pobre demais para poder comprar o produto original, mas por uma questão de racionalismo. Mas eu concluí que o tipo de racionalismo de Kazue, o de tentar ajustar-se à riqueza da escola, era ridículo. Kazue possuía uma personalidade fraca. Era por isso que ninguém gostava dela.

– É só isso.

Kazue voltou para sua carteira. Tudo o que vi foram as meias novinhas cobrindo suas panturrilhas magricelas. Aquilo era a marca da riqueza, o símbolo do Colégio Q para Moças: um logo vermelho. Eu imaginei o que Kazue planejava fazer em seguida. A menina que lhe havia emprestado o par de meias estava rindo com as amigas, mas quando seus olhos se encontraram com os meus ela virou a cara e baixou os olhos como se tivesse sido pega fazendo algo vergonhoso.

Eu comecei a conversar com ela de vez em quando. Descobri que seu nome era Mitsuru e que ela havia entrado para o colégio antes do ensino médio.

E então foi assim que tanto as incluídas quanto as excluídas começaram o ano letivo sem nenhuma concessão à sua polaridade. As incluídas estavam sempre juntas na sala de aula, pintando as unhas e dando gargalhadas. Na parada para o almoço elas iam juntas para restaurantes fora do campus e aproveitavam uma fabulosa liberdade. Quando as aulas acabavam, os meninos do Colégio Q para Rapazes ficavam esperando por elas no portão. As garotas com namorados universitários eram levadas em BMWs, Porsches e outros caríssimos carros importados. Os rapazes com quem se encontravam tinham um visual semelhante ao delas. Eram estilosos e exalavam a autoconfiança da riqueza. E eram um grupo devasso.

Um mês depois de eu ingressar no colégio, tivemos nossa primeira prova. As alunas excluídas estavam determinadas a não ser ultrapassadas nos estudos. Elas haviam sofrido o suficiente como resultado da pressão constante exercida pelas incluídas. O grupo estudioso – que se aplicava em tempo integral aos trabalhos escolares e tinha como meta superar as incluídas – estava particularmente determinado, mas essa não era uma característica exclusiva dele. Todas as excluídas haviam se dedicado arduamente aos estudos preparatórios para as provas. Além do mais, a determinação para obter êxito era ainda mais intensa porque havíamos ouvido falar que os nomes das dez melhores colocadas seriam divulgados. As excluídas viram nisso uma oportunidade para reparar sua honra. Elas seriam capazes de reivindicar para si mesmas uma posição em meio às mais inteligentes das inteligentes.

Eu decidira desde o início que o teste não valeria todo esse esforço. Como eu ainda estava saboreando minha recente libertação de Yuriko, eu não me preocupava muito com o que acontecia na escola. Contanto que não ficasse em último lugar, eu não estava dando muita bola para aquele teste e, consequentemente, acabei não estudando nada. Eu na verdade não estava nem preocupada em ficar na rabeira do grupo, se pudesse continuar estudando naquela escola. Isso era tudo o que importava para mim. Então fui tocando minha vida como antes – exatamente como as incluídas tocavam suas vidas – sem me preocupar muito com a prova.

No domingo anterior à prova, todas as incluídas foram para a casa de veraneio de uma amiga comparar suas anotações de aula, ou pelo menos foi isso o que se ouviu falar na ocasião. Mais uma vez, a turma estava dividida em dois grupos inteiramente diferentes.

Uma semana depois os resultados da prova foram impressos e divulgados para que todas pudessem ver. A maioria das alunas nas dez primeiras colocações eram – como haviam imaginado as excluídas – membros de seu próprio grupo. Mas o mais intrigante era o fato de que entre as três melhores colocadas havia uma aluna que havia ingressado no colégio no ensino fundamental. A quinta colocação foi para uma menina que estudava no colégio desde o primário. A nota mais alta foi conseguida por Mitsuru. Esse padrão impressionou bastante todas as excluídas. Muito embora elas geralmente tivessem um desempenho melhor do que as alunas que estavam na instituição desde o primário, como era possível que não tivessem conseguido superar as que estudavam lá desde o ensino fundamental? A galera mais charmosa, cosmopolita e endinheirada era formada por alunas que estudavam lá desde o primário. As alunas que tinham mais capacidade de se misturar ao ambiente escolar e que se davam melhor nos estudos eram aquelas que haviam ingressado no colégio no ensino fundamental. E as que eram mal preparadas para qualquer coisa eram aquelas que haviam ingressado no ensino médio. Mas o padrão frustrou as expectativas deste último segmento de alunas, e elas expressavam perplexidade e desconforto nos olhares.

– Você não joga tênis?

Mitsuru me perguntou durante nossa segunda aula de educação física. No mês que se seguiu à minha matrícula no Colégio Q para Moças, apenas umas poucas incluídas me dirigiram ocasionalmente a palavra. Quando tínhamos aula de tênis, as alunas que faziam parte da equipe de tênis ficavam paradas no meio da quadra como se o local fosse propriedade particular delas. Alunas que não gostavam de tênis, ou aquelas que não tinham intenção de ficar queimadas de sol, ficavam sentadas nos bancos, batendo papo. E as alunas que, como eu, não estavam interessadas em se aglomerar com as que se enfileiravam no banco ficavam de bobeira do lado de fora do alambrado dando a entender que estavam simplesmente esperando a vez de jogar. E Kazue?, vocês devem estar se perguntando. Ela ficava batendo bola numa das quadras laterais com outras excluídas. Ela odiava perder e corria atrás da bola com uma determinação canina, grunhindo e rosnando sempre que batia na bola. As alunas sentadas no banco se divertiam fazendo comentários zombeteiros a respeito dela.

– Olha, eu não sou muito boa nisso – eu respondi.

– Nem eu – respondeu Mitsuru. Ela era esguia, mas suas bochechas eram arredondadas e, como seus dois dentes da frente eram grandes, seu rosto ficava um pouco parecido com o de um roedor. Seus cabelos castanhos caíam em delicados anéis. Seu rosto, cheio de sardas, era adorável. Mitsuru tinha muitas amigas.

– Você é boa em quê?

– Em nada – eu disse.

– Então é igualzinha a mim. – Mitsuru roçou os dedos finos nas cordas da raquete.

– Mas você é boa nos estudos. Você tirou a nota mais alta na prova, não foi?

– Não foi nada demais – disse Mitsuru, indiferente. – Aquilo foi só um passatempo para mim. Eu quero ser médica. – Ela se virou e olhou para Kazue. Ela estava usando short e meias azul-marinho.

– Por que você emprestou as meias para ela? – eu perguntei.

– Nem sei direito. – Mitsuru inclinou a cabeça para o lado. – Eu não gosto de *bullying*.

– E foi *bullying*? – Eu lembrei como Kazue parecia estar calma ao entrar na sala para a aula seguinte. Eu duvido que ela tenha tido a mais remota ideia de que Mitsuru a salvara de ser intimidada e humilhada simplesmente por lhe haver emprestado um par de meias. Longe disso. Mesmo que todo mundo tivesse descoberto que aquelas meias pertenciam a Kazue, ela teria olhado para todas elas com toda a seriedade do mundo, seu rosto preparado para qualquer desafio. São apenas meias, ora bolas!

Os cabelos sedosos de Mitsuru voavam delicadamente na brisa, o doce aroma do xampu perceptível em torno dela.

– É claro que era perseguição. Todo mundo se diverte à custa das alunas que não têm muito dinheiro – disse ela.

– Mas você tem de admitir que foi muita idiotice bordar aquele logo na meia – eu disse, irritada. Eu queria ver como Mitsuru reagiria.

– Verdade. Mas você consegue entender como ela estava se sentindo? Ninguém quer ser motivo de chacota daquela maneira.

Sem ter muita certeza de como se opor a meu argumento, Mitsuru começou a cavar o chão com o tênis. A aluna mais inteligente dentre as calouras do Colégio Q para Moças revelou uma expressão abalada por minhas palavras. Eu experimentei uma suave onda de felicidade. Ao mesmo tempo, descobri que estava sentindo uma profunda afeição por Mitsuru.

– É claro que o que você está dizendo é certo – eu disse –, mas eu não sei se ela própria estava particularmente preocupada. Além disso, o que todo mundo no vestiário estava achando engraçado era a idiotice de alguém chegar ao cúmulo de bordar a meia! Eu não acho que havia uma maldade oculta nisso.

– Quando um grupo de pessoas se une em torno de um acordo tácito e decide agir, isso é *bullying*.

– Então por que as alunas que já estão na escola há mais tempo conspiram contra as que acabaram de entrar? Por que todo mundo ignora esse fato? E por acaso você também não faz parte desse grupo, afinal de contas?

Mitsuru suspirou profundamente.

– Olha, você tem razão com relação a isso – disse ela. – Eu me pergunto por que todo mundo simplesmente ignora isso. – Ela tamborilou os dedos nos dentes da frente, refletindo na pergunta. Eu vim a perceber mais tarde que sempre que Mitsuru fazia isso significava que ela estava secretamente avaliando a possibilidade de dizer ou não alguma coisa. Ela levantou a cabeça com um olhar determinado.

– Mas não é exatamente isso, entende? É porque as circunstâncias dos dois grupos são muito diferentes. Como elas vêm de ambientes muito diferentes, suas atitudes com relação ao valor das coisas são completamente diferentes.

– Sim, isso é óbvio – eu disse, enquanto observava as meninas da equipe de tênis lançando entusiasticamente a bola amarela por cima da rede. Suas raquetes, seus uniformes, seus tênis – tudo havia sido comprado com seu próprio dinheiro e não faziam parte da indumentária tradicional da escola. Eram artigos mais caros do qualquer um que eu teria oportunidade de ver.

– Aqui nós temos a sociedade de classes representada em toda a sua glória repugnante – continuou Mitsuru. – Aqui deve ser pior do que em qualquer outro lugar no Japão. A aparência controla tudo. É por isso que as garotas que fazem parte do círculo interno e aquelas que orbitam em torno delas jamais se misturam.

– Círculo interno? O que é isso?

– Aquelas que estudam aqui desde o primário são as verdadeiras princesas de sangue azul, as filhas de pais donos de cartéis gigantescos. Elas nunca vão precisar trabalhar um dia sequer em suas vidas. Na verdade, ter um emprego seria até motivo de grande constrangimento.

– Isso não é um pouquinho antiquado? – eu disse, com certo desdém, mas Mitsuru continuou com grande seriedade.

– Bom, é claro que eu concordo com você. Mas essa é a atitude do círculo interno em relação ao que consideram ser um valor. Pode até ser um pouco antiquado, mas o pessoal é firme em sua posição, aí todo mundo é levado a pensar de maneira equivocada.

– Tudo bem, mas e as outras que gravitam em torno delas?

– São filhas de pais assalariados – respondeu Mitsuru com uma pontinha de tristeza. – A filha de uma pessoa que trabalha para viver nunca vai poder fazer parte do círculo interno. Ela pode até ser inteligente ou possuir um talento considerável, mas nada disso vai fazer diferença. Ela não vai nem ser notada. Se ela tentar se insinuar no meio das outras, vai ser insultada. Além do mais, mesmo que ela seja superinteligente, se ela não for descolada e bonita vai valer pouco mais do que lixo num lugar como este aqui.

Lixo? Que espécie de palavra era aquela? Eu não fazia parte da classe alta que Mitsuru descrevera. Eu nem era filha de um assalariado cujo status era, pelo menos, assegurado. Era muito claro que eu não fazia parte do círculo interno e tampouco me enquadrava nas que orbitavam. Eu nem tinha muita certeza se me encaixava na categoria de excluída. Então eu era menos que lixo? Será que era meu destino na vida permanecer para sempre nas margens do céu observando o resplandecente rodopiar dos corpos celestes do outro lado? Eu me sentia como se houvesse acabado de descobrir um prazer novo e muito particular. Quando penso nisso, chego à conclusão de que, de repente, esse era provavelmente o meu destino.

– Existe uma forma de se entrar pro círculo interno. Uma única forma. – Mitsuru deu um tapinha com a unha nos dentes da frente.

– E qual é?

– Se você tiver uma beleza incomparável, abre-se uma exceção.

Dá para vocês imaginarem o que eu pensei naquele momento? É claro que pensei em Yuriko. O que aconteceria se Yuriko entrasse para aquela escola? Com sua monstruosa beleza, quem poderia ser páreo para ela?

Enquanto eu pensava em Yuriko, Mitsuru sussurrou em meu ouvido:

– Ouvi falar que você mora no distrito P. É verdade?

– Moro, sim. Eu pego o trem na estação K.

– Não existe nenhuma outra garota neste colégio que more no distrito P. Mas ouvi falar que alguns anos atrás havia uma aluna que morava em um dos bairros próximos a esse.

O lugar onde eu morava havia sido mar no passado. É uma região maravilhosa com ruas muito bem-cuidadas onde vivem muitas pessoas idosas e um tanto ou quanto exóticas. Mas dificilmente se poderia dizer que se trata de um local convencional para se morar, principalmente para uma estudante que precisa ir para um colégio tão cioso de seu status quanto aquele.

– Eu moro com meu avô num prédio de apartamentos subsidiado pelo governo – eu disse a Mitsuru, principalmente para provocá-la. – Vovô é pensionista, sabe? Aí ele arruma uns trocados para sobreviver fazendo todo tipo de conserto pros vizinhos. – Eu não acrescentei a parte referente a ele estar em liberdade condicional, mas o impacto foi suficiente.

Mitsuru inclinou-se para ajeitar as meias e murmurou, com pouca convicção:

— Jamais imaginei que houvesse alguma garota assim estudando aqui.

— Mesmo entre as excluídas?

— Excluídas? Que droga, você parece mais uma ET, sabia? Ninguém ri de você ou tenta te incomodar. Você só fica na sua e não dá a mínima pro mundo!

— Olha, eu fico aliviada de ouvir você dizendo isso.

Mitsuru abriu um enorme sorriso para mim, revelando seus grandes dentes da frente.

— Tudo bem, eu vou te contar a verdade, mas só vou contar para você. A verdade é que a minha casa também fica no distrito P. Minha mãe me disse para não deixar ninguém saber. Ela aluga um apartamento no distrito Minato só para mim. É claro que a gente finge que o apartamento é nosso. Minha mãe aparece todo dia para dar uma arrumada, fazer a comida e lavar a roupa.

— Por que vocês fazem isso?

— Porque se não fosse assim iam pegar no meu pé.

— Ah, então você é exatamente como as outras, embrulhada na própria mentira.

Mitsuru pareceu envergonhada.

— Você tem razão. Eu odeio isso. Eu me odeio por fazer isso. E também odeio minha mãe por isso. Mas se você não cooperar, você acaba chamando a atenção numa escola como esta, então não se tem escolha.

Eu estava convencida de que Mitsuru estava enganada. Não enganada por cooperar, pois se queria continuar com aquilo quem poderia impedi-la? Não, o que eu estava querendo dizer é que Mitsuru se enganara nos comentários que fizera anteriormente a respeito de Kazue. Não consigo explicar, na verdade, mas era como um caso de óleo e água. Kazue jamais se misturaria com o círculo interno, mas Kazue não conseguia perceber isso. Se as alunas a tratavam mal, elas a tratavam mal devido a sua incapacidade de reconhecer seu lugar. As garotas não a tratavam mal por ela ter nascido em determinado lugar ou pela forma como vivia ou pelos valores que cultivava. É por isso que não dá para dizer que o que elas faziam era *bullying*. Estou errada?

Mitsuru já havia sido alvo de *bullying*, então seu medo desse tipo de coisa era considerável. Como ela alugava um apartamento no afluente distrito de Minato e escondia o fato de que sua família vinha do distrito P, Mitsuru era conivente com as incluídas. E entre as incluídas, Mitsuru era a mais próxima das alunas do círculo interno.

– Então como é que você é uma aluna tão boa?

– Ah – disse ela, franzindo as sobrancelhas com se estivesse suportando um pesado fardo nos ombros –, no começo é verdade que eu estava determinada a não ser superada. Mas com o passar do tempo comecei a gostar de estudar. E não tinha mais nada que eu quisesse realmente fazer. Nunca liguei muito para moda e estilo como as outras. E não tinha nenhum interesse nos caras. Não entrei pra nenhum clube. Eu também nem pensava em ser médica. Mas eu tinha ouvido falar que o clube das candidatas a medicina era o que as meninas mais inteligentes frequentavam. Aí imaginei que, se era esse o caso, talvez eu encontrasse alguma coisa lá que pudesse satisfazer esse meu anseio.

Mitsuru era sincera. Eu nunca havia conhecido uma pessoa tão sincera em toda a minha vida.

– Esse seu anseio, o que é exatamente? – eu perguntei.

Mitsuru recuou e olhou fixamente para mim. Seus olhos eram muito pretos e brilhavam como os de uma pequena criatura indefesa.

– Talvez seja algo dentro de mim, alguma coisa demoníaca.

Demoníaca? Todos nós temos nossos demônios, acho eu. Para ser sincera, eu poderia ter levado facilmente uma vida tranquila e satisfeita sem jamais perceber a existência de meu próprio demônio. Mas ser criada lado a lado com Yuriko fizera com que meu demônio interior adquirisse proporções desmedidas. Eu compreendia por que um demônio se alojara dentro de mim. Mas como um demônio passara a frequentar também o corpo de Mitsuru?

– Você quer dizer que tem motivos sinistros ou que simplesmente não gosta de perder?

Mitsuru pareceu ter ficado sobressaltada diante de minha pergunta.
– Bom, eu imagino que... – Confusa, ela olhou para o céu.
– Você é a pessoa mais decidida que eu conheço – eu disse a ela.
– É mesmo? – O rosto de Mitsuru ficou vermelho. Ela estava constrangida. Tentei aliviar um pouco o clima mudando de assunto.
– Seu pai é assalariado? Quero dizer, você é uma das que orbitam?
– Sim – respondeu Mitsuru, assentindo com a cabeça. – Ele trabalhava com imóveis.
– Deve ser lucrativo.
– Ele recebeu uma boa indenização pela venda da peixaria que ele tinha, aí ele abriu um novo negócio. Ele era pescador, me disseram. Mas morreu quando eu era pequena.

Apesar de sua família originar-se do mar, Mitsuru aprendera a rastejar em terra firme como um pneumobrânquio, um peixe que respira fora d'água. Sem pensar, comecei a imaginar Mitsuru – seu corpo magro e branco – rastejando em meio à lama granulosa e pegajosa. De repente senti vontade de ser amiga daquela garota. Decidi convidá-la a ir à minha casa.

– Você não está a fim de me visitar qualquer dia desses?
– Claro! – Mitsuru aceitou meu convite prontamente. – Domingo é legal para você? Todos os dias depois da aula eu preciso ir ao curso preparatório de medicina. Para falar a verdade, estou tentando entrar para a Faculdade de Medicina da Universidade de Tóquio.

A Universidade de Tóquio! Mal tendo acabado de aprender a rastejar em terra firme, ela já estava querendo escalar uma montanha! E então, bem no fundo do meu ser nasceu um desejo de fazer de Mitsuru o foco de meu próprio estudo. Mitsuru era uma estranha criatura nascida naquela escola, uma criatura que possuía uma bondade e uma delicadeza que a separavam do resto de nós. E ainda assim, um demônio maior do que o das outras estava à espreita em seu coração.

– Eu tenho certeza de que você vai conseguir entrar!

— Imagino que sim. Mas mesmo que eu entre, e aí? É mais luta que vem pela frente, só isso.

Mitsuru estava começando a dizer alguma coisa quando uma das tenistas se virou e chamou-a da quadra.

— Mitsuru? Quer me substituir? Estou cansada.

Eu olhei na direção de Mitsuru enquanto ela se dirigia à quadra de tênis. Sua estrutura era pequena e seus quadris, altos, dando a seu corpo uma boa simetria. Ela agarrou a raquete como se o objeto fosse pesado e trocou algumas palavras com a amiga. Seus braços e pernas eram tão brancos e magros que pareciam jamais haver visto a luz do sol. Mas seu serviço alcançou a quadra de sua oponente com perfeição. A bola fez um agradável ruído seco ao ser rebatida. Embora eu não dispusesse de nenhuma base para fazer uma avaliação, decidi que Mitsuru era uma jogadora de tênis de qualidade incomparável. Ela era ágil com os pés e usava a quadra com inteligência. Na certa, ao fim da partida, ela ficaria constrangida pelo fato de se haver entregue durante o jogo, revelando inadvertidamente seu considerável talento. Mitsuru não era um bonsai. Sua beleza não era igual à de um bonsai, que consegue ser belo reafirmando sua própria vontade em desafio às cuidadosas amarras que o castigam e restringem. Eu imaginava como meu avô descreveria a beleza de Mitsuru.

Um esquilo. Subitamente me ocorreu: um esquilo esperto que vai à caça de nozes nas árvores e as enterra no chão para afugentar a fome do inverno. O esquilo era exatamente o que eu não era. Eu era a árvore. E sem dúvida uma árvore grande, uma árvore com sementes nuas, sementes sem ovários, uma gimnosperma. Eu seria um pinheiro, quem sabe, ou um cedro. De qualquer modo, eu não seria o tipo de árvore florida que recebe de bom grado pássaros e insetos em seus galhos como se fossem suas florações. Eu era uma árvore que existia simplesmente para si própria, sozinha. Uma árvore velha, espessa e dura, e quando o vento soprava em meus galhos, o pólen ali estocado se espalhava por vontade própria. Que analogia mais apropriada, eu pensei. A percepção trouxe um sorriso a meu rosto.

— Qual é a graça?

Eu ouvi uma voz irritada atrás de mim. Kazue estava em pé ao lado do bebedouro olhando fixamente para mim. Ela estivera olhando para mim durante um bom tempo, eu percebi, e a percepção me deixou ligeiramente aborrecida. Eu não pude evitar a imagem de uma árvore decrépita ao pensar em Kazue.

— Não tem nada a ver com você. Eu só estava lembrando de uma coisa engraçada.

Kazue enxugou o suor da testa e disse com um olhar ameaçador:

— Você estava aí sentada conversando com aquela tal de Mitsuru, e o tempo todo vocês estavam olhando para mim e rindo.

— Isso não significa que a gente estava rindo de você!

— Olha, eu não ligo a mínima se estavam. É só que me dá uma raiva danada imaginar alguém como você curtindo com a minha cara!

Kazue cuspiu as últimas palavras com um veneno especial. Percebendo que ela estava me ridicularizando, resolvi responder com seriedade, mascarando meus verdadeiros sentimentos com grande habilidade.

— Não faço a menor ideia do que você está falando. Nós não estávamos curtindo com a sua cara ou fazendo qualquer coisa desse tipo!

— Ah, esse tipo de coisa me deixa furiosa. Elas são tão maldosas. Tão infantis!

— Alguém fez alguma coisa com você?

— Seria bem melhor se elas realmente *tivessem* feito alguma coisa comigo.

Kazue bateu a raquete no chão com uma força surpreendente, levantando uma nuvem de poeira que cobriu de terra o tênis e os cadarços. As alunas sentadas no banco se viraram e a encararam, mas em seguida, quase tão subitamente, voltaram a olhar para o chão. Muito provavelmente elas não tinham nenhum interesse na conversa entre duas gimnospermas indefiníveis (Kazue também fazia parte das espécies sombrias dos pinheiros ou dos cedros, incapazes de produzir flores). Depois de encarar as outras alunas no banco com a hostilidade de um animal encurralado, Kazue me perguntou:

– Você pretende entrar para algum clube? Você decidiu?

Balancei a cabeça silenciosamente. Eu antes havia sonhado em participar dos clubes, mas assim que vi como as coisas realmente eram na escola, revi minha posição. Não que eu me importasse com as exigências tolas que os membros seniores dos clubes faziam aos juniores; isso existia em qualquer clube. Mas ali os clubes não eram estritamente hierárquicos. Eles tinham uma estrutura interna complicada onde existia também uma certa verticalidade. Havia clubes para as alunas do círculo interno, clubes para as que orbitavam e clubes para todas as outras alunas.

– Não, eu moro com meu avô, então não preciso participar. – Sem pensar, foram essas as palavras que saíram de minha boca! Meu avô e seus amigos assumiram o papel de homens da classe alta, e ajudá-lo em suas tarefas passou a ser minha atividade extracurricular.

– O que quer dizer com isso? Quer fazer o favor de explicar – disse Kazue.

– Não importa. Não tem nada a ver com você.

Um olhar de pura raiva surgiu no rosto de Kazue.

– Você está dizendo que eu só estou lutando por lutar? Que eu estou me preocupando com uma coisa sem importância?

Eu dei de ombros. Eu já estava farta de Kazue e de seu complexo de perseguição. Por outro lado, se ela já havia subentendido tudo aquilo, por que fazer a pergunta?

– O que eu estou tentando dizer é o seguinte: por que a escola precisa ser tão injusta? Tudo é tão dissimulado aqui! Elas já escolheram a vencedora antes mesmo de a partida começar!

– Do que você está falando? – Agora era a minha vez de perguntar.

– Olha só, eu queria me juntar ao grupo das líderes de torcida. Eu entreguei a minha ficha de inscrição e antes mesmo de elas darem uma olhada no papel elas já me eliminaram, assim num piscar de olhos. Você não acha que isso é errado?

A única coisa que eu pude fazer foi olhar estupefata para Kazue. Ela era tão incrivelmente ingênua a respeito de si mesma e da escola! Ela cruzou os braços num beicinho mal-humorado e olhou com fúria para o bebedouro. Um fluxo de água constante pingava preguiçosamente da torneira.

– Está enguiçada! – ela berrou, irritada.

Mas ela própria havia esquecido de fechar a torneira.

Eu contive o impulso para não rir dela. Ainda não completamente adultas, nós lutávamos para nos proteger de potenciais feridas virando as mesas em cima de nossos agressores visíveis e sendo as primeiras a partir para o ataque. Mas era cada vez mais cansativo ser um alvo constante, e aquelas que remoíam suas feridas certamente não estavam destinadas a uma vida longa. Então eu me esforçava para refinar minha maldade e Mitsuru se esforçava para aprimorar sua inteligência. Yuriko, para o bem ou para o mal, contava desde o início com sua beleza monstruosa. Mas Kazue... Kazue não tinha nada a cultivar. Eu não sentia absolutamente nenhuma simpatia por ela. Como eu posso colocar a questão? Indo direto ao ponto, Kazue era de uma ignorância suprema, insensível, despreparada e totalmente suplantada pela dura realidade que a confrontava. Como ela não podia perceber isso?

Estou certa de que vocês mais uma vez vão se sentir compelidos a notar que minha avaliação é particularmente brutal porém verdadeira. Mesmo que vocês deem o desconto de que ela ainda era imatura, havia em Kazue uma violenta insensibilidade. Faltavam a ela a atenção de Mitsuru e a minha crueldade. Em última análise, havia algo nela fundamentalmente fraco. Kazue não abrigava nenhum demônio; nesse sentido ela parecia Yuriko. Ambas ficavam à mercê do que quer que cruzasse seus caminhos, o que eu achava terrivelmente previsível. Eu queria mais do que qualquer coisa plantar um demônio em seus corações.

– Por que você não faz uma queixa? – eu disse a Kazue. – Por que não menciona isso na primeira aula do dia? – A professora encarregada de receber as alunas para a primeira aula do dia não fazia nada além de atender as alunas e passar as instruções do dia. Era o tipo de coisa que não fazia o menor sentido. E seria muito idiota da parte de alguma aluna instigar um debate sobre algum tema e tentar conseguir uma espécie de consenso. Mas Kazue acatou minha ideia com entusiasmo.

– É isso aí! Que ótima ideia! Eu te devo essa. – Só então nós escutamos o sinal indicando o fim da aula. Kazue saiu correndo. Nem se despediu de mim.

Eu fiquei aliviada quando Kazue foi embora, e senti que tivera sorte de conseguir passar toda a aula de tênis sem ter de fazer nada além de bater papo. As aulas de educação física e de economia doméstica no Colégio Q para Moças não exigiam nada. As professoras só prestavam atenção naquelas que demonstravam vontade de participar.

Essa era a doutrina pedagógica dos professores do Colégio Q para Moças: *independência, autoconfiança e respeito próprio*. As alunas eram estimuladas a fazer o que bem quisessem porque somente elas tinham responsabilidade por seu próprio crescimento. As regras eram frouxas e quase tudo era confiado ao sentido de autodeterminação das alunas. Em geral quase todas as professoras eram elas próprias formadas no sistema Q. Tendo sido alimentadas na intacta pureza do local, a doutrina pedagógica que pregavam era tudo menos abstrata. Elas instilavam cuidadosamente em nós a crença de que tudo era possível. Uma lição esplêndida, não acham? Não só Mitsuru como também eu acatamos de braços abertos esse ensinamento. Eu tinha minha maldade e Mitsuru sua inteligência. Juntas nossos pontos positivos alargaram-se e cresceram, e nós os alimentamos e lutamos para nos manter sobre nossas próprias pernas neste mundo corrupto.

3

Foi numa manhã chuvosa de julho que o telefone tocou anunciando a morte de minha mãe. Eu tinha acabado de preparar o almoço que levaria para a escola e estava começando a fazer o café da manhã. Torrada e geleia com chá. Eu comia as mesmas coisas no café da manhã todos os dias.

Meu avô estava na varanda conversando com seus bonsai, como de costume. No meio da temporada de chuvas os bonsai tinham a tendência de atrair não só besouros como também mofo, de modo que requeriam uma atenção especial. Vovô estava tão ocupado com eles – sem ligar para a chuva – que não ouviu o telefone tocar.

Assim que a manteiga derreteu na torrada quente eu tive de começar a espalhar a geleia de morango. Era importante espalhar a geleia de tal forma que as sementes pretas ficassem distribuídas uniformemente, mas eu tinha de tomar cuidado para não deixar que a geleia escorresse pelas bordas da torrada. A cronometragem era importante porque também era essencial que eu mergulhasse duas vezes o saquinho de chá Lipton na xícara e depois o retirasse. Eu estava tão ocupada com meus preparativos que chamei vovô com a voz irritada assim que ouvi o telefone.

– O senhor não vai atender?

Meu avô olhou para mim por cima do ombro. Eu apontei para o aparelho.

– Atenda o telefone. Se for a mamãe, avisa a ela que eu já fui para escola.

O céu lá fora estava cinzento e a chuva caía tão intensamente que não dava nem para ver o último andar do edifício que ficava no outro lado do conjunto; estava escondido na névoa. Como estava escuro demais, nós estávamos com as luzes acesas desde que amanhecera. A atmosfera era fantasmagórica, não parecia dia nem noite. Nunca me ocorreu perguntar por que minha mãe estaria me ligando naquela hora. A diferença de fuso horário entre o Japão e a Suíça é de sete horas; seria meia-noite por lá. Como eles nunca ligavam tão cedo, de repente passou pela minha cabeça que Yuriko havia morrido, e meu coração começou a dar saltos diante da expectativa.

Vovô finalmente pegou o aparelho.

– Sim, sou eu... Oh, alô, há quanto tempo. Obrigado por tudo que você tem feito ultimamente. – Vovô parecia não estar encontrando as palavras. Vendo-o com a língua tão presa eu imaginei que a ligação fosse da escola. Puxei apressadamente o saquinho de chá da xícara e o coloquei no pires. O chá ainda estava fraco demais. Eu não havia calculado bem. Vovô me chamou ao telefone com o olhar confuso.

– É o seu pai. Ele disse que precisa te contar uma coisa. Não consigo entender uma palavra do que ele diz. Está falando enrolado. Mas tem a ver com um assunto importante que ele não pode falar comigo.

Sequer uma vez na vida eu recebera um telefonema de meu pai. Fiquei imaginando se ele não iria me dizer que não mandaria mais dinheiro para pagar o colégio. Preparei-me para a briga.

– O que vou te dizer provavelmente vai ser um choque, mas não posso evitar. É difícil para nós todos, mas vamos superar essa tragédia, essa tragédia em nossa família.

O preâmbulo de papai não tinha fim. Ele costumava ser diligente e relatava os fatos sempre na ordem correta para que suas palavras pudessem ter um efeito maior no seu interlocutor. Mas talvez porque morasse longe do Japão e estivesse agora acostumado a falar sua língua materna, seu japonês havia piorado muito. Finalmente, exasperada, eu disse:

– O que tem para me dizer?

– Sua mãe morreu.

A voz de meu pai, por mais melancólica que estivesse, subiu de tom, desvelando a confusão reinante em seu coração. E então tudo ficou mortalmente silencioso do outro lado da linha. Eu não conseguia ouvir a voz de Yuriko no fundo ou qualquer outro som.

– Como foi que ela morreu? – eu perguntei calmamente.

– Suicídio. Eu cheguei em casa agora há pouco e sua mãe estava dormindo. Ela já estava na cama. Eu achei estranho ela não ter acordado quando eu entrei, mas isso já aconteceu em outras ocasiões. Ela não andava muito comunicativa ultimamente. Quando me aproximei vi que ela não estava respirando. Ela já estava morta. O médico acredita que ela tenha tomado um punhado de soníferos hoje de tarde e acabou morrendo por volta das sete da noite, quando não havia ninguém em casa. É tudo tão triste que eu não consigo nem pensar direito.

Papai gaguejou a última frase num japonês falho antes de soltar:

– Eu não consigo acreditar que ela tenha se matado. Eu acho que foi culpa minha. Ela deve ter feito isso por puro respeito.

Ao falar *respeito*, meu pai estava querendo dizer *despeito*.

— É tudo culpa sua — eu respondi friamente. — Você arrastou-a pra Suíça.

Minhas palavras enraiveceram papai.

— Você está me culpando porque eu e você não nos damos bem? Está dizendo que o errado sou eu?

— Bom, você não é totalmente inocente.

Depois de um momento de silêncio, a raiva de meu pai diminuiu gradativamente e sua tristeza pareceu se aprofundar.

— Nós vivemos juntos por dezoito anos. Eu não consigo acreditar que ela tenha morrido antes de mim.

— Sem dúvida é um grande choque.

— Você não está triste por sua mãe ter morrido? — perguntou meu pai de repente, para minha surpresa.

Eu não estava triste. É estranho, mas a sensação que eu tinha era de ter perdido minha mãe muito tempo antes. Eu chorara por ela durante a minha infância, de modo que não me senti nem particularmente solitária ou triste quando minha mãe me deixou e partiu para a Suíça em março daquele ano. Quando ele me contou que ela havia morrido, minha sensação foi de que ela já havia partido para algum lugar, muito, mas muito distante, de modo que a tristeza era um sentimento bastante diferente para mim. Mas era muito estranho meu pai fazer esse tipo de pergunta.

— É claro que eu estou triste.

Isso pareceu tê-lo deixado satisfeito. De repente, sua voz perdeu a força.

— Eu estou chocado. Yuriko também. Ela acabou de chegar em casa. Ela está perturbada de verdade. Acho que está no quarto chorando.

— Por que Yuriko chega em casa tão tarde? — eu perguntei sem pensar. Se Yuriko estivesse em casa, talvez tivesse encontrado mamãe antes.

— Yuriko tinha um encontro... com um amigo do filho de Karl. Eu tive uma reunião de trabalho que durou mais do que o esperado, então não deu para sair.

Meu pai deu suas desculpas. Suas palavras saíam numa torrente totalmente desarticulada. Eu não conseguia imaginar meu pai realmente conversando com minha mãe. Ela talvez se sentisse solitária, mas eu não sabia o que pensar. Se as pessoas não conseguem suportar a solidão, não têm outra escolha a não ser morrer.

— Estamos planejando fazer o enterro em Berna. Você vai receber a passagem pelo correio, mas eu não vou pagar a passagem do seu avô. Quero que você explique isso a ele.

— Sinto muito, mas estou cheia de provas finais pra fazer e não vai dar pra viajar assim. Por que você não deixa o vovô ir no meu lugar?

— Você não quer se despedir de sua própria mãe?

Eu já me despedira: muito tempo atrás, quando ainda era criança.

— Não, não quero. Espere aí que eu vou chamar o vovô.

Vovô, que aos poucos começou a entender sobre o que falávamos, pegou o telefone com uma aparência contrita. Ele e meu pai começaram a conversar sobre todas as pendências que deveriam ser resolvidas. Ele se recusou a comparecer ao enterro. Eu mordi a torrada — agora fria — e bebi o chá fraco. Enquanto guardava na mochila o almoço que preparei com as sobras da noite anterior, vovô apareceu na cozinha. Seu rosto estava pálido e com sinais de raiva e pesar.

— Ele a matou, aquele filho da puta!

— Quem?

— Seu pai, ora quem! Eu quero ir ao enterro dela, mas não posso. É de partir o coração. Não posso ir nem ao enterro da minha única filha!

— Se o senhor quer ir, por que não vai?

— Não posso. Estou em liberdade condicional. Agora estou só no mundo.

Vovô se sentou no chão da cozinha e chorou.

— Primeiro minha mulher morre e agora minha filha. Que vida essa minha!

Coloquei minhas mãos nos ombros magros de vovô e o embalei delicadamente. Eu sabia que depois minhas mãos iam ficar com cheiro de brilhantina, mas não estava ligando. Isso mesmo. Eu sentia algo bem parecido com amor por vovô. Ele sempre me deixava fazer tudo o que eu queria.

— Pobre vovô! Mas o senhor ainda tem os seus bonsai.

Vovô se virou para olhar para mim.

– Você tem razão. Você é sempre tão calma. Você é realmente forte. Eu sou irremediável. Mas você, em você eu posso confiar.

Eu havia compreendido isso há algum tempo. Nos quatro meses em que havia morado com vovô, ele começara a confiar em mim para fazer as tarefas domésticas, os trabalhos de conserto e até mesmo suas interações com os vizinhos do conjunto. Ele confiava em mim para tudo. Esquecendo-se completamente de si, ele queria apenas cuidar de seus bonsai. Ele queria tanto isso que mal conseguia suportar.

Enquanto isso, minha mente entrou em parafuso. Eu estava tentando descobrir uma maneira de manter nossas contas em dia. E se papai exigisse que eu me mudasse para a Suíça? Como é que eu faria? Ou por outra, se papai decidisse voltar para o Japão com Yuriko e voltasse a residir aqui? E aí?

Mas nenhum dos dois cenários era provável. Eu imaginei que meu pai e Yuriko ficariam em Berna mesmo sem minha mãe. Certamente ele não iria querer que eu fosse para lá, sabendo que eu não me dava com Yuriko. Eu podia afirmar pela última carta que minha mãe enviara que ela provavelmente se sentia solitária em Berna, sentindo-se como a única asiática na família. Como eu estava feliz por não ter ido com eles! Suspirei de alívio.

Em questão de minutos, entretanto, recebi outro telefonema, agora de Yuriko.

– Alô, mana? É você?

Ouvi a voz de Yuriko pela primeira vez em meses. Ela soava forte, mais madura, talvez porque Yurito estivesse falando num sussurro, como se preocupada com a possibilidade de outra pessoa estar ouvindo. Eu não tinha tempo para isso.

– Eu tenho de ir para escola agora e não tenho tempo para conversar. O que você quer?

– Nossa mãe acabou de morrer e você está indo para escola? Não acha que está sendo fria demais? Soube que você também não vai vir pro enterro. É sério?

– Por quê? Você acha isso estranho?

– Acho, sim. É superestranho! A gente tem de ficar de luto, papai disse. Eu vou deixar de ir à escola durante um tempo, e é claro que vou ter de ir ao enterro.

– Faça o que quiser. Eu vou para escola.
– Mas isso é muito triste para mamãe.
A voz de Yuriko estava repleta de censura. Mas minha ansiedade para chegar na escola tinha pouco a ver com ela ou com mamãe. Ao contrário, eu estava com pressa porque aquele era o dia em que Kazue estava planejando discutir a discriminação que sofrera ao tentar entrar para o grupo de líderes de torcida. Eu duvido que em toda a história do Colégio Q para Moças alguém houvesse levantado uma questão como aquela. Era um acontecimento ímpar, e eu ficaria verdadeiramente desapontada se fosse obrigada a perdê-lo.

Não que um evento escolar fosse mais importante do que a morte de minha mãe. Não se tratava disso. Mas havia sido eu a responsável por plantar aquela semente, e eu queria ver com meus próprios olhos como Kazue lidaria com a situação. A morte de minha mãe já era um fato consumado. Mesmo que eu me ausentasse da escola ela não voltaria à vida. Todavia, perguntei a Yuriko como andava o comportamento de mamãe ultimamente.

– Ela estava agindo de modo estranho ultimamente?
– Estava, sim. Ela parecia estar sofrendo alguma espécie de neurose – respondeu Yuriko em meio às lágrimas. – Mesmo reclamando de como o arroz era caro, ela cozinhava uma panela inteira por dia, muito mais do que a gente tinha condições de consumir. Ela sabia que isso irritava papai, aí ela fazia só para deixá-lo enfurecido. E tinha parado de preparar o bigos dele. "Isso é comida para porco", ela reclamava. Aí ela parou de sair. Só ficava em casa sentada sozinha no escuro e não acendia as luzes. Quando eu chegava, achava que não tinha ninguém em casa e começava a acender as luzes e aí ela aparecia lá sentada à mesa com os olhos esbugalhados. Era de dar medo. Ela ficava olhando fixamente para mim e dizia coisas tipo, "De quem você é filha?" Para falar a verdade, papai e eu começamos a sentir que não tínhamos condições de lidar com ela.

– Eu recebi umas cartas dela e ela parecia estranha. Por isso perguntei.
– Você recebeu cartas dela? O que elas diziam? – Yuriko mal se aguentava de tanta curiosidade.

— Nada importante. Por que você ligou?
— Tem uma coisa que eu queria conversar com você.

Aquilo era muito esquisito, eu pensei, e senti meu alerta de perigo começando a soar. Não pude evitar de prever o pior. O céu lá fora escurecera e a chuva ficara ainda mais intensa. Eu ia ficar ensopada antes mesmo de chegar à estação. Eu já estava atrasada demais para chegar antes da primeira aula, então, resignada, sentei no tatame. Vovô espalhara jornais por toda a sala e estava tirando os bonsai da varanda. Ele havia deixado a porta escancarada, e o barulho da chuva preenchia a sala. Levantei a voz:

— Está ouvindo a chuva? Está um temporal danado aqui.
— Não estou ouvindo. Você está ouvindo o papai chorando? Ele também está fazendo a maior barulheira.
— Não estou ouvindo.
— Eu não posso ficar mais aqui agora que a mamãe morreu — disse Yuriko.
— Por quê? — eu berrei.
— Ah, o papai com certeza vai se casar de novo. Eu já sei de tudo. Ele sai com uma mulher mais jovem que trabalha na fábrica, uma garota turca. Ele pensa que ninguém sabe. Mas Karl e Henri sabem, todo mundo sabe. Henri me contou, entende? Ele disse que tem certeza de que a garota turca está grávida, aí eu tenho certeza de que papai vai se casar com ela assim que puder. É por isso que não posso ficar aqui. Eu vou voltar pro Japão.

Eu dei um salto e fiquei de pé, completamente horrorizada. Yuriko estava voltando? Logo agora que eu tinha acabado de me livrar dela! Não fazia mais do que quatro meses.

— Onde é que você está planejando morar?
— Que tal aí?

A voz de Yuriko estava com um tom persuasivo. Olhei para vovô, que estava ocupado arrastando os bonsai para a sala, seus ombros molhados por causa da chuva, e respondi com bastante clareza.

— De jeito nenhum!

4

Fui andando resolutamente debaixo do temporal em direção ao ponto de ônibus. A água da chuva formava torrentes ao longo da rua asfaltada que estava quase se transformando num canal. Um passo em falso e eu ficaria encharcada até as canelas. O ônibus que eu sempre pegava passou ribombando na rua atrás de mim e foi embora; as janelas esbranquiçadas devido à respiração dos passageiros. Eu podia imaginar a desagradável umidade no interior do veículo.

A que horas passaria o próximo ônibus? Será que ele me deixaria na escola a tempo de assistir à primeira aula? Eu já não estava mais dando a mínima se conseguiria ou não chegar. Eu podia ouvir a voz de Yuriko soando sem parar em minha cabeça. *O que eu vou fazer? O que eu posso fazer?* Isso era tudo em que eu conseguia pensar naquele momento.

Se Yuriko voltasse ao Japão sem outro lugar para ficar, nós teríamos de morar juntas novamente como irmãs. Sem nenhum outro parente em quem confiar, ela não teria nenhum outro lugar para ir além do pequeno apartamento de vovô. Só de pensar em ter Yuriko como companhia já me dava urticária. Assim que eu abrisse os olhos de manhã lá estaria ela deitada no futon bem ao lado do meu, seus olhos escuros olhando bem para mim, e depois eu tomaria chá com torradas e geleia com ela e com vovô. Merda!

Yuriko odiaria o cheiro da brilhantina barata de vovô. Ela ficaria irritada com os bonsai dele atravancando o apartamento e acharia o nosso jeito de ajudar os vizinhos uma aporrinhação. E assim que Yuriko se tornasse conhecida no local, era líquido e certo que todos no conjunto habitacional e até mesmo nas galerias comerciais ficariam fervilhando de curiosidade a respeito dela. O confortável equilíbrio que meu avô e eu compartilhávamos seria abalado. Vovô poderia até voltar a roubar!

Mas o que eu mais odiava era a ideia de voltar a ficar fascinada pelo monstro Yuriko, de ser envolvida por sua presença. Eu não conseguia me sentir segura em hipótese alguma. De repente, pensei em minha mãe e seu suicídio.

Eu imagino que não consigam aceitar que uma oriental sem graça como eu pudesse gerar uma beldade como Yuriko. A razão pela qual minha mãe escolheu pôr fim à vida não foi sua incapacidade de lidar com a solidão, e não foi o fato de meu pai a estar traindo. Será que ela não se matou por causa de Yuriko? Por causa de sua existência em si? Quando ouvi que Yuriko estava voltando para o Japão, uma raiva inexplicável começou a se instalar em minha cabeça. Fiquei indignada com minha mãe por ela ter se matado e odiei meu pai por sua infidelidade; então, subitamente, comecei a sentir pena de minha mãe e percebi uma espécie de afinidade com ela. Lágrimas começaram a sair de meus olhos. Debaixo daquela chuva eu fui capaz de chorar pela primeira vez a morte de minha mãe. Talvez vocês achem isso difícil de acreditar, mas eu tinha apenas dezesseis anos. Até eu tinha meus momentos sentimentais.

Ouvi o ruído de um carro se aproximando por trás, cortando o aguaceiro. Para evitar levar um banho, fui me abrigar debaixo da marquise de uma loja de roupa de cama e fiquei esperando o carro passar. Era um enorme carro preto – do tipo talvez usado pelos funcionários do governo, do tipo raramente visto naquela vizinhança. O carro encostou perto de mim e a janela abriu.

– Quer uma carona? – Mitsuru fez uma careta quando a chuva atingiu seu rosto. Eu olhei fixamente para ela sem conseguir acreditar e ela acenou para mim. – Vamos embora. Corre!

Eu fechei o guarda-chuva e entrei no carro. Estava gelado lá dentro e o carro tinha um cheiro de odorizador barato. Supus que ele pertencesse à motorista, uma mulher de meia-idade com os cabelos desalinhados. Ela se virou para olhar para mim.

– Você é a menina que mora no conjunto habitacional do governo no distrito P? – A voz dela era tão baixa e rouca que parecia que sua garganta havia sido lixada.

– Sou, sim.

– Mamãe, acho que isso foi um pouco grosseiro da sua parte. – Enquanto dava uma bronca na mãe, Mitsuru enxugava o meu uniforme com um lenço. Sua mãe se concentrou no sinal de trânsito à frente e nem pediu desculpa nem riu. Então aquela era a mãe de Mitsuru? Como eu era naturalmente fascinada pelos relacionamentos humanos e pela maneira como a hereditariedade funciona, olhei fixamente para a mulher, imaginando o que minha amiga tinha de semelhante a ela.

Seus cabelos estavam despenteados e pareciam ser um permanente. Sua pele era escura e não mostrava nenhum traço de maquiagem. Ela estava usando um traje cinza de jérsei que mal dava para chamar de vestido: parecia mais uma camisola. Eu não conseguia ver os seus pés, mas tinha certeza de que estava usando sandálias com meias ou um par de tênis encardidos.

Será que era mesmo a mãe de Mitsuru? Ela era ainda pior do que a minha própria mãe! Desencorajada, comparei seu rosto com o da filha. Mitsuru sentiu meu olhar e se virou para olhar para mim. Nossos olhos se encontraram. Ela assentiu com a cabeça, como se estivesse resignada. A mãe de Mitsuru sorriu, exibindo uma fileira de dentes miúdos que além de não parecerem nem um pouco com os de Mitsuru não combinavam muito bem com o formato de seu rosto.

– Não é muito comum alguém desse bairro frequentar aquela escola, é?

A mãe de Mitsuru era uma pessoa que havia abandonado algo. Creio que poder-se-ia dizer que foram a reputação e a dignidade social. Na cerimônia de matrícula eu olhara furtivamente para os pais de outras alunas. Eles eram em sua maioria ricos, de uma riqueza que se esforçavam para mostrar discretamente. Ou talvez eu devesse dizer que eles eram especialistas em expor sua riqueza mantendo-a oculta. Seja qual for a perspectiva que se tem, a palavra certa aqui era *riqueza*.

Mas a mãe de Mitsuru era completamente indiferente a essa atitude em relação à riqueza. Talvez ela tivesse abraçado a ideia no passado e depois a abandonado, fugido por completo dela. Os pais das crianças ricas manifestavam orgulho com a inteligência de seus rebentos. Mesmo os trabalhadores assalariados refreavam a ostentação. Mitsuru me disse que sua mãe lhe dera ordens para não dizer a ninguém que ela morava no distrito P, portanto ver sua mãe com aquela aparência tão desmazelada foi uma experiência completamente inesperada. Eu presumira que ela seria do tipo que superestimava a aparência.

– Você andou chorando? – perguntou Mitsuru.

Eu olhei para ela sem responder. Seus olhos estavam brilhando com uma irritabilidade que eu jamais vira antes. Eu vira o demônio dela. Justamente naquele instante, por um momento fugaz, eu segurara o rabo do demônio dela. Será que ela ficou constrangida? Ela evitou meus olhos.

– Eu recebi um telefonema agora há pouco. Minha mãe morreu.

A expressão de Mitsuru ficou sombria. Ela torceu os lábios entre os dedos como se estivesse tentando arrancar a boca do rosto. Eu imaginei quando ela ia começar a tamborilar em seus dentões da frente com a unha, como costumava fazer. Senti que estava no meio de uma luta com ela. Mas então ela desmoronou completamente.

– Sinto muito – disse ela.

– Quer dizer então que sua mãe morreu? – A mãe de Mitsuru olhou para mim pelo espelho retrovisor e falou numa voz que mais parecia uma lixa. Seu jeito de falar era rude. Ela se parecia exatamente com o tipo de gente que andava com meu avô. Franca, aberta e mais preocupada com a substância do que com a fachada.

– Morreu.

– Quantos anos tinha?

– Uns cinquenta, eu acho. Não, talvez tivesse uns quarenta e poucos. – Eu não sabia qual era a idade certa de minha mãe.

– Então ela devia ter mais ou menos a minha idade. Como foi que ela morreu?

– Ela se matou.

– Por quê? Será que foi a mudança de vida?

– Não sei.

– A mãe que comete suicídio certamente deixa os filhos numa tremenda roubada! Você não devia ir à escola hoje. Por que saiu de casa? – perguntou ela.

– É verdade. Mas minha mãe morreu no exterior, portanto não tem muita coisa que eu possa fazer em casa.

– Mas não há motivo para você fazer todo esse esforço de ir para escola, principalmente num temporal como esse. – A mãe de

Mitsuru analisou meu rosto pelo retrovisor, seus intensos e profundos olhos me olharam de cima a baixo, centímetro por centímetro.
– Eu preciso ir à escola hoje.
Eu não queria mencionar Kazue e seu protesto antidiscriminação, portanto parei por ali mesmo. A mãe de Mitsuru pareceu ter perdido o interesse em minha necessidade de luto.
– Espera um pouquinho! Você é metade japonesa?
– Mamãe! Que diferença isso faz? – interrompeu Mitsuru. E eu comecei a ouvi-la bater nervosamente nos dentes com a unha.
– A mãe dela acabou de morrer. Para de fazer tantas perguntas!
Mas a mãe de Mitsuru não podia ser silenciada.
– Você mora com seu avô, não é isso?
– Moro, sim.
– E seu avô é japonês?
– É.
– E sua mãe é japonesa. Então qual é a outra metade afinal?
Por que ela estava tão curiosa? Mas a verdade é que eu estava gostando das perguntas. Eram perguntas que todos sempre quiseram fazer, mas nunca faziam.
– Suíça.
– Olha só que par mais lindo!
A mãe dela disse isso com um sorriso, mas eu podia ver que não era essa sua intenção. Mitsuru sussurrou em meu ouvido:
– Desculpe as grosserias da minha mãe. É o jeito dela de tentar ser simpática.
– Eu não estou sendo simpática. – A mãe de Mitsuru se virou novamente para nos olhar. – Você parece uma garota durona. Mitsuru não passa de uma traça de livro. É ridículo. Ela diz que quer ir pra Faculdade de Medicina da Universidade de Tóquio, ela é tão cabeça-dura! Ela não quer ficar atrás de ninguém. E com certeza não quer ser motivo de piada de ninguém. Essa é a maior preocupação dela. Então ela disse que não morava mais aqui nesse bairro e foi lá alugar um apartamento só para ela. Antes do ensino médio ela foi obrigada a suportar algumas agressões horríveis, aí então ela aprendeu a se armar. Mas eu realmente gostaria muito de tê-la tirado daquela maldita escola naquela época mesmo.

– Por que a agrediram? – eu perguntei a Mitsuru, indiferente.
A mãe de Mitsuru respondeu antes que ela tivesse oportunidade.

– Porque a mãe dela é dona de um bar, é por isso!

Ela encostou bem na frente do portão da escola, saindo do caminho para atrair os olhares curiosos das outras alunas que estavam entrando. Ela estava decidida a irritar Mitsuru. Quando agradeci pela carona, ela disse para mim:

– Vê se não se esquece de dizer pro seu avô dar uma passadinha lá no bar qualquer hora dessas. Eu vou tratar bem dele. O nome é Rio Azul e fica bem em frente à estação.

Eu não tinha certeza, mas desconfiava que o bar era alguma espécie de cabaré.

– Tem algum bonsai por lá?
– Por quê?
– Vovô prefere bonsai a mulheres, só por isso.

A mãe de Mitsuru não sabia exatamente o que fazer diante da minha piada e esticou o pescoço para dizer alguma coisa para mim, mas o que quer que tenha sido, eu não ouvi porque Mitsuru já tinha batido a porta com toda a força. Ela segurou seu guarda-chuva em cima de mim enquanto eu pegava o meu.

– Minha mãe é uma peça, não é não? Mas ela só brinca de ser má. Eu não suporto. Uma pessoa que abandona o seu jeito normal para dizer coisas tão horríveis como as que ela disse só pode ser uma covarde, você não acha?

Mitsuru falou num tom comedido e tranquilo. Eu assenti para que ela soubesse que eu entendia perfeitamente. A mãe não combinava com os ideais de Mitsuru. A mesma coisa acontecia comigo. Os filhos não têm como escolher suas mães.

– Você está bem? – perguntou Mitsuru com um olhar de preocupação.

– Eu estou legal. A sensação que eu tenho é que minha mãe e eu nos afastamos uma da outra há muito tempo.

– Eu sei o que você está querendo dizer. Eu também sinto que me despedi de minha mãe há muito tempo. Agora eu só estou usando-a, você sabe, para caronas e coisas assim.

– Eu sei.

– Você é uma garota estranha. – Mitsuru olhou para mim de relance ao dizer isso, mas em seguida avistou uma de suas amigas acenando para ela. – Vou nessa.

– Espera um minuto. – Eu agarrei a blusa dela. Ela se virou para olhar para mim. – Quando agrediram você, sua mãe disse que você se armou. Como?

Mitsuru fez um sinal para sua amiga ir na frente porque ainda queria conversar um pouco comigo.

– Ah, eu agora deixo elas usarem minhas anotações de aula.

– Mas então você está apenas deixando elas te usarem, não está? Como é que consegue ser tão legal com essas garotas que implicavam com você?

Mitsuru bateu com o dedo nos dentes da frente.

– Olha só, você é a única pessoa que vai saber disso, certo? As anotações que eu dou para elas não são as minhas verdadeiras anotações.

– Como assim?

– Eu tenho dois conjuntos de anotações. As minhas próprias são mais completas e detalhadas do que as que eu dou a elas. As anotações que eu passo para elas contêm alguns pontos importantes, por isso elas nem reparam. Mas é tudo falso.

Mitsuru estava sussurrando, como se estivesse falando algo constrangedor. Mas ainda assim o tom de sua voz era tão animado que ela mal conseguia esconder a alegria.

– A audácia delas me perturba de verdade. Como elas têm o hábito de intimidar as outras, elas não veem nenhum problema em pegar as anotações de alguém. A única maneira de você se defender do descaramento delas é sendo impositiva na hora de fazer os acordos. Como eu deixo elas copiarem minhas anotações, elas pararam com o *bullying*; essa é a troca que nós estabelecemos. Essas garotas pegam as coisas rapidinho. Elas sacaram logo que eu era muito mais do que uma criança bobona que elas podiam ficar atazanando. Eu podia ser útil a elas, aí elas transferiram suas agressões para uma outra aluna. – Mitsuru sorriu ligeiramente e deu de ombros.

– Você nem imagina como eram as perseguições no ensino fundamental. Era uma coisa horrível. Durante um ano inteiro nem uma viva alma dirigiu uma palavra sequer a mim. As únicas pessoas que falavam comigo eram os professores e as mulheres que trabalhavam na loja da escola. E só. Até as outras alunas que haviam entrado naquele ano me perseguiam. Elas imaginavam que perseguir uma excluída talvez fizesse elas se transformarem em incluídas.

O primeiro sinal soou. A primeira aula do dia começaria a qualquer momento. Nós corremos para a sala. Jamais em minha vida eu imaginaria que uma garota tão bonitinha como a Mitsuru pudesse ser agredida.

– Eu continuo sem entender por que elas escolheram você como vítima.

– Porque minha mãe veio assistir a algumas aulas durante o período de orientação. Foi assim que ela se apresentou na frente de todos os membros da Associação de Pais e Alunos: "Eu estou muito emocionada por minha filha ter finalmente conseguido entrar para o Colégio Q. Ela tinha isso como meta há muito, muito tempo mesmo. Eu tinha esperança de ela entrar ainda no primário, mas como isso não foi possível eu comecei a sonhar com a entrada dela no ensino fundamental. Eu cuidei para que ela estudasse com afinco e valeu a pena. Agora eu espero que todas vocês se relacionem muito bem com a minha menina e sejam ótimas amigas!"

"Isso nada mais era do que a forma típica de minha mãe se dirigir aos outros. Só que no primeiro dia de aula eu já era a vítima. Naquela manhã eu encontrei um desenho da minha mãe no quadro-negro. Ela estava vestida com um terno vermelho bem chamativo e usando um enorme anel de diamante, e ao lado do desenho estavam escritas as palavras: *Finalmente, uma aluna Q!* Mas o significado era que, mesmo que eu tivesse ingressado no primário ou no ensino fundamental, eu *jamais* seria uma delas."

– Eu entendo perfeitamente.
– O que você acha que entende?
– O problema da sua mãe.

Eu queria acrescentar que sabia que ela sentia vergonha da própria mãe. Mas Mitsuru franziu o cenho.

– Eu sinto muito... enfim, eu sinto muito sobre a sua mãe. Por ela ter morrido hoje.

– Não, está tudo bem. A verdade é que a gente cedo ou tarde acabaria tendo de se separar.
– Você é realmente muito maneira.
Mitsuru riu alegremente. Nós duas entendemos que algo se passara entre nós naquele momento que apenas nós duas teríamos condições de dar o devido valor. Daquele dia em diante passei a nutrir um delicado amor por Mitsuru.
Eu entrei na sala de aula e imediatamente procurei Kazue. Ela estava olhando com raiva para o quadro-negro, seu rosto pálido e repleto de tensão. Assim que me viu, ela se levantou e caminhou em direção à minha carteira com aquele seu jeito abrupto.
– E aí? Eu acho que eu vou levantar aquela questão hoje.
– Ah, é? Boa sorte!
– E você também vai falar alguma coisa, não vai?
Kazue olhou fixamente para mim. Seus olhinhos miúdos rodeados por cílios pretos me examinavam atentamente. Ao retribuir o olhar, eu senti que meu ódio por ela se multiplicava. Uma completa idiota ela era. Quanto mais ela piorava as coisas para si mesma, mais eu conseguia imaginar uma vida diferente para mim e Mitsuru. Vocês acham que a minha atitude é ofensiva? Era assim que as coisas funcionavam em meu mundo.
– Com certeza. Eu vou te dar um apoio – eu disse, mas não estava falando sério.
Kazue pareceu ter ficado aliviada. Seus olhos cintilaram.
– Sensacional! O que é que você vai falar?
– Que tal se eu apenas confirmar que tudo o que você está dizendo é verdade?
– Beleza. Se eu começar, você levanta a mão, tá bem? – Kazue olhava desanimadamente ao redor da sala enquanto falava. As excluídas estavam todas sentadinhas em suas cadeiras esperando a professora chegar; as incluídas estavam amontoadas no fundo da sala cochichando umas com as outras. – Pronto, começou.
Kazue seguiu em direção à carteira com uma aparência confiante. Em seguida, a porta da sala se abriu e a professora entrou. Ela era a encarregada de ensinar os clássicos, e nós todas a chamávamos de "Hana-chan". Ela era uma mulher solteira, quase na

faixa dos quarenta anos, diria eu, e sempre usava um terninho muito bem-cortado nas cores azul-marinho ou cinza e uma blusa de colarinho branco. Invariavelmente trazia no pescoço um fino colar de pérolas. Ela carregava consigo um caderno de couro verde-escuro, e suas bochechas eram muito brancas e sem o menor sinal de maquiagem. Ela entrara para o sistema escolar Q no primário e continuara até a universidade, e tinha muito orgulho de seu legado.

Kazue, aparentemente aturdida, correu para sua carteira. Eu não tirava os olhos dela.

— Bom-dia, meninas! — Hana-chan saudou a turma com sua voz aguda e ligeiramente nasalada. Ela olhou languidamente pela janela. A chuva ainda estava forte.

— Dizem que o tempo vai abrir de noite. Mas eu não tenho muita certeza...

Kazue respirou fundo e se levantou. Eu a observei com o canto do olho. Hana-chan olhou para ela, surpresa. Eu mirei as costas de Kazue, encorajando-a telepaticamente. *Vai lá! Diz logo!* Finalmente, numa voz grossa e cheia de fleuma, ela começou:

— Hum, tem uma questão que eu gostaria de levantar. É sobre os clubes.

Kazue olhou de relance para mim de um jeito nervoso, mas eu agi como se não soubesse o que ela queria de mim e pousei a mão no queixo. Nesse exato momento, as garotas do grupo de líderes de torcida correram para a frente da sala. Kazue olhou para elas como quem não acredita no que está vendo. As garotas se alinharam e, altas e empertigadas, começaram a cantar "Parabéns para você". Em um segundo todas se juntaram ao coro. As meninas que lideravam a manifestação eram quase todas incluídas, a maioria das quais tendo começado juntas no primário. Hana-chan teve um acesso de riso.

— Como é que vocês sabem que hoje é o meu aniversário?

As líderes de torcida começaram a agitar os pompons e a soltar bombinhas. Depois começaram a bater palmas e a gritar entusiasticamente. Ao som das bombinhas estourando, Kazue desabou em sua carteira. Uma aluna bonitinha com os cabelos presos num coque pegou um buquê de rosas e colocou nas mãos de Hana-chan.

– Oh, estou encantada!

– Todas nós queríamos fazer um brinde à senhora, já que é o seu quadragésimo aniversário!

Quando elas haviam feito os preparativos?, eu imaginei. Lá estavam elas, pegando latinhas de refrigerantes numa bolsa de papelão e dando uma para cada aluna.

– Todo mundo agora! Abram suas latinhas e vamos fazer um brinde a Sensei! Feliz aniversário!

Algumas alunas estavam confusas e imaginavam se era realmente permitido beber em sala de aula. Mas ninguém estava disposto a ser estraga-prazeres, portanto todas agiram como se estivessem se divertindo. Eu comecei a beber o refrigerante, que borbulhou na minha boca e encheu meus dentes de açúcar. Kazue fez uma careta de humilhação.

– Sensei, diga alguma coisa! – Em total entusiasmo, as alunas a incentivavam e a adulavam.

– Olha, eu estou surpresa! – Hana-chan apertou o buquê de rosas contra o peito. – Muito obrigada a todas vocês! Hoje eu completo quarenta anos! Sei que devo parecer uma velha para vocês. Eu também estudei neste colégio, vocês sabem disso. A professora da minha turma, quando eu estava no primeiro ano do ensino médio, tinha exatamente a mesma idade que eu tenho agora. Eu a considerava uma figura ancestral, portanto imagino que o mesmo deva acontecer com vocês. Que horror!

– Você não parece velha! – gritou uma das alunas, e toda a turma começou a rir.

– Ah, muito obrigada! É realmente um privilégio trabalhar com uma turma como a de vocês! Independência, autoconfiança e respeito próprio são um lema que servirá muito bem a vocês no futuro. Vocês são todas abençoadas. Mas precisamente por serem tão abençoadas nós podemos educá-las para serem autoconfiantes e orgulhosas de si. Então, por favor, estudem muito e continuem crescendo!

Não podia haver um discurso mais ridículo do que aquele. Mas foi recebido com aplausos e assovios tão sonoros que a professora da sala ao lado apareceu na porta para ver o que estava acontecendo. Mas eu sabia que ninguém estava de fato comovido. Elas só estavam curtindo com a cara de Hana-chan.

Quando olhei para Mitsuru, ela estava com as mãos juntas na frente do peito olhando para Hana-chan, o rosto sorridente. Ao sentir o meu olhar, ela se virou para olhar na minha direção e enrugou o nariz para mim. Eu me senti feliz, como se Mitsuru e eu fôssemos parceiras no crime. Tudo o que Kazue podia fazer era observar, suas esperanças reivindicatórias cruelmente nocauteadas pelas líderes de torcida.

Depois da última aula do dia eu juntei minhas coisas e saí. O céu estava azul até onde a vista podia alcançar, como se a tempestade matinal jamais houvesse ocorrido. De repente eu me lembrei de que Yuriko voltaria para o Japão, e me encaminhei para a estação de mau humor.

— Espera aí!

Eu me virei e vi Kazue correndo estrepitosamente na minha direção. Ela estava usando robustas botas de borracha azul-marinho, e as alunas atrás dela estavam cutucando umas às outras com os cotovelos e rindo dela.

— Ei, o que aconteceu hoje me tirou do sério. A você também, não?

Seria mais apropriado dizer que eu tinha ficado desapontada, mas assenti com a cabeça sem dizer nada. Kazue me deu um tapinha no ombro.

— E aí, você está com pressa para voltar para casa?

— Na verdade, não.

— É que, para ser sincera, hoje também é o meu aniversário.

Kazue aproximara a boca de meu ouvido. Eu podia sentir o cheiro doce de seu suor.

— Feliz aniversário.

— Você não está a fim de ir lá em casa?

— Por quê?

— Minha mãe me falou que eu podia levar algumas colegas lá em casa hoje.

Eu tinha curiosidade de conhecer a mãe dela. No dia em que eu soube da morte da minha própria mãe eu conheci a mãe de Mitsuru e agora tinha a chance de conhecer a mãe de Kazue.

– Por favor, vamos! Fica só um pouquinho. Eu não posso falar para ela que ninguém vai aparecer. – Uma expressão de dor espalhou-se pelo rosto de Kazue, como se ela estivesse rememorando o que havia acontecido na primeira aula do dia. Pelo pouco que Kazue conseguira dizer antes de ser interrompida, agora já era do conhecimento de todas na escola que ela tentara levantar a questão da discriminação nos clubes. Lá estava ela à beira de se tornar a próxima Mitsuru e sem ter a menor ideia das agressões que Mitsuru sofrera. Logo depois de esse pensamento passar por minha cabeça, eu ouvi Kazue mencionar o nome de Mitsuru.

– Você é muito amiga daquela garota chamada Mitsuru, não é? Será que você não conseguiria que ela também fosse com a gente?

Eu tinha certeza quase absoluta de que Mitsuru planejara passar a tarde estudando. Ela fora embora na primeira oportunidade que tivera.

– Não, ela já foi para casa – eu respondi sumariamente.

– As alunas inteligentes mesmo estão sempre ocupadas, não estão? – disse Kazue, sua voz saturada de decepção.

– Ah, deixa isso para lá. Ela nem gosta de você.

Minha mentira silenciou Kazue.

– Você também não precisa ir – disse ela, olhando para o chão.

– Não, para mim não tem problema. Eu vou.

5

Nós pegamos uma das linhas de trem privado e saímos nos arredores do distrito de Setagaya, numa estação tão pequena que só tinha uma plataforma. Kazue entrou numa rua residencial que era exatamente como eu esperava – silenciosa, tranquila e com casas razoavelmente grandes. Embora não houvesse mansões caras no local, também não havia aglomerados de prédios de apartamento baratos.

Placas de bom gosto enfeitavam os pilares do portão de cada residência e do outro lado viam-se pequenos gramados. Aos domingos os pais que moravam nessas casas deviam certamente pegar seus tacos de golfe e ficar treinando nesses gramados enquanto o som de pianos vazava pelas janelas da sala. Eu ouvira dizer que o pai de Kazue era um assalariado, e imaginava que ele provavelmente conseguira um financiamento de trinta anos para pagar sua casa. Kazue seguia em frente com o ar aborrecido, como se estivesse chateada por eu estar andando ao lado dela. Mas logo ela começou a apontar todos os marcos importantes ao longo do caminho.

– Essa é a escola onde eu fiz o ensino fundamental, é municipal – disse ela com orgulho. – Olha aquela casa velha ali. Foi onde eu tive aulas de piano. – Aquela turnê pela memória dela estava realmente me dando nos nervos.

Ao chegar ao fim da rua, Kazue fez um gesto para que eu me aproximasse da frente de uma outra casa.

– Esta é a minha casa – anunciou ela triunfantemente.

Era uma estrutura grande de dois pavimentos cercada por um muro encardido de pedra Ōtani. A casa era pintada de marrom e o telhado era coberto de telhas pesadas. O jardim tinha plantas e árvores em abundância, e o terreno era maior e mais bem constituído do que os das casas vizinhas.

– Que casa magnífica! É alugada?

Kazue pareceu surpresa com a pergunta. Então ela inflou o peito e respondeu:

– O terreno é alugado, mas a casa é nossa. Eu moro aqui desde os seis anos de idade.

Aberturas em forma de losango podiam ser vistas ao longo do muro de pedra, talvez para permitir a ventilação. Eu me aproximei de uma delas e espiei o jardim, que continha azaleias, hortênsias e vários arbustos comuns. Havia vasos de planta em quase todos os cantos e nichos.

– Olha só, você também tem bonsai! – eu disse sem pensar. Mas após uma inspeção mais de perto vi que o que eu achara ser bonsai não passavam de "plantas de pobre", como meu avô costumava chamá-las. Eram vasinhos de cravos-de-defunto, miosótis, margaridas e outras flores que se encontram enfeitando a frente de qualquer floricultura.

Uma mulher de óculos estava agachada cuidando das flores, espantando mosquitos enquanto cortava os botões murchos.

– Mamãe?

A mulher girou o corpo quando Kazue a chamou. Eu olhei para o rosto dela com curiosidade. Seus óculos tinham uma armação prateada e ela possuía os mesmos cabelos pretos e feios de Kazue cortados em mechas que caíam na altura do rosto. O rosto era estreito e suas feições eram mais simétricas do que as de Kazue.

– Você trouxe uma coleguinha? – Ela deu um leve sorriso e os óculos cobriram as sobrancelhas. Seus dentes superiores se projetavam visivelmente sobre os inferiores; não havia um peixe em algum lugar com esse mesmo formato de rosto? Eu imaginava como seria a aparência do pai. A curiosidade me venceu, e eu decidi ficar por lá até que ele chegasse em casa.

– Sinta-se em casa.

– Obrigada.

A mãe voltou para os vasos. Sua recepção não havia sido particularmente calorosa. Talvez ela tivesse ficado preocupada por eu ter aparecido na hora do jantar. Talvez Kazue não tivesse lhe avisado que estava levando uma amiga. Talvez nem fosse o aniversário de Kazue. Será que Kazue havia mentido para mim? Eu quis perguntar, mas antes que pudesse, ela pôs a mão nas minhas costas e praticamente me empurrou porta adentro.

– Entra aí.

O jeito infantil de Kazue se portar estava realmente me dando nos nervos. Eu odiava ser tocada.

– Vamos lá pro meu quarto?

– Tudo bem.

Não havia quase nenhuma luz acesa na casa. Eu não senti cheiro de nada que pudesse sugerir que o jantar estivesse pronto. Estava um silêncio de cemitério, não havia nem mesmo o som de uma televisão ou de um rádio. Assim que meus olhos se ajustaram à penumbra, consegui ver que, embora a casa até chamasse a atenção por fora, dentro ela era feita de madeira compensada de baixo custo. Mesmo assim, estava extremamente bem-arrumada. Eu não via um sinal de poeira em lugar nenhum – nem no vestíbulo nem mesmo na escada. E a casa toda recendia a frugalidade. Morando com vovô eu já aprendera a reduzir as despesas e a poupar, portanto eu identificava muito bem o cheiro da frugalidade. Naquela casa, cada canto fedia a frugalidade e, no entanto, de algum lugar também escapava um certo ar de lascívia. Era a devoção à frugalidade em si que estava permeada de lascívia, como se o próprio esforço aplicado à parcimônia fosse devasso.

Kazue subiu a escada antes de mim. Ela rangia. Havia dois quartos no segundo andar. O quarto grande acima do vestíbulo era o de Kazue. Sua cama estava encostada na parede, a escrivaninha no centro do quarto. Ela não tinha televisão ou aparelho de som. Seu quarto era espartano como um alojamento. Algumas peças de roupa estavam espalhadas aqui e ali. A cama dela também estava desarrumada, coberta com uma colcha toda amassada.

Livros didáticos e obras de referência estavam empilhados de qualquer maneira na estante, e ela havia enfiado o uniforme de educação física num espaço vazio de uma prateleira. O quarto de Kazue era tão abarrotado e caótico quanto sua casa e seu jardim eram arrumados e bem-cuidados. Combinava muito bem com Kazue.

Kazue, ignorando totalmente a minha presença ali em pé olhando tudo na mais completa incredulidade, jogou no chão sua pasta e se sentou na cadeira da escrivaninha. Havia lembretes grudados na parede. Eu os li em voz alta:

– *A vitória só é possível por sua própria força de vontade! Confie em si mesma. Estabeleça suas metas! Seja uma aluna Q!*

– Eu coloquei isso aí depois que me dei bem na prova de admissão. Eu passei, então essas palavras são um testemunho do meu sucesso – disse Kazue.

– Olha só, parece que você é a vitória em pessoa! – eu disse, deixando uma pontinha de cinismo transparecer em minha voz.

Mas Kazue apenas zombou:

– Eu me esforcei muito para isso, sabia?

– Eu não escrevi nenhum incentivo pra me animar.

– Ah, você é esquisita. – Kazue fixou os olhos em mim e me encarou com firmeza.

– Por que eu sou esquisita?

– Você faz tudo do seu próprio jeito. – Ela pronunciou cada palavra com precisão e ficou por isso mesmo. Eu queria sair dali e ir para casa o mais rápido possível. Estava preocupada com meu avô e com o choque que a morte de minha mãe havia causado nele. Por que diabos eu estava ali afinal? Uma sensação de arrependimento tomou conta de mim.

Eu ouvi o som de passos se aproximando sorrateiramente, como os de um gato subindo a escada. A mãe de Kazue chamou-a de fora do quarto.

– Kazue, querida, posso falar com você um minutinho?

Kazue saiu do quarto e as duas conversaram em sussurros no corredor. Eu encostei o ouvido na porta para ouvir.

– O que você quer para o jantar? – perguntou a mãe dela. – Eu não estava esperando visita e não tenho o suficiente em casa.

– Mas o papai disse que ia chegar cedo hoje e por isso eu podia trazer uma colega.

– Ah, sei. Foi ela que tirou a nota mais alta da turma?

– Não.

– E quanto ela tirou afinal?

As vozes delas estavam tão baixas que eu não conseguia ouvir mais. Será que aquela história de aniversário era apenas um ardil? Será que Kazue queria apenas mostrar Mitsuru a seu pai? Será que ela tentou me usar como isca para atrair Mitsuru? Eu não tinha absolutamente nenhum valor para aquela família, já que não era uma aluna das mais dedicadas. A mãe de Kazue desceu a escada na ponta dos pés. Era como se ela não quisesse acordar alguém.

– Desculpe – disse Kazue assim que voltou. Ela encostou-se na porta para fechá-la e acrescentou: – Você fica pro jantar, não fica? – Eu assenti, sem um pingo de vergonha. Depois daquela rápida conferência das duas eu estava mais do que curiosa para ver que tipo de comida eles iam servir para uma convidada tão indesejada como eu. Kazue começou a folhear uma obra de referência, parecendo estar inquieta. As páginas estavam marcadas e quase pretas com tantas manchas de tinta.

– Você é filha única?

Kazue balançou a mão para a minha pergunta.

– Não, eu tenho uma irmã mais nova. Ela está estudando para a prova de admissão ao ensino médio.
– Ela também vai estudar no Colégio Q?
Kazue deu de ombros.
– Ela não tem essa inteligência toda. Mas se esforça tanto que chega a dar pena! É triste ela não ser tão inteligente quanto eu. Minha mãe sempre diz que é porque minha irmã puxou a ela. Mas minha mãe se formou numa faculdade para mulheres, portanto ela só diz esse tipo de coisa por causa do meu pai. Ela estudou numa faculdade bem boa mesmo. Ainda assim eu tenho sorte de ter puxado ao meu pai porque ele estudou na Universidade de Tóquio, a melhor do Japão. E o *seu* pai? Em que universidade ele estudou?
– Eu acho que ele nem universidade fez.
Kazue olhou para mim estupefata, exatamente como eu imaginava que aconteceria.
– Bom, e ele se formou em quê?
– Não sei. – Eu não tinha a menor ideia da formação que meu pai tivera na Suíça.
– Bom, e o seu avô então, esse com quem você mora?
– Ele nem chegou no ensino médio.
– E a sua mãe?
– Eu acho que ela só foi até o ensino médio.
– Então você é a esperança de toda a família!
– Eu sou o quê?
Que espécie de esperança nós poderíamos ter? Eu inclinei a cabeça para o lado. Kazue estava me encarando como se eu houvesse subitamente me transformado num alienígena. Até aquele momento, eu tenho certeza de que ela pensava que nós duas compartilhávamos os mesmos desejos. Mas Kazue não era o tipo de pessoa que ligava para o fato de que outras pessoas pudessem ter ideias diferentes.
– Bom, você tem de dar o máximo de si, entende? Se você tentar muito, você consegue.
– Consegue? Consegue o quê?
– Ora, ter sucesso! – Kazue olhou confusa para os lemas colados na parede. – Desde o primário eu estava determinada a estudar

no Colégio Q para Moças. É uma escola perfeita. Se você se candidata, e se você vem de uma boa família, você consegue ingressar no Colégio Q e depois consegue ir para Universidade Q. É praticamente automático. E se eu conseguir terminar como uma das dez melhores da turma, eu consigo entrar pro Departamento de Economia da Universidade Q. Eu vou tirar uma série de notas máximas e depois consigo um emprego numa empresa muito boa quando me formar.

– E depois que entrar para empresa você faz o quê?
– Como assim eu faço o quê? Ah, eu vou trabalhar lá, é claro! É perfeito, não é? Nós estamos vivendo numa época em que até mesmo as mulheres podem trabalhar onde elas querem. Minha mãe foi criada numa época em que isso não era possível, então ela quer que eu faça o que ela não pôde fazer.

Eu ouvi a mãe de Kazue chamar lá de baixo. Kazue saiu do quarto e, assim que ela abriu a porta, eu detectei o cheiro forte do molho picante de yakisoba. Alguns minutos depois Kazue voltou carregando uma bandeja com a tinta descascando, do tipo que um serviço de entrega usaria para transportar comida pronta. A bandeja continha dois pratos de bambu cheios até a borda de yakisoba e dois potinhos com molho.

– Como você deixou de fazer suas coisas para vir aqui, nós quisemos te receber bem. Mamãe acabou de pedir yakisoba para nós duas, então vamos comer aqui mesmo.

Aquilo não era exatamente o que eu chamava de uma refeição para convidados, mas eu não disse nada. Eu imagino que cada lar tenha concepções diferentes de hospitalidade. Eu novamente me lembrei da sensação de miséria que tive assim que entrei naquela casa.

Kazue saiu e voltou para o quarto segurando uma cadeira com uma almofada cor-de-rosa atada ao assento, o tipo de cadeira que acompanha a escrivaninha de uma estudante. Provavelmente era de sua irmã mais nova. Kazue mandou eu me sentar na cadeira. Nós nos colocamos uma ao lado da outra em frente à escrivaninha dela e começamos a botar para dentro o yakisoba.

De repente, a porta abriu.

NATSUO KIRINO

— O que você está fazendo com a minha cadeira? — A irmã dela, notando a minha presença, baixou a cabeça timidamente. Seus olhos aterrissaram nos pratos de yakisoba e seu rosto se encheu de ressentimento quando ela percebeu que não havia nada para ela. Seu rosto e seu corpo eram uma versão encolhida do rosto e do corpo de Kazue, mas seus cabelos eram longos e caíam-lhe pelas costas.

— Eu estou com uma amiga. Peguei a cadeira emprestada um pouquinho. Não precisa se preocupar que eu levo de volta assim que a gente terminar de comer.

— Como é que eu vou fazer o meu dever de casa?

— Eu disse que vou devolver a cadeira assim que a gente terminar de comer.

— Vocês deviam comer de pé!

As duas bateram boca sem olhar uma vez sequer para mim. Depois que a irmã saiu, eu perguntei:

— Você gosta da sua irmã?

— Que nada. — Kazue pegava sem jeito os fios viscosos do macarrão com os pauzinhos, levantando-os e enfiando-os na boca. — Ela sabe que não é tão inteligente quanto eu, aí fica com inveja. Eu tenho certeza de que ela esperava que eu não fosse passar na prova de admissão. E se ela se der mal na prova dela, pode apostar que vai botar a culpa em mim por ter tirado a cadeira! Ela é bem esse tipo.

Kazue terminou seu yakisoba antes de mim e em seguida começou a beber o que restara do molho escuro. A essa altura eu já perdera completamente o apetite e estava me distraindo enfiando os hashis de madeira descartáveis dentro do invólucro de papel de onde eles haviam saído, puxando-os para fora e depois enfiando-os novamente. Comer yakisoba no quarto desarrumado de Kazue de repente me pareceu incrivelmente patético. O quarto estava empoeirado, não era limpo havia não sei quanto tempo e tinha o cheiro do covil de algum animal. Pensei novamente no telefonema de Yuriko naquela manhã e na forma como ela descrevera o comportamento recente de minha mãe.

Minha mãe: sentada com os olhos esbugalhados no escuro, trancada num quarto com a luz apagada. Seus nervos frágeis — eu imaginava se não os havia herdado. Teria sido uma bênção se Yuriko os tivesse herdado mas, comparada a mim, Yuriko era descomplicada e completamente sem rodeios em relação a seus próprios desejos. Era eu a filha que havia herdado essa característica de minha mãe.

Kazue voltou-se para mim e perguntou:
– Você tem algum irmão ou irmã?
– Eu tenho uma irmã mais nova – respondi com armargura. O simples fato de pensar em Yuriko já me deixava amargurada. Kazue engoliu. Parecia que ela continuaria a fazer perguntas, mas eu a cortei fazendo eu mesma uma pergunta: – Vocês não iam jantar yakisoba. O que você comeria se eu não tivesse vindo?
– Hein? – Kazue jogou a cabeça para trás como quem diz, Por que você faz perguntas tão bizarras?
– Só por curiosidade.

Eu estava interessada em saber que tipo de comida Kazue e sua mãe preparariam. Será que elas fariam bolinho de lama com folhas de hortênsia cozidas e salada de dentes-de-leão? A mãe de Kazue parecia o tipo de mulher que só gostava de "brincar de casinha". Ela parecia tão distante do mundo real, desempenhando suas tarefas domésticas muito mais como um robô do que como uma pessoa real.

– Papai, eu e você somos os únicos que vamos comer yakisoba hoje. Minha mãe disse que ela e minha irmã comeriam sobras de ontem. Nós quase nunca pedimos comida de fora; só essa porçãozinha de yakisoba custou trezentos ienes. É um absurdo! Mas nós pedimos especialmente por causa da sua presença.

Eu olhei para o lustre, começando a reparar que a escuridão da noite estava penetrando no quarto. No meio do teto amarelado feito de compensado havia o tipo de lâmpada fluorescente que se vê em escritórios. Quando Kazue acendeu a luz, a lâmpada fez um ruído parecido com o som de uma criatura voadora batendo asas. A luz delineou um contorno preto no perfil de Kazue. Incapaz de resistir, eu perguntei:

– Mas por que só você, o seu pai e eu comemos o yakisoba? Os olhinhos de Kazue resplandeceram.

– Porque na nossa casa existe uma ordem para tudo. Tem um teste que você faz com um cachorro, você conhece? Você enfileira todos os membros da família e solta o cachorro para ver para quem ele corre em primeiro lugar. Esse é o chefe. Aqui em casa é assim. Todos sabem automaticamente a ordem das coisas. Enfim, quem tem mais prestígio e autoridade. E você acata essa ordem. Ninguém precisa explicar isso, mas todo mundo obedece. Tudo é decidido de acordo com essa ordem. Tipo, quem tem direito de tomar banho em primeiro lugar e quem pode comer a melhor comida. Meu pai sempre é o primeiro. Nada mais natural, não é? E aí eu estou em segundo lugar. Minha mãe antes ficava em segundo lugar, mas assim que eu consegui ficar entre os primeiros no ranking acadêmico nacional para minha faixa etária, eu passei pro segundo lugar. Então agora o meu pai é o primeiro, eu sou a segunda, depois vem a minha mãe e minha irmã fica por último. Mas se a minha mãe não tomar cuidado, ela vai acabar sendo passada pela minha irmã.

– Vocês determinam a hierarquia da família com base no desempenho escolar?

– Ah, vamos dizer que a gente estabelece a ordem a partir do esforço despendido.

– Mas já que a sua mãe nunca vai fazer prova de admissão a curso nenhum a coisa não fica um pouco injusta para ela?

Mãe e filhas empenhadas em competir umas com as outras. Isso não é absurdo? Mas Kazue estava falando com toda a seriedade do mundo.

– Não dá para ser de outra forma. Mamãe já começou perdendo do meu pai desde o início, e não tem ninguém na família que consegue superá-lo. Eu sempre me dediquei ao máximo nos estudos. Minha maior alegria na vida é tentar melhorar minhas notas. Durante muito tempo a minha meta era tentar superar minha mãe. Você sabe como é, minha mãe sempre diz que nunca sonhou em fazer carreira, mas eu acho que ela queria ser médica quando era mais nova. O pai dela não permitiu; além do mais, ela não era inteligente o suficiente para entrar para uma faculdade de medicina. Mas ela sempre lamentou. Ser criada para ser uma mulher é ridículo, não é? É isso o que ela sempre diz. Ela usa o fato de ser mulher como desculpa para não se aprimorar na vida. Mas se você se esforçar, consegue ter sucesso mesmo sendo mulher.

– Você está dizendo que, independente de qualquer outra coisa, tudo o que você precisa fazer é se esforçar que você obtém sucesso?

– Ah, é claro. Se nos esforçarmos mesmo, acabamos sendo recompensadas.

Jura? Bem, agora você está no mundo do Colégio Q para Moças, minha querida, e por mais que se esforce, você não vai receber a sua recompensa! Nós vivemos num mundo onde quase tudo que tentamos conseguir está fadado ao fracasso. Estou errada?

Eu queria dizer isso a Kazue. Mais do que tudo, eu queria dar uma lição a ela. Se alguma vez Kazue pusesse os olhos numa garota como a Yuriko e sua beleza monstruosamente perfeita, os esforços dela – não importa o quão prodigiosos fossem – seriam apenas risíveis, não seriam? Mas Kazue estava olhando os lemas em sua parede com um jeito totalmente determinado.

– Você acha isso porque foi o seu pai que disse pra você?

– Esse é o nosso código de família. Minha mãe acredita nisso também. E os professores na escola também vão falar a mesma coisa para você. Isso é a verdade e pronto. – Kazue olhou para mim, surpresa, seus olhinhos brilhantes fazendo pouco de mim.

– Por falar em mães, você sabe o que aconteceu comigo hoje?

Parecia o momento certo para jogar isso na cara dela. Eu olhei de relance para o relógio, com vontade de ir para casa. Já passava das sete.

– Tudo o que eu sei é que hoje é o aniversário de Hana-chan – respondeu Kazue dando uma risada, e então, como se estivesse se lembrando da primeira aula do dia, seu rosto adquiriu um ar sombrio.

– Minha mãe morreu – eu disse.

Kazue deu um salto da cadeira, surpresa.

– Sua mãe morreu? Hoje?

– Morreu. Bem, tecnicamente falando foi ontem.

– Você não deveria ir para casa?

– Já estou indo. Posso dar um telefonema?

Kazue apontou para a escada sem dizer uma palavra. Eu fui descendo silenciosamente os degraus na direção de uma tênue faixa de luz que vazava por baixo de uma porta fechada. Eu podia ouvir o som de uma televisão. Bati na porta.

A voz de um homem perguntou, irritada:
– O que é?

O pai dela. Eu abri a porta. A única coisa distinguível na sala apertada eram as paredes revestidas de madeira. A irmã mais nova de Kazue, sua mãe e um homem de meia-idade, sentados no sofá na frente do aparelho de TV, viraram-se simultaneamente para olhar para mim. Os pratos na prateleira do lado oposto da sala eram do tipo que se compra no supermercado. E a mesa de jantar, o sofá e as cadeiras eram do tipo pré-montado e barato. Se a gangue Q visse aquilo ali, elas teriam diversão para um dia inteiro, eu pensei. Kazue estaria acabada!

– Posso dar um telefonema?
– Claro.

A mãe de Kazue apontou na direção da cozinha escura. Lá, perto da entrada, havia um antigo telefone preto de disco e uma pequena caixa feita a mão perto do aparelho com as palavras DEZ IENES. Os pais de Kazue ficaram lá sentados olhando para mim, na expectativa. Nenhum dos dois se incomodou em me dizer que eu não precisava me preocupar com o custo da ligação. Então eu enfiei a mão no bolso da saia do uniforme escolar e finalmente consegui achar uma moeda de dez ienes para colocar na caixa. A moeda fez um som seco ao cair. Pelo visto, aquela casa recebia poucas visitas. Cobrar para usar o telefone mais parecia uma piada de mau gosto, eu pensei, ao discar os números emperrados do aparelho enquanto avaliava cuidadosamente a família de Kazue.

A irmã mais nova de Kazue – que havia sido privada de sua preciosa cadeira por culpa minha – estava agora sentada à mesa da sala de jantar escrevendo sem parar num caderno aberto à sua frente. Espiando por cima de seu ombro, sua mãe apontava alguma coisa para ela em voz baixa. Ambas levantaram os olhos para mim por um momento, mas logo em seguida voltaram a olhar fixamente para o caderno. O pai de Kazue estava assistindo a algum quiz show na televisão e parecia estar bastante à vontade em sua camiseta e calças de pijama. Eu poderia jurar que ele havia acabado de mudar para aquele canal específico e, embora estivesse olhando para a TV, não estava prestando atenção ao programa. Ele balançava as pernas nervosamente para cima e para baixo. Parecia ter uns quarenta e tantos anos. Era baixo, tinhas as feições avermelhadas e seus cabelos curtos começavam a rarear. Olhando de relance, ele parecia um grosseirão caipira rechonchudo. Eu me senti ludibriada. Como o único homem japonês que eu conhecia era o meu avô, eu tinha curiosidade a respeito dos pais japoneses. Além disso, estava louca para ver exatamente que tipo de pessoa era aquele pai de Kazue, principalmente depois de saber que ele reinava sobre mulher e filhas como o número um no ranking da família. E, no entanto, lá estava ele, apenas um homem de meia-idade sem graça nenhuma. Que decepção.

O telefone tocou e tocou até que finalmente alguém atendeu.
– Vovô?
– Por onde é que você anda?

A pessoa do outro lado da linha não era o meu avô. Era uma vizinha, a vendedora de seguros.

– Nós estamos com um problema. A pressão do seu avô foi pro espaço e ele está de cama. Parece que o seu pai e a sua irmã tiveram uma discussão na Suíça, e esse é o motivo. Eles ligaram várias vezes para cá e o seu avô ficou muito abalado. O seu avô sempre foi um bobalhão de marca maior, você sabe disso. Eles conseguiram fazer com que ele se acalmasse, mas depois ele começou a se sentir mal e aí, como você não chegava em casa, ele começou a ficar preocupado com você!

– Desculpe. O vovô está bem?
– Ele está bem. Ele pediu pro superintendente me chamar e eu vim para cá correndo. Isso o deixou um pouco mais calmo. Ele agora está dormindo como um bebê. Que coisa horrível isso que aconteceu com a sua mãe! É em momentos como esse que a gente precisa de um seguro.

Parecia que a conversa se estenderia indefinidamente, então eu resolvi cortar logo:

– Eu já estou indo. – Mas para chegar em casa dali de Setagaya eu ia precisar cruzar Tóquio de ponta a ponta. Levaria uma eternidade.

– Quanto tempo você vai demorar para chegar? – perguntou ela.

– Pelo menos uma hora e meia.

– Nesse caso, é melhor você ligar para sua irmã antes de sair daí.

– Ligar para Yuriko? É coisa urgente?

– É sim. Ela disse que eles precisam ir ao velório e ela está bem impaciente. De qualquer modo, tem alguma coisa que ela quer falar com você. Foi o que ela disse.

– Mas eu estou na casa de alguém agora.

– E daí? Diga a eles que você paga o custo da ligação. Não dá para esperar até você chegar em casa.

– Tudo bem.

Mas por quê, em nome de Deus, meu pai e minha irmã estariam discutindo? A única coisa que passava pela minha cabeça era que algo de horrível havia acontecido.

– Eu sinto muito, mas vou precisar fazer uma ligação internacional para Suíça – eu disse para a mãe de Kazue. – É uma emergência.

– Uma emergência?

A mãe de Kazue olhou para mim desconfiada, seus olhos estreitando-se atrás dos óculos de armação prateada.

– Minha mãe morreu ontem e minha irmã precisa falar comigo.

A mãe de Kazue pareceu chocada e se virou para olhar para o marido. O pai de Kazue olhou abruptamente para mim. Seus olhos se ergueram nos cantos e demonstraram irritação. A luz que emanava deles era forte e sugeria uma disposição para enfrentar qualquer um que cruzasse com aquele olhar.

– Que coisa horrível – disse ele com uma voz sombria e insinuante. – Talvez fosse melhor você pedir para a telefonista fazer a ligação. Assim você pode perguntar quanto custa antes de fazê-la. É melhor para você e para nós.

Quando a telefonista completou a ligação, a pessoa que atendeu o telefone foi meu pai, que ainda estava em estado de choque.

– Está uma tremenda confusão aqui. Está um *horror*! – A última palavra foi dita em inglês. – A polícia veio aqui e fez todo tipo de pergunta. Eles acham estranho sua mãe ter morrido enquanto eu estava na rua, mas é a coisa mais natural do mundo nas atuais circunstâncias, você não acha? Sua mãe andava fora de si, você sabe. Não tem nada a ver comigo. Eu fiquei enfurecido e fui obrigado a argumentar pela minha própria segurança. Foi uma conversa horrível. Simplesmente um *horror*. – Novamente a palavra em inglês. – É muito triste, mas ao mesmo tempo muito cruel. É muito doloroso saber que a polícia desconfia da gente dessa maneira.

– Pai, você quis dizer *inocência*, não quis? Você foi obrigado a argumentar por sua própria *inocência*.

– Indecência? O quê?

– Esquece. Por que eles desconfiam de você?

– Eu não quero falar sobre isso. Não é uma coisa para se conversar com uma filha. Mas eles vão mandar um investigador às quatro. Eu estou para lá de irritado.

– E o enterro?

– Vai ser depois de amanhã às três.

Meu pai mal conseguiu terminar a frase antes de Yuriko se apoderar do telefone. Eu fiquei imaginando se ela não havia arrancado o aparelho da mão dele. Eu conseguia ouvir as broncas que ela estava levando em alemão.

– Sou eu. Yuriko. Assim que o enterro acabar eu vou voltar pro Japão. O papai está intragável. Ele disse que o choque poderia provocar um aborto na turca que ele namora, aí ele trouxe a mulher para cá, para nossa casa! Com o corpo da mamãe ainda aqui! Aí eu falei sobre ela com a polícia. Eu contei a eles que a namorada do papai era a responsável pela morte de mamãe. Por isso o detetive apareceu aqui. Bem que ele merece!

– Que idiotice, Yuriko. Você está transformando essa coisa toda numa novela!

– Pode ser, mas desta vez ele foi longe demais!

Yuriko começou a chorar. A impressão que eu tinha era que eles estavam naquele pandemônio desde a conversa que eu tivera com eles naquela manhã.

– A morte de mamãe foi tão repentina que não é pra menos que papai esteja nesse estado de choque. Eu não ligo pra quantas mulheres ele leva pra dentro de casa, ele precisa de consolo. Pelo menos ele tem alguém que pode ajudá-lo a enfrentar este momento difícil.

– O que está dizendo? Você ficou maluca? – Yuriko estava furiosa. – Como é que você pode ser assim tão fria? A mamãe morreu! E você não está aqui, então você não tem condições de entender o que está acontecendo. Mamãe comete suicídio e ainda assim ele traz aquela mulher para cá. Daqui a alguns meses nós duas vamos ter um irmãozinho ou uma irmãzinha. É claro que estou furiosa! A morte de mamãe pode ter sido causada por esse caso do papai, sabia? É como se ele próprio a tivesse matado. Ou como se a amante dele tivesse matado. Essa foi a gota d'água. Eu vou cortar os laços com esse homem de uma vez por todas!

A voz aguda de Yuriko percorria os quase dez mil quilômetros que separam a Suíça do Japão e vazava pelo telefone preto, entrando na sombria sala da casa de Kazue.

– Mamãe morreu pelas circunstâncias que a cercavam. – Eu ri pelo nariz. – Você vem me dizer que vai cortar todos os laços com papai, só que você não tem dinheiro. Se você voltar pro Japão, não vai ter onde morar e não vai estar matriculada em nenhuma escola.

Eu estava me esforçando ao máximo para impedir a volta de Yuriko. Mas onde o meu pai estava com a cabeça? Levar a amante grávida para casa no mesmo dia que mamãe morreu? Até eu estava chocada. Eu notei a família de Kazue sentada naquela sala, prendendo a respiração, os olhos vidrados em mim. Percebi o pai de Kazue me encarando e me recusei a desviar o olhar. Você devia se envergonhar por trazer para a minha casa uma conversa dessa natureza!, acusavam os olhos dele. Eu tentei finalizar a conversa o mais rápido possível.

– Tudo bem, depois nós conversamos.

– Não, a gente precisa decidir agora. A polícia vai chegar a qualquer momento e eu vou ter que ir com eles quando o corpo de mamãe for levado para o local do velório.

– Pare de pensar no Japão! – eu berrei com ela. – Não tem cabimento!

– Você não pode me dizer o que eu faço ou o que eu deixo de fazer, você sabe bem disso. Eu vou voltar.
– Para onde?
– Pouco importa. Se não posso ficar com você, vou pedir pros Johnson.
– Para mim está ótimo. Peça a eles.
– Você só pensa em si mesma, não é? – disse Yuriko.

Aquele casal ridículo seria perfeito para Yuriko! Eu tive a sensação de que um imenso peso havia sido tirado de meus ombros. Contanto que eu não fosse obrigada a ver minha irmã, pouco me importava ela vir para o Japão ou ficar na Suíça. Tudo o que eu queria era preservar a vida tranquila que eu tinha com meu avô.

– Quando você chegar, me liga.
– Você não dá a mínima. Nunca deu.

Contrariada, eu bati o telefone. Parecia que tínhamos conversado por mais de dez minutos. A família de Kazue desviou os olhos. Eu esperei a telefonista ligar de volta informando o custo da chamada. E esperei e esperei e esperei. Eu achava que a ligação viria a qualquer momento. Quando o telefone finalmente tocou, o pai de Kazue o atendeu antes de mim, atravessando a sala com impressionante agilidade.

– São 10.800 ienes. Se você tivesse ligado depois das oito teria sido mais barato.
– Sinto muito. Eu não tenho essa quantia aqui comigo. Posso dar para Kazue amanhã?
– Por favor, não se esqueça.

O pai de Kazue falava num tom empresarial. Eu agradeci e saí da sala. Ouvi a porta se abrindo atrás de mim quando parei no sombrio corredor e olhei os escuros degraus da escada. O pai de Kazue viera atrás de mim. A luz da sala vazava para o corredor numa faixa longa e estreita através da abertura que ele deixara na porta. Mas ninguém disse uma palavra sequer. A sala estava silenciosa como uma cripta, como se as duas lá sentadas estivessem prendendo a respiração tentando ouvir o que o pai de Kazue estava prestes a me dizer. Mais baixo do que eu, o pai dela colocou um pedaço de papel na palma da minha mão. Quando eu olhei, vi que era um lem-

brete da quantia que eu lhe devia pelo telefonema: 10.800 ienes, em algarismos muito bem desenhados e visíveis.
— Preciso falar uma coisa com você.
— Pois não.

O brilho que emanava dos olhos do pai de Kazue era intenso, como se estivesse me desafiando a me curvar diante de sua vontade. Isso me deixou ligeiramente tonta. De início ele falou num tom insípido, como se estivesse tentando me agradar.

— Você foi admitida no Colégio Q para Moças, de modo que eu imagino que deva ser uma jovem com muitas qualidades.
— Acho que sim.
— Você estudou muito para as provas?
— Não me lembro.
— Kazue sempre foi estudiosa desde o primário. Felizmente, ela é uma menina inteligente e adora estudar. Então não chega a ser nenhuma surpresa ela ter ido tão longe. Mas eu acho que apenas estudar não é o suficiente. Ela é uma menina, afinal, e eu quero que ela preste atenção no jeito como ela se veste. E como ela agora está no Colégio Q, quero que ela fique com jeito mais de moça. Que ela tente, pelo menos. E ela, por sua vez, tem feito tudo o que pode para satisfazer as minhas expectativas. Portanto ela me é muito querida. Eu a estou elogiando cegamente porque sou o pai dela. Minhas duas filhas são tão submissas que eu fico até preocupado. Mas você... Você é diferente. Comparada a minha filha, você parece muito mais segura de si. Eu trabalho para uma grande empresa, e costumo julgar muito bem o caráter das pessoas. Eu consigo enxergar o verdadeiro caráter de uma pessoa a quilômetros de distância. O que o seu pai faz?

O pai de Kazue olhou de soslaio para mim. Ele não tentou esconder o fato de estar me avaliando de alto a baixo. Eu tinha certeza de que ele ia achar que o trabalho de meu pai não tinha valor algum. Portanto, eu menti.

— Ele trabalha num banco suíço.
— Que banco? Imagino que seja o UBS? Ou quem sabe o Credit Suisse?
— Ele me disse para não divulgar esse tipo de informação.

Eu estava completamente perdida e confusa, mas me esforcei ao máximo para responder com cuidado. O pai de Kazue bufou ligeiramente e assentiu. Uma leve onda de respeito ficou visível em seu rosto. Será que ele se sentiu humilhado de alguma maneira? Fiquei surpresa ao perceber que estava achando aquele encontro bastante agradável. Sim, podem rir de mim se quiserem, mas eu flagrei a mim mesma dizendo exatamente o tipo de coisa que meu avô, o condenado, sempre dizia a respeito do trabalho de meu pai. Eu conseguira me adaptar à noção de valor daquele homem. Eu não conhecia ninguém que pudesse afirmar com tanta precisão quanto ele o que tinha valor e o que não tinha. Mas me era aterrorizante perceber que ele estava forçando sua lógica tendenciosa sobre mim. Afinal de contas, eu tinha apenas dezesseis anos naquela época.

– Kazue me contou que foi você que a incentivou a levantar a discussão sobre os clubes. Minha filha é do tipo que leva tudo a sério e se esforça ao máximo por conta disso. Ela vai se empenhar ingenuamente em qualquer coisa que qualquer pessoa disser para ela fazer. E você sabia disso, não sabia? Mas sou eu quem controla a minha filha, entende? É melhor você ficar fora disso.

Eu tentei encará-lo de cabeça erguida.

– O senhor não sabe como são as coisas lá na escola, e não sabe de minha amizade com sua filha, então por que está me dizendo essas coisas?

– Quer dizer então que existe amizade entre você e Kazue?

– Existe.

– Mas você não é uma amiga adequada para nenhuma de minhas filhas. É uma pena o que aconteceu com sua mãe. Mas pelo que eu posso perceber, as circunstâncias da morte dela não são o que se poderia chamar de normais. Eu escolhi o Colégio Q para Kazue porque sabia que lá não teria como haver erro. Eu sabia que Kazue seria capaz de fazer amizade com boas meninas. Kazue é uma menina saudável de uma família normal.

O que ele estava querendo dizer era que a minha família não era normal. Yuriko e eu não éramos saudáveis. Eu imagino o que ele teria dito se Mitsuru tivesse ido.

– Eu não acho isso justo. Eu...
– Já chega. Eu não estou interessado no que você tem a dizer. Eu podia sentir a raiva queimando em seus pequenos olhos virados para cima. Sua raiva não era direcionada a mim como criança, mas a mim como uma força autônoma que ameaçava sua filha.
– É claro que uma amizade com uma garota como você poderia ser uma boa lição para Kazue. Dessa maneira ela poderia aprender mais sobre a sociedade. Mas ainda é cedo demais para ela, e você não tem nada a ver com a minha família. Além do mais, eu tenho que pensar na minha filha mais nova, portanto sinto muito dizer isso, mas eu não quero que você venha mais aqui.
– Eu entendo.
– Por favor, também não guarde rancor pelas coisas que eu acabei de dizer.
– Pode deixar.

Aquela era a primeira vez que eu era tão claramente desprezada por um adulto. Ele poderia muito bem ter dito: você não vale nada. Fiquei chocada.

Meu próprio pai exercera, é claro, uma autoridade paterna em casa. Mas como era minoria no Japão, ele jamais fora realmente capaz de comunicar essa autoridade ao mundo exterior. Meu avô era um criminoso condenado tímido que fazia tudo o que eu o mandava fazer. Se tanto, era minha mãe quem representava nossa família junto ao resto da sociedade. Mas minha mãe não tinha influência em casa e cedia a meu pai em tudo. Portanto, quando eu via uma pessoa que usava a rigidez e o absurdo das convenções sociais tão inabalavelmente quanto o pai de Kazue usava, eu ficava impressionada. Por quê? Porque o pai de Kazue não acreditava de fato nos valores sociais que representava, mas era visível que ele sabia que eles funcionavam mais ou menos como uma arma para sua própria sobrevivência.

Obviamente, o pai de Kazue não dava atenção aos problemas internos do Colégio Q para Moças. Ele não tinha a menor preocupação com o impacto que teriam em Kazue ou em como eles a fariam sofrer. Ele era um filho da puta autocentrado. Isso eu entendia com uma clareza cristalina, mesmo na condição de aluna do ensino médio. Mas Kazue, sua mãe e sua irmã mais nova viviam na mais completa ignorância em relação às intenções daquele homem ou mesmo de seu caráter; no entanto, ele fora capaz de captar as intenções malévolas que Mitsuru e eu nutríamos, de tomá-las para si e de usá-las para proteger sua família. Proteger a família nada mais era do que proteger a si mesmo. Nesse sentido, eu só podia invejar Kazue e seu pai forte. Dominada pela vontade férrea de seu pai, Kazue confiava implicitamente nos valores dele. Quando eu penso nisso agora, percebo que o poder que ele exercia sobre ela era uma espécie de controle da mente.

– Bom, então tome cuidado ao voltar para casa.

Eu comecei a subir os degraus com a sensação de que o pai de Kazue estava me empurrando por trás. Depois de me observar por um curto espaço de tempo, ele voltou para a sala, batendo a porta atrás de si. A escuridão no corredor parecia ainda mais profunda.

– Como você demorou!

Kazue estava chateada por ter ficado esperando. Parecia que ela estivera tentando se livrar do tédio rabiscando no caderno que tinha diante de si na escrivaninha. Ela esboçara o desenho de uma líder de torcida usando uma saia curtíssima e brandindo um bastão. Quando me viu olhando para o desenho, ela rapidamente cobriu a página com as mãos, como uma criança.

– Ele me deixou fazer uma ligação internacional. – Eu mostrei a Kazue a conta que o pai dela tinha me dado. – Eu te dou o dinheiro amanhã.

Kazue olhou de relance para a quantia.

– Uau! Foi caro, hein! Eu fiquei aqui pensando, como foi mesmo que a sua mãe morreu?

– Ela se matou. Na Suíça.

Kazue baixou os olhos e deu a impressão de estar procurando as palavras certas. Em seguida levantou novamente os olhos e disse:

– Eu sei que isso parece horrível, mas eu meio que sinto inveja de você.

– Por quê? Você também gostaria que a sua mãe estivesse morta?

A resposta de Kazue foi quase um sussurro.

– Eu detesto a minha mãe. Recentemente eu comecei a reparar que ela age muito mais como se fosse a filha do meu pai do que mulher dele. Que maneira de uma mãe se comportar! Meu pai só tem esperança nas filhas, você sabe, em nós, então ter a minha mãe por perto é realmente um saco.

Kazue ficava bastante entusiasmada ao pensar que era a única com plenas condições de suprir as expectativas do pai. Kazue era a "boa menina", uma filha querida cujo único motivo para viver era agradar seu pai.

– Pois é, eu acho que ele não precisa de outra filha – eu disse.

– É. E eu bem que podia passar sem a minha irmã mais nova!

Sem pensar, eu deixei escapar um sorriso solidário. Minha própria família estava longe de ser normal, um fato que eu entendia muito bem, sem nenhuma necessidade de ser ressaltado pelo pai de Kazue. Eu percebia que isso era algo que uma discípula tão renhida quanto Kazue jamais teria condições de compreender.

Quando eu estava saindo da casa para entrar na escuridão da rua, senti alguém agarrando o meu ombro. O pai de Kazue havia me seguido até lá.

– Só um minutinho – disse ele. – Você mentiu. Seu pai não trabalha para o banco da Suíça ou para nenhum outro banco, não é?

O reflexo da luz da rua oscilava ligeiramente nos pequeninos olhos. Ele devia ter descoberto a verdade através de Kazue. Eu fiquei lá em pé, petrificada. Ele continuou:

– É errado mentir. Eu nunca menti uma única vez sequer em toda a minha vida. Mentiras são inimigas da sociedade. Entende? Não volte a se aproximar de Kazue se você não quer que eu faça uma queixa a seu respeito na escola.

– Eu entendo.

Eu pude perceber que o pai de Kazue não tirou os olhos de mim até eu virar a esquina no fim da rua. Quatro anos mais tarde ele sofreria uma hemorragia cerebral que o mataria instantaneamente, portanto o encontro casual que eu tive com aquele homem acabou sendo o primeiro e último. Depois que seu pai morreu, a renda da família de Kazue desabou. Eu acho que fui testemunha da fragilidade da família de Kazue, tendo-a observado pouco tempo antes de sua drástica extinção. E no entanto, eu ainda consigo sentir o olhar de ódio que o pai de Kazue lançou nas minhas costas naquela noite, similar ao efeito de uma bala.

Depois que uma semana havia se passado, meu pai telefonou para me dizer que tudo correra bem no enterro. Eu não ouvi sequer um pio da parte de Yuriko. Convencendo a mim mesma de que os planos dela de voltar ao Japão haviam sofrido um revés, passei os dias seguintes caminhando sobre nuvens. E então uma noite não muito depois disso, uma noite tão quente que eu tive a sensação de que as férias de verão já haviam chegado, eu recebi um telefonema da pessoa que eu menos esperaria receber notícias no mundo: a mulher de Johnson, Masami. Três anos haviam se passado desde aquela última vez no chalé da montanha.

– Oooi! E aí!!! É a irmãzinha da Yuriko? Sou eeeu!!! Masami Johnson!

Ela esticava as vogais de modo incomum e pronunciava os esses de seu nome exatamente como um estrangeiro o faria. Só de ouvir a voz dela a minha pele começou a pinicar.

– Faz tempo.

– Bom, eu não sabia que você tinha ficado no Japão! Você devia ter me avisado! Eu teria o maior prazer em ajudá-la de alguma maneira. Foi bobagem sua ser tão reservada. Escuta, eu lamento mesmo por sua mãe. Foi uma pena.

– Obrigada pela preocupação – eu consegui murmurar.

– Na verdade eu estou ligando para falar sobre a Yuriko-chan. Você já está sabendo?

– Sabendo o quê?

– Yuriko vai morar com a gente! Pelo menos até ela concluir o ensino fundamental. Nós temos um quarto de sobra e gostamos muito de Yuriko desde que ela é pequena. É claro que ela vai ter de mudar de escola. Ela disse que queria ir para o Colégio Q, onde você está estudando. Aí eu fui ver e descobri o que era necessário para que ela entrasse como estudante que está voltando de uma temporada no exterior, e eles concordaram em admiti-la. Eu só tive a confirmação agora há pouco. Não é o máximo? Você e Yuriko vão estudar na mesma escola! Meu marido ficou muito satisfeito com as coisas se resolvendo dessa forma. Ele disse que o Q é um colégio muito bom e não fica muito longe de nossa casa!

Que diabos estava acontecendo afinal de contas? Eu havia estudado como uma condenada na esperança de finalmente me ver livre de Yuriko e agora ela estava penetrando novamente na minha vida como algum tipo de gás venenoso! Eu suspirei de puro desespero. Yuriko era burra como uma porta, mas sua beleza lhe daria para sempre o direito de receber um tratamento especial. O sistema Q não era diferente nesse aspecto.

– Onde a Yuriko está agora? – eu perguntei.
– Está aqui mesmo. Só um minutinho que eu vou chamá-la.
– Alô? Mana? É você?

Eu falara com Yuriko para não vir ao Japão, mas lá estava ela. Sua voz despreocupada do outro lado da linha era um contraste e tanto com a garota perturbada que eu ouvira poucas horas após a morte de nossa mãe. Agora ela estava visivelmente aproveitando toda a atenção que os Johnson estavam oferecendo e se divertindo com o luxo da casa nababesca que eles possuíam na vizinhança de alto poder aquisitivo do distrito de Minato.

– Quer dizer então que você está se transferindo pro Colégio Q?
– É isso aí, a partir de setembro. Não é o máximo? A gente vai estudar na mesma escola.
– Quando você voltou?
– Hum, faz mais ou menos uma semana, eu acho. O papai vai casar de novo, você está sabendo.

Ela disse isso de um jeito casual, sem nenhuma ponta de amargura, como se tudo que estivesse bom para ela estaria bom para todas as outras pessoas em geral.

– Como está o vovô?

Agarrando com firmeza o fone, eu olhei de relance para vovô. Ele estava absorvido nos bonsai, completamente por fora da conversa que se passava bem ao lado dele. Ele se acalmara bastante no decorrer dos dias anteriores.

– Ele está bem.
– Hum. – A resposta de Yuriko, se é que se pode chamar isso de resposta, traía sua completa indiferença. – Eu estou feliz mesmo por não estar com vocês aí no distrito P. Eu vou me esforçar ao máximo para me virar sozinha por aqui.

Ah, sim. Ela ia se virar sozinha. Que farsa. Sem nenhum interesse em prosseguir com aquela conversa, eu desliguei, totalmente deprimida.

6

Os fatos que narrei até este momento foram os que eu experimentei pessoalmente. Yuriko e Kazue – e o pai de Kazue – ainda estão vivos em minha memória. É mais ou menos como se fosse uma história vista por um único ângulo, mas o que vocês poderiam esperar? A única que sobrou para relatá-los sou eu, e aqui estou, com o máximo de saúde possível, trabalhando no escritório da Divisão de Bem-Estar Social. Meu avô, como eu mencionei antes, está com Alzheimer e curte a vida em sua terra do nunca, onde tempo e lugar não têm a menor relevância. Ele nem mesmo se lembra de como era dedicado a seus bonsai. Ele vendeu seu adorado carvalho e seu pinheiro negro. Não fosse por isso as árvores teriam definhado há muito tempo e acabariam jogadas no lixo.

Falar nos bonsai me faz lembrar que havia mais uma coisa sobre o meu encontro com o pai de Kazue que eu me esqueci de mencionar: a necessidade de pagar os 10.800 ienes referentes àquela ligação internacional.

Como não estava levando comigo muito dinheiro naquele dia, eu havia prometido pagar mais tarde. Mas isso tornou-se um problema. Naquela época, minha mesada não passava de míseros 3 mil ienes mensais. Depois de terminar de comprar todo o meu material escolar – cadernos, canetas e que tais – não sobrou muita coisa. Meu pai mandava 40 mil ienes por mês além de realizar o pagamento das mensalidades escolares. Mas eu entregava toda essa quantia a vovô. Eu estava morando no apartamento dele, afinal de contas. É claro que ele desperdiçava tudo nos bonsai, seja comprando novas plantas seja adquirindo novas parafernálias para as que já possuía. De qualquer modo, eu jamais poderia imaginar que uma ligação internacional custasse tanto e, enquanto voltava para casa naquela noite, eu queimava meus neurônios em busca de uma maneira de efetuar o pagamento.

De tempos em tempos nós recebíamos ligações da Suíça, mas é claro que meu pai sempre cobria os custos e, além disso, nós nunca nos demorávamos tanto ao telefone. Nossa família simplesmente não tinha o hábito de bater longos papos. Mesmo que eu pedisse a meu pai para me mandar a quantia, levaria tempo até que o dinheiro chegasse ao Japão. Eu imaginei que não tinha outra saída a não ser pedir que vovô me emprestasse o dinheiro.

Mas quando cheguei em casa naquela noite, depois de sair da casa de Kazue, meu avô já estava roncando na cama, tentando se recuperar da súbita elevação de sua pressão arterial. A vizinha, uma vendedora de seguros de vida, estava lá cuidando dele.

– Você tem que pagar quanto? Por que cargas d'água você não ligou a cobrar? – soltou ela quando me ouviu falar sobre a ligação.

– Foi você quem me mandou telefonar de lá mesmo, lembra? Você podia ter me dito na hora que eu devia ligar a cobrar. Como é que eu vou saber esses detalhes todos sobre ligações internacionais?

– Você tem razão. – A vendedora de seguros deu uma tragada no cigarro e soltou a fumaça pelo canto da boca de modo que não atingisse o meu rosto. – Mas ainda assim, é caro pra caramba. Quem foi que falou com a telefonista e confirmou o preço da ligação?

– O pai dela.

– E se ele mentiu? Provavelmente ele imaginou que podia se dar bem em cima de você, já que você não passa de uma garotinha. Mesmo que ele não tenha tentado te enganar, a maioria das pessoas teria ficado consternada por você ter perdido a mãe e coisa e tal e pagaria de bom grado a ligação, como uma espécie de condolência, alguma coisa assim. Eu sei, porque eu mesma faria isso. É a única coisa decente que se pode fazer numa hora como essa, mas acho que isso é uma questão de caráter.

A vendedora de seguros era particularmente avarenta. Eu tinha muita dificuldade para acreditar que ela pudesse de fato ser caridosa com quem quer que fosse. No entanto, as palavras dela fizeram com que uma nuvem de dúvida se espalhasse por meu coração. Será que o pai de Kazue tinha mentido para mim? Mas mesmo que ele tivesse mentido, eu não tinha nenhuma prova. Eu olhei para o pedaço de papel que enfiara no bolso: o total da quantia a ser paga. A vendedora de seguros agarrou o papel com seus dedos grossos. Quanto mais ela olhava para os números mais ficava com raiva.

– Eu simplesmente não consigo acreditar que alguém tenha a coragem de cobrar um valor assim de uma criança, uma criança cuja mãe lhe foi subitamente arrancada e cujo avô estava de cama. Que monstro! Que tipo de trabalho ele faz? Se ele pode mandar a filha dele para essa escola só pode ser rico. Aposto que a casa deles é bonita.

– Eu não sei muito bem. Ele me contou que trabalhava para uma empresa grande. A casa é bonita, sim.

– Números... a ganância dos ricos.

– Acho que não é bem isso, não.

A atmosfera de avarenta frugalidade que permeava a casa de Kazue flutuou diante de meus olhos, e eu sacudi a cabeça de um lado para o outro.

– Bom, eu tenho a impressão então de que ele é apenas um assalariado como outro qualquer com uma renda pequena tentando se fingir de rico. Se não for isso, então ele é um pão-duro dos bons! – Assim que chegou a essa conclusão, a vendedora de seguros recolheu suas coisas apressadamente e foi embora, obviamente querendo dar o fora antes que eu pudesse ter a ideia de lhe pedir algum dinheiro emprestado. Eu senti uma raiva incontrolável e arremessei o pedaço de papel com a cobrança na parede.

Na manhã seguinte, quando vi Kazue na aula, ela imediatamente começou a me pressionar pelo dinheiro.

– Meu pai me disse para falar para você não se esquecer de me dar o dinheiro da ligação que você está devendo.

– Desculpe. Posso pagar amanhã?

Ainda consigo lembrar o jeito com que Kazue me olhou. Era óbvio que não confiava em mim. Mas será que eles estavam sendo honestos comigo? Apesar de tudo, dívida é dívida. Eu sabia que eu tinha de pagar. Então, assim que as aulas acabaram, eu corri para casa e peguei uma planta dentre as muitas da coleção de bonsai de meu avô: uma árvore nandina, que era pequena o suficiente para ser carregada. Meu avô sentia um orgulho especial por aquela árvore; ele costumava descrever com prazer a bela cor das amoras vermelhas que ela dava nos meses de inverno. Um musgo verde e luxuriante, grosso como um tapete, cobria a terra no pé da pequena árvore. Ela estava plantada num vaso esmaltado de cor levemente azulada.

Meu avô estava absorvido numa luta de sumô na televisão. Eu não poderia esperar por uma chance melhor do que aquela, então saí silenciosamente do apartamento com o bonsai. Coloquei-o na cesta de minha bicicleta e pedalei o mais rápido e o mais furiosamente que pude para o Jardim da Longevidade.

A noite estava caindo e o local estava fechando. O funcionário encarregado de zelar pela liberdade condicional de meu avô estava em pé na frente do portão despedindo-se de alguns clientes. Ele pareceu surpreso ao me ver chegar com o bonsai.

– Boa-noite – eu disse, com o máximo de educação que consegui. – Eu gostaria de saber se o senhor não estaria interessado em comprar este bonsai aqui.

O homem pareceu ter ficado perturbado.

– Foi o seu avô que a persuadiu a fazer isso?

Eu balancei a cabeça de um lado para o outro.

Ele deu um sorriso afetado. Eu percebi que ele estava disposto a se vingar de meu avô.

– Sei. Veja bem, se é assim, eu vou lhe fazer uma ótima oferta. Que tal 5 mil ienes?

Decepcionada, eu levantei dois dedos.

– Não dá para ser duas notas? Vinte mil ienes? Meu avô me disse que essa nandina é das melhores.

– Minha jovem, esse bonsai não vale tanto assim.

– Tudo bem. Eu vendo para outra pessoa.

O funcionário imediatamente dobrou a oferta, subindo para 10 mil. Eu recusei afirmando que só o vaso valia mais do que isso. Depois de pensar bem, ele disse numa voz lisonjeira:

– Deve estar pesado.

Em seguida colocou as mãos sobre as minhas, englobando o vaso. A pele seca de suas mãos possuía o lustre de couro muito bem polido e era estranhamente quente. Enojada, eu afastei as mãos instintivamente, soltando o vaso. Ao fazê-lo, o bonsai escorregou entre nós e atingiu uma das pedras do jardim, ficando completamente arrebentado. As raízes da nandina, soltas das amarras, espalharam-se em todas as direções. Os jovens que estavam limpando o jardim pararam suas atividades e olharam alarmados. O funcionário se curvou e começou a apanhar os pedaços em total agitação, olhando para mim de relance com ares de muita preocupação.

No fim eu consegui 30 mil ienes pelo bonsai, pelo vaso quebrado e tudo o mais. Após pagar a dívida decidi depositar o dinheiro que sobrara em minha caderneta de poupança. Eu não podia saber quando ia necessitar de dinheiro para alguma excursão da escola ou alguma outra coisa assim. No Colégio Q nós estávamos sempre sendo pressionadas a contribuir para os mais diversos eventos, do festival escolar anual a alguma comemoração de aniversário. Nenhuma das outras alunas pensava nisso. O recheio extra em minha caderneta de poupança seria para minha proteção pessoal.

Meu avô não notou nada naquela noite, mas na manhã seguinte, assim que pôs os pés na varanda, ele deixou escapar um grito de partir o coração.

– Sr. Nandina! Para onde o senhor foi?

Eu fui preparar o meu almoço como se não tivesse notado nada. Vovô correu em direção à sala apertada e andou de um canto a outro em busca da nandina. Ele abriu o closet e espiou na prateleira ao longo do teto no cômodo menor. Ele foi inclusive no vestíbulo e remexeu no armário onde ficavam os sapatos.

– Não está em lugar nenhum! E era um lindo bonsai. Onde ele poderia estar? Apareça, apareça onde quer que você esteja! Por favor!, sr. Nandina. Sinto muito se eu por acaso fiz pouco caso do senhor. Eu não tive intenção. Mas é que a minha filha acabou de morrer, entende?, e foi muito duro para mim. Eu estou arrasado. Eu sinto muito, sinto mesmo. Por favor, apareça. Por favor, não fique chateado.

Vovô procurou na casa inteira como um louco, até simplesmente ficar completamente esgotado, acho eu. Cabisbaixo – os ombros caídos – ele mirava o vazio.

– Ele foi guiá-la pro outro mundo.

Meu avô tinha muita prática em dar golpes nos outros. Mas jamais ocorreu a ele duvidar de mim ou da vendedora de seguros ou do segurança do condomínio ou de qualquer outra pessoa que estivesse próxima dele o tempo todo. Ele não tinha nem a mais leve suspeita. Parece que aquilo foi o fim daquele acontecimento absurdo, de modo que fui para a escola me sentindo aliviada. Visitar Kazue havia me causado um infortúnio atrás do outro.

Mas se vocês perceberem bem, o suicídio de minha mãe fez com que toda a família se dispersasse. Eu fiquei com meu avô, Yuriko acabou com os Johnson e meu pai permaneceu na Suíça onde formou uma nova família com a turca. Para meu pai, o Japão estaria sempre associado à morte de minha mãe. Mais tarde eu descobri, para minha grande surpresa, que a tal turca era apenas dois anos mais velha do que eu. Ela deu à luz três crianças, eu fiquei sabendo, todos meninos. O mais velho tem agora vinte e quatro anos, e me disseram que joga num time de futebol espanhol. Mas como eu nunca me encontrei com ele e não me interesso por futebol, é como se pertencêssemos a mundos completamente diferentes.

Mas no mundo de meu diagrama hipotético, Yuriko, eu e nossos irmãos por parte de pai estamos todos nadando vigorosamente no intenso azul do mar salobro. Se eu fizer outra analogia com o diagrama de Burgess do período cambriano que eu tanto amo, Yuriko, com seu belo rosto, é a rainha do reino das águas. Então ela deve ser um desses animais que devoram todos os outros. Isso faria dela o *Anomalocaris*, eu acho, o ancestral dos crustáceos, um tipo de criatura com gigantescas pernas dianteiras iguais às de uma lagosta. E então meus irmãos mais novos, que certamente devem ter sobrancelhas grossas e escuras por conta do sangue do Oriente Médio, seriam aqueles insetos que vivem amontoados numa pilha – ou isso ou então criaturas com formato de água-viva que cruzam o oceano. Eu? Sem dúvida eu seria a *Hallucigenia*, aquela coisa que rasteja na lama do leito do oceano coberta com sete conjuntos de espinhos e parecendo ao mundo inteiro uma escova de pentear cabelo. A *Hallucigenia* se alimenta de carniça? Eu não sabia disso! Quer dizer então que elas sobrevivem comendo criaturas mortas? Bom, então se encaixa como uma luva em mim, já que eu vivo corrompendo a lembrança dos cadáveres do passado.

Ah, sobre Mitsuru e eu? Bom, Mitsuru conseguiu ingressar na Faculdade de Medicina da Universidade de Tóquio, exatamente como desejava. Mas depois disso a vida dela tomou um rumo completamente diferente e inteiramente inesperado. Parece que ela está bem, mas está presa numa penitenciária. Uma vez por ano eu recebo um cartão de Ano-Novo dela, terrivelmente cortado pelos censores, mas nem uma vez sequer eu respondi a qualquer um deles. Vocês querem que eu explique? Eu o farei assim que desenrolar essa parte da história.

Continuando então, logo no dia seguinte uma coisa completamente inesperada aconteceu. Eu não quis falar sobre isso com ninguém, mas se for para eu continuar com meu relato não vou ter escolha a não ser revelar tudo. Foi mais ou menos uma semana antes do primeiro dia do julgamento. Os dois assassinatos haviam sido ligados um ao outro – por conveniência, eu acho – e estavam sendo chamados de "O caso dos assassinatos seriais no apartamento". A princípio, a imprensa exultou com o assassinato de Kazue, a quem eles se referiam como "O caso do assassinato da funcionária de elite". Mas assim que associaram também Zhang ao assassinato de Yuriko, eles mudaram as manchetes. Yuriko havia sido assassinada antes, e quando o caso inicialmente envolvia apenas uma prostituta de meia-idade, não havia motivo nem mesmo para se criar uma manchete.

Nós ouvimos relatórios afirmando que um tufão fora de estação estava ameaçando chegar em Tóquio. Foi um dia nervoso. Um vento estranhamente quente para aquela época do ano tomou conta da cidade, ficando cada vez mais forte e barulhento. Da janela do meu escritório, eu observava a ventania chicotear as folhas dos sicômoros lá fora como se estivesse disposta a arrancá-las dos galhos. O vento derrubava as bicicletas no estacionamento como se fossem dominós. Foi uma dia de arrancar os cabelos, e me deixou mais ou menos no limite.

Tomei meu assento no balcão de consultas da creche como de costume, mas ninguém apareceu para se candidatar a nada e eu mergulhei em meus próprios pensamentos. Com o tufão se aproximando, tudo o que eu podia pensar era em como eu queria ir para casa. Então uma senhora apareceu no meu balcão. Ela usava um terninho muito bem-cortado, discreto e elegante. Um par de óculos de leitura com armação de prata estavam pousados em cima de seu nariz. Ela devia ter uns cinquenta e poucos anos. Seus cabelos grisalhos estavam presos atrás num coque, e ela possuía modos bem severos, como uma alemã. Eu só estava acostumada a ver mães jovens com crianças a tiracolo naquele guichê em particular. Imaginei que aquela mulher devia ter vindo obter alguma informação sobre como deixar um neto sob os cuidados da creche, de modo que acabei dizendo com óbvia relutância:

– Posso ajudá-la em alguma coisa?

Nessa altura, a mulher bufou ligeiramente e enrugou os lábios. Havia algo nos dentes dela que me soava familiar.

– Minha querida, você não sabe quem eu sou?

Mesmo depois de olhá-la demoradamente, não fui capaz de me lembrar de seu nome. A pele do seu rosto – quase sem nenhum traço de maquiagem – era morena. Ela não estava usando batom. Ali estava uma mulher mais velha sem maquiagem e com cara de peixe. Como é que eu poderia identificá-la dentre tantas mulheres daquela idade?

– Sou eu, Masami. Masami Johnson!

Eu fiquei tão atônita que deixei escapar um leve arquejo. Jamais teria passado pela minha cabeça que Masami pudesse tornar-se uma mulher com uma aparência tão modesta e subjugada como a que estava diante de mim. A Masami de minhas lembranças jamais deixaria de ser uma mulher extravagante e totalmente fora de compasso com tudo que a cercava. Ela era uma mulher que zanzava pelas trilhas da montanha no distrito de Gunma usando um pantagruélico anel de diamante, uma mulher que usava um batom vermelho vivo nas pistas de esqui. Foi ela quem colocou aquele boné de pelo de cabra felpudo na cabeça de Yuriko. Uma mulher que usava uma camiseta de grife com a cara de um leopardo rosnando com tanto realismo que até assustava as crianças. E ela falava inglês com uma pronúncia tão vibrante que poderia muito bem ter gritado para mim: "Ei! Olha para mim!" Mas mesmo assim, sua transformação me deixou imediatamente convencida de que ela viera se informar a respeito de uma creche. Portanto, puxei o livro de registro e disse, tentando fazer o máximo possível para esconder o espanto:

– Eu não sabia que você estava morando neste distrito.

– Ah, não. Eu não estou, não – respondeu Masami com toda a seriedade. – Eu agora moro em Yokohama. Eu me casei de novo, sabia?

Eu não sabia nem que ela e Johnson haviam se divorciado. Em minha cabeça, tanto Masami quanto Johnson eram pessoas que eu nunca esperara ou quisera rever.

– Eu não sabia. Quando foi que você se divorciou?

– Faz mais de vinte anos.

Masami puxou um cartão bastante elegante do que parecia ser um sólido estojo de prata e o entregou a mim.

– Isso é o que eu faço agora.

COORDENADORA E CONSULTORA: AULAS PARTICULARES DE INGLÊS, estava escrito no cartão. E seu nome havia mudado de Masami Johnson para Masami Bhasami.

– Eu me casei com um iraniano que trabalha no ramo de importações e exportações. E eu tenho uma pequena empresa. Seleciono professores ingleses para dar aulas particulares de conversação. É bem interessante.

Eu fingi ler o nome dela no cartão enquanto meditava. Por que ela aparecera ali para me ver depois de mais de vinte e sete anos? Mais especificamente, por que num dia como aquele? Era simplesmente estranho demais para ser expresso em palavras. E para coroar tudo, Masami estava ali na minha frente toda radiante, seus olhos dançando no ritmo da nostalgia.

– Oh, como é bom vê-la, querida! Vamos ver. A última vez que nos falamos foi quando Yuriko ligou para te contar que tinha entrado pro Colégio Q. Isso deve ter sido há mais de vinte anos!
– É, acho que é isso, sim.
– Bom, e como é que você anda?
– Muito bem. Obrigada por perguntar.

Obrigada mesmo por perguntar, eu pensei comigo mesma, enquanto respondia com a esperada formalidade. Era tão esquisito ela aparecer ali. Ela certamente não viera de tão longe só para me falar das aulas particulares de inglês! Quando não dava mais para eu esconder a minha expressão de dúvida, Masami finalmente falou a verdade.

– Depois que Johnson e eu rompemos, ele foi de fato pro fundo do poço. Ele antes era uma estrela em ascensão no ramo de seguros, você sabe, mas assim que a carreira dele despencou ele passou a ser um desses professores de inglês de quinta categoria. E aí, é claro, Yuriko foi assassinada.

Havia uma rispidez na voz de Masami – um esforço para conter uma emoção imprópria: ódio. E então, olhando fixamente para mim e para a minha expressão de perplexidade, ela disse:

– Você não sabia, não é, querida? Você não sabia que eu e Johnson nos separamos por causa de Yuriko.

Eu me lembrei subitamente da expressão no rosto de Johnson sentado na frente da lareira em seu chalé na montanha naquela noite há muito tempo. Yuriko encostada em seu colo, brincando alegremente com ele. Ela era apenas uma menininha naquela época. Johnson sempre tivera aquela aparência bonita e tranquila, com seus cabelos castanhos despenteados e sua calça jeans desbotada. Eu fiquei imaginando como seria a cara de uma criança nascida daqueles dois. A imagem que criei era tão cativante, tão encantadora, que foi suficiente para paralisar a minha mente. Yuriko podia ter morrido, mas ela ainda conseguia exercer um controle sobre mim. Eu não conseguia suportar aquilo.

Sentindo meu próprio ódio oculto, Masami disse:

– Então você realmente não sabia. E eu fui tão boa para ela, cuidei tanto dela. Só para ser apunhalada pelas costas daquela maneira por essa menina! Vou ser sincera com você, a coisa me deixou tão louca que eu fui obrigada a me consultar com um psiquiatra durante um tempo no hospital. Enfim, eu passei por tantos apertos para que ela entrasse pro sistema Q! E eu também preparava o almoço dela todo dia, garantindo que fosse sempre tão maravilhoso que nenhuma das amiguinhas dela jamais poderia gozar com a cara dela. E a mesada que eu lhe dava também não era pouca coisa, não, e eu também garantia que ela sempre tivesse algum dinheiro quando saía de casa. Depois também teve o dinheiro necessário para que ela entrasse para a equipe de líderes de torcida, que foi uma quantia bem alta, vou te contar. Se eu pudesse receber tudo isso de volta agora, com certeza eu tentaria!

Então era isso. Ela viera atrás do dinheiro! Eu baixei a cabeça, confusa, tentando evitar os olhos dela.

– Eu sinto muitíssimo.

– Esquece isso! Você não poderia ter feito nada a respeito. Você e Yuriko nunca foram próximas mesmo. Eu aposto que você sempre foi a mais inteligente. Você conseguia enxergar dentro dela o tempo todo.

Do jeito que Masami estava me enaltecendo, eu podia muito bem ser uma cartomante. E então ela enfiou a mão na bolsa, puxou um caderno e jogou-o em cima do balcão na minha frente. A capa do caderno continha o adesivo de um lírio branco e tinha uma aparência bem de menina. As bordas estavam sujas e manchadas onde o lacre havia sido rompido.

– O que é isso?

– É da sua irmã. Eu acho que dá para chamar isso de diário. Parece que ela escreveu nele até o fim. Eu sinto muito jogar isso assim nas suas mãos, mas é que ele me dá calafrios. Eu vim aqui só para te dar esse diário. Eu acho que seria melhor que você ficasse com ele. Johnson ficou com ele por algum motivo, aí um belo dia ele mandou o diário para mim assim sem mais nem menos, dizendo que não tinha o que fazer com ele já que não lia japonês. Quando Yuriko foi assassinada eu acho que ele teve uma crise de culpa. Mas ele não deve ter percebido que ela escreveu sobre ele no diário.

Os lábios de Masami ficaram enrugados quando ela disse isso.
— Você leu? — eu perguntei a ela.
— Claro que não. — Masami balançou vigorosamente a cabeça. — Eu não tenho nenhum interesse nos diários dos outros, principalmente numa coisa tão crivada de imundície quanto isso aí.

Masami não pareceu notar a contradição no que acabara de dizer.
— Muito bem. Eu fico com ele.
— Ah, que alívio! Eu pensei que ia ser muito estranho entregar isso para polícia. E eu ouvi dizer que o julgamento está para começar, aí fiquei um pouco preocupada. Então tudo bem. Eu vou deixar ele com você. Obrigada. Se cuida!

Masami acenou para mim com a mão bronzeada. Ela olhou pela janela para o céu e girou nos calcanhares rapidamente. Eu tenho certeza de que ela queria sair daquele lugar pouco familiar e chegar em casa antes que o tufão começasse. Ou talvez não quisesse passar nem um minuto a mais com uma pessoa relacionada a Yuriko. De qualquer modo, ela saiu correndo pelo corredor.

O chefe de seção apareceu atrás de mim e espiou o caderno.
— Era alguma reclamação? Alguma coisa errada?
— Nenhuma das duas coisas. Na verdade não era nada.
— É mesmo? Bom, ela não parecia mesmo ter alguma coisa a ver com creche.

Eu coloquei rapidamente as mãos no caderno de Yuriko. Assim que o Caso do Assassinato Serial no Apartamento começasse, eu seria novamente alvo de olhares curiosos. Meu chefe já estava certo de que eu estava escondendo informações.
— Chefe, será que daria para eu sair mais cedo hoje? Sinto muito, mas estou preocupada com meu avô.

O chefe assentiu sem dizer nada e retornou para sua escrivaninha próxima à janela. Por conta da estranha umidade no ar naquele dia, até mesmo o som de seus tênis pisando no chão estava lerdo e pesado. Com a permissão do chefe, eu corri para casa, lutando contra o vento com todas as minhas forças. As rajadas eram tão fortes que praticamente tiravam do chão as duas rodas da minha bicicleta. Não demoraria muito para a chegada do outono e já era possível prever os frios ventos do norte. Mas a umidade naquele dia estava deixando uma sensação quente e pegajosa na minha pele. E o enjoo que eu sentia no estômago não tinha nada a ver com a temperatura e tinha tudo a ver com o fato de que alguém como Yuriko havia deixado um diário.

Na escola, Yuriko era tão ruim em redação que tinha de pedir ajuda. E ela nunca prestava atenção em nada ao redor dela porque lhe faltava um espírito inquiridor. Um diário escrito por uma garota tão alienada e desprovida de inteligência como aquela só podia estar repleto dos mais descabidos e pueris autorretratos. Yuriko mal conseguia elaborar uma frase coerente; como é possível que tenha escrito um diário? Certamente alguém se fingindo de Yuriko escrevera aquilo. Mas quem? E mais importante do que quem, o quê? Sobre o que ela poderia ter escrito? Eu estava fora de mim de tanta curiosidade e queria mergulhar de cabeça o quanto antes no diário de Yuriko.

Bom, aqui está ele. Este é o diário de Yuriko. Para ser absolutamente franca, eu preferia não mostrá-lo a vocês. Ele está saturado de lixo sobre a vida caótica dela, mas também está repleto de mentiras sobre mim e a minha mãe. Yuriko, quem diria? É simplesmente impressionante ela ter escrito todo esse monte de baboseira. Certamente a caligrafia lembra a de Yuriko. Alguém deve ter forjado.

Se vocês prometerem não acreditarem em nada do que está escrito aqui, eu deixo vocês darem uma olhada. Mas realmente não é para se acreditar em nada disso. Tudo não passa de invenção. Inúmeros caracteres chineses que ela usou no diário foram escritos incorretamente. E também há partes onde ela omite certos personagens e outras onde os personagens que descreve são simplesmente horríveis ou então francamente difíceis de serem decifrados. Eu reescrevi essas partes.

✦ **TRÊS** ✦

Uma prostituta nata: o diário de Yuriko

1

Era uma da tarde quando o telefone tocou. Ainda na cama, eu atendi com todo o charme que consegui reunir, pensando que pudesse ser algum cliente. Era a minha irmã. Eu nunca ligava para ela. Mas ela me ligava pelo menos duas ou três vezes por semana. Ela sem dúvida tinha muito tempo de sobra.

– Estou ocupada, liga mais tarde – eu disse bruscamente a ela já me preparando para bater o telefone.

– Eu ligo de novo hoje à noite – rebateu ela. Não foi como se ela tivesse alguma coisa realmente importante para conversar comigo. Eu acho que ela só queria ver se eu estava com algum homem. Este é o único motivo de ela ter ligado. E sei disso porque no minuto seguinte ela perguntou:

– Você está sozinha agora? Eu estou com a sensação de que tem alguém aí com você.

Uma vez, quando Johnson apareceu por aqui, minha irmã ligou quando a gente estava transando. Ela deixou uma mensagem longa e desconexa na secretária eletrônica:

– Yuriko, sou eu. Acabei de ter uma grande ideia. Por que a gente não divide um apartamento? Pensa só. Como temos horários diferentes, ia dar supercerto. Eu trabalho durante o dia e já estou acabada quando anoitece. Como você trabalha à noite, você dorme em casa enquanto eu estiver trabalhando. E aí, enquanto eu estiver dormindo, você vai estar fora. Se você conseguisse chegar em casa antes de eu acordar, a gente poderia passar o dia inteiro sem precisar dar de cara uma com a outra uma vez sequer. A gente daria uma boa economizada no aluguel. E também poderíamos fazer um rodízio na cozinha e comer as sobras uma da outra por vários dias. O que acha? Não é uma ideia fantástica? Com qual apartamento você acha que a gente podia ficar? Eu gostaria de saber o que você acha disso, certo?

– Ei, essa aí não é a sua irmã? – perguntou Johnson.

– É, sim. Isso não dá uma tremenda sensação de nostalgia? – eu respondi, reprimindo uma gargalhada.

– Bom, foi ela que nos aproximou. Ela foi o nosso cupidinho pessoal – rebateu Johnson num japonês perfeito, dando uma risada. A gente se espalhou pela cama dando verdadeiros ataques de riso, acabando rapidamente com nosso sexo.

– Cupido, é? Duvido que ela pense da mesma maneira. – Minha irmã mais velha horrorosa com sua personalidade pervertida! Para reanimar o meu astral, Johnson se aproximou e aninhou-se em meu pescoço. Eu curvei a cabeça para o lado, aceitando seus beijos, e vi as pintas marrons em seus ombros largos. Ele havia engordado, e seus belos cabelos praticamente já não existiam mais. Johnson já tem cinquenta e um anos.

Quando nos vimos pela primeira vez, eu ainda era uma garotinha, mas soube na mesma hora que aquele homem me queria. Johnson não sabia falar muito bem japonês naquela época, e eu não sabia nada de inglês. Mas ainda assim nós dois conseguíamos entender implicitamente tudo o que o outro queria dizer.

Vamos! Cresça logo! Era isso o que ele pensava.

Pode deixar, espere por mim.

Sempre que a minha irmã mais velha começava a me atormentar eu fugia para o chalé dos Johnson. Mesmo que Johnson estivesse ou não no meio de um importante telefonema de negócios ou recebendo convidados, no instante em que ele me via seu rosto se iluminava de prazer. Sem o saber, entretanto, minha irmã merece toda a minha gratidão por me mandar diretamente para os braços de Johnson por conta de suas perseguições. O maior obstáculo que eu tinha de enfrentar era a delicadeza de Masami. Ela era esposa de Johnson e ex-comissária de bordo da Air France. Johnson era cinco anos mais jovem do que Masami e era sua absoluta obsessão. Ela era fascinada pela estabilidade financeira e pelo status social dele e morria de medo de ser abandonada. Então, se Johnson era simpático comigo, Masami era obrigada a se esforçar ao máximo para fazer o mesmo. Ela vivia me oferecendo doces e animais empalhados. O que eu realmente queria era o esmalte de unha da Revlon que ficava na cômoda dela. Mas pelo menos enquanto ela estava por perto eu tinha de agir como uma garotinha. Eu entendia que isso era para o meu próprio bem.

No entanto, eu fiquei em êxtase quando meu pai disse que eu podia ficar na casa dos Johnson no dia seguinte à briga feia que eu e a minha irmã tivemos. Johnson e eu ficamos entusiasmados demais e fizemos algo extremamente arriscado. Nós colocamos soníferos na bebida de Masami. Assim que ela começou a roncar, nós passamos o resto da noite nos acariciando na cama bem ao lado dela. Em outras ocasiões, enquanto Masami estava na cozinha grelhando uma carne ou algo assim, eu me sentava na sala e ficava vendo TV enquanto Johnson me acariciava. Eu ficava de calça jeans o tempo todo, mas ele ficava passando a mão em mim lá embaixo. E ele colocava as minhas mãos no negócio dele assim que ficava duro. Foi a primeira vez na minha vida que eu toquei um homem lá. Eu estava convencida de que Johnson seria o meu primeiro amante.

Desde o início eu acreditava que jamais teria um garoto japonês como amante. Em primeiro lugar, eles nunca se aproximavam de mim, agindo como se morressem de medo de mim porque eu era metade japonesa e, de uma certa forma, além do alcance deles. Por isso mesmo, grupos de garotos japoneses me cercavam e faziam todo tipo de brincadeira desagradável comigo. Encontrar um bando de adolescentes no trem era sempre pior. Eles passavam a mão em mim com tanta violência que quase arrancavam meus cabelos, e eu não tinha escolha a não ser suportar tudo. Uma vez um grupo de garotos me cercou e rasgou a minha saia. As lições apareceram bem cedo em minha vida. Eu aprendi que para poder sobreviver só havia uma maneira de enfrentar os homens.

– Bom, tenho que ir agora senão eu chego atrasado na aula.

Johnson fez uma careta e se levantou, dobrando seu corpanzil em dois. Ele era tão grande que sempre que se deitava na minha cama estreita metade do seu corpo ficava para fora, quase caindo no chão. Johnson era professor de inglês. Ele dava aula numa sala em frente à estação de Ōdakyu. Daqui até lá levava pouco mais de uma hora indo pelo trem expresso. Ele disse que umas doze mulheres se apertavam naquela sala de aula, todas donas de casa da região.

– Um professor de inglês de cinquenta e um anos que dá aula de conversação não chega a ser muito popular, sabe como é. Elas só querem saber de caras novos e bonitinhos. Por que será que as únicas pessoas no Japão que querem estudar inglês são as jovens? Se eu quiser lecionar sou obrigado a ir para uma cidadezinha do interior como essa. Senão eu nunca vou ter aluno.

Quando Masami pediu o divórcio, Johnson perdeu a dignidade, a boa reputação, o dinheiro e todo o resto. Ele foi demitido do seu emprego no comércio exterior de seguros. A pensão que foi obrigado a pagar era tão exorbitante que talvez preferisse ser esfolado vivo. Seus parentes, membros de uma ilustre família do nordeste dos Estados Unidos, viraram as costas para ele e o proibiram terminantemente de voltar a se encontrar comigo. Masami, é claro, lavara toda a nossa roupa suja no tribunal, contando ao mundo o relacionamento que Johnson mantinha comigo. "Pior do que um traidor, meu marido é um criminoso. Ele se aproveitou da garota de quinze anos que havia sido deixada sob seus cuidados. Aqueles dois se encontravam pelas minhas costas e faziam suas coisas na minha própria casa. Vocês perguntam como é que eu nunca percebi o que estava acontecendo, já que tudo isso ocorreu num longo período de tempo? Eu gostava daquela criança! Eu a adorava. Eu jamais, nem em um milhão de anos, teria imaginado que ela pudesse fazer uma coisa dessas. Eu fui traída não apenas pelo meu marido mas também por aquela garota. Vocês por acaso conseguem imaginar como estou me sentindo agora?"

Depois disso Masami perdeu um bom tempo descrevendo exatamente como descobrira o que a gente andava fazendo. Ela não omitiu nenhum detalhe na hora de tornar públicos todos os nossos pequenos segredos. Masami foi tão direta que até o juiz e os advogados ficaram vermelhos de constrangimento.

Eu ainda estava pensando no passado quando Johnson, que tinha acabado de se vestir, me deu um beijo no rosto.

– Te vejo mais tarde, meu bem – disse ele, como sempre fazia.

– Tchau, querida. – Nossas palavras de despedida – sempre as mesmas – eram meio que uma piada.

Eu ainda trabalhava naquela época. Enquanto me banhava no chuveiro tirando o suor e outros fluidos corporais de Johnson, rememorei a estranha sina que caíra sobre nós. Por mais que eu tivesse desejado, Johnson não foi o meu primeiro homem. O sangue que corre em minhas veias é muito mais lascivo do que alguém poderia considerar normal. Meu primeiro homem foi Karl, o irmão mais novo de meu pai.

2

Agora é muito claro para mim. Quando pequena eu era dotada de uma determinada coisa que atrai os homens mais velhos. Eu tinha o poder de despertar num homem o chamado complexo de Lolita. Mas como o destino iria provar, quanto mais velha eu ficava mais difícil se tornava a capacidade de manter esse poder. Eu não o perdi de todo. Eu ainda era capaz de manipulá-lo até certo ponto aos vinte e poucos anos de idade. E como eu nasci com uma beleza muito maior do que da maioria das mulheres, ainda sou atraente agora aos trinta e seis. Mas agora eu trabalho como hostess em casas noturnas baratas e ocasionalmente como prostituta. Eu acho que, na verdadeira acepção da palavra, eu fiquei feia.

Meu sangue libertino não me deixa outra escolha senão desejar os homens. Não importa o quanto eu tenha me tornado comum, o quanto tenha me tornado feia, velha, enquanto ainda houver vida em meu corpo eu vou continuar querendo os homens. É a minha sina. Mesmo que os homens não fiquem mais impressionados quando me veem, mesmo que não sintam mais desejo por mim, mesmo que me humilhem, eu sou obrigada a me deitar com eles. Não, eu quero me deitar com eles. É a retribuição por uma divindade que ninguém consegue manter para sempre. Eu acho que se poderia dizer que o meu "poder" era pouco mais do que pecado.

Meu tio Karl veio nos receber no aeroporto de Berna com seu filho, Henri. Era o começo de março e o ar ainda estava frio. Karl usava um casaco preto e Henri uma jaqueta amarela. Uma leve penugem começara a surgir sobre seus lábios. Karl não lembrava em nada o meu pai magricela de cabelos louros. Ele era moreno e forte. Talvez tivesse até um certo ar asiático, com seus olhos amendoados e cabelos pretos. Karl abraçou papai, feliz por revê-lo, e então apertou a mão de minha mãe.

– Bem-vindos! Bem-vindos. Minha mulher quer quer vocês apareçam lá em casa agora mesmo.

Mamãe assentiu levemente com a cabeça, retirando a mão do aperto de Karl assim que pôde. Incapaz de esconder seu constrangimento, Karl voltou-se para mim e em seguida recuou. Naquele instante eu soube. Karl era exatamente como Johnson.

Quando Johnson e eu nos conhecemos, eu tinha doze anos e ele vinte e sete, então mesmo que eu pudesse ouvi-lo murmurar em seu coração, *Vamos, cresça logo*, eu não tinha como dar uma resposta imediata. Mas quando conheci Karl, eu já tinha quinze. Eu reconheci de imediato o desejo em seu olhar, e decidi que era hora de responder.

Eu logo fiz amizade com Henri, que tinha uma idade mais ou menos próxima da minha: vinte anos. Ele me levava ao cinema, ao teatro, aos cafés, para as montanhas onde ele esquiava com os amigos. Sempre que um dos amigos dele perguntava: "Quem é ela?", ele respondia: "Ela é a minha priminha, fique com essas mãos longe!" Mas sair com Henri começou a ficar cansativo. Ele só queria me mostrar aos amigos.

Eu notei uma coisa estranha. Com rapazes como Henri e colegas de turma da minha idade, eu não era capaz de exercer o mesmo tipo de poder mágico que exercia sobre os homens maduros. Era praticamente como se eles não sentissem os meus encantos. Para os garotos, eu era apenas uma garota comum, dificilmente uma deusa. Mesmo que eles ficassem o tempo todo atrás de mim, eu não era capaz de despertar neles o mesmo tipo de excitação que despertava nos homens mais velhos. Entediada com Henri, comecei a bolar maneiras de ficar a sós com Karl.

Uma tarde eu dei uma passada na casa de Henri quando estava voltando da escola, fingindo ter entendido errado a hora que combinamos de nos encontrar. Eu sabia que naquela hora Henri ainda estaria na fábrica. Eu também sabia que minha tia Yvonne estaria na padaria onde ela trabalhava meio-expediente e que a irmã mais nova de Henri estaria na escola. Ninguém mais estaria em casa. Meu pai tinha me dito que Karl precisava dar um pulo rápido em casa depois do almoço para se encontrar com o contador. Karl ficou surpreso ao me ver.

– Henri só vai chegar depois das três.

– É mesmo? Eu devo ter entendido errado a hora que ele disse. O que que eu faço?

– Não quer entrar e esperar? Eu posso fazer um café para você.

– Eu não pude deixar de reparar como a voz dele estava trêmula.

– Bom, se eu não estiver interrompendo nada...

– Sem problema. Nós já estamos terminando mesmo.

Karl me fez entrar na sala. O contador estava terminando de guardar seus papéis. Eu me sentei no sofá, que estava coberto com um pedaço de pano simples, e Karl me trouxe uma xícara de café e um pratinho com biscoitos que minha tia tinha feito. A única coisa de interessante nos biscoitos de minha tia era a maciez. Fora isso eram horríveis.

– Você já se adaptou à escola?

– Já. Obrigada pela preocupação.

– E parece que você não está tendo nenhum problema com a língua.

– Henri me ensinou.

Karl sempre usava jeans na fábrica, mas naquele dia ele estava usando uma camisa branca novinha, calças cinzas e um cinto preto de couro. Traje de homem de negócios não caía bem em Karl; ele parecia rígido e desconfortável. Ele se sentou em frente a mim, inquieto, seus olhos viajando das minhas pernas ao meu rosto com uma rápida parada embaixo do short do meu uniforme. A tensão estava ficando cada vez mais entediante. Eu comecei a achar que fora idiotice imaginar que eu pudesse fazer Karl agir. Mas exatamente quando eu estava olhando para o relógio, ele disse, numa voz rouca e cheia de desejo:

– Ah, se ao menos eu tivesse a idade de Henri!
– Por quê?
– Porque você é tão encantadora! Eu nunca conheci ninguém tão linda quanto você.
– Porque eu sou metade japonesa?
– Bom, vamos dizer que eu fiquei encantado assim que pus os olhos em você.
– Eu gosto de você, tio Karl.
– Que pena que isso é tabu.
– Por que é tabu?

Karl ficou vermelho como um garotinho. Eu me levantei e fui me sentar em seu colo, abraçando-o exatamente como fizera tantas e tantas vezes com Johnson. Eu podia sentir aquilo duro pressionando o meu traseiro. Exatamente como sempre fora com Johnson. Será que um negócio assim tão duro e grande caberia dentro de mim? Eu acho que me machucaria!

– Ahhh – eu deixei escapar um leve gemido, só de imaginar como seria. Aquele era o sinal que Karl estava esperando. Ele grudou os lábios nos meus num beijo faminto. Com mãos trêmulas arrancou impacientemente os botões da minha blusa e os colchetes da minha saia. Caiu tudo no chão a nosso redor junto com os meus sapatos e meias.

Assim que me deixou só de calcinha, Karl me levantou e me carregou até o quarto. Eu perdi a minha virgindade ali naquela cama dura de carvalho que Karl dividia com sua mulher. Doeu muito mais do que eu imaginava, mas ao mesmo tempo me proporcionou um prazer tão completo que fiquei convencida de que gostava mais daquilo do que conseguia suportar.

– Oh, meu Deus! Como é que eu fui capaz de estuprar uma criança? E ainda por cima minha sobrinha!

Karl se afastou de mim com tanta rapidez que praticamente me jogou para fora da cama, e cobriu a cabeça com as mãos, balbuciando como se estivesse sentindo muita dor. O que podia ser tão horrível, eu imaginei, no que a gente tinha acabado de fazer? Tinha sido maravilhoso. Eu fiquei decepcionada com a maneira com que Karl, que estava tomado de arrependimento, retornou com tanta pressa à realidade. Mas também ele estava se sentindo desencantado. A reverência e admiração que eu encontrara no olhar de Karl desapareceram depois que ele terminou de fazer o que quis comigo. Aquela foi a primeira vez que eu notei que os homens que ficavam comigo, todos sem exceção, acabavam com uma expressão de vazio quando terminavam o que estavam fazendo, como se tivessem a sensação de perder alguma coisa. Talvez seja por isso que eu sempre estou à procura de um novo homem. Talvez seja por isso que eu agora sou uma prostituta.

Depois daquilo, eu me encontrei com Karl às escondidas inúmeras vezes. Numa delas, não me lembro quando, ele me deu carona em seu Renault quando eu estava indo da escola para casa e me levou no banco de trás sem olhar para mim uma vez sequer. Nós fomos até um chalé de um amigo dele ao pé da montanha. O chalé era escuro e a água havia sido cortada. Tomando todo o cuidado para não sujar o tapete, a gente espalhou jornais e fez um pequeno piquenique com vinho, fatias de salame e pedaços de pão. Karl tirou a minha roupa e mandou eu fazer várias poses na cama de casal. Ele tirou fotos com uma dessas máquinas fotográficas simples. Quando finalmente se juntou a mim na cama, meu desejo estava tão gélido quanto o meu corpo.

– Tio Karl, estou com frio.

– Aguenta e pronto.

Antes de começarmos a fazer sexo, eu sabia que aquilo era um comportamento inadequado para membros da mesma família. E nós éramos da mesma família. Se havia alguém no mundo que a gente não podia deixar em hipótese alguma ficar sabendo de nosso relacionamento era o irmão mais velho de Karl, meu pai. Tínhamos muito medo da reação dele. Inevitavelmente, depois que Karl terminava, ele começava a resmungar nervosamente:

– Se o meu irmão souber disso ele vai me matar.

Os homens vivem de acordo com regras que eles fizeram para si mesmos. E entre essas regras existe aquela especificando que as mulheres são apenas mercadorias dos homens. Uma filha pertence a seu pai, uma esposa ao marido. Os desejos pessoais de uma mulher são obstáculos para um homem e é melhor que sejam ignorados. Além disso, o desejo é sempre para o homem. É papel dele conquistar as mulheres e proteger suas mulheres dos outros homens. Eu era uma mulher que fui seduzida por um membro de sua própria família. Entre as regras do mundo dos homens, isso era um grande tabu. E por esse motivo, Karl estava aterrorizado.

Eu não queria ser objeto de ninguém. Em primeiro lugar, meu desejo não era nenhuma coisa reles que podia ser facilmente protegida por um homem. Mas naquele dia Karl estava diferente. Ele falou mal do meu pai.

– Meu irmão não é o que ele diz ser. Ele é totalmente irresponsável com as contas. Quando falo isso para ele, ele fica irritado. Para piorar ainda mais as coisas, a forma como ele trata a mulher dele é imperdoável. Ele age como se ela fosse apenas uma empregada.

Karl não entenderia se eu explicasse que era mamãe que queria ser tratada como empregada. Depois que mamãe veio para a Suíça, ela se deu conta de que era japonesa. Todo dia ela fazia comida japonesa com ingredientes supercaros, e como ninguém comia toda a quantidade que ela fazia, ela enfiava tudo no freezer. Não demorou muito até o freezer ficar abarrotado de Tupperwares cheios de *hijiki* cozido ou *nikujaga* ou raízes de bardana fatiadas. Esses recipientes me transmitiam o desânimo de minha mãe e me deixavam com uma sensação sinistra.

– Tio Karl, você odeia o meu pai?

– Eu o desprezo. Você não pode dizer isso para mais ninguém, mas ele tem uma amante turca. Eu sei tudo sobre isso, entende? Ele tem uma quedinha por cabelos pretos e olhos escuros.

A mulher era uma trabalhadora imigrante que viera da Alemanha. Incapaz de manter em segredo a paixão que um tinha pelo outro, meu pai e sua amante passavam os dias trocando olhares carinhosos.

– O que você imagina que a mamãe faria se descobrisse?

Karl pareceu ter ficado triste com a minha pergunta. Sem dúvida ele estava igualmente preocupado com o que ela faria se descobrisse sobre nós. Karl e eu; meu pai e sua amante turca... Parecia que a gente tinha um monte de segredos para esconder de mamãe. Mas não tinha ninguém lá que pudesse contar a ela. Ela perdeu todos os amigos quando veio para a Suíça, e era incapaz de aprender uma nova língua. Então ela começou a se retrair cada vez mais para o fundo de sua concha, se recusando a sair.

– Eu certamente não quero que ela saiba – disse Karl.
– Mas não tem problema eu saber?

Karl olhou surpreso para mim. Eu desviei o olhar e olhei para o teto escuro do chalé da montanha.

Minha mãe me odiava. Dar à luz uma criança tão fisicamente diferente dela deixou minha mãe num parafuso do qual ela nunca conseguiu escapar. Ela ainda estava vivendo em estado de choque. Depois que eu alcancei a maturidade a coisa ficou pior, e quando ficou decidido que a gente iria se mudar para a Suíça, minha mãe começou a se sentir mais próxima da minha irmã mais velha, que ainda estava no Japão e que era mais asiática do que eu, ou pelo menos era isso o que a minha mãe achava. O bem-estar da minha irmã preocupava a minha mãe. Ela estava constantemente repetindo: "Eu me preocupo com aquela menina. Você acha que ela pensa que eu a abandonei?"

Minha irmã não achava nada disso. Se a minha mãe abandonou alguém de fato, esse alguém era eu. Eu não era parecida com ninguém na família. Eu fui largada de lado. As únicas pessoas que prestavam alguma atenção em mim eram os homens que me desejavam. Quando eu era criança só fui perceber pela primeira vez que a minha existência tinha um propósito quando senti que os homens sentiam desejo por mim. E é por isso que eu sempre vou sentir desejo pelos homens. Antes mesmo de começar a me preocupar com deveres de casa ou com qualquer coisa da escola, eu comecei a ter relacionamentos secretos com homens. E são os homens que me dão agora a prova de que preciso para ter a sensação de que estou mesmo viva.

Uma vez eu estava voltando para casa tarde da noite. Karl tinha me deixado na rua de trás, com medo de ser visto se parasse o carro na frente do nosso prédio. Eu fui andando para casa sozinha na escuridão. Assim que cheguei ao nosso apartamento, eu abri a porta e fui direto para o meu quarto. Já passava das dez, mas o apartamento estava todo escuro, o que eu achei muito estranho. Quando espiei a cozinha, não vi nada que se parecesse com comida. Mamãe nunca passava um dia sequer sem preparar alguma comida japonesa. Achando aquilo tudo muito esquisito, eu fui até o quarto dela e dei uma olhada lá dentro. Eu consegui enxergar mamãe na penumbra. Parecia que ela estava dormindo, então eu fechei a porta silenciosamente sem chamar por ela.

Trinta minutos depois, quando meu pai chegou, eu estava tomando banho, esfregando o corpo para me livrar dos resquícios da noite com Karl. Ouvi uma batida forte na porta do banheiro. Karl e eu tínhamos sido descobertos! Isso foi a primeira coisa que me passou pela cabeça. Mas não era isso. Papai tinha vindo me dizer que mamãe parecia estranha. Ele estava muito transtornado. Enquanto eu corria para o quarto, eu já sabia em meu coração que mamãe estava morta.

Quando a gente vivia no Japão, mamãe jamais ficara do lado de minha irmã contra os ataques de irritação de nosso pai. Mas assim que chegamos à Suíça, ela só pensava em minha irmã. Eu desprezava o caráter fraco de minha mãe. Odiava sua negligência.

Eis o que aconteceu uma ocasião. Eu convidei várias colegas de turma para ficarmos de papo lá em casa. Minha mãe se recusou a sair da cozinha.

– Eu quero apresentar você a elas – eu implorei, enquanto puxava ela pela mão. Mas ela se livrou de mim e me deu as costas.

– Ah, fala para elas que eu sou a empregada. Eu não me pareço com você, e tentar explicar isso vai dar um trabalhão.

Trabalhão. Esta era a palavra favorita de minha mãe. Tentar aprender alemão dava um trabalhão. Fazer alguma coisa diferente dava um trabalhão. Minha mãe continuava tão inadaptada a Berna que se perdia facilmente sempre que se aventurava na cidade. Mas não demorou muito até sua personalidade começar a sofrer uma espécie de colapso. Mas eu ainda não entendo o que fez com que ela sentisse vontade de morrer. Naquele momento de sua vida ela já estava num tal estado de desespero que até mesmo um fato corriqueiro seria suficiente para tirar-lhe dos eixos. Será que foi o arroz no vapor que ela não conseguiu que ficasse bom um dia desses? O preço alto do *nattō*, os feijões de soja fermentados? Ou será que foi a amante turca do meu pai? O meu caso com o Karl, de repente? Eu realmente não dava a mínima. Naquela altura a minha curiosidade a respeito da minha própria mãe já tinha minguado.

Mas o que eu vou falar agora é líquido e certo. Tanto meu pai quanto Karl experimentaram um breve momento de alívio com a morte de mamãe. E depois cada um deles começou a se preocupar com a possibilidade de que o motivo do suicídio dela pudesse ter sido o fato de ela saber dos crimes deles. Eles tiveram de viver o resto da vida em meio a uma batalha com seus próprios sentimentos de culpa.

Não foi o meu caso. O que a morte dela trouxe para mim foi uma compreensão mais clara sobre as consequências do egoísmo adulto. Não foi minha culpa mamãe e papai terem gerado uma filha tão linda, um milagre tão impressionante quanto eu. E, no entanto, fui eu que fui forçada a suportar o fardo nos ombros. Eu já tinha suportado muito disso. Com certeza não queria ser responsabilizada pela morte de minha mãe. Então quando o meu pai trouxe a amante turca para dentro de nossa casa, eu fiquei aliviada porque assim eu tinha uma desculpa para exigir uma permissão para ser mandada de volta ao Japão. Eu não estava nem aí se podia ou não ficar com a minha irmã. Ela me odiava de qualquer maneira. Além disso, Johnson encerrara seus negócios em Hong Kong e estava esperando por mim. Por que eu não podia ficar com ele? Eu não era mais virgem, e queria ver como seria o sexo com Johnson. Eu queria tanto isso que não estava mais conseguindo aguentar.

3

Para uma ninfomaníaca como eu, é bem provável que não exista uma profissão mais adequada do que a prostituição; este é o destino que Deus me deu. Não importa o quanto um homem possa ser violento, ou feio, quando a gente está no meio do ato eu não consigo evitar de amar aquele homem. E o que é mais importante, eu vou atender todos os desejos dele, por mais vergonhosos que sejam. Na realidade, quanto mais pervertido o meu parceiro, mais me sinto atraída por ele, porque minha capacidade de acatar as exigências de meu amante é a única forma que eu tenho de me sentir viva.

Essa é a minha virtude. E também a minha grande fraqueza. Eu não consigo recusar nenhum homem. É como se eu fosse a encarnação de uma vagina, a própria incorporação da essência feminina. Se alguma vez tivesse de recusar um homem, eu estaria deixando de ser eu mesma.

Tentei imaginar inúmeras vezes qual poderia ser, no fim de tudo, a minha ruína. Será que vou morrer de ataque cardíaco? Será que vou padecer de uma enfermidade agonizante? Será que um homem vai me matar? Só pode ser uma dessas três opções. Eu não estou dizendo que não tenho medo. Mas como não consigo parar o que eu faço, eu acho que sou a responsável pela minha própria destruição.

Quando finalmente cheguei a essa conclusão, decidi que daquele momento em diante escreveria um diário. Não é nem propriamente um diário nem uma lista de apontamentos, mas um registro apenas para o meu uso pessoal. Nem uma página que eu escrevi aqui é fictícia. Eu nem sei como escrever ficção – isso está acima da minha capacidade criativa. Eu não sei quem vai ler o meu diário, mas acho que vou deixá-lo aberto em minha escrivaninha com um bilhete ao lado escrito *Para Johnson*. Ele é a única pessoa que tem a chave do meu apartamento.

Johnson vem ao meu apartamento quatro ou cinco vezes por mês. Ele é o único homem que sai comigo de graça. E é o único homem com quem eu já mantive um relacionamento duradouro. Se alguém me perguntasse se eu amava Johnson, eu responderia facilmente *sim*. Ou poderia dizer *não* com a mesma facilidade. Na verdade, nem eu mesma sei. O certo é que Johnson de alguma forma me ampara. Será que talvez isso não seja a falta que eu sinto de uma figura paterna? Pode ser. Johnson é incapaz de deixar de me amar, então, de alguma maneira, é como se ele fosse o meu pai. Meu próprio pai, é claro, não me amava. Ou pelo menos o amor que ele sentia por mim tinha alguma espécie de barreira.

Eu me lembro de quando pedi a meu pai para voltar ao Japão. Foi numa noite cerca de uma semana depois da morte de minha mãe. Eu podia ouvir a água pingando da torneira da cozinha, um pingo depois do outro. Eu não sei se a torneira começou a vazar na época em que minha mãe morreu ou se ela sempre vazou e minha mãe apenas a fechava com firmeza sempre que usava a pia. O problema é que parece que de uma hora para outra a torneira começou a pingar sem parar. Eu ficava aterrorizada. Era como se minha mãe estivesse tentando nos dizer, *Eu ainda estou aqui*. Por mais que eu telefonasse, eu não conseguia arrumar um bombeiro para consertá-la. Eles estavam todos sempre ocupados. Sempre que uma gota de água pingava, meu pai e eu nos virávamos e olhávamos para a cozinha.

– Você quer voltar pro Japão por minha causa? – perguntou meu pai sem me olhar nos olhos. Estava claro que ele se sentia um pouco culpado por ter trazido Ursula, a namorada turca – não me perguntem por que essa mulher tinha um nome alemão! Mas por outro lado, ele estava zangado comigo porque eu o delatei para a polícia.

Eu chamei a polícia principalmente por raiva. Minha mãe estava lá deitada, morta em seu caixão, e meu pai trazendo aquela namorada grávida para a casa onde mamãe morava. Eu questionei a insensibilidade dele, mas nunca, nem uma vez sequer, duvidei da sua inocência. Meu pai não era forte o suficiente para sujar as mãos num crime como aquele. Ele não tinha um desejo grande o suficiente a ponto de levá-lo a cometer um homicídio. Então não foi nenhuma surpresa ele ficar de lado apenas assistindo à vida de minha mãe despencar lentamente. E quando não tinha mais como suportar, ele fugiu e pronto. Quando a mulher com quem ele se refugiou ficou grávida, ele não teve saída a não ser aceitar o fardo. Meu pai era um covarde.

– Tem menos a ver com você do que comigo – eu disse a ele.

– O que isso quer dizer? – Meu pai olhou para mim, confuso. Seus olhos azul-claros estavam sem vida.

– Eu não quero ficar aqui.

– Porque Ursula está aqui? – Meu pai baixou a voz. Ursula estava dormindo no quarto de hóspedes. Qualquer espécie de tensão poderia provocar um aborto, e a gente tinha recebido ordens de deixá-la tranquila. Ursula viera sozinha de Bremen com um visto de trabalho, e meu pai não tinha a quantidade de dinheiro necessário para que ela ficasse hospitalizada por um longo período de tempo.

– Não é por causa de Ursula.

Ursula estava muito mais assustada com a morte de minha mãe do que papai, e estava sofrendo as consequências disso. Ela acreditava ser culpa dela o fato de mamãe ter se suicidado. Ela só tinha dezessete anos. Sempre que conversava com ela, eu percebia sua honestidade e simplicidade infantis. Eu não estava com raiva de Ursula. Tudo o que eu precisei fazer foi falar com ela que ela não tinha nada a ver com a morte de minha mãe e ela não se conteve de tanta alegria. Meu pai suspirou de alívio quando ouviu minha resposta. Mas ainda assim não conseguiu me olhar nos olhos.

– Isso é bom. Eu tinha medo de você pensar que a minha culpa era tão grande que não dava para ser perdoada.

Bom, ele não era o único com uma grande culpa. Entre a infidelidade de Karl e a morte de minha mãe, eu amadureci rapidamente.

– Não é uma questão de perdão. É só que eu quero voltar pro Japão.

– Por quê?

Não era apenas porque eu queria ver Johnson novamente. Eu amava a minha mãe. E agora que ela não estava mais presente, por que ficar na Suíça?

– Com a mamãe morta não há muitos motivos para eu ficar aqui.

– Eu entendo. Quer dizer então que você decidiu viver como japonesa? – murmurou meu pai, sem fazer nenhum esforço para esconder a mágoa. – Pode ser que você enfrente muitas dificuldades com essa sua aparência de ocidental.

– Pode ser. Mas eu *sou* japonesa.

Naquela altura o meu destino já estava selado. Eu viveria como japonesa naquele país denso de umidade. As crianças apontariam o dedo para mim e gritariam "Gaijin! Gaijin!" E, pelas minhas costas, as garotas iriam sussurrar "Nessa idade pode ser legal ser metade japonesa, mas elas envelhecem mais rápido do que a gente". E os garotos iriam me atormentar. Eu sabia de tudo isso. E por isso eu precisava construir ao redor de mim um muro de proteção tão sólido quanto o que a minha irmã tinha construído. Como eu não tinha condições de construir o muro sozinha, decidi que usaria Johnson com esse propósito.

– Para onde você vai? Você vai morar com o seu avô?

Minha irmã já tinha assegurado seu espaço com o vovô. E uma vez que ela colocava as mãos em alguma coisa ela nunca liberava para mais ninguém. Ela faria uma barreira na porta com os dois braços antes que eu pudesse botar os pés no mundo que eles dois compartilhavam.

– Eu pedi ao Johnson para me deixar ficar na casa dele.

– O americano? – Meu pai fez uma cara de desgosto. – Não é uma má ideia, mas vai sair caro.

– Ele disse que eu não precisava pagar pelo quarto e nem pelas refeições. E aí, posso? Por favor!

Meu pai não balançou a cabeça em concordância.

– Você deixa a minha irmã ficar no Japão!

Meu pai deu de ombros, resignado.

– Ela nunca foi muito com a minha cara.

Isso porque os dois eram muito parecidos. Meu pai e eu ficamos lá sentados, mudos. A torneira pingando quebrava o silêncio, pingo após pingo. Meu pai gritou, como se não estivesse mais conseguindo aguentar ouvir aquele gotejar.

– Tudo bem então! Você pode voltar.

– E agora você vai poder viver aqui com Ursula na maior felicidade.

Não havia sido realmente a minha intenção terminar nossa conversa com aquelas palavras, mas uma expressão triste tomou conta do rosto de meu pai.

No dia seguinte eu matei aula e liguei para o escritório de Johnson. Eu ainda não havia contado a ele que meu pai já tinha dado permissão. Johnson ficou encantado por ter recebido uma ligação minha.

– Yuriko! Que bom te ouvir. Quando fui transferido de volta a Tóquio, eu pensei que fosse vê-la. Mas a gente deve ter se desencontrado. Fiquei decepcionado quando soube que você tinha se mudado para a Suíça. Como estão todos?

– Minha mãe se matou e meu pai está morando com a amante. Eu quero mesmo voltar pro Japão, mas não tenho onde ficar. Eu preferia morrer a ter que morar com a minha irmã. Eu simplesmente não sei o que fazer.

Eu não estava tentando me aproveitar da solidariedade dele. Estava tentando seduzi-lo. Uma garota de apenas quinze anos seduzindo um homem de trinta! Johnson respirou fundo e em seguida disse seu plano.

– Nesse caso, por que você não fica aqui com a gente? Vai ser como era no chalé. Você vai ser a menininha fugindo da perseguição da irmã mais velha. Você pode ficar o tempo que quiser.

Com um profundo suspiro de alívio, eu perguntei por Masami. Se eles tivessem um filho agora seria difícil eles ficarem comigo também.

– Mas o que Masami vai dizer?

– Ela vai adorar. Eu prometo. Masami é louca pela nossa Yuriko lindinha. Mas o que você vai fazer em relação à escola?

– Ainda não decidi.

– Bom, então eu vou pedir para Masami cuidar disso. Yuriko, vem viver com a gente!

As súplicas sussurrantes de Johnson eram as de um homem que está sendo seduzido. Eu me recostei no sofá, profundamente aliviada. Com a estranha sensação de que havia alguém me observando, levantei os olhos e vi Ursula olhando fixamente para mim. Ela piscou. Pelo tom da minha voz ao telefone, Ursula deve ter adivinhado o que eu estava tramando. Eu balancei a cabeça em concordância e sorri. Eu sou igualzinha a você. De agora em diante, eu também vou viver à custa de um homem. Com um leve sorriso no rosto, Ursula desapareceu rapidamente em direção ao quarto. Daquele dia em diante a torneira da cozinha parou de gotejar. Eu desconfio que Ursula começou a apertar a torneira com mais força. Quando meu pai não estava por perto, Ursula andava com passos rápidos. Era difícil acreditar que ela precisasse de repouso.

Na tarde do dia anterior à minha viagem marcada para o Japão, Karl deu uma incerta lá em casa, sabendo que meu pai estaria na fábrica. Ele pressionou os lábios nos meus num longo beijo, bem ali no meu quarto com todos os meus ursinhos de pelúcia e minhas bonecas.

– Eu estou triste porque não vou poder te ver mais, Yuriko. Você não vai ficar mesmo? Nem por mim? – Os olhos de Karl estavam queimando – e também calmos. Sem sombra de dúvida a minha partida e a morte de minha mãe o liberaram de qualquer arrependimento ou culpa que ele pudesse ter alguma vez sentido.

– Eu também estou triste. Mas não há mais nada que eu possa fazer.

– Podemos fazer aquilo agora? Só mais uma vez? – Karl começou a tirar o cinto.

– A Ursula está aqui! – eu disse a ele.

– Tudo bem. A gente não faz barulho. – Karl jogou todos os bichinhos de pelúcia no chão e me empurrou para a cama estreita. Eu não tinha como me mexer debaixo do peso dele. Aí então eu ouvi uma batida na aporta.

– Yuriko? É a Ursula.

Sem esperar que Karl saltasse da cama e ajeitasse suas roupas, eu me levantei e abri a porta. Ursula sorriu como se estivesse entendendo tudo. Karl alisou o cabelo com as mãos e se levantou, fingindo olhar pela janela como se estivesse ali o tempo todo. Do outro lado da rua ficava a malharia de Karl.

– O que é, Ursula?

– Yuriko, se você não for levar os seus ursinhos de pelúcia, será que não dá para eu ficar com eles?

– Tudo bem. Pode pegar o que quiser.

– Obrigada!

Ursula agarrou o coala e o ursinho que haviam sido jogados no chão e lançou um olhar cheio de suspeita na direção de Karl.

– E aí, chefe?

– Ah, eu só vim me despedir de Yuriko.

Ursula piscou para mim como quem diz, Ah tá, tudo bem. Ursula era minha cúmplice. Assim que ela saiu, Karl puxou um envelope do bolso de trás da calça jeans com um ar de resignação. Quando eu abri o envelope, encontrei as fotos que ele tinha tirado de mim nua e um pouco de dinheiro.

– Bonitas, não são? Eu pensei que elas poderiam servir como lembrança. E o dinheiro é um presente de despedida.

– Obrigada, Karl. Onde você escondeu suas cópias dessas fotos?

– Eu colei todas atrás da escrivaninha da fábrica. – Karl parecia muito sério ao dizer isso. Em seguida acrescentou: – Eu vou juntar dinheiro para ir ao Japão.

Mas Karl jamais pôs os pés no Japão. E eu quase nunca penso nele hoje em dia. Meu primeiro homem, ele também foi o meu primeiro cliente. Eu ainda guardo as fotos. Eu estou olhando para a câmera numa pose igual à da *Maja Desnuda*, de Goya, com um rosto que parece quase congelado, o corpo esparramado nos lençóis e a pele tão branca que parece translúcida. A testa larga, os lábios salientes. E nas pupilas dos meus olhos arregalados há uma coisa que eu não possuo mais: um medo dos homens e uma ansiedade. Eu pareço estar projetando uma inquietude em relação ao destino que me coube. Eu não tenho mais medo, ansiedade ou inquietude.

Estou sentada diante do espelho aplicando maquiagem. O rosto refletido ali é o de uma mulher que envelheceu numa velocidade assombrosa depois dos trinta e cinco anos: eu. As rugas em volta dos meus olhos e da minha boca não podem mais ser escondidas, não importa quantas camadas de maquiagem eu aplique. E o deprimente formato arredondado do meu corpo parece exatamente com o da mãe do meu pai. Quanto mais envelheço, mais me dou conta do sangue ocidental que corre em minhas veias.

No começo eu fui modelo; depois por um longo tempo trabalhei numa casa noturna que contratava apenas estrangeiras lindas. Alguns diziam que eu era uma garota de programa muito cara. Saí de lá para uma boate de luxo, do tipo que nenhum assalariado jamais pensaria em entrar. Mas à medida que comecei a usar vestidos com decotes cada vez mais fundos, eu mesma comecei a me afundar em estabelecimentos cada vez mais fuleiros. Agora eu não tenho outra escolha a não ser trabalhar em casas noturnas frequentadas por homens que têm fetiche em "mulheres casadas" e profissionais mais maduras. Além disso, agora eu tenho de me esforçar só para poder vender meu corpo por uma ninharia. Eu costumava ter noção do meu valor só de saber que algum homem me desejava, mas agora não é mais assim; não apenas a minha renda encolheu, como também eu percebo que preciso procurar cada vez mais longe um motivo que explique a minha existência neste mundo. Enquanto encaro a mim mesma nesse espelho, eu vejo os meus olhos, que perderam os contornos, e desenho uma linha grossa com meu delineador. Faço isso para criar uma vibrante cara de profissional.

4

Minha irmã tinha dito que ligaria de novo de noite. Eu queria sair antes que ela ligasse. Não queria ouvir aquela voz deprimente. Que droga ela estava fazendo, afinal de contas?, eu imaginava. Entrando e saindo dos piores empregos do mundo na ânsia de achar aquele que seria o mais perfeito de todos – se é que um emprego assim existe mesmo, para começo de conversa. Ou de repente existe, sim. Ele existe e se chama prostituição! Eu rio sozinha enquanto miro o espelho. Se você consegue fazer esse tipo de coisa, as portas estão abertas. É um emprego no qual as melhores partes são tão agradáveis quanto agarrar o vazio. Eu sou prostituta desde os quinze anos de idade. Não consigo viver sem homens e, no entanto, os homens são os meus maiores inimigos. Eu fui arruinada por eles. Sou uma mulher que destruiu seu eu feminino. Quando a minha irmã tinha quinze anos, ela não passava de uma alunazinha do ensino fundamental, estudando como uma idiota.

De repente, uma ideia me ocorre. E se ela ainda for virgem? A irmã mais nova é puta e a irmã mais velha é virgem. É demais, não é não? Mas agora eu fiquei curiosa. Disco o número dela.

– Alô? Quem é? É você, Yuriko? Ah, quem é?

Ela atendeu assim que o telefone tocou.

– Alô! Alô! – Minha irmã está desesperada para descobrir quem está ligando; o telefone dela não deve tocar nunca. Sua solidão reverbera no aparelho. Eu coloco o fone no gancho e tenho um ataque de riso, a voz da minha irmã ainda ecoando do outro lado da linha. Não consigo decidir se ela é virgem ou se é lésbica!

Assim que eu desligo começo a pensar o que vou usar hoje à noite na boate. Meu apartamento tem um quarto, uma sala de estar que serve também como sala de jantar e uma pequena cozinha. Não há muito espaço. O closet também servia de guarda-roupa – de qualquer maneira não tenho tantos vestidos mesmo. Quando trabalhava nas casas noturnas para estrangeiros de Roppongi, eu tinha uma tonelada de vestidos maravilhosos. Vestidos Valentino e Chanel que custavam cerca de 1 milhão de ienes cada um. Eu devo ter tido roupas que valiam uma fortuna. Eu vestia um ou outro de meus lindos vestidos e colocava um diamante tão grande quanto uma conta de vidro sem pensar duas vezes. Depois calçava minhas sandálias de ouro que eram extravagantes demais para caminhar. Eu nunca usava meias porque alguns clientes adoravam beijar os dedos dos meus pés. Eu chamava um táxi de casa. Depois do trabalho eu saía no carro de algum cliente em direção a um hotel e do hotel eu voltava para casa de táxi. Meus músculos só eram usados na cama com os homens.

Mas à medida que comecei a entrar em decadência, minhas roupas também passaram a ser do tipo barato que se compra em qualquer lugar por aqui. Eu fui da seda ao poliéster; do cashmere às lãs mistas. E agora não tenho escolha além de cobrir minhas pernas gastas com meias compradas em liquidações – pernas cobertas de celulite que se recusa a sumir, não importa o quanto eu tente me exercitar.

O que mais mudou foi a qualidade de meus clientes. Na primeira casa noturna em que trabalhei, os clientes eram atores, escritores, jovens empresários sofisticados. Muitos deles eram presidentes de empresas ou estrangeiros importantes e distintos. Aí na boate seguinte havia principalmente homens de negócios sem limites para gastar os recursos de suas empresas. De lá eu passei a atender trabalhadores assalariados com magros contracheques mensais. Atualmente os meus clientes são ou sujeitos esquisitões que querem mulheres excêntricas ou homens sem dinheiro. Quando digo excêntrica eu quero dizer grotesca. Nesse mundo existem pessoas que preferem a beleza depois que ela se foi ou o refugo de uma prosperidade exaurida.

Com minha beleza monstruosa e meu desejo monstruoso, eu tenho a impressão de que agora me tornarei uma abominação em todos os sentidos. Minha horripilância aumentou com a idade. Eu já escrevi sobre isso inúmeras vezes, mas não me sinto solitária. Essa é a verdadeira estampa da mulher que uma dia foi uma linda garota. Eu ousaria dizer que a minha irmã deve sentir um grande prazer com o meu declínio. Por isso ela me liga o tempo todo.

Eu tenho mais coisas a dizer sobre Johnson.

Quando ele veio me receber no Aeroporto Internacional de Narita sua expressão estava tensa – e Masami estava bem ao lado dele, radiante de felicidade. Que contraste perfeito! Johnson estava usando um terno escuro, camisa branca e gravata comum, e tamborilava nervosamente os lábios com o dedo indicador. Era a primeira vez que eu o via tão arrumado. Masami usava um vestido de linho branco – talvez para exibir sua pele bronzeada e uma verdadeira coleção de acessórios de ouro que adornavam suas orelhas, pescoço, pulsos e dedos. O delineador preto que ela aplicara nos cantos dos olhos era excessivamente escuro. Era difícil dizer que tipo de expressão havia em seu rosto. Ela estava séria ou estava de brincadeira? Por isso eu comecei a observar Masami aplicar maquiagem, porque dependendo de como ela aplicava, eu conseguia dizer – melhor do que através de qualquer coisa que ela dissesse – como ela estava se sentindo. Naquela tarde Masami estava revelando uma alegria exagerada.

– Yuriko! Há quanto tempo não nos vemos! Nossa, como você cresceu!

Johnson e eu trocamos olhares. Agora com quinze anos, eu ficara quase vinte centímetros mais alta desde a escola primária. Eu estava com 1,74m de altura e pesava 50kg. E não era mais virgem. Johnson me deu um rápido abraço. Seu corpo tremeu levemente.

– Que bom vê-la novamente.

– Muito obrigada, sr. Johnson.

Johnson dissera para eu chamá-lo de *Mark*, mas eu preferia *Johnson*. "O idiota do Johnson", era assim que a minha irmã se referira a ele cheia de raiva pouco antes de bater o telefone na minha cara. Sempre que pensava nisso eu sussurrava silenciosamente em meu coração, "Johnson o enviado de Deus". Ele era a minha única defesa.

– Sua irmã vai vir?

Masami olhou em torno como na dúvida. Ela nem precisava se preocupar. Eu nem dissera a minha irmã a hora que o voo chegaria.

– Eu não tive tempo de ligar para ela antes de sair – eu expliquei a eles. – Além disso, eu soube que o meu avô não estava passando bem.

– Ah, eu quase me esqueci! – Masami nem ouvira o que eu tinha acabado de dizer. – A prova de admissão é hoje à tarde – disse ela, apertando o meu braço alegremente. – Nós precisamos correr para casa. O Colégio Q vai aceitar você na categoria *kikokushijo*, para estudantes voltando de uma temporada no exterior. Vai ser muito conveniente mesmo você ir a uma escola não tão longe da nossa casa, e eu vou ficar orgulhosa de você frequentar uma escola tão gabaritada quanto a Q. Eu estou simplesmente encantada por você ter voltado a tempo de fazer a prova.

Colégio Q. Essa era a escola da minha irmã. Eu não queria estudar numa escola como essa. Mas Masami – sempre se exibindo – estava determinada a me colocar lá. Eu olhei para Johnson em busca de ajuda, mas ele só balançou a cabeça.

— Você vai conseguir aguentar — disse ele.

— Aguentar.

Foi a mesma coisa que tio Karl dissera no chalé naquele dia em que tirou as fotos. Eu mordi os lábios, resignada. Masami me levou pela mão e me empurrou para o banco traseiro de sua vistosa Mercedes-Benz. Ao meu lado no couro bege, eu sentia a coxa de Johnson pressionando a minha. O incidente no chalé. Nosso segredo. Meus olhos devem ter dançado diante da redescoberta da felicidade. Eu esperei a próxima alegria surgir. A vida não acontece de acordo com o planejado. Mas nós somos livres para sonhar.

No caminho, Masami parou para deixar Johnson no trabalho. Eu fiquei nas mãos de Masami. Ela me arrastou para o Colégio Q no distrito Minato. A sede era um prédio feito de pedra e parecia bem antigo. Os prédios ao lado eram mais modernos, o do ensino médio ficava à direita. Sem pensar, eu comecei a procurar para ver se a minha irmã estava lá. A gente não se via desde a nossa separação em março. Fazia mais de quatro meses. Se eu entrasse para o Colégio Q, ela sem dúvida ficaria deprimida. Eu só consigo imaginar o quanto ela ficaria irritada. Ela havia estudado como uma idiota só para poder entrar nesse colégio, e tudo para se afastar de mim. Eu conseguia enxergar bem o estratagema dela. Quando eu dei um risinho amargo, Masami compreendeu meus sentimentos de modo completamente equivocado.

— Yuriko-chan, sorria! Você fica tão linda quando sorri. Se você sorrir, pode ter certeza de que passa na entrevista. Bom, é uma prova escrita, mas só no nome. Eu sei que eles vão querer ter você por perto por um bom tempo já que você é tão bonitinha. Foi a mesma coisa quando eu fiz minha prova para trabalhar como comissária de bordo. A competição foi terrível, mas as garotas com os mais lindos sorrisos foram as escolhidas.

Eu duvidava muito que a prova de seleção de comissária de bordo pudesse se comparar com a prova de admissão àquela escola. Mas como discutir não valia a pena, decidi que seria mais fácil dar um sorrisinho meigo. E se eu fosse aceita, o que aconteceria? Estudar naquela escola custaria muito mais do que o que o meu pai dispunha. Mas o Johnson tinha concordado em rachar a despesa. Vai dizer então que eu não era prostituta já nessa época?

Havia mais ou menos dez estudantes fazendo o exame de admissão na condição de "estudantes voltando do exterior". Todas crianças que haviam vivido no exterior por causa do trabalho de seus pais. Eu era a única metade japonesa, e era a pior do grupo no que dizia respeito à prova em si. Eu não gosto de escolas. E o que é pior, o meu vocabulário para me virar no dia a dia em inglês ou alemão é praticamente nulo.

Naquela noite eu estava tão exausta que fiquei com febre. A casa dos Johnson ficava atrás da Secretaria de Impostos de Nishi-Azabu. O quarto que Masami reservou para mim ficava no segundo andar. As cortinas, a colcha, até mesmo os travesseiros, tudo era feito com o mesmo tecido Liberty, uma preferência de Masami. Eu não tinha o menor interesse em design de interiores e achei a decoração exagerada demais, mas o que me importava? No instante em que entrei debaixo das cobertas eu caí num sono profundo. Acordei no meio da noite, sentindo a presença de alguém. Johnson estava em pé, ao lado do travesseiro, de camiseta e calças de pijama.

– Yuriko? Como é que você está se sentindo? – perguntou ele num sussurro bem baixinho.

– Eu estou mesmo é muito cansada.

Johnson curvou sua estrutura de razoáveis proporções e sussurrou em meu ouvido:

– Vê se melhora logo. Finalmente eu te capturei.

Capturou. Uma mulher a ser consumida por homens. A menos que eu aceitasse o meu destino, eu jamais conseguiria ser feliz. Mais uma vez, a palavra *liberdade* flutuou no fundo da minha mente. Eu tinha quinze anos de idade. E num instante eu havia me tornado uma velha.

Na manhã seguinte, nós recebemos do Colégio Q a notícia de que eu havia sido admitida. Masami mal conseguia se conter de tanta alegria. Depois de telefonar para Johnson em seu escritório e contar a novidade, ela se voltou para mim entusiasmada e disse:

– Nós precisamos contar para sua irmã!

Eu tive de dar a Masami o número do telefone de meu avô. Eu sabia que teria de me encontrar com minha irmã mais cedo ou mais tarde. Afinal de contas, agora nós duas estávamos morando no Japão. Mesmo assim, eu sabia que minha irmã me odiava. E eu também a odiava. A gente não tinha nada a ver uma com a outra. Era como se fôssemos dois lados de uma mesma moeda. Minha irmã reagiu exatamente como eu imaginava que reagiria.

– Se por acaso você cruzar comigo na escola, nem ouse me cumprimentar. Tenho certeza de que você deve estar muito satisfeita por receber tantas atenções. Só que eu sou forçada a fazer tudo o que posso apenas para conseguir sobreviver.

Eu também estava fazendo tudo o que podia apenas para conseguir sobreviver. Mas eu não tinha como explicar isso a minha irmã.

– Bom, você é a sortuda, não é? – disse ela.

– Eu quero ver o vovô.

– Bom, ele não quer ver você. Ele te odeia. Ele disse que você não tem inspiração. Que você não tem o que é necessário para ir atrás das coisas com intensidade.

– O que é inspiração?

– Sua idiota. Seu QI não deve nem chegar a cinquenta!

E assim terminou minha conversa com a minha irmã. Quando as aulas começaram depois do verão, ela fingiu que não me conhecia. Depois que eu saí da escola ao terminar o ensino médio, todos os meus laços com o sistema Q foram cortados. E por anos e anos eu não tive oportunidade nem de ver a minha irmã. No entanto, ultimamente eu tenho recebido todos esses telefonemas da parte dela. Desconfio que alguma ela deve estar aprontando.

5

Quando eu fui morar com eles, Masami tinha 35 anos e Johnson era cinco anos mais novo do que ela. O único propósito de Masami na vida era ficar de olho em Johnson e assegurar-se de que ele não perdesse o interesse nela. Como Johnson gostava de mim, Masami tomou para si a missão de garantir que ele soubesse que ela estava tomando conta de mim. Parece que ela se preocupava com a possibilidade de que o amor que ele sentia por ela esfriaria se por acaso ela fosse negligente em algum aspecto relacionado à atenção que deveria ter por mim.

Se eu não concordasse com o que Masami fazia, não tinha exatamente como reclamar com Johnson. E mesmo que eu reclamasse, era improvável que ele ficasse zangado com Masami. Todos estavam ali por alguma gratificação pessoal. Para Masami, que não tinha filhos, eu era um bichinho de estimação. Para Johnson eu era um brinquedinho. Minha existência não passava disso. Eu nasci para ser usada.

Eu tinha de usar as roupas que Masami comprava para mim como se eu adorasse todas elas do fundo do coração – mesmo que fossem cor-de-rosa e cheias de babados ou com logomarcas tão gritantes de grifes famosas que chegava a ser constrangedor; mesmo que elas fossem tão ridículas a ponto de fazerem as pessoas se virar para olhar para mim. Masami adorava me vestir com roupas exóticas que faziam todo mundo virar a cabeça.

Mas, por algum motivo, ela nunca comprou calcinhas ou meias para mim. Ela achava que só precisava comprar coisas que Johnson veria. Eu mesma tinha que comprar o resto com minha ínfima mesada. Eventualmente, quando eu ficava cansada de tentar poupar, eu aceitava quando os homens se aproximavam de mim e tentava tirar algum dinheiro deles. *Enjo kosai*, encontros pagos. Naquela época ainda não havia um termo para isso, como existe hoje em dia.

Masami era muito fácil de ser manipulada. Se os outros a cumprimentavam dizendo, "Oh, que filha linda você tem", ela vestia sua máscara maternal e agia de modo delirantemente feliz. Quando meus professores lhe informaram que "Yuriko-san não sabe se impor", ela explicou com a mais perfeita voz de mártir que conseguiu fazer: "Ela tem tido muita dificuldade desde que a mãe se matou." Quando eu levava colegas do Q para casa, ela voltava a seus dias de comissária de bordo e tratava todas nós, sem exceção, com um serviço de primeira classe. Tudo o que eu tinha a fazer era agir de modo submisso e assim tudo dava certo.

Qualquer prato que Masami fizesse eu comia, exclamando o tempo todo que estava delicioso. O que era verdade em relação aos donuts, que ela polvilhava com tanto açúcar que parecia estarem cobertos de neve, e aos elaborados pratos que ela aprendia nas aulas semanais de culinária francesa. E também tinha os almoços que ela preparava todas as noites para deixar pronto para o dia seguinte; eles eram ridiculamente ostentatórios. Eu já disse isso aqui inúmeras vezes, mas era de fato somente em meu coração que eu conseguia ter a sensação de liberdade, uma liberdade que ninguém mais podia ver. Acho que é por isso que eu extraía esse prazer – essa secreta sensação de afirmação – ao enganar Masami enquanto estava com Johnson.

Johnson era soberbo na arte de desempenhar o papel do marido apaixonado. Quando estava com Masami, ele a puxava para si e colocava as mãos na cintura dela. Depois do jantar ele sempre ajudava a lavar os pratos. Nas noites dos fins de semana, ele me deixava em casa e a levava para jantar fora. Nessas noites ele trancava a porta do quarto deles assim que voltavam para casa, e passavam a noite sozinhos. Masami nem desconfiava do que eu e Johnson tramávamos – até que aconteceu.

Johnson sempre fazia amor comigo de manhã cedo. Devido a sua baixa pressão arterial, Masami não acordava com facilidade. Era tarefa de Johnson fazer o café da manhã. Ele deitava rapidamente na minha cama enquanto eu dormia. Eu adorava ter o meu corpo – ainda parcialmente adormecido – acariciado por Johnson. Primeiro meus dedos acordavam, e depois as pontas dos cabelos; lentamente, muito lentamente, o calor subia pelo meu corpo até que eu estivesse tão ardente que mal conseguia suportar, e meu corpo ficava em brasa. Assim que terminava, ele acariciava os meus cabelos e dizia:

– Yuriko, nunca cresça.

– É errado eu crescer?

– Não é isso. É só que eu te amo mais do jeito que você é agora.

Mas eu cresci. Quando passei para o ensino médio, eu já estava bem alta. Meu busto tinha crescido e minha cintura ficou com formato de violão. Quase que da noite para o dia, eu deixei de ser uma garotinha e me transformei numa moça. Eu estava com medo de Johnson se cansar de mim, agora que eu não tinha mais a aparência de criança. Mas na verdade aconteceu o inverso. Ele começou a visitar a minha cama assim que anoitecia. Ele me desejava tanto que mal conseguia se conter. Masami – cujo corpo magro proporcionado pelas dietas ficava fantástico com as roupas da última moda – não conseguia satisfazer os desejos do marido.

Meu corpo – agora com um perfeito formato feminino – seduzia homens jovens, sem falar nos de meia-idade. A caminho da escola, eu era abordada inúmeras vezes por homens interessados em mim. Eu não recusava nenhum deles. Meu sentido de autonomia existia bem no fundo do meu coração. Ele nunca, em hipótese alguma, se manifestava exteriormente.

Bom, de novo eu adiantei o meu relato. As férias de verão terminaram e o novo ano letivo começou. Eu entrei no ensino fundamental do sistema educacional Q e fui colocada junto com as alunas do grupo leste. O professor encarregado do meu grupo era Kijima, o professor de biologia que realizara as entrevistas de admissão. Eu tinha a impressão de que ele também estava a fim de mim; em sua camisa perfeitamente engomada, ele me olhava tão fixamente que parecia me transpassar.

– Espero que você se adapte rapidamente à maneira como nós fazemos as coisas por aqui para que possa aproveitar o seu tempo no Colégio Q. Se houver algo, qualquer coisa, que não esteja entendendo, por favor não hesite em me perguntar.

Eu olhei bem nos olhos dele que brilhavam por trás dos óculos de armação de metal. Kijima desviou o olhar como se estivesse em pânico e perguntou, olhando para o chão:

– Então você tem uma irmã mais velha também aqui conosco?

Eu assenti e disse o nome da minha irmã. Eu desconfiei que Kijima sairia correndo imediatamente até o setor de ensino médio onde minha irmã estudava para procurar por ela. Ele ficaria decepcionado ao descobrir que minha irmã e eu não éramos nem um pouco parecidas. Ou talvez ele ficasse desconfiado. Talvez ele começasse a procurar defeitos em mim também. O rosto da minha irmã não era nada parecido com o meu, então as pessoas que descobriam que éramos irmãs ficavam sempre curiosas.

Assim que acabava a primeira aula do dia, os garotos e as garotas (no sistema Q meninos e meninas estudavam juntos até o ensino médio) se aglomeravam à minha volta com uma curiosidade despudorada. Eu ficava impressionada com a espontaneidade infantil deles todos. Todas as crianças dali deviam pertencer à elite, mas a curiosidade delas não conhecia limites.

– Por que você é tão bonita assim? – perguntou um dos garotos com uma expressão sincera.

– A sua pele é igualzinha à de uma boneca de porcelana! – disse uma garota, acariciando a minha bochecha com a palma da mão. – Você tem a mesma cor daquelas porcelanas Meissen que vêm da Alemanha.

A garota colocou a mão ao lado da minha para comparar. Uma outra tocou o meu cabelo. Uma terceira gritou e tentou me abraçar:

– Ah, como você é linda!

Os garotos olhavam e olhavam, fazendo um círculo apertado ao meu redor até que eu comecei a sentir a pele esquentar. Mas por mais que os garotos me interessassem, eles ainda eram apenas garotos, afinal de contas.

Naquela altura eu decidi que fingiria ser uma criança inocente enquanto estivesse frequentando aquela escola. Percebi que seria melhor não ficar de conversa com outros alunos. Eu olhei para o lado e deixei escapar um longo suspiro, com a nítida certeza de que ninguém ali jamais teria condições de me entender. Quando baixei os olhos, percebi um garoto de cabelos curtos sentado ao lado. A testa dele estava enrugada, o que lhe dava um ar de experiência. Ele parecia estar me criticando com os olhos. Era o filho do professor Kijima.

O jovem Kijima foi o primeiro homem que não sentiu desejo por mim. Senti isso de imediato. Ele também foi a segunda pessoa a me odiar. A primeira, é claro, foi a minha irmã. Tanto a minha irmã quanto Kijima, quando estavam presentes, conseguiam fazer com que eu não sentisse nenhum propósito em minha existência. Como a minha única razão de viver era o fato de os outros me desejarem, comecei lentamente a arrancar da minha pele o olhar de Kijima. Seu pai me deseja, eu pensava. Eu nunca tive força de vontade para enfrentar alguém dessa maneira, mas a partir daquele momento comecei a canalizar as minhas emoções até elas terem um alvo pela primeira vez: o jovem Kijima.

A hora do almoço chegou. Um grupo de alunos saiu junto para almoçar em algum lugar e demorou a voltar. Eu me sentei sozinha e comi o almoço que Masami preparara para mim. Mas por mais que comesse, o almoço simplesmente parecia não acabar nunca. Eu olhei ao redor da sala de aula em busca de uma lata de lixo.

Ouvi uma voz acima de mim.

– Ora, ora, que almoço mais chique! Você estava esperando companhia? – Uma garota com pequenos cachos tingidos de castanho estava espiando minha lancheira. Ela tentou pegar um pouco do camarão com musse de azeitona no canto da lancheira, mas o creme escorregou pelos seus dedos, aterrissou na carteira e ficou lá brilhando à luz do sol de meados de setembro com a aparência mais ridícula do mundo. Ela recolheu uma azeitona com a mão.

– Tá meio salgado demais!

– Pode comer tudo se quiser.

– Não. Não achei muito gostoso.

A garota disse que se chamava Mokumi, um nome incomum, mas que todos a chamavam de Mokku. Seu pai era o presidente de uma conhecida fábrica de molho de soja, e ela era mais descarada e arrogante do que qualquer outra aluna.

– Quer dizer então que o seu pai é branco?

– Sim, ele é branco.

– Bom, se uma garota metade japonesa fica tão maravilhosa quanto você, eu acho que vou querer uma para mim – disse Mokku, na mais total seriedade. – Mas a sua irmã mais velha não é bonitinha, é? A turma inteira foi lá no prédio do ensino médio dar uma olhada nela. Ela é mesmo sua irmã?

– É, sim.

Mokku fechou a tampa da lancheira sem se preocupar em me perguntar se eu me importava.

– Puxa, é incrível mesmo. Quando a gente foi lá dar uma olhada nela, a garota fez uma cara feia. Ela é igualzinha a um cachorro mesmo, dá até medo. A galera ficou superdecepcionada. Ela não se parece nem um pouco com você. Aposto que ela te deixa decepcionada também.

Não me era estranho enfrentar situações como essa. Quando as pessoas me viam pela primeira vez, elas vinham com todo tipo de fantasia a meu respeito. Imaginavam que eu tinha uma vida igual à da Barbie, numa casa de sonho com um pai bonito, uma mãe linda e um irmão mais velho bonito e uma irmã mais velha maravilhosa me protegendo. Mas aí, quando viam quem era realmente a minha irmã – que não tinha nada da imagem que elas imaginaram – a fantasia que criaram de mim se desintegrava. Elas começavam e me desprezar. Foi aí que eu comecei a virar o joguete de todo mundo.

Eu olhei para a sala de aula. Os alunos que se monstraram tão empolgados com a minha presença naquela manhã tinham voltado e sentado em suas carteiras. Todo mundo estava se esforçando para não olhar na minha direção. A minha própria existência agora era um enigma. Eu me tornara uma criatura suspeita.

Nesse instante, alguma coisa aterrissou na minha carteira e rolou por cima dela. Era uma bolinha de papel. Peguei-a e enfiei no bolso do uniforme. Fiquei imaginando quem poderia ter jogado. A garota sentada em frente a mim estava com o livro de inglês aberto e estudando atentamente. Mas o jovem Kijima, que estava sentado na frente dela, virou-se para me olhar. Então tinha sido o Kijima. Eu tirei a bola de papel do bolso e joguei-a de volta para ele. Eu não precisava ler para saber o que estava escrito nela. Ele tinha visto a minha irmã. Ele imaginara que nós éramos a mesma pessoa.

Depois da aula, Mokku se aproximou de mim e me agarrou pelo braço.

– Vem comigo. Eu prometi pro pessoal da nona série que ia mostrar você para eles.

Ela me conduziu pelo corredor onde uma garota da nona série com um bronzeado dourado e rabo de cavalo estava em pé. Os olhos dela eram estreitos, a boca grande e seu rosto vulgar exalava autoconfiança.

– Você é a Yuriko, não é? Eu sou Nakanishi, a presidente da equipe de líderes de torcida. Quero que você entre pro clube.

– Eu não tenho experiência.

Nunca passou pela minha cabeça a possibilidade de entrar para algum clube e meu interesse no assunto era mínimo. Para começo de conversa, eu não tinha dinheiro. E pior, eu realmente não gostava de fazer coisas em grupo.

– Você vai aprender rápido. Além do mais, você vai ser a atração principal. Os alunos da escola e da universidade vão achar o máximo.

– Eu não tenho muita confiança em mim mesma.

Nakanishi me ignorou e levantou a saia do meu uniforme para dar uma olhada em minhas pernas.

– Suas pernas são longas e bonitas. Sua beleza é realmente perfeita. Você precisa se mostrar!

As palavras de Johnson reverberaram na minha cabeça. Yuriko é perfeita. Perfeita até lá embaixo.

Mokku falava insistentemente atrás de Nakanishi.

– A presidente das líderes de torcida em pessoa te selecionou e te escolheu. Você não pode dizer não. – Minha lerdeza em reagir deixou-a irritada, e ela fez uma careta. O brilho rosa em seus lábios grossos brilharam. Como eu ainda me recusava a dar uma resposta, Mokku deu um risinho e disse: – De repente a Yuriko é retardada ou sei lá o quê.

Nakanishi deu um empurrão em Mokku.

– Mokku, você está se excedendo!

– Mas ela é bonita demais. Seria a maior injustiça se ela também fosse inteligente!

– Deixa ela pensar um pouco. – Nakanishi deu um passo à frente num esforço claro para acalmar Mokku. – Foi tudo tão de repente que ela deve estar confusa. A gente vai ter um monte de jogos em outubro e, de uma forma ou de outra, todo mundo vai estar bem ocupado.

A presidente das líderes de torcida afastou-se com Mokku. Quando as outras alunas repararam que Nakanishi estava no corredor, falaram com ela com vozes estridentes e animadas, cheias de respeito e tentando visivelmente se esforçar ao máximo para puxar o seu saco e ganhar alguns pontos com ela. Eu odiava esse tipo de joguinho. Pensei em pedir a Johnson que arrumasse um médico que pudesse inventar alguma desculpa para eu não me juntar à equipe de líderes de torcida. Mas aí passou pela minha cabeça que Johnson ia adorar me ver naquele uniforme bem justinho.

Foi então que senti uma nuvem escura pairando sobre mim. Era Kijima.

– Por que você jogou de volta a carta que eu escrevi para você sem ler antes?

6

O rosto de Kijima tinha feições bastante delicadas para um menino, e era bem bonito. Seus olhos eram penetrantes como uma lâmina afiada; seu nariz era fino. Ele era atraente de um modo que deixava a gente ter ao mesmo tempo a sensação de falta e de excesso. E, para ser sincera, algumas coisas faltavam em Kijima, assim como outras eram abundantes. Talvez fosse uma combinação de orgulho e inibição. De qualquer maneira, esse desequilíbrio fazia Kijima parecer ao mesmo tempo patético e insolente.

– O que é? Não consegue responder?

Kijima mordeu o lábio, enfurecido. Mais cedo, quando eu estava cercada pelos outros alunos na sala de aula, eu balançava a cabeça em concordância a todas as perguntas com um sorriso vago, ou respondia com uma ou outra palavra, passiva e humilde. Teimei apenas em não responder a Kijima. E eu acho que isso deixou-o irritado.

– Eu não respondo a estranhos que se dirigem a mim de modo tão impertinente.

Quando Kijima percebeu que estava sendo rejeitado por mim, um sorriso de desprezo apareceu em seu rosto.

– Então como é que você quer que as pessoas se dirijam a você, Sua Majestade? Por que eu deveria respeitar alguém tão obtusa quanto você? Meu pai levou para casa outro dia algumas pastas e eu vi o resultado do seu teste. Você deve ser a pessoa mais burra a ser admitida no sistema educacional Q em toda a história. O único motivo para eles terem admitido você é a sua aparência. Você sabia disso?

– Quem me aprovou?

– A escola.

– Não. A escola não me aprovou. Foi o seu pai que me aprovou no teste. O professor Kijima.

Minhas palavras acertaram o alvo. O corpo magro de Kijima tremeu e ele deu um passo para trás.

– O seu pai está de olho em mim, sabia? Por que você não pergunta a ele quando chegar em casa? Deve ser muito difícil para você ter o próprio pai como professor.

Kijima enfiou as mãos nos bolsos e olhou com ódio para o chão. Ele estava extremamente inquieto. Ter uma irmã mais velha que não se parece nem um pouco comigo pode estragar a minha imagem, mas para Kijima a coisa era pior. Seu próprio pai ficaria desacreditado como professor e viraria motivo de chacota. Kijima perderia seu status na sala de aula. Tanto ele quanto eu encarávamos o mesmo dilema. Kijima ficou pensando um pouco e então levantou os olhos. Depois de conseguir finalmente arrumar uma resposta adequada, seu rosto adquiriu um ar de triunfo.

– A gente tem algumas espécies de borboleta e outros insetos por toda a casa, porque o meu pai é biólogo. Não chega a ser nenhuma surpresa ele querer acrescentar você à coleção dele. Você é uma espécie bem estranha.

– Eu acho que o seu pai se recusa a acrescentar você à coleção dele. Você é a coisa mais comum do mundo.

Eu consegui atingir o ponto fraco de Kijima. Seu rosto bonito ficou vermelho e em seguida branco de raiva.

– Isso é o que todo mundo acha. Eles acham que eu sou um péssimo aluno.

– Com certeza eles acham. É assim que os boatos funcionam.

– Quer dizer então que você é uma fofoqueira?

– E você não? Foi você que saiu correndo para ver a minha irmã e voltou com os outros pra debochar da minha cara.

Kijima parecia estar com as palavras entaladas na garganta. Eu não era por natureza o tipo de pessoa que atacava primeiro – diferente da minha irmã. Mas por algum motivo eu me senti compelida a atacar Kijima. Por quê? Muito simples. Ele me odiava, tanto quanto minha irmã. Então eu também o odiava. Aquilo era algo inédito para mim. Com Kijima não havia desejo. E só por esse detalhe, Kijima era o único homem que eu conheci na vida que agia de modo diferente. Talvez ele fosse homossexual. A suspeita me ocorreria bem mais tarde.

– Então por que você devolveu a carta sem ler? Você pensou que eu tivesse escrito uma carta de amor para você? Você acha que todos os homens são apaixonados por você?

– Pouco provável. – Eu dei de ombros da mesma maneira que vira Johnson fazer. – Além do mais, eu sabia que o que você escreveu tinha a ver com o resultado do meu teste.

– Como descobriu isso?

Eu inclinei a cabeça para o lado.

– Porque eu te odeio – eu rosnei.

Frequentar aquela escola e acompanhar o desenlace dessas coisas todas ia ser bem divertido. Deixei Kijima lá parado, com os pés grudados no chão, e saí pelo corredor a toda. Enquanto andava com pressa pelo corredor, rostos curiosos se erguiam para mim, mas logo em seguida desviavam o olhar. Todas as portas das salas pelas quais eu passava estavam cheias de rostos de alunos boquiabertos.

– Eu também te odeio.

Kijima estava correndo atrás de mim. Eu podia ouvi-lo bufando como um demônio qualquer. Eu me recusei a responder, irritada.

– Eu só tenho mais uma pergunta para você. O que você quer? Eu quero dizer, aqui nesta escola. Você está aqui porque quer estudar? Só para poder participar dos clubes? As duas coisas?

Eu parei bruscamente e me virei para olhar Kijima de frente.

– Bom, vamos ver... acho que é pelo sexo.

Kijima olhou-me fixamente, sem conseguir acreditar.

– Então você gosta disso?

– Eu adoro.

Kijima passou os olhos pelo meu rosto e pelo meu corpo como quem avalia uma mercadoria. Parecia que ele tinha acabado de descobrir uma espécie rara de animal.

– Se é este o caso, você vai precisar de um parceiro. Eu posso ajudá-la.

O quê? A maneira como eu olhei para Kijima dizia exatamente isso. Eu vislumbrei rapidamente uma camiseta sob o colarinho da camisa branca dele. As calças do seu uniforme cinza estavam muito bem passadas. Não faltava nada e, no entanto, ele dava a impressão de estar mais ou menos desarrumado.

– Eu vou ser o seu *manager*. Não, o seu agente.

Até que não é uma má ideia, eu pensei. Os olhos bonitos de Kijima brilharam intensamente.

– Você já foi convidada pela equipe de líderes de torcida. Você também vai receber convites de outros clubes. Você chama tanto a atenção que é capaz de querer virar uma estrela. Eu aposto que você nem sabe qual clube seria melhor para você. Mas eu posso investigar isso. Eu posso descobrir que tipo de amizades você pode fazer em cada clube. – Kijima olhou para o grupo de alunas que havia se reunido num canto do corredor para assistir a nossa conversa. – Olha só para elas. Tem gente do clube de patinação no gelo, do clube de dança, do clube de iate, do clube de golfe. Todas elas querem que uma criatura exótica como você faça parte do clube delas para poder te exibir, e não apenas pros garotos dos clubes do ensino médio e da faculdade. Também pros garotos de outras escolas. Elas querem que todo mundo saiba que o Colégio Q é famoso pelas garotas lindas que estudam aqui. Elas já têm inteligência e grana. Só falta a beleza.

Eu interrompi o pequeno discurso de Kijima.

– Então, afinal para qual clube eu devo entrar?

– Olha, se o que você quer é sexo, você precisa de um clube que seja bom para sexo. E como as líderes de torcida são as que mais chamam a atenção, eu acho que esse seria o mais indicado. E veja bem, Nakanishi já veio pessoalmente recrutar você, o que significa que você não vai poder esnobá-la.

Eu não coloquei nenhuma resistência; virar um brinquedo era a minha sina, de qualquer modo. No entanto, eu estava curiosa para saber por que Kijima estaria tão interessado em me ajudar.

– Você disse antes que iria me ajudar. Qual é o lance?

– Se eu for o seu agente, posso ganhar o respeito de todos. – Ele deu um risinho maldoso. – Daqui a menos de um semestre eu vou mudar pro setor masculino da escola. A competição lá é ainda pior. A gente tem que disputar com estudantes que vêm de fora e não são apenas as notas que interessam. Cada coisinha vira uma disputa. Mas com certeza eu vou ficar nas cabeças. Sabe por quê? Porque eu vou ter você. Você vai ser a minha arma. Todos os garotos do ensino médio vão querer estar com você. Os alunos de lá – homens e mulheres – todos, sem exceção, pensam que o mundo pertence a eles só porque eles têm muita grana. Eu vou coordenar as transações. E aí, o que acha?

Para falar a verdade, eu achava muito bom. Assenti com a cabeça.

– Tudo bem. E quanto você leva?
– Eu levo 40%. Acha muito?
– Pouco importa. Só tem uma condição. Você nunca vai poder ligar para minha casa.

Kijima olhou para os meus sapatos novos.

– Você mora com um americano, não é? Pelo que sei ele não é seu parente.

Eu balancei a cabeça. Kijima pegou uma agenda no bolso.

– Amante?
– Tipo isso.
– Você não se parece nada com a sua irmã e não mora com ela. Você é do tipo bem complicada.

Kijima escreveu alguma coisa na agenda e depois arrancou a folha e entregou para mim.

– Vamos sempre usar esse lugar como a nossa base de contato. É um bar em Shibuya. Vê se dá um pulo lá depois da aula.

E então, exatamente assim, Kijima passou a ser o meu primeiro cafetão. Mesmo depois que ele se mudou para o setor masculino e eu para o setor feminino ele continuou a me apresentar a outros alunos da escola e da universidade. Ele tinha gostos específicos. Uma vez ele deu um jeito de me mandar para o acampamento onde a equipe de rúgbi estava treinando. Eu passei a noite lá por um pedido especial do presidente e do vice-presidente do clube. Uma outra vez ele arrumou um encontro para mim com o professor que supervisionava o clube de iate. E eu não dormia apenas com alunos do sistema educacional Q. Eu também estava disponível a alunos, ex-alunos e até a professores de outras escolas. Quem quer que fosse, onde quer que fosse, todo homem que aparecia na minha frente queria ir para cama com a linda e jovem estrela das líderes de torcida. Por sua vez, Kijima arranjava tudo com muito esmero, então não ocorria nenhum problema depois. Eu continuei trabalhando com Kijima até começar a me virar sozinha.

No dia em que eu e Kijima ratificamos o nosso acordo, a gente comprou umas Cocas na cantina da escola e se sentou num banquinho perto da piscina, onde brindamos nossa aliança. A recém-formada equipe de nado sincronizado estava treinando na piscina sob a orientação de uma treinadora que havia sido trazida de fora do sistema educacional Q. Kijima deu uma olhada nos clipes de nariz transparentes que as nadadoras estavam usando e teve um ataque de riso.

– A treinadora faz parte da equipe olímpica. Ela cobra 50 mil ienes por aula e dá três aulas por semana. Inacreditável. Mas não é só isso não. O treinador do clube de golfe é um profissional do primeiro escalão que já jogou o Aberto da Inglaterra. Eu aposto que imaginam que o vínculo que eles mantêm com o sistema Q agora vai garantir que os filhos deles estudem aqui no futuro.

– E o seu pai? Ele teve um benefício similar?

– Teve. – Kijima evitou o meu olhar. – Ele fez um acordo por baixo dos panos para ser o tutor de uma garota da sétima série. A família dela mandava o motorista pegá-lo em casa antes de cada aula. Ele recebia 50 mil ienes só para dar duas horas de aula. A gente usou o dinheiro para pagar uma viagem de férias ao Havaí. Todos os alunos sabem disso.

Eu me lembro de Kijima ter dito que os alunos ali acreditavam que podiam ter o que quisessem por um determinado preço. Sem dúvida eu me daria muito bem como uma jovem prostituta naquele lugar. Eu ergui os olhos para o céu de setembro em Tóquio, onde o calor do verão teimava em não ir embora. Estava com uma coloração acinzentada e parecia estar envolto no calor emitido pela metrópole.

Kijima terminou sua Coca e olhou na direção dos campos esportivos do setor do ensino médio da escola. Meninas com shorts azul-marinhos corriam de um lado para o outro. Kijima deu um tapinha no meu ombro.
– Vem cá. Vou te mostrar uma coisa engraçada.
– O que é?
– A aula de educação física da sua irmã.
– Eu não vou, não. Eu não estou nem um pouco a fim de falar com a minha irmã.
– Qual é? É só para dar uma olhadinha. Vai ser divertido. Tem um monte de gente famosa na turma da sua irmã.

Uma forma bizarra de exercício rítmico tinha acabado de começar. Uma espécie de juíza estava em pé no meio do campo e as alunas estavam se movendo ao redor dela num círculo, como se fosse um tipo de dança de festival de verão. A professora levantou um pandeiro e começou a sacudir freneticamente o instrumento. Assim que ela começou, as meninas que estavam dançando no círculo ao redor dela começaram a ondular seus corpos em movimentos bem esquisitos.
– Pernas na terceira batida, mãos na quarta!

Elas davam o passo de acordo com o ritmo do pandeiro e mexiam os braços em uníssono. Eu não chamaria aquilo de exercício, mas também não era dança. Elas estavam ridículas. Suponho que se poderia dizer que aquilo parecia uma dança folclórica com o acréscimo de alguns passos extras.
– Isso é um exercício rítmico. É o orgulho e a alegria do Colégio Q para Moças há muitas gerações, então é melhor você ir logo se acostumando com a coisa. Logo, logo você também vai estar fazendo isso. Todas as garotas que têm alguma ambição aprendem esse exercício.
– Ambição? De conseguir o quê?
– Ambição de conseguir boas notas. Você precisa de boas notas para entrar para a universidade, e as alunas entram pro ensino médio daqui para poder entrar depois para a Universidade Q. Mas você tem que conseguir fazer mais do que apenas estudar. Se você não for a melhor nesses exercícios rítmicos, a sua média final não vai ser muito boa.

A resposta de Kijima foi pontuada por suspiros, como se explicar todo o esquema para mim fosse por si só um fardo excessivo. Ele balançava nervosamente as pernas.

– Então elas têm uma ambição assim tão idiota?

– Bom, a maioria das pessoas neste mundo não tem o privilégio de ser tão linda quanto você. Elas têm de se garantir com alguma outra coisa.

Era tudo uma batalha de resistência. Se resistisse, você poderia conseguir o que queria. Mas eu não conseguia suportar longas provações. Se fosse eu, desistiria na mesma hora. Eu não acreditava em resistência.

Fiquei pensando se a minha irmã tinha alguma ambição. Olhei fixamente para o círculo de dançarinas. Minha irmã tentou inúmeras vezes, sem conseguir manter o ritmo. Em pouco tempo ela desistiu. As alunas que não conseguiam manter o ritmo eram obrigadas a sair do círculo e assistir de fora. Minha irmã cruzou os braços num aparente desinteresse. Ela observou que todas as alunas que estavam se concentrando faziam os passos corretamente. Ela errara de propósito. Eu percebi a estratégia da minha irmã.

– Agora pés na sétima batida e mãos na décima segunda.

Os movimentos estavam ficando cada vez mais complexos. Uma após a outra, as alunas erravam os passos e tinham de sair do círculo. Elas iam se sentando ao lado da minha irmã, assistindo às outras que permaneciam. Em pouco tempo já havia mais meninas assistindo do que dançando.

– Olha só! Aquelas duas são as finalistas! – murmurou Kijima consigo mesmo, mal conseguindo esconder a repulsa.

Duas garotas haviam sobrado. Elas dançavam ao redor da professora, respondendo às suas instruções cada vez mais complicadas, como se fossem verdadeiras acrobatas. Os olhares de todas as alunas estavam voltados para elas. Um pouco mais distante dali, até as alunas do ensino fundamental tinham se virado para olhar. Kijima e eu nos aproximamos discretamente do círculo das dançarinas, tomando todo o cuidado para não atrair a atenção da minha irmã.

– Pés na oitava batida, mãos na décima sétima.

Uma das alunas tinha uma altura razoável e uma estrutura bonita e simétrica. Ela parecia bastante ágil. Ela dançava com uma precisão impressionante, como se não estivesse nem mesmo pensando no que estava fazendo. Parecia que tinha ainda mais agilidade de reserva.

— Aquela é a Mitsuru. Ela é a melhor da escola. Ela sempre vence. Todo mundo sabe que ela pretende cursar a faculdade de medicina.

— E a outra?

Eu apontei para uma garota magricela que se movimentava desajeitadamente como uma marionete na corda. Seus cabelos eram fartos e pesados, e a expressão em seu rosto e a maneira como ela mexia o corpo davam a impressão de que havia atingido o limite de sua capacidade. Ela parecia estar sentindo dor.

— Aquela é Kazue Satō. Ela é uma das excluídas. Ela queria participar da equipe de líderes de torcida, mas ninguém deixou. Depois ela também armou uma confusão danada por causa disso.

A garota magricela olhou na nossa direção como se tivesse ouvido o comentário de Kijima. Quando ela me viu, ficou paralisada. Todas as pessoas que estavam assistindo irromperam em aplausos. Mitsuru havia vencido.

7

Eu desconfio que existam muitas mulheres que querem se tornar prostitutas. Algumas veem a si mesmas como mercadorias valiosas e imaginam que possam se vender enquanto o preço está alto. Outras sentem que o sexo não possui nenhum significado intrínseco em si mesmo ou para si mesmo, exceto permitir que os indivíduos sintam a realidade de seus próprios corpos. Algumas mulheres desprezam sua existência e a insignificância de suas vidas insípidas e querem se afirmar controlando o sexo como os homens. Existem também aquelas que passam a ter um comportamento violento e autodestrutivo. E por fim temos aquelas que querem oferecer consolo. Suponho que haja uma razoável quantidade de mulheres que encontra o significado de sua existência dessas maneiras. Mas eu era diferente. Eu ansiava por ser desejada pelos homens. Eu adorava sexo. Eu adorava tanto sexo que queria trepar com quantos homens pudesse. Tudo o que eu queria era passar uma noite só com um homem. Eu não tinha nenhum interesse em relacionamentos duradouros.

Fico imaginando por que Kazue Satō virou prostituta. É muito estranho eu ter me encontrado com ela ontem à noite pela primeira vez em mais de vinte anos. E ainda por cima numa rua cheia de hotéis em Maruyama-chō.

Tenho de admitir que, quando a grana ficou curta, eu fui para as ruas por conta própria. Eu ficava em pé na esquina e chamava qualquer um que passava. Mas as ruas ao longo da Shin-Ōkubo com seus bares e boates eram monopolizadas pelas putas vindas da América Central e do Sudeste Asiático. A concorrência ali era acirrada. A área era separada por uma linha invisível, e se você, por um descuido qualquer, invadisse o território delas corria o risco de apanhar. A polícia reforçou a vigilância na área de Shinjuku, e não era nada fácil andar por lá sem que acontecesse algum problema. Os tempos eram difíceis. Eu estava por conta própria, não tinha ninguém para me proteger. E foi assim que acabei em Shibuya naquela noite, uma área por onde eu raramente circulava.

Escolhi uma rua em frente a uma fileira de hotéis perto da estação Shinsen e fiquei lá em pé na esquina sombria em frente a uma estátua de Jizō esperando que algum homem passasse. Era uma noite fria e um vento cortante soprava do norte. Ergui a gola do casaco de couro vermelho que estava usando por cima do meu minivestido cor de prata. Eu estava com uma calcinha minúscula por baixo do vestido e nada mais. Uma roupa assim me permitia entrar em ação sem muitos sobressaltos, mas não oferecia nenhuma proteção contra o frio. Eu dei uma tragada no cigarro e tremi, à espera.

Eu estava olhando para um grupo de bêbados voltando para casa de uma festa de fim de ano quando uma mulher magricela veio andando tropegamente por uma rua estreita entre hotéis baratos. Parecia que ela estava sendo levada pelo vento. Seus cabelos pretos, que lhe caíam pelas costas e chegavam quase à cintura, balançavam de um lado para o outro a cada passo que ela dava. Ela vestia uma leve capa de chuva branca com um cinto bem apertado. Suas pernas, cobertas por meias de náilon de má qualidade, eram tão magras que davam a impressão que iam se partir em duas a qualquer momento. O mais notável naquela mulher era seu corpo espantosamente desmilinguido. Era tão magra que parecia ter apenas uma dimensão, um esqueleto revestido de pele. Sua maquiagem era tão berrante que a princípio julguei que ela estivesse saindo de uma festa a fantasia, e depois imaginei se talvez não fosse louca. Sob a luz forte de néon eu consegui ver as linhas pretas pesadas desenhadas nas sobrancelhas e a brilhante sombra azul nos olhos. Seus lábios estavam com um batom carmim bem vívido. A mulher levantou a mão e acenou para mim.

– Quem lhe deu permissão para ficar aqui?
Eu fiquei sobressaltada com aquelas palavras.
– Esta área aqui está fora dos limites? – Eu joguei fora o cigarro e pisei em cima dele com a minha bota branca.
– Eu não disse que ela estava fora dos limites.
A mulher estava com uma expressão estranha. Ela falava com tanta força que comecei a me preocupar com a possibilidade de ela estar com alguma gangue da yakuza. Dei uma olhada em volta para me certificar. Não vi mais ninguém. A mulher estava me encarando.
– Yuriko. – A voz dela estava tão baixa e abafada que parecia um xingamento. Mas não havia dúvida a respeito da palavra que havia pronunciado.
– Quem é você? – eu perguntei.
Ela parecia familiar, mas eu não estava conseguindo situar. Suas feições eram distintas, mas apesar disso pouco graciosas. Ela se parecia com alguém que eu conhecia. Eu sabia, mas não conseguia me lembrar quem era, e aquilo estava me deixando louca. Examinei a mulher cuidadosamente. De todas as características dela, sua longa e magra cara de cavalo era a mais proeminente. Sua pele era seca. Ela era dentuça. Suas mãos pareciam garras de passarinho. Era uma mulher feia, uma mulher de meia-idade não muito diferente de mim.
– Não se lembra?

Ela riu jocosamente. Quando ela riu, deu para sentir o cheiro de comida cozida saindo de sua boca, um cheiro nostálgico. Ele permaneceu por um breve instante no ar gelado do inverno e depois foi levado para longe pelo vento do norte.

– Por acaso a gente não se cruzou em alguma boate dessas?
– Mais uma tentativa, vá. Nossa, você envelheceu. Olha só essas rugas no seu rosto! E toda essa flacidez! Eu quase não a reconheci de início.

Tentei me lembrar do rosto que eu estava vendo por trás de tantas camadas de maquiagem.

– Quando a gente era jovem, éramos como noite e dia, você e eu. Mas olha só para a gente agora: não somos tão diferentes assim. Eu acho até que dá para dizer que nós somos iguais, ou talvez você ficasse até um pouquinho abaixo de mim. O que eu não daria para mostrar você pros seus amigos agora!

As palavras maldosas cuspidas por aquela boca vermelha estavam tingidas de amargura. Os olhos pretos abaixo do delineador borrado brilhavam intensamente. Eles lembravam olhos que olharam para mim numa ocasião há muito tempo. Olhos que revelavam – mesmo tentando esconder – que sua dona estava à beira do precipício. Pela maneira como ela respirava e falava sem parar, eu podia ver claramente que o encontro comigo tinha deixado a mulher nervosa. Eu percebi que a mulher de aparência repulsiva em pé na minha frente naquele momento era a aluna que tinha tentado ao máximo aguentar a disputa do exercício rítmico. Apesar dos anos que haviam se passado desde então, eu ainda conseguia recordar o nome dela: Kazue Satō. Ela era da turma da minha irmã. Uma garota estranha que tivera algum relacionamento com a minha irmã. Kazue tivera um interesse bizarro por mim, me seguindo por todos os lados como se estivesse me perseguindo.

– Você é Kazue Satō, não é?

Kazue deu um empurrão bem forte nas minhas costas.

– Acertou! Eu sou Kazue. Como você demorou! Agora cai fora daqui. Este aqui é o meu ponto. Você não pode ficar pegando homem aqui.

Suas palavras foram tão inesperadas que me fizeram rir amargamente. Eu repeti as próprias palavras dela.

– O seu ponto?
– Eu sou puta.
As palavras dela pulsavam de orgulho. Eu fiquei tão chocada ao saber que Kazue era uma puta de rua que nem soube o que dizer. Naturalmente, eu imaginava que eu era alguém especial. Desde que atingira a idade da razão eu tinha ficado convencida de que era diferente de todas as outras pessoas. E tenho de dizer que essa percepção fez com que eu me sentisse mais ou menos superior.
– Por que justamente você?
– Bom, por que você? – rebateu Kazue sem nenhuma hesitação.
Eu olhei para os cabelos compridos dela, incapaz de dar uma resposta. Eu podia dizer só de olhar que aquilo era uma peruca barata. Os homens não se interessam por mulheres que tentam enganá-los com esses truques vulgares. Não havia a menor chance de Kazue arrumar um bom cliente assim. Mas para falar a verdade, também não havia muitos clientes bons me procurando. Mesmo que eles não dissessem nada, eu sabia pelas expressões que faziam que eles não estavam interessados em mim. Um forte contraste com a época em que eu era jovem. Agora a gente vivia num mundo em que jovens amadoras brincavam de ser prostitutas. Uma profissional como eu ou Kazue não valia praticamente nada. Kazue estava certa: eu não era nem um pouco parecida com a mulher que fui vinte anos atrás, e nós duas não éramos muito diferentes.
– Mas, Yuriko, é o seguinte. Eu não sou como você. Eu trabalho durante o dia. Aposto que você só dorme. – Kazue puxou algo do bolso e mostrou para mim. Era o crachá de uma empresa. – Durante o dia eu ganho a vida honestamente – disse ela, meio timidamente. – Eu sou uma mulher de negócios que trabalha numa firma importante. O meu trabalho é tão difícil que você nem sonharia em fazer.
Então por que está envolvida com prostituição?, eu pensei comigo mesma pouco antes de as palavras saírem de minha boca. Eu não queria saber. Ela ia apenas acrescentar mais um motivo à lista de motivos que levam as mulheres a se prostituir. E eu não estava nem aí.
– Você vem todas as noites para cá?

– Eu trabalho nos hotéis nos finais de semana. Gostaria muito de vir todas as noites, mas não posso.

Kazue falava como uma profissional. Uma espécie de felicidade oculta em suas palavras.

– Você acha que pode me deixar usar este ponto nas noites em que você não vem?

Eu queria ter o meu próprio ponto. Eu era prostituta desde os quinze anos de idade, mas não tinha meu ponto nem cafetão para me dar uma ajuda.

– Você quer que eu te deixe usar a minha esquina?
– Você se importa?
– Com uma condição.

Kazue agarrou bruscamente o meu braço. Seus dedos eram tão ossudos que era como ser agarrada por hashis. Meus braços começaram a pinicar.

– Eu não ligo se você usar a esquina quando eu não estiver aqui, mas você tem que se vestir como eu, entendeu?

Eu estava entendendo o que ela queria. Se a mesma mulher trabalhava na mesma esquina, ela construía uma base de clientes regulares. Mas será que eu realmente conseguiria ficar com aquela aparência tão hedionda? Eu estava achando a perspectiva tão inquietante que comecei a tremer. Mas Kazue não podia estar mais despreocupada. Ela estava de olho numa dupla de trabalhadores a caminho de casa.

– E aí, rapazes! Topam tomar um chá em algum lugar?

Os homens olharam para Kazue e depois para mim e saíram correndo o mais rápido que puderam. Kazue disparou atrás deles. Quanto mais rápido eles iam, mais rápido ela corria.

– Por que a pressa? – falou ela, com a voz rouca. – Somos duas. Uma para cada um. A gente faz baratinho e depois vocês ainda podem trocar de parceira. Olhem só para ela! Ela é metade japonesa. E eu sou formada na Universidade Q.

– Para de falar, merda – zombou um dos homens.

– É verdade. Eu não estou brincando – disse Kazue, puxando a carteira de identidade para mostrar ao homem. Ele se recusou a olhar e empurrou Kazue com toda a força enquanto passava por ela. Kazue, mesmo lutando para não perder o equilíbrio, corria atrás do homem.

— Espera aí! Espera aí! Por que vocês não estão a fim? — Desistindo, Kazue finalmente se virou para mim e riu. Eu não tinha nenhuma experiência em sair correndo atrás de clientes daquela maneira. Parecia que eu tinha muito a aprender com Kazue.

A caminho de casa parei num supermercado 24 horas em Kabuki-chō e comprei uma peruca bem preta que ia até a cintura, igualzinha à de Kazue.

Eu agora estou na frente do meu espelho usando a peruca preta. Passei sombra azul brilhante nos olhos e batom vermelho na boca. Fico pensando se estou parecida com Kazue. Eu preferia não estar parecida com ela. Kazue tinha se paramentado toda para se parecer uma prostituta e poder ficar na esquina em frente à estátua de Jizō, benevolente protetor dos execrados, guardião das crianças perdidas. Eu me vesti com o mesmo tipo de roupa e vou ficar em pé ali naquele mesmo lugar.

O telefone toca. Um cliente, talvez? Atendo cheia de esperança. É Johnson. Ele deveria vir me ver depois de amanhã, mas telefonou para pedir desculpa e cancelar. A mãe dele morreu em Boston, diz ele.

— Você vai ao enterro?

— Você sabe que eu não posso. Eu não tenho dinheiro. Além do mais, eu fui deserdado, lembra? Vou ficar um pouco de luto por aqui e pronto.

Johnson diz que vai ficar de luto, mas não vai fazer nada de especial. Ele disse a mesma coisa quando o pai dele morreu.

— Você quer que eu fique de luto com você?

— Não precisa. Não tem nada a ver com você.

— Verdade, não é da minha conta.

— Isso foi meio frio da sua parte, Yuriko.

O riso de Johnson estava tingido de tristeza. Elos. Depois que ele desligou fiquei pensando no meu relacionamento com os outros. Antes eu escrevi aqui que imaginava ter virado prostituta porque eu não queria ter relacionamentos duradouros com outras pessoas.

Além do meu pai e da minha irmã – com quem eu tenho relações de sangue – Johnson é a única pessoa com quem eu mantive um relacionamento duradouro. Mas isso não significa que eu o ame. Eu nunca amei ninguém. Nunca, jamais. É por isso que consigo viver tranquilamente sem manter relacionamentos íntimos com outras pessoas. Johnson é a única exceção, e isso porque eu tive um filho com ele quatorze anos atrás. Ninguém mais sabe: nem meu pai, nem minha irmã, nem mesmo a criança.

Johnson cria a criança sozinho: um menino. Ele está agora na oitava série. Johnson me disse o nome dele, mas eu esqueci. A criança é o motivo pelo qual Johnson mantém contato comigo e vem me ver quatro ou cinco vezes por mês. Johnson acredita que no fundo eu sinta um amor secreto pela criança. Eu acho essa crença dele irritante, mas não vou acatar ou negar nada.

– Yuriko, o garoto parece ter muito talento para a música. É o que dizem na escola. Isso não te deixa contente?

"O garoto cresceu mesmo. Já está com mais de 1,80m. Ele é um rapaz bem bonito. Por que você não se encontra com ele? Só para dar uma olhadinha?"

Eu não tenho o que fazer com uma criança que tem o meu sangue. E toda essa insistência do Johnson com relação ao amor materno me deixa com um pé atrás. Mesmo assim, talvez porque eu seja prostituta há tantos anos e só tenha ficado grávida uma vez, eu imagino que o meu filho com Johnson deva ter um laço muito forte com este mundo.

Eu abandonei o Colégio Q para Moças antes de completar dezoito anos. Eu tinha acabado de começar o último ano. Foi porque Masami descobriu tudo sobre mim e Johnson.

Naquela época Johnson estava vindo para minha cama toda noite, sabendo muito bem do perigo que isso representava. Ele não vinha apenas para fazer sexo comigo. Ele queria saber dos homens que Kijima tinha me apresentado.

– Depois que o garoto do time de beisebol trepou com você, o que foi que ele disse?

– Ele disse que se eu transasse com ele novamente, ele faria um *home run*.

– Que babaca! – Johnson ria enquanto olhava elogiosamente o meu corpo nu. Ele gostava de ouvir qualquer afirmação de que eu, sua posse, era perfeita. Se Johnson apenas ouvisse as minhas histórias e voltasse para cama dele, tudo bem. Mas não, ele ficava todo excitado com os detalhes que eu contava e me comia de novo. Assim como Masami não conseguia dormir sem a sua bebidinha – na qual Johnson passou a colocar secretamente comprimidos para dormir – o dia dele não podia terminar sem que ele ouvisse as minhas histórias.

Naquela noite em especial ele deve ter tido um dia bem difícil no escritório. Seu rosto estava tenso de preocupação e ele me fez contar histórias sem parar. Ele se deitou na cama ao meu lado, bebendo uísque no gargalo. Aquela foi a primeira vez que eu o vi tão desarrumado.

– Conta mais!

Eu já tinha atingido a minha cota, então comecei a falar do pai de Kijima.

– Se alguém se interessa por mim ele sempre me conta. Mas há uma pessoa específica que não se aproxima de mim exatamente porque está interessado, e essa pessoa é o pai de Kijima, o professor de biologia.

– Que tipo de professor ele é?

Normalmente, quando eu encarava Johnson, seus olhos me lembravam os de uma ave de rapina – um abutre ou um gavião. Mas naquela noite eles estavam sombrios e sem vida.

8

Johnson não tinha absolutamente nenhum interesse em minha vida acadêmica. Nem em minhas notas, nem em minha experiência na equipe de líderes de torcida e nem mesmo em meus primeiros encontros com Mokku. Mas de vez em quando ele vinha ao meu quarto e me pedia para botar o uniforme de líderes de torcida. Ele passava os dedos nas pregas em azul e dourado da minha minissaia e sorria amargurado. *A sua escola está apenas imitando as líderes de torcida americanas. Que bando de macacas de imitação.* Johnson não suportava as garotas japonesas. Talvez ele também me odiasse, e inclusive o Japão.

A minha vida era muito estranha. Eu não era filha de Johnson e também não era mulher dele. Colocando de forma clara e objetiva, eu não era nada mais do que a filha de um conhecido que estava lá para saciar os desejos sexuais dele. Então é claro que ele não sentia a necessidade de desempenhar o papel de pai. Claro que Johnson era um sujeito imoral. Era mais do que claro que ele esperava que eu lhe prestasse favores sexuais em troca das exorbitantes mensalidades que ele pagava.

– Fale desse professor Kijima – disse ele.

Eu estava exausta e queria dormir. Mas Johnson estava bêbado, os olhos cheios de lascívia. Suponho que ele desconfiava que a minha história sobre o professor Kijima pudesse se transformar numa nova fonte de excitação sexual, e seria um ponto positivo para mim se eu pudesse entreter Johnson todas as noites com histórias fascinantes – exatamente como a bela virgem Sherazade nas *Mil e uma noites*. Mas eu não fazia a menor ideia do que poderia excitar Johnson em minhas histórias, então tudo o que eu podia fazer era simplesmente contar a ele como elas tinham acontecido. Eu deitei de costas e comecei a contar a história, lenta e pausadamente.

– Ele foi o professor que aprovou a minha admissão ao sistema educacional Q. No dia da entrevista, quando eu entrei na sala de aula, havia uma tartaruga marrom enorme que estava sendo colocada dentro do aquário. Eu tinha acabado de chegar da Suíça e estava quase morrendo de cansaço. E ainda por cima minhas notas na prova de admissão tinham sido ruins mesmo. Eu sabia que não ia conseguir ser admitida, então eu estava completamente deprimida. Aí eu vi a tal tartaruga. Tinha um caramujo rastejando lentamente pelo vidro do aquário, e a tartaruga simplesmente esticou o pescoço e engoliu o caramujo na maior tranquilidade, bem ali na minha frente. O professor Kijima me perguntou que espécie de tartaruga era aquela. Eu disse a ele que era uma tartaruga terrestre, o que aparentemente era a resposta correta. Como Kijima é professor de biologia, aquilo foi o suficiente para que ele ficasse satisfeito e ele acabou decidindo me aprovar.

Johnson deu uma gargalhada, deixando um pouco do uísque escorrer pelo canto da boca.

– Há-há! Não ia fazer a menor diferença se você tivesse chamado o bicho de tartaruga terrestre ou de água doce. "O que é essa coisa quadrada?", Kijima podia ter perguntado. "Oh, isso é uma escrivaninha", você teria dito, e o cara teria te aprovado da mesma maneira!

Johnson estava convencido de que eu era louca por sexo e burra demais para gostar de estudar. Exatamente como o filho de Kijima. Exatamente como a minha irmã. Normalmente, eu nunca ficava com raiva quando as pessoas gozavam com a minha cara, mas por algum motivo eu de repente senti vontade de desafiar Johnson. Ele tinha derramado uísque no lençol e agora havia uma mancha marrom. Masami ia ter um ataque, e não era Johnson quem ia ficar encrencado, e sim eu.

– Eu coloquei o seu nome na tartaruga: Mark – eu disse a ele.

Johnson deu de ombros com um movimento exagerado.

– Eu preferia ser o caramujo. Vamos chamar a tartaruga de Yuriko, em homenagem a uma mulher que se alimenta de homens. Aposto que esse tal de Kijima ia gostar muito de entrar no aquário e ser abocanhado por essa tartaruga Yuriko. E aí, por que você imagina que Kijima nunca tentou dar em cima de você? Você acha que ele pensa que você se venderia a um professor?

– Não, é porque o meu agente é o filho do professor Kijima.

Johnson rolou na cama e deu uma gargalhada, tapando a boca com as mãos para tentar abafar o som.

– Quer dizer então que é por isso? Nossa! Isso parece mais uma novela maluca!

Não era assim tão engraçado. Depois que eu passei de ano e ingressei no ensino médio, eu ocasionalmente cruzava com o professor Kijima. Sempre que me via ele me cumprimentava formalmente com uma expressão perplexa no rosto. Sob aquela expressão séria, quase carrancuda, eu sentia um leve temor.

Aconteceu no final do meu segundo ano no ensino médio. Quando o professor Kijima me avistou, ele acenou com gestos insistentes para que eu me aproximasse. Ele estava usando sua tradicional camisa branca bem engomada. Os longos dedos que seguravam os livros estavam cobertos de pó de giz.

– Eu ouvi uma coisa que eu gostaria muito que você esclarecesse. Espero encarecidamente que possa me dizer que o que eu ouvi não é verdade.

– Por quê?

– Porque diz respeito a sua honra – disse o professor Kijima, num tom amargurado. – Eu ouvi boatos de que você estaria envolvida em determinado tipo de comportamento nada apropriado e do qual você deveria se envergonhar. Não posso acreditar nas coisas que chegaram aos meus ouvidos.

– Que boatos?

O professor Kijima olhou para o chão e mordeu o lábio. A expressão de repulsa não se encaixava muito bem num homem com o espírito tão bom como aquele. Num piscar de olhos ele se transformou num homem inteiramente diferente, um homem erótico. Eu achei que ele ficou de repente bastante atraente.

– Estão dizendo por aí que você se deita com outros alunos por dinheiro. Se isso for verdade, você será expulsa. Antes que a escola comece sua própria investigação, eu queria eu mesmo perguntar a você. Isso não é verdade, é?

Eu estava confusa. Se eu dissesse que era mentira, provavelmente escaparia da expulsão. Mas eu já não aguentava mais a equipe de líderes de torcida e as turmas só de meninas. Ser expulsa não me soava tão ruim assim.

– É verdade. Eu estou seguindo o meu próprio caminho, fazendo o que eu gosto de fazer. É o meu jeito de ganhar dinheiro. Não dá pra o senhor simplesmente fingir que não sabe de nada?

Kijima começou a tremer e seu rosto ficou vermelho.

– Fingir que não sei? Mas você está corrompendo o cerne de sua existência, sua própria alma! Você não pode fazer esse tipo de coisa!

– Minha alma não pode ser prejudicada por uma coisa como a prostituição.

Quando ouviu a palavra *prostituição*, Kijima ficou tão zangado que sua voz ficou trêmula.

– Talvez você não tenha percebido, mas você está corrompida. Sua alma está corrompida.

– Ah, professor, e a sua decisão de arrumar um segundo emprego como tutor cobrando 50 mil ienes por duas horas de aula e usando o dinheiro para levar a família de férias pro Havaí? Isso por acaso não é desonroso? O senhor não corrompeu a sua família?

Kijima me encarou totalmente surpreso. Como eu poderia saber aquilo?, era o que ele parecia estar se indagando. Era visível que ele não fazia a menor ideia.

– Bom, não resta dúvida de que é uma desgraça, mas meu espírito ainda está puro.

– E por quê?

– Bom, eu acho que é porque se trata de uma recompensa por trabalhar demais. Eu me dedico muito ao meu trabalho. Mas eu não vendo o meu corpo, e você também não deveria vender o seu. É errado. Você é uma bela jovem. Isso não é algo que você escolheu ser ou algo que você precisou trabalhar duro para se tornar. Você teve sorte o suficiente para nascer bonita. Mas ganhar a vida explorando a si mesma corrompe quem você verdadeiramente é.

– Eu não estou explorando a mim mesma. Não mais do que o senhor com os seus dois empregos.

– Não é a mesma coisa. Em seu trabalho você magoa pessoas que gostam de você. Elas vão parar de gostar de você. Elas não vão mais ser capazes de te amar.

Aquele era um pensamento novo para mim. Meu corpo pertence a mim, por que as outras pessoas deveriam pensar que eram donas dele? Por que alguém que me amava deveria imaginar que tinha direito de controlar o meu corpo? Se o amor era assim tão restritivo, eu estava feliz em viver sem ele.

– Eu não preciso do amor de ninguém.

– Que coisa mais absurdamente arrogante você acaba de dizer. Que diabo de pessoa é você afinal?

Kijima olhou para os dedos cobertos de giz, exasperado. Sua testa estava profundamente enrugada, e alguns fios de seus cabelos lisos caíam por cima dela. O que me surpreendeu foi descobrir que Kijima não desejava o meu corpo, ele desejava a *mim*. Ele queria saber o que estava acontecendo em meu coração. Meu coração. Aquela era a primeira vez que eu encontrava alguém disposto a querer conhecer aquela parte de mim que eu nunca mostrava a mais ninguém.

– Professor, é isso o que o senhor quer comprar de mim?

Kijima ficou em silêncio por um minuto, incapaz de responder. Em seguida ele ergueu a cabeça e disse pura e simplesmente:

– Não, eu sou professor e você é minha aluna.

Mas o senhor sabe que eu sou burra, então por que permitiu que eu entrasse para essa escola?, foi o que eu comecei a perguntar, mas parei, sobressaltada. Ali estava um homem que queria o que nenhum outro quisera antes: ele queria saber como funcionavam as engrenagens da mulher-boneca que eu era. Karl não estava interessado em *mim*; nem Johnson. Mas o pai de Kijima gostava de mim pelo que eu era. Perceber isso me deixou com uma sensação de entorpecimento. Eu estava comovida. Mas ficar comovida não é a mesma coisa que sentir desejo. E eu não existia sem desejo. E se eu não existia, e aí?

– Professor, se o senhor não vai me comprar, eu não quero o senhor.

Kijima olhou fixamente para mim até que seu rosto vermelho ficou totalmente sem cor.

– Além do mais, seu filho é meu cafetão. O senhor sabia disso?

Kijima foi ficando com a expressão cada vez mais muda até que finalmente respirou fundo e disse:

– Não, eu não sabia disso. Eu sinto muito.

Kijima baixou a cabeça como quem pede perdão e em seguida foi embora. Eu observei as costas dele enquanto ele se afastava. Percebi que ele iria expulsar não só a mim como também o filho. Eu não contei a Johnson essa parte.

Em maio, um mês depois do início do meu último ano na escola, eu me encontrei com Kijima filho em frente ao portão da escola. O blazer azul-marinho do uniforme dele estava aberto, revelando uma camisa de seda vermelha chamativa. Ele estava com um cordão de ouro no pescoço e dirigia um Peugeot preto. Tudo isso comprado às escondidas com o dinheiro que eu tinha ganhado. Kijima nasceu no mês de abril, o que significava que ele tinha acabado de tirar a carteira de motorista.

– Entra aí, Yuriko.

Eu entrei e sentei no confortável banco ao lado dele. As garotas a caminho de casa olharam para a gente, seus olhos brilhando de inveja. Elas não estavam com inveja do carro ou de Kijima e suas roupas vistosas. Elas estavam com inveja porque Kijima e eu conseguíamos nos divertir com tanta liberdade, não só dentro da escola como também fora. E a que estava no topo da lista das invejosas era Kazue Satō.

Kijima acendeu um cigarro com raiva e deu uma tragada bem longa antes de virar-se para mim e dizer:

– Que porra você foi contar pro meu pai? Sua piranha! Provavelmente nós dois vamos ser expulsos, sabia? Eles vão se reunir durante o feriado para decidir o que fazer com a gente. Meu pai me contou tudo ontem à noite.

– O seu pai também vai pedir demissão?

– Talvez ele peça. – Kijima se virou para o outro lado com um olhar de repulsa. Sua expressão era idêntica à de seu pai. – O que é que você vai fazer agora?

– Bom, eu podia arrumar um emprego como modelo. Outro dia desses um caçador de talentos apareceu e me entregou um cartão. E também tem a prostituição.

– Então vai dar para eu continuar contigo?

– Claro – eu assenti, olhando as garotas que estavam andando na frente do carro. Uma delas se virou e olhou para mim. Era a minha irmã. *Piranha*. Ela formou as palavras na boca sem pronunciar um único som: *piranha, piranha, piranha*.

Johnson de repente subiu em cima de mim e começou a me estrangular. Para! Eu gritava e batia nele num esforço para tentar sair de baixo daquele corpo pesado. Mas ele prendeu meus braços e pernas, encostou a boca na minha orelha e gritou:

– O professor Kijima gosta da Yuriko!
– Provavelmente.
– Só se ele fosse maluco para se meter com uma garota como a Yuriko. Uma idiota de primeira.
– Você tem razão. Mas é tarde demais. O professor Kijima já expulsou nós dois da escola.
– Não brinca! – Johnson me soltou enquanto falava.
– Fomos descobertos. Eu e o filho do professor Kijima. A gente vai ter que se mandar de lá. E parece que o próprio professor vai pedir demissão.
– Você por acaso criou algum embaraço para mim e para Masami, Yuriko?

O rosto de Johnson ficou vermelho, e não apenas por causa do uísque. Ele estava zangado. Eu fiquei lá deitada esperando que ele fizesse o que quisesse. Se ele quisesse me matar, então seria isso e pronto. Por que os homens que adoram a carne são tão incapazes de enxergar o coração? Johnson estava fora de si. Ele jogou a garrafa de uísque na cama e eu fiquei observando o líquido derramar no lençol, deixando uma mancha marrom cada vez maior. E não só no lençol – eu tinha certeza de que a mancha já tinha passado também para o colchão. Eu estava morrendo de medo de levar uma bronca de Masami e acabei pegando a garrafa, mas ela caiu no chão fazendo um barulhão.

– Você não passa de uma vagabunda sem coração. Uma puta barata. Você me dá nojo!

Johnson me jogou no chão e subiu em cima de mim de modo violento, despejando em cima de mim os maiores insultos em voz baixa. Será que aquilo era um novo jogo que ele estava inventando? Eu não sabia o que dizer. Eu simplesmente fiquei lá deitada olhando para o teto. Eu não sentia nada. Desde que me tornei uma velha aos quinze anos de idade eu não sentia nada, e desde aquela noite, quando eu tinha dezessete anos, eu sou frígida.

De repente, uma batida forte na porta.

– Yuriko-chan? Está tudo bem com você? Quem é que está aí?

Antes que eu pudesse responder a porta se abriu e Masami voou para dentro do quarto segurando um taco de golfe. Ela berrou quando me viu nua na cama com um homem enlouquecido em cima de mim. Mas quando percebeu que o homem era seu próprio marido, ela desabou no chão.

– O que vocês estão fazendo?

– Exatamente o que você está pensando, meu amor!

Johnson e Masami ficaram ao lado da cama berrando insultos um para o outro enquanto eu continuava deitada olhando para o teto, nua.

Eu tinha acabado de começar o último ano – e estava morando na casa de Johnson há mais de dois anos e meio – quando fui aconselhada a sair da escola. O mesmo aconteceu com Kijima. O professor Kijima, assumindo total responsabilidade pelo erro do filho, pediu demissão do cargo de professor. Ouvi dizer que se tornou superintendente do dormitório de alguma empresa em Karuizawa. Imagino que esteja passando seu tempo coletando todo tipo de espécies de insetos. Mas não tenho como saber. Eu não o vejo desde essa época.

Depois que Kijima e eu saímos da escola nós continuamos nos encontrando no mesmo bar em Shibuya. Kijima me levava para um canto escuro do restaurante. Ele sempre estava com um cigarro em uma das mãos e um jornal de esportes na outra; ele nunca teve pinta de estudante. Ele parecia mais um desses caras bandidões que havia se perdido da gangue. Kijima dobrou o jornal fazendo um leve ruído e olhou para mim.

– Eu vou me transferir para outra escola. Não dá para um cara ficar sem estudar hoje em dia. E você? O que foi que o Johnson disse?

– Ele disse que eu podia fazer o que bem entendesse.

E então eu tive de viver da venda do meu corpo, e sem ninguém para cuidar de mim. Exatamente como eu faço agora. Nada mudou.

✦ **QUATRO** ✦

Mundo sem amor

1

Por favor, ouçam também o meu lado. Eu não posso permitir que todas as mentiras que Yuriko escreveu fiquem sem contestação. Isso não seria justo, seria? Vocês não concordam? Mas o diário de Yuriko é tão imundo que eu não consigo suportar. Afinal de contas, eu tenho um emprego respeitável na Divisão de Bem-Estar Social. Vocês têm de deixar que eu tente me explicar.

Eu tenho certeza de que alguém se fazendo passar por Yuriko escreveu esse diário dela. Eu já notei em inúmeras ocasiões que Yuriko não tinha a inteligência para organizar seus pensamentos ou para escrever qualquer espécie de texto um pouco mais longo. Os trabalhos que fazia na escola eram sempre desleixados. Eu tenho uma redação que ela escreveu quando estava na quarta série. Vou mostrar a vocês.

> Ontem eu fui com a minha irmã mais velha comprar um peixinho dourado, mas a loja onde vende peixinho dourado estava fechada porque era domingo, aí eu não pude comprar um peixinho dourado e isso me deixou muito triste e aí eu chorei.

Isso é tudo o que ela conseguia fazer quando estava na quarta série. Mas reparem na caligrafia. Parece de uma pessoa adulta, não parece? Eu acho que vocês devem estar pensando que eu escrevi isso e estou agora tentando dizer que foi a Yuriko. Mas não é verdade. Eu achei isso aqui outro dia enfiado nos fundos do closet do meu avô quando estava limpando o apartamento dele.

Eu costumava corrigir todas as redações horrorosas que Yuriko fazia, trocando todas as palavras para ela. Eu fazia tudo que podia para ocultar o fato de que minha irmã menor era burra e moralmente corrupta. Agora vocês me entendem?

Bom, então posso contar mais sobre Kazue na escola? Quero dizer, já que Yuriko escreveu sobre ela no diário, eu acho que eu deveria. Quando Yuriko foi admitida no ensino fundamental do sistema educacional Q, até as garotas do ensino médio ficaram enlouquecidas. A agitação delas era bastante natural, eu acho, mas ainda assim gerava muitas dificuldades para mim como sua irmã mais velha. Eu me lembro muito bem disso.

Mitsuru foi a primeira a perguntar sobre ela. Ela se aproximou da minha carteira durante o intervalo para o almoço trazendo um enorme livro de referência. Eu tinha acabado de comer o almoço que havia levado: cozido de rabanete com coalhada de feijão frito. Era o que eu tinha preparado para o meu avô na noite anterior. Como eu consigo me lembrar de detalhes tão minuciosos? Bom, eu me lembro porque acidentalmente esbarrei na lancheira e o cozido derramou em cima das minhas anotações da aula de inglês. Mitsuru olhou para mim com simpatia enquanto eu limpava freneticamente o meu caderno com um lenço molhado.

– Ouvi falar que a sua irmã entrou para escola.

– É o que parece – eu disse, sem erguer os olhos. Mitsuru inclinou a cabeça para ao lado, perplexa com a frieza da minha resposta. Seus olhos ficaram arregalados e me encararam com vívido entusiasmo. Mitsuru era realmente igualzinha a um esquilo! Eu gostava muito dela, mas ao mesmo tempo achava suas feições de roedor um tanto ou quanto ridículas de vez em quando.

– É o que parece? Que tipo de resposta é essa? Você não se interessa nem um pouco por ela? Ela é sua irmã – disse Mitsuru, sorrindo calorosamente para mim, exibindo todos os seus dentões da frente.

Eu parei de esfregar o caderno e disse:

– Não, para falar a verdade, eu não me interesso nem um pouco por ela.

Os olhos de Mitsuru ficaram novamente arregalados.

– Por quê? Eu ouvi dizer que ela é bem bonitinha.

– Quem te disse isso? – eu rebati. – E quem é que dá a mínima para isso?

– Foi o professor Kijima que disse. Pelo que parece, a sua irmã está no grupo dele.

Mitsuru sacudiu o livro que estava segurando na frente do meu nariz. Era um livro de biologia escrito por um tal de Takakuni Kijima. Além de ser encarregado do setor de ensino fundamental, o professor Takakuni Kijima era o nosso professor de biologia. Ele era do tipo nervoso que escrevia no quadro-negro com letras tão perfeitamente quadradas que se podia pensar que ele medira todas elas com uma régua. Eu não conseguia suportar o jeito dele: tão distinto, tão perfeito. Eu o odiava.

– E eu respeito muito ele – disse Mitsuru, sem nem mesmo esperar para ouvir o que eu tinha a dizer. – Ele é inteligente e se preocupa muito com os alunos. Acho um grande professor. Foi ele quem levou a gente numa viagem de estudos quando eu estava no ensino fundamental.

– O que foi que ele disse da minha irmã?

– Ele me perguntou se a irmã mais velha de uma aluna do ensino fundamental transferida para cá era da minha turma. Quando eu disse que não sabia de nada, ele disse que não era provável. Aí quando eu pedi mais detalhes, pude perceber que ele só podia estar falando de você. Foi uma surpresa.

– Por quê? É tão difícil assim de acreditar?

– É porque eu nem sabia que você tinha uma irmã mais nova.

Mitsuru era esperta demais para dizer que achara difícil acreditar que tivesse uma irmã tão diferente fisicamente de mim, uma irmã que era tão incrivelmente bela que parecia um monstro. Foi então que nós ouvimos um tumulto no corredor. Um bando enorme de alunas entrou no corredor, gritando que queriam dar uma olhada na nossa sala de aula. Percebia-se logo que eram do ensino fundamental. Havia inclusive alguns garotos entre elas, bem atrás delas e com ar tímido.

– O que será que está acontecendo?

Mas quando fui em direção à porta, um silêncio caiu sobre a multidão de alunos. Uma garota grandona de cabelos encaracolados pintados de castanho-avermelhado abriu caminho em meio à multidão e entrou na sala. Sem dúvida era a líder do grupo. Pela postura arrogante e cheia de si que demonstrava também ficou claro que ela era uma incluída, e as incluídas da minha turma falaram com ela como se a conhecessem intimamente. "Mokku, o que vocês estão fazendo aqui?" Essa garota, Mokku, avançou pela nossa sala de aula com altivez sem responder e plantou-se na frente da minha carteira.

– Você é a irmã mais velha de Yuriko?
– Sou, sim.

Eu não queria que entrasse poeira na minha lancheira, então fechei a tampa rapidamente. Mitsuru grudou no peito o livro de biologia, aparentemente inquieta. Mokku olhou para a mancha em cima do meu caderno de inglês.

– O que você comeu hoje no almoço?
– Cozido de rabanete com coalhada de feijão – respondeu a aluna que estava ao meu lado. Ela era do clube de dança moderna e uma bruxa de marca maior. Todo dia olhava por cima do meu ombro para saber o que eu estava comendo e depois dava um risinho afetado. Mokku não prestou a menor atenção nela, completamente desinteressada do assunto. Em vez disso, fixou o olhar sobre os meus cabelos.

– Você e Yuriko são mesmo irmãs?
– Somos, sim.
– Me perdoe mas não dá para acreditar em você.
– Eu não estou nem aí se você acredita ou não.

Eu não tinha o menor interesse em conversar com uma pessoa tão presunçosa. Eu me levantei e olhei bem nos olhos de Mokku. Ela se retraiu e deu alguns passos para trás. Deu para eu ouvir o som que o traseiro enorme dela fez ao bater na carteira da aluna que estava na minha frente. Todo mundo na sala estava olhando para nós. Mitsuru, que era tão baixinha que mal conseguia chegar nos ombros de Mokku, agarrou-a pelo braço e advertiu-a num tom razoavelmente forte:

– Pare de meter o bedelho nos assuntos dos outros e volta logo para sua sala!

Mokku tomou o caminho do corredor, ainda segura por Mitsuru. Então, com uma afetação exagerada, ela deu de ombros e saiu apressada da sala. Eu ouvi os alunos atrás dela suspirarem bem alto num desapontamento coletivo. Foi uma sensação boa. Desde pequena a coisa que eu mais adorava era espezinhar Yuriko. Quando as pessoas veem uma mulher bonita, elas esperam que seja perfeita, querendo que ela permaneça fora do seu alcance. Elas sentem que dessa forma ela fica mais segura, mais admirável. Aí quando descobrem que a mulher é tosca e grosseira, a admiração transforma-se em escárnio e a inveja em ódio. Talvez o único motivo de eu ter nascido tenha sido para esmagar o valor de Yuriko.

– Uau! Não consigo acreditar que ele tenha vindo também. – Ao escutar a voz de Mitsuru eu voltei à realidade.

– Quem?

– Takashi Kijima. Ele é filho do professor Kijima e faz parte do grupo dele.

Um garoto ainda permanecia no corredor depois que todos os outros haviam partido. Ele estava em pé perto da porta da sala de aula olhando para mim. Era igualzinho ao pai: mesmo rosto miúdo e compacto, mesmo porte franzino. Suas feições eram tão harmoniosas que não havia nada a fazer a não ser considerá-lo bonito. E não havia o menor indício de força nele. Os olhos penetrantes do filho de Kijima grudaram-se nos meus. Eu o encarei fixamente até ele desviar o olhar.

– Ouvi dizer que ele é um garoto problemático – disse Mitsuru.

Ela ainda estava com o livro de biologia colado ao peito, roçando suavemente os dedos na lombada onde o nome Takakuni Kijima estava escrito. Eu pude perceber pelos seus gestos que ela estava apaixonada. Eu queria fazer algum comentário maldoso, alguma coisa que provocasse nela um choque de volta à realidade.

– Vai esperar o que de um marginal desses?

– Como é que você sabe que ele é um marginal? – perguntou Mitsuru, sobressaltada.

– Eu enxergo!

O filho de Kijima e eu tínhamos algo em comum. O filho de Kijima era uma mancha na honra de seu pai, e eu era uma mancha na beleza de Yuriko. Nós dois éramos gigantescos zeros à esquerda. Suponho que o filho de Kijima tivesse vindo dar uma olhada em mim porque ele nutria uma certa desconfiança da monstruosa beleza de Yuriko. Assim que me viu, ele foi capaz de desprezá-la. Mas o filho de Kijima era um homem, afinal de contas, de modo que eu imagino que ele não tinha como não se afeiçoar a uma mulher como Yuriko, que era tão burra quanto bela. Eu não aguentava mais ser colocada nessas situações difíceis. Eu tinha de continuar naquela escola, e a presença de Yuriko ia tornar a minha vida bastante desagradável. Eu não queria terminar o meu período lá na condição de um gigantesco zero à esquerda, como o filho de Kijima. Então, daquele dia em diante, eu estabeleci como meta achar um meio de me livrar de Yuriko.

– Ei, o que está acontecendo aqui? – eu ouvi alguém dizer num tom amigável demais. Eu me virei e vi Kazue Satō colocando as mãos nos ombros de Mitsuru numa íntima demonstração de amizade. Kazue vivia tentando fazer amizade com Mitsuru e estava constantemente iniciando conversas com ela. Hoje ela usava uma minissaia ridiculamente curta que apenas acentuava a extrema magreza de suas pernas. Kazue era nodosa e angular e tão magra que dava para sentir seus ossos ao encostar nela. Seus cabelos eram grossos e sem brilho. E é claro que havia também aquele logotipo vermelho de matar. Eu conseguia imaginá-la sentada naquela sala ridiculamente escura da casa dela manipulando as agulhas de crochê e fazendo logotipos Ralph Lauren nas meias.

– A gente estava falando sobre a irmã mais nova dela – disse Mitsuru, tirando calmamente as mãos de Kazue de seus ombros. Kazue empalideceu por um segundo, sentindo-se magoada, e então recuperou-se com um ar de disfarçada indiferença.

– O que que tem a irmã dela?

– Ela está matriculada no ensino fundamental. É do grupo do professor Kijima.

Uma inquietude começou a surgir gradualmente no rosto de Kazue. Lembrei-me de sua irmã mais nova, que era a cara dela, e não disse nada.

– Isso é ótimo. Ela deve ser bem inteligente!

– Não exatamente. Ela entrou na categoria *kikokushijo*. É pros filhos de japoneses que viveram no exterior.

– Então vale a pena morar no exterior? É verdade que se pode entrar para uma escola como esta sem precisar estudar de fato, simplesmente porque viveu no exterior? – Kazue deixou escapar um suspiro. – Eu gostaria muito que o meu pai tivesse sido transferido pro exterior.

– Mas isso não é tudo, Kazue. A irmã dela é, acima de tudo, absolutamente linda.

Eu tinha certeza de que Mitsuru odiava Kazue. Ela não parava de tamborilar os dedos nos dentes da frente enquanto falava com ela. E a maneira como ela o fazia era diferente da maneira como fazia quando falava comigo. Era mais ao acaso.

– Linda? Como assim? – Kazue olhou mal-humorada para mim. O que ela estava querendo dizer era: como é possível que você tenha uma irmã menor linda? Você não é nem um pouco atraente.

– O que eu estou querendo dizer é que todo mundo está dizendo que ela é de arrasar. Agora há pouco todo o pessoal do ensino fundamental veio aqui correndo para dar uma olhada na irmã mais velha dela.

Kazue olhou para as suas mãos com olhos vazios, como se houvesse acabado de perceber que não possuía nada, nada que pudesse submeter à comparação.

– Minha irmã também está de olho nesta escola.

– Diz para ela não perder o tempo dela – eu disse, irritada. Kazue ficou vermelha e deu a entender que diria alguma coisa em resposta, mas em vez disso mordeu o lábio. – O que eu quero dizer é que as alunas incluídas são tão insuportáveis que nem deixam você participar dos clubes delas, deixam?

Kazue fez como se fosse limpar a garganta num esforço para evitar meu óbvio sarcasmo. Ela entrara para a equipe de patinação no gelo, mas eu ouvira dizer que ela estava tendo muita dificuldade com as altas taxas cobradas para entrar no ringue. A equipe tinha de arrebanhar uma alta soma em dinheiro para pagar a treinadora de nível olímpico que elas tinham contratado e para cobrir os custos de aluguel do ringue para os treinamentos. Por causa disso, elas estavam aceitando qualquer garota que quisesse entrar para o clube. Pouco importava se ela sabia ou não se equilibrar em cima de dois patins, se ela pudesse ajudar com as despesas, o clube aceitava na hora. As alunas do colégio eram totalmente indiferentes às dificuldades que seus próprios prazeres impunham a todos a sua volta.

– Bom, pro seu governo, eu entrei para a equipe de patinação no gelo. Elas eram a segunda opção na minha lista, logo depois da equipe de líderes de torcida, então no fim eu acabei ficando satisfeita.

– Elas já deixaram você patinar?

Kazue passou a língua nos lábios algumas vezes, aparentemente em busca das palavras corretas.

– São as incluídas ricas que monopolizam o ringue, não são? – eu disse. – Ou então as garotas bonitas que ficam umas gracinhas naquele uniforme. Aquela treinadora olímpica provavelmente dá aulas particulares para elas, de qualquer modo, o que significa que elas vão ter toda a atenção pra si mesmas. Nada como ter privilégios. A única outra forma de ser notada por aqui é ter realmente talento. É um saco. Só de pensar nessas alunas todas fingindo ser patinadoras já me soa como farsa. Não passa de diversão para princesinhas mesmo.

Ao ouvir isso, os olhos de Kazue se iluminaram e ela deu um sorriso tão largo que pensei que sua boca fosse rasgar o rosto. Ah, sim, Kazue era ambiciosa ao extremo. Tudo o que ela queria – com um desejo maior do que o de qualquer outra pessoa – era ser reconhecida como uma "princesinha" tão talentosa em sala de aula quanto no ringue de patinação. Esse era o desejo mais fervoroso do pai de Kazue.

– Aposto que a única coisa que elas deixam você fazer é limpar o ringue e cuidar dos sapatos delas. Elas podem até chamar isso de *treinamento físico*, mas não passa de um trote. E quantas voltas você foi obrigada a dar ao redor do campo naquele dia que estava fazendo 35 graus à sombra? Parecia até que você ia morrer! É esse o tipo de diversão adequado a uma princesa?

– Não é trote nenhum ou qualquer coisa desse tipo! – Kazue finalmente recuperou o poder para falar. – Você precisa treinar assim para poder adquirir a força básica.

– E quando você adquirir a tal força básica vai acontecer o quê? Você vai se candidatar à Olimpíada?

Eu precisava dizer isso. E eu não estava sendo apenas cruel. Aquela garota desmiolada acreditava que bastava se esforçar ao máximo que tudo era possível. Eu queria colocá-la nos eixos. Ela não sabia nada sobre o mundo real, e eu queria explicar-lhe como as coisas realmente funcionavam. Mas muito mais do que isso, eu queria em primeiro lugar me vingar do pai dela por ter envenenado a cabeça dela com aquelas ideias estúpidas.

Quando levantei os olhos, notei que Mitsuru estava indo em direção à janela onde um grupo de meninas estava conversando. Elas a receberam em seu pequeno círculo e logo estavam todas rindo. Mitsuru e eu trocamos olhares. Ela deu de ombros sem dizer nada. O que importa tudo isso?, era o que o gesto dela parecia indicar.

– Eu nunca pensei em participar da Olimpíada. Mas eu só tenho dezesseis anos, você sabe. Se eu quisesse, e treinasse como se não houvesse amanhã, não vejo por que eu não teria plenas condições de ir à Olimpíada.

Eu mal conseguia acreditar no que estava ouvindo.

– Cara, você é uma idiota mesmo. Quer dizer então que você acha que se começasse a jogar tênis e treinasse como uma louca você poderia competir em Wimbledon? Ou então se decidisse ser bonita e se empenhasse nisso e somente nisso você venceria o concurso de Miss Universo? Ou de repente você imagina que se estudasse como se não houvesse amanhã você seria a primeira da turma no fim do ano? Você acha que pode superar a Mitsuru? Ela é a primeira da turma desde o ensino fundamental e nunca deixou de ser. Sabe por quê? Porque ela é um gênio. Você acha que basta dar tudo de si? Você pode dar tudo de si até ficar completamente esgotada, mas sempre vai haver um limite, você sabe disso. Você pode passar a sua vida inteira tentando – droga, você pode tentar até virar um fiapo humano – e ainda assim nunca vai ser um gênio.

A parada para o almoço estava quase encerrada, mas eu só estava começando. Acho que eu ainda estava irritada por ter sido transformada numa aberração de circo dos horrores por aqueles moleques que invadiram a nossa sala. Era Kazue quem deveria ter sido o foco daquilo tudo, não eu. Ela se infiltrara num lugar ao qual não pertencia e ainda por cima estava fazendo todo tipo de imbecilidade que alguém poderia imaginar. Mas Kazue tinha coragem, sou obrigada a reconhecer.

Ela se virou para mim e disse, com ar condescendente:

– Eu fiquei aqui sentada ouvindo você falar com toda a paciência do mundo, e eu acho que você tem a atitude típica de uma fracassada. Você fala como alguém que nunca tentou ter sucesso em nada. Eu, por outro lado, vou ficar tentando dar o melhor de mim. Com certeza deve ser pura bobeira imaginar que eu vou conseguir participar da Olimpíada ou jogar em Wimbledon, mas eu não acho que seja impossível tentar ser a primeira da turma no fim do ano. Você pode pensar que a Mitsuru é um gênio, mas eu não. Ela simplesmente dá o máximo de si.

Eu me lembrei da maneira como a família de Kazue determinava a hierarquia na casa dela com base nas notas da escola e ri com sarcasmo.

– Você já viu um monstro?

Kazue ergueu a sobrancelha e olhou para mim com desconfiança.

– Um monstro?

– É isso aí, uma pessoa que não é humana.

– Você está falando de gênios?

Eu fiz uma pausa por um minuto. Não se tratava exatamente de gênios. Um monstro é uma pessoa com alguma coisa pervertida dentro de si, alguma coisa que cresce e cresce até atingir um tamanho incomensurável. Eu apontei silenciosamente na direção de Mitsuru. Alguns minutos antes ela estava rindo com as amigas, mas agora ela já estava de volta à sua carteira para poder se preparar para a aula seguinte. Ela estava envolta em uma estranha aura de solidão. Acontecia alguma transformação no comportamento de Mitsuru assim que ela se dava conta de que a aula estava para começar.

– Eu vou ser a primeira da turma porque eu vou dar o máximo de mim – anunciou Kazue.

— Você é que sabe.

— Você diz coisas horríveis! — Kazue estava tendo muita dificuldade em selecionar as palavras apropriadas para me desafiar. — Meu pai disse que você era esquisita e que não se comportava como uma menina. Provavelmente você é uma dessas marginais. Talvez você tenha mesmo uma irmã bonita. Talvez você seja inteligente. Mas eu tenho uma família normal com um pai que tem um emprego bom e que trabalha muito.

Kazue voltou para sua carteira. Ela podia falar sobre as opiniões de seu pai o dia inteiro, pouco me importava. Enquanto eu a via se afastar, decidi que daquele momento em diante eu me dedicaria a acompanhar atentamente seus esforços para "dar o máximo de si".

A sala ficou em silêncio. Quando olhei para o relógio descobri que já estava na hora da próxima aula. Peguei rapidamente a lancheira que havia deixado em cima da carteira e a enfiei na mochila. A porta se abriu e o professor Kijima entrou vestido com seu jaleco branco, um olhar sério no rosto.

Eu tinha me esquecido completamente que aquele era o dia de nossa aula semanal de biologia. Primeiro Yuriko, depois o detestável Kijima filho e agora o professor Kijima em pessoa. Quais eram as chances de se cruzar com os três em um único dia? Eu procurei apressadamente o livro de biologia e o coloquei em cima da carteira. Eu estava fazendo tudo com tanta pressa que derrubei o bloco no chão com uma cotovelada. O barulho fez com que Kijima contraísse ligeiramente as sobrancelhas e franzisse a testa.

Kijima pôs as mãos nos dois lados do atril e passou os olhos lentamente ao redor da sala. Eu sabia que ele estava procurando por mim; só podia estar. Baixei a cabeça. Mas logo senti seus olhos pairando sobre a minha carteira. Sim, isso mesmo. Aqui estou eu, a irmã horrorosa da bela Yuriko, a mancha na vida de Yuriko. Mas o senhor também tem uma mancha em sua própria vida, não tem? Seu filho. Eu ergui os olhos e olhei fixamente para ele.

Como o filho, Kijima tinha a testa larga, o nariz fino e os olhos penetrantes. Os óculos de armação dourada complementavam seu rosto e lhe davam uma aparência diligente. No entanto, havia alguma coisa nele que sempre parecia estar desarrumada. O resto de barba que a navalha deixara de cortar, talvez? Os fios de cabelo espalhados pela testa? As manchas no jaleco branco? Essas pequenas marcas de desarrumação simbolizavam algo: ele tinha um filho que não alcançara suas expectativas. Embora pai e filho se parecessem em um ou outro aspecto, os olhos de ambos eram diferentes. Kijima olhava diretamente para as coisas, seu filho olhava sempre de esguelha. O olhar direto do pai jamais paralisava em seu objeto. Ao contrário, sempre traçava seus contornos, absorvendo os detalhes um a um, o que fazia com que sempre parecesse fácil saber o que ele estava observando. Agora ele estava me observando, meu rosto, minhas feições, sem dizer uma palavra sequer. O senhor descobriu alguma evidência biológica que pudesse ligar Yuriko a mim? Não olhe para mim como se eu fosse alguma espécie bizarra de inseto! Eu fiquei furiosa lá sentada sendo examinada detidamente por Kijima. Por fim, ele tirou os olhos de mim e começou a falar num tom de voz cadenciado e medido.

– Nós já demos o fim da era dos dinossauros, não demos? Discutimos como os dinossauros devoraram todas as coníferas e outras gimnospermas. Vocês se lembram? Com o passar do tempo o pescoço dos dinossauros foi ficando cada vez mais longo para que eles pudessem alcançar as plantas mais altas. Nós falamos sobre a forma como as plantas se desenvolvem em harmonia com seus ambientes, não é? Interessante, não acham? As gimnospermas têm esse nome – plantas de sementes nuas – porque suas sementes não são formadas dentro de um ovário fechado. As angiospermas, ao contrário, produzem sementes em órgãos reprodutores especializados chamados flores, onde o ovário ou carpelo é fechado, portanto elas são conhecidas como plantas florescentes. Agora, como as gimnospermas dependiam totalmente do vento para sua reprodução, elas acabaram sendo comidas até quase a extinção. Já as angiospermas sobreviveram porque estabeleceram uma parceria com toda uma variedade de insetos. Alguma pergunta até aqui?

Mitsuru mantinha os olhos vidrados em Kijima, praticamente sem mexer um único músculo na cadeira. Eu percebia nitidamente a eletricidade presente no ar entre aqueles dois. Eu já suspeitava que Mitsuru estivesse apaixonada por Kijima. Mas mesmo assim, eu mal conseguia acreditar em como a paixão entre os dois pairava no ar bem diante dos meus olhos como se fosse uma imensa massa informe.

Eu já contei como eu nutria uma espécie de amor por Mitsuru, não contei? Talvez isso não seja exatamente verdade. Mitsuru e eu éramos como um lago de montanha formado por correntes de água subterrâneas. As montanhas são altas e solitárias e o lago desolado. Nenhum viajante passa por lá. Mas na terra abaixo da superfície, as águas estão sempre fluindo e sempre se movendo em uníssono. Se eu fosse para baixo da superfície, Mitsuru também iria. Se eu voltasse, ela também voltava. Para Mitsuru, Kijima deve ter representado um mundo inteiramente diferente, mas para mim ele representava apenas um obstáculo.

No entanto, não havia dúvida de que Kijima sentia-se atraído por Yuriko. E o único motivo de ele estar notando a minha presença naquele momento era seu interesse por ela. Vocês acham que eu estou errada? Para ser sincera, eu jamais me apaixonei. Mas se alguém ama de fato outra pessoa, vocês não acham que o normal seria essa pessoa querer saber tudo sobre os empecilhos que o ser amado deve enfrentar? E não nos esqueçamos de que Kijima era professor de biologia. Vocês não acham que ele também estava interessado em Yuriko e em mim segundo uma perspectiva estritamente científica? Kijima virou-se para o quadro-negro e escreveu: *Flores e mamíferos – uma nova parceria acaba de nascer.*

– Abram seus livros na página 78. O rato come as angiospermas, ou plantas florescentes, e deixa cair as sementes, que se espalham pelo chão.

Como num coro, o som dos lápis escrevendo freneticamente nos cadernos podia ser ouvido na sala de aula. Eu não escrevi nada em meu caderno e continuei sonhando acordada. Yuriko deve ser uma planta florescente. Eu sou uma planta com sementes nuas. As plantas florescentes atraem insetos e animais com suas belas florações e seus doces néctares. Então eu imagino que Kijima também seja um animal. Se ele for um animal, que tipo de animal seria? Kijima virou-se novamente e olhou fixamente para mim.

– Bom, então vamos recapitular. Você aí, pode se lembrar por que os dinossauros foram extintos?

Kijima estava apontando para mim. Perdida em meus pensamentos e pega completamente de surpresa, eu me abaixei na cadeira com um olhar amargo.

– Levante-se! – ordenou Kijima, em tom de reprovação.

Minha carteira rangeu e minha cadeira se arrastou no chão enquanto eu a puxava para trás e me levantava desajeitadamente. Mitsuru virou-se e olhou para mim.

– Não foi por causa dos meteoritos gigantes?
– Em parte. O que me diz da relação com as plantas?
– Não me lembro.
– Oh! E você aí?

Mitsuru levantou-se sem um ruído sequer e deu uma resposta sem o menor esforço.

– Quando eles exauriam o suprimento de alimentos em determinado local, eles migravam para um novo local até esgotarem as plantas de lá. Aos poucos, as florestas das quais os dinossauros dependiam para sobreviver foram todas devastadas. A partir deste exemplo podemos depreender que a relação entre planta e animal é mútua. É importante estabelecer uma parceria cooperativa para a sobrevivência.

– Exatamente. – Kijima assentiu e em seguida virou-se para o quadro-negro e escreveu palavra por palavra o que Mitsuru acabara de falar. Kazue olhou para mim com um maldoso sorriso de desprezo e jogou os ombros para trás. Que vaca. Daquele momento em diante passei a nutrir um ódio profundo por Kazue, Mitsuru e Kijima.

Depois da aula de biologia nós tínhamos educação física. Exercícios rítmicos. Tínhamos de vestir as roupas de ginástica e nos reunir do lado de fora, mas eu demorei um pouco. Eu ainda não tinha me recuperado de minha recente humilhação. Eu estava certa de que Kijima havia tentado intencionalmente me constranger na frente de toda a turma só porque eu era a irmã de Yuriko. Não, porque eu era a irmã da linda Yuriko. Era como se as pessoas não conseguissem me perdoar por ser parente dela. A única exceção era Kazue. Os exercícios rítmicos, como vocês sabem, fazem parte do currículo básico das meninas no sistema educacional Q. Eles dizem que quando mexemos braços e pernas em diferentes direções ao mesmo tempo exercitamos o cérebro; é o tipo de exercício que as pessoas imaginam que prolonga a vida. Mas eu nunca praticava os tais passos em casa, portanto nunca fui boa na coisa. Mas é claro que se você é a primeira a cometer um erro, você chama a atenção. Então eu tentava ficar por lá como quem não quer nada até que as outras começassem a fazer besteira e fossem desclassificadas. Eu estava fazendo justamente isso quando Yuriko apareceu com Kijima filho. Eu reparei que eles estavam assistindo à aula.

Eu não via Yuriko há muito tempo, e nesse intervalo ela ficara ainda mais bonita. Seus seios eram agora tão volumosos que parecia que iam estourar a blusa branca do seu uniforme a qualquer momento, e os quadris, altos e arredondados, estavam muito bem ajustados na diminuta saia de tartã. Suas pernas eram compridas e perfeitamente delineadas. E também tinha aquele rosto: sua pele branca, seus olhos castanhos e sua expressão, tão suave e bela; parecia que ela estava constantemente se preparando para fazer uma pergunta. Nem mesmo uma boneca imaculadamente elaborada poderia ser tão adorável.

Eu fiquei tão surpresa pela maneira como Yuriko havia amadurecido que me desconcentrei e perdi um dos passos. Aquelas que cometiam algum erro tinham de sair do círculo de dançarinas. Minha saída do círculo naquele dia foi mais precoce do que eu esperava, e tudo por causa de Yuriko. Fiquei com ódio dela por ficar me espionando. E com tanto ódio que mal conseguia suportar. Saia daqui agora!, eu berrei para ela do fundo do meu coração. Então ouvi o riso de escárnio das minhas colegas de turma.

– Olhem só a Kazue Satō, dançando como se fosse a porra de um polvo!

Kazue estava se esforçando ao máximo para seguir o ritmo da música. Ela não queria perder para Mitsuru. Além do mais, ela precisava provar que eu estava errada; trabalho duro compensa sim. Seu rosto estava franzido devido à concentração enquanto o de

Mitsuru estava calmo e tranquilo, seus braços e pernas se movendo agilmente para a esquerda e para a direita. Mistura tão graciosa que o que ela fazia mais parecia um passo de balé do que um exercício físico. E então Kazue avistou Yuriko e ficou paralisada, absolutamente perplexa. Finalmente ela vira um monstro. Quando eu vi o choque no rosto de Kazue, só me restou cair na gargalhada.
– Desculpe por agora há pouco – disse Kazue. Ela veio correndo atrás de mim logo depois do término da aula. – Podemos esquecer tudo que aconteceu e tentar ser amigas?
Eu não respondi. A súbita mudança de atitude de Kazue me deixou com a pulga atrás da orelha.
– Sua irmã... – O suor escorria em bicas da testa de Kazue, e ela nem tentou enxugar. – Como se chama?
– Yuriko.
Eu não tinha como dizer se Kazue estava com inveja, impressionada ou amargurada. Sua voz estava grave e com uma estranha espécie de entusiasmo.
– Nossa, até o nome dela é bonito, não é? É difícil até de acreditar que ela seja da mesma espécie que a gente!
As palavras de Kazue estavam tão inflamadas de sentimento que ela continuou repetindo a mesma fala sem parar, enquanto um pungente cheiro de suor exalava de seu corpo. Era realmente um cheiro pungente – sinalizando a intensidade do sentimento de Kazue em relação a Yuriko, suponho eu. Sem pensar, abaixei o rosto. Ficou claro que o mundo de Kazue estava começando a mudar, agora que ela avistara o monstro.
Yuriko acabara de sair das dependências do colégio com Kijima Júnior. Ver aquele marginalzinho do Kijima com Yuriko a tiracolo fez com que eu desconfiasse que ele não estava com boas intenções. Eu queria me vingar daquele idiota pela humilhação que sofri na aula mais cedo. Então eu decidi ali mesmo naquela hora que queria que a dupla Kijima pai-Kijima filho fosse expulsa da escola junto com Yuriko o mais rápido possível.

Alguns dias depois, quando estava saindo da escola, eu ouvi Kazue correndo atrás de mim. Ela colocou um pequeno envelope na minha mão. Eu o abri enquanto estava no trem. A carta estava escrita em duas folhas de papel desses cadernos usados por meninas, com violetas desenhadas. A letra de Kazue era bonita, mas desprovida de traços distintivos.

Por favor, perdoe a informalidade desta carta.
  Tanto você quanto eu somos as excluídas do Colégio Q para Moças. Você esteve na minha casa, conheceu os meus pais e, portanto, talvez seja a pessoa com quem eu mais tenha chances de fazer amizade. Meu pai me disse que eu não devia me relacionar com você porque você vive num ambiente muito diferente do meu. Mas se a gente se comunicar através de cartas, eu tenho certeza de que ele não vai saber de nada. Será que poderíamos trocar cartas de vez em quando? A gente poderia confiar uma na outra e conversar sobre nossos estudos.
  Eu acho que há uma grande chance de eu não ter compreendido você muito bem. Mesmo sendo uma excluída como eu, você parece estar sempre tão tranquila que tenho a impressão de que você é aluna dessa escola há muito tempo. E você também está sempre conversando com Mitsuru, o que dificulta muito para mim me aproximar de você, e quando eu me aproximo você se mantém distante.
  Eu não sei o que as outras alunas da escola estão pensando (particularmente as incluídas!), e eu me sinto muito deslocada. Mas eu não sinto vergonha do jeito que eu sou. Desde a primeira série eu penso em entrar para o sistema educacional Q, e consegui entrar porque me esforcei muito – e só por isso. Portanto eu tenho confiança em mim mesma. Por que não deveria ter? Eu acredito que vou alcançar os meus objetivos. Tudo vai dar certo para mim e eu vou ter uma vida feliz e de muito sucesso.
  Mas às vezes eu não sei muito bem o que fazer, e eu não sei com quem eu posso conversar. Aí, sem pensar muito, eu acabei escrevendo para você. Tem uma coisa que está me perturbando muito. Será que eu poderia conversar sobre isso com você?

Atenciosamente,
Kazue Satō

Frases como, *Por favor, perdoe a informalidade desta carta*, deve ter sido alguma coisa que ela copiou de um manual redação de cartas para adultos. Só de imaginá-la sentada naquela cadeira fazendo uma cópia do manual já me dava vontade de rir. Eu sem dúvida não tinha nenhum interesse em conversar sobre os problemas dela. Mas eu estava curiosa em saber o que era exatamente esse assunto que a perturbava tanto, e eu queria saber o que se passava pela cabeça dela. Acho que não há nada mais interessante do que os problemas dos outros.

Naquela noite, enquanto inadvertidamente tecia esse tipo de pensamento em minha mente, eu fazia meu dever de casa de inglês. Meu avô, que estava preparando o jantar, esticou a cabeça para fora da cozinha e perguntou:

– Você disse que o bar Rio Azul pertence à família de uma colega sua de turma?

– Isso aí. O nome dela é Mitsuru e a mãe dela trabalha lá.

– Isso é uma grande surpresa. Eu pensei que nós fôssemos as únicas pessoas morando num lugar como este com alguém da família estudando no Colégio Q para Moças. Mas aí um dia desses eu conheci um camarada que trabalha como segurança no Rio Azul em frente à estação. Ele se formou na mesma escola que o superintendente daqui do condomínio. Eles são bons amigos, ao que parece, e o superintendente está sempre dando uma passada por lá. Ele me chamou para dar um pulo lá e olhar algumas plantas que estavam dando um trabalhão para eles, e foi assim que eu soube que a filha da *mama-san* de lá também estuda no Q, e parecia que ela estudava na sua turma. Aí então eu fiquei pensando se de repente eu não dava uma passada por lá para tomar uns drinques, já que existe essa ligação toda. Coincidências assim fazem a vida valer a pena.

– Boa ideia. Por que não? A mãe de Mitsuru me disse para eu falar para você dar uma passadinha lá qualquer hora dessas.

– Ela disse isso? Eu fiquei achando que eu só ia causar aporrinhação, um sujeito velho e antiquado como eu.

– Eu acho que isso não faz a menor diferença. O que importa é que você é um cliente e ponto final, certo? Eu já falei de você para ela, que você gosta de bonsai, então eu tenho certeza que ela vai adorar quando você aparecer por lá.

Eu estava, na verdade, me divertindo à custa do meu avô. Mas parecia que ele estava levando as minhas palavras a sério. O que eu sei é que logo depois ele foi para a cozinha e começou a preparar o arroz e a cortar as verduras com o ar mais alegre do mundo.

– Aposto que o Rio Azul é bem caro. Todas as garçonetes são jovens. Será que vão me dar algum desconto?

– Não se preocupe – eu respondi. Eu estava mais interessada na carta de Kazue. Eu a peguei, coloquei-a em cima do meu livro de inglês e reli-a. Decidi que perguntaria a ela sobre a carta no dia seguinte.

– Eu li a sua carta. Afinal, que problema é esse que você mencionou?

– Vamos conversar num lugar onde ninguém vai poder ouvir a gente, pode ser?

Agindo como se estivesse se preparando para revelar informações secretíssimas, Kazue me conduziu até uma sala vazia.

– É um pouco difícil falar sobre isso com outra pessoa – disse ela.

– Mas você quer falar sobre isso, não quer?

– Tudo bem, vamos lá. Estou pronta.

Kazue colocou as mãos no rosto, timidamente. Ela abriu a boca para falar inúmeras vezes, mas sempre parava em busca das palavras que queria.

– Beleza. É mais ou menos isso. É o seguinte, eu estou a fim do filho do professor Kijima, o Takashi, aí eu quero saber o que rola entre ele e Yuriko. Enfim, quando eu vi Takashi com Yuriko eu fiquei tão chateada que nem consegui dormir.

– Ele tem mesmo um rosto atraente, não tem? – Ao dizer isso eu pensei no corpo reptiliano de Kijima e em seus olhos penetrantes.

– Eu gosto desse tipo de rosto – disse Kazue. – Ele é tão delicado e bonitinho que nem parece um menino, e é alto e legal, eu sou simplesmente louca por ele! A primeira vez que o vi foi pouco antes das férias de verão. Eu dei de cara com ele na livraria em frente à escola e ali mesmo já achei ele uma gracinha. Eu fiquei completamente chocada quando soube que ele era filho do professor Kijima. Eu fiz algumas pesquisas sobre a família também, aí fiquei sabendo que eles moram em Den'enchōfū, um bairro de classe alta. O professor Kijima se formou no sistema educacional Q, e o irmão mais novo de Kijima está no primário. Eu também descobri que o professor Kijima sempre viaja com a família nas férias de verão e permite que as crianças o ajudem a coletar seus insetos.

Fiquei boquiaberta. Então foi por isso que a Kazue perdeu a competição de exercício rítmico para a Mitsuru! Mas isso não era tudo. Eu sabia que Kazue era uma gimnosperma, mas agora ela estava tentando achar insetos e animais para estabelecer parcerias. Será que haveria alguma outra mulher na face da terra mais tonta do que aquela? E logo Kijima, com aqueles olhos matreiros! Que ironia mais deliciosa! Foi tudo o que pude fazer para não rir na cara de Kazue.

– É mesmo? Bom, então espero que tudo dê certo para você!

– Você acha que poderia perguntar a Yuriko sobre Kijima para mim? Quer dizer, ela é tão bonita que acho que Kijima está gostando dela. E só de pensar nisso fico tão louca que nem consigo dormir. Mas eu acho que ainda pode haver alguma esperança para mim. Outro dia mesmo ele sorriu para mim!

Oh, duvido muito que tenha sido um sorriso. Nós estamos falando de Kijima, afinal de contas. Talvez tenha sido muito mais um deboche que a idiota da Kazue entendeu como um sorriso. Mas essa informação caiu do céu. Eu estava sonhando com uma forma de me livrar da dupla Kijima pai-Kijima filho, e também de Yuriko. Comecei a montar meu esquema.

– Vou ver o que consigo com Yuriko. Vou descobrir qual é o tipo de relacionamento dela com Kijima, e depois descobrir que tipo de garota Kijima gosta, tá bom?

Kazue conteve a respiração e assentiu.

Eu olhei para a expressão ansiosa dela e acrescentei:

– Tudo bem se eu contar para ela que você gosta do Kijima?

Kazue deu a impressão de ter ficado aterrorizada com a pergunta e sacudiu freneticamente as duas mãos.
– Não, não, não! Por favor, não conta nada a ela. Eu não quero que ninguém saiba ainda. De repente eu conto para ela depois.
– Ah, tá.
– Mas tem mais uma *coisa* que eu gostaria de descobrir, se você puder fazer sem dar muito na vista – disse Kazue, puxando para cima as meias azul-marinho que haviam ficado enroladas nos tornozelos. – Descobre para mim se ele teria interesse numa garota um ano mais velha do que ele.
– Que diferença faz se uma garota é um ano mais velha ou não? A gente está falando do filho do professor Kijima. Tenho certeza de que ele se interessa mais pela inteligência de uma garota do que pela idade.

Ela deu um gritinho de alegria e arregalou os olhos miúdos de uma maneira que eu nunca tinha visto antes.
– Você tem razão! E o professor Kijima também é bonitinho. Eu adoro as aulas de biologia dele!
– Tudo bem. Eu vou ligar para Yuriko hoje à noite e ver o que ela vai dizer.

Eu menti. Eu nem sabia o número do telefone da casa dos Johnson. Mas Kazue baixou a cabeça e ficou com ar preocupado.
– Toma cuidado, pelo amor de Deus. A sua irmã não é do tipo fofoqueira, é?
– Ah, nós duas não somos chegadas numa fofoca. Fica fria.
– É mesmo? Que alívio! – Kazue olhou para o relógio. – Bom, é melhor eu dar as caras na reunião da equipe.
– Elas já deixaram você patinar?

Kazue assentiu sem parecer estar muito certa e pegou a bolsa de ginástica azul-marinho que todas as garotas da equipe usavam.
– Elas me disseram que quando eu tivesse um uniforme me deixariam patinar. Então eu fiz um.
– Posso ver?

Relutantemente, ela puxou o uniforme de patinação de dentro da bolsa. Era azul-marinho e dourado, as cores do Colégio Q. O corte e o modelo eram exatamente iguais aos dos uniformes das líderes de torcida.

— Eu mesma coloquei as lantejoulas – disse ela, segurando o traje junto ao peito.

— Parece o uniforme das líderes de torcida – eu disse.

— Parece? – Kazue pareceu perturbada por um segundo. – Você acha que eu deixei ele igual ao uniforme das líderes de torcida porque não me deixaram entrar para a equipe delas, não é?

— Não, eu não acho, mas talvez os outros achem.

O rosto de Kazue ficou sombrio assim que ela ouviu a minha resposta franca, mas depois ela murmurou, quase como se estivesse falando consigo mesma:

— Agora é tarde demais. Ele já está pronto. Eu fiz assim porque gosto das cores do Colégio Q, só isso.

Kazue era especialista em iludir a si mesma, não posso negar. Em pouquíssimo tempo ela conseguia distorcer a realidade para que se ajustasse às suas próprias necessidades. Eu odiava muito, mas muito mesmo, essa tendência dela.

— Que tipo de garota você acha que o Kijima gosta? De quais clubes, eu quero dizer. O que eu vou fazer da minha vida se ele odiar as garotas da equipe de patinação? E se ele for um desses caras frívolos que só gostam de garotas da equipe de líderes de torcida? E aí, o que eu faço?

— Não se preocupe. As patinadoras são tão animadas quanto as líderes de torcida. Ele deve gostar das garotas dessa equipe. Pelo menos é melhor do que se ele gostasse das garotas da equipe de basquete! E eu aposto que ele gosta de garotas estudiosas.

— É mesmo? Você também acha isso? Desde que me apaixonei por Kijima eu estou adorando cada vez mais estudar.

Kazue falava alegremente, esparramando o uniforme em cima da carteira. Em seguida ela embolou o traje e o enfiou de volta na bolsa de ginástica. Kazue era desajeitada demais para fazer alguma coisa organizadamente.

— Ih, preciso correr. Se eu chegar atrasada vou ter que polir as lâminas dos patins das garotas mais velhas. Vejo você mais tarde!

Kazue agarrou a bolsa com o uniforme e os patins e saiu da sala fazendo um estardalhaço. Depois que ela foi embora eu fiquei sentada sozinha na sala de aula por algum tempo. Era outono e anoitecia cedo. Escurecera rapidamente. Minha bunda começou a doer. Eu reparei nuns rabiscos no canto da carteira onde eu me sentava. Alguém havia escrito *Eu amo... amo... eu amo Junji!* com uma caneta hidrocor. *Eu amo... amo... eu amo Takashi! Eu amo... amo... eu amo Kijima...* Sem parar para pensar, eu fui levada por associação a imaginar outras frases que poderiam ser escritas, lembrando da paixão que pairava no ar entre Mitsuru e Kijima. Soltei um longo suspiro.

Jamais me apaixonei por homem nenhum em toda a minha vida. Sim, eu sou um ser humano que passou muito bem pela vida sem nunca experimentar essa excrescência chamada paixão que paira no ar. E não me arrependo. Kazue não era muito diferente de mim. Por que ela não era capaz de valorizar isso?

Já passava das nove. Eu tinha acabado de sair do banho e estava me encaminhando até a sala para assistir à TV quando a porta abriu e meu avô entrou no apartamento. Ele andara bebendo. Seu rosto estava vermelho e ele estava sem fôlego.

– Bom, o senhor chegou atrasado. Eu me adiantei e comi.

Eu apontei para os pratos onde estava a comida de meu avô que eu havia deixado em cima da mesinha de chá: cozido de cavalinha no missô, legumes no vapor e picles. Meu avô tinha preparado tudo antes de sair. Ele expirou profundamente sem dizer nada. Estava usando um terno que eu jamais vira antes, vistoso, com listras pretas sobre um fundo verde bem forte. Sua camisa de manga curta era de um tom levemente amarelado, e ele usava uma dessas gravatas pretas do Texas que são só uma tirinha e um prendedor cloasonado de aparência muito estranha. Vovô tinha as mãos bem pequenas para um homem e, enquanto tirava a gravata ele começou a rir sozinho, como se tivesse acabado de se lembrar de alguma coisa. Sem dúvida ele fizera uma visitinha ao Rio Azul.

– Vovô, você esteve no bar da mãe de Mitsuru?
– Hum-hum.
– A mãe dela estava lá?
– Hum-hum.

A reticência de meu avô era esquisita, tendo em vista a sua típica loquacidade.

– E aí, como é que foi?

– Que pessoa maravilhosa! – murmurou vovô em resposta, mais para si mesmo do que para mim. Ele se virou para olhar para o bonsai que havia deixado do lado de fora e em seguida foi até a varanda, obviamente sem o menor interesse em alongar aquela conversa comigo. Ele nunca deixava seus bonsai no sereno, o que fez com que eu considerasse aquele comportamento dele particularmente desconcertante.

Naquela noite eu tive um sonho bizarro. Meu avô e eu estávamos flutuando eternamente num mar muito antigo. Todos estavam lá: minha mãe morta; meu pai, que está agora vivendo com uma turca. Alguns de nós estávamos sentados nas rochas pretas espalhadas pelo leito do oceano enquanto outros se recostavam na areia dura. Eu vestia uma saia verde pregueada que eu adorava quando era pequena. Lembro muito bem de minha mão alisando as pregas da saia e de pensar como aquilo me deixava melancólica. Meu avô estava vestido com o mesmo terno vistoso que usara para ir ao Rio Azul. A ponta da gravata flutuava na água. Meus pais estavam usando o que eles sempre usavam em casa. Eles estavam com a aparência que tinham no passado. A aparência que tinham quando eu era criança.

O mar começou a se encher de plânctons que lembravam flocos de neve. Quando eu me virei para olhar a superfície da água, consegui ver que o céu lá em cima estava límpido e brilhante mas, por algum motivo, minha família e eu estávamos felizes de viver a vida no leito escuro do oceano. Um sonho esquisito e tranquilo ao mesmo tempo. E como era fantástico não ter Yuriko por perto! Sem ela eu me sentia relaxada e tranquila, mas ainda assim eu também sentia uma certa tensão enquanto esperava, imaginando quando ela poderia aparecer.

Kazue veio nadando em seu uniforme de líder de torcida, seus cabelos bem pretos e os olhos cheios de determinação. Ela estava usando uma malha cor de carne, o que fez com que eu me desse conta de que era seu uniforme de patinação e não um uniforme de líder de torcida. Kazue se movia com intensa concentração na cadência da música dos exercícios rítmicos, mas como ela estava debaixo d'água seus movimentos eram lentos e lânguidos. Eu comecei a rir. Imaginei se Mitsuru também não estaria por ali e dei uma olhada em volta para ver se a via. Mitsuru estava dentro de uma embarcação naufragada no fundo do mar, estudando. Johnson e Masami estavam sentados no deque da embarcação naufragada. Eu pensei em seguir na direção deles quando subitamente tudo ficou escuro à minha volta. Uma figura gigantesca havia lançado uma sombra sobre a superfície da água, bloqueando os raios de sol. Eu olhei para cima, surpresa.

Yuriko finalmente aparecera. Eu era do tamanho de uma criança, mas Yuriko, com o rosto e o corpo de um adulto, estava vestida com os trajes brancos e graciosos de uma deusa do mar. Seus fartos seios eram visíveis por baixo da roupa. Yuriko nadou em nossa direção com seus longos braços e pernas, um sorriso radiante no belo rosto. Eu fiquei aterrorizada com aqueles olhos que perscrutavam tudo debaixo d'água. Eles não emitiam luz. Eu me escondi na sombra de uma rocha, mas Yuriko esticou seus braços esplendidamente formosos e começou a me puxar para si.

Quando acordei faltavam apenas cinco minutos para o meu despertador tocar. Fiquei deitada na cama, pensando no sonho. Desde que Yuriko aparecera, Mitsuru, Kazue e meu avô, todos eles, haviam mudado abruptamente. Amor... amor... todos estavam emaranhados no amor: Mitsuru pelo professor Kijima, Kazue pelo filho de Kijima e meu avô pela mãe de Mitsuru. É claro que, no que diz respeito ao amor, eu não faço a menor ideia de que tipo de reação química acontece no coração, já que nunca experimentei eu mesma a sensação. Tudo o que eu sabia era que devia fazer alguma coisa para garantir que pelo menos as atenções de Mitsuru e de meu avô voltassem para mim. Será que eu seria capaz de lutar com Yuriko? Pouco importava. Eu não tinha escolha.

Durante o intervalo de almoço Kazue veio até a minha carteira com uma radiante confiança estampada no rosto. Ela colocou sua lancheira numa cadeira vazia e arrastou a cadeira até a minha carteira fazendo um chiado estrondoso.

– Tudo bem se eu almoçar com você? – Ela já tinha se sentado antes de perguntar. Típico. Eu me virei e lancei um olhar gélido para ela. Cadela idiota! Monstrenga da moda! Ela parecia ainda mais repulsiva hoje do que de costume, tão repulsiva que eu queria apenas xingá-la de tudo quanto era jeito. Ela havia tentado frisar o cabelo. Normalmente ele descaía por sua cabeça como se fosse um capacete, mas hoje estava preso dos dois lados como um chapéu de aba larga. Ainda dava para ver as linhas onde os grampos tinham pressionado os cabelos. E para piorar, hoje ela aplicara alguma porcaria naqueles olhos pequenos e sonolentos dela de tal forma que eles pareciam estar com pálpebras duplas.

– O que você fez nos olhos?

Kazue levou as mãos lentamente até as pálpebras.

– Ah, isso aqui se chama Elizabeth Eyelids.

Ela havia arranjado algum produto de beleza que as mulheres japonesas grudavam nas pálpebras para que elas ficassem com a dobra extra que tanto adoravam. Elas achavam que assim seus olhos ficavam com uma aparência ocidental. Kazue deve ter visto alguma aluna descolada aplicar aquilo em seus olhos no banheiro. Só de pensar em Kazue segurando aquela varinha de plástico dupla da grossura de um palito de dente em seus olhos enquanto aplicava a coisa já me dava uma coceira no corpo todo. E depois a saia dela tinha encolhido tão drasticamente que dava para ver metade das suas coxas magricelas. Ela se esforçara tanto para ficar atraente que acabou parecendo mais ridícula do que nunca.

As outras garotas da turma cutucaram umas às outras nas costelas quando viram Kazue, e não fizeram nenhum esforço para esconder o riso. Eu ficava enjoada só de pensar que pudessem imaginar que nós duas éramos amigas. Eu não me importava tanto quando ela era apenas a sabidona feiosa, mas essa nova transformação era graças a Yuriko, o que piorava tudo.

– Satō, preciso pedir um favor a você. – Duas de nossas colegas de turma que também estavam na equipe de patinação no gelo aproximaram-se e ficaram ao lado de Kazue. Ambas eram incluídas, mas uma era visivelmente subordinada à outra. Elas eram muito íntimas. Ambas tinham pais que trabalhavam em embaixadas de países estrangeiros. Ao que parece, cargos diplomáticos diferentes possuem diferentes níveis de prestígio, dependendo do país. As duas garotas tratavam uma à outra com a deferência associada às posições de seus pais.

— O que é? — perguntou Kazue, virando-se para olhar para elas cheia de alegria. Quando viram as pálpebras de Kazue, as duas tiveram um acesso de riso que lutaram para esconder. Kazue, entretanto, não reparou. Ao contrário, ela passou os dedos pelas mechas como quem diz, Olhem só o meu novo penteado. Quando as duas olharam para os cabelos dela, não conseguiram mais conter o riso. Kazue ficou olhando para as garotas sem entender nada.

— A equipe montou um comitê de revisão das matérias, e a gente ficou encarregada disso. É muito chato pedir isso, mas será que você deixaria a gente copiar as suas anotações das aulas de inglês e literatura clássica? Você é a melhor aluna da equipe.

— Claro — respondeu Kazue, vibrando de orgulho.

— Nesse caso, você se importaria se a gente também copiasse as suas anotações de estudos sociais e geografia? Todo mundo vai agradecer muito.

— Sem problema.

Elas saíram correndo da sala. Eu tinha certeza absoluta de que elas estavam no corredor rindo histericamente.

— Como você é idiota! — eu disse. — Não existe comitê de revisão nenhum.

Eu sabia que aquilo não era da minha conta, mas não deu para evitar, pura e simplesmente. Não que isso importasse. Kazue ainda estava embevecida depois de ter ouvido as garotas dizerem que ela era "a melhor aluna da equipe".

— É sempre bom ajudar uns aos outros.

— Ah, que coisa fantástica. E como é que elas vão ajudar você?

— Bom, eu não sei patinar, então talvez elas possam me ensinar o que eu vou precisar saber.

— Espera aí. Você entrou para equipe de patinação e não sabe patinar?

Kazue começou a tirar o guardanapo que envolvia a lancheira com um olhar de preocupação. Ela pegou um bolinho de arroz amassado e um pedaço de tomate. E era tudo. Eu tinha levado a cavalinha que o meu avô não tinha comido e estava curtindo muito o meu almoço. Mas quando vi a porção diminuta de Kazue, fiquei sobressaltada demais para continuar. Kazue começou a comer o bolinho de arroz com visível falta de vontade. Era apenas um bolinho simples de arroz com um pouquinho de sal e sem nenhum recheio.

– Não é que eu não saiba patinar. Eu já patinei várias vezes com o meu pai no Parque Kōrakuen.

– Então o que foi que aconteceu com a sua roupa? Elas deixaram você patinar?

– Não é da sua conta.

Kazue virou-se para o outro lado.

– O preço do uniforme e as taxas do ringue devem ser bem altos – eu persisti. – O seu pai não reclamou?

– E por que ele reclamaria? – Kazue franziu os lábios, irritada. – Nós temos dinheiro para isso.

Óbvio que não deviam ter o dinheiro. Eu lembrei amargamente da penumbra da casa de Kazue e da maneira como seu pai tinha me cobrado pela ligação internacional que eu tinha feito.

– Vamos parar de falar da minha equipe. Eu estou interessada em ouvir sobre a Yuriko. Você perguntou para ela?

– Eu liguei para ela naquele dia mesmo. Escuta, você não tem com o que se preocupar. Yuriko disse que Kijima estava apenas a levando para conhecer a escola. Ela também disse que parece que Kijima não está namorando ninguém atualmente.

– Isso é maravilhoso! – Kazue bateu palmas, entusiasmada. Eu achei a emoção de mentir muito mais divertida do que imaginava.

– Ah, e mais uma coisa. Isso é só a opinião da Yuriko, é claro, e pode não ter nenhum significado, mas parece que Kijima se amarra em atrizes mais velhas.

– Quem? Quem?

– Atrizes como, por exemplo, Reiko Ōhara.

Eu estava a mil e não conseguia parar. Naquela época, Reiko Ōhara era uma das atrizes mais cultuadas, ou pelo menos era o que eu tinha ouvido.

– Reiko Ōhara! – choramingou Kazue, e mirou o vazio, frustrada. Como é que eu vou conseguir substituir Reiko Ōhara?, era o que ela parecia estar pensando. Por um instante lembrei do enorme prazer que sentira ao enganar Yuriko com minhas mentiras quando a gente era pequena, e meu coração se agitou de excitação. Mas Yuriko jamais acreditou totalmente em mim. Sempre havia uma parte dela que resistia. Se uma criança sabe que não é inteligente, ela é sempre um pouco desconfiada. Mas não Kazue. Ela engolia as minhas mentiras de cabo a rabo. – Ah, não! O que você acha? O que é que eu posso fazer para competir com ela?

Kazue olhou para mim na expectativa. No fim o narcisismo dela acabou vencendo. Kazue foi recuperando rapidamente a autoconfiança.

– Bom – eu declarei convincentemente –, você é boa aluna, para começo de conversa, e você sabe que Kijima gosta de garotas inteligentes. Mas ele também mencionou Mitsuru. Talvez ele esteja interessado nela.

– Mitsuru? – Kazue girou o corpo para olhar para ela. Mitsuru. Ela estava sentada em sua carteira lendo um livro. Ele estava coberto com uma capa, portanto eu não tinha como ter muita certeza, mas parecia ser um romance em língua inglesa. Enquanto Kazue examinava Mitsuru, eu pude sentir o calor do ciúme fervendo suas bochechas.

Mitsuru deve ter sentido o olhar de Kazue, porque ela se virou e olhou para nós duas. Ela não demonstrou nenhum interesse em nós. Eu achei estranho Mitsuru nem mesmo mencionar a visita do meu avô ao bar da mãe dela na noite anterior. Talvez a mãe não tenha dito a ela que ele dera uma passada por lá.

– Ei! – Kazue começou a me aborrecer. – Ela disse alguma coisa sobre o tipo de garota que o Kijima gosta?

– Bom, eu acho que a gente pode supor que ele goste de garotas bonitas, afinal de contas ele é homem.

– Garotas bonitas, sei...

Kazue deu mais algumas mordidas em seu bolinho de arroz e suspirou.

– Eu gostaria muito de parecer com Yuriko! Se eu tivesse nascido com um rosto como aquele... Eu nem consigo imaginar como a minha vida seria melhor. Um mundo inteiramente novo se abriria para mim. Olha, ter um rosto como aquele, e cérebro, o que mais alguém poderia querer?

– É porque ela é um monstro.

– Deve ser. Mas se eu pudesse chegar onde ela está sem precisar estudar, eu não ia me importar nem um pouco de me transformar num monstro também.

Kazue estava falando sério. E, no fim, ela realmente se transformou num monstro em todos os sentidos do termo. É claro que, naquele momento, eu não poderia imaginar o que aconteceria. Como? Vocês acham que o que aconteceu com Kazue foi resultado das coisas que eu fiz naquela época? Vocês estão dizendo que eu sou responsável pela excentricidade dela? Eu não acredito nem um pouco nisso. O que eu acredito é que existe alguma coisa implícita em todo mundo que forma o caráter das pessoas e é responsável por todas as outras coisas. Já havia algo dentro da própria Kazue que foi responsável pela mudança em sua aparência. Estou certa disso.

– Você come como um passarinho. Deve se empanturrar no café da manhã – eu disse, maliciosamente.

Kazue balançou a cabeça vigorosamente.

– Nem pensar. Só tomo uma garrafa de leite.

– Jura? Quando eu estive na sua casa você comeu tudo o que tinha no prato. Bebeu até o resto do molho.

Ofendida, Kazue olhou com ódio para mim.

– Bom, eu não faço mais esse tipo de coisa. Ando prestando atenção nas coisas que eu como ultimamente. Afinal de contas, quero ser tão bonita quanto uma modelo.

Nesse instante eu pensei em algo bem cruel. Se ficasse mais magra do que já era, ela ficaria tão horrível que não haveria a menor chance de alguém se sentir atraído por ela.

– É isso aí, você está totalmente certa. Se você perdesse só um pouquinho mais de peso ia ficar perfeita – eu disse.

– Eu sei. É exatamente o que eu acho. – Kazue levantou a saia acanhadamente. – Minhas pernas são gordas demais. Disseram para mim lá no treino que quanto mais magra você é mais leve você fica, o que facilita na hora de patinar.

– Tudo o que você precisa fazer é tentar um pouquinho mais e pronto. Kijima também é magro, você sabe disso.

Kazue assentiu com convicção ao ouvir o que eu disse. Em seguida observou alegremente:

– Se eu fosse um pouquinho mais magra, ficaria mais bonita, e Kijima e eu ficaríamos muito bem juntos.

Ela enrolou a lancheira vazia num guardanapo manchado de tomate. Mitsuru apareceu, o livro debaixo do braço. Ela deu um tapinha no meu ombro e disse:

– Yuriko está aí. Ela disse que precisa falar uma coisa com você.

Yuriko? Quantas vezes eu disse a ela para nunca, jamais, me procurar? Surpresa, eu me virei na direção do corredor. Ela estava em pé na porta com Kijima filho, olhando para mim. Kazue ainda não tinha notado a presença dos dois, então eu dei um empurrãozinho nela.

– É o Kijima.

As faces de Kazue ficaram supervermelhas e ela ficou completamente agitada. *O que que eu faço? O que que eu faço? Eu ainda não estou preparada para que ele me veja. O que que eu faço?* Tudo isso estava estampado na cara dela.

Eu me levantei.

– Não se preocupe. Eles vieram falar comigo.

– Mas você contou para Yuriko que eu gosto do Kijima, não contou?

– Eu não contei para ela.

Eu a deixei curtindo o pânico dela e fui me encontrar com os dois visitantes. Yuriko olhou para mim enquanto eu me aproximava. Ela estava reta como uma vara e tinha agora vários centímetros a mais do que eu. Os braços que saíam da blusa de mangas curtas eram longos e magros e muito bem-torneados. Até seus dedos eram lindos.

– O que você quer?

Eu reparei que Kijima filho retraiu-se, surpreso com a rispidez do meu tom de voz.

– O professor Kijima é o meu supervisor; eu acho que você já sabe disso. De qualquer maneira, ele me pediu para preencher um documento importante sobre a minha família, e eu não sei o que eu deveria escrever. Eu acho que seria estranho se eu e você não déssemos as mesmas respostas.

– Por que você não preenche com informações sobre Johnson e Masami?

– Mas eu não sou exatamente da família do Johnson. A não ser que ele seja mais do que família. É isso?

Kijima filho sorriu dissimuladamente e olhou para Yuriko. Nesse momento eu vi que Yuriko ficou vermelha. Uma luz brilhou em seus olhos. A raiva faz nascer a determinação – e nos olhos de Yuriko eu via o brilho da determinação. Yuriko não tinha nada a ver com determinação. Eu teria de esmagar o que quer que havia sido o responsável por aquele nascimento.

– Eu preenchi os espaços vazios com informações sobre você e papai. Mas se o professor Kijima me perguntar alguma coisa sobre isso eu vou falar para ele vir conversar com você.

– Ótimo.

Eu olhei para Kijima filho.

– Você não é filho do professor Kijima?

– Sou, sim. O que isso te interessa? – Ele me encarou com ódio. Na certa não tinha nada que ele odiasse mais do que ser perguntado sobre o pai.

– É que ele é um professor muito bom, só isso.

– É, em casa ele também é um ótimo pai – defendeu-se Kijima.

– Você e Yuriko estão sempre juntos. Devem ser grandes amigos.

– É porque eu sou o agente dela – respondeu Takashi, de brincadeira. Ele enfiou as duas mãos nos bolsos e deu de ombros. Aqueles dois estavam aprontando alguma coisa. E eu estava tão ansiosa para descobrir o que era que mal consegui me conter.

– Que tipo de agente seria?

– Eu faço uma coisa aqui, outra ali. Ah, por falar nisso, Yuriko decidiu que vai entrar para equipe de líderes de torcida.

Aquilo não era uma ironia?, eu pensei, enquanto me virava para olhar para Kazue. Ela estava olhando para o chão, fingindo não estar nem um pouco interessada. Mas eu sabia que todas as fibras do seu corpo estavam concentradas em nós.

— Kijima, o que você acha daquela garota ali?

Takashi olhou na direção de Kazue e deu de ombros sem demonstrar o menor interesse. Yuriko pareceu ter ficado perturbada e agarrou o braço dele.

— Kijima, vamos nessa.

Quando Yuriko virou-se para ir embora, algo me ocorreu de repente. Ela não era mais aquela garotinha que me perseguiu na estrada cheia de neve naquela noite. Há uns seis meses, quando ela partiu para a Suíça, ela raramente falava, mas agora que havia ficado esse tempo todo separada de mim, parecia que ela estava muito mais decidida.

— Yuriko? — eu perguntei, agarrando o braço dela. — O que aconteceu com você na Suíça?

Será que a temperatura do corpo dela estava baixa? O braço de Yuriko estava gelado. Qual o motivo da minha pergunta? Era um motivo óbvio, suponho, e também extremamente mal-humorado. Mas eu queria induzi-la a me contar o que eu já havia intuído: ela fizera sexo com um homem. Não era mais virgem.

Mas Yuriko me surpreendeu.

— Eu perdi a pessoa que eu mais amava.

— Quem?

— Não vai me dizer que você já se esqueceu. — O brilho nos olhos de Yuriko ficou momentaneamente mais intenso, como se fosse uma chama. — Nossa mãe, é claro.

Ela olhou para mim com desprezo. Seu rosto se contorceu, a luz em seus olhos tremeluziu, e sua expressão passou a ser de tristeza. Eu ansiava por deixar aquele rosto dela ainda mais hediondo do que estava naquele momento.

— E você não se parece nem um pouco com ela!

— Semelhança não quer dizer nada. — Usando aquilo como suas palavras de despedida, ela deu um tapinha no ombro de Takashi e disse:

— Kijima, já chega. Vamos sair fora daqui.

Kijima quase não teve tempo de se virar antes de ser arrastado por Yuriko. Mas ele conseguiu olhar para mim como quem demonstra curiosidade. Sim, é isso mesmo. Eu era completamente dominada pela questão da semelhança, e continuaria sendo. Sou até hoje. Não sei por quê.

Antes que eu pudesse voltar para minha carteira, Kazue correu na minha direção e começou a me interrogar:

– E aí? O que você estava conversando com eles? Você ficou lá um tempão.

– Ah, um monte de coisas. Mas ninguém falou de você.

Kazue baixou suas pálpebras artificialmente duplicadas e pensou um pouco sobre o que havia ouvido antes de perguntar:

– O que eu devo fazer para que o Kijima note que eu existo?

– Por que você não escreve uma carta para ele?

O rosto dela se iluminou com a minha sugestão.

– Que ideia fantástica! Vou escrever uma carta. Mas posso mostrar para você antes de enviar? Vai ajudar muito ter uma opinião imparcial.

Imparcial? Meus lábios se contorceram num sorriso. Eu reparei que o sorriso era uma imitação do sorriso que Yuriko dera pouco antes.

2

Dá para adivinhar o que eu fiz naquela noite? Eu estava obcecada pela noção de semelhança. Quando entendi isso, convenci a mim mesma de que deveria pressionar meu avô em busca de algumas respostas. Eu queria saber quem era o meu pai. É claro que eu já sabia que era metade japonesa. Não havia como negar. Eu sabia que minha mãe era japonesa, e estava convencida de que meu pai só podia ter nascido em algum país diferente. Olhem só para a minha pele. Não é amarela, é? Bom, é ou não é?

Mas eu estava convencida de que meu pai não podia ser o mesmo suíço que era pai de Yuriko. Por quê? Bom, para começo de conversa nós não somos nem um pouco parecidas. Em segundo lugar, como um homem tão medíocre poderia ser pai de uma criança tão lúcida quanto eu? Não era muito provável. Além do mais, a forma como meu pai me tratava era abusiva demais. Ele sempre me mantinha à distância e, embora não me desse muitas broncas, eu nunca senti nenhum amor da parte dele.

Desde que nós éramos criança, Yuriko implicava comigo por sermos tão diferentes uma da outra. Hein? Vocês não conseguem imaginar Yuriko implicando comigo? Por que não? É porque ela é bonita? Bom, as aparências enganam. Yuriko é dez vezes mais malévola do que eu jamais pensei em ser. Ela não fazia a menor cerimônia quando o assunto era encher o meu saco até dizer chega. "Onde será que está o seu pai, hein?", ela dizia, só para me atazanar. "Porque você não se parece nem um pouco com o *meu* pai." Esta era sempre a arma definitiva do arsenal dela.

Eu percebi que meu pai suíço não era o meu verdadeiro pai quando fiquei ciente pela primeira vez da existência de Yuriko. É verdade que Yuriko não se parece com ninguém, mas ela claramente possuía características tanto asiáticas quanto ocidentais. E o fato de ela ser burra a tornava ainda mais parecida com meus pais. Eu também não parecia com ninguém e, no entanto, ao contrário de Yuriko, meu rosto tinha feições asiáticas mais visíveis. E eu era inteligente. Então, de onde eu vinha, afinal? Desde que eu fiquei madura o suficiente para perceber as coisas eu passei a ficar assolada por dúvidas a respeito de minhas origens paternas. Quem era o meu pai?

Uma vez, durante uma aula de ciências, eu imaginei ter descoberto a resposta à questão: eu era uma mutação. Mas a euforia da descoberta logo evaporou. Era muito mais provável que a linda Yuriko fosse a mutante. Assim que essa teoria foi mandada para o inferno eu voltei para o ponto onde havia começado: perplexa, humilhada e completamente desprovida de uma resposta para a questão que me atormentava e que continuaria a me atormentar. Até hoje eu não tenho uma resposta. E o retorno de Yuriko ao Japão trouxe novamente de volta à superfície todas as minhas dúvidas.

Parecia que meu avô havia saído; pelo menos ele não estava em casa. E ele não tinha preparado nada para o jantar. Então, na falta de alternativa, eu comecei a fazer o arroz. Tirei o tofu da geladeira e preparei sopa de missô. Nós não tínhamos mais nada em casa – nenhum acompanhamento de qualquer tipo – portanto eu desconfiei que meu avô saíra para comprar alguma coisa e resolvi esperar que ele voltasse. Anoiteceu. Eu esperei, e nada de ele voltar. Eram quase dez horas quando eu ouvi a porta abrindo.

– O senhor chegou tarde!

– Hum – resmungou meu avô. Eu fui até o vestíbulo e o encontrei baixando a cabeça num ato de contrição, igualzinho a uma criança recebendo uma bronca. O que é isso?, eu pensei comigo mesma. Vovô ficou mais alto! Ele estava descalçando um par de sapatos marrons que eu nunca vira antes. Quando olhei mais detidamente para eles, percebi que os saltos eram tão altos quantos os dos sapatos das mulheres.

– Que sapatos são esses?

– Eles são conhecidos como *botas secretas*!

– Em que lugar do planeta alguém vende sapatos como esses?

– Qual é o problema deles? – Vovô coçou a cabeça, envergonhado. O cheiro de brilhantina que exalava de seus ombros era particularmente pungente. Vovô era muito cuidadoso com a aparência e nunca saía sem a brilhantina, mesmo quando ficava apenas zanzando dentro do apartamento, mas naquela noite ele tinha usado mais de duas vezes a quantidade de brilhantina que costumava usar. Eu tapei o nariz e o examinei. Seu terno marrom, que eu jamais o vira usando antes, não lhe caía muito bem, e ele pegara emprestado uma camisa azul com seu amigo segurança. Eu sabia disso porque eu me lembrava de ter visto o segurança usando a mesma camisa com muito orgulho um tempo atrás. Além disso, era óbvio que ele estava usando uma camisa emprestada porque suas mangas sobravam demais por baixo das mangas do paletó. E para coroar tudo, ele usava uma gravata de cor prateada extremamente chamativa.

– Desculpe. Você deve estar morrendo de fome – disse ele, e me entregou um pequeno embrulho. Ele estava de bom humor. Eu senti o aroma de enguias grelhadas. O odor era tão forte que por um minuto pensei que fosse desmaiar. O embrulho estava manchado com molho e ainda morno. Eu peguei o pacote com as duas mãos e fiquei lá em pé por um momento sem dizer nada. Meu avô parecia muito estranho. Talvez ele tivesse superado a obsessão que tinha pelos bonsai. Mas como ele conseguira comprar roupas e sapatos novos? Onde ele estava arrumando dinheiro?

– Vovô, esse terno é novo?

– Eu comprei na Nakaya, em frente à estação – respondeu ele, enquanto alisava o tecido com as mãos. – Está um pouco grande, mas eu me sinto um playboy usando ele. Você me conhece, eu adoro um luxo. E eles recomendaram essa gravata aqui. Eles disseram que uma gravata prateada cairia muito bem com um terno assim. Se você olhar bem de perto vai reparar que tem um desenho. Parece escama de cobra, não parece? E quando a luz bate ele brilha. Eu estiquei até a loja Kitamura, no outro lado da estação, para comprar os sapatos. Eu sou uma cara baixinho, você sabe, e as outras pessoas tendem a olhar para mim de cima, que é uma coisa que eu não consigo tolerar. Aí eu meio que entrei num frenesi de consumo. Essa camisa é a única coisa que eu não comprei, eu estava me sentindo um pouco culpado com todos esses gastos. Peguei emprestada com o meu camarada aqui de cima. Mas você não acha que a cor ficou perfeita com o terno? Mas ficaria bem melhor se eu tivesse abotoaduras francesas. Assim que eu conseguir encontrar uma boa camisa para ser usada com abotoaduras francesas, eu compro. Essa vai ser a minha próxima compra.

Vovô olhou para as mangas da camisa como quem se lamenta. Elas realmente estavam frouxas, estendendo-se até os dedos finos. Eu apontei para o pacote.

– E essa enguia? Alguém deu pro senhor?

– Ah, sim. Vamos lá, come logo isso. Eu pensei que você talvez quisesse levar pro almoço na escola amanhã, aí eu acabei comprando duas porções.

– Eu perguntei se alguém deu isso pro senhor.

– E eu disse que comprei, não disse? – respondeu vovô rispidamente. – Eu tinha algumas moedas de sobra. – Finalmente ele reparou que eu estava zangada.

– Você esteve no bar da mãe de Mitsuru?

– Estive, sim. Algum problema?

– Você também foi ontem à noite. Deve estar realmente com dinheiro de sobra.

Vovô abriu a porta da varanda fazendo um ruído forte e espiou o local. De repente eu tive uma premonição horrível e corri para a varanda. Duas ou três plantas haviam sumido.

– Vovô, o senhor vendeu seus bonsai?

Vovô não deu nenhuma resposta. Ele pegou o vaso grande com o pinheiro negro e esfregou as bochechas afetuosamente nas agulhas da arvorezinha.

– E o senhor planeja vender esse aí amanhã?

– Não, este aqui só depois de eu morrer. Até o Jardim da Longevidade já me ofereceu 30 milhões de ienes por ele.

Se eu deixar o meu avô fazer o que bem entende, em pouco tempo ele vai vender todos os bonsai, e os eventuais lucros que proporcionassem seriam sugados entre o Jardim da Longevidade e o Rio Azul. Nossa vida chegaria no fundo do poço.

– A mãe de Mitsuru estava lá?

– Estava.

– Sobre o que vocês dois conversaram?

– Ela estava ocupada, sabe como é, né? Ela não pôde ficar lá sentada me dando atenção o tempo todo.

Ela. Havia alguma coisa na maneira como ele disse a palavra que me pareceu extremamente afetuosa. Um forte poder parecia emanar do corpo de meu avô, uma essência que eu nunca testemunhara antes, forte porém suave. Eu conseguia enxergar a influência de Yuriko; sua presença estava mudando todo mundo. Eu queria cobrir meus olhos e meus ouvidos. Vovô girou o corpo e olhou para mim. Havia um certo receio em seu rosto. Eu acho que ele percebeu que eu tinha achado ofensiva sua recente conquista amorosa.

– Sobre o que você e a mãe de Mitsuru conversaram?

– Eu já disse que nós não tivemos tempo para ter uma conversa de verdade. Ela é a dona do bar, pelo amor de Deus!

– Mas vocês saíram e foram comer enguia em algum lugar.

– Verdade. Ela disse que podia dar uma escapada das outras garotas por algum tempo e me pediu para ir com ela. Ela me levou para um lugar bem caro do outro lado do rio. Eu estava um pouco nervoso, já que nunca tinha estado antes num restaurante especializado em enguias assim tão bacana. E eu também tomei caldo de fígado pela primeira vez na vida nesse lugar. É realmente muito bom. Eu disse a ela que gostaria muito que você tivesse chance de experimentar, que era muito ruim você ser obrigada a ficar em casa sozinha, aí ela pediu essa porção para eu trazer para você. Ela disse que era mesmo muito triste você ter perdido a mãe e que você era realmente muito corajosa por se virar tão bem por conta própria. Ela é realmente uma mulher muito legal.

Eu fiquei imaginando por que ela falaria com o meu avô como se fosse alguma espécie de virgem dos céus. Até mesmo Mitsuru a criticava. A própria mãe!

Quando eu me lembrei daquela manhã no carro senti meu peito se encher de uma raiva tão forte pela mãe de Mitsuru que pensei que ele fosse explodir.

— Quer dizer então que a enguia foi um presente?

— Bom, é isso aí.

Quando vovô tentou mudar de assunto, eu já estava pronta para dizer:

— E se eu disser à mãe de Mitsuru que você já esteve preso, o que será que vai acontecer? Aposto que ela ficaria chocada.

Vovô tirou o paletó sem dizer uma palavra. O espaço entre suas sobrancelhas ficou enrugado. Eu queria dizer qualquer coisa para deixá-lo irritado, mas isso porque eu queria que tudo ficasse exatamente como estava, com nós dois vivendo felizes em meio aos bonsai dele. E lá estava ele, ameaçando arruinar tudo ao frequentar aqueles domínios do amor — exatamente como Yuriko. Traidor!

— Se alguém tiver de falar alguma coisa com ela vai ser eu mesmo — disse meu avô com um suspiro profundo. Nesse instante ele perdeu o equilíbrio e tropeçou na calça, cambaleando um pouco até recuperar o equilíbrio. Sem suas botas secretas, as calças eram compridas demais e se arrastavam atrás dele como a bainha dos trajes de corte dos samurais. Eu tive que cair na gargalhada. Primeiro Kazue e suas falsas pálpebras e agora isso. O que as pessoas não fazem por amor! Eu estava coberta de ódio e de uma irritação tão grande que pensei que fosse enlouquecer.

— Vovô, ela por acaso é inspirada?
Vovô olhou para mim, surpreso. Frustrada, eu perguntei novamente, a raiva crescendo em minha voz. — A mãe de Mitsuru. Eu perguntei se ela era inspirada.
— Ah, isso. Sim, ela é bastante inspirada.
Eu estava totalmente decepcionada. Como é que o meu avô, que passava os dias mexendo em seus bonsai cuspindo palavras como *loucura* e *inspiração*, podia estar agora chamando uma mulher de meia-idade desmazelada como aquela de inspirada? O que estava acontecendo? Antes, vovô tinha dito que Yuriko era bonita demais para ser inspirada; a mudança era bizarra demais para ser imaginada. Eu comecei a sentir o amor que sentia por meu avô definhar e falei com ele seriamente:
— Ótimo. Então tem uma coisa que eu preciso falar com o senhor.
Vovô pendurou o paletó num cabide e olhou para mim.
— O que é agora?
— Quem é o meu pai? Onde ele está?
— Quem é o seu pai? Está falando sério? Você sabe que ele é aquele suíço filho da puta. — Vovô soltou o cinto da calça, agora mal-humorado. — Quem mais seria a não ser ele?
— Isso é mentira. Aquele homem não é o meu pai.
— A gente precisa mesmo falar sobre isso agora?
Vovô tirou as calças e se sentou no tatame, parecendo de um momento para o outro bastante cansado.
— Você está sonhando ou o quê? Sua mãe é minha filha. Seu pai é aquele suíço. Eu era contra o casamento, mas sua mãe não me dava ouvidos e seguiu em frente como bem entendeu. Então você está errada, percebe?
— Mas eu não me pareço com nenhum dos dois, ou com qualquer outra pessoa, para falar a verdade.
— Aparência. É disso que se trata toda essa conversa? Eu já disse a você, as pessoas da minha família raramente se parecem umas com as outras.
Vovô me encarou, perplexo, como se não estivesse conseguindo entender por que eu estava tão aborrecida. Eu estava desapontada e tão irritada que só pensava em jogar aquele insuportável

embrulho de comida no chão. Antes que pudesse agir por puro impulso, um pensamento assustador passou pela minha cabeça. E se a minha mãe morreu com o segredo e nenhum de nós jamais vai poder saber a verdade?

– Pode verificar no cartório. Está tudo lá muito bem descrito – disse vovô, enquanto tirava a gravata e alisava os vincos com as mãos. Mas eu sabia que isso não traria nada de bom. Meu pai era um homem branco bonito e inteligente, talvez francês ou inglês. Ele teria abandonado a minha mãe e saído pelo mundo para se aventurar por conta própria. Talvez ele já esteja até morto. Se for isso mesmo, eu jamais poderei entrar em contato com ele. Ou talvez ele esteja esperando que eu cresça para depois entrar em contato comigo.

Eu sempre vivi com uma estranha sensação de distância de meu pai, uma distância que eu não conseguia transpor. Tudo o que se pode dizer de nosso relacionamento é que a gente nunca se deu muito bem. Quando meu pai falava com Yuriko, sua voz era sempre natural. Mas sempre que tinha de lidar comigo, ele estava sempre tenso. Eu reparava imediatamente como seus lábios ficavam franzidos. Sempre que ficávamos frente a frente, não tínhamos nada sobre o que conversar, e era visível que ele precisava procurar com afinco alguma coisa para dizer.

Às vezes, quando meu pai voltava do trabalho, ele me enchia de perguntas. Sempre que isso acontecia eu sabia que ele estava de mau humor e que eu deveria ter cautela. Mas, ao contrário, eu sentia uma ânsia de rebeldia tomando conta de mim, me instigando a começar uma discussão com meu pai.

Quando meus pais discutiam era insuportável. Mas Yuriko ficava lá sentada assistindo à televisão indiferente a tudo. Quando meu pai e eu brigávamos ela saía da sala, mas quando nossos pais brigavam ela parecia não dar a mínima. Será que ela era assim tão densa? Ou será que ela não conseguia suportar assistir às brigas entre mim e meu pai?

Quando meus pais brigavam era quase sempre por problemas domésticos. Em nossa família, nosso pai era encarregado do dinheiro. Mamãe pegava com ele todos os dias o suficiente para ir ao mercado e comprar provisões para o jantar. Como eu disse antes, meu pai era um avarento, e tinha a tendência de examinar todos os detalhes com muito mais minúcia do que qualquer outra pessoa poderia imaginar.

– Você comprou espinafre ontem. Não há motivo para comprar mais hoje.

Minha mãe tentava empreender uma defesa inútil.

– Você sabe quanto espinafre sobra depois de cozinhar tudo?

– Ela empilhava uma quantidade imaginária de espinafre na mão.

Papai pegava a quantidade imaginária de espinafre em sua mão para mostrar como ela ficaria maior.

– Bom, é óbvio que você nunca cozinhou – dizia minha mãe – porque você não sabe do que está falando; ele encolhe. Se você repartir essa quantidade entre quatro pessoas, ela vai acabar em um dia de consumo. É por isso que é preciso comprar o equivalente a dois dias. Se você cozinhar e fizer uma salada de espinafre fria em pouco tempo não sobra nada. Se você picar ele todo, misturar com cenoura e cozinhar com carne, aí tudo bem, mas não combina muito bem com o tipo de coisa que nós comemos. Eu tentei me adaptar à comida que você quer que eu sirva nesta casa, só que você não percebe.

E ela seguia na mesma toada, inutilmente.

Meu pai simplesmente achava que tudo o que ele fazia era certo, e ficava furioso com qualquer pessoa que tentasse desafiar esse ponto de vista. Além de Yuriko, ele era a pessoa que eu mais odiava. Resumindo, eu tive uma infância solitária e cresci detestando todos na família. Totalmente patético, não concordam? É por isso que eu acho que foi tão bizarro Kazue Satō ter sido capaz de aceitar os valores do pai dela incondicionalmente. Eu simplesmente não conseguia entender como alguém podia ser assim tão ligada ao pai. Isso fez com que eu a desprezasse ainda mais.

Meu relacionamento com meu pai era exatamente como eu descrevi. E eu nunca, jamais, nem uma única vez na vida, amei ou tive relações sexuais com algum homem. Não sou uma ninfomaníaca como Yuriko.

Eu não consigo imaginar uma criatura mais nojenta do que um homem, com todos aqueles músculos e ossos duros, a pele suada, o corpo cabeludo e os joelhos cheios de nós. Eu odeio homens de vozes cavernosas e corpos cheirando a gordura animal, homens que bancam machões e nunca penteiam os cabelos. Ah, sim, a lista de coisas desagradáveis que eu tenho a dizer dos homens é interminável. Eu tenho sorte de ter um emprego perto de casa que não me obriga a usar todos os dias os trens lotados. Acho que eu não conseguiria aguentar fazer a viagem toda espremida num vagão com um monte de trabalhadores fedorentos.

Mas também tem o seguinte, eu não sou lésbica. Eu nunca faria uma coisa tão suja. É verdade que tive uma certa paixonite por Mitsuru quando a gente estava na escola. Mas aquilo era mais um respeito fervoroso e, além disso, durou pouco. Quando eu notava Mitsuru afiando seu intelecto como se fosse uma arma, eu compreendia e sentia uma espécie de admiração por ela. Mas algo aconteceu que forçou um distanciamento entre mim e Mitsuru.

Várias semanas se passaram desde que meu avô começou a frequentar o Rio Azul. Ele arranjava dinheiro para suas pequenas aventuras vendendo os bonsai. Eu sentia uma grande tristeza sempre que olhava para a varanda cada vez mais vazia; sentia uma amargura que beirava o desespero. Foi quando aconteceu, num dia em que eu estava envolta em total desolação.

Minha aula de arte acabara naquele momento. Eu escolhera caligrafia. O professor de arte tinha falado para nós escrevermos qualquer palavra de que gostássemos, portanto eu escolhera desenhar a palavra *inspiração* com um rabisco bem selvagem. Quando voltei para a sala de aula, Mitsuru, que acabara de voltar da aula de música, balançou uma partitura no ar sinalizando para que eu me aproximasse. Eu já estava num péssimo humor, já que deixara pingar nanquim na minha blusa. E a voz animada de Mitsuru me deixou ainda mais irritada. Ela andava estudando com afinco para as próximas provas, e seus olhos estavam vermelhos devido às poucas horas de sono.

– Eu tenho uma coisa para falar com você. Pode ser agora?

Eu vi as veias vermelhas que formavam um desenho louco no branco dos olhos de Mitsuru e balancei a cabeça em concordância.

– Minha mãe quer jantar com você, seu avô e comigo. Nós quatro. O que você acha?
– Por quê?
Fingi inocência. Mitsuru tamborilou nos dentes da frente com a unha e inclinou a cabeça para o lado.
– Bom, parece que a minha mãe ficou interessada em conhecer você melhor. Você mora perto da gente, então ela disse que gostaria de ter uma chance de bater um papo agradável com você alguma hora dessas. Se der para você, a gente pode se encontrar lá em casa, ou então podemos sair para jantar fora. Por nossa conta.
– Por que você e eu temos de ir? Você não acha que faz mais sentido sua mãe e meu avô saírem sozinhos?
Mitsuru odiava insensatez. Eu vi uma luz brilhar em seus olhos, como se ela estivesse lutando para decifrar uma charada.
– O que você está querendo dizer com isso?
– Você deveria perguntar à sua mãe. Eu não sou a pessoa indicada para explicar isso.
Aquela foi a primeira vez que eu vi Mitsuru com raiva. Seu rosto ficou vermelho e parecia que seus olhos começariam a lançar adagas a qualquer momento.
– Você não tem direito de ser grosseira dessa forma. Se você tem algo a dizer, diga logo. Eu não gosto desse tipo de joguinho.
Quando ouvi as lágrimas na voz dela, percebi que tinha magoado minha colega. Mitsuru era sensível no que dizia respeito à mãe dela. Mas eu tinha de dizer a ela o que eu achava.
– Tudo bem, então. Meu avô está loucamente apaixonado pela sua mãe. Não tem nada de errado nisso, de jeito nenhum, e eu realmente não tenho nada a ver com isso. Mas eu não quero ser arrastada pro meio dessa história. Eu me recuso a ser um joguete qualquer nessa historinha de amor deles dois.
– Onde é que você está querendo chegar?
O rosto de Mitsuru, antes vermelho, estava ficando cada vez mais branco.
– Meu avô virou freguês do bar da sua mãe. Como ele não tem dinheiro, ele acabou vendendo todos os bonsai que tinha. Não é da minha conta, mas por que sua mãe quer se envolver com meu

avô? Eu acho meio estranho. Enfim, meu avô tem quase 67 anos e a sua mãe não tem nem cinquenta, tem? É claro que idade não importa quando as pessoas se amam, mas é que eu me sinto muito mal quando tudo se destrói por causa do desejo. Talvez seja por causa da minha irmã, mas você também mudou muito ultimamente. E agora até o meu avô anda agindo de um modo muito esquisito. Desde que a Yuriko voltou, tudo parece estar se desintegrando e eu não estou conseguindo suportar. Você entende?

– Não, eu não entendo. – A resposta de Mitsuru foi calma. Ela balançou a cabeça lentamente. – Você não está sendo nem um pouco clara. Mas uma coisa eu entendo: você não vai permitir que seu avô se encontre com a minha mãe.

Não era uma questão de permissão; era muito pior do que isso. O problema era que eu simplesmente odiava as pessoas apaixonadas porque as pessoas apaixonadas me traíam. Fiquei em silêncio. Como eu não respondia, Mitsuru prosseguiu.

– Você é uma pessoa muito infantil. Eu não me importo nem um pouco com o que a minha mãe faz. Mas você fala como se o comportamento dela fosse condenável, e eu não consigo mais ouvir nada do que você tem a dizer. Eu nunca mais vou falar com você e nunca mais vou participar de nada com você. Satisfeita?

– Eu acho que não tenho outra escolha.

Eu dei de ombros. E então, por um semestre, eu não tive nenhum contato com Mitsuru.

3

Bom, eu acho que nós vamos ter de voltar a Kazue, vocês não acham? O quê? Sim, eu tenho certeza que vocês não querem mais ouvir nada sobre o meu avô e a mãe de Mitsuru e sua repugnante história de amor. Mas, na verdade, existe um desdobramento bem interessante. Vejam bem, Mitsuru passou na prova de admissão à Faculdade de Medicina da Universidade de Tóquio, como era sua intenção. Eu sei disso porque ela entrou em contato comigo depois que eu me matrículei na Divisão de Letras Germânicas da Universidade Q. Ao mesmo tempo, inúmeros problemas ocorreram. Eles não têm uma ligação direta com as histórias de Yuriko e Kazue, mas eu gostaria de falar sobre eles em algum momento.

Quando foi que o comportamento bizarro de Kazue Satō começou a ficar realmente óbvio? Provavelmente por volta da época em que nós estávamos no segundo ano do ensino médio. Yuriko estava no primeiro ano e ouvi boatos de que Kazue estava começando a segui-la por toda parte. Em linguagem atual, eu acho que dá para dizer que ela assediava a minha irmã. Era aterrorizante. Kazue ficava espiando a sala de Yuriko. Quando ela estava na aula de educação física, Kazue a espionava. Se Yuriko assistia a um jogo com as líderes de torcida, Kazue ficava lá também. Ela era exatamente como um cachorro seguindo o dono. Provavelmente até farejava ao redor da casa dos Johnson. E sempre que ela dava de cara com Yuriko, ela a seguia com os olhos, observando Yuriko como se estivesse sob algum tipo de encanto. O que poderia motivar Kazue a assediar Yuriko daquela maneira? Nem eu conseguia entender aquilo.

Onde quer que Yuriko estivesse, sempre havia uma comoção. Quando Kijima filho passou para o Colégio Q para rapazes, que ficava numa outra parte da cidade, Mokku, a filha do presidente da fábrica de molho de soja, tomou seu lugar e estava sempre na cola de Yuriko como bosta atrás de cavalo.

Mokku era a manager da equipe de líderes de torcida. Nessa condição, ela era, na realidade, a guarda-costas de Yuriko, e seguia Yuriko para todo o lado, protegendo-a de fãs bem como daqueles que ambicionavam sua posição e tinham inveja dela. Yuriko era a mascote da equipe. Bom, aí é que está. Não dava para esperar que uma cabeça de vento sem nenhuma coordenação como Yuriko dominasse os complicados passos da rotina das líderes de torcida. Tudo o que se esperava de Yuriko era que ela ficasse lá em pé como uma espécie de cartaz, provando que as líderes de torcida do Colégio Q haviam elevado o padrão de beleza de suas participantes.

Quando a escultural Yuriko zanzava pela escola com Mokku, sua presença era tão arrebatadora que ninguém conseguia tirar os olhos dela. Eu ficava impressionada de ver como ela era convencida. Ela andava um pouco à frente de Mokku, seu rosto impassível, como se fosse uma espécie de rainha. Mokku, por sua vez, a seguia como se fosse uma aia. E aí aparecia Kazue, logo atrás delas, arfando para manter o ritmo. Sem dúvida era uma visão bastante peculiar.

Ocasionalmente eu notava que assim que Kazue terminava de almoçar, ela corria até o banheiro para vomitar. Eu digo almoçar, mas na verdade não se tratava bem disso: apenas um bolinho de arroz e um tomate ou um pedaço de fruta. Kazue em geral levava um tipo de biscoito de soja barato. Mas, logo depois de comer, ela era acometida de tamanho remorso que saía correndo para vomitar no banheiro. Todo mundo na sala sabia o que ela estava fazendo, portanto sempre que Kazue começava a mexer naquele pacote de biscoito as outras alunas começavam a cutucar umas às outras e a dar risadinhas como quem já sabe qual vai ser o desfecho daquilo. Sim, Kazue tinha um distúrbio alimentar. É claro que, naquela época, nós não sabíamos que esse tipo de doença existia. Nós só nos ressentíamos da dieta desequilibrada de Kazue e de seu hábito de vomitar após as refeições.

Eu ouvi falar que a sua reputação no clube de patinação no gelo era das piores. Independentemente de quantas vezes fosse advertida, ela nunca pagava as taxas do ringue. Ela usava o uniforme de competição inclusive durante os treinamentos e ficava patinando no ringue indiferente a tudo. Tudo indicava que em pouquíssimo tempo ela seria convidada a deixar a equipe mas, no entanto, surpreendentemente, isso jamais veio a acontecer. Isso porque Kazue era útil no que concernia às anotações de aula que ela deixava as outras copiarem antes das provas. Kazue cedia as anotações para as meninas da equipe sem cobrar nada, mas das outras colegas ela exigia pagamento, cem ienes para anotações referentes a um dia inteiro de aula. Naquela época Kazue era incrivelmente obcecada por dinheiro. Quase todo mundo se queixava quando ela não estava por perto, afirmando que ela era pão-dura.

Kazue já estava completamente mudada no segundo semestre do primeiro ano do ensino médio. A princípio ela tentara dar o máximo de si para se misturar à atmosfera afluente do Colégio Q para Moças. Mas no inverno ela subitamente mudou. Depois de eu ter entrado para a universidade, eu ouvi alguém dizer que a mudança na vida dela ocorreu mais tarde, quando seu pai morreu, mas até onde eu sei, Kazue já havia sofrido uma mudança na aparência no início de nosso segundo ano no ensino médio.

Eu também reparei que Kazue havia começado a submeter os professores a uma intensa litania de perguntas durante as aulas. Os professores logo começaram a demonstrar impaciência. "Tudo bem, vamos passar para a próxima pergunta", eles diziam, consultando o relógio, só para ouvir Kazue reclamar numa voz lacrimosa: "Mas, professor, eu ainda não entendi." Mesmo que o restante das alunas de turma virassem os olhos em total frustração, ela não dava a mínima. Eu acho que Kazue nunca prestou atenção à reação das pessoas que a cercavam. Ela começou gradativamente a perder toda a consciência acerca de sua própria realidade. Sempre que o professor fazia uma pergunta cuja resposta Kazue sabia, ela era a primeira a erguer a mão, um olhar triunfante no rosto. E quando tomava nota das respostas às perguntas, ela sempre cobria o caderno com a mão, como se tivesse acabado de voltar ao tempo em que ela era uma aluna competitiva do primário. Ah, sim. Ela era, sem dúvida, uma garota tão esquisitona que ninguém queria ter qualquer tipo de contato com ela.

Mas eu andava com ela. Vocês entendem, não entendem? Kazue estava presa num relacionamento impossível, e sentindo-se frustrada em função disso. Estou falando de Takashi Kijima, evidentemente. Eu queria ver o que eu podia fazer para garantir que o amor que Kazue nutria por Kijima inflasse como um balão. Kazue seguira o meu conselho e escrevera inúmeras cartas para Kijima. Ela sempre mostrava as cartas primeiro para mim. Eu fazia minhas correções e devolvia a ela. E então Kazue escrevia tudo de novo, sem jamais estar certa de que ela estava suficientemente boa para ser enviada. Vocês querem ver as cartas? Eu vou mostrar então. Vocês estão imaginando por que eu tenho todas elas? Bom, é porque copiei cada uma delas no meu caderno antes de devolver a ela.

Por favor, perdoe a informalidade desta carta. Eu sei que escrever para você assim do nada pode parecer grosseiro. Por favor, me perdoe. Se você me permite, eu gostaria de começar me apresentando. Meu nome é Kazue Satō e eu estou no grupo B das alunas do primeiro ano do ensino médio. Minha meta é seguir para a faculdade de economia da universidade para estudar ciências econômicas. Por esse motivo, eu estudo com afinco todos os dias e posso dizer que sou uma aluna bastante séria. Eu pertenço ao clube de patinação no gelo. Eu ainda estou muito verde para competir, mas estou treinando com muita dedicação e sonho poder um dia competir. Eu caio muito, de modo que depois dos treinos estou sempre cheia de hematomas. As veteranas da equipe me dizem que é assim mesmo. Portanto estou bastante entusiasmada com os treinos.

Meus hobbies são trabalhos manuais e escrever um diário. Eu escrevo um diário desde a primeira série e até hoje nunca deixei de escrever um único dia sequer. Se eu por acaso passar um dia sem escrever fico tão chateada que nem consigo dormir. Eu ouvi falar que você não faz parte de nenhum clube, Takashi. Você tem algum hobby?

Eu agora estou tendo aula de biologia com o seu pai, o professor Kijima. Ele é um grande professor. Ele é capaz de explicar até as coisas mais difíceis numa linguagem bem simples. Eu tenho um enorme respeito pelas habilidades dele em sala de aula e pelo seu caráter distinto. O Colégio Q para Moças possui tantos professores excepcionais como o professor Kijima que eu só posso ficar grata por ter tido condições de entrar para essa escola. Takashi, eu ouvi dizer que você estuda na instituição Q desde pequeno, por ser filho do professor Kijima. Você tem muita sorte.

Eu estou um pouco constrangida por isso, mas tenho uma confissão a fazer. Mesmo eu estando um ano na sua frente na escola, eu estou louca por você. Eu não tenho irmãos, apenas uma irmã menor, portanto não sei muitas coisas a respeito dos homens. Você se importaria de responder esta carta? Eu vou sonhar com o dia em que receberei notícias suas. Até lá, por favor aceite esta carta. E boa sorte em suas provas finais.

Kazue Satō.

Esta foi a primeira carta que ela enviou. Quando vi a segunda carta, eu não consegui me conter e tive um ataque de riso. Isso por causa do poema "A trilha onde as violetas florescem". Quando me mostrou, ela disse que queria muito que a cantora folk Banban Hirofumi a cantasse.

A trilha onde as violetas florescem

Violeta selvagem, aos meus pés
A trilha que você percorreu.
Quando eu colho uma flor amassada
Eu sei que você por lá passou.
Violeta selvagem, florescendo ao longo do caminho
Em direção ao céu que transborda com seu coração.
Eu miro ao longe e enquanto choro
Eu me encontro com você a caminho de casa.
Violeta selvagem, eu não consigo ver.
Não consigo ir atrás de seu amor.
Atônita, temerosa.
A estrada da montanha, o precipício logo abaixo.

Uma vez Kazue me mostrou um haicai de Toshizo Hijikata, o famoso espadachim que tentou impedir a Restauração Meiji no século XIX. Eu acho que o verso era dele: "Saber é se perder; não saber é não se perder – a trilha do amor." Kazue copiou este verso com capricho num papel de carta com as palavras: É exatamente assim que eu me sinto. Ela dobrou o papel em quatro e colocou num envelope comum. Kazue pode até ter sido capaz de obter sucesso nos estudos, mas no que dizia respeito ao amor ela era não apenas imatura como também extremamente antiquada.

– E aí, o que você acha disso? Você acha que eu devo mesmo enviar esta carta? – perguntou Kazue, enquanto me mostrava o que havia escrito. Eu fiquei em parte aterrorizada e em parte eufórica quando vi a carta. Uma semana se passara desde a primeira carta. Eu também a aconselhei a enviar a segunda para a casa dele. Vocês querem saber por que fiquei aterrorizada? Porque eu sabia que as pessoas apaixonadas são capazes de se comportar estupidamente. Vocês também não acham isso assustador? Kazue havia exposto sua falta de noção e de talento sem o menor pudor e havia revelado claramente sua vergonha ao destinatário de suas missivas sem nem mesmo considerar as consequências.

É claro que Takashi não respondeu. Em circunstâncias normais uma garota interpretaria isso como uma prova de que o garoto não tinha nenhum interesse nela. Mas Kazue estava apenas confusa.

– Por que ele não respondeu? Você acha que pode ser que ele não tenha recebido a carta? – Os olhos dela, com aquelas ridículas pálpebras duplas, com os cumprimentos de Elizabeth Eyelids, totalmente arregalados. Suas pupilas cintilavam. E seu corpo, ainda mais magro do que antes, irradiava uma estranha aura: o corpo inteiro brilhava. Ela parecia uma dessas criaturas do pântano. Como até uma criatura tão feia quanto aquela podia se apaixonar? Eu estava apavorada com Kazue que nem conseguia suportar olhar diretamente nos seus olhos. Mas lá estava ela, puxando o meu braço e insistindo:

– Ei, ei, o que acha? O quê? O que você acha que eu deveria fazer?

– Por que não liga pro Takashi e pergunta você mesma?

– Eu nunca ia conseguir fazer uma coisa dessas!

Kazue empalideceu e se retraiu.

– Então compra para ele um presente de Natal e pergunta quando é que você pode entregar para ele.

Quando Kazue ouviu minha sugestão, seu rosto se iluminou.

– Vou fazer um cachecol para ele!

– Ótima ideia! Todos os garotos se amarram em artigos feitos a mão.

Eu olhei para a sala de aula. Era novembro e havia inúmeras garotas concentradas no tricô, fazendo suéteres, cachecóis e coisas assim para seus namorados.

– Obrigada! É isso o que eu vou fazer.

Agora que tinha uma nova meta, Kazue se acalmou. Mais uma vez um brilho de confiança retornou a seu rosto. Ela estava encorajando a si própria; tenho certeza de que era isso o que estava fazendo. Seu perfil nesses momentos parecia igualzinho ao de um determinado homem. Isso mesmo: o pai dela. No dia em que minha mãe morreu, quando o pai de Kazue me disse para nunca mais voltar a me encontrar com ela, ele estava com esse mesmo ar arrogante.

O Natal estava próximo e o cachecol que Kazue tricotava para Takashi tinha agora um metro de comprimento. Era incrivelmente feio: listras amarelas e pretas que me faziam lembrar a bunda de uma abelha. Eu imaginava Takashi com aquele cachecol no pescoço e tive mais dificuldades do que nunca para conter meu riso.

Era uma tarde de inverno, quase noite, quando eu telefonei para a casa de Takashi. O pai dele tinha uma reunião na faculdade naquele dia e por isso eu sabia que ele ainda não havia chegado em casa. O próprio Takashi atendeu o telefone, sua voz inesperadamente animada e clara. Não havia nenhuma dúvida de que Takashi em casa era uma pessoa completamente diferente da que era na escola. Isso me dava arrepios.

– Alô. Residência dos Kijima.

– Aqui quem fala é a irmã da Yuriko. É o Takashi?

– Sim, sou eu. Quer dizer então que você é a irmã que não se parece nem um pouco com Yuriko. O que quer comigo?

Kijima perdeu num instante a voz agradável ao telefone e baixou um pouco o tom.

– Obrigada por tudo que você fez pela Yuriko – eu comecei, de forma previsível. – Para falar a verdade, eu queria pedir um favor a você.

Eu podia sentir Takashi ficando cauteloso do outro lado da linha. Lembrei de seus olhos pequeninos e comecei a ficar enjoada. Ansiosa para desligar, fui diretamente ao assunto.

– É difícil falar sobre isso pelo telefone, mas eu sei que você não vai se encontrar comigo mesmo então é melhor eu falar logo. Você recebeu cartas da minha colega de turma Kazue Satō, não recebeu?

Eu conseguia ouvir Takashi respirando fundo.

– Kazue quer saber se você vai responder as cartas dela. Ela está tão constrangida que nem aguenta mais.

— Por que ela mesma não me pergunta?
— Ela chorou quando eu fiz essa pergunta a ela, e disse que simplesmente não conseguiria fazer isso. Então eu estou fazendo isso por ela.
— Ela chorou?
Takashi ficou subitamente mudo. Eu não esperava por isso. De repente senti uma inquietude surgindo em mim. O que eu faria se as coisas não saíssem como eu havia planejado?
— Kazue se arrepende amargamente de ter enviado aquelas cartas para você.
Takashi ficou em silêncio por um tempo. Por fim, respondeu:
— É mesmo? Bom, eu fiquei um pouco impressionado. Eu achei o poema bem legal.
— Que parte você gostou?
— Ah, ele é puro e inocente.
— Você está mentindo! — eu acabei gritando. Ele era simplesmente falso demais. Não dava para suportar. Não havia a menor chance de Takashi ter gostado daquele poema ridículo.
Mas Takashi respondeu despreocupadamente:
— Não estou, não. Mas Yuriko e eu estamos envolvidos em atividades que têm muito pouco a ver com pureza.
— Do que você está falando?
Meu radar subitamente deu um zoom na paixão secreta que estava emergindo entre Yuriko e Takashi. Eu podia sentir o cheiro de alguma coisa muito perversa sendo preparada. Esqueci completamente de Kazue e comecei a pensar no que Takashi queria dizer com aquilo. Mas Takashi foi logo cortando com uma pressa exagerada:
— Não tem a menor importância, tem? Meu emprego paralelo com Yuriko não tem nada a ver com você.
— Emprego paralelo? Que tipo de trabalho vocês dois estão fazendo? É melhor você me contar, afinal de contas eu *sou* a irmã mais velha dela.
Eu me preparei para enfrentar a resposta de Takashi. Eles estavam fazendo alguma coisa para ganhar dinheiro. E o que quer que fosse tinha "muito pouco a ver com pureza". De repente lem-

brei de que a última vez que eu vira Yuriko, ela estava com uma corrente de ouro brilhando no pescoço. Visível embaixo da blusa do uniforme estava um sutiã de renda e em seus pés sapatos com fitinhas nas cores verde e vermelho. Sem dúvida eram da Gucci. Eu tinha certeza de que ela não tinha mesada. Como é que ela podia comprar roupas tão condizentes com a atmosfera do Colégio Q? Não, mais do que condizentes, as roupas de Yuriko deixavam as das outras no chinelo no quesito moda. Eu agora morria de curiosidade. Afastei o fone do ouvido e tentei pensar numa forma de descobrir aquele segredo deles. Eu acho que fiquei tempo demais em silêncio porque logo ouvi Takashi gritando com a maior falsidade do mundo:

– Alô! Você ainda está aí? Alô! O que está acontecendo?

– Ah, desculpe. Agora, vem cá. Que trabalho é esse que vocês dois andam fazendo?

– Esquece. O que você quer que eu faça com as cartas de Kazue?

Takashi mudara de assunto. Eu não tinha escolha a não ser conseguir a resposta à minha pergunta de alguma outra maneira. Resignada, retornei a Kazue.

– Kazue está sem graça. Ela me pediu para ligar para você, então é isso o que eu estou fazendo.

– Que estranho. Eu fui a pessoa que recebeu as cartas, mas agora vou ter de devolvê-las? Por que ela quer as cartas de volta?

– Escuta, Kazue está realmente chateada com isso. Se você não devolver essas cartas ela disse que vai cortar os pulsos ou qualquer coisa no gênero. De repente ela vai engolir uns comprimidos para dormir, sei lá. Vê se manda essas cartas de volta o mais rápido possível.

– Tudo bem! – respondeu Takashi, como se estivesse de saco cheio. – Amanhã eu dou as cartas para ela.

– Não, assim não é legal – eu disse, elevando o tom de voz. – Você precisa mandar para casa dela.

– Pelo correio?

Dava para ver que Takashi estava ficando um pouco desconfiado.

– Pelo correio está ótimo. Basta escrever o endereço e o sobrenome dela no envelope, é só isso o que você precisa fazer. Não coloque nada junto com as cartas, certo? E, se for possível, mande registrada.

Assim que terminei a frase, bati o telefone. Tudo em cima. Eu tinha certeza de que Kazue ficaria horrorizada quando visse que as cartas que ela havia enviado haviam sido devolvidas. E se eu tivesse sorte, o pai dela descobriria as cartas e ficaria enfurecido. Agora, se eu tivesse muita sorte mesmo, eu conseguiria descobrir em que Yuriko e Takashi estavam metidos. De uma hora para a outra, ir para a escola tinha voltado a ficar divertido.

Kazue faltou às aulas durante vários dias. Na manhã do quarto dia ela apareceu inesperadamente e ficou em pé na porta da sala de aula como se fosse uma gigantesca barricada. Ela deu uma geral na sala com olhos sombrios. Seus cabelos não estavam mais encaracolados e ela também não estava mais com aquelas sofríveis pálpebras falsas grudadas nos olhos. A Kazue de sempre, sem graça e monótona estava de volta, exceto pelo fato de que um cachecol inacreditavelmente berrante, com listras amarelas e pretas, estava enrolado em seu pescoço. O cachecol que ela havia tricotado para Takashi parecia uma enorme cobra esfomeada envolvendo o seu corpo. Quando as outras alunas entraram na sala e viram Kazue, a maioria ficou atarantada e desviou rapidamente os olhos como se houvessem acabado de ver alguma coisa que não era para ser vista. Mas, como era mais do que óbvio, Kazue foi andando até uma das garotas da equipe de patinação no gelo que havia pegado com ela as anotações de aula alguns dias antes.

– Kazue, o que aconteceu com você?

Kazue encarou a colega com uma expressão aturdida e embaraçada.

– Você não pode ficar faltando às aulas antes da prova!

– Desculpe.

– Você podia pelo menos me passar as anotações das aulas de inglês e literatura clássica.

Kazue assentiu timidamente, balançando a cabeça inúmeras vezes. Ela deixou cair a mochila em cima da carteira à sua frente.

Como era de se esperar, a garota que estava sentada lá olhou com raiva para Kazue. Ela era uma incluída que entendia muito de moda e bastante conhecida pelos deliciosos bolos e biscoitos que preparava. Ela estava lendo um livro de receitas quando Kazue a interrompeu.

– Ei, você não pode chegar e jogar a sua mochila assim na carteira das pessoas. Eu estou aqui tentando escolher um biscoito para fazer. Você podia ter um pouquinho mais de consideração.

– Desculpe.

Kazue continuou balançando a cabeça e se desculpando. A aura pouco incomum que antes se espalhava por todo o corpo de Kazue não podia mais ser vista em lugar algum. Ao contrário, ela agora parecia abatida e feia como uma fruta espremida.

– Olha aqui, você deixou cair lama no meu livro! Como é que você pode ser assim tão grosseira?

A srta. Livro de Receitas fez um show e tanto esfregando o livro. Kazue provavelmente havia colocado a mochila na plataforma do trem ao vir para a escola, ou então encostado a mochila no chão da calçada e ela se sujou de terra. Várias alunas que ouviam o que a garota estava dizendo ficaram ligeiramente enrubescidas de excitação, mas o restante apenas fingiu não ouvir. Kazue entregou as anotações e então, saturada do olhar de menosprezo da colega, deu alguns passos para trás e retornou a sua carteira. Ela virou-se para olhar para mim em busca de apoio. Eu olhei para o outro lado, instintivamente, mas não antes de perceber o que ela estava pensando. *Me ajuda. Me tira daqui!* Eu de repente me lembrei daquela noite cheia de neve na montanha quando Yuriko havia me perseguido. Aquele impulso irresistível de usar toda a minha força para afugentar uma coisa horrível. A sensação de euforia que se seguiu ao momento em que eu finalmente consegui me livrar dela. Eu queria fazer a mesma coisa com Kazue, queria tanto fazer isso que não estava nem conseguindo suportar. Por fim, a aula de matemática acabou sem que Kazue bombardeasse o professor com suas tradicionais e intermináveis perguntas.

– Ei! Ei? Posso perguntar uma coisa para você? – Assim que a turma foi dispensada, antes que eu pudesse sair, eu ouvi a voz patética de Kazue atrás de mim. Eu já estava me encaminhando para o corredor do segundo andar.

– Qual é? O que é?

Eu girei o corpo e olhei bem nos olhos de Kazue, obrigando-a a desviar o olhar, uma expressão de dor visível em seus olhos.

– É sobre Takashi.

– Ah, é? Recebeu alguma resposta dele?

– Recebi, recebi sim – respondeu Kazue, relutante. – Quatro dias atrás.

– Que legal! O que foi que ele disse?

Eu fingia estar entusiasmada enquanto esperava alegremente para ver como Kazue daria a resposta. A coisa ia ser o máximo. Mas Kazue franziu os lábios e não disse nada. Eu aposto que estava tentando encontrar uma boa desculpa.

– Qual é! O que foi que ele disse? – eu perguntei impacientemente.

– Ele escreveu que queria se encontrar comigo.

Que mentirosa! Eu encarei Kazue completamente surpresa. Mas ela parecia apenas acanhada, um rubor surgindo-lhe nas bochechas encolhidas.

– Foi isso o que ele escreveu: *Eu estou interessado em você há algum tempo. Obrigado por falar bem das aulas de meu pai, isso me deixou muito contente. Se você não se importa por eu ser mais novo, vamos continuar trocando cartas. Por favor sinta-se à vontade em fazer perguntas sobre os meus interesses ou sobre qualquer outra coisa.*

– Você só pode estar brincando!

Eu quase acreditei nela. Quero dizer, Takashi disse que ia devolver as cartas dela, mas não havia como eu ter cem por cento de certeza de que ele havia mandado mesmo. E além do mais, ele havia demonstrado interesse por aquele poema ridículo, portanto é provável que ele tenha mesmo escrito para ela. Ou talvez tenha agido de pura maldade, só para sacanear Kazue. Percebi que meu plano tinha dado para trás e comecei a ficar desesperada.

– Posso ver essa carta?

Kazue olhou para a minha mão esticada e um olhar de preocupação ficou estampado em seu rosto. Ela balançou a cabeça vigorosamente.

– Não dá. Takashi disse para eu não mostrar a carta para ninguém. Desculpe, mas não vai dar.

– Então por que você está usando esse cachecol? Eu pensei que você fosse dar de presente pro Takashi.

Kazue levou rapidamente a mão ao pescoço. Fio de largura média, bem-tramado, intercalado por fios elásticos. Cada faixa de cor tinha oito centímetros de largura em listras alternadas em preto e amarelo. Eu observei cuidadosamente a reação dela. Vamos lá, que tipo de desculpa você vai dar desta vez?

– Eu pensei em usá-lo como uma recordação.

Ha! Te peguei! Eu fiz uma dancinha.

– Eu mereço! Eu tive de esperar por ele, não tive? Eu esperei a carta, então eu fico com o presente.

Quando tentei agarrar o cachecol, ela deu um tapa na minha mão.

– Pare! Suas mãos estão sujas!

A voz dela estava ameaçadora. Eu fiquei paralisada olhando para ela. Em questão de segundos ela começou a ficar vermelha.

– Desculpe. Eu não quis dizer isso. Saiu sem querer.

– Tudo bem. Foi culpa minha.

Eu me virei e fui andando como se estivesse irritada. Que ela viesse atrás de mim, ora bolas.

– Espere aí! Foi besteira minha dizer aquilo. Eu peço desculpas.

Kazue veio atrás de mim, mas eu continuei andando, me recusando a olhar para trás. Na verdade, eu não sabia o que fazer naquele momento. Eu estava perplexa. Qual era afinal a verdade? Será que Kazue recebera mesmo uma resposta de Takashi ou será que ela estava apenas inventando aquilo tudo? O campus da escola estava alegre com o som dos alunos rindo e correndo já que as aulas haviam acabado. Mas mesmo assim eu conseguia discernir claramente o som de Kazue atrás de mim: a batida dos pés, a respiração afogueada, o som da mochila batendo na saia curta.

– Me desculpe. Espere. Você é a única pessoa com quem eu posso conversar essas coisas – disse ela.
Eu tive a impressão de que ela estava chorando. Eu parei e Kazue me alcançou. Seu rosto cheio de lágrimas estava todo enrugado e ela soluçava como uma criança deixada para trás pela mãe.
– Desculpe. Por favor me desculpa – implorou ela.
– Por que você disse aquilo? Eu sempre fui legal com você!
– Eu sei. É que o jeito como você fala as coisas parece tão desagradável que às vezes me deixa irritada. Além do mais, eu não tive a intenção de dizer mesmo aquilo.
– Mas vocês dois estão realmente fazendo amizade, não estão? Exatamente como eu tinha dito, não é?
Kazue olhou para mim estupefata. Por fim o rosto dela adquiriu uma luminosidade tão estranha que era difícil não descrevê-la como insana.
– Isso mesmo! A gente está realmente fazendo amizade. Ha, ha, ha!
– Quer dizer então que vocês são quase namorados?
Kazue assentiu e em seguida soltou um grito. Da janela do corredor ela viu Yuriko e Takashi passando pelo portão da escola. Eu abri rapidamente a janela.
– Ei, espere! O que é que está fazendo?
Kazue ficou branca e deu a impressão de que sairia correndo a qualquer momento. Eu arranquei o cachecol do pescoço dela.
– Pare! Pare! – implorou Kazue, enquanto eu a segurava de encontro à parede do corredor com toda a força que tinha.
– Takashiiiii!
Takashi e Yuriko se viraram ao mesmo tempo e olharam para mim. Eu pendurei o cachecol na janela com as duas mãos e o balancei no ar freneticamente. Takashi, usando um casaco preto, olhou para mim de modo suspeito. Ele abraçou Yuriko e a acompanhou para fora da escola. Ela estava com um estiloso casaco azul-marinho por cima dos ombros. Ela lançou um olhar cheio de ódio e censura para mim. Essa minha irmã é uma vaca totalmente pirada!
– O que você acabou de fazer foi muito cruel – disse Kazue, agachada no corredor e soluçando. As alunas que passavam pelo

corredor olhavam para nós de modo indiscreto e depois continuavam andando e cochichando entre si. Eu devolvi o cachecol a Kazue. Ela o escondeu atrás das costas dando a entender que estava com vergonha de ser vista com ele.

– Ele ainda está com a Yuriko, ao que parece. Você mentiu para mim?

– Não! Ele me mandou mesmo uma resposta.

– Ele por acaso disse alguma coisa sobre o poema?

– Ele disse que o poema era bonito. É sério.

– E sobre a carta em que você se apresentou?

– Ele disse que gostava da sinceridade dela.

– Isso parece mais uma coisa que um professor escreveria sobre uma das suas redações!

Eu estava com raiva, então comecei a gritar. Mas vocês não concordam? Como Kazue não tinha nenhuma imaginação, ela era capaz apenas de inventar uma história patética. Eu gostaria muito que ela pudesse mentir com mais criatividade.

– O que foi que o seu pai disse? – eu perguntei friamente.

Kazue ficou, de repente, muda. Sim, é isso mesmo. Daquele dia em diante, Kazue começou a desmoronar.

4

Naquele noite eu recebi telefonemas de três pessoas diferentes – um acontecimento e tanto em nossa casa. O primeiro telefonema veio enquanto meu avô e eu estávamos assistindo a um seriado policial na TV. O telefone assustou meu avô. Ele se levantou às pressas e acabou tropeçando na perna da mesa *kotatsu*. Quando eu pensei nisso, mais tarde, percebi que meu avô provavelmente estava esperando um telefonema da mãe de Mitsuru. Eu não consegui conter o riso ao lembrar do jeito como ele saiu correndo para atender o telefone.

– Ahn, alô – disse ele, sua voz grossa e cheia de fleuma. Mas logo ele estava lá em pé, rígido e atento. Até que para um artista do logro o meu avô parecia timidamente honesto.

– Obrigado por tudo o que tem feito por minha neta... Estudando? Que nada. Ela deveria estar, mas está mesmo é vendo TV... O que foi? Ela deu uma passada na sua casa, foi mesmo é? Bom, obrigado por cuidar dela... E ela ainda por cima fez uma ligação internacional? Eu não sabia disso... Não, ela não me contou, não. Sinto muito pelo inconveniente.

Vovô continuou falando. O papo seguiu sobre coisas que não diziam respeito a ele e ele balançava a cabeça pedindo desculpas com o fone na mão. Minha mãe era exatamente assim – humilhando-se sem necessidade. Eu fiquei arrepiada só de olhar para ele. Desde o início de seu novo casinho com a mãe de Mitsuru, eu comecei a fechar meu coração para meu avô. Finalmente, ele deu o telefone para mim, a testa suada de tanto nervosismo.

– O senhor não devia ter dito que eu estava vendo TV! A gente tem prova final semana que vem! – eu disse.

A ligação era da mãe de Kazue, a mãe com cara de peixe de Kazue. Eu me lembrei da casa sinistra de Kazue e atendi o telefone com uma saudação lacônica. A voz abafada do pai de Kazue atingiu os meus ouvidos. Ele devia estar ao lado da mulher, irrequieto e irritado. Excelente! Então a cilada que eu armara para aquela família ridícula estava finalmente dando certo. Eu tinha uma chance esplêndida para me vingar pela maneira horrível como eles me trataram no dia em que a minha mãe morreu. Por terem me usado como uma simples substituta de Mitsuru. Por terem me coagido a ir à casa de Kazue. Pelo custo da ligação internacional. Eu tinha a minha chance de colocar todos eles numa armadilha.

– A minha filha tem agido de maneira estranha ultimamente? – perguntou em tom nervoso a mãe de Kazue.

– Bom, não é fácil para mim dizer isso, principalmente depois que me disseram pra eu não ter nenhum relacionamento com ela. Eu realmente não sei.

– Como? Eu não sabia que alguém tinha dito algo assim a você.

Como a voz da mãe de Kazue dava cada vez mais sinais de perturbação, o pai dela pegou o telefone. Nem um pouco disposto a perder tempo, ele falou energicamente e com sua habitual arrogância:

– Escute aqui. O que eu quero saber é se Kazue ainda está ou não se encontrando com esse tal de Takashi Kijima. Eu pensei que fosse conseguir dissuadi-la, mas acabei perdendo a paciência. Você é apenas uma estudante do segundo ano do ensino médio, eu disse a ela. Você é jovem demais; é melhor não fazer nada que possa envergonhá-la depois. Mas ela simplesmente começou a chorar e eu não consegui mais tirar nenhuma palavra dela. Então eu pergunto a você. Por acaso ela está envolvida em algum tipo de comportamento impróprio?

Quando ele parou de falar eu já estava sentindo a raiva pairando nas beiradas de suas palavras. Eu desconfiava que o pai de Kazue estava com ciúme de Takashi. Sem dúvida ele queria ser o único homem com poder de influenciá-la; ele queria controlá-la enquanto estivesse vivo. Imagens de Kazue como um demônio sombrio começaram a surgir uma após a outra em minha imaginação naquele instante.

– Não. Ela não está fazendo nada disso. Todas as outras garotas estão escrevendo cartas de amor e tricotando cachecóis e se encontrando com garotos no portão da escola e coisas assim, mas Kazue não fez nada impróprio. Eu acho que o senhor deve estar enganado.

A desconfiaça do pai dela era particularmente aguda porque ele não estava disposto a refrear.

– Bom, então para quem ela fez aquele cachecol horrível afinal de contas? Por mais que eu pergunte, ela não me conta de jeito nenhum.

– Eu ouvi dizer que ela fez para ela mesma.

– Você está dizendo que ela perderia todo aquele tempo precioso tricotando um cachecol para ela mesma usar?

– Exatamente. Kazue é boa em trabalhos manuais.

– E as cartas que foram devolvidas? Elas não eram cartas de amor?

– Nas aulas de estudos sociais a gente teve um dever de redação criativa. Eu acho que ela escreveu as cartas para essa aula.

– Eu ouvi dizer que esse aluno Kijima é filho de um dos professores de lá.

– Sim, é verdade, aí eu acho que ela decidiu usá-lo como um personagem fictício.
– Redação criativa, é?
Minha explicação enrolada fizera pouco até aquele momento para mitigar as dúvidas dele.
– Você sabe como os pais se preocupam. Se ela continuar assim, ela não vai estar bem-preparada para as provas finais. Ela quer entrar para a faculdade de economia da universidade, não pode tirar notas baixas.
– O senhor não precisa se preocupar com Kazue. Ela sempre fala no imenso respeito que tem pelo senhor. Ela fala que quer ser exatamente como o pai, e que ele se graduou na Universidade de Tóquio. Kazue também é bem popular com as outras alunas.
O pai de Kazue parecia estar apreciando as minhas palavras.
– Bom, muito bom. Isso é o que eu sempre digo a ela. Eu digo que assim que ela entrar para a universidade ela vai poder namorar com todos os garotos que quiser. Se ela for aluna da Universidade Q, ela vai poder escolher quem ela quiser.
Hum. Será? Eu consigo visualizar muito bem Kazue na universidade. A pouco atraente e pouco desembaraçada Kazue? Eu quase tenho um ataque de riso. Por que, eu fico pensando, aquele clã que acreditava no "trabalho duro" sempre adiava a realização de seus próprios prazeres, de sua própria felicidade, para algum ponto vago do futuro? Seria tarde demais, não seria? E por que eles sempre acreditavam tão facilmente em tudo o que os outros lhes diziam?
– Bom, você me deixou mais tranquilo. Boa sorte nas provas. Por favor, sempre que quiser, pode dar uma passadinha aqui para se encontrar com Kazue.
Nossa, que reviravolta era aquela? Aquele era realmente o mesmo homem que disse para eu não me relacionar mais com a sua filha? O pai de Kazue desligou o telefone. Meu avô, que estava ouvindo a conversa às escondidas o tempo todo, falou com uma vaidade extrema:
– Como foi que eu me saí? Eu não sou mais tão tímido como antes. Eu não estava nem um pouco nervoso na hora de falar com a mãe de uma aluna do Colégio Q!

Eu o ignorei e voltei para o meu programa de TV. Eu já tinha perdido a melhor parte. Eu estava abrindo o jornal completamente irritada quando o telefone tocou novamente. Mais uma vez vovô saiu correndo para atender. Dessa vez ele falou, esfuziante:

— Yuriko-chan? Que surpresa agradável. Como é que você está?

Parecia que vovô estava a fim de bater um papinho durante um tempo, mas eu arranquei o fone da mão dele.

— O que você quer? Fala logo!

Yuriko riu alegremente em resposta a minha ordem brusca.

— Estou vendo que você continua ranzinza como sempre. E eu aqui ligando educadamente para você para te contar uma coisa. Eu queria te perguntar por que você chamou o Takashi hoje cedo. Você me assustou.

— Primeiro diga logo o que você quer.

— É sobre o Takashi. Eu sei que você provavelmente gosta dele, então só estou ligando para te dizer que você pode ir perdendo as esperanças.

— Por quê? Ele está apaixonado por *você*?

— Por mim? Não. Eu acho que quase com certeza ele é gay.

— Gay? — Agora eu é que estava assustada. — Por que você acha isso?

— Porque ele não tem o menor interesse em mim, é por isso. Foi um prazer falar com você!

Até que ponto vai a vaidade de uma pessoa? Ela realmente me irritava. Eu estava furiosa por um lado; por outro, as coisas começavam a fazer mais sentido.

— Quer dizer então que é isso? — eu resmunguei comigo mesma.

Vovô virou-se para mim e então disse, um tanto ou quanto relutante:

— Eu acho que você não devia ser assim tão grosseira com a sua irmã. Ela é a única irmã que você tem.

— Yuriko não é minha irmã!

Vovô estava pronto para responder, mas quando viu o quanto eu estava lívida achou melhor mudar de assunto.

— Você anda muito zangada ultimamente, até comigo. Aconteceu alguma coisa?

– Por que alguma coisa teria acontecido? É por sua causa, e o senhor sabe disso. Vovô, o senhor ficar de namorinho com a mãe da Mitsuru é repulsivo. Imoral. Outro dia a mãe dela veio com uma sugestão idiota dizendo que nós todos deveríamos sair para jantar: o senhor, eu, Mitsuru e a mãe dela. E agora eu nem falo mais com a Mitsuru por causa disso. Desde que a Yuriko voltou, todo mundo virou de repente um maníaco sexual. É a coisa mais nojenta do mundo.

Vovô ficou todo encolhido e pareceu estar a ponto de desabar no chão. Ele virou-se para olhar os bonsai alinhados num canto da sala. Agora havia apenas três: o pinheiro negro, um carvalho e um bordo. Era apenas questão de tempo até ele vender aqueles também, e isso também me deixava puta.

O telefone tocou uma terceira vez. Vovô se moveu apaticamente em direção ao aparelho, mas dessa vez eu atendi primeiro e ouvi uma voz rouca de mulher chamando vovô pelo primeiro nome:

– Yasuji?

Era a mãe de Mitsuru. Quando ela falou comigo naquela ocasião em seu carro, sua voz era tão ríspida quanto seus maneirismos eram toscos. Mas quando ela pronunciou o nome de vovô, ela pareceu tão doce que era capaz de você jurar que estava falando com a Virgem Maria. Eu passei o aparelho para vovô sem dizer uma palavra sequer. Ele arrancou o telefone da minha mão, enrubescendo cada vez mais diante de meu olhar, e falou com um toque de formalidade:

– O lugar é realmente muito bonito na época da floração, não é?

Parecia que eles estavam planejando uma viagem, talvez para uma estação de águas. Eu me sentei perto da mesa *kotatsu*, estiquei as pernas embaixo da colcha aquecida e fiquei lá deitada nas almofadas do chão observando vovô com o canto do olho. Ele sabia que eu estava olhando para ele, o que fez com que ele fingisse indiferença, mas sua voz denunciava sua excitação.

– Não, não, eu ainda não estava dormindo. Eu sou uma coruja, você sabe. O que você estava fazendo?

Ouvindo a conversa deles, eu podia imaginar as secreções imundas de seus corpos atingindo níveis cada vez maiores até ameaçar transbordar. O perfil de meu avô extravasava de alegria, uma alegria que é inalcançável se alguém tenta alcançá-la. Será que uma alegria assim realmente existe? Eu nunca experimentei uma sensação dessas e não quero experimentar nunca. Sempre que uma pessoa está alegre assim, ela sempre foge correndo de mim. Eu sou solitária? Não sejam ridículos. Eu considerava meu avô um aliado até ele começar com seus devaneios. Foi uma traição. Foi assim que eu me senti. Se alguém acha que ser abandonado é uma coisa solitária, deveria se comportar de tal forma a não ser abandonado pelos outros. Mas se deseja ficar em paz, deveria convencer as pessoas desagradáveis a abandoná-lo. Eu não queria que vovô ou Mitsuru me abandonassem, mas eu queria manter a mãe de Mitsuru e Yuriko o mais afastadas de mim possível.

Em qual grupo eu deveria incluir Kazue? Ela era uma idiota que amava o pai como uma garotinha e que acreditava em milagres. Esforce-se ao máximo. Eu não tinha muito o que fazer com uma garota estúpida como aquela além de mantê-la por perto sob rédea curta.

Na manhã seguinte, a idiota da Kazue veio me agradecer.

– Eu sou realmente muito grata a você por não ter contado nada sobre mim pro meu pai ontem à noite. Ele estava furioso e eu fiquei morrendo de medo, mas você negou tudo e salvou a minha pele de verdade.

– Quer dizer então que o seu pai a perdoou?

– Perdoou. Agora está tudo bem.

Demoraria muito até Kazue escapar do encanto que seu pai lançara sobre ela. Talvez uma vida inteira. Uma ideia interessante. Eu iria criar uma abertura para que Kazue pudesse escapar, que eu depois teria o maior prazer em destruir pessoalmente. Sim. Quando me encontrava com Kazue eu me sentia como um deus, manipulando aquela anta como se fosse uma marionete.

Vocês acham que Kazue começou a se comportar de modo estranho porque eu a perseguia? Não, não é o caso. Eu já disse inúmeras vezes: Kazue era simplesmente ingênua demais, pura demais. Não é que ela simplesmente fosse incapaz de ver o mundo a sua volta. Ela era incapaz de ver a si própria. Eu gostaria que as coisas que serão ditas agora ficassem somente entre nós: Kazue tinha uma confiança secreta na própria aparência. Eu a peguei diversas vezes mirando-se no espelho. Ela sorria para si mesma, e seu rosto expressava êxtase. Ela era vaidosa.

Tanto Kazue como também seu pai não conseguiam aceitar o fato de que pudesse haver uma outra pessoa com mais capacidade intelectual do que eles dois. E Kazue jamais aceitaria o fato de que uma mulher com a mesma capacidade sempre teria mais sucesso se fosse bela. Colocando em outros termos: será que poderia existir alguém mais feliz do que Kazue?

Ao contrário de Mitsuru e eu – que sabíamos aperfeiçoar nossos dons naturais para poder sobreviver – Kazue era absolutamente ignorante a respeito de si mesma. Uma mulher que não se conhece não tem nenhuma escolha a não ser viver com a avaliação dos outros. Mas ninguém consegue se adaptar perfeitamente à opinião alheia. E aqui reside a fonte de sua ruína.

✦ CINCO ✦

Meus crimes:
o depoimento por escrito de Zhang

1

JUIZ: Confirme, por favor, que seu nome é Zhang Zhe-zhong, natural da cidade de Dayi, condado de Baoxing, na província de Sichuan da República Popular da China, nascido em 10 de fevereiro de 1966.
RÉU: Sim, está correto.
JUIZ: O senhor atualmente reside no apartamento 404 do Edifício Matoya, no número 4-5 da rua Maruyama-chō, distrito de Shibuya, cidade de Tóquio; e é funcionário de Dreamer. Está correto?
RÉU: Correto.
JUIZ: O senhor declarou que não necessita de intérprete. Tem certeza?
RÉU: Tenho. Meu japonês é bom. Tenho certeza.
JUIZ: Muito bem. O promotor poderia ler em voz alta a acusação?

ACUSAÇÃO

Neste 1º de novembro do décimo segundo ano do Heisei (2000), a promotoria da cidade de Tóquio, aqui representada pelo promotor Noro Yoshiaki, acusa Zhang Zhe-zhong, cidadão da República Popular da China, nascido em 10 de fevereiro de 1966, atualmente empregado de um hotel e residindo no Edifício Matoya, apto. 404, Maruyama-chō, 4-5, Shibuya-ku, Tóquio, perante a Corte Distrital de Tóquio dos seguintes crimes:

GROTESCAS

CASO Nº 1:

Enquanto o réu era empregado do Shangri-lá, restaurante chinês localizado em Kabuki-chō, Shinjuku-ku, ele dirigiu-se ao apartamento 205 do Condomínio Hope Heights, Ōkubo 5-12, Shinjuku-ku, no dia 5 de junho de 1999 e, aproximadamente às 3 da manhã, estrangulou com as próprias mãos Yuriko Hirata, de 37 anos de idade, causando assim sua morte por asfixia. Em seguida, o réu retirou da carteira da vítima suparacitada a quantia de 20 mil ienes, roubando também uma corrente de ouro de 18 quilates (avaliada à época em 70 mil ienes).

CASO Nº 2:

O mesmo réu dirigiu-se ao apto. 103 do Condomínio Green Villa, Maruyama-chō 4-5, Shibuya-ku, no dia 9 de abril de 2000 e, aproximadamente à meia-noite, estrangulou com as próprias mãos Kazue Satō, de 39 anos, causando assim sua morte por asfixia. Subsequentemente, ele retirou a quantia de 40 mil ienes da carteira da vítima.

ACUSAÇÕES E PENAS

Caso nº 1: O réu é acusado de homicídio seguido de roubo de acordo com o Artigo 240, Parte Dois, do Código Penal.

Caso nº 2: O réu é acusado de homicídio seguido de roubo de acordo com o Artigo 240, Parte Dois, do Código Penal.

JUIZ: Nós começaremos o julgamento com as acusações que o promotor acabou de ler. Mas antes de prosseguirmos devo informar o réu sobre seus direitos. O senhor tem o direito de permanecer em silêncio, e assim, durante o processo, pode escolher permanecer em silêncio. Caso responda a alguma pergunta, não estará sob a obrigação de responder a quaisquer perguntas subsequentes. Entretanto, caso escolha responder a alguma pergunta, tudo que disser poderá ser usado como prova contra o senhor, de modo que eu aconselharia ao réu o exercício da cautela. O senhor ouviu as condições citadas anteriormente. Eu gostaria de aproveitar a oportunidade para perguntar-lhe se tem algo a dizer acerca das acusações dirigidas contra o senhor tais quais lidas pelo promotor.

RÉU: Eu admito ter matado Yuriko Hirata, mas não Kazue Satō.

JUIZ: O senhor confessa ser culpado da acusação do caso nº 1, mas não da acusação do caso nº 2?

RÉU: Correto.

JUIZ: E quanto às acusações de roubo?

RÉU: Eu roubei o dinheiro e a corrente da srta. Hirata, mas não roubei da srta. Satō.

JUIZ: A defesa tem algo a declarar?

ADVOGADO DE DEFESA: Estou de acordo com o réu.

JUIZ: Muito bem. O promotor poderia, por favor, ler suas alegações iniciais?

VISÃO GERAL DAS ALEGAÇÕES INICIAIS DA PROMOTORIA:

CASO Nº 1

Item 1: A história pessoal do réu

O réu nasceu em 10 de fevereiro de 1966 na Província de Sichuan da República Popular da China como terceiro filho de Zhang Xiaoniu (atualmente com 68 anos de idade), lavrador, e Zhang Xiulan (atualmente com 61 anos). O réu possui quatro irmãos: seu irmão mais velho, An-ji (atualmente com 42 anos); um segundo irmão mais velho, Gen-de; uma irmã mais velha, Mei-hua (atualmente com 40 anos) e uma irmã mais nova, Mei-kun. Vale notar que o segundo irmão, Gen-de, morreu na infância e a irmã mais nova, Mei-kun, morreu num acidente em 1992. O réu concluiu o primário com a idade de 12 anos e a partir de então começou a ajudar a família na lavoura.

Em 1989 o réu decidiu sair de casa em busca de um emprego melhor. Ele e sua irmã mais nova, Mei-kun, pegaram um trem para a Província de Guangdong e procuraram emprego na cidade de Cantão. Em 1991 eles se mudaram para a cidade de Shenzhen, também na Província de Guangdong.

Em 1992 o réu e sua irmã mais nova, Mei-kun, partiram num navio que zarpou da Província de Fujian, planejando entrar ilegalmente no Japão. Embora Mei-kun tenha se afogado durante o percurso, o réu obteve sucesso e entrou em nosso país ilegalmente ao chegar à ilha de Ishigaki. Escondendo sua condição de imigrante ilegal, ele conseguiu sucessivos empregos nas áreas de limpeza e de cozinha. Ele também se empregou na construção civil. Em 1998 ele trabalhou num bar em Shinjuku chamado Nomisuke, e em 1999 começou a trabalhar numa taberna, também em Shinjuku, de nome Shangri-lá. Em julho desse mesmo ano ele conseguiu um emprego no Dreamer, um motel no bairro de Honmachi em Kichijōji, cidade de Musashino. Não há informações que indiquem que o réu tenha se casado. De acordo com os registros de moradia, ele reside com indivíduos conhecidos pelos nomes de Chen-yi, Huang e Dragon, todos os quais de nacionalidade chinesa.

No dia 30 de junho de 2000 o réu foi levado perante a Corte Distrital de Tóquio sob a acusação de ter entrado ilegalmente no país. Ele foi sentenciado a dois anos de prisão com uma sentença suspensa de quatro anos. (Decisão com data de 20 de julho do mesmo ano.)

Item 2: A vítima Yuriko Hirata

A vítima Yuriko Hirata (a ser referida como Hirata) nasceu em 17 de maio de 1962 como segunda filha de Jan Maher (de nacionalidade suíça), atualmente empregado na Schmidt, uma fábrica têxtil na Suíça, e Sachiko Hirata. Como seus pais nunca se casaram legalmente, a vítima usava não só o sobrenome de Maher como também o Hirata de sua mãe. Hirata e seus pais se mudaram de Kita-Shirakawa no distrito de Shirakawa para Berna, Suíça, em março de 1976. Em julho desse mesmo ano, Sachiko faleceu em Berna e Hirata deixou seu pai e voltou sozinha para o Japão. Como sua irmã mais velha estava na época residindo com o pai de Sachiko, Hirata passou a residir na casa de um amigo americano e cursou o ensino fundamental na instituição de ensino Q. Posteriormente, Hirata cursou o ensino médio no mesmo colégio, mas foi expulsa no terceiro ano do ensino médio por comportamento inapropriado.

Depois da expulsão, ela saiu da casa do americano e começou a morar sozinha. Ela assinou contrato com uma agência de modelos e trabalhou em campanhas de publicidade e moda até 1985, quando arranjou um emprego de hostess do Mallord, uma casa noturna localizada em Roppongi. Em 1989 ela trabalhou na Jeanne, também em Roppongi, e depois disso mudou de emprego inúmeras vezes. Enquanto trabalhava como hostess, Hirata se prostituía em Shinjuku e Shibuya.

Item 3: Circunstâncias que levaram ao crime

O réu, como afirmado anteriormente, tinha um emprego de garçom na taberna Shangri-lá em Shinjuku. Mas o salário era baixo e ele sentia-se marginalizado pelos proprietários do estabelecimento, que eram naturais de Fujian. Os outros empregados criticavam Zhang por ser "um caipira metido a urbanoide sofisticado", de modo que ele não tinha muitas relações com outras pessoas no estabelecimento.

Ele era conhecido por roubar porções de comida para si próprio quando servia os pratos para os clientes; ele despejava cerveja ou uísque que sobrava das garrafas em embalagens de plástico que ele depois levava consigo para casa para consumo pessoal. Ele foi alertado inúmeras vezes sobre a irregularidade do comportamento.

Apesar desses lapsos, ele trabalhava duro, era pontual e jamais faltava. Alegando que tinha de enviar dinheiro para a família, ele trabalhava meio-expediente no albergue noturno do bairro, Futomomokko, indo para lá depois de sair da taberna às 22h. Suas tarefas no Futomomokko incluíam retirar o lixo e lavar as toalhas. Assim que terminava o trabalho ele corria pelas ruas de Kabukichō para pegar o último trem para voltar para casa em Maruyamachō, distrito de Shibuya.

Todos os dias da semana, exceto às quartas-feiras, o réu trabalhava no Shangri-lá de meio-dia às 22h. Ele recebia 800 ienes por hora mais um auxílio-transporte mensal de 6.500 ienes, de modo que todo mês ele recebia aproximadamente 315.000 ienes. Além disso, seu segundo emprego no motel lhe pagava 2.000 ienes pelas duas horas de serviço.

O aluguel do apto. 404 do Edifício Matoya era de aproximadamente 65 mil ienes mensais. Mas como ele dividia o apartamento com seus três companheiros, Chen-yi, Huang e Dragon, cobrando 35 mil ienes de cada, ele tinha um lucro de 40 mil ienes.

Ele frequentemente dizia aos colegas de trabalho que seus pais estavam reformando a casa e ele precisava levantar a quantia de 3 milhões de ienes para mandar para eles. Mas ele tinha gostos caros e usava roupas vistosas e acessórios como uma pulseira de ouro 24 quilates e uma jaqueta de couro de 50 mil ienes que comprou na Loja de Departamentos Isetan.

Item 4: Eventos relacionados ao crime

Por volta das 22h do dia 4 de junho de 1999, o réu cruzou com Hirata em frente ao Parque Ōkubo, no segundo quarteirão de Kabuki-chō enquanto seguia para seu trabalho no motel Futomomokko. Ela estava segurando um guarda-chuva. Ele sabia que prostitutas de rua frequentavam o Parque Ōkubo, mas aquela era a primeira vez que o réu via Hirata no local. Seu interesse por ela foi imediatamente despertado porque ele a confundiu com uma americana, e ele sempre pensou que algum dia viajaria para os Estados Unidos.

"Você tem um rosto bonito" foram as primeiras palavras que Hirata dirigiu a ele. Como ela falou com ele em japonês, ele percebeu que ela não era americana e ficou a princípio decepcionado. A bajulação dela, entretanto, o atraiu e ele ficou interessado em seguir em frente, mas o trabalho no motel o deixou preocupado. Então ele apenas acenou para ela e apertou o passo em direção ao Futomomokko. Lá ele começou a desempenhar suas tarefas habituais.

Incapaz de tirar Hirata da cabeça, o réu fez o mesmo caminho passando pelo Parque Ōkubo ao voltar para casa. Ele alcançou o parque aproximadamente às 12:05 da madrugada do dia 5 e viu que Hirata ainda estava lá na chuva.

Quando Hirata viu o réu, ela o chamou entusiasticamente. "Estou quase congelando aqui em pé te esperando!" Ao ouvir isso o réu decidiu fazer sexo com ela.

Naquele momento, o réu tinha consigo a quantia de 22 mil ienes. Quando perguntou a Hirata quanto ela cobrava, ela respondeu que seria 30 mil ienes. Como não tivesse tanto dinheiro, o réu preparou-se para desistir da ideia. Hirata ofereceu um desconto e disse que o programa sairia por 15 mil ienes. O reú então propôs que eles fossem para um hotel. Nesse momento Hirata informou ao réu que tinha um apartamento nas proximidades. O réu ficou aliviado ao saber que não teria o custo extra do hotel e acompanhou a vítima até seu apartamento.

No caminho, Hirata parou numa 7-Eleven e comprou quatro latas de cerveja, um pacote de batatas chips e dois pães doces. A conta saiu por 1.575 ienes e Hirata pagou tudo do próprio bolso.

O apartamento para onde Hirata conduziu o réu ficava num prédio de madeira e concreto de dois andares logo atrás da agência do banco Kitashin no quinto quarteirão de Ōkubo. O prédio, Hope Heights, possuía cinco unidades no térreo e cinco no segundo andar. O apartamento de Hirata, nº 205, ficava no segundo andar, mais ao norte e próximo à escada de incêndio. Hirata alugava o local, sob o nome de Yuriko Hirata, desde 5 de dezembro de 1996, por 33 mil ienes mensais. A soma era retirada mensalmente de sua conta bancária. Hirata, ao que parece, alugava o espaço com propósito de prostituição. O apartamento consistia de uma sala em estilo japonês forrada com um tatame de 6m² e em um pequeno espaço entre o vestíbulo e a sala havia uma quitinete e um lavabo. Quase nenhum móvel havia no local, embora um futon estivesse dobrado e pronto para ser usado.

O réu e Hirata beberam cada um duas latas de cerveja na sala em estilo japonês, abriram o futon e fizeram sexo. O réu quis dormir em seguida ao ato, mas Hirata solicitou que ele fosse embora. Quando ele pediu novamente para que ela o deixasse permanecer porque estava chovendo e ele já havia perdido o último trem, ela recusou.

Hirata insistiu para que o réu lhe pagasse a quantia de 22 mil ienes pelo uso do quarto e pelas provisões que ela havia comprado na 7-Eleven. Quando o réu ficou ciente de tais cobranças, ele percebeu que teria não apenas de gastar todo o dinheiro que trazia consigo como também seria obrigado a voltar a pé para Shibuya na chuva. Ele se recusou a pagar Hirata. Quando Hirata repreendeu o réu, ele decidiu matá-la. Aproximadamente às três da manhã do dia 5 de junho, ele estrangulou Hirata com as próprias mãos, matando-a por asfixia. O réu então permaneceu no quarto, dormindo, até as 10 da manhã daquele mesmo dia.

Aproximadamente às 10:30, o réu pegou 20 mil ienes da carteira de Hirata. Ele retirou a corrente de ouro 18 quilates que ela usava (avaliada em 70 mil ienes) e a colocou em seu pescoço. Ele então saiu do apartamento sem trancar a porta, deixando o corpo de Hirata exatamente como estava.

Item 5: Eventos subsequentes ao crime

O réu chegou no Shangri-lá uma hora antes de seu horário habitual ao meio-dia. Ele comunicou ao proprietário o seu pedido de demissão. Quando o proprietário recusou-se a permitir um desligamento tão súbito, o réu pegou suas coisas e saiu do local sem nem mesmo falar sobre quando pegaria o salário que lhe era devido. Enquanto saía do Shangri-lá, o réu encontrou o sr. A., um outro empregado do local. Eles conversaram brevemente na frente do restaurante. O réu disse a A que pedira demissão e então se virou e se encaminhou para a Avenida Yasukuni. O sr. A. reparou que o réu estava usando o que parecia ser uma cara corrente de ouro que jamais o vira usar antes.

Depois que o reú saiu do Shangri-lá, ele pegou um trem da ferrovia Yamanote para a estação de Shibuya. De lá ele voltou a pé para o seu apartamento 404 no Edifício Matoya no quarto quarteirão de Maruyama-chō. O apartamento estava alugado em nome de um certo Chen, um homem que o réu conhecera quando passageiro clandestino do navio. Chen começou a alugar o apartamento em abril de 1998, e mesmo depois de mudar-se ele continuou mantendo o apartamento em seu nome enquanto o réu depositava a quantia mensal de 65 mil ienes na conta bancária de Chen.

O Edifício Matoya é um prédio de ferro e concreto de quatro andares. Não tem elevador. O prédio e o terreno pertencem à sra. Fumi Yamamoto. O apto. 404 consiste de um quarto com tatame de 6 m² e uma sala estilo japonês com tatame de 3 m², uma cozinha e um banheiro. O réu ocupava a sala de 3 m². Ao meio-dia de 5 de junho, o homem conhecido como Dragon e o homem chamado Huang estavam dormindo. Chen-yi (nenhuma relação com o supracitado Chen) já havia ido para o trabalho em um estabelecimento de jogos eletrônicos em Shinkoiwa e não se encontrava no apartamento. Dragon, Huang e Chen-yi são todos homens de nacionalidade chinesa que o réu conhecera em Tóquio. Eles não conversavam uns com os outros sobre suas histórias pessoais ou sobre seus empregos.

O barulho que o réu fez ao entrar no apartamento acordou Dragon e Huang, e eles saíram logo em seguida. Depois que preparou uma refeição na cozinha, o réu comeu e voltou a dormir. Ele acordou mais tarde naquele dia, quando Chen-yi voltou, e os dois homens saíram para comer ramen no restaurante Tamaryū na parte leste da estação de Shibuya. Eles jogaram boliche perto da estação e voltaram ao apartamento por volta das 23h.

Quando nenhuma notícia do crime veio à luz, mesmo depois de vários dias terem se passado, o réu pediu a Chen-yi que o ajudasse a arranjar um outro emprego. Chen-yi sugeriu que o réu trabalhasse com ele no fliperama, uma oferta que o réu recusou dizendo que o estabelecimento era barulhento demais. Chen-yi prometeu continuar procurando algo para o réu.

Item 6: A descoberta do corpo de Hirata e circunstâncias subsequentes

O corpo de Hirata foi encontrado dez dias após o crime, no dia 15 de junho, quando o morador do apartamento vizinho, um coreano, relatou ao proprietário do prédio estar sentindo um odor repulsivo. O proprietário dirigiu-se ao apartamento para investigar e encontrou a porta destrancada. Assim que entrou no apartamento encontrou o corpo de Hirata. Vestida apenas de camiseta, um cobertor leve cobria-lhe a cabeça.

O processo de decomposição já estava adiantado, mas ainda era possível discernir marcas incomuns na garganta de Hirata e sangue coagulado na região do pescoço e na membrana ao longo da tireoide da vítima. Quando a notícia da morte de Hirata foi revelada, o réu percebeu que não seria capaz de voltar ao Shangri-lá para receber seus salários atrasados. E temendo que a corrente que havia roubado o ligasse ao crime, ele escondeu a peça num compartimento de uma de suas malas. Finalmente, preocupado com o dinheiro que se acabava, ele procurou Chen-yi e disse a ele que aceitaria qualquer emprego que ele pudesse encontrar.

Chen-yi indicou ao réu um emprego de meio-expediente como porteiro do motel Dreamer, localizado no nº 1 da rua Honmachi em Kichijōji, cidade de Musashino. O réu aceitou o emprego e começou a trabalhar no local a partir de julho daquele ano.

VISÃO GERAL DAS ALEGAÇÕES INICIAIS DA PROMOTORIA:

CASO Nº 2

Item 1: A vítima Kazue Satō

A vítima, Kazue Satō (a ser referida como Satō), nasceu em 4 de abril de 1961, filha mais velha de Yoshio e Satoko Satō. Yoshio era empregado da Firma G de Engenharia e Arquitetura. Quando Satō estava no primeiro ano do primário, sua família mudou-se de Ōmiya na província de Saitama para a área de Kita-Karasuyama, distrito de Setagaya, Tóquio. Satō frequentou a escola pública local, fez o ensino médio no Colégio Q para Moças e de lá entrou para a faculdade de economia da Universidade Q.

O pai de Satō faleceu quando ela estava no segundo ano da faculdade e, em consequência disso, Satō teve de arranjar empregos de meio-expediente como professora particular e instrutora de recuperação em escolas para poder custear seus estudos universitários.

Satō graduou-se na Universidade Q em março de 1984 e foi empregada em abril pela Firma G de Arquitetura e Engenharia, onde seu pai havia trabalhado. Na condição de maior empresa de seu segmento, a G era conhecida pelo bom relacionamento entre seus funcionários, sendo por isso conhecida como Família G. Além disso, a empresa recrutava ativamente os filhos de seus empregados. Quando Satō, que tinha um reconhecido histórico universitário, entrou para a empresa para trabalhar no Departamento Geral de Pesquisa, ela foi a primeira mulher a exercer uma cargo tão alto, e seu futuro na empresa era bastante promissor.

Em 1985, Satō foi promovida ao cargo de subgerente do escritório de pesquisa. Este escritório é responsável por analisar fatores econômicos que afetam a construção, desenvolvendo novos programas analíticos em software e coisas no gênero. Satō conduzia principalmente pesquisas acerca dos efeitos econômicos de arranha-céus. Seu trabalho era muito valorizado pelos outros funcionários da firma, e ela era muito dedicada no emprego.

Todavia, ela não se relacionava com seus superiores ou com seus colegas depois do expediente e, como não tivesse amigos próximos na firma, ninguém sabia realmente o que ela fazia após o serviço. Satō nunca se casou. Ela morava com a mãe e com uma irmã mais nova. Após a morte de seu pai, Satō passou a ser a principal provedora da família.

Em 1990, quando tinha 29 anos de idade, Satō foi transferida provisoriamente para um laboratório de pesquisa em engenharia filiado à firma G. Na época ela foi hospitalizada com anorexia. Satō havia recebido o diagnóstico e começado a tratar da anorexia quando ainda cursava o segundo ano do ensino médio. Em maio de 1991, Satō começou a trabalhar como hostess de uma casa noturna depois do trabalho. Em 1994, ela começou a se encontrar com homens em hotéis como garota de programa; finalmente, em 1998, ela tornou-se uma prostituta em todos os sentidos do termo, passando a trabalhar na área de Shibuya.

Yuriko Hirata, a vítima descrita no Caso nº 1, e Kazue Satō estudaram no Colégio Q para Moças, mas eram de turmas diferentes e não interagiram nem durante nem após o período que passaram naquela instituição de ensino.

Item 2: Circunstâncias pessoais do réu relacionadas ao presente caso

Após cometer o crime descrito no Caso nº 1 da presente acusação, o réu pediu demissão de seus empregos: na taberna Shangri-lá e no albergue Futomomokko, e arranjou um emprego no motel da cidade de Musashino conhecido como Dreamer. Entretanto, ele não mudou de domicílio e continuou morando no Edifício Matoya nº 404, Murayama-chō 4-5 em Shibuya. Além dos supracitados Dragon, Huang e Chen-yi, dois outros chineses, respectivamente Niu-hu e A-wu, ficavam de tempos em tempos no apartamento.

O réu trabalhava no Dreamer todos os dias da semana do meio-dia às 22h, exceto às terças, limpando os quartos, lavando a roupa de cama e fazendo outras tarefas menores.

Quando começou a trabalhar em 1998, ele era laborioso e confiável, mas no ano seguinte sua atitude no trabalho começou a mudar gradativamente. Ele chegava tarde e saía cedo e frequentemente faltava ao serviço. Limpar os quartos era uma tarefa a quatro mãos. O comportamento do réu afetava o rodízio de trabalho e perturbava seu parceiro, um empregado iraniano, que fez uma queixa contra ele. Além disso, o réu era visto cochilando nos quartos; surripiando sabonete, xampu e toalhas; assistindo aos vídeos pornôs nos quartos e tendo outros comportamentos igualmente inapropriados.

Em fevereiro do mesmo ano, um residente local relatou ter visto o réu pegando os preservativos que o motel disponibilizava aos hóspedes, enchê-los de água e jogá-los da janela de um quarto no gato do proprietário do restaurante de sushi ao lado do motel. Foi quando o proprietário do estabelecimento pensou pela primeira vez em demitir o réu.

Na época o réu ganhava um salário/hora de 750 ienes, o que por mês totalizava aproximadamente 170 mil ienes. Ele não recebia nenhum valor adicional para cobrir os custos de transporte. O réu, cuja renda havia sido reduzida em comparação ao que ganhava quando trabalhava no Shangri-lá, começou a pedir dinheiro emprestado a seus colegas de apartamento. Ele pegou emprestado 100 mil ienes com Dragon, 40 mil ienes com Huang e 60 mil ienes com Chen-yi. Ele disse a eles que sua mãe havia sido hospitalizada na China e que estava precisando enviar mais dinheiro para ela.

Ele também pegou dinheiro emprestado com Niu-hu e com A-wu, que ocasionalmente passavam a noite no apartamento apertado. E ele continuava recebendo o aluguel de Dragon e dos outros como antes. Consequentemente, o relacionamento entre o réu e seus colegas de apartamento começou a ficar cada vez pior. Até Chen-yi, com quem o réu mantinha uma boa amizade, ficou aborrecido quando o réu perdeu seu emprego no Dreamer. Chen-yi havia sido o responsável por apresentar o réu aos proprietários do local.

Em 25 de março de 2000, Dragon, Huang e Chen-yi, sabendo que aquele era o dia do pagamento do réu, decidiram pressioná-lo a devolver o dinheiro que haviam emprestado a ele. O réu planejara pagar a cada um dos homens metade da quantia que havia tomado emprestado mas, como os três sabiam que ele tinha 240 mil ienes em espécie guardados numa mala, eles se recusaram a aceitar as condições propostas pelo réu. Os três também discutiram com ele por cobrar abusivamente pelo aluguel do imóvel.

Sob pressão, o réu não teve escolha a não ser acatar os novos termos que seus hóspedes lhe apresentaram. Ele concordou em pagar um total de 200 mil ienes aos três homens para cobrir a quantia que ele havia tomado emprestado e um adicional de 50 mil ienes para cobrir a disparidade do valor do aluguel. O réu teve de se contentar com seu salário do Dreamer e com o dinheiro que vinha até então juntando.

Em consequência disso, o réu dispunha apenas de 60 mil ienes, que tinha de suprir os gastos referentes ao restante do mês, até receber seu salário seguinte. A dificuldade que isso impôs enfraqueceu ainda mais seu relacionamento com Dragon, Huang e Chen-yi.

Mais ou menos na mesma época, Chen, no nome de quem o apartamento de nº 404 do Matoya estava alugado, vinha pressionando o réu a achar um outro apartamento para morar. Desde o mês de janeiro daquele ano, Chen começara a informar ao réu por diversas vezes que queria que ele liberasse o imóvel em meados de março. Como o réu alegasse que não tinha para onde ir, Chen deu-lhe um novo prazo, até o fim de abril. Ele também informou ao réu que havia uma unidade vaga num edifício do bairro: o apto. 103 do condomínio Green Villa em Murayama-chō 4-5, Shibuya-ku. Por uma taxa de 150 mil ienes ele auxiliaria o réu no aluguel do apartamento. Como essas circunstâncias deixam claro, o réu estava enfrentando dificuldades financeiras intermináveis e cada vez maiores.

O iraniano que trabalhava com o réu no Dreamer mais tarde revelou que o motivo pelo qual o réu pedia dinheiro emprestado – mesmo dispondo de uma razoável quantia guardada em algum lugar – era a poupança que ele estava fazendo para comprar um passaporte. Era seu objetivo viajar para os Estados Unidos.

Item 3: Condições do apto. 103 do Condomínio Green Villa

O Edifício Matoya na Maruyama-chō 4-5 em Shibuya-ku era um prédio de ferro e concreto de quatro andares a cerca de cem metros ao norte e localizado numa estreita rua de mão única no lado norte da estação de Shinsen na linha Inokashira-Keio. O Condomínio Green Villa, cena do crime aqui discutido, era um prédio de madeira localizado ao norte do Edifício Matoya. Com um pavimento no subsolo e dois acima do térreo, o espaço no Green Villa era ocupado por diversas lojas de pequeno porte além de residências. Os dois prédios pertenciam a Fumi Yamamoto.

Havia três unidades residenciais no Condomínio Green Villa. O crime aqui discutido ocorreu na unidade 103, que dava para a rua de mão única. A unidade 102 estava desocupada; Kimio Hara morava na unidade 101. Na face oeste do prédio havia uma escada de incêndio que dava para o segundo andar. No subsolo, logo abaixo da unidade 103, havia um pequeno restaurante conhecido como Sete Fortunas.

Na face sul do prédio havia uma calçada estreita de cimento que dava aos moradores do prédio que vinham da rua acesso a seus apartamentos. Na face sul da unidade 103 havia uma porta externa que dava para a calçada, assim como uma janela mais ou menos na altura do rosto. Ao entrar no apartamento, a primeira coisa que se vê é a cozinha na parede sul e em seguida o quarto em estilo japonês com piso de tatame. Entre o vestíbulo de entrada e esse quarto havia um banheiro.

Chen havia sido apresentado a Fumi Yamamoto por parentes e alugara o apartamento 404 no Edifício Matoya por 45 mil ienes. Ele, por sua vez, alugara o apartamento para o réu por 65 mil ienes. Seus parentes haviam aberto um restaurante chinês na cidade de Niiza, província de Saitama, e precisavam do apartamento para alojar empregados. Este foi o motivo pelo qual o réu foi obrigado a sair do local. Quando o réu reclamou que não tinha outro apartamento para alugar, Chen falou com a proprietária, sra. Fumi Yamamoto, e decidiu alugar a unidade do Condomínio Green Villa pertencente a ela. Quando o réu disse que queria ver o apartamento, a sra. Yamamoto deu a ele a chave da unidade 103 no dia 28 de janeiro de 2000.

Shizu Kakiya havia alugado o apartamento em questão até 18 de agosto de 1999, quando o entregou. O apartamento estava vazio desde então. O gás havia sido cortado em setembro de 1999 e a luz no mês seguinte.

Havia apenas uma única chave do apartamento, de posse da sra. Yamamoto. Ela a emprestou ao réu em 28 de janeiro de 2000. Até essa data, ninguém mais havia usado a chave.

Item 4: As relações entre o réu e a vítima

Por volta de novembro de 1998, o réu descobriu por intermédio de Huang, seu colega de apartamento, que ele havia "conhecido uma garota japonesa numa rua escura e tinha feito sexo com ela". As características distintivas da mulher eram sua acentuada magreza e os cabelos longos. Quando ouviu isso, o réu ficou convencido de que esta era a mesma mulher que ele costumava ver no bairro de tempos em tempos. Por volta de meados do mês seguinte, o réu cruzou com Satō a caminho de casa. Lembrando-se da história de Huang, ele se virou para olhar para ela. Quando ela percebeu isso, gritou por ele: "Está a fim de um programa?" Como o réu respondesse que não, ela continuou: "Podemos ir para sua casa?" O réu declinou, alegando que "tinha amigos em casa". Ao ouvir isso Satō perguntou: "Quantos? Eu transo com todos eles." Ao ouvir isso, o réu levou Satō para o apartamento 404 do Matoya.

Naquela época, dois colegas de apartamento do réu estavam no local. Dragon e Chen-yi. Os três se revezaram fazendo sexo com Satō. Mais tarde, por volta de janeiro do ano seguinte, o réu estava caminhando com Huang quando cruzaram com Satō na área de Murayama-chō. "Essa é aquela mulher que você pegou?", o réu perguntou a Huang. Quando Huang balançou a cabeça em sinal afirmativo, o réu disse que também tinha ido para a cama com ela. Huang já ouvira por intermédio de Dragon por volta de dezembro de 1998 que o réu, Dragon e Chen-yi haviam feito sexo com a mulher no apartamento deles. Quando ele disse isso ao réu, o último respondeu: "Bom, para falar a verdade, eu conheci essa mulher mais ou menos um ano atrás."

Item 5: Eventos que levaram ao crime

No dia 8 de abril de 2000, um sábado, aproximadamente às quatro da tarde, Satō saiu de casa sem dizer para onde estava indo. Aproximadamente às seis da tarde ela se encontrou com um funcionário de uma empresa com quem havia sido vista anteriormente em diversas ocasiões. Eles se encontraram na estátua de Hachiko em frente à estação de Shibuya. De lá seguiram para um hotel em Maruyama-chō. Satō recebeu 40 mil ienes do homem e, pouco antes das 21h, ela e o funcionário da empresa se despediram no alto de Dogenzaka. Satō foi vista encaminhando-se para a estação de Shinsen.

Naquele mesmo dia, o réu havia ido para o trabalho no Dreamer. Às dez da noite, o empregado do turno da noite chegou e substituiu o réu. O réu embarcou no trem da linha Keio-Inokashira que ia para Shibuya às 22:13 e foi para casa. Quando chegou na estação de Shinsen, ele saiu e começou a caminhar na direção do Edifício Matoya, que ficava a apenas dois minutos de caminhada de lá.

O réu encontrou Satō a poucos metros de seu prédio e decidiu que faria sexo com ela novamente. Mas Dragon, Huang e Chen-yi já estavam em casa, e ele não estava mais se relacionando bem com eles. Ele hesitou, portanto, sem nenhuma intenção de levá-la mais uma vez ao apartamento que dividia com os rapazes. Por sorte, todavia, ele por acaso estava com a chave do apto. 103 do Condomínio Green Villa, que ficava nas proximidades, pelos motivos já descritos aqui. Ele a levou então para esse apartamento e fez sexo com ela no local.

Satō tinha consigo preservativos, pegos em hotéis onde estivera com clientes. Ela selecionou um dentre vários – um preservativo do hotel Glass Palace, como estava escrito na embalagem – e pediu para o réu colocá-lo antes de fazerem sexo. Depois do ato sexual, o réu jogou o preservativo usado na calçada na face sul do Condomínio Green Villa.

Como previamente indicado, o réu estava com pouco dinheiro. Quando viu Satō preparando-se para ir embora, ele decidiu roubá-la. Logo depois da meia-noite, Satō vestiu o casaco e começou a se preparar para sair. O réu agarrou a bolsa de couro marrom da vítima. Entretanto, a vítima lutou com ele. Ele a esmurrou no rosto e então, tomado pelo desejo de matá-la, colocou as duas mãos no pescoço da vítima e estrangulou-a até que ela estivesse morta. Em seguida abriu a bolsa da vítima e retirou a carteira que estava dentro, pegando a quantia de 40 mil ienes que ela recebera antes. O réu deixou o corpo exatamente como estava, saiu do apartamento sem trancar a porta e fugiu para seu apartamento no Matoya.

Satoko Satō, a mãe da vítima, começou a se preocupar com sua filha quando percebeu que ela ainda não havia voltado para casa na noite de 8 de abril. Até essa ocasião, Satō jamais passara a noite fora de casa. Na segunda-feira, 10 de abril, quando descobriu que sua filha não fora trabalhar naquela manhã, Satoko deu queixa do desaparecimento da filha.

Item 6: Eventos subsequentes

O réu apresentou-se calmamente para trabalhar no Dreamer no dia 9 de abril como se nada houvesse mudado em sua vida. Depois do expediente ele foi com dois colegas para o Parque Inokashira tomar cerveja. Por volta da 23:30, ele embarcou na estação de Inokashira e foi para casa.

No dia seguinte, depois de encerrar o expediente no Dreamer, o réu encontrou-se com Chen-yi na estação de Shibuya. Eles foram para o restaurante Tamaryū, especializado em ramen, no lado leste da estação. Depois disso, foram jogar boliche no estabelecimento perto da estação. Quando pararam de jogar, conversaram sobre o Green Villa e decidiram não se mudar para lá, já que o local era inclusive menor do que o apartamento do Edifício Matoya em que moravam na ocasião. E ainda por cima, o réu observou que estava planejando se mudar para Ōsaka para procurar emprego naquela cidade.

O dia 11 daquele mês era o dia de folga do réu. Ele foi até a cidade de Niiza na província de Saitama para se encontrar com Chen. O réu entregou a Chen a quantia de 100 mil ienes, informou-o de que não se mudaria para o Condomínio Green Villa e deu a Chen a chave da unidade 103. Naquela noite, Chen devolveu a chave para a proprietária, sra. Yamamoto, em sua residência no dristrito Suginami. Yamamoto, por sua vez, entregou a chave a seu filho, Akira, que gerenciava a administradora não só do Edifício Matoya quanto do Condomínio Green Villa.

Item 7: Descoberta do corpo

No dia 18 de abril, quando estava indo visitar um conhecido que morava no primeiro andar do Edifício Matoya, Akira Yamamoto decidiu verificar se a porta da unidade 103 do Condomínio Green Villa estava mesmo trancada. Assim que se aproximou do apartamento, ele olhou pela janela baixa que ficava ao lado da porta do apartamento. Uma pequena abertura na janela permitia que ele espiasse o interior do apartamento. Ele viu, dentro da sala, a parte superior do corpo de uma pessoa que parecia estar dormindo. Ele especulou que essa pessoa ou era conhecida de Chen ou algum chinês que trabalhava em seu restaurante. Akira Yamamoto chamou e tentou abrir a porta. Estava destrancada. Sapatos de mulher encontravam-se perto da entrada. Yamamoto teve uma desagradável surpresa ao descobrir que o intruso tratava-se de uma mulher. Foi nesse momento que reparou um cheiro no apartamento e, sem fazer barulho, ele virou-se e saiu do imóvel, trancando a porta em seguida. A porta era do tipo que podia ser trancada por dentro sem chave. Bastava pressionar o botão da maçaneta.

No dia seguinte, 19 de abril, Akira Yamamaoto ficou preocupado com a mulher que vira dormindo no apartamento. E se ela ainda continuasse lá? E aquele cheiro? Preocupado, Yamamoto voltou ao apartamento com a chave. Quando olhou pela janela, notou que a mulher estava deitada exatamente como no dia anterior. Yamamoto destrancou a porta, entrou no apartamento e descobriu o corpo de Satō.

Além das marcas de estrangulamento no pescoço de Satō, havia contusões na cabeça, rosto e membros – indicando que ela havia sido golpeada com um objeto contundente – e também arranhões, sinal de que havia sido arrastada. O tecido macio da região do pescoço da vítima e a membrana ao longo de sua tireoide haviam sofrido uma hemorragia.

Item 8: Conduta do réu após a descoberta do corpo

Na noite de 19 de abril de 2000, pouco depois de retornar para casa de seu expediente no Dreamer, o réu recebeu a visita de um policial que conduzia uma investigação de rotina no bairro. Dragon, Huang e Chen-yi ainda estavam no trabalho e não se encontravam em casa. O investigador pediu ao réu que respondesse inúmeras perguntas relacionadas ao seu endereço domiciliar à época e seu emprego, e em seguida foi embora. Assim que ele saiu, o réu tentou entrar em contato com os companheiros com quem dividia o apartamento.

O réu ligou para o celular de Chen-yi e conseguiu falar com ele em seu trabalho em Dogenzaka. "A polícia esteve aqui", disse ele. "Vários policiais. Eles me mostraram a foto de uma mulher que eu não conhecia. Eles disseram que voltariam. Se eles te encontrarem vão ficar sabendo que a gente está ilegal."

Quando ouviu o relato do réu, Chen-yi ligou imediatamente para Huang em seu local de trabalho, o Mirage Café em Koenji, distrito de Suginami. Ele teve a ideia de dizer a Huang para não voltar ao apartamento. Mas Huang já havia largado o serviço e estava a caminho de casa. Chen-yi em seguida correu até o local onde Dragon trabalhava – Orchard Tower – no segundo quarteirão de Kabuki-chō, distrito de Shinjuku. Quando ele contou para Dragon o que havia acontecido, ambos resolveram passar a noite com um conhecido de Dragon.

Enquanto estava a caminho de casa, desconhecendo completamente os eventos que haviam transcorrido, Huang foi abordado por um investigador da polícia que lhe mostrou uma fotografia da vítima. Huang disse ao investigador que conhecia de vista a vítima. Ele também afirmou que o réu tinha a chave de um dos apartamentos do Condomínio Green Villa.

Mais ou menos na mesma hora, o réu saiu do apto. 404 do Edifício Matoya e pernoitou num hotel cápsula. Policiais foram interrogá-lo no Dreamer no dia seguinte, mas ele não havia aparecido para trabalhar. No dia seguinte, 21 de abril, o réu deixou o hotel e foi para a casa de Chen na cidade de Niiza na província de Saitama. Ele pediu que Chen lhe fornecesse um álibi contando para a polícia que ele havia devolvido a chave da unidade 103 do Condomínio Green Villa no dia 8 de abril, o dia anterior ao crime. Naquele momento ele também entregou 100 mil ienes em espécie. Chen informou a ele que já falara com a polícia e que se recusava a acatar a solicitação do réu. Além disso, contou ao réu que a polícia estava atrás dele – já que os policiais sabiam que ele estava de posse da chave – e que ele deveria se entregar. O réu se recusou.

No caminho de volta da casa de Chen, o réu começou a se preocupar com dinheiro. Ele decidiu que pararia no local onde trabalhava, pediria demissão e solicitaria o pagamento dos salários atrasados. Então ele se encaminhou para o Dreamer na cidade de Musashino.

Quando o investigador de polícia interrogou o proprietário do Dreamer, descobriu que o réu havia ou entrado ilegalmente no país ou estava trabalhando sem um visto adequado. O réu foi, portanto, detido no final daquele dia e mantido sob custódia sob a acusação de ter entrado ilegalmente no país e de trabalhar sem documentação apropriada. Ele foi levado ao tribunal no dia 30 de junho do mesmo ano e considerado culpado dos crimes de imigração e emprego ilegais dos quais havia sido acusado.

Subsequentemente, foi descoberto que as impressões digitais encontradas na unidade 205 do Hope Heights, a cena do crime onde Yuriko havia sido assassinada, pertenciam ao réu. Além disso, descobriu-se que ele estava de posse da corrente de ouro da vítima.

Após escrupulosa investigação policial, o réu foi acusado dos homicídios de Hirata e Satō.

2

"MEUS CRIMES": O DEPOIMENTO DO RÉU
POR ZHANG ZHE-ZHONG

10 DE JUNHO, DÉCIMO SEGUNDO ANO DO HEISEI (2000)

O *original foi escrito em chinês. Um dos oficiais interrogadores instruiu o réu a escrever o depoimento depois de pedir a ele que reencenasse o crime na delegacia usando um manequim.*

O investigador Takahashi disse: "Conte-nos tudo sobre a sua vida até agora, todas as coisas podres que você fez, até o último detalhe. Não omita nada." Bom, a minha vida tem sido bem dura, uma luta pela sobrevivência, só tentando fazer o melhor possível. Eu nem tive tempo de rememorar os últimos anos da minha vida ou de parar para fazer uma reflexão. Eu não consigo lembrar das coisas que aconteceram num passado distante, e também não quero. Foi tudo triste demais, doloroso demais, e eu guardei tudo isso muito bem fechado num lugar inacessível da minha memória. Eu tenho muitas lembranças que tentei deixar para trás.

Mas o investigador Takahashi me deu gentilmente essa oportunidade de contar a minha versão da história, e eu gostaria de me esforçar ao máximo para que ele fique satisfeito. No entanto isso significa que terei de rememorar a minha vida ridícula e lembrar de todos os erros estúpidos que cometi – erros que não podem ser desfeitos. Disseram-me que sou suspeito da morte da srta. Kazue Satō, mas sou inocente desse crime. Espero que esse depoimento limpe o meu nome no que diz respeito a isso.

Na China, o destino de uma pessoa é determinado pelo local onde nasceu. Este é um ditado que estamos muito acostumados a ouvir. Mas para mim é mais do que um ditado, é a verdade. Se eu tivesse nascido numa cidade como Xangai, Pequim ou Hong Kong e não nas montanhas da província de Sichuan, minha vida teria sido promissora. Teria sido luminosa e feliz, disso estou certo. E certamente eu não teria acabado num país estrangeiro fazendo coisas horríveis!

É verdade que eu sou da província de Sichuan. E 90% da população da China vivem no interior. Mesmo assim, essas áreas possuem apenas 10% da riqueza na nação. O resto é controlado por Xangai, Cantão e outras cidades portuárias. Apenas 10% da população nacional vivem nas cidades portuárias e, no entanto, essas cidades controlam 90% da riqueza da nação. A disparidade econômica entre os que vivem no litoral e os que vivem nas regiões interioranas só faz se aprofundar.

Para aqueles de nós que vivem no interior, a única coisa que podemos fazer é cerrar os dentes em desespero quando sentimos o cheiro do dinheiro e olhamos o brilho do ouro que jamais possuiremos. Nós não temos escolha a não ser nos satisfazer com milho e cereais de baixa qualidade, nossos rostos e cabelos imundos com a poeira dos campos que aramos.

Desde criança meus pais e meus irmãos viviam dizendo: "Zhezhong é a criança mais inteligente da aldeia." Eu não estou escrevendo isso para me vangloriar, mas para ter certeza de que vocês entendam as condições em que fui criado. Eu era, certamente, mais inteligente do que as outras crianças da minha idade. Aprendi a ler e escrever em pouco tempo. E eu era capaz de fazer cálculos financeiros sem muito esforço. Para me aperfeiçoar e expandir meus conhecimentos, eu quis prosseguir nos estudos e passar para um nível mais avançado na escola. Mas minha família era pobre. Eles só podiam me enviar para a escola pública da aldeia. Quando percebi que meus sonhos jamais se realizariam, acho que – como uma árvore cujas raízes foram podadas, torcidas e impedidas de crescer – eu comecei a nutrir uma inveja malévola em meu coração, uma inveja terrível. Eu acreditava que o destino havia determinado que eu nasceria naquela existência miserável.

Sair para qualquer outro lugar em busca de emprego era a única maneira de pessoas como eu conseguirem escapar desse destino. Quando eu fui para o Cantão e Shenzhen, trabalhei muito, sem jamais deixar de pensar que um dia eu também seria capaz de desfrutar de uma vida de riquezas e de poupar dinheiro como as pessoas daquelas regiões. Mas depois que eu vim para o Japão, eu tive a sensação de que meus planos eram completamente irrealizáveis. Por que deveria ser assim? Porque a riqueza do Japão não podia ser comparada nem com as das cidades portuárias chinesas.

Se eu não fosse chinês, se tivesse nascido japonês, certamente eu não estaria experimentando as dificuldades que estou vivendo agora. Assim que eu entrasse nesse mundo eu ia ter acesso a pratos tão deliciosos que metade da comida ia acabar sendo desperdiçada. Para conseguir água, bastaria abrir a torneira. Eu poderia tomar quantos banhos quisesse, e quando quisesse ir para outra cidade ou qualquer outra região, eu não teria que caminhar ou esperar por um ônibus que poderia ou não aparecer. Eu poderia pegar um trem que para na estação a cada três minutos. Eu poderia estudar o que quisesse e quando quisesse, eu poderia escolher a carreira que mais me interessasse, poderia usar roupas legais, teria um celular e um carro, e passaria o fim da minha vida sob os cuidados de uma excelente equipe médica. A diferença entre a vida que eu tive na China e a que eu poderia ter tido no Japão é tão grande que só de pensar eu já ficava triste.

Por muito tempo sonhei com esse país livre e milagroso, esse Japão. Eu invejava todos que moravam aqui. E, no entanto, o país com o qual eu sonhava tão desesperadamente é o país em que agora eu me encontro preso. Que ironia! Na verdade é ridículo. Lá na China, na minha aldeia pobre, minha mãe – doente – espera uma carta minha, cada dia passando tão lentamente quanto mil noites de inverno. Se um dia ela descobrir em que eu me transformei, eu não terei mais condições de continuar vivendo.

Detetives, meritíssimo, eu lhes suplico. Depois que eu cumprir minha pena pela morte de Yuriko Hirata, por favor deixem-me voltar para minha casa na China. Deixem-me passar o resto de tempo que tenho na terra arando o solo estéril de minha aldeia natal e contemplando minha vida e os crimes que cometi. Eu imploro a vocês, por favor sejam clementes. Eu me ajoelho diante dessa corte e peço perdão.

Em toda a minha vida eu sempre fui feito de bobo. Minha família era a mais pobre de nossa aldeia já pobre. Nós vivíamos em uma caverna, então os outros nos olhavam com desprezo. Alguns espalharam boatos de que meu pai fora amaldiçoado pelos deuses da pobreza. Mesmo quando éramos convidados para algum casamento ou festival, meu pai ficava quase sempre sentado no pior lugar.

Meu pai era da etnia hakka. Quando eu era garoto, meu avô o levou de Hui'an, na província de Fujian, para uma pequena aldeia em Sichuan, e eles começaram a viver num cantinho por lá. Os valentões do lugar eram todos da etnia han. Nenhum hakka jamais viveu na aldeia, e eles disseram ao meu avô que não permitiriam que ele construísse uma casa. Foi por isso que a gente passou a viver numa caverna.

Meu avô era um adivinho, um quiromante. Alguém me disse que ele abriu um negócio de sucesso na aldeia, mas em pouco tempo perdeu a clientela porque todas as suas previsões eram de má sorte. Por fim, seu negócio acabou de vez e nossa família escorregou nos abismos da pobreza. Meu avô se recusou a ler a sorte de quem quer que fosse depois disso, mesmo se pedissem, e até em casa ele normalmente se recusava a falar com quem quer que fosse. Se alguma vez abria a boca, aqueles que estavam ao seu redor ficavam imediatamente atentos, preocupados com suas profecias agourentas. Apesar de ele desempenhar seu ofício com grande seriedade, as pessoas o odiavam por isso. Então ele decidiu que seria melhor não dizer nada.

Depois de um tempo, meu avô também parou de se mexer. Seus cabelos e sua barba ficaram longos, e ele ficava sentado em casa o dia inteiro como o próprio Bodhidharma. Ainda lembro de vê-lo sentado absolutamente imóvel nas sombras escuras do lugar mais recôndito da caverna. A família inteira ficou tão acostumada com ele que paramos de notar se ele estava lá mesmo ou não. Na hora do jantar, minha mãe colocava a tigela de comida na frente dele. Em pouco tempo a comida sumia, então a gente entendia isso como um sinal de que nosso avô ainda estava vivo. Quando vovô morreu de fato, ninguém notou durante um bom tempo.

Uma vez, quando não havia mais ninguém em casa, meu avô me chamou. Eu estava na escola primária nessa época. Como eu quase nunca o ouvia falar qualquer coisa, a voz dele me pegou de surpresa e girei o corpo para olhar para ele. Meu avô estava sentado na escuridão do interior da caverna, os olhos fixos em mim.

– Nós temos um assassino na família – ele disse.

– Vovô! O que foi que o senhor disse? De quem o senhor está falando?

Eu pedi que meu avô explicasse, mas ele não disse mais nada. Naquela época eu já era considerado um garoto inteligente, um moleque sensato, então achei que o comentário de meu avô não passava de um devaneio de um velho idiota mais para lá do que para cá e não prestei a menor atenção. Em pouco tempo eu já tinha me esquecido de tudo.

Todos os dias os membros de nossa família cultivavam os campos na encosta da montanha com a ajuda de um velho boi descarnado. Além do boi, tínhamos duas cabras. Era o meu irmão mais velho Gen-de o responsável por cuidar delas. Ele era o segundo filho. A família cultivava diversas coisas, principalmente cereais. Meu pai, minha mãe e meus irmãos mais velhos acordavam cedo, antes de o sol nascer, e se encaminhavam para o trabalho. Eles não voltavam antes de escurecer. Mesmo assim, a quantidade de comida produzida naqueles campos era incapaz de alimentar a família inteira. Nós frequentemente tínhamos de enfrentar secas. Quando isso acontecia, ficávamos meses e meses sem ter o suficiente para comer. Só o que eu pensava na época era que assim que ficasse adulto eu comeria uma enorme quantidade de arroz, mesmo que morresse empanturrado.

Como esse era o tipo de vida que eu levava, eu prometi a mim mesmo – desde o momento em que tomei consciência do que se passava ao meu redor – que sairia de casa assim que tivesse idade suficiente para isso. Eu iria para uma das cidades grandes – que eu ainda nem sabia como eram – e arrumaria um emprego por lá. Eu imaginava que a terra da família seria passada para o filho mais velho, An-ji. Minha irmã mais velha, Mei-hua, foi enviada para se casar em uma aldeia vizinha quando completou quinze anos. Eu sabia que as colheitas de nossos campos e a comida das poucas cabras de que dispúnhamos não eram suficientes para sustentar meu irmão Gen-de, minha irmã mais nova, Mei-kun e eu.

Oito anos me separavam de meu irmão mais velho, An-ji. Havia uma diferença de três anos entre mim e meu segundo irmão, Gen-de. Quando eu tinha treze anos ocorreu uma catástrofe na família. An-ji causou a morte de Gen-de. Eu fiquei aterrorizado ao pensar que a profecia de meu avô havia se cumprindo e agarrei minha irmã mais nova, Mei-kun, e fiquei tremendo de medo.

An-ji e Gen-de começaram a discutir, e An-ji deu um soco em Gen-de e o derrubou no chão. Gen-de bateu com a cabeça numa pedra da caverna e parou de se mexer. Um inspetor da polícia veio investigar a morte dele, mas meu pai escondeu as circunstâncias do crime, dizendo que Gen-de havia caído e batido com a cabeça acidentalmente. Se tivesse sido acusado de matar seu irmão mais novo, An-ji teria sido mandado para a prisão e não teria sobrado ninguém para cuidar dos campos. Depois que saísse da prisão ele voltaria para casa e não encontraria mais nada, e teria que sobreviver por conta própria.

Em nossa aldeia havia excesso de homens. A coisa era tão ruim que diziam que numa aldeia vizinha quatro homens tinham sido forçados a dividir uma mulher. Nossa pobreza era tanta que coisas assim costumavam acontecer. Meus irmãos estavam discutindo por causa de uma mulher com quem queriam se casar; este foi o motivo da briga. Gen-de caçoara de An-ji.

Mas depois que matou Gen-de, An-ji mudou. Ele começou a agir exatamente como o meu avô, recusando-se a falar com quem quer que fosse. An-ji ainda vive na aldeia com meus pais. Ele nunca se casou.

Talvez minha família seja amaldiçoada. Como consequência de uma violenta paixão que nos perseguia, tanto meu irmão mais velho quanto eu acabamos virando assassinos. Como punição, meu irmão vai passar o resto da vida na solidão e na pobreza; e eu, pelo crime de ter matado Yuriko Hirata, acabarei encarcerado num país estrangeiro. Minha adorada irmã mais nova morreu precocemente a caminho do Japão, e agora não me resta mais nada.

Meu avô pode ter sido forçado a sair de sua casa em Fujian para vagar por Sichuan, mas se ao menos suas previsões não tivessem sido tão drásticas, se ao menos ele não tivesse espantado todo mundo, aí... bem, eu só consigo pensar nisso hoje. Tenho certeza de que meu avô viu o colapso sombrio da família. Certamente é por isso que em seus últimos dias ele parecia mais uma pedra, sentado calado na escuridão da caverna.

De qualquer modo, se meu avô tivesse dito: "O assassino na família é você; tome cuidado", se ele tivesse me alertado, eu poderia ter sido mais cauteloso. Eu não teria vindo para o Japão. E se não tivesse vindo para o Japão, eu não teria matado Yuriko Hirata, minha irmã não teria morrido e eu não seria suspeito da morte de Kazue Satō. Eu poderia ter arrumado um emprego numa fábrica perto da aldeia e teria aprendido a me contentar com um iuane por dia. É esse o rumo que a minha vida teria tomado. Quando penso em tudo o que poderia ter sido mas não foi, sinto-me tomado pela tristeza.

O que eu fiz com a srta. Hirata é imperdoável. Não tenho como me desculpar. Se fosse possível, eu substituiria com prazer a vida dela pela minha existência miserável.

Entretanto, quando eu tinha treze anos, eu jamais teria imaginado que a minha vida teria esse desfecho. Naquela época, eu não conseguia perdoar An-ji pelo que ele fizera. Não conseguia suportar olhar a tristeza estampada no rosto de meus pais ou ouvir as maledicências sobre nós que circulavam entre os vizinhos. Eu fiquei com ódio de An-ji. Mas o emocional das pessoas é muito estranho. No fundo do coração, eu não conseguia deixar de sentir pena dele.

Afinal de contas, o que ele fez não foi nem um pouco insensato. Eu também considerava o comportamento de Gen-de extremamente ofensivo. Ele gostava de ficar de malandragem por aí e estava sempre atrás de mulheres. Ele roubava dinheiro de meu pai e gastava em bebida. Ele era totalmente incompetente em tudo. Alguns moradores da aldeia viram-no até fazendo sexo com cabras, e os comentários que se seguiram a isso trouxeram muita vergonha ao meu pai.

Com toda honestidade, Gen-de trouxe tanta vergonha a nossa família que fiquei aliviado quando ele morreu e An-ji, que herdaria as terras de meu pai, escapou de ir para a cadeia. Se An-ji tivesse ido para a cadeia, eu seria o herdeiro, mas isso teria sido muito mais uma maldição do que uma bênção. Amarrado a uma ínfima porção de terra, eu teria sido forçado a suportar uma vida de extrema dificuldade sem jamais ter a chance de conhecer o mundo civilizado.

Os pobres do interior da China têm uma única vantagem: liberdade. E só. Sem ninguém particularamente interessado em nossa vida, nós podíamos viver mais ou menos por conta própria. E a gente não abdicava da nossa liberdade. Contanto que ficássemos no país, éramos livres para ir aonde bem entendêssemos; para fazer o que quiséssemos, e para morrer como cães, se assim desejássemos. Mas naquela época eu só pensava em uma coisa: sair de lá e ir para a cidade grande.

Depois que meu irmão morreu, tive que assumir o lugar dele e cuidar das cabras. Esse era o desejo de meu pai. Mas quando completei dezoito anos, arrumei um emprego numa pequena fábrica lá perto que produzia chapéus de palha e artigos de vime. Eu consegui fazer isso porque vendemos as cabras quando minha mãe começou a sofrer de uma doença do estômago. Eu preferi trabalhar na fábrica, fazendo coisas a partir da palha do trigo, do que cuidar de cabras ou trabalhar nos campos. Mas o salário era ruim. Eu recebia apenas um iuane por dia de trabalho. Ainda assim, essa quantidade irrisória era um luxo numa família com tantas agruras financeiras quanto a nossa.

Por volta dessa época, o segundo e o terceiro filho de uma fazenda próxima da nossa começaram a se preparar para trabalhar numa das cidades portuárias. A fazenda que eles tinham não era suficiente para alimentar todas as bocas da família, e a aldeia já contava com muitos trabalhadores. Não havia emprego para homens jovens e tampouco companheiras para se casar com eles. Então a maioria deles ficava simplesmente vadiando na aldeia como Gen-de, sem nada de bom na cabeça, arrumando confusão e causando problemas.

Um camarada que eu conhecia desde que éramos crianças, Jian Ping, foi para Zhuhai, em Guangtung, que mais tarde passou a ser designada como Zona Econômica Especial. Lá ele arrumou trabalho numa construtora, misturando cimento e distribuindo materiais de construção. Com o dinheiro que ele mandava para a aldeia, sua família comprou uma televisão em cores, uma motocicleta e várias outras coisas que a gente considerava de alto luxo. Eu fiquei morrendo de inveja.

Eu queria partir para a cidade o mais rápido possível. Mas como arranjaria o dinheiro? O salário que eu ganhava na fábrica de palha – um iuane por dia – era tão ínfimo que não dava nem para pensar em poupar alguma coisa. Para conseguir juntar dinheiro eu teria de pedir emprestado. Mas a quem? Ninguém na aldeia estava em condições de emprestar dinheiro. Eu tinha de arrumar alguma maneira de obter recursos para poder ir para a cidade como Jian Ping. Esse passou a ser o meu único sonho.

Em 1988, um ano antes do massacre da Praça da Paz Celestial, chegaram à aldeia notícias de que Jian Ping havia morrido. Da cidade de Zhuhai ele podia ver Macau do outro lado da enseada e, aparentemente, ele se afogara tentando atravessar a enseada a nado para entrar ilegalmente naquele país. Pelo menos essa foi a informação que nos foi fornecida pela pessoa que escreveu a carta comunicando a morte de Jian Ping.

Jian Ping embrulhara os documentos e o dinheiro numa trouxinha e amarrara na cabeça. Ele esperou o sol se pôr e se encaminhou para os arredores de Zhuhai. Então, com os olhos vidrados em Macau, começou a nadar. Estava um breu total, e ele nadou muitos quilômetros com a intenção de entrar clandestinamente em Macau. A um japonês, sua ação pode até parecer inacreditavelmente imprudente. Mas eu consigo entender tão bem as motivações dele que sinto até uma dor no coração.

Zhuhai e Macau são ligadas por terra. É possível ficar nas ruas de Zhuhai admirando a vista de Macau. Logo ali, um país diferente, habitado pela mesma raça de pessoas, surge bem diante de seus olhos. E cassinos. Macau tem cassinos. E dinheiro. Onde há dinheiro, é possível fazer qualquer coisa e ir a qualquer lugar. Em Macau as pessoas desfrutam de todas as formas de liberdade, todas as formas de liberdade que existem. Mas essa liberdade, pelo que nós ouvimos, é vigiada por patrulhas de fronteira e cercada por uma tela eletrificada. Será que pode haver no mundo um lugar mais cruel do que esse?

Se uma pessoa for pega tentando cruzar a fronteira, dizem que ela é mandada para uma prisão onde as condições são mais do que horríveis. Ela é enfiada numa cela diminuta onde insetos enormes rastejam por toda parte e onde ela vai ser forçada a lutar com os outros que dividem a cela pelo luxo de usar o vaso cheio de merda.

Mas na água não há muros altos. As ondas batem livremente. Eu decidi que também tentaria nadar em busca da liberdade. Eu iria nadar até Macau, talvez até Hong Kong.

Na China, o destino de uma pessoa é determinado pelo lugar onde nasceu; esse é um fato inescapável. Jian Ping estava disposto a arriscar sua vida num esforço para alterar sua predestinação. Quando eu ouvi o que havia acontecido, minha ideias sofreram uma mudança. Eu estava determinado a assumir o lugar de Jian Ping e cruzar o oceano, ir a um país livre onde eu pudesse ganhar o dinheiro que quisesse.

No fim daquele ano minha família começou a conversar sobre uma proposta de casamento que Mei-kun, minha irmã mais nova, recebera. A proposta era boa para uma família como a nossa, tendo em vista a nossa escassez de recursos financeiros. Embora o pretendente fosse um homem de nossa aldeia, sua família era razoavelmente rica. Mas havia uma marcante diferença de idade entre os dois. Mei-kun tinha apenas dezenove anos e seu pretendente trinta e oito. O pretendente era baixinho e sem graça. Não é de estranhar que ainda estivesse solteiro!

— Você vai aceitar essa proposta, não vai? – perguntei a minha irmã. – Você vai poder levar uma vida muito melhor do que a que levou até agora.

Mei-kun baixou os olhos e balançou a cabeça em negativa.

— Eu me recuso terminantemente. Eu desprezo aquele macaquinho insignificante em forma de gente, mesmo que ele tenha mais dinheiro do que a gente. Ele é tão baixinho que eu ia ter que olhar para baixo para enxergá-lo, você não acha? Eu não quero. Se eles me obrigarem a ir com ele, eu digo que prefiro cuidar da terra, e só. Eu não vou virar uma velhinha como a minha irmã.

Eu olhei para a minha irmã. O que ela disse não era desprovido de razão. Nossa irmã mais velha – seis anos mais velha do que eu – havia se casado e entrado para uma família que não era muito melhor do que a nossa, e ela teve um filho atrás do outro até secar completamente e parecer uma velha. Mas Mei-kun... Mei-kun era uma garota adorável e atraente, a minha menina dos olhos. Suas faces eram arredondadas e o nariz fino. Seus membros eram longos e delgados e graciosos quando ela se movia. Sichuan é conhecida pelas belas mulheres. Eu tinha ouvido falar que uma garota de Sichuan poderia ir para qualquer cidade do mundo e ter certeza de ser muito bem recebida. Minha irmãzinha herdara o sangue nômade de seu avô. Ela era mais bonita do que qualquer outra garota das redondezas e era cabeça-dura.

— Se eu tivesse um pretendente como você, eu casaria – continuou Mei-kun com muita seriedade. – Eu vi todos os atores na televisão colorida da família de Jian Ping e acho que nenhum deles chega aos seus pés.

Eu fico constrangido se pareço estar sendo vaidoso, mas tenho de admitir que na minha aldeia as pessoas me achavam um homem bonito. É claro que nossa aldeia era pequena. Se eu fosse para as cidades grandes, tenho certeza de que encontraria inúmeros homens bem mais bonitos do que eu. Mesmo assim, o elogio da minha irmã me deu confiança. E depois que eu vim para o Japão, as pessoas sempre me diziam que eu era muito parecido com o ator Takashi Kashiwabara. Mei-kun olhou bem nos meus olhos e disse:

— Nós deveríamos aparecer na TV juntos, você e eu. Nós dois somos bonitos, e temos muito estilo. Aposto que a gente ganharia um dinheirão trabalhando no cinema. Mas é claro que a gente nunca vai ter uma chance dessas se continuarmos morando numa aldeia como esta. Eu prefiro morrer a ficar aqui. Vamos pro Cantão juntos. É sério. O que você acha?

Minha irmã olhou ao redor da caverna onde morávamos – nosso lar escuro, frio e úmido. Do lado de fora podíamos ouvir nossa mãe e An-ji conversando em tons sombrios sobre quando seria melhor plantar o milho. Eu não conseguia mais aguentar aquele mundo. Estava farto. Enquanto ouvia a voz de An-ji, eu acho que a minha irmã estava tendo a mesma sensação. Ela se aproximou e pegou a minha mão.

– Vamos sair daqui. Vamos embora morar numa casa de alvenaria, só nós dois. Uma casa com encanamento e onde a gente não vai precisar carregar água na cabeça, uma casa com luz elétrica nas paredes, uma casa clara e aconchegante com privada e banheiro. Nós podíamos comprar uma televisão e uma geladeira, e também uma máquina de lavar. Ia ser divertido morar numa casa dessas com você!

Nós tínhamos colocado instalações elétricas na caverna mais ou menos dois anos antes. Eu tinha roubado alguns fios e feito um gato num dos postes ali perto.

– Eu quero ir, pode acreditar em mim. Mas precisamos juntar dinheiro. Agora eu estou duro.

Minha irmã olhou para mim como se eu fosse um idiota.

– Do que você está falando? Eu vou ser uma velhinha de bengala quando você conseguir juntar o dinheiro! E se a gente esperar, eu ouvi dizer que a passagem do trem também vai subir de preço.

Eu também tinha escutado aquele boato. Diziam que a passagem do trem ficaria mais cara depois do Ano-Novo lunar. Essa notícia me deu vontade de ir embora o quanto antes – certamente antes de o preço da passagem subir. Mas onde eu conseguiria os recursos para bancar nossa viagem? Foi então que Mei-kin murmurou:

– Se eu concordar em me casar com aquele homem, ele vai ter de trazer um presente em dinheiro para mim para firmar o noivado, não é? Por que a gente não usa esse dinheiro?

O que a minha irmã acabara de propor era grotesco, mas não conseguimos imaginar nenhuma outra maneira de sair de lá. Relutantemente, eu concordei em fugir com o dinheiro.

Quando ouviu que Mei-kun concordara em se casar com ele, o pretendente ficou exultante. Ele trouxe o dinheiro que vinha poupando há décadas. Somando tudo, a quantia atingia 500 iuanes, mais dinheiro do que toda a minha família ganharia em um ano. Meu pai ficou maravilhado e guardou o dinheiro em seu baú. Era lá que o dinheiro estava quando minha irmã e eu o roubamos. Nós fugimos da aldeia no dia seguinte ao Ano-Novo no calendário lunar. Tomando cuidado para não sermos vistos, corremos na direção do ponto de ônibus nos arredores da aldeia pouco antes de amanhecer, ansiosos para pegar o primeiro ônibus da manhã.

Por mais que fosse cedo, o ônibus já estava lotado. Outras pessoas haviam ouvido a mesma história que tinham contado para nós acerca do aumento da passagem do trem, e estavam todos ansiosos para chegar às cidades antes do aumento. Minha irmã e eu fomos logo nos espremendo junto com nossas malas pesadas no interior do ônibus para não perder a coragem. Nós íamos ter de ficar em pé o percurso inteiro, uma viagem que duraria mais de dois dias. Nós chegamos até aqui, eu disse a minha irmã, para encorajá-la. Segura as pontas um pouco mais e nós chegamos ao Cantão, exatamente como a gente tinha sonhado. Eu sorri.

Quando o ônibus finalmente atingiu sua última parada, uma solitária estação no interior, uma chuvinha salpicada de neve começou a cair. Cansado como um cão, eu dei uma espiada na esperança de encontrar algum abrigo, mas vi uma coisa tão chocante que fui obrigado a apertar com firmeza a mão da minha irmã.

Uma imensa multidão de pessoas estava sentada no chão molhado de chuva na frente da estação de trem. Devia haver ali umas mil pessoas, a maioria homens e mulheres jovens, e eles estavam sendo açoitados pela chuva, suas roupas encharcadas e pesadas. Agarrados aos seus sacos plásticos cheios de panelas, roupas e outros pertences, eles esperavam pacientemente o trem. Como havia apenas duas estalagens no local, eu tinha absoluta certeza de que elas já estavam lotadas. Não vi nenhuma loja. Tudo que eu conseguia ver eram ondas de gente esperando em frente à silenciosa estação. Do meio da multidão ensopada, uma nuvenzinha branca de umidade ou uma fumaça de cigarro escapava de alguma boca e alçava voo em direção ao céu.

Nosso ônibus não foi o único a chegar ali. Depois que descemos, um ônibus atrás do outro começou a parar, cada um mais lotado do que o anterior. As pessoas nos ônibus pareciam estar vindo de aldeias ainda mais remotas do que a nossa e igualmente pobres. O número de pessoas na frente da estação continuava a crescer. Elas ficavam grudadas umas nas outras e aqui e ali pequenos empurrões e tumultos afloravam. Os guardas ferroviários ficavam por perto, mas não havia muito o que pudessem fazer.

Eu me dei conta de que só com muita sorte conseguiríamos chegar perto o suficiente para comprar as passagens, quanto mais embarcar no trem. Fiquei arrasado. A gente não tinha mais como voltar para casa, não depois de ter roubado o dinheiro do noivado. Até a minha resoluta irmã devia estar se sentindo desencorajada porque parecia que ia começar a chorar.

– O que é que a gente vai fazer? Pelo visto vai demorar uma semana pra gente conseguir ao menos embarcar nesse trem! E enquanto a gente espera mais pessoas vão chegar e o preço vai subir!

– A gente pensa em alguma coisa.

Enquanto tentava consolar a minha irmã eu ia abrindo caminho na multidão para tentar levar nós dois para perto de um grupo de pessoas que estava próximo à estação. As pessoas começaram a gritar com raiva:

– A gente está na fila! Vai lá pro fim!

Eu olhava com raiva na direção das vozes. No meio do grupo havia um brutamontes que parecia disposto a começar uma briga. Mas minha irmã fez um apelo ao homem numa vozinha patética:

– Oh, meu Deus, eu estou me sentindo tão mal que acho que vou morrer.

Sem muita escolha, o homem se afastou alguns centímetros contra a vontade. Eu plantei um pé para marcar meu lugar e coloquei nossa panela ali. Quando finalmente tive espaço suficiente para me sentar, puxei minha irmãzinha para baixo e a coloquei no colo. Ela enterrou o rosto em meu ombro e desabou em cima de mim como se fosse um trapo. Eu tenho a impressão de que nós dois parecíamos um casal para o resto do mundo, cada um fazendo o máximo possível para confortar o outro. Mas na realidade, não só minha irmã como eu estávamos tão nervosos que parecia que a qualquer momento os dois poderiam se desintegrar. Estávamos tão tensos que mal conseguíamos ordenar os pensamentos. Ainda assim, não tínhamos saída a não ser esperar pelo trem.

Minha irmã olhou para as pessoas à nossa volta e murmurou:
– Todo mundo aqui parece já estar com as passagens na mão. Nós também temos que conseguir passagens.

O guichê já estava fechado. Eu abracei os ombros de minha irmã para que ela ficasse calada. Se ficássemos assim grudadinhos, não haveria necessidade de nenhum dos dois conseguir uma passagem. Além disso, eu estava determinado a não perder meu lugar, mesmo que me custasse a vida. Eu entraria de qualquer jeito naquele trem. Se isso significasse que eu teria de andar por cima da cabeça de todas aquelas pessoas, era exatamente isso o que eu faria – disso eu tinha certeza.

Nós esperamos seis horas e, durante esse tempo, o número de pessoas só fez aumentar, rigorosamente todos ali encaminhando-se para a cidade atrás de trabalho.

Finalmente ouvimos algumas pessoas começando a gritar:
– O trem está chegando!

Os camponeses amontoados na estação começaram todos a se levantar ansiosamente. Aterrorizados com a massa humana que se insurgia, os funcionários da estação abandonaram os guichês. Havia um punhado de guardas ferroviários em atividade, mas nós não deixamos que o temor de levar algum tiro nos freasse. Todos nós fomos andando lentamente em direção à plataforma. Atônitos diante do gigantesco paredão humano, os guardas da estação começaram a demonstrar medo. Eles sabiam que não seriam capazes de conter a investida. O trem cor de chocolate aproximou-se da plataforma e a multidão deu um impulso para a frente antes de parar com um grande e geral suspiro de decepção. As janelas do trem estavam embaçadas, então era impossível ver o interior, mas os pés e os braços das pessoas e seus pertences escapavam pelas portas. O trem já estava superlotado.

– Se a gente não fizer alguma coisa – eu disse a Mei-kun –, nunca sairemos desta estação. Aconteça o que acontecer, não solte a minha mão. Entendeu? Nós vamos entrar nesse trem.

Eu agarrei a mão da minha irmã e nós colocamos nossas trouxas na frente de nossos corpos. Então empurramos com toda a nossa força. Eu não sei se foi porque a minha panela estava machucando a coluna dele, mas o homem na minha frente olhou para mim por cima do ombro com uma expressão de dor, perdeu o equilíbrio e tombou para o lado. Gradativamente, o paredão humano foi cedendo. Várias pessoas caíram, mas eu continuei avançando em direção ao trem sem pedir desculpas, pisoteando corpos no caminho.

Aterrorizados com a correria, os guardas da estação e os funcionários já haviam fugido há muito tempo. Sem a menor noção de que eles haviam partido, nós avançamos impetuosamente, passando por cima das pessoas, sendo pisoteados por outras. Pouco importava. Todos ali só tinham um único pensamento: entrar no trem! Nós estávamos com uma determinação insana, sem nos preocupar com o que poderia acontecer com os outros.

– Zhe-zhong! Zhe-zhong!

Eu ouvi o grito agudo da minha irmã. Alguém havia segurado os cabelos dela e a estava puxando para trás. Se ela caísse, seria pisoteada e provavelmente morreria. Eu soltei as trouxas que estava carregando e corri para resgatá-la, socando a cara da mulher que agarrara os cabelos de minha irmã até ela soltar. Começou a sair sangue do nariz da mulher, mas ninguém estava nem aí para ela. Era uma loucura.

Eu não tenho como me defender dos argumentos de alguém que porventura critique o meu comportamento naquela época. Eu estava numa situação que ninguém no Japão poderia entender. O espetáculo de todas aquelas pessoas lutando para embarcar num trem irremediavelmente superlotado pode parecer ridículo, mas para nós era uma questão de vida ou morte.

Minha irmã e eu conseguimos nos aproximar muito lentamente do trem. Mas agora eu via que havia alguém na composição mais próxima brandindo um grosso porrete de madeira e ameaçando bater em qualquer um que tentasse embarcar. Ele acertou a cabeça do homem que estava na minha frente com o porrete e o pobre coitado tombou para o lado. Nesse exato momento as rodas do trem começaram a girar. Agora em total frenesi, eu avancei na direção do sujeito que segurava o porrete e, com a ajuda de um homem forte ao meu lado, consegui arrancá-lo do trem. Em seguida, usando as pessoas que haviam caído como degrau, eu consegui içar a minha irmã e a mim mesmo para dentro do trem. Várias pessoas tentaram me seguir, desesperadas para subir de qualquer jeito. Mas agora eu estava assumindo a posição do homem do porrete e fazendo o que podia para impedir que as pessoas entrassem. Quando relembro tudo isso agora, sinto um arrepio na espinha. Era realmente uma cena dantesca.

Mesmo depois de o trem sair da estação, minha irmã e eu permanecemos num estado de extrema agitação. Suor escorria de nossos rostos quando nos viramos para nos encarar. Os cabelos de minha irmã estavam emaranhados e seu rosto estava machucado e cheio de terra. Eu tenho certeza de que a minha aparência não devia estar melhor. Nós não falamos nada – já que não dispúnhamos de nenhuma palavra que pudesse expressar nossos sentimentos – mas eu sabia que estávamos experimentando a mesma sensação. Nós conseguimos! Tivemos sorte!

Depois de algum tempo nós nos recuperamos. Estávamos mais uma vez imprensados no meio de outras pessoas que carregavam tantas coisas quanto nós, sem nenhuma opção a não ser ficar em pé no corredor entre os assentos. Nós não tínhamos como nos sentar, muito menos esticar os braços. Depois de doze horas chegaríamos em Chongqing. Seriam mais dois dias até chegarmos no Cantão. Nenhum dos dois jamais colocara os pés fora de nossa aldeia, e lá estávamos nós viajando de ônibus e trem pela primeira vez na vida, rumando para um lugar que jamais havíamos visto. Será que daria para suportar o estresse?, foi o que eu imaginei. E o que estaria à nossa espera em nosso destino?

— Estou com sede — gemeu minha irmã em meu peito. Nós havíamos consumido toda a nossa água e toda a nossa comida no ônibus. Com medo de perder o lugar na estação, não tentamos comprar mais. Não tivemos escolha a não ser embarcar sem provisões. Eu passei os dedos pelos cabelos desalinhados de minha irmã, alisando-os da melhor forma possível.

— Aguenta.

— Eu sei. Eu só fico imaginando se a gente vai ter que ficar em pé assim o percurso todo.

Minha irmã olhou ao redor. Entre os outros passageiros em pé no corredor, alguns estavam bebendo água ou comendo bolinhos de feijão com uma das mãos e segurando-se com a outra para não perder o equilíbrio. O que realmente nos deixou surpreso foi uma mulher em pé segurando um bebê. As camponesas chinesas são robustas, aguentam o tranco.

Quatro garotas que pareciam não ter mais do que dezesseis ou dezessete anos estavam em pé juntas em um canto no fim do corredor. Era visível que elas tinham se esforçado muito para dar impressão de que seguiam a moda, prendendo os cabelos com fitinhas rosas e vermelhas. Mas uma olhada rápida nas bochechas queimadas de sol e nas mãos inchadas e vermelhas de frio e eu podia dizer que elas eram interioranas acostumadas às duras condições de trabalho no campo. Minha irmã era tão mais bonita que nem cabia comparação, eu pensei, e uma onda de orgulho tomou conta de mim.

Sempre que o trem sacolejava, as garotas feiosas davam gritinhos afetados e se agarravam nos homens perto delas. Minha irmã olhava para elas com ódio e desprezo. Uma das garotas puxou um vidro de Nescafé que havia sido esvaziado há muito tempo. Ela o preenchera com chá, que agora tomava com um gestual grandioso, como se estivesse disposta a provocar minha irmã. Para nós, bens importados como café instantâneo eram luxos magníficos. Nós víamos apenas vidros vazios do produto e mesmo assim só nas casas das famílias mais ricas da aldeia.

Minha irmã olhou com inveja para o chá. Quando percebeu isso, a garota acentuou um pouco mais a sua tortura ao tirar uma tangerina da bolsa e descascá-la. Era apenas uma pequena tangerina, mas o cheiro doce da fruta cítrica impregnou o compartimento do trem. Oh, que aroma! Só de pensar nisso eu fico com lágrimas nos olhos. Aquele aroma definia a diferença entre os que tinham e os que não tinham, uma diferença inimaginavelmente grande! Uma diferença que é suficiente para levar uma pessoa à loucura, destruir sua vida. Eu não acho que vocês japoneses terão condições algum dia de realmente entender essa sensação. E vocês são afortunados por isso.

O aroma da tangerina de repente desapareceu e foi substituído por um odor horrível. A porta do banheiro havia sido aberta. Todos imediatamente viraram o rosto para o outro lado e olharam para baixo. O motivo era que um sujeito com cara de mafioso saíra do banheiro. A maioria das pessoas no trem estava vestida com trajes de Mao encardidos. Mas esse camarada usava um paletó cinza bacana, um suéter de gola rolê vermelho e calças pretas. Ele estava com um cachecol branco enrolado no pescoço. Suas roupas eram de boa qualidade. Mas seus olhos brilhavam sem se mover, exatamente como os de Gen-de. Ele era claramente um sujeito perigoso. Quando a porta do banheiro abriu, eu vi dois outros homens lá dentro, ambos vestidos como ele e fumando.

– Aqueles filhos da puta tomaram posse do banheiro e agora ninguém mais pode entrar lá – murmurou amargamente o homem de pé ao meu lado. Ele era uma cabeça mais baixo do que eu.

– Bom, então como é que a gente faz?

– No chão.

Eu fiquei chocado. Mas quando olhei para baixo, vi que o chão já estava molhado. Eu achei que tinha sentido mesmo um cheiro ruim quando nós tínhamos entrado no trem. Agora eu sabia o que era: mijo.

– E se alguém precisar fazer cocô?

– Bom... – O homem riu, revelando que tinha apenas um único dente na parte posterior da boca. – Eu tenho um saco plástico aqui comigo, é o que eu vou usar.

Mas assim que o saco estivesse cheio eu não tinha dúvida de que ele o jogaria no chão do trem. Ele também poderia muito bem se agachar e cagar no chão logo de uma vez.

— Por que você não faz nas mãos? — intrometeu-se o adolescente com espinhas na cara que estava atrás de mim.

As pessoas ao nosso redor começaram a rir, mas a metade delas parecia estar verdadeiramente desesperada. Era patético. Por mais que a minha família fosse pobre, mesmo que morássemos numa caverna, nós jamais teríamos cogitado encher nossa casa com nossos próprios excrementos. Seres humanos simplesmente não vivem dessa maneira.

— Todos os vagões são assim?

— É assim em todos eles. A primeira coisa que uma pessoa faz assim que entra é tentar garantir o acesso ao banheiro. Sentar fica em segundo lugar; a pessoa vai direto ao banheiro. Se o trem fica lotado como este aqui, mesmo que o banheiro esteja vazio, você não consegue entrar. É bem melhor tentar ocupar o banheiro. É claro que deve ser um fedor danado. Mas se você trouxer uma tábua e colocá-la em cima do buraco, pelo menos você consegue se sentar lá; você consegue até esticar as pernas e dormir. E você pode trancar a porta, entende? E ter certeza que só os seus amigos vão entrar lá.

Eu estiquei o pescoço para dar uma olhada no resto do vagão. As pessoas estavam amontoadas, em pé no corredor e inclusive entre os assentos, e crianças pequenas e mulheres jovens estavam deitadas nos compartimentos de bagagem acima dos assentos. Os assentos acomodavam quatro pessoas, uma de frente para a outra, mas a única coisa que eu conseguia ver dessas pessoas sentadas eram os cabelos pretos em suas cabeças. Elas estavam tão espremidas em seus assentos que nem conseguiam se mexer e não tinham nenhuma escolha a não ser fazer suas necessidades bem ali na frente de todos.

— Pros homens a coisa não é tão ruim, eu acho, mas deve ser duro pras mulheres.

— Bom, elas podem pagar para que aqueles caras ali as deixem entrar no banheiro.

— Elas têm de pagar?

— Ahã, esse é o negócio deles: cobrar pelo uso do banheiro.

Eu despistei e dei uma olhada no mafioso. Ele deve ter ficado de saco cheio dentro do banheiro e saiu para dar uma olhada. Ele olhou para o grupo de garotas, aparentemente avaliando-as. Em seguida observou a mãe amamentando o bebê. Quando o grupo de garotas virou-se para o outro lado, intimidadas, o homem pousou os olhos em minha irmã. Eu fiquei alarmado e tentei tirá-la da linha de visão dele. Eu comecei a ficar preocupado por causa da beleza dela. O homem fez uma cara feia para mim. Eu baixei os olhos.

O homem gritou:

– O banheiro custa vinte iuanes. Alguém interessado?

Vinte iuanes seriam mais ou menos 300 ienes no Japão. Quase nada, talvez. Mas eu ganhava apenas um iuane por dia quando trabalhava na fábrica.

– É... caro – disse a garota que tinha comido a tangerina, lançando um desafio.

– Bom, então eu acho que você não vai usar o banheiro.

– Se a gente não for, a gente morre.

– Isso é com você. Pode morrer à vontade.

O homem cuspiu e bateu a porta do banheiro. Havia três homens naquele banheiro diminuto. O que eles estavam fazendo? Eu não tinha a menor ideia. Eu só sabia que havia muito mais espaço no banheiro do que no corredor.

– Eu gostaria tanto de ser um bebê – disse a minha irmã, olhando cheia de inveja para o recém-nascido nos braços da mãe. – Eu ia usar fralda, mamar e não teria nenhuma preocupação! – O rosto da minha irmã estava pálido e sujo de terra. Ela estava com olheiras sob os olhos. Isso já era de se esperar. Antes de esperarmos horas e horas para embarcar no trem nós tínhamos ficado em pé dois dias inteiros num ônibus lotado que sacolejava sem parar. Estávamos completamente exaustos. Eu falei para minha irmã se apoiar em mim e tentar dormir um pouco.

Eu não tenho muita ideia de quanto tempo havia passado, mas por cima das cabeças das pessoas eu consegui vislumbrar pela janela uma pontinha do sol se pondo. Todos no trem estavam em silêncio, espremidos uns contra os outros. Nós oscilávamos de acordo com o ritmo do trem, todos se movendo como se fossem um só corpo. Minha irmã acordou e olhou para mim.

– Quanto tempo você acha que ainda falta para a gente chegar em Chongqing?

Eu não estava de relógio, portanto não tinha noção das horas. O homem de um dente só ouviu a pergunta e respondeu:

– A gente chega em Chongqing daqui a mais ou menos duas horas. E vai ter um monte de gente lá querendo entrar no trem. Vai ser interessante.

– Em Chongqing a gente consegue comprar comida e água? – eu perguntei.

Quando ouviu a minha pergunta, o homem desdentado debochou.

– Você vive num mundo de fantasia, ou o quê? Você acha que consegue sair do trem e depois voltar? É por isso que todo mundo trouxe água e comida.

– Será que tem alguém que poderia dar um pouco para a gente?

– Eu dou. – Eu me virei quando ouvi alguém responder. Um homem num uniforme de Mao todo esfarrapado e remendado estava brandindo uma garrafa cheia de água com aspecto imundo.

– Um gole por dez iuanes.

– É muito caro.

– Então fica sem. Isso é tudo o que eu tenho. Não vou dar de graça para ninguém.

– Deixa a gente dar um gole por dez iuanes. – Eu olhei surpreso para a cara da minha irmã. Ela estava com um olhar decidido.

– Você sabe negociar. Tudo bem.

Quando ele aceitou a negociação, uma jovem do outro lado do corredor levantou uma tangerina e gritou:

– Você quer isso aqui por dez iuanes?

A resposta da minha irmã foi curta:

– Depois que eu beber eu te digo. – Depois de beber, ela estendeu a garrafa para mim e murmurou: – Se eu fosse você eu beberia o máximo que conseguisse. A gente está pagando dez iuanes pelo gole, afinal de contas.

– É verdade.

A expressão no rosto da minha irmã me deixou assustado. Eu levei a garrafa à boca e bebi. A água estava quente e com gosto de ferro. Mas era toda a quantidade de água que eu bebia em praticamente um dia inteiro. Assim que comecei a beber, não consegui mais parar.

– Já chega! – gritou o homem, enfurecido, mas eu dei uma de quem não estava entendendo. – Eu só estou tomando o meu gole – eu disse. As pessoas ao nosso redor caíram na gargalhada.

– Paga agora! – disse o homem.

Eu puxei o dinheiro do bolso. Eu estava com as notas enroladas e presas com um elástico. O burburinho que se ouviu na multidão ao meu redor quando as pessoas viram o maço de notas foi quase ensurdecedor. É claro que eu não queria mostrar todo o meu dinheiro para estranhos, mas eu não tinha outra maneira de tirar dez iuanes do bolso.

Minha mão tremia tanto que eu mal conseguia contar as cédulas. Não apenas porque os olhos de todos estavam fixos em mim, mas porque eu jamais pagara dez iuanes por coisa alguma em minha aldeia. Eu ouvi a minha irmã engolir em seco. Imagino que ela estivesse bem ansiosa.

Era um absurdo total gastar tanto dinheiro apenas por um gole d'água. Eu fiquei horrorizado com tamanha mesquinharia. Mas ainda assim tive de pagar. A insensibilidade das pessoas a nossa volta era chocante. Mas ainda assim a experiência foi valiosa. Nós estávamos indo para a cidade, onde veríamos e ouviríamos coisas que jamais havíamos imaginado. Isso era uma boa introdução. Eu ainda consigo me lembrar do quanto fiquei chocado ao chegar ao Japão e ver como as pessoas gastavam dinheiro como se fosse água, sem nenhuma preocupação. Eu fiquei com tanta raiva que senti vontade de xingar todo mundo.

De qualquer modo, eu finalmente contei os dez iuanes e entreguei a uma pessoa que passou pro homem que nos vendera a água. Quando eu fiz isso, o homem ficou ainda mais irritado.

– Você parece um caipira, mas está recheado de dinheiro, seu filho da puta! Eu devia ter cobrado mais!

A jovem que antes tentara nos vender a tangerina começou a ridicularizar o homem.

– Não seja tão ganancioso. A culpa é toda sua. Você não entende nada de venda! Antes de começar a criticar nossos compatriotas

aqui você devia é dar um soco nessa sua cabeça oca! Talvez assim arrumasse algum juízo!
As pessoas perto dela começaram a rir.
– Esses dois estão cheios de dinheiro! Eles devem estar com uns 500 iuanes! – disse o homem desdentado com uma voz tão alta que todo mundo no vagão ouviu. Todos começaram a cochichar. O grupo de quatro garotas se virou para nos encarar, boquiabertas.
– Vê se não se mete na vida dos outros – eu disse para o homem. Mas ele apenas riu para mim como se eu fosse um idiota.
– Você não conhece porra nenhuma do mundo, né? – provocou ele. – Você devia dividir o seu dinheiro em pequenos maços e guardar em lugares diferentes. Assim não dá para roubar tudo de uma vez.
É isso mesmo. As pessoas em volta do homem – pessoas que não tinham nada a ver com aquilo – balançaram a cabeça em concordância. O desdentado continuou implicando comigo.
– Está na cara que você é um bicho do mato. Você nunca ouviu falar de carteira? Aposto que você vem de uma aldeia tão pobre que nem mulher existe mais por lá.
– Bom, só de ver a gente já entende com quem está falando! Você fede mesmo! Nunca ouviu falar de banho? Ou de repente fazer xixi no chão seja um costume na sua casa. Ei, escuta aqui! Eu gostaria de te pedir um favor. Dá para tirar essa mão imunda da minha bunda? – gritou minha irmã.
Quando as pessoas ouviram a maneira como minha irmã havia respondido, o resto do vagão caiu na gargalhada. O desdentado ficou vermelho como um pimentão e baixou os olhos de constrangimento. Eu agarrei a mão da minha irmã.
– Boa, Mei-kun. Boa resposta.
– Você não pode deixar as pessoas fazerem esse tipo de coisa, Zhe-zhong. Um dia elas vão se ajoelhar aos nossos pés, cada um desses aí. Nós vamos virar astros do cinema, adorados em toda a nação e vamos ficar podres de ricos.
Minha irmã me cutucava nas costelas com o cotovelo para enfatizar cada um dos pontos que destacava. Sim, era verdade. Eu passara a depender de minha irmãzinha, com sua argúcia e força

de vontade, para me dar aquele empurrãzinho na vida. E acabou que eu fui parar nesse país estrangeiro sem ela. Eu espero que vocês consigam entender como tudo tem sido difícil para mim, como eu tenho me sentido perdido.

Um pouco mais tarde, o trem sacolejou subitamente e os passageiros foram jogados para a frente. Do lado de fora, eu via postes de telefone e as luzes nos imensos edifícios. Era uma cidade. Eu comecei a ficar agitado. Nós tínhamos chegado em Chongqing! É Chongqing! Chongqing! As pessoas em volta de mim começaram a gritar, nervosas, inquietas, ansiosas.

O desdentado, que tinha ficado quieto depois da vergonha que passara com a minha irmã, disse atrás de mim:

– Vocês dois não têm passagens, têm? Eu sei que vocês forçaram a barra para entrar. – Ele brandiu um bilhete cor-de-rosa na minha cara. – Quem não tem passagem é retirado do trem e levado para prisão.

Minha irmã olhou para mim em estado de choque. Nesse exato instante, o trem deslizou para dentro da estação. Chongqing era uma cidade grande, mas era a primeira estação em que o trem com destino ao Sul do país parara. A plataforma estava repleta de gente, todos camponeses, esperando para entrar em nosso trem. Eles começaram a se preparar para embarcar destrambelhadamente. O tipo com cara de yakuza pegou um cassetete grosso e caminhou na minha direção. Eu entendi que ele ia usar o cassetete para ameaçar qualquer um que tentasse embarcar, mas ele me entregou o cassetete.

– Me dá uma ajuda aí.

Eu não tinha escolha a não ser acatar o pedido. Fiquei pronto para entrar em ação, mas quando a porta abriu não havia ninguém lá tentando subir no trem. Eu fui pego de surpresa. Em seguida, um guarda da estação segurando uma pistola apareceu na minha frente, então eu escondi mais do que rapidamente o cassetete.

O guarda gritou com aspereza:

– Mostrem seus bilhetes para inspeção. Quem não tiver passagem saia agora do trem.

Os passageiros ao meu redor ergueram seus bilhetes cor-de-rosa.

Minha irmã e eu baixamos os olhos. Entalados como sardinhas em meio a todas aquelas pessoas, nós éramos os únicos sem bilhete.

– Você não tem passagem?

Eu comecei a explicar para o guarda que não tivera tempo para comprar as passagens, mas antes que eu concluísse a frase o mafioso me deteve com a mão.

– Ele vai pagar qualquer coisa pelas passagens.

O guarda virou-se imediatamente para o funcionário da estação que estava ao seu lado e cochichou em seu ouvido. Depois de um momento de consulta ele me disse asperamente:

– Sai por duzentos até Cantão.

Normalmente uma passagem não custava mais do que trinta iuanes por pessoa.

– Pechincha! – eu ouvi alguém dizer no vagão.

– Duzentos por duas – eu disse.

– Saia do trem – disse o funcionário da estação. – Você está preso por embarcar no trem sem passagem.

O guarda apontou a arma para mim.

Desesperado, eu tentei novamente:

– Duas passagens por trezentos iuanes.

– São duas por quatrocentos iuanes.

– Assim continua exatamente como a gente começou. Que tal duas por 350?

Novamente, o guarda conferenciou com o funcionário da estação. Eu esperei, nervoso. Em um minuto ele virou-se para mim com as feições mais solenes do mundo e balançou a cabeça em concordância. Quando tirei o dinheiro do bolso, o funcionário da estação enfiou dois bilhetes de papel fino e cor-de-rosa na minha mão e fechou a porta do vagão.

Minha irmã e eu suportamos fome e sede no caminho para o Cantão, recusando ofertas de outros passageiros próximos de nós que queriam nos vender comida e água. Minhas mãos ainda estavam ligeiramente trêmulas devido ao sofrimento de ser obrigado a contar o dinheiro na frente das outras pessoas. Mas de tudo o que tínhamos no início, só nos restava agora uma pequena quantia. Eu estava cheio de remorso. Se ao menos eu tivesse pensado em nos abastecer de comida e água antes de entrarmos no trem, eu não teria sido obrigado a dilapidar o precioso presente de noivado da minha irmã. Eu era certamente um sujeito ingênuo. Por que não passara pela minha cabeça que haveria outras pessoas, muitas outras pessoas, tentando migrar para a cidade exatamente como nós? Quando chegamos no Cantão já estávamos com menos de cem iuanes.

Nas aldeias rurais da China vivem mais de 270 milhões de pessoas, mais do que o solo arável consegue alimentar. As fazendas produzem apenas o suficiente para alimentar 100 milhões de pessoas, menos da metade. Dos 170 milhões restantes, aproximadamente 90 milhões trabalham nas fábricas locais. Os outros 80 milhões não têm outra escolha a não ser se dirigir às cidades em busca de emprego. Naquela época esse influxo de mão de obra excedente era chamado de Fluxo Cego. É claro que hoje ele é conhecido como Pool de Trabalhadores. Mas *fluxo cego* capta muito melhor a realidade das pessoas desesperadas caminhando às cegas na escuridão, lutando para seguir o farol que ilumina o dinheiro disponível na cidade.

Tudo isso eu aprendi enquanto estava naquele trem, ouvindo as palavras do universitário com a cara cheia de espinhas que estava atrás de mim. O nome do espinhudo era Dong Zhen. Ele era alto e magricela, com ombros tão proeminentes que mais pareciam um cabide. Seu rosto era coberto de espinhas cheias de pus.

– Zhe-zhong – me perguntou Dong Zhen –, você consegue adivinhar quantas pessoas vão migrar de Sichuan pro Cantão depois que o Ano-Novo do calendário lunar passar?

Eu inclinei a cabeça para o lado. Eu vinha de uma aldeia de quatrocentas almas. Era impossível para mim imaginar um grande conglomerado de pessoas. Mesmo que me dissessem que seria o equivalente a Sichuan inteira, isso não teria causado muito impacto em mim porque eu nunca tinha visto um mapa na vida.

– Eu não sei.

– Mais ou menos 900 mil pessoas.
– Bom, para onde esse pessoal todo vai?
– Como você, todos eles vão pro Cantão e Zhu Jiang, o delta do rio Pérola.

Eu não conseguia acreditar que poderia haver trabalho suficiente se mais de 900 mil pessoas vivessem na mesma cidade. Eu estava sendo levado de ônibus e trem, mas ainda não sabia para qual cidade estava indo.

– Existe algum lugar onde a gente possa receber alguma ajuda para conseguir emprego?

Dong Zhen riu.

– Você é mesmo um idiota. Ninguém vai ajudá-lo. Você tem de se virar.

Quando ouvi isso, fiquei cheio de dúvidas. Tudo o que eu tinha feito até aquele momento era cuidar de cabras e fazer chapéus de palha. Que tipo de trabalho eu teria condições de encontrar? Eu me lembrei de que o meu amigo Jian Ping havia trabalhado na construção civil, então resolvi perguntar a Dong Zhen:

– E trabalhar na construção civil, o que você acha?

– Esse é o tipo de trabalho que todo mundo consegue fazer, então a concorrência é mais dura.

Dong Zhen tomou um gole d'água de seu cantil enquanto respondia. Eu olhei para a água com desejo.

– Quer um gole? – perguntou ele. E me deixou beber um pouco. A água tinha um gosto salobro, de peixe, mas eu fiquei muito grato assim mesmo por ter conseguido tomar um gole sem precisar pagar. Em todo o vagão apenas uma pessoa estava indo para a universidade, e era Dong Zhen. Eu imaginei que, na condição de representante da intelectualidade, ele olharia com despeito para camponeses simples como eu, mas Dong Zhen teve uma atitude inesperadamente gentil.

– Eu sei que tem um lugar na cidade onde recrutam trabalhadores diaristas. Você tem de ir para lá e esperar. Eu ouvi dizer que quem leva suas próprias ferramentas de trabalho é contratado de imediato.

– E a minha irmãzinha? Que tipo de trabalho ela poderia fazer?

– As mulheres podem fazer vários tipos de trabalho. De babás, faxineiras, enfermeiras, lavadoras de roupa e coisas assim até auxiliares de necrotério. Depois também existem empregos como guia de crematório, garotas que servem chá e por aí vai, todos muito mal-remunerados.

– Como é que você sabe disso?

– É só bom-senso. Mas imagino que perto de você eu devo parecer inteligente, pois você não sabe de nada! Você vai ver. Os caras que vão pra cidade atrás de emprego costumam falar demais, e as notícias passam de boca a boca. Antes de você perceber, você já vai ter ouvido tudo.

Dong Zhen curvou-se para falar comigo.

– Sua irmãzinha não me parece o tipo de garota a quem se oferece os empregos horrorosos que eu acabei de mencionar – sussurrou ele em meu ouvido.

Mei-kun tinha ido ao banheiro, e de repente notei que ela ainda não tinha voltado. Eu olhei em torno e vi que ela estava em pé no banheiro, a porta escancarada, conversando cheia de intimidade com o grupo de bandidinhos. O que havia de tão engraçado?, eu imaginei. Todos eles começaram a rir de uma hora para a outra. Todos os outros passageiros no trem se viraram – como se aquilo fosse um sinal – e encararam os quatro. Eu mantive o olho em minha irmã que estava olhando para o mafioso. Ela estava paquerando o cara. Aquilo me deixou preocupado. Dong Zhen me cutucou as costelas.

– Ao que tudo indica a sua irmãzinha está fazendo amizade com o gângster.

– Não, não é isso. É que ela não quer gastar dinheiro no banheiro, então ela está tentando enrolar o cara.

– Ela parece ser muito boa nisso. Olha só, ela está dando uns tapas nele!

Minha irmã estava dando uns tapinhas no braço do mafioso e rindo. Ele, por sua vez, fingia que estava doendo e se desviava dos tapas dela com gestos teatrais.

– Deixa para lá.

Dong Zhen percebeu o quanto eu estava com raiva e começou a implicar comigo:

– Meu Deus, vocês dois parecem mais amantes do que irmãos! Ele atingira um nervo. Eu fiquei vermelho de constrangimento. Sim, eu tinha vergonha de admitir, mas eu gostava muito da minha irmã. Quando eu trabalhava na fábrica de chapéu de palha, havia dez mulheres empregadas além dos homens. Todas adolescentes. Elas ficavam me chamando e me seguindo, mas eu não tinha o menor interesse por elas. Nenhuma delas chegava aos pés de Mei-kun.

– Pelo visto a sua irmãzinha vai acabar de rolo com aquele gângster.

– Mei-kun não faria uma coisa tão idiota.

Nunca me ocorreu que as palavras de Dong Zhen acabariam se tornando verdade, mas quando o trem finalmente parou na estação em Cantão, minha irmã saltou na plataforma com uma expressão animada e me disse, toda excitada:

– Zhe-zhong, você se importa se a gente se despedir aqui?

Eu não consegui acreditar no que acabara de ouvir.

– Tem certeza? – eu perguntei várias vezes.

– Tenho. Eu já arrumei um emprego – disse ela, toda orgulhosa.

– Que tipo de emprego?

– Vou trabalhar num hotel cinco estrelas.

Exausto depois de viajar por dois dias e duas noites sem nada para comer, eu desabei na plataforma.

– Aqueles caras me disseram que me ajudariam a arrumar um emprego, então eu vou com eles. – Minha irmã apontou na direção do mafioso e seus dois amigos. Eu andei até eles. Eu apontei para o homem que me havia entregado o cassetete em Chongqing e perguntei irritado:

– Que porra vocês querem com a minha irmã?

– Você deve ser o Zhe-zhong. Meu nome é Jin-long. A sua irmã me disse que está procurando emprego, então eu vou apresentá-la a alguém que eu conheço. Ela pode trabalhar no Hotel Cisne Branco. Todo mundo quer trabalhar lá. Hoje deve ser o seu dia de sorte. – Jin-long ajustou o cachecol no pescoço enquanto respondia.

— Onde é que fica esse Hotel Cisne Branco?
— É um hotel cinco estrelas construído na antiga concessão, na ilha de Shamian.
— Shamian?
Jin-long olhou para a minha irmã e para mim e caiu na gargalhada.
— Cara, você é mesmo um tremendo caipira! — Mei-kun juntou-se a ele e ficaram os dois rindo de mim. Foi quando eu percebi que minha irmã estava zangada comigo: por ter entrado naquele trem sem saber o que estava fazendo e por desperdiçar 400 iuanes.
Eu agarrei o ombro dela, irritado.
— Você não faz ideia do tipo de encrenca em que pode se meter, faz? O cara é um gângster. Você não entende? Esse tal hotel cinco estrelas não passa de mentira. É só um estratagema para transformar você numa prostituta.
Minha irmã pareceu perturbada ao ouvir isso. Mas Jin-long apenas coçou o nariz e respondeu, como se estivesse chateado:
— Eu não estou mentindo. Eu sou amigo do cozinheiro do hotel, o que me dá uma certa influência no local. Se está preocupado, vá você mesmo lá no hotel dar uma olhada.
Quando ouviu o que ele disse, minha irmã estendeu a mão para mim.
— Me dá a metade do dinheiro que sobrou.
Eu não tive escolha a não ser fazer o que ela me pediu. Contei metade dos cem iuanes e dei para ela. Assim que enfiou o dinheiro no bolso, ela olhou para mim com ar de felicidade e disse:
— Apareça lá para me ver, Zhe-zhong!
Eu vi minha irmã atravessar a plataforma com Jin-long e sua gangue, a bolsa com todos os seus pertences nessa vida balançando em sua mão. E então ela desapareceu portão afora. Eu deveria proteger minha irmãzinha e, no entanto, não era eu quem ficara dependente dela? De repente eu tive a sensação similar à de um braço sendo arrancado de meu corpo. Fiquei petrificado. Hordas de viajantes mortos de cansaço passavam por mim, correndo para chegar nos portões da estação.
— Bom, isso foi um choque e tanto! A sua irmã não perde tempo, hein?

Era Dong Zhen.

– Fiz merda.

Quando ouviu minha resposta anêmica, Dong Zhen olhou para mim com solidariedade.

– Bom, é assim mesmo que funciona. Eu estou sozinho desde o início. Melhor você comprar uma pá – aconselhou Dong Zhen, e desapareceu no meio da multidão, abrindo caminho com seus ombros ossudos. Quando voltei a mim, percebi que estava encharcado de suor. Era apenas o começo de fevereiro, mas o Cantão ficava mais ao sul do que Sichuan e era bem mais quente.

Eu dei as costas para a estação. Os homens e mulheres que passavam por mim estavam bem-vestidos e tinham um ar confiante e orgulhoso. Edifícios altos, tão altos que podiam passar muito bem por palácios, assomavam à minha frente; o sol, refletido no vidro das janelas, brilhava em meus olhos. Eu não sabia nem como atravessar uma avenida com trânsito intenso. Uma velha olhou para mim com desagrado quando eu parei na lateral da rua, totalmente confuso, e apontou para uma passarela. Verdadeiros enxames de pessoas atravessavam a rua na passarela. Eu também subi a escada e atravessei, mas estava tão cansado e faminto que meus joelhos simplesmente não paravam de tremer. Devo dizer que naquele momento eu comecei a sentir um ódio intenso por minha irmã. Ela havia me traído.

Exatamente nesse instante um policial apareceu na minha frente, bloqueando meu caminho. Eu me lembrei do incidente na estação de Chongqing e já fui logo estendendo cinco iuanes para o homem e pedindo para ele me indicar como se chegava ao local onde os trabalhadores diaristas eram recrutados. Ele embolsou o dinheiro sem piscar e me disse alguma coisa. Mas eu não consegui entender uma palavra sequer do que havia dito. Ele falara em cantonês. Eu fiquei nervoso. Aquilo era a China, mas de algum modo eu tinha me esquecido de que o dialeto falado lá seria diferente. Diaristas! Diaristas!, eu gritei a pergunta incontáveis vezes até que finalmente, em total desespero, eu comecei a fazer um gesto de quem cava a terra com uma pá. O policial simplesmente apontou para uma praça em frente à estação.

De repente me ocorreu. A estação era o centro de recrutamento dos trabalhadores diaristas. Com tantas pessoas concorrendo comigo, só por um milagre eu conseguiria arrumar um emprego. E enquanto eu esperava para ser escolhido, todo o meu dinheiro escorreria pelo ralo e eu não teria saída a não ser esmolar. Eu sou o tipo de pessoa que precisa sempre seguir em frente, não consigo ficar sentado tranquilo esperando as coisas acontecerem.

Os camponeses que vieram para a cidade em busca de emprego não tinham escolha a não ser morar nas ruas, e eu não era muito diferente deles. O que víamos por ali não era muito diferente da vida que tínhamos na aldeia, rezando por chuva. Nós nos entregávamos de corpo e alma aos caprichos da natureza e éramos inteiramente dependentes da vontade dos céus para sobreviver. Eu estava determinado a ser diferente. Eu iria procurar trabalho por conta própria. Pelo menos era isso o que eu dizia a mim mesmo para encorajar-me. Eu não iria acabar como mais um daquela multidão que estava em frente à estação. Eu precisava me afastar deles. Então caminhei com determinação pela rua ao longo dos carros e motocicletas.

Por fim alcancei um parte da cidade onde o tráfego não era tão intenso. Eu estava numa avenida margeada por bananeiras que se estendia até onde a vista alcançava. Dos dois lados da avenida havia casas velhas com a pintura descascando. A frente de cada casa era estreita, e persianas de madeira podiam ser vistas nas janelas do segundo andar. As casas eram construídas no estilo luminoso e arejado do sul da China que eu nunca vira em minha região. Enquanto caminhava ao longo da avenida, eu imaginei que dava para entender muito bem como os cantoneses deviam se sentir. Os invernos eram quentes, a vegetação luxuriante – que lugar mais refrescante para se viver!

Eu sempre tive uma inveja insana das pessoas que tinham esse tipo de vida cheia de riqueza nas cidades portuárias. Enquanto perambulava pela avenida, eu percebia que meu coração ia ficando mais leve e mais fulgurante a cada novo quarteirão que deixava para trás. Aos poucos fui começando a sentir a minha coragem voltar. Eu era jovem, eu era forte. Eu não era nem feio nem burro.

Eu conseguia me ver facilmente obtendo sucesso naquela cidade e morando numa casa como aquelas. Se alguém ao menos me desse uma chance, eu poderia fazer qualquer coisa.

Cheguei a uma rua da moda. Havia garotas de cabelos compridos tomando sorvete enquanto passeavam pela rua. Vários jovens usando calças jeans bem justas. Eu parei na frente de uma vitrine cheia de colares de ouro reluzentes. Num restaurante vi um tanque repleto de peixes gordos e camarões enormes. As pessoas dentro do restaurante estavam jantando alegremente carnes e peixes grelhados. Como aquilo tudo parecia delicioso!

O sol estava se pondo. Eu estava exaurido pela energia da cidade e sentei-me no meio-fio. Eu estava com sede e esfomeado, mas não queria gastar o dinheiro de modo insensato. Tudo o que me restava eram meros cinquenta iuanes, dos quais eu já detonara cinco. Uma criança passou de bicicleta e jogou uma garrafa de refrigerante no meio-fio. Eu corri para pegá-la e esvaziei o que sobrara do líquido. Era Coca-Cola. Só tinha sobrado um pouco, mas eu nunca me esquecerei do quanto foi delicioso sentir aquele sabor na língua – igualzinho a um remédio doce. Enchi a garrafa com água da bica e bebi até que não houvesse mais nenhum resquício do delicioso sabor.

Eu teria de ganhar algum dinheiro. Eu queria beber aquilo todo santo dia até não aguentar mais. Eu ia voltar àquele restaurante pelo qual havia passado há pouco para comprar mais. E ia comer aquela comida deliciosa e morar em uma daquelas lindas casas antigas. Eu comecei a andar novamente, a mente refeita.

Por fim achei um local onde havia uma construção. Eu imaginei se talvez a hora da saída já não houvesse passado. Um grupo de homens com roupas imundas que imediatamente os identificavam como diaristas estava sentado numa rodinha conversando e rindo. Eu perguntei aos homens se eles sabiam onde eu poderia ir para conseguir um emprego na construção. Um dos homens apontou um dedo sujo e disse:

– Volte pra avenida Zhongshan e siga na direção leste. Você vai chegar no Zhu Jiang, um rio bem grande. Lá na beira do rio tem um local de recrutamento.

Eu agradeci ao homem. Quando ele voltou para a rodinha de amigos, eu agarrei uma pá e saí correndo.

Não demorei muito para encontrar o local de recrutamento. Havia um muro de contenção de concreto ao longo da rua, e logo depois dele eu vi a água marrom do rio Pérola. Uns vinte a trinta homens já estavam lá. Dos lados da rua viam-se barracões feitos de pedaços de madeira e sacos velhos de cimento: alojamentos improvisados para abrigar os trabalhadores. Havia inclusive uma barraca de comida. Sem ter muito o que fazer, os homens ou estavam sentados numa rodinha falando alto ou agachados e mortos de cansaço. Eu perguntei a um jovem:

– É aqui que recrutam pessoa pra trabalhar?

– É aqui, sim – respondeu ele abruptamente. Ele olhou com inveja para a minha pá. Eu a agarrei com firmeza e me preparei para lutar caso ele quisesse tirá-la de mim. Eu queria ter certeza de que estava no lugar certo, portanto continuei a lhe fazer perguntas:

– Posso entrar nessa fila também?

– Você tem que chegar aqui cedo para ser recrutado, mas se quiser entrar na fila ninguém vai se importar. Além do mais, já não vai sobrar mais trabalho nenhum quando chegar a nossa vez.

Então era assim que funcionava. Esse camarada estava no final da fila e não deveria ser recrutado naquele dia, mas ia estar no início da fila no dia seguinte. Se você não fosse recrutado num dia, seria no outro. Mas se fosse escolhido, você perdia o dia seguinte. A única maneira de arrumar um emprego, ao que parecia, era estar no início da fila.

– Que horas eles vão começar a contratar amanhã?

– Não tem uma hora específica. Eles mandam um caminhão, enchem de trabalhadores e depois vão embora. Se você não está no caminhão, não arruma trabalho. Não dá para ficar de bobeira por aí.

Entrei na fila logo atrás do homem. De repente a exaustão da viagem finalmente me pegou e eu acabei caindo no sono ali mesmo abraçado à pá.

Acordei com o frio e com o som de pessoas conversando. O dia estava raiando, o céu azul bem na frente de meus olhos. Fiquei surpreso ao descobrir que havia dormido a noite toda encostado na superfície fria e dura do muro de contenção. Eu me levantei e vi vários homens andando agitados de um lado para o outro, como se a seleção do pessoal fosse começar a qualquer momento. Eu esfreguei os olhos e tomei um gole de água. Nesse instante um caminhão veio em nossa direção em alta velocidade.

– Carpinteiros e cules para construção de ponte! – gritou o homem em pé na caçamba. – Cinquenta homens.

Assim que ouviram, os homens começaram a correr na direção dele acenando. Usando um bastão longo para manter todo mundo à distância, o homem continuou:

– Apenas homens com pá e picareta.

Eu fui correndo para a frente da multidão. O homem deu uma boa olhada no meu tamanho e na pá que eu segurava e assentiu com a cabeça. Em seguida ele fez um gesto com o queixo para que eu subisse no caminhão. Assim que ele fez isso todos os homens em volta do caminhão começaram a subir na caçamba, empurrando e se acotovelando, cada um determinado a garantir um lugar para si mesmo. O homem não tinha muito o que fazer para controlar a todos. A caçamba do caminhão balançou e tremeu. Vários homens caíram, ou foram empurrados, e tombaram no chão. Era exatamente como no trem. A caçamba estava lotada de gente, e quando não dava mais para ninguém se espremer lá em cima, o caminhão partiu. Vários homens caíram quando o caminhão sacolejou, mas ninguém parecia estar se importando muito. Eu segurei com firmeza a pá contra o peito, tomando todo o cuidado do mundo para que ninguém a roubasse. A brisa fresca da manhã proporcionada pelo rio pinicava minhas bochechas.

Eu trabalhei na construção civil por três meses. Era um trabalho simples, porém fisicamente pesado. Eu trabalhava de sete da manhã às cinco da tarde. Eu misturava concreto ou ajudava a carregar vigas de ferro. Eu trabalhava com todas as minhas forças e ganhava dezessete iuanes por dia. Era muito pouco, de modo que assim que o dia acabava, eu me encaminhava para a cidade e pegava um serviço de faxineiro ou lixeiro. Eu estava satisfeito com a forma como as coisas caminhavam porque estava ganhando dezessete vezes mais do que o que ganhava na fábrica de chapéus de palha. Simplesmente não havia como comparar as oportunidades que eu tinha na cidade com as que eu tivera na minha aldeia, e eu estava delirando de alegria.

Para conseguir poupar algum dinheiro, eu pegava restos de madeira e plástico nos locais de trabalho e usava os materiais para fazer o meu próprio barracão no local de recrutamento dos trabalhadores. Eu ficava lá a noite toda para que quando o caminhão chegasse de manhã eu pudesse estar logo no início da fila. Os outros homens que moravam por lá eram gentis. Se eles fizessem um cozido com tripas de porco, eles me davam um pouco. Ou então me chamavam para o grupo quando estavam dividindo uma garrafa de vinho barato. Mas só os homens da província de Sichuan faziam isso. O motivo é que nós só confiávamos nas pessoas de nossa própria região, as pessoas que falavam a nossa língua.

Quando consegui poupar mil iuanes, eu decidi parar de trabalhar na construção civil. Eu já tivera a minha cota no barracão. Além do mais, sempre que eu ia à cidade para me divertir um pouco, eu via outros homens da minha idade com garotas, e eles pareciam bem mais felizes do que eu. Eu queria arrumar um emprego na cidade – alguma coisa que fosse mais fácil e mais atraente. Mas o tipo de trabalho que um diarista podia fazer limitava-se ao que eles chamavam de três Ps: qualquer coisa perigosa, pervertida e problemática. Isso também se aplicava aos trabalhos que se encontravam na cidade. Nesse sentido, a China não é muito diferente do Japão. Para conseguir algum conselho sobre como arrumar um emprego, decidi que valia a pena tentar achar a minha irmã. Eu não fizera isso até aquele momento porque ainda estava com raiva por ela ter me abandonado.

Eu fui até a avenida Zhongshan e comprei uma camiseta e uma calça jeans. Eu não queria constrangê-la aparecendo no seu serviço com as minhas roupas esfarrapadas de trabalho. Como eu tinha trabalhado muito tempo na construção civil, a minha pele estava bronzeada e meu corpo ficara mais musculoso. Eu imaginava que assim que a minha irmã me visse com aquele visual mais masculino e urbano ela ficaria impressionada. Eu não me aguentava mais de tanta vontade de enfrentar Jin-long, já que o ódio que sentia por ele ter tirado a minha irmã de mim ainda estava latente. Eu não havia esquecido nem por um segundo de como ele era forte e seguro de si.

Estava fazendo um dia quente no início de junho. Eu levava uma sacola com uma camiseta rosa dentro, um presente para minha irmã, e segui em direção ao Hotel Cisne Branco, localizado na Avenida Huangsha, que margeava o rio Pérola. O hotel destacava-se no lado do rio que dava para a ilha de Shamian. Era colossal, com trinta andares. Enquanto olhava o topo do edifício branco, eu sentia o orgulho queimando o meu corpo só de pensar que Mei-kun, a minha irmã mais nova, estava trabalhando num lugar tão elegante. Mas senti-me tão envergonhado quando vi todos aqueles turistas estrangeiros entrando e saindo do hotel e vagando pelas redondezas que achei difícil passar pelas magníficas portas giratórias. Quatro porteiros corpulentos estavam em pé na entrada do hotel, cada um usando uniformes do mesmo tom marrom. Eles olharam para mim, com desconfiança. Os porteiros cumprimentavam educadamente os hóspedes que chegavam de táxi e conduziam-nos até o interior do hotel. E quando hóspedes estrangeiros voltavam ao hotel a pé, os porteiros falavam com eles em inglês fluente. Esses porteiros não davam nenhuma impressão de que responderiam com amabilidade a qualquer pergunta feita por um tipo como eu, de modo que me aproximei de um homem que estava cuidando de um jardinzinho que ficava ao lado das portas de entrada. Por sua aparência e atitude, eu podia dizer que ele era imigrante.

– Zhang Mei-kun trabalha aqui, e eu gostaria muito que você me dissesse como eu faço para encontrá-la.

– Quer que eu pergunte para você? – foi a resposta do homem, com o sotaque típico do nordeste de Pequim. Ele baixou o ancinho e foi se informar. Eu esperei um bom tempo, mas ele não voltou. Eu olhei os raios de sol cintilando no rio Pérola e fui ficando cada vez mais apreensivo. Por fim, senti um tapinha no ombro. Era o jardineiro. Ele dirigiu-se a mim de modo simpático:

– Parece que não tem nenhuma Zhang Mei-kun trabalhando aqui. Eu pedi a um funcionário pra dar uma olhada na lista de funcionários do hotel e não existe ninguém com esse nome. Sinto muito.

Eu fiquei chocado mas, na realidade, minhas suspeitas com relação a isso já existiam. Ninguém é assim tão sortudo. Com o passar do tempo fui ficando cada vez mais certo de que a minha irmã tinha sido ludibriada por Jin-long, mas o que eu podia fazer? Ao me dar conta de que jamais voltaria a ver Mei-kun, lágrimas começaram a escorrer pelo meu rosto.

– Bom, e um cara chamado Jin-long? Você conhece? Ele é um sujeito grandalhão que parece um gângster. Ele disse que tinha um amigo que trabalhava na cozinha desse hotel.

– Qual é o sobrenome dele? Você sabe em qual restaurante ele trabalha?

Eu não fazia a menor ideia. Eu simplesmente balancei a cabeça.

– Todos os cozinheiros aqui ganham bons salários. É pouco provável que eles tenham amigos bandidos.

O homem deu de ombros, como se fosse rir da minha ignorância, e voltou ao trabalho. Eu fiquei arrasado. Contornei o hotel pela calçada e segui em direção a Shamian, uma ilha natural numa bifurcação do rio Pérola. Eu ouvira falar que antes da Revolução o lugar era um assentamento estrangeiro, e nenhum chinês tinha permissão nem para pisar na ilha. Agora era terra pública e todo mundo podia entrar.

Essa foi a primeira vez que estive em Shamian. Uma avenida ampla espalhava-se ao longo de fileiras e mais fileiras de edifícios em estilo europeu. O centro dessa avenida estava repleto de intensas florações vermelhas de sálvias e hibiscos. As casas ao longo das ruas eram ainda mais bonitas do que as casas arrumadinhas de que eu gostara tanto no Cantão, uma das quais eu queria algum dia poder comprar. Eu me sentei num banquinho e olhei a avenida. A cada dia, eu descobria uma coisa ainda melhor do que o que vira no dia anterior. Meus pensamentos se voltaram para Mei-kun. Por que eu não evitei que ela me abandonasse?

– Ei, você aí! – A voz de um homem interrompeu meus pensamentos. Eu me virei para ver um homem que parecia um policial. Ele se dirigiu a mim num tom arrogante. Meu coração gelou. Eu não levava comigo nenhuma permissão de residência nem qualquer documento de identidade. O homem estava vestido com o típico terno azul dos funcionários do governo. Ele não era muito corpulento, mas andava com determinação e autoconfiança. Certamente devia ter um cargo de alto escalão. A última coisa que eu queria que acontecesse comigo era ser enquadrado por qualquer coisa, então decidi agir como se fosse um caipira idiota.

– Eu não estou fazendo nada de errado.
– Eu sei. Venha comigo um minutinho.

O homem me pegou pelo braço e apontou para um carro preto estacionado ao lado de um dos prédios europeus.

– Entra aí.

Eu não conseguia me soltar. O homem me puxou pelo braço e me levou até o carro. Era um Mercedes grande. O motorista olhou para mim por trás dos óculos escuros e deu um risinho debochado. Eu fui empurrado para dentro do veículo. O homem de terno sentou no banco do carona e virou-se para olhar para mim.

– Eu tenho um emprego para você. Mas você tem que concordar em não comentar nada sobre ele. A condição é essa. Se não puder concordar com essa condição, você sai daqui agora.

– Que tipo de emprego?
– Você vai ver quando chegar lá. Se não estiver interessado, pode sair do carro agora.

Eu estava aterrorizado, mas também bastante intrigado. E se aquela fosse a chance que tanto esperava? Eu não podia desistir. Eu já trabalhara demais como cule, e tinha perdido a minha adorada irmã. O que mais tinha a perder? Eu concordei.

O Mercedes voltou ao Cisne Branco. Ao afastar-me do hotel pouco tempo antes, a última coisa que teria passado pela minha cabeça era voltar ao local. O carro encostou na entrada e os porteiros que antes haviam me ameaçado saíram correndo para nos cumprimentar, abrindo as portas do carro com destreza. Quando me viram sair do carro, os porteiros não conseguiram esconder a surpresa. Meu ânimo foi para as alturas de uma hora para outra. Independentemente do destino que estivesse reservado para mim, a experiência de ter essa sensação já teria valido a pena.

Eu entrei no hotel pela primeira vez, seguindo o homem de terno. O saguão estava repleto de pessoas endinheiradas usando roupas elegantes. Eu parei e dei uma olhada ao redor, incapaz de me conter. O homem agarrou o meu braço e me puxou com grosseria. Ele me empurrou para dentro do elevador e me levou para o último andar, o vigésimo sexto. Quando as portas abriram, eu estava tomado de ansiedade e totalmente incapaz de me mover. Se eu sair agora deste elevador, eu disse a mim mesmo, eu nunca mais vou poder voltar para a minha antiga vida.

3

– **V**amos, saia logo – ordenou o homem impacientemente. Eu olhei para ele estupefato.
– Eu acho que vou desistir. Eu não estou com nenhum documento aqui comigo. Por favor, me deixa voltar para casa.

Insensível aos meus pedidos, o homem agarrou com força os meus braços, me arrancou de dentro do elevador e me obrigou a andar ao lado dele. O homem era forte. Eu não tinha nenhuma opção a não ser segui-lo. Minhas pernas tremiam de medo. O homem me arrastou para um corredor parcamente iluminado e foi me puxando cada vez mais para dentro do hotel. Não havia mais ninguém por perto.

O corredor era coberto por um espesso carpete bege adornado com desenhos de lírios d'água e fênices. Era tão luxuoso que me parecia até errado pisar nele. Um abajur com uma luz muito tênue iluminava um canto na extremidade do corredor e, de algum lugar, vinham os acordes de uma música suave. Um maravilhoso aroma impregnava o corredor. Meu medo deu lugar a uma sensação de delicado conforto. Eu achei aquela mudança abrupta algo inacreditável. Se eu jamais tivesse saído do interior, teria morrido sem nem mesmo saber da existência de um lugar tão fabuloso.

O homem bateu na última porta. Uma voz feminina respondeu e a porta abriu-se imediatamente. Uma jovem estava em pé na nossa frente, vestida com um terninho azul-marinho e usando um batom muito vermelho.

– Entre – disse ela, como se fosse uma ordem. Eu olhei em torno, tenso, e em seguida dei um suspiro de alívio. Havia outros três homens na sala. Todos pareciam ter a mesma idade que eu. Suponho que eles também haviam sido pegos na rua, como eu, e levados até lá. Estavam sentados num sofá, inquietos, e assistindo à TV.

Eu me sentei cuidadosamente na beirada do sofá. Os outros homens eram imigrantes, exatamente como eu. Dava para ver num piscar de olhos, só pelas roupas que usavam. Eles também estavam nervosos por terem sido arrastados por um homem e uma mulher estranhos até o interior de uma sala mais elegante do que qualquer coisa que eles jamais teriam imaginado. Eles também estavam inseguros acerca do que iria acontecer com eles.

– Espere aqui – disse o homem ao entrar na sala adjacente. Ele sumiu por um bom tempo. A mulher de batom vermelho não abriu a boca uma única vez sequer. Ela apenas ficava lá sentada vendo TV conosco. Seus olhos eram tão argutos e penetrantes que presumi que fosse uma policial ou uma agente do governo. Eu já estava na cidade havia três meses, ralando como imigrante; não demorava muito para eu farejar esse tipo de gente. Eles davam na vista com sua postura arrogante e autoritária.

Na TV passava uma reportagem sobre algum tumulto ocorrido. Jovens gritavam com sangue escorrendo pelo rosto; havia tanques do exército nas ruas e pessoas correndo em busca de proteção. Parecia uma guerra civil. Mais tarde vim a saber que aquilo aconteceu no dia seguinte ao massacre da Praça da Paz Celestial. Eu não tinha ouvido falar nada sobre as manifestações e mal podia acreditar no que estava vendo. A mulher de rosto sagaz pegou o controle remoto e desligou a televisão. Os homens, parecendo tensos, evitaram rapidamente os olhos dela e trocaram olhares inquietos entre si.

A sala em que estávamos era gigantesca. Parecia poder acomodar umas vinte ou trinta pessoas. Acho que era decorada no que vocês chamariam de estilo rococó. Havia um suntuoso sofá em estilo ocidental na sala e um enorme aparelho de TV. No canto da sala havia um bar. As cortinas dos janelões estavam abertas e eu conseguia ver os raios do sol da tarde brilhando no rio Pérola. Podia estar quente do lado de fora, mas o ar-condicionado estava ligado na sala e estava frio e seco lá dentro. Resumindo, a temperatura estava uma delícia.

A mulher fuzilou-me com seus olhos mas, sem medo, eu me levantei e dei uma olhada pela janela. À direita eu via barracos improvisados que um grupo de trabalhadores migrantes haviam feito. Que visão atroz. Eles não deveriam ter permissão para construir seus barracos num lugar tão bonito como aquele, eu pensei. A Praça da Paz Celestial parecia muito distante, como algo completamente estranho a mim.

A porta que dava para a sala adjacente abriu suavemente, e o homem que havia me levado para lá esticou a cabeça e apontou para mim.

– Você, venha cá. O resto pode ir embora.

Os homens que estavam esperando pareceram aliviados por um lado e desapontados por outro, como se tivessem perdido uma oportunidade. Ele se levantaram e saíram arrastando os pés. Eu fui para a outra sala, completamente atônito com o que poderia acontecer. Lá eu encontrei uma enorme cama no centro do recinto. Uma mulher estava sentada numa cadeira ao lado da cama, fumando um cigarro. Ela era baixinha, e seu corpo era firme e compacto. Seus cabelos estavam pintados de ruivo e ela usava óculos grandes com armação cor-de-rosa. Um roupão de um vermelho berrante caía-lhe na altura dos ombros. Ela era extravagante e parecia ter uns quarenta anos.

– Venha até aqui.

Sua voz era surpreendentemente suave. Ela fez um gesto para eu me sentar num pequeno sofá. Quando eu me sentei, reparei que o homem que me levara até lá saíra da sala. Só havia eu e a mulher agora, sentados cara a cara. Ela ergueu os olhos – que pareciam duas vezes maiores do que eram devido ao grau dos óculos – e me examinou cuidadosamente. O que está acontecendo aqui, afinal?, eu me perguntei, enquanto retribuía o olhar da mulher.

– O que acha de mim? – perguntou ela.

– Que você é assustadora – eu respondi com sinceridade, e a mulher franziu os lábios numa careta.
– É o que todo mundo diz.
Ela se levantou e abriu um pequeno cofre numa prateleira próxima à cama. Puxou o que parecia ser um pouco de chá e despejou um pouquinho num bule. Suas mãos eram grandes. Em seguida ela despejou água quente com muita habilidade no bule. Ela estava preparando uma xícara de chá para mim.
– É um chá delicioso – disse ela.
Eu teria preferido uma Coca-Cola, pensei comigo mesmo. Mas como eu não estava nem um pouco disposto a irritar a mulher, cuja visão era evidentemente diferente da minha, continuei balançando a cabeça em concordância.
Ela prosseguiu, afirmando triunfantemente:
– Esse chá preto é dos melhores que existem. Vem das minhas terras em Hunan. E a cada ano nós produzimos apenas uma pequena quantidade dele.
A mulher fez um círculo com as mãos do tamanho de uma bola de futebol. Eu jamais tivera a chance de experimentar um chá tão raro.
– Qual é o seu nome?
A mulher bebericou o chá e olhou para mim como se estivesse avaliando uma mercadoria. Seu olhar era suave porém penetrante. Meu coração ficou apertado instintivamente. Eu não sabia o que estava acontecendo, e jamais estivera numa situação como aquela antes: sozinho com uma mulher cujos propósitos eu não compreendia.
– Zhang Zhe-zhong.
– Um nome bem comum. Meu nome é Lou-zhen. Eu ganho a vida como compositora.
Eu não conseguia imaginar como alguém podia ganhar a vida fazendo música, mas mesmo um camponês bicho do mato e ingênuo como eu tinha experiência suficiente para saber que uma mulher que se hospedava em hotéis de luxo como aquele não era uma pessoa qualquer. Lou-zhen, uma compositora, havia contratado um homem para sair atrás de homens como eu. Por quê? Será

que estava envolvida em alguma espécie de crime organizado? Eu comecei a tremer só de pensar nessa possibilidade, assaltado por um medo que não conseguia nomear. Mas Lou-zhen disse, como se a coisa a irritasse:

– Eu quero que você seja meu amante.
– Seu amante? Como assim?
– Você vai dormir comigo.

Ela me olhou bem nos olhos ao dizer isso. Eu senti o meu rosto arder.

– Eu não conseguiria fazer isso.
– Conseguiria, sim – respondeu ela suavemente. – E em retribuição eu vou lhe dar uma bela soma em dinheiro. Você quer muito ganhar dinheiro, não quer? Foi por isso que você veio para esta cidade como trabalhador migrante, não foi?
– Bom, foi sim, mas... Eu tenho sido pago para trabalhar.
– Eu acho que podemos dizer que isso também vai ser um trabalho!

A mulher pareceu ter percebido que o que ela acabara de dizer era estranho, porque riu de um jeito constrangido. Pelo jeito como se comportava, eu não tinha como dizer se ela era de uma boa família ou não. – De quanto dinheiro estamos falando?

– Se você conseguir me satisfazer, eu lhe dou tudo o que quiser. O que acha? Um bom negócio, hein?

Por um minuto, eu não consegui responder. Meu coração estava dividido. Por um lado eu não imaginava que alguma vez pudesse vir a ser um prostituto, independentemente das compensações. Por outro, estava de saco cheio de trabalhar na construção civil e a ideia de ganhar tanto dinheiro fácil era extremamente tentadora. Mais do que tentadora, na verdade. No fim o dinheiro acabou vencendo. Eu balancei lentamente a cabeça em concordância. Lou-zhen sorriu e encheu minha xícara de chá.

Na verdade, é preciso uma boa dose de coragem para escrever sobre isso. Eu hesitei em tornar públicos todos esses detalhes no depoimento por escrito que prestei antes a este tribunal, meritíssimo. Mas agora que me foi dada uma oportunidade para refletir sobre meu passado, eu apenas rezo para que o que escrevi aqui seja lido sem preconceito ou desprezo.

Então foi assim que permiti que a ricaça de meia-idade Lou-zhen me comprasse. Eu sabia que ela só estava interessada no meu corpo, mas ainda assim eu imaginava se talvez ela me amasse. Porque mesmo que ela sempre falasse comigo em tons sugestivos e autoritários, ela me paparicava como se eu fosse seu bichinho de estimação favorito. O motivo pelo qual me escolheu dentre os outros homens foi, segundo ela, porque o meu rosto era o que mais se parecia com o que ela considerava o ideal. E ela gostou do fato de eu ter ficado na minha, olhando pela janela, em vez de sentado com os outros vendo TV. Eu não percebi isso na ocasião, mas havia um espelho duplo na sala onde nos mandaram esperar, e Lou-zhen nos observou o tempo todo.

Mandaram-me morar na suíte de Lou-zhen. Enquanto estive lá – naquele magnífico hotel – eu vi e ouvi coisas que jamais havia experimentado antes: coisas como comida ocidental e como se comportar à mesa, a decadência do café da manhã na cama, uma piscina no terraço do hotel. Eu havia sido criado nas montanhas e não sabia nadar. Na espreguiçadeira ao lado da piscina, tomando sol, eu ficava observando Lou-zhen dar suas braçadas vigorosas e elegantes. A piscina era limitada aos sócios do clube, todos os quais eram ou chineses ricos ou estrangeiros. Eu tinha uma especial predileção por mulheres ocidentais e sentia vergonha de ser visto com a pouco atraente Lou-zhen.

Eu comecei a beber: cerveja e uísque ou conhaque e vinho. Lou-zhen adorava assistir aos filmes americanos. Ela raramente via os noticiários. Eu queria descobrir o que havia acontecido na Praça da Paz Celestial e suas consequências, mas como Lou-zhen não lia jornais eu não tinha como saber. Lou-zhen deixou escapar uma vez que, quando era jovem, estivera nos Estados Unidos. Naquela época as únicas pessoas que viajavam para o exterior eram ou funcionários do governo ou estudantes em intercâmbio, então para mim era um mistério muito grande o porquê da saída de Lou-zhen do país. Mas eu nunca perguntava nada a ela. Eu desempenhava o meu papel do jovem amante à perfeição. Eu fazia o que podia para administrar a vida que levava na cobertura do Hotel Cisne Branco, aquela suíte próxima ao céu.

A suíte podia até beirar o paraíso, mas Lou-zhen era uma pessoa repulsiva. Se eu expressasse uma opinião que fosse sobre qualquer assunto, ela tinha um ataque de nervos. Com uma confiança arrogante ela me proibia de expressar qualquer ideia própria. Nesses momentos eu sentia vontade de cortar todos os laços com ela e sair correndo para algum lugar onde pudesse viver minha própria vida. Mas toda a minha esfera de existência estava agora confinada àquela cobertura e à piscina do vigésimo sexto andar. Eu não tinha permissão para andar livremente pelas dependências do hotel ou para sair sozinho. Uma semana depois de ter concordado em viver com Lou-zhen comecei a lamentar a decisão.

Cerca de dez dias após o incidente na Praça da Paz Celestial, algo aconteceu. O telefone ao lado da cama tocou e quando Lou-zhen atendeu ficou estranhamente pálida. Sua voz ficou tensa.

– Bom, nesse caso, o que eu faço? Acho que é melhor eu voltar agora mesmo.

Ela ainda estava agitada depois de desligar. Ela se aproximou de mim e eu fiz um gesto no sentido de abraçá-la por trás.

– Houve um problema em Pequim.

– Tem a ver com você?

Lou-zhen se levantou e colocou um cigarro na boca. Ela não respondeu.

– Deng Xiaoping foi quem fez! – resmungou ela. Isso foi tudo, mas foi o suficiente para eu perceber que o passado misterioso dela só podia ser explicado por ela ser filha de algum membro do alto escalão do Partido Comunista. Depois da Praça da Paz Celestial, seu pai sem dúvida devia estar enfrentando dificuldades.

Lou-zhen continuou com um péssimo humor durante o resto do dia. Ela recebeu mais telefonemas que a deixaram deprimida, ansiosa e irritada. Eu fiquei assistindo a um filme de Hollywood até que Lou-zhen me disse:

– Eu vou ter de voltar a Pequim por um tempo, Zhe-zhong. Você me espera aqui.

– Eu não posso ir com você? Eu nunca estive em Pequim.

– Não, não é possível. – Lou-zhen balançou a cabeça abruptamente, como um homem.

– Bom, nesse caso, dá para eu dar umas circuladas pelo hotel de vez em quando?

– Eu acho que não tenho muita escolha. Mas mantenha ele sempre por perto.

Ele era o guarda-costas dela, o homem que me levara ao hotel.

– Você não pode sair por aí sem me dizer para onde está indo, e não pode se encontrar com outras mulheres. Se fizer isso comigo, eu mando prendê-lo.

Com essa ameaça, Lou-zhen partiu para Pequim. Ela levou Bai Jie, a mulher de cara astuciosa. Bai Jie era sua secretária e morava no mesmo andar do hotel. Aquela mulher devia realmente me desprezar, porque sempre que se aproximava de mim ela virava a cara de nojo. O guarda-costas e o motorista da limusine não eram muito diferentes. Eles devem ter imaginado que Lou-zhen se cansaria de mim mais cedo ou mais tarde. Portanto, sempre que ela não estava por perto todos eram grosseiros comigo.

Eu queria arranjar uma maneira de sair dali. Um dia depois de Lou-zhen e sua secretária partirem para Pequim, eu fui explorar o hotel sob os olhares vigilante do guarda-costas.

– E aí, quem é afinal o pai de Lou-zhen? – eu perguntei enquanto estávamos no elevador. No dia em que conheci o cara, quando ele me levou para lá, eu tive medo dele. Mas agora a minha atitude mudara completamente, o que não agradou nem um pouco a ele. O guarda-costas não disse nada e olhou para o outro lado.

Eu dei um aperto nele: chantagem.

– É o seguinte, quando a Lou-zhen voltar eu vou contar a ela como você e a secretária roubam os cigarros e a bebida dela para depois revender.

O guarda-costas ficou pálido.

– Se você quer tanto saber eu lhe conto – esbravejou ele –, mas um ignorantão como você não vai reconhecer o nome mesmo.

– Experimenta.

– Li Tou-min.

Eu mal pude acreditar no que acabara de ouvir e quase caí no chão de susto. Li Tou-min era o segundo na hierarquia do Partido Comunista Chinês. Lou-zhen ameaçara me prender se eu tentasse escapar, mas eu não me dera conta do quanto a afirmação era séria. Eu tinha me envolvido com uma mulher realmente perigosa.

– Você só pode estar brincando.

Eu agarrei os ombros do guarda-costas, mas ele me repeliu com aspereza.

– Ela é a filha mais velha de Li. As coisas vão estar bem ou mal pro seu lado de acordo com o seu comportamento. Todos os outros antes de você foram idiotas. Eles foram pegos nessa vida de luxo e esqueceram que a gente é que tinha tirado eles do lamaçal fedorento de que vieram no interior do país. É nessas horas que Lou-zhen é de fato má. Ela deixa muito claro quem eles realmente são.

– Quer dizer então que eu posso ficar tranquilo contanto que me comporte?

O guarda-costas não respondeu. Apenas sorriu. Eu me preparei, pensando na possibilidade de acertar um soco nele bem ali no elevador. Mas quando eu estava pronto para atacar, o elevador chegou no primeiro andar, as portas abriram e eu me vi frente a frente com um mundo inteiramente novo.

Eu me esqueci completamente de Lou-zhen. Havia famílias usando camisetas zanzando pelo saguão do hotel, homens de negócios corriam num ritmo acelerado e havia os porteiros com seus uniformes marrons. Eu tinha ficado enfurnado na suíte de Lou-zhen por muito tempo, fazia pelo menos duas semanas desde a última vez que eu saíra. Uma ocidental usando um vestido curtinho nas costas passou por mim sorrindo quando me viu. Como o mundo é grande! Eu estava absolutamente cativado pelas pessoas diferentes que eu via andando para cima e para baixo no espaçoso saguão. Eram pessoas banhadas em luxo e com a riqueza da paz. Eu queria ser igual a elas. Não, eu estava decidido a *ser* uma delas. Meu coração, dominado por um desejo de riqueza e um anseio de liberdade, estava cheio de amargura. Eu me vi dominado pelo desejo de escapar dali. Como se estivesse lendo a minha mente, o guarda-costas sussurrou em tom ranzinza no meu ouvido:

– Lembre de se comportar. Suas roupas pertencem a Lou-zhen, seus sapatos, tudo. Se você sequer pensar em dar o fora daqui, ela vai te processar por roubo.

– Filho da puta.

– Caipira.
– Estou vendo um.
– Eu não. Eu sou de Pequim.

Enquanto trocávamos insultos em murmúrios, nós zanzávamos pelo saguão, aqui e ali, sem demonstrar um sinal que fosse de agressividade.

Na verdade, a camisa polo branca, a calça jeans e o tênis que eu estava usando haviam sido presentes de Lou-zhen. A camisa polo era da grife londrina Fred Perry. O jeans era Levi's. E o tênis era Nike, de couro preto e listras brancas. Naquela época você provavelmente podia contar nos dedos o número de chineses no mundo que tinham condições de comprar algum artigo da Nike. Quando ganhei o meu par de tênis, fiquei tão feliz que mal cabia em mim. Todas as manhãs eu os pegava nas mãos como se fossem o presente mais precioso que alguém pudesse imaginar. E precisamente porque eu estava vestido tão impecavelmente as pessoas olhavam para mim com respeito.

Ah, ele pode ser jovem, mas pode ter certeza de que é rico. É isso o que eu imaginava que os porteiros estavam pensando quando eu os peguei olhando com inveja para o Nike que eu estava calçando. Até aquele momento eu estivera dominado por Lou-zhen. Eu respirava o ar da sua riqueza até sentir os meus pulmões a ponto de explodir. Mas a riqueza brilha mais quando vem acompanhada pela admiração. Se não houver ninguém para apreciar a sua riqueza, ela perde metade do valor. Quando fiz essa descoberta, percebi que tinha de me afastar de Lou-zhen. Eu precisava me livrar das garras dela.

Sentei-me no sofá no canto do saguão para aproveitar com mais intensidade o meu visual naquelas roupas caras. Havia uma janela exatamente em frente ao sofá, e nela eu via o meu reflexo. Quando me viu admirando minhas próprias roupas, o guarda-costas deu um sorriso debochado de puro prazer.

– A roupa faz o homem! Esses tecidos caros que você está usando também ficavam bem no sujeito que o antecedeu, sabia?

Eu fiquei consternado. As roupas eram de segunda mão? Para mim eram novas.

– O que aconteceu com ele?
– Bom, vamos ver. Aquele merdinha era da província de Heilongjiang. Nós o pegamos se servindo do chá premiado de Lou-zhen e pronto. O babaca antes dele era da Região Autônoma da Mongólia Interior. Ele usou o anel de rubi de Lou-zhen na piscina e perdeu a pedra. Ele disse que queria ver qual era a aparência de uma pedra preciosa debaixo d'água. O tipo de coisa que se espera de um caipira como aquele! Os dois estão curtindo a hospitalidade da prisão neste exato momento.

Quando ouvi isso fui assaltado por uma nova onda de temor. Será que era esse o destino que me esperava? Apenas duas semanas haviam transcorrido desde que eu passara a morar com Lou-zhen. Dava para perceber que ela era ligada em mim, mas eu não conseguia suportá-la. Daquele momento em diante, eu só consegui pensar em fugir dela – e também levar comigo algumas das coisas dela.

Vocês vão ter de me perdoar, mas eu não achava que isso seria um roubo. Por quê? Porque o meu trabalho duro não havia sido recompensado adequadamente. No início, Lou-zhen tinha me prometido um salário, mas ela não me pagava mais do que vinte iuanes por dia. Eu não achava isso justo; ela havia prometido mais, afinal de contas. Mas quando eu perguntei, ela me disse: "Não, não. Eu te pago cem iuanes por dia. Mas tirando o custo de hospedagem, é isso o que sobra. É claro que eu não cobro pelos cigarros e pela bebida."

O guarda-costas agarrou o meu braço.

– Está na hora de voltar. – Sem muita escolha, eu me levantei, sentindo-me o mais miserável dos prisioneiros. Um camponês ridículo sequestrado pela filha de um figurão do partido que estava no poder.

– Olha lá – disse o guarda-costas, me cutucando. – Olha lá aquele garoto no carrinho.

Um homem e uma mulher brancos, presumivelmente um casal de americanos, estavam passando pelo saguão com um carrinho de bebê. Eles pararam perto da fonte. Eu olhei para o casal sem conseguir acreditar que eles estivessem ali sorrindo alegremente. Como era possível que alguém tivesse tanta sorte de poder viajar para o exterior de férias com a família? O marido estava de short e camiseta. A mulher estava com uma camiseta igual e calça jeans. Eles eram um casal branco, robusto e saudável. Mas o bebê no carrinho – tão pequenininho que parecia que nem conseguia se sentar – era asiático. Será que aqueles caridosos estrangeiros haviam adotado aquele ridículo órfão chinês?, eu imaginei.

– O que está acontecendo?

O guarda-costas apontou discretamente para o saguão. Havia casais brancos como aquele por toda parte, empurrando carrinhos de bebê; em todos os casos os bebês nos carrinhos eram chineses, meninos ou meninas. E cada um deles estava vestido com roupinhas brancas novinhas em folha.

– Adoções intermediadas.

– Quem?

O guarda-costas olhou para o teto.

– Lou-zhen está envolvida nisso? Ela disse que era compositora.

– Isso é o que ela diz. Você já ouviu alguma música dela?

Quando balancei a cabeça, o guarda-costas bufou.

– Adoções intermediadas é o verdadeiro trabalho dela. Ela administra uma organização de caridade.

Eu duvidava muito que houvesse alguma caridade envolvida naquilo. Lou-zhen gostava de luxo. Ela não trabalharia se o retorno não fosse régio. Mas eu não conhecia todos os fatos, portanto não vou descrever uma coisa que foge à minha alçada. Eu não quero escrever sobre as adoções em si. O que eu quero registrar aqui é que quando olhei para todos aqueles bebês nos carrinhos, a única coisa que consegui sentir foi inveja. Eles tinham tanta sorte de poder ir para os Estados Unidos enquanto ainda eram bem pequenos para poder entender alguma coisa. Como seria fácil para eles serem criados como americanos.

Eu nasci e fui criado na China. Mas nem uma vez sequer em toda a minha vida, mesmo eu tendo vivido lá durante tanto tempo, alguém fez alguma coisa por mim. Se você nasce no interior, espera-se que permaneça no interior. Se quiser mudar-se para a cidade, precisa ter uma autorização. E nem pense em viajar para o exterior. Aqueles de nós que foram para a cidade como trabalhadores migrantes tiveram de lutar pela sobrevivência, tentando constantemente evitar as armadilhas da lei.

Eu estava imerso nesses pensamentos quando de repente o guarda-costas beliscou o meu cotovelo.

– Ei! Acorda! E pro seu governo, o meu nome é Yu Wei. E me chame de *senhor*, seu babaca. Vê se não se esquece disso.

Mais tarde Yu Wei me disse que Lou-zhen fora obrigada a voltar às pressas para Pequim porque seu irmão mais novo se ferira bastante nos distúrbios que se seguiram aos protestos da Praça da Paz Celestial. Aparentemente, ele havia quebrado o braço e tinha sido preso. Lou-zhen tinha dois meio-irmãos, bem mais jovens do que ela. Um era artista, especializado em gravuras e residente em Xangai. O outro morava em Pequim e tinha uma banda de rock com alguns amigos; sua banda tinha dado vários shows na frente da barraca onde os estudantes estavam realizando a manifestação na Praça da Paz Celestial.

Lou-zhen ficou em Pequim mais tempo do que esperava. Ela não conseguiu ajudar o irmão e foi obrigada a prolongar a estada. Se seu pai tivesse flexionado seu músculo político eles podiam ter libertado o garoto num piscar de olhos. Mas a apresentação do garoto havia sido transmitida pela televisão e mostrada nos telejornais; havia captado a atenção do país – até mesmo do mundo – de forma que não era uma coisa simples tirá-lo da prisão. Haveria confusão se permitissem que ele saísse. No mínimo, insistiu Yu Wei, as autoridades deveriam ser ainda mais rígidas com ele.

Os três filhos de Li Tou-min haviam estudado nos Estados Unidos, recebido polpudas mesadas e foram estimulados a trabalhar em grandes empresas ocidentais nas cidades que haviam escolhido. Eles haviam sido abençoados ao extremo. Na condição de membro do alto escalão do Partido Comunista, Li podia usar sua autoridade para encher seu próprio bolso.

Quando Yu me disse isso eu fiquei com menos raiva do que inveja. Aí estava novamente: na China o destino de uma pessoa é determinado pelo lugar onde nasce. Se eu tivesse nascido filho de um membro do gabinete interno do partido, eu não teria cometido esse crime. Eu lamento profundamente a minha falta de sorte.

Duas semanas se passaram e Lou-zhen ainda não tinha voltado. Ela estava ocupada demais em Pequim tentando fazer com que seu irmão fosse libertado. Se fosse comigo, eu tenho certeza de que eu não ligaria a mínima pelo que viesse a acontecer com algum meio-irmão. Mas para alguém como Lou-zhen, nascida em berço de luxo, eu tenho a impressão de que era impossível pensar apenas em si mesma quando a riqueza de sua família estava sendo ameaçada.

Lou-zhen ligava todos os dias para Yu Wei. Enquanto falava com ela, ele piscava para mim como quem sabe das coisas e começava a fazer caretas e coisa e tal. O máximo que eu conseguia era não ter um ataque de riso.

Eu passei a ser amigo de Yu Wei enquanto Lou-zhen estava ausente. Nós assistíamos à TV juntos, nos servíamos das bebidas de Lou-zhen e, em última análise, nos divertíamos muito. Nosso tema favorito de conversa eram os protestos na Praça da Paz Celestial. Yu Wei chamou minha atenção para uma das jovens manifestantes no noticiário que estávamos vendo. Ela estava organizando os manifestantes.

– Aquela ali é problema, Zhe-zhong – disse Yu Wei. – Só pelos olhos dela eu já sei. Você se deixa prender por uma garota assim, e isso só pode trazer encrenca.

Yu Wei tinha 32 anos. Ele disse que era de Pequim, mas na realidade tinha nascido numa aldeia rural na periferia da cidade. Sua mãe foi empregada da família Li durante anos, e arrumou para ele o emprego de guarda-costas.

Yu Wei era também uma péssima influência. Ele uma vez trouxe uma garrafa de uísque vagabundo e misturou com os escoceses de ótima qualidade de Lou-zhen. Ele remexeu a lixeira e pegou rascunhos de cartas que Lou-zhen havia jogado fora. Ele disse que ia ficar com aquilo como uma espécie de seguro caso algum dia precisasse chantageá-la. Ele também vasculhou as gavetas da escrivaninha dela, atrás da chave do cofre. Eu fiquei preocupado com a possibilidade de ele ser descoberto e eu acabar levando a culpa, mas ele apenas riu e me chamou de medroso.

No dia que recebemos a notícia de que Lou-zhen voltaria na tarde do dia seguinte, Yu Wei e eu fomos para a piscina do terraço. Aquilo para ele era um prazer proibido.

– Um paraíso da porra isso aqui! – zombou Yu Wei. A água na piscina semiolímpica era clara, e o fundo azulado ondulava nos raios de sol. A brisa que soprava no terraço era quente. As ruas abaixo podiam ser barulhentas, mas não havia som perturbando a quietude do terraço. Havia menos de dez pessoas na área da piscina, e ninguém estava nadando. Estavam todos sentados e absolutamente alheios, apenas desfrutando os raios do sol bronzeando seus corpos.

Havia um pequeno bar no canto do pátio. Eu não tinha reparado quando ela chegou, mas uma jovem estava sentada lá, tomando um drinque e aparentemente à espera de alguém. Tinha cabelos longos que caíam-lhe pelas costas e usava apenas um biquíni minúsculo e óculos de sol modernos. Mulheres respeitáveis jamais iam a uma piscina desacompanhadas, portanto eu sabia que ela devia ser uma prostituta esperando algum cliente.

– Está imaginando se ela sairia com a gente?

Quando ouviu o que eu disse, Yu Wei me mostrou um maço de notas escondido debaixo da toalha.

– Com isso aqui ela sairia!

– De onde você tirou isso?

Só podia ser dinheiro de Lou-zhen. Nós podíamos diluir o uísque dela, mas roubar o dinheiro dela ia ser um baita problema. Eu fiquei pálido.

– Merda! E se ela achar que fui eu que roubei?

– Relaxa! – respondeu Yu Wei, aborrecido. Ele acendeu um cigarro. – A gente tira de volta da mulher assim que acabarmos e devolvemos ainda esta noite.

– Bom, vamos lá então.

Yu Wei puxou algumas notas do bolo e colocou na minha mão. A mulher estava com o canudo na boca, olhando em outra direção. Ela não reparou na nossa aproximação. Ela era de fato atraente. Seus membros eram longos e delgados, seu rosto pequeno e oval.

— Oi — eu disse.

A mulher girou o corpo e arquejou ao retirar os óculos de sol. Eu vi, estupefato, os olhos grandes de Mei-kun encherem-se de lágrimas.

— Zhe-zhong!
— O que está acontecendo? — perguntou Yu Wei, desconfiado.
— É a minha irmã!
— Não diga. Irmão e irmã? Dá para ver a semelhança.

Eu fiquei extremamente irritado ao ver como a expressão no rosto de Yu Wei passou de surpresa a escárnio. Sem dúvida ele estava dizendo para si mesmo que cruzara com uma dupla de irmãos prostitutos.

Quanto mais próximo eu ficava de Mei-kun, mais ela se parecia com uma prostituta. A maquiagem que estava usando era exagerada demais para uma mulher numa piscina, e seus cabelos estavam tingidos de castanho como os de uma prostituta barata. Eu estava feliz de vê-la novamente, mas não conseguia me livrar da sensação amarga que me acometera. Você me largou na estação do Cantão e foi parar nesse estado lamentável? Exatamente como eu havia previsto! Eu não conseguia conter a vontade de berrar na cara dela. Minhas emoções estavam uma confusão só. Eu nem sabia direito o que pensar. Então eu simplesmente fiquei lá parado em estado de choque até Mei-kun dar um tapinha no ombro de Yu Wei e dizer:

— Quer me dar licença? Eu tenho muito o que conversar. Gostaria de um pouco de privacidade, por favor.

Yu Wei deu de ombros, desgostoso, comprou uma cerveja, foi se sentar numa cadeira distante dali e abriu um jornal.

— Oh, Zhe-zhong. Como eu estou feliz de ver você! Me tira desta! Aquele Jin-long tem o coração de uma cobra. Ele me manda arrumar clientes e depois leva todo o meu dinheiro. Se eu reclamar ele me bate. Agora mesmo ele está esperando por mim lá no saguão. Ele me mandou aqui para eu arrumar algum cliente. Vamos embora juntos.

Mei-kun olhava nervosa para as pessoas na piscina. Eu estava chocado por vê-la naquele estado — Mei-kun, que sempre fora tão confiante, tão rápida em tirar vantagem de alguma situação. Mas com quem eu podia falar? Assim que Lou-zhen voltasse, eu voltaria a ser o seu cãozinho de estimação. O que podia ser mais patético do que um irmão e uma irmã acabando daquela maneira? Eu senti uma amargura, como se estivesse sendo sobrepujado por uma existência muito maior do que a minha, um ser que eu não seria capaz de enfrentar. A menos que se tenha experimentado esse tipo de desamparo, não há como entender. Eu não tinha como escapar. Mas por que eu tinha tanto medo de Lou-zhen?

– É fácil falar que a gente precisa fugir. Mas para onde iríamos?

Minha pergunta soou fraca e desfocada. Mas a resposta de Mei-kun foi rápida e certeira.

– Vamos para Shenzhen.

E assim Mei-kun determinou, como havia feito antes, o próximo destino de minha peregrinação: Shenzhen. Era mais uma das chamadas Zonas Econômicas Especiais, como eu ouvia os outros dizerem. Há todo tipo de emprego em Shenzhen e os salários são bons. Eu estou morando em Tóquio há muitos anos. Sempre que pego o trem que passa pela estação de Shinsen eu me lembro da China. A pronúncia dos dois nomes é muito parecida. *Próxima estação: Shinsen*, diz o condutor no alto-falante, e por um minuto eu sou transportado de volta a esse momento específico do tempo. É uma sensação estranha.

– É uma ótima ideia, mas como é que a gente vai conseguir colocá-la em prática?

Eu olhava para o céu sem nenhuma esperança. Assim que soubesse que eu tinha fugido, Lou-zhen iria me caçar, utilizando todas as vantagens de sua rede de influência e contatos. Eu não queria acabar na cadeia, seria o fundo do poço. Mei-kun agarrou o meu braço com força e plantou os pés no chão com firmeza.

– Escuta aqui, você precisa chegar a uma conclusão. A gente não vai ter outra chance como essa.

Eu me virei para olhar para Yu Wei. Ele estava olhando com a cara feia para mim. Será que suspeitava de alguma coisa?

– Zhe-zhong, você quer que eu seja puta pro resto da vida?

Não, eu balancei a cabeça, com a sensação de que havia levado um tapa. Suponho que seria quase impossível outra pessoa realmente entender como eu estava me sentindo. Eu fora criado com Mei-kun e ela era muito querida, uma presença muito importante. Mas desde que ela havia me abandonado, nascera em mim um ódio profundo dela. O ódio é uma coisa aterrorizante. Eu fui tomado de uma desejo cruel, uma esperança de que Mei-kun tivesse também um destino amargo. Mas mesmo que eu soubesse que ela estava sofrendo, ainda assim eu não estava feliz. E isso porque a visão de Mei-kun sofrendo fazia com que eu também sofresse. Por fim decidi fugir com ela por um único motivo. Eu não conseguia suportar a ideia de Mei-kun indo para a cama com outros homens. Isso me deixava enciumado. Eu tinha a sensação de que algo que eu possuía – algo que me pertencia – havia sido estragado.

– Mas o que posso fazer? Yu Wei está sempre de olho em mim.

Assim que comecei a contar os detalhes da minha própria situação, Mei-kun falou com aspereza:

– Não tem problema. É só dizer a ele que eu quero ir para cama com ele. A gente encena qualquer coisa, que tal?

Eu peguei Mei-kun pelo braço e a levei até Yu Wei.

– Yu Wei, minha irmã está dizendo que está interessada em você.

Yu Wei empurrou a cadeira para trás e se levantou. Seu rosto se encheu de orgulho.

– É mesmo? Você falou bem de mim, não foi?

Yu Wei foi andando, os passos cheios de ginga. Nós fomos atrás dele. Nós três voltamos para a cobertura de Lou-zhen. Mei-kun ficou impressionada com o luxo das acomodações. Ela olhou para mim com inveja.

– Zhe-zhong, você mora aqui? Que lugar incrível! Parece um sonho. Você tem ar-condicionado, televisão e serviço de quarto!

Yu Wei lutou para conter um riso sardônico. Isso me deixou com raiva e eu me virei para ele.

– Yu Wei, minha irmã não custa pouco. Você vai ter de pagar mil iuanes. Adiantado.

Sem protestar, Yu Wei entregou à minha irmã o bolo de notas que havia me mostrado na piscina. Era o dinheiro que ele havia roubado do cofre de Lou-zhen. Eu fiquei um pouco perturbado e coloquei o dinheiro em cima da escrivaninha. Se Lou-zhen colocasse a culpa em mim pelo sumiço do dinheiro, eu ficaria seriamente encrencado. Enquanto Yu Wei entrava no quarto de Louzhen para ligar o ar-condicionado, Mei-kun sussurrou:

– Vamos embora quando ele estiver tomando banho, Zhezhong. Esteja pronto e espere.

Mei-kun segurou na mão de Yu Wei e desapareceu com ele no quarto de Lou-zhen. Dava para ouvir o som do chuveiro. Eu estava tão nervoso que nem sabia o que fazer. Eu sentava e logo depois me levantava e começava a andar de um lado para o outro. Não conseguia relaxar. De repente, Mei-kun saiu correndo do quarto.

– Vamos embora, Zhe-zhong.

Eu segurei na mão dela e nós dois saímos da cobertura de Louzhen. Enquanto corria pelo corredor, Mei-kun começou a rir.

– Ah, que sensação maravilhosa!

Mas eu estava preocupado demais com o que poderia acontecer e não tinha condições de compartilhar sua alegria.

Assim que entramos no elevador lembrei de repente da camiseta cor-de-rosa que eu tinha comprado para dar a ela. Eu tinha esquecido na cobertura. Sem pensar, deixei escapar um grito. Mas Mei-kun estava apenas interessada no dinheiro.

– Uau! Eu nunca ganhei tanto dinheiro assim!

Ela balançou as notas na minha frente. Era o dinheiro que eu deixara em cima da escrivaninha.

– Por que você trouxe isso? Esse dinheiro não é do Yu Wei!

– Deixa de ser bobo. Não vamos conseguir fugir daqui sem dinheiro!

Mei-kun enfiou as notas na bolsa de grife que levava no ombro.

– Eu vou ser acusado de roubo.

Mei-kun nem prestou atenção ao que eu disse. Nos breves quatro meses que haviam se passado desde a nossa separação na estação do Cantão, minha irmã havia mudado. Eu olhei para o seu rosto, o rosto da irmãzinha que eu adorava. Seu nariz era ligeiramente arrebitado. Seus lábios estavam ligeiramente franzidos e seu rosto cheio e adorável. Sem pensar, senti vontade de abraçar aquele corpo delgado. Ela era tão bonita e seu coração tão cheio de maldade.

Eu tinha certeza de que nós estávamos roubando o dinheiro de Lou-zhen, um crime que ficaria grudado em mim como uma camiseta molhada. Meu coração ficou pesado. De algum modo, a camiseta que eu deixara para trás simbolizava tudo o que havia acontecido comigo. Era a inocência que antes pertencera a mim e a Mei-kun. Eu a esquecera no quarto de Lou-zhen. E viveria sem jamais poder recuperá-la.

Quando disparamos pelo saguão, eu vi um homem sentado num sofá usando uma camisa havaiana e fumando um cigarro. Ele olhou alarmado quando ouviu a nossa aproximação. Era Jin-long. Ele estava usando óculos escuros, mas não havia a menor dúvida. Ele se levantou num salto e correu atrás de nós.

– Táxi! – eu gritei impacientemente, dirigindo-me ao porteiro. E foi assim que nós dois fizemos nossa dolorosa saída do Cantão.

Tudo bem, o investigador Takahashi acabou de chamar a minha atenção por escrever demais sobre assuntos que não cabem aqui. Eu recebi uma oportunidade preciosa para escrever sobre o crime que cometi. Eu matei uma mulher que nem conhecia, e eu deveria estar refletindo acerca da minha própria estupidez neste testemunho. Mas aqui estou eu falando sem parar sobre a criação prosaica que recebi de meus pais e sobre todas as atividades vergonhosas com as quais me envolvi. Eu peço desculpas ao senhor, investigador Takahashi, e ao meritíssimo, por forçá-los a ler esta longa e insignificante divagação.

Entretanto, eu escrevi sobre a vida que levava em minha terra natal porque quero que vocês compreendam que tudo o que sempre quis foi a chance de ganhar o dinheiro que eu julgava necessário para viver independente e confortavelmente sem ser obrigado a me valer de comportamentos escusos. E, no entanto, aqui estou eu na prisão, apesar de tudo – forçado a suportar dia sim dia não os constantes interrogatórios dos investigadores e inclusive sendo obrigado a sofrer a humilhação de ser suspeito do assassinato de Kazue Satō. Eu não tive nenhum tipo de participação na morte dela. Deixei isso muito claro em diversas ocasiões. Mas eu gostaria de salientar mais uma vez a título de registro: eu não tenho nada a ver com o assassinato de Kazue Satō. Eu não sei nada a respeito dela, de maneira que não tenho o que escrever sobre ela aqui. O investigador Takahashi me disse para escrever apenas o que sei sobre os crimes aqui considerados, portanto vou me apressar para completar o relato.

Era necessário um passe para entrar na Zona Econômica Especial de Shenzhen, o que, obviamente, nós não tínhamos. Então decidimos nos estabelecer primeiro na cidade de Dongguan, uma pequena municipalidade não muito distante, e começar a procurar emprego. Conhecida como uma segunda zona de fronteira, Dongguan é próspera, e os chineses que trabalham em Shenzhen podem gastar por lá. O interessante é que os chineses que moram em Hong Kong acham os preços de Shenzhen mais baratos e, por conta disso, vão para a cidade fazer compras e se divertir. Os chineses que moram em Shenzhen têm a mesma opinião sobre a cidade de Dongguan, porque Dongguan fica perto de uma das Zonas Econômicas Especiais. Mei-kun arranjou um emprego de babá dos filhos das mulheres que trabalhavam como hostess nos bares e eu arranjei um trabalho numa fábrica de enlatados.

Eu acho que esse período foi o mais feliz da minha vida. Nós dois vivíamos em harmonia, ajudando um ao outro como se fôssemos marido e mulher e, depois de quase dois anos de trabalho duro, conseguimos juntar o dinheiro necessário para comprar os vistos para Shenzhen. Nós nos mudamos para lá em 1991.

Conseguimos arrumar empregos no melhor clube de caraoquê de Shenzhen. Mei-kun trabalhava como hostess e eu era subgerente. Foi Mei-kun quem me ajudou a conseguir o emprego. Ela foi contratada antes e disse que só trabalharia lá se eu também fosse contratado. Eu não fiquei exatamente contente com a ideia de Mei-kun trabalhando de hostess. Eu me senti desconfortável porque me parecia claro que nessa função seria muito fácil ela voltar à prostituição. Mei-kun, por sua vez, se preocupava com a possibilidade de eu me envolver com uma das outras garotas que trabalhavam na casa. Então um ficava de olho no outro enquanto trabalhávamos, uma situação bastante peculiar na vida de dois irmãos.

Por que eu vim para o Japão? É uma pergunta que frequentemente me fazem. Minha irmã foi, como sempre, o fator determinante no meu destino. Para ser franco, eu sempre quis morar nos Estados Unidos. Mas Mei-kun era absolutamente contra. Nos Estados Unidos, os trabalhadores chineses são enganados e recebem apenas um dólar por hora de trabalho. Mas no Japão nós poderíamos ganhar mais, poupar e depois nos mudar para a América com o dinheiro que tivéssemos juntado. A lógica de Mei-kun sempre prevaleceu sobre a minha indecisão. Eu não concordava com ela mas, como de costume, não tive condições de confrontá-la.

Um dia aconteceu algo que me persuadiu a ir para o Japão o mais rápido possível. O proprietário da casa noturna me chamou em seu escritório.

– Apareceu um homem aqui vindo do Cantão atrás de um cara chamado Zhang, de Sichuan. Parece que ele tem procurado por toda a cidade. Você é essa pessoa que ele está procurando?

– Tem um monte de gente de Sichuan chamado Zhang – eu respondi com indiferença, sem um piscar de olho. – O que esse homem quer?

– Ele disse que tinha alguma coisa a ver com a Praça da Paz Celestial. Parece que está oferecendo uma recompensa.

– Como ele é?

– Ele estava com uma mulher. O cara era um filho da puta mal-encarado, e a mulher tinha os olhos pretos e pequenos.

O proprietário da casa noturna, que não gostava de problema, olhou para mim com desconfiança. Lou-zhen tinha mandado Yu Wei e Bai Jie atrás de mim. Eu comecei a sentir o sangue sumir do meu rosto e esforcei-me para manter a calma. Se eles estivessem mesmo oferecendo uma recompensa, não ia demorar muito até que alguém nos entregasse. Todo mundo que trabalhava em Shenzhen estava atrás de dinheiro.

Naquela noite, quando voltei para casa, eu discuti a situação com Mei-kun. Ela ergueu as sobrancelhas.

– Para falar a verdade, eu não te contei, Zhe-zhong, mas outro dia eu vi um cara em frente à estação muito parecido com Jin-long. Eu fiquei assustadíssima com a possibilidade de ele aparecer lá no trabalho em algum momento. De repente a nossa sorte acabou por aqui.

O clube de caraoquê onde nós estávamos empregados era caro e bem conhecido. Não era o tipo de clube frequentado pelos locais. A maioria da clientela vinha de Hong Kong ou do Japão. Eu não achava provável que Jin-long desse as caras por lá, mas Shenzhen não era tão grande assim. Nós daríamos de cara com ele mais cedo ou mais tarde. As coisas estavam ficando perigosas para nós por lá.

No dia seguinte comecei a procurar um cabeça de cobra – um contrabandista – que pudesse nos ajudar a chegar ao Japão. Se nós fôssemos para Xangai, eu imaginava que poderíamos encontrar um monte de cabeças de cobra dispostos a nos afastar de Jin-long. Mas Lou-zhen era outra história. Seu irmão mais novo morava em Xangai e não era muito provável que houvesse muita gente disposta a se meter com a autoridade que ela poderia representar. A coisa não ia ser fácil. Então uma hostess de Changle, na província de Fujian, me contou sobre um cabeça de cobra que ela conhecia lá. Eu liguei para ele imediatamente e pedi para ele nos levar clandestinamente para o Japão.

O homem queria um pagamento adiantado de apenas 1 milhão de ienes para cobrir os custos de dois passaportes falsos. O resto do dinheiro nós pagaríamos assim que chegássemos ao Japão e começássemos a trabalhar – um adicional de 2 milhões de ienes por pessoa. O custo total, portanto, seria de 5 milhões de ienes. Eu dei um suspiro de alívio. Desde que descobrira que estava sendo caçado, eu estava tão ocupado em olhar para trás que o meu pescoço doía constantemente.

9 de fevereiro de 1992: eu nunca esquecerei desse dia enquanto viver. Esse foi o dia em que nós zarpamos para o Japão. Por uma total coincidência, foi na mesma data, três anos antes, em que eu e Mei-kun fugimos de nossa aldeia. Só alguém que já fez essa via-

gem para cá tem condições de entender os perigos que meus compatriotas e eu encaramos. E quando penso na morte da minha irmã, eu me encho de amargura. Eu nunca senti vontade de falar sobre isso com ninguém, então vou fazer apenas um breve relato sem entrar em muitos detalhes.

Quarenta e nove chineses embarcaram no navio. A maioria formada por homens jovens provenientes da província de Fujian. Algumas mulheres da idade de Mei-kun também estavam a bordo. Eram casadas, eu supunha, levando-se em conta a maneira como estavam sentadas perto de seus companheiros de sexo masculino, os olhos baixos. Aterrorizadas com a perigosa viagem marítima que tinham pela frente, elas estavam, no entanto, determinadas a não representar um fardo para seus maridos. Mas Mei-kun estava imperturbável. Ela pegava o tempo todo o passaporte de capa marrom e o balançava no ar cheia de felicidade, o passaporte que ela imaginara jamais conseguir.

O primeiro barco que pegamos era pequeno, um barco pesqueiro comum. Nós saímos do porto de Changle espremidos uns nos outros no porão. As águas estavam calmas e a temperatura agradável. Eu deixei escapar um suspiro de alívio. Mas assim que nos afastamos do litoral e entramos em mar aberto, o vento começou a soprar com força. O barco foi sacudido impiedosamente por ondas fortes. Por fim, alcançamos um enorme cargueiro. O capitão de nosso barco entregou a cada um de nós uma chave de fenda e nos disse para subir a bordo do navio. Eu não fazia a menor ideia do que faríamos com aquela chave de fenda, mas subi desajeitadamente no deque da embarcação.

Quando estávamos a bordo, fomos conduzidos até um estreito contêiner de madeira. Eles fecharam a parte de cima, de modo que, olhando de fora, ninguém veria que havia gente lá dentro. O interior era um breu total. E com 49 pessoas apertadas naquele espaço exíguo, o ar logo ficou viciado e pesado.

– Façam buracos nas laterais com as chaves de fenda – eu ouvi alguém gritar. O som das batidas que surgiu ao meu redor era apavorante com todas aquelas pessoas trabalhando freneticamente para abrir buracos de ar nas laterais do contêiner. Eu também comecei a dar os meus golpes com toda a força, mas por mais que tentasse consegui abrir apenas um buraquinho de um centímetro. Grudei a boca na abertura e suguei o ar fresco do exterior. Eu não iria morrer. Gradativamente, o pânico que eu havia sentido diante da perspectiva de morrer sufocado começou a ceder. Mas não demorou muito até que todos nós começássemos a sentir um cheiro horrível. A princípio havíamos designado um canto do contêiner para nossas necessidades fisiológicas, mas no segundo dia praticamente o chão inteiro já estava coberto de fezes e urina. Mei-kun, que começara a viagem num ótimo humor, ficou taciturna. Ela agarrou a minha mão e se recusou a sair do meu lado. Mei-kun era claustrofóbica.

No quarto dia de nossa viagem, o motor do navio parou. Nós podíamos ouvir a tripulação correndo apressadamente pelo convés. Nós havíamos alcançado Taiwan. Mas como ninguém nos dizia nada, eu pensei que talvez tivéssemos chegado ao Japão.
Mei-kun, que passara todo o tempo amparada em mim, enjoada além de claustrofóbica, de repente se sentou e agarrou o meu casaco com grande animação.
– Estamos no Japão?
– Talvez.
Eu não estava certo, então o que fiz foi dar de ombros. Mas Mei-kun levantou-se com um salto e começou a pentear os cabelos, quase sem conseguir conter o entusiasmo. Se tivéssemos um pouco mais de luz no contêiner, eu tenho certeza de que ela teria se maquiado. Mas depois de um dia inteiro, o navio permanecia ancorado. Ninguém veio falar conosco. Mei-kun não conseguia ficar parada. Ela estava agitada e não parava de passar a mão na parede do contêiner, dando tapas com força no material.
– Deixa eu sair daqui!
Um dos homens da província de Fujian que estava agachado no escuro falou comigo num sussurro rouco:
– Você precisa fazer ela se acalmar. Ainda estamos em Taiwan.
Quando Mei-kun ouviu a palavra Taiwan, ficou horrorizada.

– Eu não estou nem aí se isso aqui é Taiwan. Eu preciso sair daqui. Eu não aguento mais! Alguém me ajude por favor! – Ela começou a socar a parede do contêiner, berrando histericamente.

– Ei, dá um jeito aí na sua mulher. Se alguém ouvir, todo mundo aqui vai se foder.

Eu deveria ter sido mais delicado, mas o fato é que dava para sentir 47 pares de olhos em cima de mim e eu acabei dando um tapa na cara de Mei-kun para que ela calasse a boca. Assim que a atingi, ela desabou no chão como se fosse uma marionete com as cordas arrebentadas. Ela caiu onde o chão estava imundo com vômito e fezes, e ficou lá prostrada, com o rosto para cima, os olhos mirando a escuridão. Como ela não se mexia eu fiquei preocupado, mas eu também não podia deixar Mei-kun colocar em risco a vida de todos os outros no contêiner. Contanto que ficasse quieta, eu achei melhor deixá-la onde estava. Mais tarde, quando rememorei essa terrível tragédia, eu não consegui acreditar que pudesse ter acabado com a vida de Mei-kun apenas com um tapa na cara. Não Mei-kun. Ela era tão forte, tão determinada.

No dia seguinte o navio finalmente zarpou de Taiwan. Navegou lentamente nas águas agitadas de inverno em direção ao Japão. Mei-kun ficou exatamente onde estava, uma quase inválida, sem comer e sem falar. No sexto dia finalmente abriram o contêiner. O ar do mar estava frio, quase congelante. Mas depois de ficar trancado naquele ar fedorento do contêiner, a sensação que ele proporcionava era de limpeza e entusiasmo. Eu abri a boca e engoli grandes quantidades de ar. Mei-kun conseguiu se levantar por conta própria, apesar da fraqueza. Ela olhou para mim e deu um leve sorriso.

– Foi horrível.

Nem em um milhão de anos eu teria acreditado que aquelas seriam as últimas palavras de Mei-kun, mas menos de vinte minutos depois, assim que embarcamos num pequeno barco que nos levaria através da escuridão para a costa japonesa, o acidente aconteceu. Por algum motivo, no instante em que Mei-kun pisou no barco, o mar, que até aquele momento estava tranquilo, produziu misteriosamente uma gigantesca onda. Mei-kun tombou na água antes que alguém pudesse segurá-la. Eu tinha embarcado antes dela e tentei agarrar sua mão, mas tudo aconteceu muito rapidamente. Quando tentei alcançá-la, minha mão não achou nada além de ar. Enquanto caía no mar, Mei-kun olhou para mim com uma expressão de choque. E então desapareceu nas ondas. Sua mão se moveu para a frente e para trás por um segundo – como se estivesse dando adeus – e a única coisa que eu pude fazer foi olhar a cena em total estupor. Mesmo que tentasse ajudá-la, eu não sabia nadar. Eu berrei o nome dela. Mas não havia nada que alguém pudesse fazer. Nós apenas ficamos olhando as águas escuras. Minha querida irmãzinha morreu nas águas frias do inverno, o Japão por que ela tanto ansiava sumindo bem diante de seus olhos.

Eu estou agora quase no fim do meu longo e divagante relato. Investigador Takahashi, meritíssimo, por favor lhes peço que leiam até o fim. O investigador Takahashi intitulou este relato de "Meus crimes" e sugeriu que eu refletisse sobre o meu comportamento ilícito escrevendo a respeito de minha criação e de todos os meus erros passados. Agora, à medida que tantas lembranças diferentes me veem à mente, eu me sinto sufocado pelas lágrimas do arrependimento. Eu sou sem dúvida nenhuma um homem desprezível. Fui incapaz de salvar Mei-kun, matei Yuriko Hirata e continuei vivendo confortavelmente apesar de tudo. Como eu gostaria de poder voltar no tempo e começar tudo de novo! Eu poderia voltar a ser o garoto que era quando saí de casa com a minha irmã. Como o futuro me parecia luminoso naquele momento, tão promissor! E no entanto tudo o que me resta agora é esse crime. Um crime horrível que somente uma criatura condenável poderia ter cometido. Eu matei a primeira mulher que conheci neste país estrangeiro. Eu creio que acabei me tornando essa pessoa má porque perdi Mei-kun, minha própria alma.

Um alienígena ilegal no Japão, eu vivia como um gato de rua, me esquivando aqui e ali, constantemente com medo de chamar a atenção dos outros. Os chineses estão acostumados a comunidades bem unidas, nunca se afastando de casa e contando com o apoio e a orientação dos membros da família. Mas aqui eu estava a muitos quilômetros de casa e da família. Eu não tinha ninguém que pudesse me ajudar a achar um emprego ou um lugar para morar; eu tinha de fazer tudo isso sozinho. E quando perdi minha irmã, eu não tinha mais ninguém para me consolar. Depois de três anos de trabalho duro, eu finalmente tive condições de pagar ao contrabandista a quantia que ele desembolsara para trazer a mim e a minha irmã ao Japão. Mas depois disso eu não tinha mais muitos objetivos na vida, e perdi inclusive a vontade de poupar. A maioria dos outros homens que eu conheci no Japão tinha mulheres e filhos na China e trabalhavam para mandar dinheiro para a família. Eu tinha inveja deles.

Por volta dessa época eu conheci uma taiwanesa que estava trabalhando em Kabuki-chō. Eu acabei de escrever que Hirata foi a primeira mulher que conheci no Japão mas, na verdade, eu fui com essa taiwanesa ver o filme *Terra amarela*. Ela era dez anos mais velha do que eu e tinha dois filhos que deixara em Kaohiung. Enquanto trabalhava como gerente de uma boate, ela fazia um curso de japonês e juntava dinheiro para enviar aos filhos. Ela era uma pessoa muito gentil e cuidava muito bem de mim quando eu estava me sentindo desesperado.

Mas por mais que uma pessoa seja gentil, se a educação é diferente, a pessoa não tem como saber como você realmente está se sentindo. Ela não tinha realmente como entender como era ser criado numa aldeia tão pobre e depois sofrer as dificuldades do trabalho migrante e a agonia de perder uma irmã. Isso me perturbava, e eu acabei me separando dela. Foi nessa altura que eu decidi ter como meta viajar sozinho para a América.

Um cara desgarrado não tem escolha a não ser viver como um desgarrado. Mesmo que eu dividisse o apartamento com vários outros em Shinsen, nós éramos todos, cada um a seu jeito, solitários. Eu nem sabia que Chen-yi e Huang eram fugitivos até que soube por intermédio do investigador Takahashi. Se soubesse que eram criminosos, eu certamente não teria me aproximado deles. O motivo pelo qual comecei a brigar com os outros homens com quem morava eram os planos secretos que eu estava fazendo para viajar para Nova York. Não foi simplesmente um desentendimento acerca de dinheiro.

O investigador Takahashi me criticou por extorquir o aluguel do apartamento de meus companheiros. Eu era o responsável por alugar o apartamento de Chen. Eu tinha de garantir que o lugar estivesse limpo e arrumado e tinha de bancar as despesas de água, luz etc. Então, fazia todo o sentido eles pagarem mais. Quem vocês acham que limpava o banheiro? Quem recolhia o lixo? Eu fazia tudo isso, e cuidava para que a roupa de cama secasse no varal.

Ter sido traído pelos homens que dividiam a casa comigo me deixou profundamente magoado, principalmente Huang. Tudo o que ele disse era mentira. Que eu conhecia Kazue Satō há muito tempo; que nós três tínhamos tido relações. Isso tudo não passa de mentira deslavada. Ele deve ter tido seus motivos para tentar colocar a culpa em mim. Por favor pensem nisso, investigador Takahashi, meritíssimo. Eu imploro a vocês. Eu sei que eu já disse isso muitas e muitas vezes, mas nunca estive com Kazue Satō. Essa acusação contra mim é falsa.

Eu ter conhecido Yuriko Hirata foi falta de sorte para nós dois. O investigador Takahashi me disse que a srta. Hirata tinha sido muito bonita e que trabalhara como modelo. Ele disse ainda que "quando ficou velha e feia, ela virou uma prostituta de rua". Mas eu achava que ela ainda era bonita.

Quando a vi pela primeira vez em Kabuki-chō, fui atraído por sua beleza e juventude. Eu nem me importei com a hora – já bem tarde – só sei que decidi pegar o caminho que passava por Kabuki-chō ao voltar para casa do Futamomokko naquela noite. Quando vi que a srta. Hirata estava em pé na chuva esperando por mim, fiquei tremendamente entusiasmado. Ela olhou para mim e sorriu ligeiramente. Em seguida disse:

– Eu estou quase congelando aqui, esperando por você!

Até hoje eu me lembro com muita clareza daquela noite chuvosa. A srta. Hirata segurava um guarda-chuva, e os cabelos pretos que lhe caíam pelas costas, quase até a cintura, pareciam muito com os de Mei-kun. Meu coração começou a bater com força. Seu rosto também era igualzinho ao de Mei-kun. Essa foi a principal razão de minha atração por ela. Eu procurava Mei-kun. Os homens com que convivia sempre diziam: "Sua irmã está morta. Você precisa superar isso!" Mas eu não conseguia deixar de fantasiar que ela ainda estava neste mundo e que eu cruzaria com ela novamente algum dia.

 Não há dúvida de que ela desapareceu naquela noite no mar. Mas e se algum barco de pesca passando pelo local a tivesse resgatado? Ela ainda podia estar viva. Ou quem sabe ela tenha nadado até uma ilha próxima. Eu me aferrava a tais esperanças. Mei-kun havia sido criada nas montanhas, como eu. Ela não sabia nadar. Mas ela era uma mulher de muita força de vontade e talento. Eu ainda me lembro quando dei de cara com ela na piscina daquele hotel. "Zhe-zhong!", ela gritara para mim na ocasião, os olhos cheios de lágrimas. E assim eu andava pelas ruas na esperança – na expectativa – de voltar a vê-la.

 A srta. Hirata me elogiou quando me viu pela primeira vez:

 – Você tem um rosto bonito.

 E eu disse a ela em retribuição:

 – Você é igualzinha à minha irmã mais nova. Vocês duas são lindas.

 – Quantos anos tem a sua irmã mais nova? – perguntou a srta. Hirata, enquanto andava ao meu lado. Ela jogou o cigarro que estava fumando numa poça e se virou para olhar para mim. Eu olhei fixamente para ela. Não, ela não era Mei-kun. Eu fiquei decepcionado.

 – Ela morreu.

 – Morreu?

 Ela deu de ombros. Ela parecia tão triste que eu me senti atraído por ela. Ela parecia o tipo de pessoa com quem eu poderia me abrir. E então a srta. Hirata disse:

 – Eu gostaria muito de ouvir essa história. Eu moro pertinho daqui. Por que a gente não vai lá tomar umas cervejas?

O investigador Takahashi disse que é exatamente isso o que as prostitutas dizem. Ele não acredita no meu testemunho. Mas quando conheci a srta. Hirata, eu não estava me encontrando com uma prostituta; eu estava me encontrando com alguém cujos cabelos e rosto eram exatamente iguais aos da minha irmãzinha. Na minha opinião, o fato de a srta. Hirata ter comprado as cervejas e os pães doces com seu próprio dinheiro quando nós paramos na loja de conveniências é toda a prova de que preciso para sustentar o meu testemunho, vocês não acham? Eu acho que a srta. Hirata estava interessada em mim. É claro que nós negociamos um preço, isso é verdade. Mas o fato de ela baixar de 30 mil ienes para 15 mil deveria ser uma prova de que estava a fim de mim.

Assim que entrou em seu apartamento em Ōkubo, a srta. Hirata virou-se para mim e perguntou:

— E aí? O que você gostaria de fazer? A gente pode fazer o que você quiser, é só dizer.

Eu disse a ela exatamente o que eu tenho repetido a mim mesmo em meu coração durante todo esse tempo.

— Eu quero que você olhe para mim com lágrimas nos olhos e grite "Meu irmão!"

A srta. Hirata fez o que eu pedi. Sem pensar, eu me aproximei e a abracei.

— Mei-kun! Como eu queria te ver!

Enquanto a srta. Hirata e eu estávamos fazendo sexo eu mal me continha de tanta excitação. Eu suponho que aquilo era uma coisa errada. Mas confirmava tudo. Eu não amava a minha irmã como irmã. Eu a amava como mulher. E eu percebi que quando ela estava viva era exatamente isso o que nós tínhamos vontade de fazer. A srta. Hirata era bastante sensível. Ela olhou para mim e perguntou:

— E agora, o que você quer que eu faça?

Eu fiquei louco.

— Diga, "Foi horrível" e olhe para mim.

Eu ensinei a ela as palavras em chinês. Sua pronúncia era perfeita. Mas o que realmente me surpreendeu foi que lágrimas de verdade começaram a brotar de seus olhos. Eu percebi que a palavra *horrível* repercutia algo no coração da própria srta. Hirata. Nós choramos juntos em sua cama, abraçados. Naturalmente, eu não tinha nenhum desejo de matá-la, longe disso. Muito embora fôssemos racialmente diferentes e de culturas distintas, eu sentia que nós nos entendíamos muito bem. Coisas que eu não consegui dizer à taiwanesa eu conseguia dizer à srta. Hirata, mesmo que a conhecesse havia pouquíssimo tempo. Era impressionante. A srta. Hirata parecia compartilhar os meus sentimentos, pois as lágrimas escorriam em seu rosto enquanto estávamos abraçados. Então ela tirou a corrente de ouro do pescoço e colocou no meu. Eu não sei por que ela fez isso.

Então por que eu a matei, afinal de contas? Eu mesmo não sei o motivo. Talvez tenha sido porque ela tirou a peruca da cabeça com a mesma tranquilidade de quem tira um chapéu. Os cabelos que surgiram tinham uma coloração castanha com alguns fios brancos. A srta. Hirata não passava de uma estrangeira qualquer que não tinha nenhuma semelhança com a minha Mei-kun!

– Tudo bem, o teatrinho acabou.

De repente ela passou a ter uma postura fria. Eu fiquei chocado.

– Foi uma encenação?

– Bom, o que é que você estava imaginando? É assim que eu ganho a vida. Já está na hora de você me pagar.

Eu senti um arrepio na espinha enquanto pegava o dinheiro no bolso. Foi quando todo o problema começou. A srta. Hirata me disse para lhe entregar tudo, toda a quantia de 22 mil ienes. Quando perguntei por que o preço tinha mudado, ela disse, com um olhar de repulsa:

– Esses joguinhos de incesto custam mais. Quinze mil ienes é pouco.

Incesto? A palavra me deixou furioso. Eu empurrei a srta. Hirata em direção ao futon.

– Que porra é essa?

Ela se levantou com dificuldade e correu atrás de mim, enlouquecida como um demônio. Nós começamos a empurrar um ao outro com violência.

– Seu filho da puta de quinta categoria! Eu nunca devia ter trepado com um chinês.

Eu não fiquei com raiva por causa do dinheiro. Eu fiquei com raiva porque eu tive a sensação de que Mei-kun havia sido maculada. Minha preciosa Mei-kun. Eu acho que nós estávamos o tempo todo nos encaminhando para um desfecho como aquele. Do momento em que fugimos de casa, a tragédia sempre esteve à nossa espera. Nosso sonho inalcançável. Nosso sonho impossível tão facilmente se transformando num pesadelo. O Japão que Mei-kun ansiava por ver. Que crueldade. Eu tinha de sobreviver. Eu tinha de continuar vivendo no país que Mei-kun nunca conhecera em vida. E eu tinha de suportar todo o horror que ele representava. O que me mantinha seguindo em frente era a esperança de encontrar uma mulher como Mei-kun. E quando finalmente encontrei, tudo o que ela quis foi encenar um joguinho para ganhar dinheiro. Como eu fui burro em não perceber o que estava acontecendo. Eu tinha a sensação de estar sendo arrastado por uma corrente muito forte, sem conseguir entender o que estava acontecendo. Quando recobrei os sentidos, eu vi que havia estrangulado a srta. Hirata. Eu não a matei porque queria roubar o dinheiro dela. Mas cometi um erro que não tenho mais como reparar. Eu gostaria de passar o resto da minha vida rezando para que a alma da srta. Hirata descanse em paz.

Zhang Zhe-zhong

✦ SEIS ✦

Fermentação e decomposição

1

Eu estava tão decidida a assistir à primeira audiência pública do julgamento dos Assassinatos Seriais do Apartamento que pedi para sair do trabalho mais cedo. Vocês acham isso surpreendente? A sala de julgamento assemelhava-se a qualquer outra no gênero, mas era a maior do tribunal, e eu fiquei impressionada ao descobrir que tiveram de distribuir senhas àqueles que queriam acompanhar o julgamento. Quase duzentas pessoas entraram na fila para pegar uma senha. Eu digo isso para mostrar a vocês o quanto as pessoas estavam fascinadas por Yuriko e Kazue. Vários repórteres e jornalistas vieram cobrir o caso, mas ouvi dizer que câmeras não seriam permitidas no recinto. Quando pedi ao meu chefe para sair mais cedo, ele franziu os lábios. Eu sabia que ele estava doido para me fazer perguntas sobre o andamento do processo.

Antes eu já havia reparado que não tinha o menor interesse em saber se era verdade mesmo que o tal chinês chamado Zhang tinha assassinado Yuriko e Kazue. Eu continuo com a mesma sensação. Quer dizer, as duas eram prostitutas. Elas se encontravam com esses tipos alucinados e pervertidos o tempo todo. Deviam saber que podiam ser mortas se não tivessem sorte; precisamente por saberem disso, eu imagino, elas consideravam o que faziam algo tão excitante. Ir de cliente em cliente sem nunca saber se aquele seria o último; quando saíam de casa, elas não tinham certeza de que voltariam. E depois quando acabava a noite e elas voltavam para casa inteiras, elas deviam sentir um grande alívio enquanto contavam o dinheiro faturado. Qualquer tipo de perigo que elas possam ter enfrentado, naquela e nas outras noites, elas guardavam no fundo da memória para continuar seguindo em frente enquanto aprendiam a sobreviver por conta própria.

O principal motivo de eu ter comparecido ao tribunal foi porque havia lido a cópia do depoimento de Zhang que o investigador Takahashi tinha me dado. "Meus crimes", era o título que ele escolhera. Que relato mais ridiculamente longo e entediante. Zhang se alonga demais acerca de assuntos totalmente irrelevantes: a vida dura que ele viveu na China, todas as coisas que a queridinha da irmã dele fazia e por aí vai. Eu pulei a maior parte.

Mas ao longo do relato, Zhang repetidamente se refere a si mesmo como "inteligente e atraente", salientando em determinado momento que se parece com Takashi Kashiwabara. Quando li isso comecei a sentir uma curiosidade em relação ao tipo de homem que ele seria. De acordo com Zhang, no dia em que ele a matou, Yuriko disse a ele: "Você tem um rosto bonito." Em toda a sua vida Yuriko foi elogiada por sua beleza. Se ela achou que Zhang tinha um rosto bonito, eu precisava dar uma olhada nele.

Entendam bem, eu nunca fui capaz de esquecer a pequena Yuriko naquele chalé das montanhas subindo no colo de Johnson. Um dos homens mais bonitos do mundo com uma das garotas mais belas. Não é nenhuma surpresa que eles tenham se sentido atraídos um pelo outro e não tenham conseguido se separar enquanto estiveram vivos. Como? Não, não, eu não tinha ciúmes. É só que a beleza parece ter uma bússola própria; beleza atrai beleza e, uma vez feita a conexão, ela permanece assim a vida inteira, o ponteiro se mantendo firme, apontando na direção oposta. Eu era metade japonesa, mas infelizmente não fora abençoada com uma beleza igualmente fantástica. Ao contrário, eu sabia que o meu papel na vida era ser observadora daqueles que haviam sido tão abençoados.

Para o evento no tribunal eu peguei emprestado um livro sobre fisionomia e levei-o comigo. Eu planejava estudar as feições de Zhang. Um rosto redondo indica uma personalidade carnal: alguém que se satisfaz facilmente, não se preocupa com detalhes, mas é indeciso e perde imediatamente o interesse pelas coisas. Um rosto anguloso indica alguém de personalidade calculista, fisicamente robusto, que odeia perder e é tão teimoso que torna difícil o relacionamento com os outros. Por outro lado, as pessoas de rosto triangular são delicadas e sensíveis, fisicamente frágeis e possuem um pendor artístico. Estas categorias dividem-se depois em três posições – em cima, no meio e embaixo – começando pelo alto do rosto e indo na direção das laterais. Lendo essas diversas posições, pode-se determinar a sorte de alguém. Por exemplo, eu acho que eu me encaixaria na "personalidade sensível". Sou fisicamente delicada, ligada em beleza e me identifico com o tipo artístico. Mas a parte que diz respeito a não ser sociável sou eu em pessoa resumida em poucas palavras.

Em seguida temos os cinco dotes naturais, as áreas mais importantes ou mais relevantes do rosto: sobrancelhas, olhos, nariz, boca e orelhas. Um item particularmente decisivo é o brilho dos olhos; quanto mais penetrante o olhar, mais substancial a força vital do indivíduo. Um nariz arrebitado indica uma sensação de orgulho pessoal igualmente elevada. Uma boca grande sugere agressividade e confiança em si mesmo.

Se for possível prever o caráter e o destino de alguém pela observação de seu rosto e de seus atributos físicos, como explicar o trágico fim da bela Yuriko? A bela e desmiolada Yuriko! Deve ter sido alguma imperfeição em seu rosto a responsável pelo destino que ela teve. Ou será que foi sua beleza perfeita?

Um jovem detetive, visivelmente do lado da promotoria, aproximou-se e olhou bem para mim. Os olhos que me encararam por trás dos óculos de armação marrom estavam cheios de piedade, como se ele houvesse me identificado como a pesarosa irmã da vítima.

– Já vai começar. Sente-se na primeira fileira à direita – disse ele.

Eu recebera tratamento especial desde o início, não precisei nem entrar na fila para conseguir a senha. Fui diretamente para a frente da sala do tribunal. Eu era a única pessoa da família de Yuriko presente, o que já era esperado. Eu não contara ao meu avô que Yuriko havia morrido. Vovô atualmente está sob os cuidados do Lar de Idosos Misosazai, onde ele passa o tempo caçando sonhos do passado – ou talvez sendo caçado pelos pesadelos de seu passado. O presente não existe mais em nenhum canto de sua memória. O tempo simples e feliz que passei com vovô foi breve. Ele se mudou para a casa da mãe de Mitsuru assim que eu entrei para a universidade. Para mim pouco importava se ela estava disposta a cuidar de um velho senil, mas assim que vovô começou a demonstrar sinais de demência, ela o abandonou. Bom, nada disso tem muita importância agora.

Estava na hora de o julgamento começar. Os presentes fizeram uma confusão danada procurando um lugar onde sentar. Eu estava sentada na extremidade da primeira fileira com a cabeça abaixada, parecendo uma parente da vítima. Com meus longos cabelos caindo sobre o rosto, eu duvidava muito que fosse possível ver muita coisa de meu rosto da galeria de espectadores.

Por fim a porta abriu e um homem apareceu, ladeado por dois guardas gordos. Ele estava algemado, uma corrente indo das algemas até o cinto: Zhang. Espere aí! Onde estava a semelhança com Takashi Kashiwabara? Eu fiquei aturdida olhando para aquele homem maltrapilho na minha frente. Ele era baixinho, gorducho e careca. Seu rosto era redondo e as sobrancelhas, curtas e cheias. E para completar, ele tinha um nariz de pug. O mais notável nele era a expressão dos olhos; eles eram miudinhos e brilhavam intensamente ao olhar para o público escolhendo uma pessoa aqui outra ali. Ele parecia desesperado, como se estivesse procurando alguém que conhecia, alguém que fosse ajudá-lo. Sua boca era pequena e ficava constantemente aberta. Se eu fosse fazer uma análise fisionômica do caráter de Zhang, eu diria que ele se entedia facilmente e que deve ter muitas dificuldades para se relacionar com os outros, porque é teimoso ainda que pouco perseverante. Eu suspirei sonoramente de onde estava sentada, totalmente decepcionada.

Talvez meu suspiro tenha chegado em Zhang através de uma corrente de ar. Ele se virou e olhou diretamente para mim de onde estava sentado, o corpo reto como uma vara, no banco dos réus. Talvez ele já tivesse sido informado de que eu estaria lá na qualidade de parente de Yuriko. Quando retribuí o olhar, ele evitou os meus olhos timidamente. *Você matou Yuriko*. Eu olhei com raiva para ele, de maneira acusatória. Ele pareceu sentir a minha admoestação. Ele se remexeu na cadeira e engoliu em seco fazendo tanto barulho que eu consegui ouvir.

Bom, eu olhei com raiva para ele, mas na verdade eu não o culpava pelo crime. Como é que eu posso explicar isso? Se Yuriko e eu fôssemos comparadas aos planetas, ela seria o mais próximo do sol, sempre aproveitando seus raios; eu seria o que estaria na parte mais oposta ao sol, na escuridão. O planeta Yuriko sempre estaria lá entre mim e o sol, absorvendo seus raios. Estou errada? Eu consegui entrar no Colégio Q para Moças numa desesperada tentativa de escapar de Yuriko, mas não demorou muito até que ela me seguisse e eu voltei novamente à sofrível condição de sua irmã mais velha, confrontada regularmente por comparações pouco lisonjeiras. Yuriko, a quem eu odiava até a raiz dos cabelos, foi morta tão facilmente por esse homem patético. Sim, eu desprezava Yuriko do fundo do meu coração.

A audiência terminou em pouco tempo. Zhang foi novamente algemado, acorrentado e retirado do recinto. Eu fiquei com a sensação de ter sido ludibriada. Por um momento fui incapaz de me mexer no banco.

De onde saiu esse Zhang idiota contando tantas mentiras – coisas como "Minha irmã e eu éramos atraentes" ou "Eu me pareço com Takashi Kashiwabara!". Essas devem ter sido as mentiras mais deslavadas que eu já ouvi em toda a minha vida. E como ele foi muito fervoroso ao declarar-se inocente da morte de Kazue Satō, eu fiquei ainda mais convencida de que tinha sido ele mesmo. Enfim, é só colocar a cabeça para funcionar. Se uma pessoa é tão incapaz de ver a si própria objetivamente, se ele está convencido de que é bonitão quando na verdade não é, ele obviamente vai inventar as mentiras mais ultrajantes.

– Com licença, posso falar com você um minutinho?

Eu fui abordada no corredor do tribunal por uma mulher pálida. Meu livro sobre fisionomia observa que pessoas pálidas sofrem dos rins, de modo que senti uma pontinha de preocupação com relação à mulher. Mas então ela disse que era de um canal de TV, um fato sobre o qual sentia visível orgulho.

– Eu creio que você seja a irmã mais velha da srta. Hirata, estou certa? O que achou da audiência hoje?

– Eu não consegui tirar os olhos do réu.

A mulher começou a anotar freneticamente em seu bloco, balançando a cabeça o tempo todo, como que me estimulando a falar mais.

– Eu odeio esse homem por ter matado a minha única ir...

– O réu admitiu claramente a culpa pelo assassinato da srta. Hirata – cortou a mulher, sem esperar eu terminar. – O problema reside no caso de Kazue Satō. Como você vê o fato de uma mulher com boa formação e um bom emprego virar uma prostituta? Afinal de contas, vocês duas não eram colegas de turma?

– Eu acho que Kazue... quer dizer, a srta. Satō, estava atrás de emoção. Ela ansiava por isso, ela vivia para isso. Eu imagino que o réu tenha sido um de seus clientes. Acho que ele tem uma personalidade carnal, ou, oh, oh, eu não sei.

Enquanto eu me perdia em minha explicação da fisionomia, a repórter olhava fixamente para mim, perplexa. Ela continuava balançando a cabeça afirmativamente, mas estava apenas fingindo tomar notas. E em pouco tempo ela perdeu todo o interesse nas coisas que eu dizia. Ninguém ligava para a morte de Yuriko. Ela não tinha impacto na sociedade. Mas Kazue? Kazue trabalhava para uma firma respeitável. Por falar nisso, toda essa atenção que ela estava recebendo agora não era bem a cara dela?

A mulher me deixou sozinha, em pé no piso muito bem encerado do corredor do tribunal. Então uma mulher magra de olhos incomumente grandes apareceu na minha frente. Parecia que ela estava esperando eu ficar sozinha. Ela olhou em volta com cuidado para ter certeza de que não houvesse ninguém por perto. Seus cabelos eram longos e caíam-lhe retos pelas costas. Usava um traje que lembrava um sari indiano, mas era de algodão, não de seda, e muito bem engomado. Ela olhou fixo para mim e em seguida sorriu ligeiramente.

– Qual é o problema? Você não se lembra de mim? – Quando a mulher se aproximou, eu senti um sabor de chiclete em seu hálito. – Eu sou a Mitsuru.

Eu fiquei tão chocada que nem consegui me mexer. É claro que os jornais estavam ultimamente recheados de artigos sobre ela. Mitsuru fora uma das figuras centrais de uma organização religiosa cujos membros, muitos anos atrás, estiveram envolvidos em planejar atividades terroristas e estavam agora na cadeia.
– Mitsuru! Você já saiu da cadeia?
Minhas palavras fizeram com que ela recuasse.
– Ah, entendi. Todo mundo sabe tudo sobre mim.
– Sabe mesmo.
Mitsuru olhou para o corredor com uma expressão irritada.
– Eu nunca vou esquecer este lugar. Meu caso foi julgado na sala 406. Eu tive de aparecer aqui pelo menos vinte vezes. E ninguém veio me dar um apoio. Meu único aliado foi o meu advogado de defesa, mas mesmo ele, no fundo, acreditava que eu fosse culpada. Ele não entendia – resmungou Mitsuru. – A única coisa que eu podia fazer era ficar lá sentada desejando que tudo acabasse. – Nesse momento ela cutucou delicadamente o meu braço. – Escuta, se você tiver tempo, vamos tomar um chá. Eu quero conversar com você.

Ela usava uma jaqueta preta por cima do sari. Eu estava relutante em ser vista com ela, sua roupa era bizarra demais. Mas quando eu vi o quanto ela parecia estar feliz, não tive coragem de dizer não.

– Tem uma cafeteria no subsolo que eu acho que é legal. Ah, que luxo poder andar de um lado pro outro em total liberdade! – A voz de Mitsuru estava animada, mas ela não parava de olhar nervosamente por cima do ombro. – Eu sou seguida pela polícia, sabe como é.

– Isso é horrível.

– Mas do que é que eu estou reclamando? Foi você quem passou por maus pedaços, não é verdade? – disse Mitsuru solidária. Ela apertou meu braço enquanto entrávamos no elevador. Sua mão estava quente e úmida, o que me perturbou um pouco. Eu afastei o braço.

– Por que acha isso?

– Bom, por Yuriko. É terrível uma coisa assim ter acontecido. Eu simplesmente não consigo acreditar. E Kazue! Que choque!

Quando o elevador chegou no subsolo, eu me adiantei para sair e esbarrei em Mitsuru, que havia tentado sair antes de mim. Ela ficou imóvel em frente à porta, nervosa demais para avançar.

— Desculpe. É que eu não estou mais acostumada a frequentar lugares públicos.

— Quando você foi solta?

— Dois meses atrás. Fiquei presa seis anos — sussurrou ela.

Eu olhei para Mitsuru sem ela perceber. Não sobrara o menor traço da garota brilhante e estudiosa que ela fora na época do colégio. A sagaz Mitsuru com cara de esquilo! Agora ela era magra, leve e áspera como uma lixa de unha. Estava parecida com a mãe — sua mãe que era tão franca e tão patética. Sua mãe que havia traído o meu avô. Eu ouvira dizer que sua mãe havia sido a responsável — juntamente com o marido, que era médico — por incentivá-la a fazer parte desse grupo religioso. Mas me pergunto se isso é verdade.

— Como está o seu marido?

— Ainda está dentro. Eu tenho dois filhos. Eles são criados pela família do meu marido, e eu me preocupo muito com a educação deles.

Mitsuru deu um gole no café. Algumas gotas escaparam de sua boca e caíram em seu sari, manchando-o, mas ela não pareceu ter reparado.

— Dentro?

— Preso. Eu tenho a impressão de que ele vai cumprir a sentença máxima. É o que se espera. — Mitsuru olhou para mim um tanto constrangida. — Mas e você? Eu não consigo acreditar no que aconteceu com Yuriko. E também com Kazue. Não dá para imaginar Kazue metida com esse tipo de coisa. Ela era tão dedicada. Vai ver ela simplesmente ficou cansada de se esforçar tanto.

Mitsuru pegou um maço de cigarro na bolsa de lona que estava carregando e acendeu um. Começou a fumar, mas não parecia muito habituada a fazer isso.

— Nós envelhecemos, você e eu! Eu acho que o espaço entre os seus dentes ficou maior.

Mitsuru assentiu.

– Você também envelheceu. Dá para ver que tem muito veneno pingando de sua boca. Um rosto malévolo.

As palavras desencadearam pensamentos acerca dos eventos no tribunal naquele dia. Se alguém tinha um rosto malévolo era Zhang! Esse sim é o rosto de um canalha mentiroso. Seu ridículo depoimento estava repleto de mentiras. É óbvio que ele matou um monte de gente na China para lhes roubar o dinheiro. Ele estuprou a irmã e matou-a depois. E não há dúvida de que matou Yuriko e também Kazue.

– Me diga uma coisa – eu perguntei a Mitsuru –, um rosto malévolo: isso significa que alguém tem um carma ruim? Eu fiquei aqui pensando que tipo de carma eu tenho, aí me passou pela cabeça que se existe alguém que pode me dizer isso é você.

Mitsuru jogou o cigarro fora e franziu o cenho. Ela olhou em volta, visivelmente tensa, e por fim falou numa voz abafada:

– Por favor, não fale esse tipo de maluquice. Eu saí da organização; eu até fumo para provar que saí. Mas você entendeu mal as doutrinas da minha antiga religião. Levar a sério todo o lixo que a mídia cospe por aí só faz com que se desprezem as pessoas que são realmente sinceras em suas crenças.

– Quer dizer então que você está me mostrando um rosto malévolo?

– Desculpe! Eu estava errada. Eu tenho esse tipo de comportamento desde que saí da cadeia. Eu não tenho confiança em mim mesma e não sei como devo agir. Quer dizer, eu esqueci. Eu preciso realmente procurar uma clínica de reabilitação. Eu vim aqui porque achei que a encontraria. Eu só usei o julgamento do caso Yuriko-Kazue como desculpa para vê-la novamente. Como eu odeio reuniões de ex-alunos e encontros desse tipo, eu imaginei que essa era a única chance que eu tinha para ver você.

Mitsuru levantou o rosto com se tivesse acabado de lembrar de algo.

– As cartas que eu mandei da prisão, você recebeu?

– Recebi quatro: Cartões de Ano-Novo e de férias de verão.

– Mandar cartões de Ano-Novo de um lugar como aquele foi difícil. Tocava no rádio o "Concurso de Canto Vermelho e Branco".

Eu ficava ouvindo, sentada no estilo *zazen*, e chorava. Que porra eu estou fazendo aqui, contemplando o meu umbigo?, eu ficava imaginando. Mas você nunca respondeu. Você não gostou de saber que a aluna que só tirava A acabou na cadeia? Eu tenho certeza de que achou isso bem apropriado. Você deve ter inclusive achado justo. – A voz dela ficou ríspida. – Eu me dei mal, e tenho certeza de que o mundo todo sentiu um enorme prazer com isso.

– Mitsuru, você ficou bem parecida com a sua mãe, não é?

Sempre que a mãe de Mitsuru queria dizer alguma coisa, ela simplesmente vomitava tudo, deixando os detritos atingirem o que quer que estivesse pela frente. O efeito era sempre similar ao de uma avalanche, com seu ritmo todo próprio; antes que pudesse perceber, ela já tinha dito o que não era para dizer e tudo acabava de uma maneira totalmente inesperada para ela. O Zhang mentiroso era exatamente o oposto disso, eu pensei, e mais uma vez lembrei-me de seu rosto astuto no tribunal.

– Hum... fiquei é?

– Eu me lembro de que a sua mãe uma vez me deu uma carona para a escola. Foi na mesma manhã em que eu soube que a minha mãe havia se matado. A sua mãe disse que provavelmente ela se matou porque estava na menopausa.

– É. Eu lembro. Como eu gostaria de poder voltar no tempo! Se ao menos eu pudesse voltar aos dias em que era capaz de viver sem saber nada do que sei hoje! Se eu pudesse, não ia passar todo o meu tempo estudando como uma maníaca. Eu ia ficar de bobeira como as outras garotas e me divertir usando as roupas da moda. Eu entraria para a equipe de líderes de torcida ou a de golfe ou o clube de patinação no gelo. E eu ia sair com os caras e ir a festas. Eu gostaria muito mesmo de ter levado a vida de uma adolescente feliz e normal. Você talvez tenha a mesma sensação, não tem?

Pouquíssimo provável. Eu nunca pensei em voltar ao passado. Mas se havia uma época no tempo para a qual eu pudesse ter me interessado em voltar eram aqueles dias tranquilos que passei com o meu avô, quando ele tinha aquela obsessão por bonsai. Entretanto, naquele época ele se perdeu nas ondas do desejo que reverberaram de Yuriko, ficou loucamente apaixonado pela mãe de

Mitsuru e mudou completamente. Portanto, não, não havia realmente um período do passado que eu quisesse revisitar. Suponho que Mitsuru havia se esquecido completamente da forma como havíamos convencido a nós mesmas de nossos talentos para a sobrevivência. Ela começou a me irritar, uma irritação bem parecida com a que eu sentira antes com Yuriko e sua estupidez.

Mitsuru olhou para mim ansiosamente.

– Em que está pensando?

– No passado, é claro. O passado distante para onde você está dizendo que quer voltar. Eu voltaria para o tempo em que a Yuriko era uma angiosperma e eu uma gimnosperma. Só que, é claro, Yuriko estaria toda seca.

Mitsuru olhou para mim como quem não está entendendo nada. Eu não tentei explicar. Quando viu que eu não ia continuar, ela enrubesceu e olhou em outra direção. Pronto! Lá estava aquela expressão que só ela tinha na época da escola.

– Desculpe, eu sei que eu estou agindo de modo estranho – disse Mitsuru, enquanto pegava a bolsa. – É que eu não consigo evitar a sensação de que tudo o que eu sempre trabalhei para ter, tudo o que eu sempre acreditei agora não tem mais o menor significado, e eu não suporto essa sensação. Quando estava na prisão eu me esforcei ao máximo para tirar essas coisas da minha cabeça. Mas agora que saí, tudo voltou a me perseguir novamente e eu acabo entrando em pânico. É claro que aquilo que a gente fez foi horrível, um erro colossal. Eu não sei como é que eu pude ter matado todas aquelas pessoas inocentes. Mas eu sofri uma lavagem cerebral. O líder da seita conseguia ler o meu pensamento e me controlava dessa maneira. Não havia como escapar de lá. Eu acho que está tudo acabado para mim. Eu tenho certeza de que o meu marido vai morrer na prisão. A única coisa que me resta é me agarrar aos meus filhos e pensar no que fazer. Eu tenho que tentar ao máximo garantir que eles sejam criados em segurança, já que eu sou a única coisa que lhes restou. Mas acho que eu não consigo. Eu não tenho confiança em mim mesma. Eu sou isso aqui que você está vendo: estudei como uma condenada, entrei para a

Faculdade de Medicina da Universidade de Tóquio, me formei em medicina e ainda assim eu nunca vou conseguir compensar aqueles seis anos que passei na cadeia. E por conta disso ninguém nunca vai me dar um emprego.

– E os Médicos sem Fronteiras? – eu perguntei, embora eu mesma não soubesse nada sobre eles.

– Ah, você não se importa porque o problema não é com você – murmurou Mitsuru de maneira sombria. – Por falar nos problemas dos outros, parece que ficou todo mundo chocado ao descobrir o que tinha acontecido com Yuriko e Kazue. Mas eu não fiquei. Aquelas duas sempre foram desafiadoras, sempre nadaram contra a corrente. Principalmente Kazue.

Mitsuru repercutia o que a repórter havia dito antes. Ninguém parecia estar particularmente interessado em Yuriko. Kazue era a única que eles tratavam como celebridade. Os olhos de Mitsuru estavam vazios, desprovidos do brilho resplandecente e da ousada independência que tinham no passado.

– Onde os seus filhos estão agora? – eu perguntei.

Mitsuru acendera outro cigarro. Ela estreitou os olhos em meio à fumaça.

– Eles estão com os pais do meu marido. O mais velho está no segundo ano do ensino médio. O mais novo está se preparando para os exames do ensino fundamental. Parece que ele quer entrar pro sistema educacional Q, mas não vejo como possa conseguir isso. Não é uma questão de nota, é que ele nunca vai conseguir se livrar da praga de ter os pais que tem. É como se ele fosse estigmatizado.

Estigmatizado – uma boa descrição, vocês não acham? O termo se adequava muito bem à minha situação pessoal e à maneira que eu tive de seguir na vida sempre estigmatizada como a irmã mais velha da monstruosamente bela Yuriko. Eu fui acometida de um intenso desejo de ver os filhos de Mitsuru. Fiquei imaginando que tipo de rostos eles teriam. Eu era fascinada pela forma como os genes são herdados, a forma como eles são deteriorados e mutam.

– Eu sei que você não simpatiza com a minha mãe – disse Mitsuru, invadindo os meus pensamentos ao dizer algo tão inesperado.

– Por que acha isso?

– Porque ela abandonou o seu avô. Talvez você não saiba, mas o seu avô foi o responsável por minha mãe ter entrado na organização. Ela até hoje faz parte dela. Ela diz que vai continuar lá até o fim. Ela está cuidando dos membros que ainda estão na organização.

Meu avô ficaria chocado se ouvisse isso. Eu sabia que a mãe de Mitsuru apoiava a decisão dela de entrar para a seita para a qual também ela havia entrado. Mas nem por um minuto eu conseguia aceitar a ideia de que meu avô pudesse ser de alguma forma responsável. Será que aquilo era uma reencenação de alguma espécie de retribuição cármica?

– Minha mãe disse que o que ela mais lamenta no mundo é ter perturbado a vida do seu avô. E não foi só a vida do seu avô, não é? Ela perturbou a sua vida também.

Quando eu entrei para a Universidade Q, meu avô decidiu se mudar para a casa da mãe de Mitsuru, que comprara um apartamento de luxo nas redondezas. Eu fui lá uma vez. Eu me lembro de que a porta da frente do edifício trancava automaticamente e você tinha que falar pelo interfone para poder entrar. Era um sistema novo naquela época e meu avô tinha um enorme orgulho disso. Mas, ironicamente, foi por causa desse sistema de abrir a porta que nós soubemos que ele estava ficando senil. Sempre que saía, ele se esquecia de levar a chave. Então pegava o interfone, ligava para o apartamento errado e ficava lá gritando: "Sou eu! Deixa eu entrar!"

– Foi por causa do caso entre minha mãe e seu avô que tanto você quanto eu fomos forçadas a viver sozinhas. E depois mamãe voltou correndo para morar comigo. Ela deixou tudo uma zona: minha casa, sua casa, a casa que ela dividia com seu avô. Ela não conseguia se perdoar pelas coisas que tinha feito, então decidiu entrar para a seita. Foi isso que a motivou.

– Ela conseguiu perdoar a si mesma através da prática religiosa?

– Não. – Mitsuru balançou a cabeça orgulhosamente. – Não é isso. Ela escolheu esse caminho porque queria saber mais sobre as leis que governam o ser humano. Ela queria compreender como os seres humanos podiam possuir desejos tão obscuros e egoístas. Naquela época, meu marido e eu vivíamos atormentados por questionamentos sobre a morte. Todos os seres humanos morrem. Mas o que acontece com a gente depois da morte? A transmigração é possível? Como médicos, não tínhamos como evitar um confronto direto com a morte como o resultado inevitável, mas aqui e ali a gente encontrava alguns casos inexplicáveis. Foi quando a minha mãe recomendou que a gente se encontrasse com o líder da organização da qual ela participava para ter uma conversa. E foi assim que acabamos entrando também para a seita.

Eu estava ficando irritada com a conversa e comecei a evitar os olhos de Mitsuru. Parece que, em última análise, as pessoas que se envolvem com religião só estão atrás de felicidade pessoal. Estou errada?

– Bom, o meu avô não liga mais para isso – eu disse. – Ele está completamente senil agora e passa o tempo todo na cama.

– Ele ainda está vivo?

– Bem vivo, apesar de já ter mais de noventa.

– É mesmo? Eu imaginava que tivesse morrido.

– Bom, eu acho que a sua mãe também deve pensar a mesma coisa.

– Parece que a gente não está se entendendo muito bem. – Mitsuru baixou tanto a cabeça que eu pensei que o pescoço dela fosse estalar. – Provavelmente é porque eu ainda não voltei propriamente ao convívio social. – Um olhar vago estava estampado no rosto dela. – Durante o ensino médio eu me esforçava bastante para ser sempre a número 1 da turma. Na faculdade de medicina foi a mesma coisa. E eu conseguia tudo o que queria. Estava no topo do meu departamento e era uma das melhores do hospital. Mas aos poucos as coisas foram começando a ficar menos claras do que eram antes. Mas faz todo o sentido, se você pensar. Um médico não é avaliado por notas em provas. É claro que eu sei que é importante os médicos salvarem vidas. Mas na minha especialidade, a otorrinolaringologia, a gente raramente encontra casos de risco de vida. Dia após dia eu me via cara a cara com inflamações nasais causadas por alergia. Apenas uma vez eu vi um paciente que estava em condições críticas devido a um tumor na mandíbula inferior. Mas foi só esse. Essa foi a única vez que eu senti que o meu trabalho era realmente importante. Então eu entrei numa espécie de bruma. Foi quando pensei que se entrasse para a seita eu poderia galgar um outro degrau na vida.

Eu soltei um longo suspiro. Aquilo já estava ficando excruciante! Vocês entendem por quê, não entendem? Eu tinha adorado Mitsuru no passado. Eu tinha acreditado que nós desenvolvíamos nossos respectivos talentos – no meu caso minha maldade e no caso de Mitsuru sua inteligência – não porque queríamos ser descoladas mas porque precisávamos desses dons para podermos sobreviver no Colégio Q para Moças.

Mitsuru olhou de relance para mim como quem não está segura do que vai dizer.

– Eu disse alguma coisa que a deixou chateada?

Eu decidi dar a ela uma indicação do péssimo humor que estava crescendo em meu interior. Se não o fizesse, ela ia voltar com aquela lenga-lenga do "quando eu estava na prisão".

– Quando estava na faculdade, você continuou sendo a primeira da turma?

Mitsuru acendeu silenciosamente o terceiro cigarro. Eu balancei a mão para espantar a fumaça e esperei a resposta.

– Por que quer saber isso?

– Pura curiosidade.

– Bom, então eu vou lhe contar a verdade. Eu não era a primeira da turma, nem de longe. Eu devia estar lá pelo meio. Por mais que me esforçasse, por mais que eu prestasse atenção às aulas e passasse várias noites em claro estudando, sempre havia outros alunos que eu não conseguia superar. Mas esperar o quê? A faculdade recebia os melhores alunos de todo o país. Para ser a primeira era preciso ter um talento inato, ser um gênio absoluto, senão você podia estudar para sempre e ainda assim não conseguiria nada. Depois de alguns anos eu finalmente me dei conta de que muito longe de ser a primeira, eu teria muita sorte se acabasse lá pela vigésima posição. Isso realmente me deixou chocada. Essa não sou eu, foi o que eu pensei, e comecei a sofrer uma crise de identidade. Então sabe o que decidi fazer?

369

– Não imagino.
– Eu decidi que me casaria com alguém que realmente fosse um gênio. O meu marido. Takashi.

Quando ela disse que o nome dele era Takashi eu imediatamente fiz uma associação com Takashi Kashiwabara. Mas eu me lembro de ter visto a fotografia do marido dela nos jornais, e ele não era nem um pouco parecido com Takashi Kashiwabara. Ele era magrinho, usava óculos e parecia um acadêmico exageradamente estudioso. Por mais que fosse um gênio, ele era feio demais para eu ao menos pensar na possibilidade de me casar com ele! Do ponto de vista fisionômico, suas orelhas eram pontudas como as de um demônio e sua boca era pequena. As partes do meio e de baixo do rosto indicavam fraqueza. Seu rosto previa uma grande tragédia do meio para o fim da vida. Quando penso no destino de Takashi, só posso concluir que a fisionomia acerta no alvo de maneira impressionante.

– Eu já vi o rosto do seu marido.
– Eu sei. Ele é famoso.
– E você também.

Mitsuru ficou vermelha – se foi por causa do meu sarcasmo ou um fogacho de menopausa eu não saberia dizer. Na condição de participante da seita, Mitsuru se envolvera em inúmeros casos de sequestros de fiéis. Se os chamados fiéis tentassem escapar, Mitsuru e os outros os trancavam numa sala, os forçavam a ingerir drogas e então começavam a iniciação. Se eles não tivessem cuidado, as vítimas tinham uma overdose e morriam.

Mesmo assim, essas mortes não eram nada em comparação à época em que o marido de Mitsuru soltou gás venenoso de um avião Cessna sobre vários fazendeiros e suas famílias. O líder da organização religiosa deles sofria de alguma espécie de complexo de perseguição, que foi desencadeado quando os fazendeiros locais fizeram manifestações de protesto contra a construção da sede da organização nas proximidades de suas terras, de maneira que ele ordenou que o marido de Mitsuru jogasse gás mostarda em seus campos. Na mesma época, por acaso, um grupo de alunos do primário estava visitando as fazendas para aprender um pouco sobre agricultura e foram pegos pelo gás. Quinze pessoas morreram.

Mitsuru tentou mudar de assunto.

– Você já ouviu falar de pressão osmótica? Eu achava que se me casasse com um homem inteligente, um pouco do gênio dele passaria para mim.

Eu reparei que à medida que ela falava o seu corpo se fechava sobre si mesmo, como a vela de um barco que perde vento. Seu corpo magro ficou prostrado. Eu via as veias nos dedos que seguravam o cigarro. Eu estava impressionada de ver como Mitsuru virara uma desmiolada.

– Por volta dessa época a minha mãe já tinha se separado do seu avô. Ela entrou para a seita dizendo que queria eliminar todas as ilusões que tinha. Ilusões era como ela chamava os seus desejos egoístas.

– Bom, isso até que seria uma coisa boa, eliminar esses desejos, você não acha? Não que ela se importasse de fato com o meu avô – eu disse asperamente.

Mitsuru respondeu zombeteiramente:

– Você não consegue me perdoar, não é? Você acha que é melhor do que eu só porque eu entrei para um culto religioso.

Eu curvei a cabeça para o lado.

– Tem certeza de que você não perdeu alguns neurônios?

– Ah, quer dizer então que a gente agora vai entrar no território das ofensas? – Mitsuru levantou a cabeça subitamente. – Eu me lembro de que não faz muito tempo você era totalmente obcecada por aparência. Como é que eu vou dizer? Você dava muita importância a rostos. Eu sabia que você tinha um complexo de inferioridade porque Yuriko era linda demais. Mas o seu caso era muito mais do que um simples complexo; você era uma fanática. Desde os tempos de colégio que você tem orgulho de ser metade japonesa, não é? Todo mundo ria de você pelas costas, sabia? Nem de longe você era bonita. Mas você consegue transcender o seu corpo na forma como disciplina a alma.

Eu nunca imaginei que ouviria mentiras tão grosseiras da parte de Mitsuru. Aquilo era demais. Mas eu não conseguia falar nada para me defender.

– Seu ódio de Yuriko era realmente bizarro – continuou ela. – Era meio que ciúme. Eu sei que foi você que espalhou a notícia de

Yuriko com o filho de Kijima. O que quer que Yuriko estivesse fazendo com os garotos do colégio não dizia respeito a você. Mas Yuriko era popular. Todo mundo a idolatrava. Mesmo assim, causar a expulsão da própria irmã da escola espalhando boatos de que ela estava envolvida com prostituição foi uma coisa realmente deletéria. E até que você diminua esse seu estoque de carma ruim, você vai ter muito pouca chance de transmigrar no futuro. Se um dia renascer, vai ser como algum inseto que rasteja na lama.

Eu fiquei furiosa. Eu tinha tentado deixar Mitsuru falar o que quisesse, ciente de que ela havia sofrido uma lavagem cerebral, mas ela fora longe demais.

– Mitsuru, você é uma completa idiota. Eu fiquei aqui ouvindo você falar sem parar sobre como era ser a primeira da turma, sobre como você entrou pra Faculdade de Medicina da Universidade de Tóquio e toda essa merda sobre osmose, só que agora eu cansei. Durante todo esse tempo eu pensei que você fosse um esquilinho inteligente, só que você não passava de uma lesma. Você era só pretensiosa e exibida, nem um pouco melhor do que a Kazue!

– Você é que é maluca. Olhe só para você. Você parece o mal em pessoa. Por que você acha que é mais sincera do que eu? Você passa a vida inteira contando mentiras. E até agora fica aí sentada pensando em como é maravilhoso ser metade japonesa. Eu com certeza trocaria você por Yuriko, se pudesse.

Eu me levantei, com raiva, deixando a cadeira tombar atrás de mim. As garçonetes, subitamente reparando a nossa presença, pararam o que estavam fazendo e olharam para nós. Mitsuru e eu encaramos uma a outra com ódio nos olhos até que ela escondeu o rosto. Eu joguei a conta dos cafés em cima dela.

– Estou indo. Obrigada pelo convite.

Mitsuru empurrou a conta de volta para a mesa.

– Vamos rachar.

– Eu fui obrigada a ficar sentada aqui ouvindo o que você tinha a dizer; a gente não vai rachar essa conta coisa nenhuma. Você disse que eu sou complexada por causa de Yuriko. Eu sou obrigada a ouvir isso logo hoje no dia do julgamento? Eu estou aqui na condição de uma pessoa consternada da família da vítima. Por que você

acha que tem o direito de me ofender dessa maneira? Eu exijo compensação pelos danos causados a minha pessoa.
– Você acha que eu vou pagar uma indenização?
– Bom, a sua família era rica. Quantos cabarés a sua mãe possuía mesmo? E você alugou aquele apartamento de luxo no distrito Minato só para se gabar da sua riqueza, não foi? Aí depois a sua mãe comprou um apartamento naquele condomínio chique com interfone e tudo. A única coisa que eu tenho é o meu empreguinho vagabundo.

Mitsuru começou a dar sua resposta com aparente entusiasmo.
– Cara, você escolheu um momento conveniente para começar a reclamar do seu empreguinho vagabundo. Simplesmente incrível. E eu me lembro de você tirar a maior onda dizendo que ia ser uma tradutora de alemão superfamosa. Só que as suas notas em inglês eram deploráveis, não eram? Uma coisa difícil de se esperar de alguém que tem pai estrangeiro! E pro seu governo, a minha família não é rica, não. A gente vendeu a nossa casa e o nosso negócio, e o dinheiro que a gente ganhou nele e na venda dos dois carros e da casa de campo em Kiyosato foi todo pros cofres da organização religiosa.

Eu coloquei minhas moedas na mesa com toda a antipatia do mundo. Mitsuru calculou o troco e continuou:
– Eu também estarei presente na próxima audiência. Acho que vai ser muito bom para minha reabilitação.

Sinta-se à vontade, eu quis dizer, mas não falei nada. Eu me virei e saí da cafeteria a passos rápidos. Enquanto isso eu ouvia o ruído do tênis de Mitsuru atrás de mim.
– Espera aí! Eu quase esqueci a parte mais importante. Eu tenho umas cartas do professor Kijima.

Mitsuru remexeu na bolsa, puxou um envelope e sacudiu-o na frente do meu rosto.
– Quando foi que você recebeu cartas do professor Kijima?
– Quando eu estava na prisão. Eu tenho várias. Ele estava realmente preocupado comigo, então a gente começou a se corresponder.

Bom, não é que Mitsuru mal se continha de tanto orgulho? Fazia tanto tempo que eu não tinha notícias do professor Kijima que eu imaginava que ele estivesse morto. E durante todo esse tempo ele mandava cartas para Mitsuru.

– Quanta gentileza da parte dele.

– Ele disse que era muito doloroso saber que uma aluna dele estava envolvida num escândalo como aquele, exatamente como eu me preocuparia com os meus pacientes.

– Os seus pacientes não estavam por aí matando um monte de gente, estavam?

– Você sabe que eu ainda estou em recuperação. Ainda estou na metade do caminho de volta à sociedade, e a sua crueldade não é bem-vinda. – Mitsuru deu um longo suspiro. Mas eu já estava no meu limite. Eu queria dar o fora dali. No entanto, se ela queria falar sobre crueldade, ela deveria examinar a maneira como estava usando o julgamento de Yuriko e de Kazue como se fosse a reunião de classe pessoal dela.

– Ele escreveu sobre você também, aí eu pensei que você ia gostar de ver. Eu te empresto as cartas. Mas você tem que me prometer que vai me devolver na próxima audiência.

Mitsuru me passou o envelope grosso. A última coisa que eu queria no mundo era um pacote de cartas que eu não tinha a menor intenção de ler. Tentei devolver para Mitsuru, mas ela estava se afastando, cambaleando ligeiramente. Eu a observei partir, tentando enxergar nela alguma coisa que lembrasse a garota que havia sido no passado. A Mitsuru que jogava tênis bem. A Mitsuru que tinha toda aquela leveza em nossas aulas de dança rítmica. Eu tinha um vago medo dela – de sua agilidade física e do seu brilhante intelecto. Ela parecia uma espécie de monstro para mim.

Mas a Mitsuru que eu via agora parecia esquisita, descoordenada, até mesmo nos movimentos mais simples. Preocupada em estar sendo seguida pela polícia, ela olhava tanto por cima dos ombros que praticamente deu de cara com uma pessoa que estava bem à sua frente. Alguém que tivesse conhecido Mitsuru no passado teria muita dificuldade em reconhecê-la na idiota que se tornara. Essa Mitsuru oca havia transmigrado em um monstro inteiramente diferente.

Eu lembrei que quando estávamos no ensino médio, eu costumava pensar em Mitsuru e em mim mesma como piscinas naturais nas montanhas formadas por fontes subterrâneas. Se a fonte de Mitsuru estava bem abaixo da superfície, também estava a minha. Nossas sensibilidades eram complementares e nossos pensamentos eram exatamente os mesmos. Mas agora aquelas fontes haviam desaparecido. Nós éramos agora duas piscinas naturais solitárias e distantes uma da outra. Além do mais, a piscina de Mitsuru já havia secado, expondo a terra no fundo. Eu gostaria muito de não tê-la reencontrado.

Eu ouvi alguém me chamando:

– A senhora não é a irmã da srta. Hirata?

Eu guardei rapidamente as cartas de Kijima no bolso e ergui os olhos. Um homem com aparência familiar estava parado na minha frente. Ele tinha por volta de quarenta anos e usava um terno marrom razoavelmente caro. Sua barba estava salpicada de pelos grisalhos e ele era tão redondo quanto um cantor de ópera, uma "personalidade carnal" que claramente ingeria comidas deliciosas.

– Desculpe incomodá-la – disse ele –, mas será que poderíamos trocar algumas palavras?

Eu estava tentando descobrir onde o vira antes, mas não consegui situá-lo. Enquanto eu permanecia lá com a cabeça inclinada para o lado, o homem começou a se apresentar.

– Estou vendo que senhora não se recorda de mim. Eu sou Tamura, o advogado de Zhang. Eu não esperva encontrá-la agora. Eu tinha pensado em tentar ligar para a sua casa mais tarde. – Tamura me conduziu até um canto do corredor, visivelmente perturbado. Nós estávamos próximos da cafeteria. O almoço havia acabado, a cafeteria estava fechada e os empregados lá dentro estavam arrumando as mesas, carregando garrafas de cerveja e fazendo outras funções. No andar de cima, na sala de tribunal, estão decidindo o destino de alguém, enquanto no andar de baixo, no subsolo, estão todos se divertindo. Fácil para eles. Estou feliz por não ser o réu.

– Sensei, não sei qual é a sua opinião, mas eu tenho certeza de que Zhang matou Kazue.

Tamura endireitou o nó de sua gravata cor de mostarda enquanto preparava o discurso.

– Eu certamente entendo como a senhora deve estar se sentindo, como parente da vítima, mas devo dizer que minha opinião é que ele é inocente.

– Claro que não. O estudo de sua fisionomia deixa claro que Zhang é um assassino. Não há nenhuma dúvida quanto a isso.

Tamura pareceu perturbado. Ele não teve a ousadia de tentar refutar o meu argumento. Suponho que ele se deu conta de que tinha de deixar os membros da família dizerem o que bem entendessem. Mas eu não era nenhuma sentimentaloide idiota que simpatizava cegamente com a vítima. Eu estava tentando explicar coisas a partir da perspectiva científica da fisionomia.

Eu precisava deixar isso bem claro, mas Tamura disse num sussurro:

– Na verdade, o que eu queria perguntar é se a senhora teve algum tipo de contato recentemente com Yuriko ou com Kazue. Eu não consigo encontrar nenhum indício acerca disso na investigação, mas me parece uma coincidência bastante improvável, a senhora não acha? Eu me refiro ao fato de sua irmã e de sua ex-colega de turma serem mortas da mesma maneira com menos de um ano de intervalo entre um crime e outro. A coisa é bizarra demais para ser uma simples coincidência. De modo que eu estava imaginando se a senhora não tinha tido notícias de alguma das duas.

O diário de Yuriko me veio imediatamente à cabeça, mas eu não queria contar a ele sobre o diário. Que ele descobrisse por conta própria.

– Eu não sei. Mas a verdade é que eu não via nem Yuriko nem Kazue fazia muito tempo. O senhor não acha que as duas simplesmente tiveram falta de sorte? Se o senhor levar em consideração a fisionomia, Zhang está em algum lugar entre uma "personalidade calculista" e uma "personalidade carnal", o tipo que procura prostitutas. Ele matou as duas. Kazue também, não resta dúvida que...

Nervoso, Tamura me interrompeu:

– Sim, sim, eu entendo. Está certo. O caso de Zhang está agora sob deliberação e é melhor que eu não o discuta com a senhora.

– Por quê? Eu tenho relação com a vítima. Foi a minha irmã que foi assassinada! A minha irmã querida.

– Eu compreendo. Compreendo realmente.
– O que o senhor compreende? Diga-me.

A testa de Tamura estava começando a ficar cheia de suor e, enquanto tateava o bolso do terno em busca de um lenço, ele mudou de assunto.

– Eu acredito ter visto aqui uma participante daquela seita religiosa. Ela por acaso também não foi sua colega de turma? A senhora certamente tinha... como eu diria?... uma turma bastante singular na escola.

– Sim, hoje nós tivemos aqui uma reunião de turma virtual.

– Bom, sim, é possível ver a coisa sob esse ângulo. Com licença – disse Tamura. Ele virou-se para ir embora, afastando-se apressadamente. E eu tinha mais coisas a dizer, pensei comigo mesma, enquanto olhava com raiva para as costas musculosas do homem. Em primeiro lugar havia a observação que ele havia feito sobre a minha turma *singular*. Quanto mais eu pensava nisso, com mais raiva eu ficava. E depois tinha as palavras que Mitsuru dissera para mim antes; elas também começaram a rolar na minha cabeça.

Quando finalmente consegui voltar para o meu apartamento no conjunto residencial do governo, achei o local frio. O tatame estava velho, manchado aqui e ali onde sopa de missô tinha sido derramada. E fedia. Eu acendi o aquecedor a querosene e dei uma olhada em volta. O lugar era pequeno e estava caindo aos pedaços. Na época em que os vasos de bonsai entupiam a varanda de meu avô, nós éramos pobres, mas ah, eu era feliz! Yuriko ainda estava em Berna, eu acabara de ingressar no Colégio Q para Moças e me dedicava entusiasticamente a cuidar de meu avô, a verdadeira carne da minha carne. Eu acho que eu gostava tanto do meu avô porque ele era um confesso artista da fraude. E no entanto ele era tão tímido, mais ainda do que eu. Sim, era esquisito. Ele não era nem um pouco parecido comigo. A "reunião de turma" tinha baixado o meu astral.

As cartas? Assim que anoiteceu eu as peguei e as examinei com nojo. Aqui estão elas. A letra é trêmula – escrita pela mão trêmula de um velho – de modo que são de difícil leitura. E, como eu já esperava, elas têm um tom de pregação. Mas se vocês desejam lê-las, não se façam de rogados, eu não me importo.

Meus cumprimentos e minhas saudações, querida Mitsuru:
Você está bem? Os invernos em Shinano Oiwake são particularmente severos. O meu jardim congelou e formou pequenos pilares de gelo. Em pouco tempo tudo vai estar congelado e então o longo inverno terá chegado. Eu agora tenho 67 anos de idade e já estou me encaminhando para o inverno de minha existência.

Ainda estou administrando o alojamento da Companhia N de Seguros e Incêndio. Pouca coisa mudou. Agora que já estou na idade de me aposentar, eu tenho medo de não servir para mais nada, mas o diretor da empresa me pediu com muita gentileza para eu permanecer no cargo. Ele se formou no sistema educacional Q.

Bom, então, deixe-me começar parabenizando-a por ter saído da prisão. Agora eu posso finalmente enviar as cartas para você – e ter a esperança de recebê-las – sem me preocupar com olhos de censura. Você certamente suportou muita coisa e aguentou todas as provações com muito brio. Eu tenho um profundo sentimento por você e pela maneira como você deve se preocupar com seu marido e com os filhos que deixou para outros criarem.

Mas Mitsuru, minha querida, você ainda nem completou quarenta anos. Seu futuro está diante de você. Você despertou do pesadelo do controle da mente, e se lutar para levar uma vida honesta de agora em diante, sem jamais esquecer de rezar pelas almas daquelas pessoas que você feriu e implorar pelo seu perdão – eu tenho confiança de que tudo dará certo para você. Se houver alguma coisa que eu puder fazer para você, por favor não hesite em pedir.

Querida Mitsuru,
Você foi a aluna mais brilhante que eu tive em toda a minha vida, e eu nunca tive motivos para me preocupar com o seu futuro. Entretanto, testemunhar a maneira como você se desequilibrou, instou-me a reconsiderar o passado. Eu me sinto responsável por seu desvio em direção à criminalidade; meu jeito descuidado de ensinar deve ser responsabilizado por isso. Eu decidi que devo me penitenciar junto a você.

Para falar a verdade, desde que a organização religiosa à qual você estava afiliada cometeu aqueles crimes, eu praticamente não *tive um dia sequer livre de perturbações. E então, com as tragédias do ano passado e do ano retrasado, eu tive motivos mais do que suficientes para continuar triste. Creio que você está ciente de que Yuriko e Kazue foram mortas. Dizem que o mesmo assassino é o responsável pelos dois crimes. Pensar na maneira como as duas foram mortas tão cruelmente, e em seus corpos abandonados, é muito mais do que eu consigo suportar. Eu me lembro muito bem das duas.*

O caso de Kazue Satō gerou um clamor especial por parte da mídia, com manchetes berrando: FUNCIONÁRIA DE DIA, PROSTITUTA DE NOITE! Ela era uma aluna tão séria quando passou a frequentar as minhas aulas, para depois se transformar em alimento para a mídia voraz! Pensar em como isso deve ter mortificado a família dela faz com que eu sinta vontade de correr até a casa dela e me jogar diante de sua mãe para me desculpar. Minha querida, eu imagino que você deva estar perplexa com o motivo que faz com que eu me sinta assim. Mas eu não consigo superar a sensação de que de alguma forma eu fracassei como pai – pense no meu filho mais velho – e como educador.

Nós do Colégio Q para Moças adotávamos um princípio pedagógico que advogava a autossuficiência e um forte senso de autoconhecimento em nossos alunos. No entanto, entre as meninas que se graduaram da escola, há dados que comprovam que a taxa de divórcios, fracassos nos casamentos e suicídio é muito mais alta do que em outras escolas. Por que será que meninas que saem de ambientes familiares tão privilegiados, que são tão orgulhosas de suas conquistas acadêmicas e que são alunas tão excelentes se deparam com uma infelicidade muito mais aguda do que alunas de outras instituições? Em vez de sugerir que é porque o mundo real é mais cruel para elas, eu acho mais acurado sugerir que nós tenhamos permitido a criação de um ambiente que era excessivamente utópico. Ou, colocando de outra maneira, nós falhamos em ensinar às nossas alunas as estratégias que lhes possibilitariam lidar com as frustrações do mundo real. É essa percepção que não para de me perseguir, e os outros professores sentem a mesma coisa. Nós percebemos agora que foi a nossa arrogância que nos impediu de fazer um esforço para entender o mundo real.

Eu amadureci, agora que estou vivendo aqui neste ambiente extremo, realizando o trabalho mundano de cuidar de um dormitório. O ser humano nu é desprovido de poder contra a natureza. Como cientista, eu me vesti de conhecimento e acreditei não ser posssível viver sem o estudo da ciência. Mas agora percebo que a ciência por si só não é suficiente. Suponho que na época em que eu dava aulas, tudo o que eu ensinava era o coração da ciência; atualmente eu me envergonho ao pensar nisso. Por acaso esse mesmo tipo de ensinamento existe na sua religião?

Minha querida Mitsuru,
Eu acho que preciso repensar a minha visão acerca da educação. Mas quando finalmente cheguei a essa conclusão eu já estava há muito tempo afastado da profissão. Eu estava aposentado – forçado a pedir demissão por causa do comportamento delinquente de meu próprio filho: o arrependimento que senti como consequência do fracasso em perceber isso mais cedo apenas se acentuou ao longo dos anos, tornado ainda mais doloroso pelo que lhe ocorreu, minha querida, e pelo horroroso desfecho das vidas de suas colegas Hirata e Satō.
Enquanto cuido do alojamento eu também me mantenho ocupado com meus estudos do comportamento do Kijima Tribolium *castaneum. O T. Castaneum é uma espécie de besouro, também conhecido como Besouro da Farinha Vermelha. Eu descobri uma série deles por puro acaso na floresta atrás da minha casa, de modo que me foi permitido dar à espécie o meu nome. Como fui eu quem descobriu a espécie que agora tem o meu nome, é necessário que eu dê prosseguimento com o estudo apropriado.*
O comportamento de um organismo vivo é um assunto realmente fascinante. Se alimentados adequadamente e mantidos em condições de vida favoráveis, a taxa de reprodução de um organismo aumenta exponencialmente. À medida que a taxa de reprodução de um indivíduo aumenta, a população do grupo se expande, como você sabe muito bem, minha querida. Mas se o aumento no suprimento de comida não for proporcional ao aumento na população, uma competição tenaz ocorrerá em meio à população, até atingir um ponto

em que a taxa de natalidade cai ao passo que a taxa de mortalidade sobe. Por fim, isso tem um impacto no desenvolvimento, na formação e na fisiologia do organismo – que é a base da fisiologia.

Em minhas pesquisas sobre o Kijima T. castaneum, eu descobri uma mutação – um besouro com asas maiores e patas menores do que os outros. Essa mutação foi claramente resultado da intensificação de um sentido de individuação. Eu achei que as modificações ocorridas na forma e na estrutura do inseto tinham como objetivo aprimorar sua velocidade e mobilidade. Eu quero estudar essa mutação para verificar a hipótese com meus próprios olhos. Mas duvido que eu ainda viva o tempo suficiente para conseguir concluir o estudo.

Minha querida Mitsuru,

Eu me pergunto se talvez a sua religião – ou o trabalho na prostituição da srta. Hirata ou a vida dupla da srta. Satō – não seja uma consequência de mudanças na estrutura e na composição de nossa população. Não seria essa intensificação da individuação – esse significativo aumento da consciência de si mesmo – o resultado do fardo sufocante de se estar preso na armadilha da mesma comunidade social? É a partir da dor que isso produz que nós percebemos as mudanças ocorrendo em nossa composição e estrutura. Sem dúvida as experiências que se revelam são cruéis e amargas. Talvez não nos seja possível incluir no currículo escolar um aprendizado sobre essas experiências amargas. É mais provável que seja impossível para nós articular as descobertas que extraímos de nossas dolorosas experiências de vida.

Por mais brilhante que você seja, eu tenho certeza de que nem mesmo você é capaz de entender exatamente o que estou tentando dizer. Serei mais direto.

A primeira vez que li sobre o incidente de Yuriko Hirata nos jornais, eu fiquei tão chocado quanto havia ficado ao saber de seus crimes. Não, eu fiquei ainda mais chocado. Mais de vinte anos haviam se passado desde que Yuriko e meu filho foram expulsos da escola. Eu me lembro de que a irmã mais velha da srta. Hirata (eu esqueci o nome dela, mas você deve se lembrar dela; ela era da sua turma, uma pessoa razoavelmente comum) me procurou e me perguntou o que ela deveria fazer em relação à irmã, que estava saindo com o meu filho e se metendo com prostituição. Na época eu disse, sem parar para pensar: "Eu não vou tolerar isso. Muito provavelmente nós os expulsaremos."

Para ser bastante sincero em relação ao que eu estava pensando na época, era Yuriko, muito mais do que meu próprio filho, quem eu não desejava perdoar. Eu estava me sentindo egoísta, e o meu comportamento era totalmente incompatível com o de um professor. Mas, por mais que seja vergonhoso admitir isso aqui, eu estou disposto a descrever as coisas como efetivamente se passaram. Eu não estou tentando escrever uma confissão. Mas eu percebo que a decisão que eu tomei estava desprovida de fundamentos não só no campo do conhecimento pedagógico como também da prudência, e eu agora lamento profundamente a atitude que tomei.

Ironicamente, fui eu quem admitiu Yuriko Hirata no sistema educacional Q, para começo de conversa. A srta. Hirata acabara de voltar da Suíça, e suas notas no exame de admissão para alunos transferidos não foram boas. Suas notas em literatura clássica japonesa e em matemática foram particularmente baixas. Todos os outros professores sabiam que ela não apresentava os requisitos mínimos exigidos por nossa instituição, mas eu a admiti contra a vontade deles. Eu tinha inúmeros motivos para fazê-lo. O primeiro era o fato de que a srta. Hirata era tão linda que conquistou o meu coração. Eu era professor do ensino fundamental, mas mesmo assim não era imune à tentação de ter por perto uma garota bonitinha para o deleite de meus olhos. Mas o mais decisivo para mim era a possibilidade concreta de conduzir um estudo biológico do que acontece quando um membro mutante de uma espécie é introduzido em uma população.

Eu tinha um duplo motivo para admiti-la, mas meu plano deu para trás e me custou meu emprego. Eu deveria ter sido mais atento no sentido de não introduzir uma criatura de uma beleza tão anormal numa população de pares comuns. Para aprofundar ainda mais a ironia, foi meu próprio filho que serviu de cafetão da srta. Hirata, humilhando-me com o dinheiro imundo que recebeu em consequência disso. Agora eu sou perseguido ainda mais pela desconcertante crença de que foi a minha falta de sensatez em admitir a srta. Hirata, e *mais tarde em efetuar a sua expulsão, o que ocasionou sua depravação posterior e por fim sua morte.*

Quando decidi expulsar a srta. Hirata, eu chamei seus tutores, o sr. e a sra. Johnson, e falei com eles sobre a questão. A sra. Johnson ficou furiosa, muito mais do que seu marido; eu me lembro de ela ter dito que queria expulsá-la de sua casa imediatamente. Eu a estimulei a fazê-lo. Eu estava com raiva da srta. Hirata. Mas independentemente do que havia feito, ela ainda era menor de idade e não deveria ser responsabilizada por seus atos. Ou por outra, a culpa era do ambiente na qual ela estava sendo criada. Mesmo que percebesse isso, ainda assim eu era incapaz de superar a raiva que sentia pela menina.

E também sua irmã. Eu ouvi falar que depois que a srta. Hirata foi expulsa, sua irmã, em vez de ficar alegre, começou a ficar cada vez mais mal-humorada. Eu acho que não seria nenhum exagero dizer que eu fui o responsável por instaurar a discórdia entre as duas. A irmã mais velha entrou para a escola por mérito e esforço próprios. A admissão da irmã, Yuriko, ocorreu somente em função da minha curiosidade. Seres humanos não são objeto de experiências biológicas.

O destino de Kazue Satō também pesa demais em minha consciência. É verdade que a srta. Satō era alvo de bullying enquanto estudava no Colégio Q para Moças. Eu só posso concluir que a causa dessas perseguições estivesse diretamente relacionada ao fato de que Yuriko Hirata havia sido admitida no sistema educacional Q. Como a srta. Satō admirava a srta. Hirata e era apaixonada por meu filho, a irmã da srta. Hirata a tratava muito mal. Notícias de seu comportamento chegaram aos meus ouvidos, eu tenho certeza absoluta, e mesmo assim eu não fiz nada, fingindo não estar ciente de nada. Para a srta. Satō, a vida no Colégio Q para Moças – uma vida que ela lutava bravamente para desfrutar – deve ter sido um torturante pesadelo. Acreditando que a competição é um aspecto inevitável de qualquer população de espécie, eu me mantinha afastado e observava.

Esforço não tem nada a ver com a mudança na estrutura e na fisiologia que se desenvolve em consequência da intensificação da individuação. Na verdade, é totalmente ineficaz sob esse aspecto. Isso porque as mudanças ocorrem abrupta e inexplicavelmente. E no entanto, eu, na condição de professor, não, o próprio sistema educacional, empurrou a srta. Satō em direção a essa ineficácia. Ela mergulhou de cabeça nos estudos enquanto estava na universidade, e depois em seu emprego, até ficar completamente exaurida. Tragicamente, foi nesse momento que a mudança em sua estrutura finalmente ocorreu e, infelizmente, essa foi uma mudança que dependia inteiramente da atração que ela exercia sobre o desejo masculino. Que essa mudança tenha sido diametralmente oposta ao lema da autossuficiência e da autoconfiança de nossa escola é consequência do meu próprio capricho egoísta. Estou convencido disso. Se eu não tivesse admitido a srta. Hirata na escola, a srta. Satō talvez tivesse completado seu ensino médio sem sofrer de bulimia.

Quando a população diminui, as formas de vida individuais aprendem a sobreviver independentemente em isolamento. Quando a individuação se intensifica, as formas de vida desenvolvem estratégias de sobrevivência grupais, mudando de tamanho e estrutura em meio ao processo. Mas as estudantes do sexo feminino não conseguem vislumbrar a possibilidade de sobreviver em isolamento. A competição entre elas é severa. A base para essa competição está fincada no desempenho acadêmico, na personalidade e na segurança financeira, mas o mais importante é a beleza física, que é inteiramente determinada pelo nascimento. E é aqui que as coisas se complicam. Algumas meninas podem ser mais bonitas do que outras no que diz respeito a um aspecto de suas aparências, mas poderiam não passar no teste se um aspecto diferente fosse utilizado como critério de comparação. Dessa forma, a competição entre elas se intensifica. Eu situei Yuriko Hirata no seguinte grupo: as superbonitas. Eu descobri, depois que a srta. Hirata e meu filho foram expulsos, que mesmo no setor masculino da escola a competição que ela inspirava era tremenda. Mas eu continuava de olhos fechados para isso. Ou seja, eu deixei as coisas se resolverem por conta própria. Eu fui a pessoa que desencadeou os eventos que se sucederam nos últimos vinte anos. Você compreende agora por que eu digo que me sinto responsável?

Minha querida Mitsuru,

Eu acho que nem mesmo uma aluna brilhante como você escapou dessa batalha. Talvez você tenha conseguido permanecer no topo por conta de um tenaz esforço pessoal. Você era muito bonitinha e suas notas superavam as de todas as outras. Mas no lado escuro desse delito luminoso, eu sei que você estava trabalhando incessantemente, não estava? E o poder que a instou a seguir em frente nasceu de seu medo de perder, não foi? No instante em que você esquecesse desse medo você fracassaria em alcançar a sua meta.

Eu também ignorei isso. E eu me considero um educador! Como lamento ter fracassado em oferecer a todas vocês o tipo de educação que talvez pudesse tê-las salvo desse "fracasso". Mas tudo isso está no passado distante. Tantas vidas se perderam. E os anos em que você deveria estar estabelecendo as bases de sua maturidade você passou na prisão. Como isso me deixa triste. Eu sinto que deveria pelo menos ter tentado transmitir meus sentimentos à irmã da srta. Hirata, mas lamento dizer que eu não consigo me lembrar do nome dela. Sim, é verdade. Eu me lembro que mesmo naquela época eu estava tão embevecido com a beleza da srta. Hirata que fui tomado de um ciúme doentio de meu próprio filho. Como eu me envergonho de admitir tal coisa!

Eu cortei relações com meu filho Takashi. Não sei onde ele está ou o que está fazendo ou mesmo se está morto ou vivo.

Eu descobri, estritamente a partir de boatos, que depois que foi expulso da escola, ele continuou no mesmo ramo de trabalho. Ele está se afogando num doce veneno (ganhar a vida explorando mulheres é o pior dos venenos), e eu acho bastante improvável que ele algum dia consiga escapar do lodaçal que o prende. Minha mulher pode ter tido contato com ele em segredo, até onde eu sei. Mas ele jamais tentou entrar em contato comigo. Minha raiva era imensa.

Minha mulher morreu três anos atrás de câncer. A família do meu filho mais novo cuidou do enterro. Eu não faço a menor ideia se Takashi sabe que sua mãe morreu. Meu filho mais novo também cortou relações com ele. Embora não soubesse o motivo, ele foi obrigado a mudar de escola quando Takashi foi expulso e eu fui demitido do sistema educacional Q.

Minha mulher amava muito Takashi, e lamentou profundamente a transformação que ocorreu em nossas vidas. Ela nunca conseguiu me perdoar. Mas independente de ela gostar ou não, nosso filho por acaso não apresentou sua colega a clientes e aceitou o dinheiro que advinha das transações? O que Takashi fez foi algo vergonhoso e que destoa dos valores que cultivo. Eu acho que não seria nenhum exagero dizer que o que Takashi fez levou à minha própria destruição.

De acordo com uma investigação conduzida pela escola, Takashi faturou centenas de milhares de ienes! Ele pegou o dinheiro que ganhou e sua carteira de motorista e comprou um carro importado. Ele saía de casa sem que eu percebesse, levando uma vida louca e extravagante. Ele pagava à srta. Hirata quase metade do dinheiro que conseguia. Seu comportamento era desprezível, não muito melhor do que o de um animal selvagem. Ele estava enchendo o bolso, vilipendiando o corpo e o espírito. Minha mulher e eu não tínhamos conhecimento disso. Nós todos vivíamos na mesma casa, como é possível que não reparássemos nisso? Creio que você acha difícil aceitar tal coisa. Mas quando estava em casa, meu filho mantinha tudo em segredo e se comportava como sempre se comportou. Ele tinha uma vida dupla.

Agora eu cheguei à conclusão de que Takashi deve ter nutrido alguma espécie de ressentimento para comigo, alguma necessidade de vingança. Eu era seu pai, mas eu também era professor na escola que ele frequentava. E o que eu sentia pela srta. Hirata desafia qualquer explicação fácil. Se Takashi realmente gostasse da menina, como eu, por que ele a prostituiu daquela maneira? Pensar em chamar o que ele fazia de trabalho é algo tão frio que me faz tremer horrorizado. Impedir que eu amasse outra pessoa e desfrutasse de minha imaginação era um outro modo de me ferir. Aos poucos fui começando a perceber o terrível erro que havia cometido ao colocar meus dois filhos na mesma escola. Foi isso que desencadeou todos esses problemas. Eu sou responsável, portanto, por tudo o que aconteceu posteriormente.

Eu acho que se poderia dizer que eu tive um destino estranho. Eu sabia que a srta. Satō havia enviado inúmeras cartas a meu filho. Na época, eu disse a Takashi: "Responda-as com toda a sinceridade." Eu disse isso porque sabia que ele não tinha nenhum interesse na menina. Eu não tenho como saber se ele seguiu meu conselho ou não. Mas o fato de a srta. Satō ter desenvolvido um distúrbio alimentar me leva a imaginar uma possível responsabilidade de Takashi. Não havia nada que eu pudesse fazer em relação a isso, mas lamento profundamente ter colocado Takashi naquela escola.

Querida Mitsuru,
   Tenho quase setenta anos e aqui estou refletindo sobre o passado, vendo como a juventude foi cruel. Não é incomum os jovens serem exageradamente fixados em si mesmos e excluírem os outros. Mas os alunos do sistema educacional Q eram bem piores do que a maioria. E não é apenas o sistema Q o problema. Certamente, a educação no Japão como um todo deveria aceitar a culpa. Algum tempo atrás eu escrevi que tudo o que eu ensinava aos alunos era a pensar e sentir cientificamente. Mas agora a avaliação que tenho a fazer é muito pior.
   Não apenas eu não ensinava a verdade na escola como também morria de preocupação de acabar enterrando um tipo diferente de "fardo" no coração dos alunos. Isso me ocorreu pelo fato de que eu tive participação em estimular suas crenças num sistema de valores absoluto, um sistema no qual um procurava obter mais sucesso do que o outro. Em resumo, eu receio ter advogado uma forma de controle da mente. E isso porque aqueles alunos que se esforçavam tanto mas não recebiam nenhuma recompensa por seus esforços foram obrigados a levar uma vida suportando o peso desse fardo. Não foi assim com Kazue Satō ou mesmo com a irmã da srta. Hirata? Ambas eram diferentes das outras meninas, mas não eram páreo para você, minha querida, no que concerne ao talento acadêmico.
   O fardo que nós enterramos em seus corações não tinha poder contra aqueles que destruiriam vocês. Elas eram desprovidas de beleza. E por mais que tentassem, não havia nada que pudessem fazer para mudar isso.

Querida Mitsuru,
   Numa carta que você me enviou algum tempo atrás da prisão, você confessou ter se sentido atraída por mim. Sua carta me deixou surpreso e feliz. Para ser absolutamente franco, enquanto eu dava aulas para vocês na escola, meu coração era cativo da linda Yuriko.

Ela era tão mais bonita do que qualquer mulher que eu vira antes que só de olhar para ela já me enchia de alegria. Eu tenho a impressão de que foi isso que me deixou impotente diante do tremendo fardo que todos nós sentimos – a necessidade de ser melhor do que os outros. Ou talvez, diria eu, o fardo tenha se tornado completamente desprovido de significado. Entenda bem, a beleza natural gera tamanha excitação que a existência do fardo é negada. E uma vez negada sua existência, ele se torna mais pesado para ser suportado. Portanto, Yuriko Hirata era odiada simplesmente por existir. Nós não conseguíamos evitar a vontade de expulsá-la da escola.

Talvez o que eu tenha escrito seja um pouco exagerado. Mas será que estou errado? Eu não sei. Quando passo esses dias tranquilos aqui em Oiwake, eu me lembro de fragmentos do passado. Se ao menos eu tivesse feito isso, aquela pessoa não estaria morta agora. Ou se ao menos eu tivesse dito isso e isso, aquela pessoa não teria feito aquelas coisas. Eu sou um homem dominado pela vergonha.

Querida Mitsuru,

Eu consigo enxergar o bem e o mal nos atos que você e seu marido cometeram. O que vocês fizeram foi absolutamente imperdoável. Eu digo isso porque acredito que a fé religiosa de vocês é um problema completamente diferente. Fé religiosa em si não é nem uma coisa boa nem uma coisa má. Mas como foi possível que ela tenha levado vocês a acreditar que era uma coisa certa matar outras pessoas? Você era uma aluna tão superior, podendo facilmente disputar, a seu próprio modo, com a srta. Hirata. Mas você perdeu o poder da razão. E a srta. Hirata? Ela por acaso pensava que não tinha nenhuma outra maneira de sobreviver neste mundo a não ser como prostituta, aceitando qualquer homem que se apresentasse e vendendo seu corpo a ele? Como isso é possível? Será que a educação que ela recebeu foi tão facilmente esquecida?

Eu escrevi que desejo muito me jogar aos pés da família de Kazue Satō e implorar pelo perdão deles. Da mesma maneira, eu gostaria de me encontrar com a irmã da srta. Hirata e pedir desculpas pela horrível desordem que a minha egoísta extravagância criou. Uma vida preciosa foi desperdiçada. É uma imensa tragédia.

Enquanto sigo com meus estudos sobre os insetos, continuarei enfurnado aqui em meu refúgio congelado na montanha. É por um bom motivo, eu acho. Mas o que devo fazer para aliviar a tristeza que sinto por você, minha querida, pela irmã da srta. Hirata e pela família da srta. Satō? Ah, eu jamais conseguirei me livrar desse turbilhão.

Bem, cá estou escrevendo mais uma longa e divagante carta para você que acaba de sair da prisão. Por favor, perdoe-me. E quando estiver se sentindo mais forte, por favor venha me visitar em Oiwake. Eu gostaria de mostrar a você o meu trabalho.

Atenciosamente,
Takakuni Kijima

O que acham? Por acaso essas cartas do professor Kijima não são uma comédia? É um pouco tarde para ficar se lamentando agora, mas ele escreve sem parar sobre suas convicções entediantes. Eu realmente não vejo o menor sentido nelas. Eu tinha me esquecido completamente que o nome do filho de Kijima era Takashi. Quando vi o nome dele na carta, tive um ataque de riso. O nome do marido de Mitsuru também é Takashi. Nenhum dos dois tem o tipo de aparência que me agrada. E aí o professor Kijima escreve que se esqueceu completamente de mim! "Eu esqueci o nome dela, mas você deve se lembrar dela; ela era da sua turma, uma pessoa razoavelmente comum." Que merda! Um pouquinho grosseiro, não acham? E logo ele, um ex-professor! Que coisa mais absurda! O velho babaca deve estar ficando senil. E agora eu sou apenas a "irmã mais velha de Yuriko".

O professor Kijima escreveu sobre a intensificação do senso de identidade dos indivíduos e as mudanças na forma dos seres vivos e coisa e tal, mas eu não acho que é isso o que acontece. Mitsuru, Yuriko e Kazue não mudaram; elas simplesmente entraram em decomposição. Um professor de biologia certamente deveria ser capaz de reconhecer os sinais de fermentação e decomposição. Afinal não foi ele quem nos ensinou tudo sobre esses processos nos organismos? Para induzir o processo de decomposição é necessário água. Eu acho que, no caso das mulheres, os homens assumem o papel da água.

2

A audiência seguinte foi um mês depois. Era para ter início às duas, de modo que perguntei ao meu chefe se podia sair do escritório mais cedo naquele dia. Eu trabalhava meio-expediente, e o meu chefe não ficava nem um pouco feliz comigo chegando tarde e saindo cedo. Mas quando eu disse para ele que o pedido era em função do meu comparecimento ao julgamento, ele mudou completamente de atitude.
— Está bem, está bem. Pode ir — disse ele, e me dispensou balançando a mão. O julgamento de Zhang estava se tornando uma desculpa conveniente para sair mais cedo do trabalho. Mas eu realmente não sentia muita vontade de assistir às audiências. Eu não gostava de ver o rosto sombrio do prisioneiro, para começo de conversa, e as tentativas de evitar os jornalistas estavam começando a me deixar irritada. Mesmo assim, Mitsuru me obrigara a prometer que devolveria a ela as cartas de Kijima na audiência seguinte, logo eu não tinha muitas chances de evitar estar presente. Eu sou muito rigorosa no que concerne às responsabilidades. E estava ansiosa para ver com que tipo de roupa esquisita Mitsuru apareceria. Uma curiosidade em vários níveis me levou ao tribunal.
Quando cheguei à sala de tribunal, uma mulher de cabelos curtos acenou para mim. Ela estava vestindo um suéter de gola rulê amarelo, saia marrom e um cachecol estiloso elegantemente disposto sobre seus ombros. Eu empinei o pescoço para o lado, certa de que não conhecia ninguém que andasse tão bem-vestida.
— Sou eu! Mitsuru.
Foi então que eu vi os dentões da frente e os olhos brilhantes. O que acontecera com aquela mulher de meia-idade que usava roupas tão estranhas da última vez?
— Você mudou — eu disse.

Eu joguei meus pertences rispidamente no banco atrás de mim. Ao fazer isso a bolsa de Mitsuru caiu no chão e ela se abaixou para pegá-la, o rosto franzido. A bolsa de lona fora de moda não estava mais lá. O que eu via era uma bolsa Gucci preta.

– Que bolsa é essa?

– Eu comprei.

Por acaso ela não me dissera da última vez que não tinha dinheiro? E eu estupidamente rachando a conta com ela como se estivesse fazendo uma caridade. Com o dinheiro que ela gastou na compra daquela bolsa Gucci, eu poderia ter comprado pelo menos dez bolsas iguais às que eu estava usando. Fiquei com vontade de fazer um comentário crítico, mas apenas balancei a cabeça.

– Legal. Você está ótima.

– Obrigada. Eu estou me sentindo um pouco mais confiante ultimamente – disse Mitsuru sorrindo ligeiramente. – Da última vez que nos vimos, meus nervos estavam em pandarecos. Eu acho que agora estou um pouco mais acostumada ao convívio social, mas fiquei um bom tempo me sentindo como Rip Van Winkle. Tudo era tão diferente. O bairro tinha mudado, os preços tinham subido. Todas as células do meu corpo tinham a sensação de que tudo havia mudado completamente nos seis anos em que eu me ausentei. Na realidade, fui fazer uma visita ao professor Kijima na semana passada. Nós conversamos sobre várias coisas e fiquei me sentindo bem melhor depois disso. Eu vou recomeçar tudo na minha vida.

– Você esteve com o professor Kijima?

Eu perguntei a mim mesma por que as faces de Mitsuru ficaram repentinamente vermelhas.

– Estive, sim. Eu pensei nas cartas que emprestei a você e comecei a sentir uma nostalgia tão forte que decidi fazer uma visita a ele. Ele ficou encantado. Nós caminhamos juntos na floresta de Karuizawa. Estava um gelo, mas fiquei impressionada ao perceber que existem realmente pessoas amáveis no mundo.

Eu fiquei chocada. Olhei fixamente para Mitsuru sentada ali com o rosto enrubescido e coloquei na mão dela o pacote com as cartas do professor Kijima.

— As cartas do professor Kijima — disse ela. — Você leu?
— Li, sim. Mas não vi muito sentido nelas. Tem certeza de que ele não está senil?
— Por quê? Porque ele não se lembrava do seu nome?
Mitsuru estava absolutamente séria, o que me deixou ainda mais irritada.
— Não é por causa disso.
— Eu disse ao professor que tinha mostrado as cartas para você, e ele pareceu preocupado. Ficou com medo de você pensar mal dele por ele ter escrito as coisas que ele escreveu. Ele está preocupado com a possibilidade de você estar deprimida com o que aconteceu com Yuriko.
— Bom, eu não estou! Mesmo eu sendo apenas a irmã mais velha de Yuriko.
Mitsuru deu um longo suspiro.
— Acho que eu não devia dizer isso, mas desde que conheço você tem um jeito meio pervertido. Eu sinto pena de você, sinto mesmo. Gostaria muito que conseguisse se livrar desse, sei lá, desse feitiço que parece que a sua irmã jogou em você. O professor Kijima disse que o que você estava sofrendo nada mais era do que controle da mente.
— Professor, professor... você parece um disco quebrado. Rolou alguma coisa entre vocês dois?
— Não rolou nada. Mas as palavras dele me tocaram o coração.
Parecia que Mitsuru estava apaixonada pelo professor Kijima, exatamente como estivera na época do colégio. Tem gente que comete os mesmos erros seguidamente, sem nunca aprender. Eu não conseguia mais aguentar Mitsuru, então me virei e fiquei encarando a frente da sala de tribunal. Zhang estava sendo conduzido para o banco dos réus, ladeado por dois guardas, suas mãos algemadas presas a uma corrente em sua cintura. Ele olhou na minha direção timidamente e em seguida desviou o olhar. Eu senti que todas as outras pessoas na sala estavam olhando para mim. Elas não queriam perder a contenda entre a família da vítima e o agressor, e eu não queria desapontá-las. Olhei com raiva para Zhang. Mas Mitsuru me interrompeu.

– Olha lá – disse ela agarrando o meu braço. – Olha aquele homem ali.

Irritada, eu me virei para olhar. Dois homens tinham acabado de se sentar em dois lugares vazios na galeria. Um era gordo e o outro jovem e bem-apessoado.

– Aquele lá não é Takashi Kijima?

Takashi Kijima tinha a mesma aparência perversamente precoce que eu sempre desprezei. Mas o que me deixou mortificada foi o fato de ele ainda ser tão atraente e jovem. Seu corpo era comprido e esguio: como uma cobra. E a cabeça era pequena, compacta e muito bem desenhada. O rosto possuía traços delicados, e seu nariz era arrebitado e fino, lembrando a lâmina de uma faca afiada. Seus lábios eram carnudos, do tipo que as garotas certamente consideram sensuais. Tudo bem, garotas tipo Kazue Satō. Mas aquele homem era jovem demais. Além disso, Kijima nunca foi tão atraente quanto esse rapaz. Eu mal conseguia tirar os olhos dele. Quando o juiz entrou na sala de audiência, eu me virei e olhei para os homens novamente.

O homem que eu achava ser Kijima estava segurando um casaco grosso que havia dobrado cuidadosamente. Quando todos foram obrigados a se levantar para a entrada do juiz, ele o fez de maneira desajeitada. Depois que todos se sentaram novamente, ele permaneceu de pé, olhando o local. O homem gordo teve de puxá-lo pelo braço para que ele voltasse a se sentar. Os ossos de seus ombros e os músculos de seu peito que eu conseguia detectar através do suéter preto que ele estava usando eram perfeitamente equilibrados. Ele estava naquela idade entre a infância e a juventude em que se cresce como uma árvore. Seu rosto era adorável – as feições igualmente atraentes para homens e mulheres. O formato de suas sobrancelhas escuras era lindo, um arco perfeito, como se desenhado à mão. Não, aquele não era Kijima. Eu tinha certeza.

– Não, olhando bem para ele, dá para ver que não é Takashi Kijima.

– É sim. É Kijima. Só pode ser – sussurrou Mitsuru em meu ouvido depois que todos ficaram em silêncio no tribunal.

– Não há como Kijima ser assim tão jovem. Além do mais, Kijima sempre teve uma aparência muito mais desagradável.

– Não, não é esse. Kijima é o gordo!

Atônita, eu quase caí da cadeira. O homem devia ter perto de 100 quilos. Se eu retirasse um pouco de gordura do rosto dele talvez conseguisse encontrar alguma semelhança com Kijima. O julgamento começara, mas eu estava ocupada demais tentando olhar para os homens atrás de mim para poder prestar atenção. Além disso, o foco da audiência naquele dia era a criação e a história familiar de Zhang, e as deliberações eram tão chatas que eu pensei que fosse morrer de tédio.

– Eu era um excelente aluno na escola primária. Eu nasci inteligente.

Como é que ele conseguia ficar sentado ali na frente de todo mundo se gabando daquele jeito sem o menor constrangimento? Eu não conseguia mais aguentar aquilo. Enquanto tentava reprimir um bocejo, pensei em Takashi Kijima sentado atrás de mim. Como ele conseguiu ficar tão feio? Ele parecia uma pessoa totalmente diferente. Ele tinha mudado tanto que eu queria ligar para o professor Kijima e perguntar para ele o que havia acontecido com seu filho desde a última vez que ele o vira. Era exatamente isso o que ia fazer! Eu ia tirar uma foto dele e mandar para o pai dele com uma carta.

Quando a audiência se encerrou naquele dia e Zhang saiu da sala de tribunal, Mitsuru deu um leve suspiro, seus ombros caindo ligeiramente.

– Ficar sentada durante toda a audiência é mais difícil do que eu imaginava. Faz com que eu me lembre do meu próprio julgamento. Eu nunca me senti mais nua, mais exposta, em toda a minha vida. Ouvir as perguntas feitas ao réu hoje me trouxe tudo aquilo de volta. Toda a história da minha vida foi escancarada diante de todos. Eu tive a sensação de estar ouvindo coisas sobre uma outra pessoa completamente diferente de mim. Foi muito estranho. Assim que eu percebi que as pessoas estavam morrendo naquelas iniciações, fiquei com tanto medo que não consegui fazer nada para poder ajudá-las em seus últimos momentos de vida. Que tudo seguisse de acordo com o carma de cada uma delas, foi o que eu pensei. No entanto, quando a minha vez chegou, eu estava tão aterrorizada e tremia tanto que não conseguia nem ficar de pé. Eu era médica, estudei para salvar vidas humanas. Como era possível eu fazer uma coisa tão cruel como aquela? Meu julgamento prosseguiu em meio a uma grande agitação. A única coisa que me manteve com os nervos no lugar foi a minha mãe, que veio com um grupo de outros fiéis. Quando ela entrou na sala de tribunal, nós trocamos olhares. Muito sutis. Mas no olhar dela eu compreendi que ela estava me dizendo para ser forte, que eu não tinha feito nada de errado. Eu fui julgada naquela mesma sala, diante do mundo inteiro, mas eu praticamente não via ninguém além da minha mãe.

– Quer dizer então que você está dizendo que não sente nenhum remorso?

– Não é isso. O que eu estou dizendo é que tudo era muito confuso. Era como uma novela de TV.

Eu levantei a mão num esforço para pôr fim à intricada narrativa repleta de emoções emaranhadas de Mitsuru. Se eu não tomasse cuidado, Takashi Kijima iria embora. Eu não estava tão interessada nele quanto estava no jovem que o acompanhava. Eu tinha de falar com ele. Por que você está com Takashi Kijima? Raramente se veem por aí garotos tão bonitos. Será que ele era filho de Takashi Kijima? Se não fosse, quem era ele em nome de Deus? Eu estava consumida pela curiosidade. Se ele fosse mesmo filho de Kijima, por mais que Kijima fosse odioso ou por mais horroroso que ele tivesse se tornado, seu valor diante de meus olhos atingiria alturas estratosféricas. E parecia que Mitsuru ainda tinha alguma coisa a dizer.

– Vamos fazer uma reunião da turma – eu sugeri.

– Que ideia é essa?

A sala de audiência estava agora quase vazia, e a voz de Mitsuru reverberou nas paredes. Eu mal consegui acreditar quando Takashi Kijima se virou e veio em nossa direção. Ele estava usando um suéter berrante e calça jeans, tentando parecer jovem. Sob o braço ele carregava uma pequena bolsa masculina de grife, que fazia com que parecesse um gângster anacrônico. Eu imaginei que ele tivesse uma carteira recheada, um celular e um porta-cartões dentro dela, junto com uma coleção de outras pequenas coisas. Infelizmente, seu jovem companheiro não parecia estar interessado em acompanhá-lo. Ele ficou sentado, os olhos fixos à frente, como de resto haviam ficado durante todo o julgamento.

– Você é a Mitsuru, não é?

A voz dele era encorpada, bem de acordo com seu físico. Era nasalada, desagradável ao ouvido. Resultado de muitos cigarros, muita birita e muitas noites insones. A pele do seu rosto era acinzentada, os poros conspicuamente grandes. Passou pela minha cabeça que meu dedo ficaria cheio de gordura se eu o encostasse em seu rosto.

– E você é Kijima-kun, certo? Quanto tempo, hein? – disse Mitsuru.

– Mitsuru, você passou por uma brabeira. Eu li no jornal o que aconteceu e nem consegui acreditar. Mas agora você parece estar muito bem. Pelo visto já superou tudo, não é?

Kijima apontou na direção da cadeira do juiz com um ar de confortável familiaridade. Não apenas seu físico, mas também a maneira como ele falava era redonda e suave. Como uma mulher. Mitsuru ficou com a cara fechada.

– Muito obrigada pela gentil preocupação. Eu lamento ter causado tantas aporrinhações a meus colegas de colégio, mas tudo isso já faz parte do passado.

– Parabéns.

Kijima fez uma mesura. Mitsuru conteve as lágrimas. Parecia uma cena tirada de um filme de mafioso. Eu não estava nem um pouco interessada e me virei para olhar para o garoto. As lágrimas contidas de Mitsuru haviam chamado a atenção dele, e agora ele estava olhando na nossa direção. Seu rosto era encantador. Por que será que ele me parecia tão familiar?

– Você me reconheceu de cara, não foi, Mitsuru? A maioria das pessoas não me reconhece mais, agora que eu engordei tanto. Outro dia eu cruzei com um ex-colega de turma em Ginza, mas ele passou batido por mim. Ele era um cara tão fissurado pela Yuriko que caiu de joelhos na minha frente e implorou para eu arranjar um encontro com ela. E tudo isso para Yuriko acabar assassinada

por um estranho! Mas se você pensar bem no assunto, talvez isso que aconteceu tenha sido o sonho da vida dela.
– O sonho da vida dela? – soltou Mitsuru.
– Yuriko sempre me disse que sabia que um dia seria assassinada por um de seus clientes. Ela morria de medo disso, mas assim mesmo ela parecia esperar que a coisa fosse acontecer. Ela era uma mulher inteligente e complicada.

Mitsuru começou a bater com o dedo nos dentes da frente com um olhar de preocupação: *tap, tap, tap*. Eu tenho a impressão de que ela achava que não conseguiria suportar o que ele acabara de dizer. Graças ao pai de Takashi Kijima, Mitsuru havia finalmente retornado à sociedade. Eu franzi os lábios e disse:

– Bom, não vou dizer que eu não concordo que isso tenha sido mesmo o sonho da vida dela, mas não existe nenhuma razão para você ficar aqui falando sobre isso.

Takashi Kijima deu um sorriso amargo. Eu desprezo pessoas que sorriem quando querem ser furtivas. Esse é exatamente o caso do meu supervisor no escritório.

– Você é a irmã mais velha da Yuriko, não é? Minhas condolências – desejou a mim Kijima, cumprimentando-me educadamente, exatamente como havia feito com Mitsuru. – Eu entendo tudo o que você tem passado. Mesmo assim, por acaso eu estaria errado em imaginar que também você acreditava que Yuriko acabaria desse jeito algum dia uma vez que seguiu pelo caminho que ela própria escolheu? Eu acho que eu e você somos as únicas pessoas que a entenderam de fato.

Que impertinência. Como se ele pudesse ter realmente entendido a minha irmã.

– Foi culpa sua. Foi você que a levou pra esse caminho maldito. Foi você que ensinou tudo sobre esse negócio a Yuriko. Se ela não tivesse conhecido você, provavelmente ainda estaria viva. E não é só isso. Também teve a Kazue. Você a perseguia.

Eu continuei em cima dele. Eu não acreditava em uma palavra do que estava dizendo. Eu só queria atazaná-lo.

Kijima hesitou:

– Eu não assediava Kazue e nem fazia nada parecido com isso. Eu simplesmente não sabia o que fazer em relação a todas aquelas cartas que ela me mandava. Ela era ridícula demais. Eu não gostava dela, mas eu não tinha nenhuma intenção de magoá-la. Eu não era assim tão insensível.

Quando viu Kijima enxugar com sua mão gorda as gotinhas de suor que haviam se acumulado em sua testa, Mitsuru tentou mudar de assunto.

– Pouco importa. O que é que você tem feito ultimamente? Seu pai o deserdou, não foi?

– Bom, como se diz por aí, pau que nasce torto morre torto. Eu ainda estou no negócio, embora a gente se refira a ele agora como *serviço de acompanhantes*. Eu apresento mulheres a homens.

Kijima abriu a carteira e puxou dois cartões. Entregou um para mim e outro para Mitsuru. Ela leu o dela em voz alta:

– *Clube de Mulheres Mona Lisa. Mulheres de alto gabarito estão à sua espera.* Mas Kijima-kun, você escreveu errado a expressão alto gabarito. E o design do cartão parece ultrapassado demais.

– Há clientes que preferem assim. Não é um erro, é intencional. A propósito, Mitsuru, como está o velho afinal?

– Está ótimo. Ele está trabalhando num estudo sobre insetos e supervisionando o alojamento em Karuizawa. Você sabe que a sua mãe faleceu, não sabe?

Mitsuru deu a notícia da maneira mais delicada possível.

– Quando foi isso?

– Eu acho que foi três anos atrás. Ela estava com câncer.

– Câncer? Que coisa horrível.

Kijima deu de ombros, desanimado, mas como seu pescoço estava gordo demais, era difícil reparar no movimento.

– Eu nunca deixei de dar desgosto a minha mãe. Eu vou completar quarenta anos no ano que vem e ainda faço o tipo de trabalho que nunca deixaria a mãe de ninguém orgulhosa. Não havia a menor possibilidade de eu me encontrar com ela.

– O professor Kijima se preocupa com você, você sabe disso.

– Bom, que eu saiba ele nunca falou sobre isso nas cartas – eu rebati. – Ele diz que precisa de tempo para reconsiderar a conduta do filho. Que babaca!

Depois da minha entrada intempestiva na conversa, um olhar nervoso apareceu no rosto de Mitsuru.

– Cartas? Que cartas? – perguntou Kijima. – Se ele escreveu a meu respeito eu gostaria de ver essas cartas.

Mitsuru começou a abrir a bolsa, mas eu a interrompi.

– Faça umas cópias. Essas cartas são importantes. Você não vai querer ficar sem elas. E você não sabe quando é que vocês dois vão se ver novamente. Todo mundo no escritório onde eu trabalho faz cópia de tudo. Mitsuru, você confia demais nas pessoas.

– Eu acho que você tem razão.

Takashi Kijima juntou as mãos num arremedo de prece.

– Eu só quero dar uma olhadinha nelas. Eu devolvo em seguida.

Mitsuru entregou o pacote de cartas a Kijima com cara de poucos amigos e ele foi se sentar na sala de audiência para começar a lê-las. Eu perguntei sobre o jovem.

– Kijima, quem é esse garoto? É seu filho?

Kijima ergueu os olhos das cartas. Um brilho de pura zombaria perpassou-lhe o olhar. Eu senti uma inquietude.

– Quer dizer que você não o reconhece?

– Não. Quem é ele?

– O filho de Yuriko.

Horrorizada, eu me virei para olhar para ele. Yuriko havia mencionado em seu diário que tivera um filho com Johnson. Então esse era o filho daqueles dois seres lindos. Ele já devia ser um aluno do ensino médio a essa altura.

Mitsuru sorriu ligeiramente.

– Ei! Ele é seu sobrinho!

– É isso mesmo.

Confusa, eu passei os dedos pelos cabelos. Eu queria afastar o filho de Yuriko das garras nojentas de Kijima. Mas o garoto – o foco de nossa discussão – não desviou o olhar. Ele estava sentado em silêncio, esperando que Kijima terminasse seu assunto conosco.

– Kijima, como é o nome do garoto?

– Yurio. Eu acho que foi Johnson quem escolheu o nome.

– O que Yurio está fazendo aqui?

– A morte de Yuriko foi um choque tão grande que Johnson voltou pros Estados Unidos. Ele queria levar Yurio com ele, mas ele ainda estava na metade do ensino médio, então eu concordei em tomar conta dele.

Eu fui até ele. Eu delirava com a felicidade que estava tomando conta do meu ser, a felicidade de ter mais uma vez diante de meus olhos uma pessoa bela.

– Yurio-chan? Oi.

Yurio levantou a cabeça e olhou para mim.

– Ah, oi.

A voz dele já havia mudado. Era grossa e profunda, mas também forte e jovem. Seus olhos eram lindos. Eles pareciam me penetrar. Eu senti meu coração disparando em meu peito ao dizer:

– Eu sou a irmã de Yuriko. Isso significa que sou sua tia. Eu não sei nada sobre você, mas nós somos parentes. Por que a gente não deixa pra trás esse acontecimento horrível e seguimos com nossa vida? Que tal?

– Ah... tudo bem.

Yurio vasculhou a sala, aparentemente perplexo.

– Desculpe, mas onde está o tio Kijima?

– Ele está bem ali, não está?

– Ah, é? Tio Kijima? Onde é que você está?

Só então eu reparei uma coisa muito estranha. Yurio parecia não estar vendo Kijima, mesmo ele sentado a apenas alguns metros de distância. Kijima ergueu os olhos. Eles estavam cheios de lágrimas, sem dúvida em função das cartas do pai que estava lendo.

– Eu estou aqui, Yurio. Fique calmo. – E então ele disse para mim: – Yurio é cego de nascença.

Como será o mundo para alguém tão excepcionalmente belo, mas que não consegue enxergar para reconhecer a própria beleza? Mesmo que ouça os elogios das pessoas ele não consegue ter noção da beleza, consegue? Ou será que ele possui uma beleza que não tem nada a ver com a beleza que se percebe com os olhos? Eu estava morrendo de curiosidade para saber que forma o mundo teria na concepção de Yurio.

Eu queria tanto que o meu sobrinho morasse comigo que mal conseguia suportar. Se Yurio estivesse comigo eu poderia viver livremente; eu poderia viver em total felicidade, eu pensei. Vocês podem dizer que sou uma egoísta, eu não ligo. Eu sentia que tinha de tê-lo ao meu lado. Ele era completamente livre dos preconceitos que são implícitos nos olhos dos outros. Sim. Mesmo que eu fosse refletida nos belos olhos de Yurio, a imagem jamais seria transmitida a seu cérebro. Então o significado de quem eu era também iria mudar. Porque para Yurio eu existiria apenas como voz ou como carne. Ele nunca veria o meu corpo baixinho e troncudo e o meu rosto horroroso.

Eu não aceito o meu próprio eu? É isso o que vocês estão pensando? Eu reconheço que sou suficientemente feia a ponto de ter desenvolvido um complexo de inferioridade em relação a minha irmã Yuriko. E aquela minha teoria de que ela nasceu de um pai diferente? Vocês estão dizendo que isso é ilusão? Vocês estão equivocados. É um jogo que jogo na minha cabeça. Eu digo a mim mesma que eu quero me tornar uma mulher que nasceu bela, que é brilhante e muito melhor aluna do que Yuriko e que, no entanto, odeia homens. Aos poucos o meu eu imaginário diminui a distância – ao menos ligeiramente – entre a realidade e o meu faz de conta. A maldade com a qual eu me armo é simplesmente o tempero do meu jogo. Estou errada? Vocês estão dizendo que o corpo que contém o meu eu imaginário é um tolo? Se for o caso, vocês deveriam tentar viver com uma irmã mais nova que é monstruosamente bela. Você podem ao menos imaginar, eu me pergunto, como é ter sua própria natureza individual negada antes mesmo de você nascer? Desde a sua infância, a maneira como as pessoas reagem a você é tão claramente diferente da maneira como elas reagem aos outros! Como vocês se sentiriam se tivessem de passar por essa experiência dia sim dia não?

Nós fomos para a cafeteria no subsolo e nos sentamos em volta de uma mesa. Mas a única pessoa em quem eu prestava atenção era Yurio. Ele se sentou numa cadeira a alguma distância de nós, sua postura ereta. O lindo filho de Yuriko. Por mais que eu olhasse embevecida para seu rosto, ele não fazia a menor ideia de que meus olhos estavam fixos nele. Eu podia olhá-lo sem parar. As garçonetes, os garçons, até mesmo o homem de meia-idade que parecia ser o gerente lançavam olhares significativos na direção de Yurio de vez em quando. Será que ele também os deixava inquietos? A cafeteria – um lugarzinho de quinta categoria – pareceu brilhar de uma hora para outra. Ver todas aquelas pessoas admirando Yurio apenas aumentava meu prazer. Eu me deleitava com a sensação de ser superior a eles.

Colocar Yurio sentado a uma certa distância de nossa mesa foi ideia de Mitsuru. Ela queria falar algumas coisas relacionadas a Takashi Kijima e Yuriko e não queria que Yurio ouvisse.

– O que você e Yuriko-san fizeram depois que saíram da escola? – perguntou ela a Takashi.

Takashi Kijima olhou para mim enquanto eu olhava para Yurio.

– Você sabe? – me perguntou Mitsuru.

– Não. Assim que Yuriko deixou os Johnson e começou a viver sozinha, a gente nunca mais se falou. Eu não sabia o que fazer. Meu pai me ligava o tempo todo da Suíça, preocupado com ela. E aí o meu avô ficou louco pela sua mãe; manter contato com Yuriko era a última coisa que me passava pela cabeça.

– Algumas conversas corriam entre os outros alunos – disse Mitsuru. – Eles diziam que Yuriko tinha virado modelo da revista *an-an*. Eu fiquei impressionada. Fui até uma livraria e folheei um exemplar da revista. Até hoje eu me lembro. Tinha fotos dela vestindo umas roupas modernosas de surfista, de maneira que o seu corpo estava bem exposto, um corpo absolutamente perfeito. E a maquiagem que estava usando era tão fantástica que me deixou sem fôlego. Mas eu nunca vi outras fotos dela depois disso.

Mitsuru tentou chamar a minha atenção, mas o sorriso logo sumiu de seu rosto. Sim, era improvável que eu tivesse acompanhado a carreira dela.

– Yuriko-san apareceu em todos os tipos de revista – disse ela. – Então por que será que ela desapareceu assim tão de repente? Ela não seguia um visual específico, e nunca apareceu duas vezes na mesma revista.

Ela era conhecida como a modelo fantasma. Eu consigo imaginar o que aconteceu. Muito provavelmente Yuriko, com todo o desejo que sentia pelos homens, tinha casos com os fotógrafos ou com os diretores de arte ou com os homens que sempre a cercavam. Como tinha a reputação de ser uma cama fácil, o pessoal da revista perdia o respeito por ela e então ela não conseguia mais trabalhos lá.

O rosto gordo de Kijima abriu-se num sorriso; era óbvio que ele estava rememorando o passado.

– É isso aí. Yuriko era simplesmente maravilhosa, seu rosto era perfeito demais para atender às necessidades das revistas da época. E ela transpirava sexualidade. Se ela ainda estivesse no colégio talvez eles a usassem. Mas assim que ela completou dezoito anos, ela se tornou uma garota tão extraordinariamente linda que chegava até a desbancar a própria Farrah Fawcett. Naquela época não havia muito o que se fazer com uma mulher como ela. Agora que a gente tem modelos como Norika Fujiwara a coisa é diferente.

Kijima falava como um verdadeiro profissional. Ele tirou um cigarro da bolsa e o acendeu.

– Tinha apenas 1,73m de altura, o que não serve muito pro mundo das passarelas, e tinha um visual ocidental demais para fazer sucesso como atriz. Não havia mais nenhuma oportunidade. Nada além de ir atrás de homens cheios da grana. Foi durante o auge da Economia da Bolha. Havia uns caras que estavam ganhando milhões no mercado imobiliário e chegavam em mim balançando na minha cara um monte de nota de 10 mil ienes sabendo que eu era o agente dela. Tudo isso para passar uma ou duas horas com Yuriko. Os caras chegavam a pagar 300 mil ienes.

Mitsuru olhou na minha direção.

– Kijima, você precisa falar desse jeito? Não é muito apropriado.

– Ah, desculpe – disse Kijima.

– Você também se deu muito bem nessa, não é? – eu perguntei.

Kijima, imerso em sonhos de seus dias de glória, evitou olhar para mim. Ele coçou a papada com um dedo rechonchudo.

– Bom, é verdade. Eu cometi alguns erros na juventude, mas afinal de contas fui expulso da escola muito de repente. Aliás, graças a sua traição.

– Não foi traição. O professor Kijima escreveu em suas cartas que ela foi atrás de conselho – eu disse.

Kijima deu de ombros.

– Foi traição, sim. A sua amiga aqui há muito tempo cultiva uma inveja doentia de Yuriko. Era a natureza dela.

– Você está errado. Ela estava preocupada com Yuriko – disse Mitsuru.

– É isso o que você acha? Bom, eu tenho a impressão de que é melhor a gente esquecer o passado, mas tem um monte de coisas que eu gostaria de dizer aqui – disse Takashi Kijima sarcasticamente. – Eu estava indo pro meu último ano do ensino médio, vocês sabem. Eu tinha dezoito anos. Quando eu cheguei a casa, a minha mãe estava aos prantos e o meu irmãozinho olhava com raiva para mim e se recusou a falar comigo. Assim que o velho chegou a casa, ele começou a me bater na cabeça. Desde então eu tenho problemas de audição no ouvido direito. Meu velho era canhoto e quando dava um soco atingia em cheio. Eu não chorei, mas doeu pra caramba. Meu pai berrou: "Eu nem quero olhar para tua cara. Nunca mais apareça na minha frente!" Minha mãe tentou ao máximo acalmar as coisas, mas não deu. Meu velho era teimoso demais. Aí eu disse para ele: "Você também queria pegar ela. Yuriko me disse. Você expulsou nós dois da escola porque não conseguiu ir para cama com ela!" Assim que eu disse isso ele me deu outro soco no ouvido, no mesmo lugar, com mais força ainda. Aí eu dei um grito: "Seu idiota! A gente vai se ver na minha audiência!" Ele disse: "Eu já tolerei o suficiente. Coloque-se no lugar de Yuriko!" Mas a verdade é que Yuriko curtia fazer aquilo. Quando penso nisso agora, eu percebo que devia ter concordado com tudo o que ele disse. Eu acho que é por isso que eu chorei quando li as cartas do velho. Ele está se virando sozinho há anos. E eu tenho a impressão de que ainda sou perseguido pelo passado.

– Qual é! Fala logo – eu disse. – O que aconteceu com você e Yuriko?

– Ah, assim que nós dois fomos expulsos de casa a gente decidiu viver juntos, aí nós fomos atrás de um apartamento para alugar. Nós precisávamos de mais ou menos 3 milhões de ienes, mas nós dois juntos tínhamos muito dinheiro guardado. Alugamos um apartamento de alto luxo em Aoyama. A gente queria um lugar em Azabu, mas era perto demais da escola, aí deixamos para lá. O lugar que a gente conseguiu era um apartamento de dois quartos; cada um tinha o seu. No dia seguinte eu levei Yuriko para trabalhar. Eu a levei primeiro numa agência de modelos e arrumei um emprego para ela lá. Mas o trabalho de modelo não durou muito. Eu já contei a vocês o motivo. Logo depois Yuriko começou a pegar alguns clientes que levava pro quarto. Não, isso não é mentira. Yuriko era puta por natureza.

Eu balancei a cabeça com uma veemência exagerada. É isso mesmo. Yuriko era o tipo de mulher que não conseguia viver sem "água". Ela precisava de água para promover sua deterioração.

– Por volta dessa época um homem apareceu pedindo para ser o mecenas dela. Ele tinha ganhado uma bolada no mercado imobiliário. Eu pensei que teria de achar um outro lugar para morar, mas acabou que eu não precisei me mudar porque o cara levou Yuriko para morar com ele em Daikanyama. Ele arrumou o capital e ficou com Yuriko como amante. Em pouco tempo Yuriko não estava mais precisando de um agente. Eu fiquei com o apartamento de Aoyama; depois de algum tempo o aluguel ficou alto demais para mim e eu fui obrigado a me mudar. Foi aí que começou a minha decadência. Uma história e tanto, hein?

Mitsuru, que estivera ouvindo em silêncio todo o tempo, franziu os lábios e disse:

– O que eu não entendo é por que você deixou ela entrar para a prostituição se os dois estavam morando juntos. O que rolava entre vocês dois?

– O que rolava, eu me pergunto. – Kijima olhou para o teto. – Para ser brutalmente sincero, nós dois tínhamos um negócio, e nossa única preocupação era ter lucro.

– Não rolava nada romântico entre você dois, mesmo com toda aquela beleza da Yuriko?

– Sem chance. Eu sou homossexual.

Eu arquejei. Que coisa mais deplorável! Como deixaram Yurio nas mãos de um monstro como esse? Eu olhei instintivamente na direção do garoto. Yurio havia colocado fones de ouvido e balançava a cabeça levemente ao ritmo da música, os olhos fechados.

Mitsuru começou a tamborilar nos dentes da frente com a unha: *tap, tap, tap.*
— Você é assim desde os tempos de colégio?
— Não sei. Tenho de admitir que eu mesmo acho estranho um homossexual como eu ficar na cola de Yuriko como eu fiquei. Acho que tinha alguma coisa nela que excitava os homens, mas eu mesmo nunca senti nada. Depois que começamos a morar juntos, eu passei a me sentir atraído por um homem que aparecia de vez em quando para visitá-la. Um mafioso de meia-idade. E eu reparei que estava sentindo ciúmes de Yuriko. Foi quando eu descobri. — Kijima fechou os olhos suavemente, tirando prazer de suas confissões. — Depois que Yuriko e eu nos separamos, eu comecei a agenciar outras pessoas, não só mulheres como também homens. Eu tinha o *know-how*, então era um negócio bom para mim. Yuriko e eu nos encontrávamos às vezes e eu passava para ela alguns contatos. Mas por vários anos nós evitamos qualquer contato pessoal.
— Por quê? — perguntou Mitsuru.
— Os dois tinham mudado. Eu engordei e Yuriko envelheceu. Os dois sabiam tudo sobre os dias de glória um do outro. Houve um tempo em que bastava Yuriko pisar na rua para que um monte de homens tropeçasse uns nos outros para chegar nela. Eles pareciam bebezinhos nas mãos dela. Mas nos últimos anos ela não conseguia um único cliente decente, por mais que se esforçasse. Eu sabia que ela havia perdido o poder de mercado. E eu não tinha como mentir sobre isso. Então Yuriko se distanciou de mim. Eu fiquei aliviado quando ela parou de me procurar. Foi quando a coisa aconteceu, vocês sabem. Quando eu fiquei sabendo do assassinato. E não muito tempo depois, notícias da morte de Kazue chegaram aos meus ouvidos. Eu comecei a perceber o quanto havia ficado perigoso o meu ramo de negócio. Foi por isso que quando Johnson me pediu para cuidar de Yurio eu aceitei na hora. Era uma espécie de penitência para mim.
— Yurio não devia morar com você — eu disse.
— Por que não?
Mitsuru olhou para mim, surpresa. E então eu disse com toda a clareza:

– Bom, eu sou parente dele. E além do mais, você não pode dizer que o ramo de trabalho de Kijima ou que o próprio Kijima ofereçam um bom ambiente para um jovem. Eu vou tomar conta de Yurio. Ele pode ir para a escola da minha casa. Eu vou entrar em contato com o meu pai na Suíça. Eu tenho certeza de que ele vai mandar um dinheirinho para dar um apoio no sustento de Yurio.

Para ser sincera, desde a morte de Yuriko eu não tinha contato com meu pai na Suíça. Um homem frio demais. Mas se ele soubesse de Yurio, eu tenho certeza de que mandaria algum dinheiro.

– Bom, você tem direito de ter essa opinião, mas... – Kijima olhou para mim de alto a baixo e deu um sorriso zombeteiro. Eu tenho a impressão de que ele não achava correto uma mulher com uma aparência sinistra como a minha tomar conta de um garoto tão bonito. Eu me levantei, enraivecida.

– Perfeito. Então vamos perguntar ao próprio Yurio.

Eu fui até onde Yurio estava sentado. Ele estava com os olhos fechados e balançando o corpo ao ritmo da música. Eu não sei se sentiu a minha presença ou não. Mas ele abriu os olhos cegos. Suas pestanas eram longas, a íris castanha e o branco dos olhos translúcido. Ele era belíssimo. Sobrancelhas escuras cercavam dramaticamente seus olhos.

– Yurio-chan – eu comecei –, você não quer morar com a titia? Eu vou ter o maior prazer do mundo em tomar conta de você. Você tem morado com o seu pai há tanto tempo que eu acho que já está mais do que na hora de você morar um pouquinho com uma japonesa. Você não ia achar isso legal?

Yurio sorriu, os dentes brancos brilhando.

– Eu sou a sua única parente que você tem agora. Vem para minha casa. Vamos morar juntos. Que tal?

Eu sentia o meu coração batendo com força enquanto tentava convencer Yurio. A minha chegada tão abrupta poderia fazer com que ele se recusasse facilmente, e tudo acabaria por ali.

– Você compra um computador para mim? – perguntou Yurio, enquanto mirava o vazio.

– Você sabe usar computador?

– Claro. Eu aprendi na escola. Eu só preciso do software adequado. Se eu tiver um sistema à base de som, posso usar toda a tec-

nologia disponível. Eu faço música no computador, então eu realmente vou precisar de um.
– Bom, então eu compro um para você.
– Maravilha. Então eu acho que vou morar com você.
Eu estava imersa em minha própria fantasia. A única coisa que eu conseguia fazer era repetir para mim mesma sem parar:
– Eu compro um para você. Eu compro um para você.

3

Eu levei Yurio para morar comigo no apartamento de meu avô localizado no distrito P. Enquanto Yurio estava sob os cuidados de Johnson, ele frequentava um local em Ōsaka especializado em cuidar de cegos. Como estava lá desde o primeiro ano do ensino primário – tinha sido praticamente criado lá, na realidade – ele vez por outra falava no dialeto de Ōsaka. Eu sentia vontade de rir. Ele tinha um rosto tão lindo que nem parecia pertencer a este mundo, mas era franco e taciturno. Seu único interesse era ouvir música. Ele era um jovem bastante inteligente que dificilmente precisava de atenção especial. E era lindo demais. E aqui estou eu, uma parente tão próxima dele. Eu mal conseguia acreditar que isso fosse verdade.

O destino de uma pessoa é uma coisa engraçada. Eu realmente acreditava estar revivendo aqueles dias tranquilos e calmos que desfrutara no passado com meu avô. Naquela época em que ele dependia de mim – quando era desamparado e vulnerável. E agora ali estava Yurio, cego, que também precisava confiar em mim. Eu tenho a impressão de que ele gostava de morar comigo.

– Você tem notícias de seu pai? – perguntei a Yurio.

Eu estava preocupada com a possibilidade de Johnson tentar levar Yurio, então de vez em quando eu fazia esse tipo de pergunta a ele.

– Ele ligou para casa do tio Kijima várias vezes. Mas eu nunca morei muito tempo com o meu pai. Eu gosto muito mais do tio Kijima.

Você gosta dele?, eu pensei, tomada de ciúme.
– Por que você gosta daquele sujeito irresponsável?
– Ele não é irresponsável. Ele era muito legal comigo. Ele me disse que se eu precisasse ele comprava um computador para mim. Ele prometeu.

Eu não tinha muito dinheiro na época e aquela conversa de computador estava me deixando ansiosa.

– Mas ele nunca comprou – eu disse, me contrapondo. – Kijima é um sujeito ardiloso. Ele só ia usar o computador como uma isca para atrair você. Depois você ia acabar percebendo o seu erro. Não, não, eu salvei você de um demônio.

– Que papo é esse? O que você está dizendo não faz o menor sentido.

– Tudo bem. Isso não é motivo para você se preocupar. É só que eu tive umas experiências desagradáveis com ele no passado e a gente não se bica. É uma longa história. Acho que é melhor você não saber. Kijima foi o responsável pelos infortúnios da sua mãe. Quando você for mais velho, eu lhe conto.

– Eu não conheci a minha mãe, então eu não ligo pro que você disser sobre ela. O que eu sei sobre ela foi por intermédio do meu pai. Eu acho que provavelmente ela me odiava. Quando eu era pequeno isso me deixava muito triste, mas agora já estou acostumado. Eu nem penso mais nisso atualmente.

– Yuriko era uma mulher que só pensava em si própria. Não era como eu. Ela costumava me atormentar, então eu sei exatamente como você se sente. Eu vou tomar conta de você pelo resto da minha vida, não precisa se preocupar. Você pode ficar aqui comigo para sempre.

Como Yurio não tinha outros interesses, exceto na música, ele respondia as perguntas vagamente e em seguida recolocava os fones de ouvido. A música que vazava era uma espécie de rap inglês que eu não entendia. Na escola Yurio estudava para se tornar afinador de piano. Embora seus estudos tivessem sido cortados bem no meio do semestre, ele não parecia se importar. Ele simplesmente passava o dia ouvindo música nos fones de ouvido. Às vezes ele se levantava e ficava nessa rotina até a hora de ir para a cama.

– Yurio, o que você quer ser quando crescer?

Quando me ouviu fazer uma segunda pergunta, Yurio tirou novamente os fones. Mas não pareceu irritado.

– Acho que alguma coisa relacionada à música.

– Afinador de piano?

– Não. O que eu quero é compor. É por isso que preciso de um computador. Eu sei que parece estranho eu dizer isso, mas acho que eu tenho talento.

Talento. A palavra me encantou. Yuriko fora bela como um monstro; agora seu filho, que se equiparava a ela em beleza, também era abençoado com um talento que suplantava os outros. Fiquei pensando como eu poderia ajudá-lo a desenvolver ainda mais esse talento.

– Eu entendo. Vou ver o que eu posso fazer. – Eu suspirei profundamente e olhei ao redor da sala miserável. – E se você fosse morar com o Johnson?

– Bom, eu adoraria ir pros Estados Unidos para sentir o gostinho do verdadeiro rap. Eu sei que o meu pai tem uma família em Boston. Ele voltou para lá depois que se divorciou da esposa japonesa. Ouvi dizer que ele acabou de se casar novamente com uma mulher que tem um filho de dez anos, e esse garoto é herdeiro dele, então fica meio difícil para mim ir para lá. Eu só ia ser um empecilho. – Yurio parecia aliviado por extravasar aquilo. – Tudo o que eu tenho é a música – continuou ele. – O meu destino é respirar música 24 horas por dia.

Eu acariciei o rosto de Yurio. Estava tenso. Eu substituiria Yuriko e assumiria a função da mãe que ele nunca teve. Yurio sorriu com doçura.

– Eu estava sentindo muita falta de afeto maternal. Então eu realmente estou muito feliz de estar morando aqui com você, tia.

Yurio não podia enxergar, mas ele mais do que compensava a deficiência ao falar do fundo do coração. Eu peguei a sua mão e a apertei em meu rosto.

– Eu sou a imagem exata da sua mãe. Sua mãe tinha um rosto igual a esse. Toque e veja.

Yurio esticou timidamente a outra mão. Eu agarrei sua mão grande e fria e a levei até o meu nariz e os meus olhos.

— As pessoas sempre disseram que a sua mãe e eu éramos muito lindas. Aqui, está sentindo? Pálpebras duplas. Meus olhos são grandes e meu nariz é fino. Minhas sobrancelhas parecem as suas, formando um arco lindo e elegante. Meus lábios são carnudos e rosados. Também são iguaizinhos aos seus, mas eu acho que você não tem como saber.
— Não, não tenho.
Pela primeira vez a resposta de Yurio surgiu tingida de tristeza.
— Mas eu não penso na minha falta de visão como uma restrição. Eu sou abençoado com um talento que me permite viver imerso em lindas músicas. Meu desejo é ouvir música e também fazer música que ninguém ainda ouviu.
Um desejo tão simples e maravilhoso. Eu tive a sensação de haver encontrado petróleo ao conhecer um garoto tão puro quanto Yurio. Como líquido espesso e preto borbulhando do coração da terra, meu instinto maternal borbulhava dentro de mim. Eu ia ganhar dinheiro para ele. Eu tinha de comprar um computador para ele. Resolvi pedir dinheiro a meu pai na Suíça. Eu procurei a minha velha agenda de endereços e encontrei o número de telefone de meu pai.
— Alô. Sou eu. Sua filha.
Uma mulher respondeu em alemão. Só podia ser a turca com quem meu pai havia se casado. Ela chamou o meu pai imediatamente. Ele me deu a impressão de estar velho, e praticamente não entendia mais japonês.
— Não falo com a imprensa.
— Pai. Você conheceu o filho de Yuriko?
— Imprensa não.
Ele desligou. Olhei para Yurio, desapontada. Ele tinha uma expressão no rosto que parecia dizer: eu poderia ter dito a você que isso ia acontecer. Ele virou o rosto para o outro lado – seu perfil idêntico ao de Yuriko – e fechou os olhos. Eu imaginei se no seu mundo ele criava formas belas a partir do som. Eu não aceitava nada que não pudesse ver. Eu podia ver a beleza. A beleza cega de Yurio não significava para mim. Mesmo tendo uma linda criança em minha vida, eu não era capaz de compartilhar seu mundo. Ater-

rorizante, não? E triste. Senti meu coração dominado por uma tristeza gigantesca, como se eu estivesse sofrendo de uma paixão não correspondida. Eu queria me contorcer de dor. Eu nunca tive em toda a minha vida uma sensação como aquela.

– Tem alguém aqui.

Yurio tirou os fones de ouvido e escutou, mas eu não conseguia ouvir nada. No momento em que eu procurava pelo apartamento, desconfiada, ouvi uma batida na porta. A audição de Yurio era inacreditável.

– Sou eu! Mitsuru.

Mitsuru estava em pé na escuridão diáfana do corredor do prédio. Ela vestia um conjunto azul vívido e estava com um casaco bege dobrado no braço. Era um traje de primavera, e ela fez com que o sombrio corredor vibrasse intensamente.

– Não dá para acreditar que você ainda está morando no mesmo lugar que morava na época do colégio! Posso entrar?

Mitsuru espiou o interior do apartamento de modo um tanto tímido, como se estivesse com medo de se intrometer. Eu não tive saída a não ser convidá-la a entrar. Ela fez as saudações perfunctórias, retirou os sapatos de salto alto e colocou-os muito bem arrumados ao lado da porta. Seu olhar aterrissou nos tênis enormes de Yurio próximos aos dela, e em seguida sorriu ligeiramente. Eu fiquei pensando comigo mesma no motivo de sua visita. Ela estava ainda mais jovial do que quando a vi no tribunal. No entanto, parecia estar com uma atitude mais segura. Ela estava pouco a pouco voltando a seu antigo eu.

– Desculpe por aparecer assim sem avisar. Eu tinha algumas novidades pra contar-lhe.

Mitsuru sentou-se à mesa de chá e colocou o casaco e a bolsa ao lado. Ambos eram novos e de grife e sem dúvida caros. Eu botei a água para ferver na chaleira sem parar de olhar para Mitsuru com o canto do olho, e preparei um chá para nós duas. Eu usei o mesmo chá Lipton que costumava usar quando meu avô morava aqui. Eu tinha esse tipo de teimosia. Sempre que achava uma coisa ao meu gosto, eu odiava ser obrigada a mudar.

– Você disse que tinha novidades.

– Eu me divorciei e vou me casar com Kijima.

Kijima? Qual Kijima? Certamente não com Takashi Kijima. Será que ela viera para levar Yurio? Ao ver o meu olhar de pânico, Mitsuru riu e balançou a cabeça.

– O pai, sua tonta. O professor Kijima. A gente tem se correspondido e decidimos finalmente nos casar. Foi assim que ele colocou a coisa: casar com você será a minha última missão como educador.

– Olha só. Bom, meus parabéns.

Eu desejei felicidades da forma mais rígida possível. É claro que eu tinha Yurio, então eu não estava exatamente com inveja. Eu estava apenas me sentindo triste pelo fato de Yurio possuir o mundo da música que eu não tinha como penetrar, era só isso. Eu não conseguia sentir uma alegria genuína. Minha armadura de maldade estava gradativamente afinando. Mitsuru mal cabia em si de tanta felicidade.

– Quer dizer então que o professor Kijima se sente na obrigação de salvar a sua aluna brilhante, não é? – eu perguntei, com um leve tom de deboche. – E ele vai fazer de você a madrasta do filho corpulento dele?

– Acho que sim. É por isso que eu vim aqui hoje. Eu trouxe um recado do Takashi para você. – Mitsuru puxou um envelope da bolsa. – Pronto. Meu enteado, como você diz, me disse pra entregar-lhe isso. Pegue, por favor.

Eu espiei dentro do envelope, na esperança de que contivesse dinheiro. Em vez disso achei dois cadernos que pareciam velhos livros-razão.

– Esses cadernos aí são os diários de Kazue Satō. Ela os enviou pra Kijima pouco antes de ser assassinada. Kijima achou que deveria tê-los entregue à polícia assim que soube do crime. Mas ela escreve sobre a profissão dela, então ele ficou com medo de ser preso por ajudar e incentivar a prostituição. Ele esteve no tribunal naquele dia para ver como poderia se livrar dos diários. Ele tentou dá-los para mim, mas é claro que eu também me preocupo em ser objeto de investigação policial e não tenho mais nenhuma necessidade de me envolver em outros problemas. Mas você é a irmã de uma vítima e amiga da outra. Ninguém tinha um relacionamento mais íntimo com as duas do que você. Se existe alguém que deveria ficar com os diários esse alguém é você. Então, por favor, não crie nenhuma confusão; fique com eles e pronto.

    Mitsuru disse tudo isso num fôlego só e em seguida empurrou o envelope para mim. Kazue foi assassinada e agora ali estavam os diários dela. De alguma maneira eles pareciam ameaçadores. Sem pensar duas vezes eu empurrei o envelope para longe. Mitsuru deslizou-o de volta para mim. Nós ficamos no nosso joguinho de empurra para lá e para cá na mesa estreita durante algum tempo, até que Mitsuru ficou frustrada. Ela olhou para mim com dureza. Eu retribuí o olhar com raiva. A última coisa que eu queria na vida eram os diários de Kazue. Eu estou falando sério! Eu não dava a mínima se Zhang tinha matado Kazue ou se ela fora morta por uma pessoa completamente diferente; eu não tinha nada a ver com isso, mas Mitsuru não desistia.

    – Por favor – implorou ela. – Pegue isso e pronto. E vê se lê!

    – Eu não quero ficar com isso. Isso vai trazer azar.

    – Azar? – Mitsuru pareceu ofendida. – Você está dizendo que eles vão trazer azar porque têm a ver comigo? Uma mulher condenada por um crime?

    Eu senti um incrível poder perpassando Mitsuru, um poder que eu jamais sentira até aquele momento. Eu recuei. Suponho que aquilo era o poder do amor. Regue uma planta e ela ganha vida, enfiando profundamente as raízes na terra escura e erguendo a cabeça bem no alto, sem temer nem o vento nem a chuva. Essa é a impressão que Mitsuru me transmitiu. Todas as mulheres que precisam de água tornam-se dominadoras. Yuriko era a mesma coisa. Finalmente, eu respondi:

    – Eu não acho que você represente azar ou qualquer coisa do tipo. O que houve com você foi um problema de religião.

    – Botar a culpa na religião é superficial demais, não acha? Eu me perdi por minha própria fraqueza. Foi isso que me levou a entrar na seita para começo de conversa. Eu fico confusa até hoje quando penso nisso. Encarar a própria fraqueza é horrível. Inimaginavelmente doloroso. Mas você nunca, nem uma vez sequer, pensou nas suas fraquezas ou tentou superá-las, tentou? Eu estou sabendo do seu complexo em relação a Yuriko. É praticamente debilitante. Principalmente porque você não luta contra ele.

— Eu não preciso da sua condescendência. O que esses diários têm a ver comigo?

Era tudo tão desnorteante! Por que Mitsuru queria tanto que eu os lesse?

— Eu acho que seria melhor que você lesse e descobrisse por si mesma. Takashi disse a mesma coisa. Porque você e Kazue eram próximas. Você precisa ler os diários. Kazue mandou-os pro Takashi porque queria que alguém lesse; não resta dúvida quanto a isso. Ela não queria que fossem lidos pela polícia ou por algum investigador ou por um juiz. Ela queria que eles fossem lidos por alguém do mundo real... o mundo dela.

Que tipo de prova ela teria para fazer tais afirmações? Como vocês sabem muito bem, Kazue e eu não éramos nem um pouco próximas. Nós ingressamos no ensino médio na mesma época. Ela começou a conversar comigo, e eu não tinha escolha a não ser responder. Isso era tudo. Nós tínhamos desentendimentos e de tempos em tempos fazíamos as pazes. Mas depois do incidente das cartas de amor que ela enviou para Takashi Kijima, o orgulho dela ficou ferido e ela passou a me evitar.

— Você foi a única pessoa que esteve na casa dela, não foi? Ela era solitária, exatamente como você.

— Eu acho que Takashi Kijima devia ficar com eles. Ela mandou os diários para ele porque gostava dele. Não tinha nenhuma carta junto?

— Não tinha nenhuma carta. Isso era tudo o que havia. Se você perguntar como ela sabia o endereço dele, eu vou responder, mas não é uma coisa fácil. Parece que Takashi conhecia o dono do hotel onde havia uma agência de acompanhantes usada por Kazue. Ele uma vez cruzou com ela na frente do hotel. Eu acho que ele deu um cartão para ela.

— De repente eu mando para a família dela. Se eu mandar pelo escritório não vai me custar nada.

Mitsuru lançou um olhar severo na minha direção.

— Nem ouse. Eu acho que a mãe de Kazue não vai querer ler o que está escrito neles. Por mais próxima que uma filha seja da mãe, há certas coisas que ela não deve saber.

— Bom, nesse caso, por que você acha que é tão importante que eu saiba? Quer me explicar, por favor?

Quer me explicar, por favor. Esta era exatamente a mesma expressão que Kazue sempre usava na escola. Eu sorri sarcasticamente quando me lembrei. Mitsuru olhou para o lado e começou a tamborilar nos dentes da frente com o dedo. Ela ainda tinha aquele mesmo espaço entre os dentes. Yurio estava no outro cômodo, de costas para mim, sentado de pernas cruzadas no chão com os fones de ouvido na cabeça. Mas ele não estava balançando ao ritmo da música. Imaginei se talvez ele não estivesse ouvindo a nossa conversa com sua aguçadíssima audição. Eu não queria que ele soubesse das minhas fraquezas. Eu comecei a ficar arrependidada de ter deixado Mitsuru entrar. Então ela subitamente parou de tamborilar nos dentes e fixou os olhos em mim.

— Você não quer saber por que Kazue começou a se prostituir? Eu quero. Mas eu não quero me envolver mais. Eu já estou totalmente ocupada tentando resolver a bagunça em que fui me meter. Não posso me dar ao luxo de ficar pensando em Kazue. Tenho de pensar em mim mesma e nas pessoas com quem eu estou envolvida agora: minha família, o professor Kijima, todas as pessoas que eu matei. Eu só vou reaparecer no julgamento quando a minha vida tiver entrado novamente nos eixos. Consegui me encontrar com você depois de todos esses anos – e conversar com Takashi – mas agora preciso começar a me concentrar apenas nos meus problemas. É diferente para você. Você vai continuar assistindo ao julgamento por causa do assassinato de Yuriko, não é? E vai tomar conta do filho dela, Yurio. Você precisa fazer isso porque ela é sua irmã. Por que você precisaria se envolver com Kazue? Bom, leia os diários.

Eu me lembrei de ter lido nos diários de Yuriko que ela havia cruzado com Kazue em uma das ruelas de motéis em Murayamachō. Talvez o que aconteceu depois disso esteja registrado nos diários de Kazue. Eu queria lê-los, mas ao mesmo tempo não queria.

De modo hesitante, eu peguei o envelope e dei uma olhada em seu interior.

– Ela escreveu sobre o quê?

– Ha! Está vendo? Você já está curiosa – disse Mitsuru com ar de triunfo. – Você não quer saber o que se passava pela cabeça dela? Ela estudava como uma louca, exatamente como eu. Depois da escola conseguiu um bom emprego. E isso não é nem metade da história. Eu não sei o que levou Kazue a fazer o que fez, mas ela se transformou numa prostituta de rua, ficava em pé numa esquina pegando homens. Essa é a forma mais perigosa desse tipo de atividade. Não tinha nada a ver com o que Yuriko fazia nos tempos de colégio, saindo com um ou outro cara. Você quer saber o que aconteceu com Kazue, não quer?

Por que Mitsuru tinha de me dizer essas coisas? Por que eu estava sendo culpada? Eu estava furiosa. Mitsuru terminou o chá e colocou a xícara de volta no pires com um leve ruído. Como se o som fosse o sinal pelo qual estivera esperando, ela se abriu:

– O que eu penso é o seguinte. Talvez eu não devesse dizer nada disso, mas o farei. Você e Kazue eram bastante parecidas em muitos aspectos. Vocês duas estudavam de uma maneira insana. Você estudava o tempo todo e sempre se esforçava ao máximo, e conseguiu entrar para o Colégio Q para Moças. Mas assim que entrou, você descobriu que era bem diferente do resto do grupo e não tinha nenhuma condição de competir com as outras alunas. Então você desistiu. Tanto você quanto Kazue ficaram impressionadas, assim que chegaram à escola, com a disparidade entre vocês duas e as outras garotas de lá. Você desejou muito poder estreitar um pouquinho o abismo que havia entre as duas realidades. Desejou enquadrar-se um pouco mais. Então primeiro você começou encurtando a bainha da saia do uniforme. Depois começou a usar meias três-quartos como as outras garotas. Você já se esqueceu disso? Eu sei que não é muito educado eu ficar dizendo essas coisas, mas por fim você desistiu porque não tinha dinheiro suficiente para competir. Você fingia não ter nenhum interesse em moda ou nos garotos ou em estudar. E você decidiu que conseguiria suportar o período que tinha de ficar na escola armando-se da mais pura maldade.

Você começou a ficar cada vez mais desagradável a cada ano que passava. No segundo ano mais má do que no primeiro. No terceiro ano mais má do que no segundo. Foi por isso que me distanciei de você.

"Por outro lado, Kazue colocou todas as energias dela na tentativa de se encaixar no perfil das outras. Ela vinha de uma família que tinha algum dinheiro. Ela era inteligente. Então ela pensou que podia se meter com a gente. Mas foi justamente essa determinação que fez com que ela virasse o alvo de *bullying*. Quanto mais ela tentava, pior a coisa ficava. Não existe nada mais cruel no mundo do que garotas adolescentes, e Kazue não era descolada em nada. E aí, quando você, justamente você, ria dela, você também se tornava um alvo. Eu me lembro muito bem de como você chorou quando alguém chamou você de 'pobretona fracassada'. Foi na aula de educação física. Você tinha decidido se comportar como um lobo solitário; esta era a sua estratégia de sobrevivência. Mas em muitas oportunidades você baixava a guarda. Você gostou do anel de formatura que todo mundo encomendou na graduação, não gostou?"

Mitsuru olhou para os dedos da minha mão esquerda. Eu escondi o anel apressadamente.

– Como assim?

Minha voz tremia de tanta amargura. Mitsuru tinha me atacado como se ela fosse uma pessoa completamente diferente. Eu não sabia como reagir. Eu queria discutir com ela, dizer-lhe umas verdades. Mas meu adorado sobrinho estava sentado ali perto ouvindo.

– Você não se lembra? É difícil dizer isso, mas como provavelmente eu nunca mais vá vê-la, lá vai.

– Por quê? Para onde você vai?

Minha voz deve ter dado sinais de ansiedade. O rosto de Mitsuru adquiriu um tom mais suave e ela teve um acesso de riso.

– Eu contei a você que Kijima e eu vamos viver em Karuizawa. Mas você não vai querer me ver depois que eu terminar de dizer tudo o que penso. Eu parei de me preocupar se estou ferindo ou não os sentimentos dos outros, não restrinjo mais as minhas opiniões. Talvez você fique ofendida com o que eu vou dizer agora, mas essa é a minha chance.

"Quando a gente se formou no Colégio Q para Moças, muitas alunas foram para a Universidade Q, não é? Foi quando todas se reuniram e decidiram fazer um anel para comemorar o sucesso da turma. Todo mundo encomendou um anel. Era de ouro com um emblema da escola gravado. Eu perdi o meu há muito tempo. Então não dá para lembrar muito bem de como ele era. Espere aí! Não me diga que você está usando o anel!"

Mitsuru apontou para a mão que eu havia escondido. Eu neguei enfaticamente.

– Não, este aqui é diferente. Eu comprei este anel aqui na loja de departamentos Parco.

– É mesmo? Bom, quer saber, eu não estou nem aí se é ele ou não. As alunas que faziam parte do sistema educacional Q desde o início não ligavam muito pros anéis e nunca os usavam. Elas só queriam ter um de lembrança. Mas as garotas que exibiam os anéis orgulhosamente depois de entrarem para universidade eram inevitavelmente aquelas que haviam entrado no primeiro ano do ensino médio. Foi isso o que me disseram mais tarde. E elas usavam os anéis com esse orgulho todo porque podiam finalmente se vangloriar de ter galgado um degrau social importante. Eu sei que isso é uma coisa supertrivial, não ria, mas quando ouvi isso pela primeira vez eu fiquei muito surpresa ao descobrir que a pessoa mais decidida a usar o anel noite e dia era você. Agora, isso pode muito bem ser apenas um boato bobo. Enfim, eu não sei se isso é verdade ou não. Mas a história me pegou de surpresa porque eu acho que foi a primeira vez que consegui enxergar o fundo do seu coração.

– Quem foi que lhe contou isso?

– Eu esqueci. A coisa toda é tão boba! Mas será que é mesmo? Isso é mesmo apenas uma história boba? Ela é, no mínimo, assustadora. Porque ela representa precisamente o sistema de valores que prevalece no Japão de hoje. Por que você acha que eu me envolvi numa organização religiosa com uma estrutura tão similar à do Colégio Q? Eu acreditava que se renunciasse à minha família e entrasse para a seita, eu poderia galgar mais um degrau na escada social, subir na hierarquia. Mas mesmo meu marido e eu sendo os tipos mais austeros do mundo, nós nunca teríamos conseguido cargos executivos do círculo mais fechado do poder, e jamais teríamos alcançado a liderança da organização. Somente o fundador e seus seguidores haviam "nascido com esse privilégio". Eles eram a verdadeira elite. Entende? É exatamente a mesma coisa que a gente vivia no Q, você não acha? Eu entendi tudo isso enquanto estava na prisão. Eu percebi que a minha vida deu uma guinada pro lado errado quando eu entrei no sistema educacional Q e tentei ao máximo me misturar com aquelas alunas que haviam nascido para exercerem o poder. Você e eu somos a mesma coisa. E Kazue também. Nós todas tivemos nossos corações arrebatados por uma ilusão. Eu me pergunto como a coisa era vista pelos outros. Eu me pergunto se nós não dávamos a impressão de sermos vítimas do controle da mente.

"Vendo as coisas dessa maneira, a mais livre de todas era Yuriko. Ela era tão liberada que eu imaginava se ela não tinha vindo de um outro planeta completamente diferente do nosso. Um espírito tão livre! Ela só podia mesmo se destacar na sociedade japonesa. O motivo de ser tão desejada pelos homens vai além da beleza que ela tinha. Eu desconfio que eles viam instintivamente o verdadeiro espírito dela. É por isso que ela era capaz de cativar até mesmo um homem como o professor Kijima.

"O motivo de você não ter sido capaz de superar a sensação de que era inferior a Yuriko não é simplesmente a extrema beleza dela, mas o fato de você nunca conseguir compartilhar a liberdade que ela sentia. Mas ainda dá tempo para você. Eu cometi um crime horrível e vou passar o resto da minha vida me lamentando. Mas para você ainda dá tempo. É por isso que eu lhe digo: leia esses diários."

Mitsuru foi para o outro cômodo e falou com Yurio de maneira afetuosa, sem dar nenhum sinal de que havia acabado de falar comigo com toda aquela dureza.

– Yurio, estou indo embora. Por favor, cuida bem da sua tia.

Yurio virou-se para Mitsuru, seus lindos olhos fixos no espaço acima da cabeça dela, e lentamente curvou a cabeça para baixo. Eu fiquei tão atraída pela cor dos olhos dele que não dei a mínima para as coisas que Mitsuru acabara de dizer. Quando voltei a mim, ela já tinha ido embora.

Por um breve segundo, o amor que eu nutria no passado por Mitsuru borbulhou de volta em meu coração. A Mitsuru sábia, inteligente e com cara de esquilo. Ela finalmente voltara ao ninho na floresta segura e luxuriante do professor Kijima. Eu sabia que ela nunca mais sairia de lá.

Yurio passou os dedos na mesa de chá, encontrou o pacote com os diários e tirou-os do envelope. Ele os segurou brevemente e anunciou numa voz clara e calma:

– Eu sinto ódio e confusão aqui.

✦ **SETE** ✦

Jizō do desejo: os diários de Kazue

1

21 DE ABRIL
GOTANDA: KT (?), 15 MIL IENES

Chove desde manhã cedo. Saí do trabalho na hora de sempre e me encaminhei até o metrô de Shimbashi para pegar a linha Ginza. O homem na minha frente não parava de olhar para trás enquanto andava. Presumi que ele estivesse tentando arrumar um táxi. A chuva que escorria do guarda-chuva respingava na frente da minha capa Burberry, deixando uma mancha. Eu remexi com raiva dentro da bolsa, atrás do meu lenço. Puxei o que eu tinha enfiado na bolsa ontem e fui logo passando nas gotas que caíam. A chuva em Shimbashi é cinza e mancha tudo em que bate. Eu não estava a fim de pagar por uma lavagem a seco. Xinguei o homem em silêncio enquanto ele entrava no táxi: "Ei, seu babaca, preste atenção ao que faz!"

Mas enquanto fazia isso, lembrei-me do jeito vibrante da chuva respingando do guarda-chuva dele, o que me levou a pensar em como os homens em geral são fortes. Fui dominada por uma sensação de desejo que logo se transformou em repulsa. Desejo e repulsa. Estas duas emoções conflituosas sempre acompanhavam meus pensamentos sobre os homens.

A linha Ginza. Eu odeio a cor laranja do trem. Odeio o vento cortante que sopra nos túneis. Odeio o ranger das rodas nos trilhos. Odeio o cheiro. Normalmente uso protetores de ouvido para evitar os sons, mas não há muito o que fazer para evitar o cheiro.

E é sempre pior em dias de chuva. Não é só o cheiro de sujeira. Tem o cheiro das pessoas: de perfume e de tônico capilar, de mau hálito e de velhice, de jornais esportivos, maquiagem e mulheres menstruadas. As pessoas são o que há de pior. Há os desagradáveis trabalhadores assalariados e as exaustas funcionárias de escritório. Eu não suporto nenhum dos dois tipos. Não há muitos homens da classe alta por aqui a ponto de chamar a minha atenção. E mesmo que chamassem, logo eles fariam alguma coisa que também me obrigaria a mudar de opinião em relação a eles. Tem mais um motivo para eu odiar o metrô. É o que me liga à minha firma. Assim que eu desço para o metrô e me encaminho para a linha Ginza, tenho a sensação de estar sendo tragada para a escuridão do mundo subterrâneo, um mundo oculto abaixo do asfalto.

Por pura sorte consegui me sentar em Akasakamitsuke. Dei uma espiada nos documentos que o homem sentado ao meu lado estava lendo. Será que ele era do mesmo ramo de trabalho que eu? Para que empresa ele trabalhava? Qual seria o ranking da empresa dele? Ele deve ter percebido o meu olhar porque dobrou a página que estava lendo para que eu não pudesse mais ver.

No meu escritório eu vivo cercada de papéis. As pilhas em cima da minha mesa formam uma verdadeira parede em torno de mim e eu não deixo as pessoas olharem a minha mesa enquanto estou trabalhando. Eu fico lá sentada escondida atrás da parede de papéis, fone de ouvido na cabeça e imersa em meu trabalho. Uma pilha de papéis brancos encontra-se bem diante de meus olhos e, à minha esquerda e à minha direita, existem outras pilhas. Eu arrumo tudo cuidadosamente para que nada caia. Mas as pilhas são mais altas do que a minha cabeça. Eu quero que elas cresçam até roçarem o teto e cobrirem as lâmpadas fluorescentes. Lâmpadas fluorescentes me deixam com um aspecto pálido – eu não tenho escolha a não ser usar um batom bem vermelho quando estou no escritório. É a única forma de combater a brancura exagerada. Então, para dar uma equilibrada no batom, sou obrigada a usar sombra de olhos azuis. Como isso deixa os meus olhos e lábios muito destacados, eu desenho as sobrancelhas com um lápis bem escuro; se o meu visual não fica muito equilibrado, e se as coisas em geral não ficam equilibradas, é muito difícil – se não impossível – viver num país como o nosso. É por isso que eu sinto ao mesmo tempo desejo e repulsa pelos homens e também lealdade e traição pela firma onde trabalho. Orgulho e fobia, é uma situação complexa. Se não houvesse sujeira, não haveria nenhum motivo para orgulho. Se não tivéssemos orgulho, nós apenas andaríamos de um lado para o outro na lama. Uma coisa requer a outra. É disso que um ser humano como eu necessita para sobreviver.

Cara srta. Satō,
Esse barulho que você faz é irritante. Queira ter a gentileza de tentar ser um pouco mais silenciosa quando está trabalhando. Seria um favor a todos aqui. Você está sendo inconveniente para com os outros no escritório.

Este bilhete estava em cima da minha mesa esperando por mim quando cheguei naquela manhã. Tinha sido escrito num computador, mas eu não dava a mínima para quem pudesse ter escrito. Eu peguei o bilhete e fui até o gerente, balançando a folha de papel no ar.

O gerente era formado em economia pela Universidade de Tóquio. Tinha 46 anos. Ele se casara com uma outra mulher da firma que nem havia completado o curso superior e tinha dois filhos com ela. O gerente costumava destruir a realização profissional dos outros homens e roubar o sucesso que as mulheres obtinham. Algum tempo atrás, ele havia me pedido para revisar um relatório que eu tinha escrito. Depois roubou a minha tese original e apresentou-a como se fosse de sua autoria: "Como evitar riscos relacionados ao custo da construção." Esse tipo de apropriação indevida era uma ocorrência diária com o gerente de pesquisa do escritório, e o único jeito de eu conseguir algum sucesso era aprendendo a me desviar dele. Por esse motivo, eu tinha de tentar proteger o meu espírito, manter as coisas equilibradas e enfatizar as minhas habilidades mais expressivas. Essa era a única forma de eu conseguir uma compreensão clara do verdadeiro significado das coisas. Eu tinha de permanecer firme e concentrada.

— Com licença, eu acabei de achar isso aqui na minha mesa. Eu gostaria de saber o que você pretende fazer a respeito — eu disse a ele.

O gerente pegou os óculos de leitura de armação de metal e colocou no rosto. Enquanto lia lentamente o bilhete, um risinho sarcástico surgiu na cara dele. Será que estava achando que eu não ia reparar?

— O que quer que eu faça? Parece-me um assunto particular — disse ele, analisando atentamente as roupas que eu estava usando. Hoje eu vestia uma blusa de poliéster e uma saia justa azul-marinho com uma longa corrente de metal como acessório. Eu usara essas mesmas roupas ontem, anteontem e no dia anterior.

— Imagino que você pense nisso. Mas assuntos particulares influenciam o ambiente de trabalho — eu disse a ele.

— Acho que sim.

— Bom, eu gostaria de alguma prova de que o barulho que faço é realmente irritante e também o que exatamente é irritante nele.

— Prova?

O gerente olhou de relance para a minha mesa com uma expressão perplexa. Minha mesa estava repleta de pilhas de papéis. Ao lado dela sentava-se Kikuko Kamei. Kamei estava olhando para o monitor do computador, seus dedos voando freneticamente pelo teclado. Depois de uma pequena reestruturação no ano passado, todos os funcionários com cargos de gerência passaram a ter seus próprios computadores. É claro que eu, na condição de subgerente, também recebi o meu. Mas Kamei, uma funcionária comum, não. Sem se importar com isso, ela orgulhosamente ia trabalhar todos os dias com seu laptop. Ela também usava uma roupa diferente a cada dia. Numa certa ocasião um colega me disse: "E então, srta. Satō, por que não usa um vestido diferente a cada dia como a Kamei? Todos nós íamos sentir muito mais prazer no trabalho." E eu respondi de forma ácida: "É mesmo? E você vai aumentar o meu salário para eu poder comprar uma roupa para cada dia do ano?"

— Srta. Kamei, desculpe-me por interrompê-la, mas poderia vir aqui um minutinho? — disse o gerente. Kamei olhou para nós dois. A cor do seu rosto mudou enquanto ela se apressava até nós.

Seus saltos altos eram ruidosos, o que fez com que todas as outras que estavam trabalhando nas mesas levantassem os olhos, surpresas. Dava para notar que ela fazia o barulho de propósito.

– Em que eu posso ser útil? – perguntou Kamei, enquanto olhava para mim e depois para o gerente, claramente comparando nós dois. Kamei tinha 32 anos, cinco a menos do que eu. Cinco anos, mas um mundo de distância. Ela entrara na empresa depois da aprovação das novas leis de igualdade de emprego. Formada em direito pela Universidade de Tóquio, ela era extremamente presunçosa. E ainda por cima usava roupas vistosas. Eu ouvi dizer que ela gastava metade do salário nelas. Ela ainda morava com os pais e, como seu pai havia sido alguma espécie de burocrata e ainda gozava de boa saúde, ela era rica. Eu, por outro lado, tinha de trabalhar para sustentar minha mãe, dona de casa em tempo integral, e minha irmã, já que o meu pai morreu. Como eu teria dinheiro para gastar em roupas?

– Eu tenho uma pergunta a fazer – começou o gerente. – O barulho que a srta. Satō faz perturba os outros que trabalham perto dela? Sei que é uma pergunta estranha e peço desculpas, mas a sua mesa fica bem ao lado da dela, de modo que imaginei que você pudesse saber.

O gerente escondeu o bilhete que eu tinha recebido e falou com Kamei fingindo indiferença. Kamei olhou na minha direção e respirou fundo.

– Bom, eu estou ocupada teclando, então imagino que eu também faça muito barulho. Eu fico tão envolvida no meu trabalho que acabo não prestando muita atenção ao barulho que faço.

– Eu não estou perguntando sobre o barulho que *você* faz, srta. Kamei. Eu estou perguntando sobre a srta. Satō.

– Oh – disse Kamei, dando a entender que estava constrangida, mas eu avistei uma pontinha de implicância por baixo da máscara.

– Bom... a srta. Satō sempre usa fones de ouvido, então eu acho que ela não repara de fato no barulho que faz. Enfim, são coisas pequenas, como quando ela coloca a caneca de café na mesa ou folheia os papéis. E eu acho que talvez ela bata demais as gavetas no abre-e-fecha. Mas não é realmente um problema para mim. Enfim, eu só estou falando isso porque o senhor perguntou.

Depois de dizer isso, Kamei virou-se para mim e disse suavemente:
— Sinto muito.
— E o barulho perturba tanto a ponto de termos que pedir que a srta. Satō seja mais cuidadosa daqui para a frente?
— Oh, de maneira nenhuma... eu não tive a intenção... — Kamei negou vigorosamente qualquer coisa. — É só porque o senhor me perguntou, já que a minha mesa fica ao lado da dela, e aí eu respondi. É só isso. Eu acho que isso não é tão importante assim.

O gerente virou-se para mim.
— Tudo bem? Está satisfeita? Eu acho que você não tem com que se preocupar.

O gerente sempre se comportava dessa maneira. Ele nunca assumia responsabilidade pelos problemas que chegavam até ele e sempre tentava passar tudo para outra pessoa. Kamei olhou para ele, perplexa.
— Perdão, chefe, mas por que me chamou? O que isso tem a ver comigo? Eu não estou entendendo muito bem.
— Bom, você escreveu isso aqui, não escreveu? — Eu estava praticamente gritando com ela.

Kamei franziu os lábios, chocada, como se não fizesse a menor ideia do que eu estava falando. Ela realmente representava bem o papel de boba. O gerente virou-se para mim e ergueu a mão, tentando me acalmar.
— Escute, esse assunto é uma questão de suscetibilidade pessoal. Uma pessoa muito suscetível escreveu isso, você não acha? Vamos deixar por isso mesmo. Não vá querer piorar as coisas.

O gerente pegou o telefone na mesa e começou a discar como se tivesse acabado de lembrar de algo que precisasse fazer. Agindo como se não fizesse a menor ideia do que estava acontecendo, Kamei voltou para sua mesa de cabeça baixa. Eu não conseguia suportar a ideia de ter de voltar para minha mesa e me sentar ao lado dela, então fui tomar um café.

A funcionária de meio-expediente do departamento de arquivos e a nossa auxiliar de escritório já estavam na copa preparando chá para uma horda de gente. A funcionária do arquivo era freelancer e a auxiliar fora enviada por uma agência de empregos temporários. Ambas tinham os cabelos tingidos num tom castanho metálico, cortados bem curtos e com mechas caindo na testa. Ambas pareceram pouco à vontade quando me viram entrar, então percebi que elas tinham falado mal de mim. Eu peguei um copinho de café limpo na bancada e perguntei:

– Tem água quente?

– Tem, sim. – A funcionária do arquivo apontou para a garrafa térmica. – Nós acabamos de colocar na garrafa.

Eu despejei água quente no café instantâneo que eu tinha acabado de comprar. A funcionária do arquivo e a auxiliar pararam de fazer o que estavam fazendo e ficaram me observando. Elas pareciam irritadas. Eu derramei um pouco de água quente na bancada, mas voltei para minha mesa sem enxugar nada. Kamei ergueu os olhos e voltou-se para mim quando eu estava passando.

– Srta. Satō, por favor não fique ofendida com o que eu disse agora há pouco. Eu acho que eu também sou bem barulhenta.

Eu não disse nada e fui me refugiar atrás da montanha de papéis. Eu estava na minha quarta xícara de café naquele dia. Eu deixava as xícaras na minha mesa quando terminava, dando espaço para as vazias. Cada uma delas tinha marcas de batom vermelho na borda. Imaginei que poderia levar todas elas de volta à copa quando saísse do trabalho. Isso era o que mais fazia sentido para mim. Kamei começou a digitar suavemente em seu teclado. O som começou a martelar minha cabeça. Ela pode ser bonitinha e ter se formado na Universidade de Tóquio, mas não fazia o que eu fazia – e isso me dava uma sensação de superioridade. O que ela diria, eu imaginava, se visse o pacotão de preservativos que eu carregava na bolsa? O simples fato de pensar nisso já me deu um grande prazer.

O trem emergiu do subsolo e se encaminhou para a estação de Shibuya. Era o momento do dia que eu mais adorava: sair do subsolo em direção à superfície. Isso me dá uma sensação imensa de alívio, de libertação. Ahh. Daqui eu vou para ruas escuras e dou de cara com um mundo por onde Kamei jamais passaria, um mundo diante do qual a funcionária do arquivo e a auxiliar de escritório tremeriam de medo. Um mundo que o gerente nem conseguiria imaginar que existisse.

Eu cheguei à agência de garotas de programa pouco antes das sete da noite. O escritório ficava num pequeno estúdio em meio às lojas da avenida Dogenzaka. Consistia de uma cozinha diminuta, um banheiro e um chuveiro minúsculo. Havia um sofá na sala forrada com tatame e uma televisão. A mesa do escritório, onde havia um homem sentado atendendo os telefones, ficava no canto. O homem balançava a cabeça com os cabelos pintados de louro num tédio total e folheava uma revista. Ele usava roupas de adolescente, mas estava na casa dos trinta. Já havia mais ou menos umas dez garotas na sala, vendo TV e esperando os telefonemas. Algumas garotas jogavam games ou folheavam revistas. Era uma noite chuvosa, e quando chove, os negócios são sempre fracos. Todo mundo estava preparado para esperar por um bom tempo.

É ali que eu deixo de ser Kazue Satō e me transformo em Yuri, meu nome de guerra. Eu escolhi esse nome por causa da Yuriko que conheci na escola, uma garota linda porém desmiolada. Eu me sentei no chão e abri o jornal de economia que ainda não tinha lido sobre a mesa de tampo de vidro.

– Ei! Quem foi que deixou um guarda-chuva molhado aqui? Está molhando os sapatos de todo mundo!

Uma mulher com um moletom cinza folgado e tranças nos cabelos gritou nervosa. Ela não usava nenhuma maquiagem e seu rosto – sem qualquer evidência de sobrancelhas – parecia monstruoso. No entanto, quando aplicava a maquiagem, ela virava uma mulher razoavelmente atraente, e era bem solicitada por conta disso, o que fazia com que fosse mandona e arrogante. Eu pedi desculpas e me levantei. Eu havia esquecido que precisava deixar o guarda-chuva no corredor. Assim que soube que a culpa era minha, a Trancinha começou a fazer uma confusão danada na esperança de conquistar um pouco de simpatia do homem que atendia os telefonemas.

– Você deixou o guarda-chuva bem em cima dos meus sapatos e agora eles estão tão encharcados – até na parte de dentro – que não vai dar nem para usar. Você vai ter que me pagar, não acha?

Eu olhei com raiva para ela, fechei o guarda-chuva e fui deixá-lo no corredor. Havia um balde azul de plástico perto da porta onde todo mundo colocava os guarda-chuvas; eu também enfiei o meu lá. Para me vingar do ataque da mulher, decidi tirar do balde um guarda-chuva bem maior e mais bonito, fingindo ser por engano, e fui embora com ele. Quando voltei para a agência, a Trancinha ainda estava olhando para mim de cara feia.

– Aí, eu não sei quem você pensa que é, fazendo o maior barulho com esse jornalzinho de merda quando todo mundo aqui está tentando assistir à TV. E por que você acha que tem direito de espalhar os seus troços em cima da mesa? Outras pessoas usam o mesmo espaço, você sabe disso. Veja se tem um pouco mais de consideração. Você não pode se comportar como se fosse a única pessoa aqui. E é a mesma coisa com os programas. Você tem que seguir o rodízio.

As garotas ali não eram como Kamei; elas diziam exatamente o que pensavam. Eu assenti, mal-humorada. Mas estava claro que a Trancinha tinha inveja de mim. Ela devia saber que eu tinha uma boa forma e um emprego numa firma importante. É isso mesmo, sua piranhazinha, de dia eu tenho um trabalho honesto. Eu me formei na Universidade Q e consigo redigir artigos inteligentes e penetrantes. Em suma, eu não tenho nada a ver com você. Bom, eu podia dizer isso a mim mesma o dia inteiro, mas à noite, nas ruas, uma mulher só pode contar com uma coisa. E quando passa dos 35 anos ela só pode se lamentar por perder o que tem. Os homens são exigentes ao extremo. Eles querem uma mulher com boa formação, boa educação e um rosto bonitinho, e querem que ela tenha não só uma personalidade submissa como também gosto pelo sexo. Eles querem tudo. É difícil cumprir todas essas exigências e viver num mundo onde exigências desse tipo têm precedência. Não, mais do que isso, é ridículo até mesmo esperar que alguém possa cumprir tudo isso. E ainda assim as mulheres não têm escolha a não ser tentar, sempre buscando algum valor que compense a vida que levam. E o meu maior valor era a minha capacidade para atingir um equilíbrio – e ganhar dinheiro.

O telefone tocou. Eu me virei para olhar para o homem que atendia as chamadas, cheia de esperança. Eu queria que ele me passasse o programa. Mas ele apontou para Trancinha. Ela foi até a cômoda no canto, pegou o kit de maquiagem e começou a se produzir. As outras mulheres continuaram assistindo à TV ou lendo suas revistas, na esperança de serem as próximas escolhidas. Eu comecei a comer o que tinha trazido da loja de conveniência, fingindo não dar a mínima. Voltei à leitura do jornal. A Trancinha soltou o cabelo e vestiu um vestidinho vermelho justíssimo. Suas pernas eram bem-torneadas porém pesadas e os quadris largos. Parecia uma porca. Eu olhei para o outro lado. Odeio gente gorda.

Já eram quase dez horas e o telefone ainda não voltara a tocar. A Trancinha já tinha voltado fazia tempo. Ela se esparramou no chão, aparentemente exausta, e ficou assistindo à TV. O clima no apartamento era de resignação. Eu estava deprimida, imaginando que já era tarde demais para rolar alguma coisa. E aí o telefone tocou. Todo mundo esticou o pescoço e olhou na direção do homem. Ele estava com a cara preocupada ao apertar a tecla ESPERA do aparelho.

– É um pedido para uma residência particular. Um apartamento em Gotanda que não tem banheiro. Interessa a alguém?

Uma mulher com cara de cavalo que só tinha como trunfo a juventude acendeu um cigarro e disse:

– Sinto muito, mas eu não pego homens que moram em casas sem banheiro.

A Trancinha abriu um pacote de salgadinhos e falou, concordando com a outra:

– Que idiota. Se um homem não tem banheiro em casa, não faz sentido ele chamar uma garota para fazer programa lá.

Inúmeras vozes irritadas concordavam aqui e ali.

– Tudo bem, então. Eu acho que vou ter que dizer não pro cara. – O homem do telefone olhou de relance para mim enquanto falava.

Eu me levantei.

– Eu vou.

– Você vai, Yuri? Beleza. Vou combinar tudo, então.

O homem do telefone pareceu ter ficado aliviado, mas depois que disse ao cliente que estava tudo certo, eu reparei que ele estava dando um risinho debochado. Percebi que ele talvez tivesse ficado grato a mim por eu ter me mostrado disposta sob o ponto de vista dos negócios, mas sob o ponto de vista pessoal estava claro que ele me desprezava.

Eu peguei meu estojo de maquiagem e me retoquei. As outras mulheres olharam para mim com repulsa. Eu sabia que elas deviam estar pensando: Caramba, você com certeza atende um monte de homens sem banheiro!

Não sejam tão sensíveis, garotas, era o que eu queria dizer. Vocês são muito molengas. Se vocês saem com um homem com esse tipo de dificuldade, podem se beneficiar de outras maneiras. Fiquem menos tempo com ele e cobrem mais pela inconveniência. Podem rir de mim agora, mas esperem só para ver quando vocês tiverem 37 anos de idade. Aí vocês vão entender. Eu não ia deixar aquelas garotas bobas acabarem com o meu dia.

Daqui a três anos eu completo quarenta. É quando pretendo me afastar desse grupo. Eu vou ter que me afastar. Eu não terei mais condições de seguir nessa linha de trabalho. Se eu não conseguir trabalho como garota de programa, vou me vender como uma "amante madura". Ou então vou começar a rodar bolsinha nas ruas atrás de meus próprios clientes. Se eu não aguentar isso, serei obrigada a parar por completo esse tipo de atividade. Mas assim que eu não conseguir mais me sentir livre em meu trabalho noturno, eu tenho a impressão de que o meu trabalho diurno também vai degringolar. Esse é o meu medo, mas tenho que seguir vivendo mesmo assim. Então o meu maior obstáculo é a minha própria insegurança. Se eu não consigo manter o meu equilíbrio, eu preciso ser ainda mais dura.

Eu entrei no banheiro diminuto e vesti um agasalho azul com minissaia. Eu havia comprado numa liquidação da loja de departamentos Tokyu por 8.700 ienes. Em seguida coloquei uma peruca de cabelos compridos que chegavam a minha cintura. Kazue Satō acabara de se transformar em Yuri. Eu sentia que podia fazer qualquer coisa. Peguei o papelzinho com o atendente contendo o endereço e o telefone do cliente e saí. Peguei no balde o que parecia ser o guarda-chuva grande e estiloso da Trancinha, entrei no táxi e fui até o apartamento do homem em Gotanda.

O apartamento ficava ao lado da linha do trem. Eu paguei o taxista e pedi o recibo. Algumas agências têm seus próprios carros e levam as garotas até os clientes, mas a minha manda a gente pagar o táxi e depois nos reembolsa.

Sr. Hiroshi Tanaka, apartamento 202, edifício Mizuki. Eu subi a escada do lado de fora do prédio e bati na porta do apartamento 202.

O homem abriu a porta.

– Obrigado por ter vindo – disse ele.

Ele devia ter uns sessenta anos e tinha o corpo forte de um peão de obra. Seu rosto era moreno de sol, o corpo rígido. O apartamento fedia a mofo e bebida barata. Eu dei uma espiada, rapidamente vasculhando o interior. Eu queria ter certeza de que não havia outros homens lá dentro. A gente não precisava tomar esse tipo de precaução quando o encontro era num motel específico. Mas numa residência era importante tomar cuidado. Uma garota que eu conheço foi atender um cliente e aí vários outros apareceram do nada, um depois do outro. Ela acabou sofrendo um estupro coletivo de quatro caras. No fim das contas eles pagaram apenas por um programa em vez de quatro.

– Eu não quero ser grosseiro, mas eu esperava que eles fossem me mandar alguém mais jovem. – Tanaka olhou para mim de alto a baixo sem dar o menor sinal de hesitação e suspirou com um sonoro desapontamento. Os móveis do apartamento eram baratos. Como é que ele esperava arrumar alguma garota jovem e gostosa com aquela vida ridícula que levava? Eu me virei para dar uma olhada nele, ainda vestindo a minha capa de chuva.

– Pois é, eu também esperava um cliente mais jovem.

– Bem, então estamos quites, não é?

Resignado com sua decepção, Tanaka tentou se divertir com a situação. Eu dei uma olhada no apartamento conseguindo no máximo dar um sorriso.

– Acho meio difícil. Pelo que sei aqui não tem banheiro. Ninguém queria vir, mas eu estou aqui por pura delicadeza. Você devia me agradecer.

Minha reclamação atingiu-o em cheio. Tanaka coçou o rosto, visivelmente constrangido. Eu precisava tomar algumas precauções

para garantir que ele não tentasse cair fora sem pagar. A primeira coisa que fiz foi ligar para a agência e comunicar ao atendente que eu tinha chegado e que estava tudo bem.
— Alô. Aqui é a Yuri. Já cheguei.
Eu chamei Tanaka ao telefone.
— Ela serve, sim. Quer dizer, eu não tenho nenhuma reclamação. Eu acho que não dá para esperar muita coisa sem um banheiro. Mas da próxima vez vocês bem que podiam me mandar uma mais jovem.
A audácia dele me deixou realmente puta, mas eu estava acostumada com esse tipo de coisa, portanto não fiquei ofendida. Ao contrário, usei a raiva para me ajudar a realizar o serviço. Eu queria pegar o dinheiro e cair fora dali. Eu me vingaria fazendo Tanaka pagar um pouco mais pelo atendimento.
— O que você faz da vida? — eu perguntei.
— Ah, uma coisa aqui, outra ali. Trabalho principalmente na construção civil.
Bom, eu trabalho numa firma de arquitetura, seu babaca. Eu sou subgerente do departamento de pesquisa e ganho 10 milhões de ienes por ano. Por dentro eu berrei essas palavras para ele. Eu sentia a raiva tomando conta de mim; era isso o que me sustentava. Eu desprezava o homem. Clientes passivos e sem vontade própria tendem a ser muito divertidos até mesmo para a prostituta.
— Chega de conversa fiada. Eu estou pagando por hora. — Tanaka olhou para o relógio enquanto falava. Ele não perdeu tempo e foi logo abrindo um futon bem fininho. A colcha que ele pegou estava toda amassada e parecia imunda. Eu senti a minha determinação tremer na base. Para fortalecer minha coragem perguntei de cara:
— E aí? Você deu uma limpada no negócio?
— Eu me lavei, sim.
Tanaka apontou para a pia.
— Agora há pouco. Eu dei uma boa lavada. Que tal uma chupadinha?
— Eu só faço sexo convencional — eu disse bruscamente enquanto pegava um preservativo na bolsa. — Toma, bota isso aqui.
— Assim ele não vai subir — resmungou Tanaka, inquieto.

– Bom, você vai ter que pagar, ele subindo ou não.
– Você é uma putinha bem fria, hein?

Eu tirei a capa e dobrei cuidadosamente. As manchas da chuva ainda estavam nela. Eu pus um pouco de cuspe no dedo e tentei esfregar para ver se as manchas saíam.

– Ei, por que você não se levanta e tira essa roupa? Faz um strip para mim.

Tanaka tirou a camiseta e as calças de trabalho. Os homens são uns porcos mesmo, eu pensei comigo mesma enquanto olhava para o órgão sexual dele todo encolhido debaixo do monte de pelos púbicos. Graças a Deus era pequeno. Eu não gosto quando é grande porque sempre dói depois.

– Não, eu não faço esse tipo de coisa – eu disse a ele, delicadamente. – Eu só estou aqui pro evento principal.

Eu tirei com pressa a calcinha e o sutiã e me deitei no colchão fino. Tanaka olhou para o meu corpo nu e começou a acariciar o pênis. Vinte minutos já haviam passado. Eu olhei para o relógio que havia colocado ao meu lado. Ainda faltavam uma hora e dez minutos. Mas o meu plano era armar um esquema para que a coisa só durasse 50 minutos.

– Me desculpe, mas dava para você abrir as pernas e olhar para mim?

Eu atendi o pedido de Tanaka, ligeiramente. Ele era tão humilde e suave que eu imaginei que não seria tão ruim assim deixá-lo um pouquinho satisfeito. Se eu me comportasse com frieza demais o tiro poderia sair pela culatra e ele poderia ficar nervoso. Isso seria perigoso. Mas ele era um completo estranho para mim, alguém que eu jamais vira antes e, por algum motivo, isso sempre me permitia um pouco mais de audácia. Era estranho. Eu ouvira falar de uma prostituta que matou seu cliente num hotel de Ikebukuro. Não foi exatamente em legítima defesa, ou seja, a coisa foi um pouco atípica. Mas essas coisas acontecem vez por outra. O cliente tinha amarrado a garota e a estava filmando. Ele pôs uma faca na frente da cara dela e ameaçou matar a mulher. Eu imagino muito bem como ela deve ter ficado assustada. Eu ainda não tive uma experiência assim, mas a gente nunca tem como saber quando vai topar com um pervertido desses. É assustador, mas eu quase sinto vontade de que uma coisa assim aconteça comigo, contanto que eu não morra. Sentir um medo atroz faz com que você se sinta viva.

Quando finalmente conseguiu uma ereção, Tanaka pegou o preservativo com as mãos trêmulas e tentou colocar. Levou uma eternidade. Eu normalmente ajudo o cara nessas situações, mas como Tanaka não tinha banheiro em casa eu me recusei a tocar nele. Embainhado, Tanaka caiu em cima de mim e começou a apertar os meus seios desajeitadamente.

– Isso dói! – eu reclamei.

– Desculpe, desculpe – repetiu várias vezes Tanaka enquanto tentava enfiar o pênis em mim. Eu estava com medo que ele perdesse a ereção se não conseguisse enfiar logo. Sem dúvida eu não estava disposta a recomeçar tudo de novo e a minha paciência se esgotava a cada minuto. Então, como não tinha outra escolha, eu agarrei o pênis dele e coloquei no lugar certo. Finalmente a gente conseguiu botá-lo todo dentro. Como ele era velho, demorou mais tempo para gozar, o que me deixou ainda mais irritada. Mas em pouco tempo ele terminou e depois rolou no futon e se deitou ao meu lado. Ele começou a acariciar os meus cabelos.

– Faz um tempão que eu não faço isso.

– Quer dizer então que foi bom?

– Meu Deus, como é bom dar uma trepada!

Pode crer. Bom, eu faço isso todas as noites, seu velho babaca. Com certeza eu não queria ficar ali deitada trocando amabilidades com Tanaka, então me levantei e me vesti. Tanaka, deixado para trás no futon, olhou para mim, desapontado.

– Fica um pouquinho aqui do meu lado. Vamos falar umas sacanagens. Isso não faz parte do serviço? As putas antigamente sempre faziam isso.

– Em que época foi isso? – eu perguntei, e ri enquanto me limpava com uma toalha de papel antes de colocar as calças. – Qual é a sua idade afinal?

– Acabei de completar 62.

Levar uma vida tão patética quanto aquela nessa idade! Eu dei uma geral no apartamentinho de merda dele. Um quarto mínimo e só. Sem banheiro. Ele precisava descer a escada para usar o toalete. Eu não tinha a menor intenção de acabar daquele jeito. Mas também se o meu pai ainda fosse vivo ele teria mais ou menos a mesma idade, eu pensei, e olhei com mais atenção para o rosto de Tanaka. Seus cabelos tinham alguns fios brancos. Seu corpo estava flácido. Quando eu estava na escola eu desconfiava que tinha um complexo em relação ao meu pai, mas isso faz muito tempo. Lá estava eu com um homem da mesma idade que o meu pai teria se estivesse vivo.

De repente Tanaka ficou agressivo.

– Não ria de mim! – gritou ele.

– Eu não estou rindo de você! Que papo é esse?

– Está sim. Você está aí olhando para mim com cara de quem está pensando que eu sou algum idiota ou coisa parecida. Eu sou o cliente, lembra? E você não passa de uma porra de uma puta. Você também não é nenhuma garotinha, você sabe disso, e aí em pé pelada desse jeito, você não passa de um saco de ossos. Eu não tenho tesão por um corpo assim. Só fico puto!

– Sinto muito. Eu disse que não estava curtindo com a sua cara.
– Eu me apressei para ficar logo vestida. Eu não tinha como saber o que Tanaka poderia vir a fazer agora que estava tão irado. De qualquer modo, aquela era a casa dele. Ele podia facilmente pegar uma faca ou sei lá o quê. Eu precisava deixá-lo calmo. Mas, acima de tudo, eu precisava pegar o meu dinheiro.

– Você já está indo embora? Você está me deixando puto mesmo.

– Me liga de novo, certo? Os negócios estão ruins para a gente também. Eu te faço um agrado extra.

– Extra? Como assim?

– Eu te dou uma chupada.

Tanaka começou a resmungar enquanto botava a cueca. Ele olhou para o relógio. Ainda faltavam mais de 25 minutos. Eu não estava nem aí. Eu queria ir embora.

– Você me deve 27 mil ienes.

– O folheto dizia 25 mil ienes.

Tanaka pegou o folheto e verificou para ter certeza. Ele devia estar precisando de óculos porque foi obrigado a estreitar os olhos numa careta ridícula para poder ler.

– Ele não te disse? Sem banheiro em casa o preço sobe.
– Mas eu me lavei! Eu não ouvi você fazer nenhuma reclamação.

Deu para perceber que seria um drama explicar tudo a ele, então eu simplesmente olhei para o lado, totalmente enojada. Não fazia mais do que um minuto eu estava com o pau de um homem que eu não conhecia dentro de mim. Eu queria me lavar. Por acaso isso não era óbvio? Os homens só conseguem pensar em si mesmos.

– Está caro – reclamou Tanaka.
– Tudo bem, então. Eu vou fazer para você por 26. Que tal?
– Ótimo. Ei, espere um pouquinho. Eu ainda tenho tempo de sobra.
– Ah, é? Você acha que consegue de novo antes que os vinte minutos acabem?

Tanaka estalou a língua enquanto pegava a carteira. Ele me entregou 30 mil ienes e eu dei 4 mil de troco. Calcei os sapatos rapidinho – na esperança de sair de lá antes que ele mudasse de ideia – disparei porta afora e chamei um táxi. Eu entrei e, enquanto o táxi seguia debaixo de chuva, eu ponderava a minha própria amargura. A dor de ser tratada como um mero objeto. E uma sensação de que essa dor se transformaria em prazer. Seria melhor se eu conseguisse ao menos pensar em mim mesma como uma coisa. Mas aí a minha existência na firma se tornaria um empecilho. Lá eu era Kazue Satō, não uma coisa qualquer. Eu pedi ao taxista para me deixar a uma certa distância da agência e segui a pé o resto do caminho debaixo de chuva. Isso diminuia em mais ou menos 200 ienes a corrida do táxi. Eu podia pedir para a agência me reembolsar duas vezes o valor da corrida de táxi que eu fiz até a casa de Tanaka.

Eu vi a Bruxa de Marlboro na Murayama-chō – em frente à estátua de Jizō, o delicado bodhisattva budista, protetor dos condenados ao inferno e de todos os que vagam entre os domínios. A Bruxa de Marlboro tem esse nome porque ela está sempre usando uma jaqueta leve com um logotipo branco do Marlboro nas costas. Ela era bem conhecida na agência. Devia ter cerca de sessenta anos. Talvez fosse meio maluquinha, mas estava sempre em pé perto da estátua de Jizō chamando os homens que passavam por lá. Como chovia naquela noite, sua jaqueta barata com o logotipo do Marlboro estava ensopada e seu sutiã preto estava aparecendo por baixo. Nenhum homem se apresentava, mas ela ficava lá em pé ao lado da estátua de Jizō como sempre, como se fosse uma espécie de fantasma. Muito provavelmente ficaria nas ruas até morrer. Quando não se tem mais chance como garota de programa, o jeito é ficar rodando bolsinha nas ruas atrás de seus homens. Enquanto olhava para as costas da Bruxa de Marlboro, fiquei apavorada com a possibilidade de que um destino parecido estivesse me aguardando num futuro não muito distante.

Era quase meia-noite quando voltei à agência. A maioria das garotas, resignadas com a noite péssima, já havia ido embora. As únicas pessoas que restavam na agência eram o homem que atendia os telefonemas e a Trancinha. Eu entreguei 10 mil ienes a ele e coloquei 1 mil ienes na caixinha para contribuir nos lanches, bebidas e coisas assim. Todas as garotas que atendiam à noite tinham de fazer isso. Graças aos mil ienes extras que consegui de Tanaka, minha contribuição para a caixinha não afetou a minha renda da noite. Eu ri comigo mesma ao pensar nisso. O atendente olhou carrancudo para mim enquanto eu saía.

— Yuri! Eu acabei de receber um telefonema do seu último cliente. Ele disse que você cobrou a mais e ele ficou superchateado. Você enganou o cara fazendo ele acreditar que tinha de pagar mais porque não tinha banheiro em casa?

— Desculpe.

Que cara chato! O rosto feio de Tanaka flutuou diante de meus olhos e eu comecei a ficar furiosa. Que covarde! Mas agora a Trancinha estava falando comigo.

— Você saiu com o meu guarda-chuva? Eu fui obrigada a ficar aqui sentada te esperando. Você não pode sair assim com as coisas dos outros, sabia?

— Ah, me desculpe. Eu só peguei emprestado um pouquinho.

— Ah, me desculpe? Isso não basta. Você fez isso para se vingar de mim.

Desculpe. Desculpe. Eu não parava de repetir meus pedidos de desculpa vazios até que a Trancinha deu de ombros.

– Vou nessa! – berrou ela, e saiu rebolando da agência. Eu corri para arrumar as minhas coisas, com medo de perder o último metrô.

Na estação de Shibuya eu disparei em direção ao trem das 12:28 da linha Inokashira que seguia para Fujimigaoka. Na estação de Meidaimae eu mudei para a linha Keio e cheguei a Chitose-Karasuyama. Eu teria de andar mais dez minutos até chegar a casa. Tinha chovido o dia inteiro e eu estava deprimida. Que porra eu estava fazendo afinal de contas? Eu parei no meio da chuva. Eu tinha ficado enclausurada na agência a noite inteira e só faturara 15 mil ienes de lucro. Eu persistia porque eu queria juntar 200 mil por semana, mas nesse ritmo eu não ia alcançar a minha meta. Eu precisava de oitocentos a novecentos por mês, 10 milhões por ano. Se eu conseguisse manter essa taxa de rendimentos, eu já teria poupado 100 milhões quando tivesse quarenta anos. Eu gostava de pensar nas minhas poupanças, de ver o dinheiro se multiplicar diante de meus olhos. Eu só queria atingir a minha meta; depois eu ficaria só me divertindo olhando tudo o que tinha poupado. De certa forma, poupar tinha o mesmo significado para mim agora que estudar teve no passado.

2

30 DE MAIO
SHIBUYA: YY, 14 MIL IENES
SHIBUYA: WA, 15 MIL IENES

Eu olhei a fotografia do meu pai em cima do meu velho e gasto piano. É a mesma fotografia que usamos no enterro dele. Ele está com uma expressão séria no rosto, a aparência muito digna e bem-arrumada num terno bem-cortado com o edifício onde ele trabalhava ao fundo. Eu amava o meu pai. Por quê?, eu me pergunto. Provavelmente porque ele me tratava como se eu fosse a coisa mais importante da vida dele. Ele me paparicava. Ele, mais do que qualquer outra pessoa, era capaz de discernir meus verdadeiros pontos fortes e, em consequência disso, era um pouco frustrado por eu ter nascido mulher.

– Kazue é a mulher mais inteligente da família – ele dizia para mim.

– Bem, e a mamãe?

– Quando a sua mãe se casou ela parou de estudar, não parou? Nossa, ela nem lê o jornal.

Meu pai sussurrou isso no meu ouvido como se eu fosse sua aliada numa conspiração. Era um domingo e a minha mãe estava no jardim cuidando das plantas. Eu estava no ensino fundamental nessa época, estudando para os exames de admissão ao ensino médio.

– Mamãe lê o jornal, sim!

– Só a parte das colunas sociais e a programação da TV. Ela nem olha os artigos sobre economia ou política. É porque ela não entende nada disso. Kazue, eu acho que você devia arrumar um emprego numa empresa de primeira categoria. Você vai conseguir encontrar um homem inteligente, alguém que vai estimulá-la intelectualmente. Mas você não precisa se casar. Você podia simplesmente morar com ele. Você é suficientemente inteligente para competir com qualquer homem por aí.

Eu estava convencida de que mulheres que se casavam e se tornavam donas de casa acabavam como motivo de chacota dos outros. Eu queria pelo menos evitar isso. Ou, se eu realmente me casasse, teria de me casar com um homem que fosse mais inteligente para que ele pudesse apreciar as minhas habilidades. Naquela época, eu não entendia que homens inteligentes nem sempre escolhem mulheres inteligentes. Como meus pais não se davam muito bem, eu acreditava que era porque minha mãe não era muito inteligente e nunca tentava realmente se aplicar. Ela tratava o meu pai com respeito e o colocava num pedestal na frente dos outros, mas por trás eu sabia que ela o desprezava porque ele fora criado no campo.

– Quando o seu pai casou comigo – dizia ela – ele nem sabia o que era queijo. Quando fiz o café da manhã ele pensou que eu tivesse deixado o queijo estragar porque o cheiro era forte demais, e perguntou o que era aquilo. Eu fiquei chocada com a ignorância dele.

Mamãe ria quando contava essa história, mas seu riso escondia um certo desgosto. Minha mãe tinha sido criada em Tóquio, onde o seu pai, o avô e o bisavô haviam sido ou burocratas de alto escalão ou advogados. Meu pai, por outro lado, vinha de alguma cidade interiorana na província de Wakayama, onde foi obrigado a lutar para conseguir ingressar na Universidade de Tóquio. Depois disso ele não teve escolha a não ser entrar para uma empresa e trabalhar como contador. Meu pai tinha orgulho de usar seus dotes intelectuais para progredir na vida. Minha mãe tinha orgulho de suas origens.

E eu? Depois que me formei na Universidade Q, fui trabalhar numa firma de primeira. Eu era magra, de acordo com a moda, e os homens prestavam atenção em mim. Eu estava nas alturas, o que para mim era extremamente legal sob qualquer ponto de vista, eu pensava. De dia eu era respeitada pela minha inteligência; de noite eu era desejada pelo meu corpo. Eu me sentia a Mulher Maravilha! Eu dou um risinho quando me lembro disso.

– Kazue! Preste atenção no que está fazendo! Você está derramando o café! – eu ouvia mamãe gritar, nervosa. Eu percebi que tinha deixado respingar um gota aqui, outra ali. Uma mancha marrom estava espalhada na minha saia de poliéster. Mamãe pegou o pano de prato e jogou-o para mim. Eu tentei esfregar para tirar o café, mas só consegui aumentar ainda mais a mancha. Uma vez lá, ela não saía de jeito nenhum. Resignada, peguei o jornal na mesa e comecei a ler.

– Você não vai trocar de roupa? – perguntou mamãe, sem olhar na minha direção. Ela começou a tirar da mesa o café da manhã da minha irmã menor. Ela sempre preparava o café da manhã da minha irmã: torrada, ovos fritos, café. Minha irmã trabalhava numa fábrica e tinha de sair de manhã cedinho. Eu só precisava chegar ao trabalho nove e meia, portanto eu normalmente só precisava sair de casa às oito e meia.

– Não. A saia é azul-marinho. Nem dá para reparar a mancha.

Eu ouvi a minha mãe dar um suspiro particularmente alto e então resolvi olhar para ela.

– O que foi?

– Eu só acho que você podia prestar um pouco mais de atenção na sua aparência. Quantas vezes seguidas você usou essa roupa?

Isso me deixou com raiva.

– Escute aqui, eu já sou bem adulta para escolher a roupa que eu uso. Vê se cuida da sua vida, tá certo?

Mamãe ficou em silêncio por um minuto depois de ouvir isso. Mas em seguida recomeçou.

– Eu não queria tocar nesse assunto agora, mas tem uma coisa que eu preciso muito falar com você. Ultimamente você tem chegado tarde em casa. O que anda fazendo? E também a sua maquiagem ficou tão pesada, você está mais magra do que nunca, e eu fico imaginando se você anda comendo direito.

– Eu como.

Eu peguei um tablete de gymnema e engoli com o café. Gymnema é um produto popular para perder peso. Feito a partir de fontes naturais, ajuda a destruir as células de gordura no corpo. Eu comprei um frasco na loja de conveniência e tomava um tablete no lugar do café da manhã.

– Isso não é comida, é remédio. Você vai ficar doente se não comer direito.

– Se eu ficar doente, não vai ter mais ninguém por aqui para ganhar dinheiro, não é isso?

Mamãe estava cada vez mais parecendo uma velha rabugenta. Seus cabelos tinham ficado ralos e seu rosto – com os olhos tão espaçados – estava cada vez mais parecido com o de um linguado. Quando ouviu a minha provocação, mamãe suspirou profundamente e disse:

– Você virou realmente um monstro. É assustador.

Ela apontou para os hematomas que eu tinha nos pulsos.

– Você anda metida com algum tipo de coisa barra-pesada?

– Oh, oh! Está na minha hora!

Eu consultei o relógio e dei um pulo. Joguei o jornal com toda a força na mesa. Mamãe tapou os ouvidos com as mãos e olhou para mim com a cara amarrada.

— Deu para escutar bem? – eu gritei. – Você devia me agradecer. Você vive à minha custa, não vive? Por que acha que pode ficar dizendo o que eu tenho de fazer?

— E por que eu não deveria?

— Porque eu faço exatamente o que eu quero e não há nada que você possa fazer a respeito.

Eu me senti bem melhor depois de tirar esse peso do peito. Quando eu fui trabalhar na mesma empresa que o meu pai havia trabalhado, eu tinha muito orgulho de poder sustentar minha mãe e minha irmã. Mas agora isso se tornara um grande peso nas minhas costas. Meu pai tinha caído enquanto tomava banho. Se a gente tivesse descoberto o acidente imediatamente, talvez ele pudesse ter sido salvo. No meu íntimo, eu não conseguia deixar de culpar a minha mãe pelo ocorrido. Ela estava em casa, mas já estava dormindo. Eu simplesmente não conseguia tirar da minha cabeça que ela de alguma forma fora culpada.

Depois da morte de meu pai, minha renda passou a ser a única fonte de sustento da família, e eu comecei a sentir a pressão. Eu dava o máximo de aulas particulares que conseguia e passava o dia inteiro correndo de uma para outra. E o que ela fazia, a minha mãe? Ela ficava sentada em casa mexendo nas plantas do jardim. Um tremendo zero à esquerda. Uma mulher que não valia nada. Eu olhei para minha mãe totalmente enojada.

— Se você não se apressar vai chegar atrasada – disse mamãe, sem olhar para mim. O que ela queria dizer era: vai logo embora daqui. Eu vesti a capa de chuva e peguei a bolsa. Mamãe não me acompanhou até a porta para se despedir. Lá estava eu, saindo para ganhar o dinheiro que permitiria que ela continuasse vivendo naquela casa, e ela nem se dignava a se despedir de mim. Ela sempre deu um jeito de se despedir do meu pai.

Eu calcei os meus sapatos pretos de salto alto e saí de casa. Eu estava cansada e minhas pernas pesavam. Eu não tinha dormido o suficiente. Enquanto caminhava em direção à estação, eu olhava para os hematomas nos meus pulsos. O cliente da noite anterior era chegado a um joguinho sadomasô. Ele tinha amarrado os meus pulsos e apertado demais. Eu pego esse tipo de cliente de vez em quando, e sempre que isso acontece eu cobro extra: "Se você está a fim de uma perversão, pode me dar mais 10 mil ienes que eu brinco", era o que eu dizia a eles.

No trabalho eu estava com tanto sono que mal conseguia aguentar, então fui até a sala de reuniões e tirei uma soneca em cima da mesa. Era o mais parecido com uma cama que eu podia conseguir. Fiquei lá deitada de costas e acabei caindo no sono. Alguém entrou na sala mas, ao ver que eu estava em cima da mesa, fechou a porta às pressas e saiu. Eu tinha certeza absoluta de que seria advertida por conta disso em algum momento, mas naquele momento eu não estava nem aí.

Eu dormi por mais ou menos uma hora e depois voltei para minha mesa de trabalho. Ao passar pela mesa de Kamei, vi que ela cobriu rapidamente um de seus papéis. Eu sabia o que era: um convite para uma das reuniões sociais que os outros funcionários da empresa organizavam. Eu nunca participava, portanto ninguém perdia mais tempo me convidando. Naquele momento eu fui tomada por um desejo incontrolável de me divertir um pouco com Kamei.

– O que é isso aí? – eu perguntei. Kamei respirou bem fundo, preparando a resposta.

– É uma festa que o pessoal está organizando na semana que vem. Dá para você ir?

– Quando?

– Na sexta.

Deu para sentir que o ar no escritório ficou parado. Todo mundo prendeu a respiração, esperando a minha resposta. Eu olhei de relance para o gerente. Ele estava sentado em frente ao computador fingindo digitar alguma coisa.

– Sinto muito, mas não vai dar.

O ar começou a ficar agitado novamente. Kamei balançou a cabeça nervosamente.

– Bom, é uma pena.

A roupa de Kamei era bem elegante. Ela vestia uma calça feita com um material brilhante. Sua blusa era branca e aberta no pescoço, revelando um colar. Ela realmente se destacava naquele nosso ambiente conservador. E à noite, eu desconfiava que ela transpirava a aura de uma "mulher de sucesso." Eu sentia uma pontinha de superioridade ao comparar a vida dupla dela com a minha.

— Srta. Satō, você nunca participou de nenhum dos nossos encontros, não é?

Kamei parecia estar lançando uma espécie de ataque contra mim. Eu me abaixei atrás das pilhas de papéis na minha mesa e não respondi. Assim que enfiei os fones de ouvido, eu escutei Kamei se desculpar por ultrapassar seus limites.

— Desculpe.

Na verdade, eu *tinha* comparecido a um dos eventos, pouco depois de entrar na firma. Havia mais ou menos quarenta pessoas lá, se eu bem me lembro. O evento foi num bistrô próximo ao prédio da empresa. Eu imaginei que seria como uma extensão do trabalho e achei por bem aparecer. Além dos veteranos, havia mais ou menos dez outros funcinários novos. Somente dois de nós, uma outra mulher e eu, haviam se formado em um curso universitário de quatro anos.

Praticamente não havia nenhuma outra mulher na empresa com diploma universitário. Dos 170 novos funcionários, havia apenas sete nessa situação. Não havia nenhum título especial ou seção para nós, portanto eu entendi que nós teríamos direito aos mesmos cargos que os homens com diploma de curso superior. Mas eu fui designada pro departamento de pesquisa com uma outra mulher diplomada pela Universidade de Tóquio, exatamente como Kamei, então eu tinha certeza de que nós éramos consideradas as funcionárias talentosas da empresa. Eu acho que o nome dela era Yamamoto. Mas não tenho certeza, porque ela saiu depois de trabalhar lá por pouco mais de quatro anos.

Quando eu fui para o encontro depois do trabalho, tudo o que vi foram os meus colegas e superiores bêbados de um lado para o outro. Algo que me deixou particularmente perturbada foi ver o jeito como os homens da firma ficavam de olho comprido para cima das mulheres recém-contratadas. Eles se interessavam mais pelas mulheres que não haviam nem chegado a cursar o ensino médio e que tinham cargos de menor importância. Em meio a todo o burburinho e agitação, eu me sentei com uma outra garota formada pela Universidade de Tóquio. Nós duas estávamos bastante atônitas. Havia outras mulheres em torno de nós, mas elas pareciam acostumadas a esse tipo de evento e estavam aos gritos, dando gargalhadas e contando piadas umas para as outras. Não demorou muito e os homens começaram a fazer uma eleição para saber quem era a funcionária mais popular.

– Tudo bem, de todas as mulheres aqui presentes, qual delas você levaria para dar um passeio na praia?

Um funcionário cinco anos mais velho do que eu foi o primeiro. O chefe de seção e o gerente começaram a aplaudir quando chegou o momento de eles votarem. No fim, uma assistente do departamento de projetos foi escolhida para a praia. Depois o cenário mudava. Quem você levaria a um concerto? Quem você levaria para dar um passeio no parque? E assim por diante. Finalmente eles perguntaram:

– Com qual delas você se casaria?

E o bistrô irrompeu num aplauso unânime para uma garota simpática e modesta que trabalhava como assistente de operações.

– Olha só para eles – disse a graduada da Universidade de Tóquio, virando-se para mim. Eu não respondi. Eu apenas fiquei lá sentada no chão em cima da minha almofadinha fina e absolutamente imóvel. Meu sonho estava se despedaçando. Homens competentes no trabalho estavam tomando todas e ficando bêbados.

Um homem que entrou na empresa junto comigo nos chamou.

– E a Yamamoto aqui? – disse ele.

Os homens que haviam votado nas mulheres se viraram e fingiram estar reverentes e respeitosos.

– Não, a Yamamoto não. Ela é inteligente demais para a gente! – Todos os homens começaram a rir. Yamamoto era uma mulher bonita, do tipo que a maioria dos homens considera de difícil abordagem. Yamamoto olhou para todos e então deu de ombros com frieza.

– Bom, nesse caso, que tal a Satō?

O homem que falava apontou para mim, e os homens do departamento de pesquisa – todos mais velhos do que eu – me olharam, seus rostos vermelhos devido ao consumo excessivo de álcool.

– Cuidado com o que vocês vão falar sobre a Satō. Ela conseguiu o emprego a partir de contatos importantes!

Eu sempre acreditei que tivesse conseguido o emprego por conta das minhas próprias habilidades e esforços, mas acho que os outros não pensavam dessa maneira. Eu percebi pela primeira vez na vida que a minha existência jamais receberia a aprovação da sociedade.

3

Eu quero vencer. Eu quero vencer. Eu quero vencer.
Eu quero ser a número um. Eu quero ser respeitada.
Eu quero ser alguém que chame a atenção de todos.
Eu quero que as pessoas digam: que funcionária fantástica é a Kazue Satō. Que bom que nós a contratamos!

Mas mesmo que eu estivesse no topo da lista, quem iria saber? Meu emprego não era desses em que a pessoa se destaca com facilidade. O trabalho que eu fazia não era facilmente mensurável. Eu escrevia relatórios, e era difícil para os outros reconhecer a minha excelência. Isso me deixava louca. O que eu podia fazer afinal para garantir que as outras pessoas no escritório prestassem atenção em mim e em minhas qualidades? Meus superiores afirmavam que eu tinha sido admitida na empresa por contatos familiares. Eu precisava pensar num jeito de provar que eles estavam errados – precisava provar a mim mesma.

Mais tarde, quando fiquei sabendo que a Yamamoto tinha passado com nota máxima no exame público de inglês, eu comecei a estudar para essa mesma prova. Depois de estudar como uma maníaca durante um ano inteiro, eu fiz a prova e passei também com a nota máxima. Mas não era uma coisa particularmente incomum na nossa empresa pessoas tirarem notas máximas em provas desse tipo; isso não era o suficiente. Eu comecei a fazer as minhas anotações e a escrever os memorandos em inglês. Eu escrevia em japonês com a estrutura gramatical inglesa. Em consequência disso, todos ao meu redor olhavam para mim espantadíssimos, e eu sentia um prazer enorme com o meu sucesso pessoal.

Numa outra oportunidade eu decidi escrever um artigo para o jornal. Com o meu nível de conhecimento e capacidade superior de redação, eu sabia que podia escrever não apenas sobre assuntos econômicos do país, mas também sobre política internacional. Eu enviei um pequeno artigo chamado "O que Gorbatchov devia fazer" para a coluna dos leitores de um dos principais jornais do país. Quando o jornal publicou o artigo na edição matutina, eu fui trabalhar com o humor nas alturas. Eu tinha certeza de que todo mundo viria me cumprimentar pelo trabalho. "Ei, eu vi o jornal hoje de manhã!", ele diriam. "O artigo está ótimo!" Mas, ao contrário das minhas expectativas, ninguém no escritório pareceu ter notado. Todos estavam ocupadíssimos com suas tarefas habituais. O quê! Ninguém aqui lê jornal? Eu achava isso realmente difícil de acreditar.

Durante o almoço o gerente normalmente lia o jornal, então eu imaginei que ele teria algo a me dizer sobre o artigo. Eu fiquei um tempo ali de bobeira perto da mesa dele durante a minha hora de almoço, já que não conseguia comer nada mesmo. O gerente olhou para mim de relance.

– Você escreveu isso aqui, Satō?

Ele bateu com o dedo no jornal. Meu peito inflou.

– Escrevi, sim.

– Você é mesmo bem inteligente, hein?

E isso foi tudo. Ainda hoje eu me lembro da decepção que senti. Deve ter alguma coisa errada nisso tudo. Eu só conseguia imaginar um único motivo para essa desatenção da parte dele, um único motivo que pudesse me redimir diante de meus próprios olhos. Eles tinham inveja de mim.

Mais ou menos dois anos haviam se passado desde que eu começara a trabalhar na firma. Uma vez, enquanto eu estava escrevendo um relatório em inglês, eu senti alguém em pé olhando para mim.

– Você escreve como uma falante de língua inglesa? Você estudou no exterior?

Ocasionalmente o chefe do departamento de pesquisa dava uma parada para ver como as coisas estavam andando. Agora ele estava espiando por cima do meu ombro, interessado no que eu estava escrevendo. O nome do chefe de departamento era Kabano. Ele tinha 43 anos, era um cara pacato que havia se formado numa universidade medíocre e era o tipo de pessoa que era sempre tratado com desprezo. Eu ignorei o que ele disse. Eu achava que não havia nenhum motivo particular para responder. Kabano olhou para mim – ali sentada à deriva naquele escritório sem ter em quem confiar – e sorriu compassivamente.

– Eu conheci muito bem o seu pai, Satō. Ele era contador quando entrei pra empresa. Ele me ajudou muito.

Eu olhei para Kabano. Inúmeras pessoas já haviam mencionado o meu pai, mas a maioria delas só tivera contato com as margens do poder. Kabano não era exceção, mas eu não consegui evitar a sensação de que ele estava tentando, por alguma razão, diminuir a importância do meu pai.

– É uma pena o que aconteceu com o seu pai. Ainda tão jovem. Mas ter uma filha tão excepcional quanto você deve tê-lo deixado muito feliz. Eu tenho certeza de que ele tinha muito orgulho de você.

Eu não disse nada e voltei para o meu trabalho. Kabano deve ter ficado chocado com a minha falta de receptividade; ele saiu imediatamente do escritório. Naquele noite, enquanto eu estava me preparando para sair, um colega que era cinco anos mais velho do que eu veio falar comigo. Ele era o tal que tinha me acusado na festa do escritório de ter usado meus contatos para entrar na empresa.

– Satō, eu sei que não é da minha conta, mas eu gostaria de falar uma coisa com você. Você tem um minutinho?

Ele estava quase sussurrando, olhando ao redor o tempo todo, como se estivesse nervoso.

– O que é?

Eu já estava sentindo as minhas defesas entrando em ação. Eu ainda não o perdoara.

– É meio difícil falar isso, mas é que eu sinto que é minha obrigação. Eu acho que a sua atitude agora há pouco não foi apropriada. Na verdade, eu acho que você foi grosseira com o Kabano.

– É mesmo? E o que dizer da sua atitude aquele dia? Não foi você que ficou anunciando alto e bom som que eu tinha usado meus contatos para entrar para a firma? Você não acha que isso foi grosseiro?

Eu imagino que ele não estivesse esperando ouvir uma defesa desse tipo da minha parte, porque o seu rosto murchou.

– Se por acaso eu ofendi você, por favor entenda que aquilo não passou de conversa de bêbado. Eu peço desculpas pela ofensa. Não foi minha intenção. Eu disse aquilo como um aviso aos outros para que eles prestassem atenção que você faz parte da família G e que eles não deviam ser grosseiros com você. Foi isso o que o Kabano estava tentando dizer agora há pouco. É por isso que eu acho que a sua atitude foi grosseira. Numa família como a nossa, todo mundo apoia e incentiva uns aos outros. É assim que a gente funciona, e seria muito bom que você reconhecesse isso. Ficar ressentida por causa de uma ofensa imaginária é contraproducente.

– Você tem o direito de pensar o que quiser, mas eu entrei para essa firma por méritos pessoais. É claro que eu queria seguir os passos do meu pai, mas eu consegui a minha posição aqui por conta própria. Naturalmente, eu tenho muito orgulho do meu pai. Mas estou cansada de ouvir sobre ele.

Meu colega mais velho cruzou os braços.

– Você acha que foi mesmo por méritos próprios?

Quando o ouvi dizer isso, eu praticamente tive um acesso de choro misturado com raiva.

– Se você não acredita em mim, verifique você mesmo! E pare de ficar falando em *contatos*. Eu já não aguento mais.

– Não, não foi isso o que eu quis dizer – continuou ele. – Eu também entrei por causa de contatos. Meu tio trabalhava aqui. Ele já se aposentou e não está mais aqui. Eu não ligo se as pessoas dizem que eu estou trabalhando aqui por causa do meu tio. É claro que sempre existem aquelas pessoas que vão encher o seu saco por causa dos tais contatos. Mas a vida é cheia de inimigos de um jeito ou de outro. Não custa nada formar alianças fortes e transformar os pontos negativos em vantagem pessoal. É assim que funciona o mundo corporativo no Japão.

– Eu acho isso errado.
– Você acha errado porque não entende nada do mundo masculino.
Depois de dizer isso, meu colega se virou e foi embora. Eu estava com tanta raiva que pensei que fosse explodir. *O mundo masculino!* Os homens sempre repetiam esse tipo de conversa quando achavam conveniente, formando alianças uns com os outros e excluindo as mulheres de acordo com seus interesses. Se a Firma G de Arquitetura e Engenharia era para ser uma família grande e feliz, as mulheres também deveriam ser incluídas nessas alianças. Eu tinha certeza absoluta de que havia um círculo de ex-alunos da Universidade Q trabalhando na firma, mas ninguém me dissera nada a respeito. Eu estava cercada de inimigos. Eu realmente estava no meio da selva. De repente ouvi Yamamoto cochichando com alguém ao telefone.
– Tudo bem, eu me encontro com você em frente ao cinema.
Ela desligou rapidamente antes que alguém pudesse saber que ela estava fazendo uma ligação particular e em seguida olhou em volta. Ela parecia estar radiante de felicidade. Sem dúvida ia se encontrar com algum homem. "É importante fazer alianças fortes da melhor maneira possível e transformar os pontos negativos em vantagem pessoal." Foi o que o meu colega mais velho me aconselhara. Se esse fosse mesmo o caso, as melhores alianças que uma mulher poderia fazer seriam com os homens. Yamamoto não conseguiria ficar lá por muito tempo, e provavelmente pelo motivo de que ela já tinha um homem. Eu voltei para minha mesa me sentindo deprimida, me joguei na cadeira e coloquei a cabeça na mesa.
– Eu estou indo – disse Yamamoto, enquanto se encaminhava para a porta. Ela estava usando um batom vermelho vivo aplicado há pouquíssimo tempo e todo o seu corpo transpirava alegria. Eu me levantei abruptamente e fui atrás dela.
O homem que estava esperando Yamamoto em frente ao cinema usava um uniforme de universitário sem graça: calça jeans, casaco e tênis. Não havia nada particularmente notável no seu rosto, tudo nele parecia comum. Mas lá estava Yamamoto acenando para ele como se fosse a mulher mais feliz do mundo. Os dois em seguida desapareceram no interior do cinema. Que porra! Eu tinha

imaginado que o namorado de Yamamoto seria superbonito e fiquei amargamente decepcionada por encontrar uma realidade tão contrária à minha imaginação.

Quando a sineta indicando o começo do filme soou e eu fiquei lá em pé sozinha na rua em frente ao cinema, meu coração continuava a mil por hora. Pequenos insetos pretos começaram a rastejar em direção ao meu coração. Primeiro um, depois dois, depois três e finalmente quatro. Quanto mais eu tentava ir atrás deles, mais insetos apareciam. Não demorou muito até eu ter a sensação de que todo o meu coração não passava de uma massa preta se contorcendo. A sensação era tão opressiva que senti vontade de sair correndo.

Yamamoto tinha o que eu jamais seria capaz de conseguir. E não era apenas Yamamoto. As assistentes que ficavam me provocando porque eu não sabia fazer o meu trabalho, meus colegas cuja grosseria ultrapassava todos os limites, os velhos marginalizados como Kabano – todos eles tinham capacidade de interagir com outras pessoas: amigos, amantes, alguém com quem pudessem se abrir, alguém com quem eles pudessem bater papo, alguém que eles queriam muito ver depois do trabalho. Eles tinham pessoas fora do ambiente de trabalho que os deixavam felizes.

A brisa de maio estava fria e deliciosa. O sol poente tingia de laranja os galhos das árvores do Parque Hibiya. Mesmo assim, a melancolia que se apossara de meu coração recusava-se a ir embora. Eu estava infestada de insetos pretos, se mexendo uns em cima dos outros, se contorcendo, se multiplicando, se dependurando na borda do meu coração e finalmente transbordando. Por que só eu? Por que só eu? Eu não parava de perguntar a mim mesma enquanto lutava contra a brisa a caminho de Ginza, as costas curvadas pelo esforço. Quando eu chegasse em minha casa sombria e solitária a única pessoa que estaria lá para me dar boas-vindas seria a minha mãe. Isso era tudo o que eu podia esperar. A ideia de voltar ao trabalho no dia seguinte era tão deprimente que eu nem conseguia suportar. Minha decepção, minha irritação alimentavam os insetos em meu coração.

A vida que eu estava levando não era diferente da de um homem de meia-idade. Eu ia trabalhar e depois voltava para casa. Eu existia unicamente para levar um contracheque para casa. O que quer que eu ganhasse transformava-se imediatamente em despesas domésticas. Primeiro minha mãe colocava o dinheiro no banco. Depois ela comprava comida barata para fazer nossas refeições, pagava a mensalidade da escola da minha irmã e fazia os pagamentos da casa. Ela era inclusive responsável por distribuir a minha parca mesada. Se eu fosse embora de vez, a minha mãe – que já tinha usado grande parte da poupança – ficaria na mais completa miséria. Eu não podia fugir. Eu teria que continuar cuidando da minha mãe até que ela morresse. Por acaso as minhas responsabilidades não eram exatamente iguais às de um homem? Eu tinha apenas 25 anos nessa época, e já estava suportando nos ombros o peso da família. Eu nunca vou deixar de ser uma criança com um contracheque.

Mas os homens têm prazeres secretos que conseguem aproveitar. Eles saem com os amigos para beber, saem com mulheres, e desfrutam de todo tipo de intriga por baixo dos panos. Eu não tinha nada fora do ambiente de trabalho. E eu não conseguia aproveitar o trabalho porque não era considerada a melhor; Yamamoto carregava esse título. Eu não tinha amigos na firma. E quando eu me lembro da escola, não me ocorre ninguém que eu pudesse realmente ter chamado de amigo. Ninguém! Os insetos em meu coração se contorciam enquanto sussurravam suas provocações. Eu estava tão dominada pela solidão e pelo desespero que parei bem ali numa rua de Ginza e comecei a chorar. Os insetos se mexiam sem parar.

Alguém fale comigo. Alguém me chame e me leve daqui. Por favor, por favor, eu imploro, fale alguma coisa gentil comigo.

Fale que eu sou bonitinha, fale que eu sou simpática.

Me convide para tomar um café, ou mais...

Me diga que quer passar o dia comigo e só comigo.

Enquanto seguia pelas ruas de Ginza eu olhava bem nos olhos dos homens que encontrava pelo caminho, suplicando a eles sem dizer uma palavra. Mas todo homem que por acaso olhava na minha direção rapidamente desviava o olhar, aparentemente irritado. Eles não queriam nada comigo.

Eu entrei na avenida principal e disparei em direção a uma ruazinha paralela. Mulheres que pareciam trabalhar em bares de garotas de programa roçavam em mim ao passar, seus rostos cheios de maquiagem, o ar em torno delas impregnado de perfume. Essas mulheres também se recusavam a olhar para mim, imaginando que eu caíra ali na área delas por puro acidente. Elas só tinham olhos para os homens – clientes em potencial. Mas todos os homens que passavam por lá pareciam ser do tipo que trabalhavam em firmas iguais à minha – exatamente como eu. Os insetos se contorciam, se dirigindo às mulheres. Uma das mulheres em pé na frente de uma boate fixou os olhos duros em mim. Ela parecia ter uns trinta anos. Vestia um quimono prateado com um obi cor de vinho. Seus cabelos bem pretos estavam presos no alto da cabeça. Ela estava desconfiada e me olhou com cara de poucos amigos.

Os insetos em meu coração intimidaram a mulher. O que é que você está olhando? E quando fizeram isso, a mulher começou a dar uma lição de moral neles.

Uma amadora como você – você não passa de um aberração aqui. Você não entende mesmo nada, não é, sua princesinha ridícula? Esses bares são para homens de negócios. O que que acontece aqui está diretamente relacionado ao que acontece na empresa. E as duas coisas são mundos masculinos. Tudo para os homens e apenas para os homens.

Eu dei de ombros.

Mulheres que se esmeram e capturam os homens são as mais astutas. A mulher de quimono me olhou de alto a baixo, dando claramente pouca importância à minha aparência sem graça. Ela bufou de maneira debochada. É impossível para você, suponho. Você abandonou a sua feminilidade?

Eu não abandonei coisa alguma. Se você me comparar com uma mulher como você, eu vou parecer sem graça; mas como consequência eu sou capaz de ter um emprego normal. Eu vou mostrar a você como eu me formei na Universidade Q e trabalho na Firma G.

Tudo disso não vale nadinha, foi o que eu imaginei a mulher respondendo. Como mulher você está abaixo da média. Você nunca vai conseguir um emprego na Ginza.

Abaixo da média. Abaixo dos cinquenta por cento numa escala padrão. Ninguém ia me querer. O pensamento me deixou quase louca. Que coisa mais horrível estar abaixo da média.

Eu quero vencer. Eu quero vencer. Eu quero ser a número um. Eu quero que as pessoas digam: que mulher fantástica, eu fico feliz de conhecê-la.

Os insetos em meu coração continuavam se contorcendo.

Uma limusine longa e estreita encostou. O vidro embaçado da janela impedia que eu visse o interior. Enquanto as pessoas que caminhavam na rua paravam para ver o carro passar, a limusine, quase sem caber na ruela estreita, virou a esquina e parou em frente a um estabelecimento elegante. O motorista saltou e abriu a porta do passageiro. Um homem de uns quarenta anos, com cara de executivo em seu terno jaquetão, desceu do carro com uma mulher bem jovem. As mulheres que trabalhavam na boate, os garçons e todas as outras pessoas que estavam passando na rua repararam na mulher, absolutamente embevecidos diante de sua beleza excepcional. Ela estava usando um vestido preto brilhante. Sua pele era pálida, seu batom de um vermelho vivo e seus cabelos longos, levemente castanhos e ondulados.

– Yuriko!

Eu gritei o nome dela sem pensar. Lá estava ela em carne e osso: minha amada rival da época de colégio, a encarnação da libertinagem. Ela não tinha nenhuma necessidade de diligência ou estudo; ela era uma mulher nascida exclusivamente para o sexo. Yuriko me ouviu e se virou. Olhou de relance para mim, brevemente, virou-se para o homem e tomou seu braço sem dizer uma palavra sequer. Eu sou Kazue Satō! Você sabe muito bem disso. Por que está fingindo que não me conhece? Eu mordi o lábio de tanta raiva.

– Você a conhece? – perguntou-me a mulher de quimono, subitamente. Esse tempo todo eu estivera imersa numa conversação imaginária com essa mulher. O fato de ela de repente se dirigir a mim me pegou de surpresa. Sua voz real era surpreendentemente jovem e delicada.

– A gente estudou junto. Eu era muito amiga da irmã dela.

– Não brinca! A irmã dela deve ser linda também.

A mulher mal conseguia esconder sua admiração. Eu respondi rapidamente:

– Não, ela era uma baranga. Elas não tinham nada a ver uma com a outra.

Eu deixei a mulher de quimono lá em pé com a aparência chocada e corri para casa. Eu estava sentindo uma enorme satisfação. Acho que a visão de Yuriko fez com que eu me sentisse assim, ao imaginar como a irmã dela ficara humilhada ao saber com o que Yuriko andava se metendo. Essa percepção me tirou do meu próprio estado de infelicidade. Lá estava alguém ainda mais ridícula do que eu! A irmã de Yuriko não era tão intelectualmente dotada como eu. Ela fedia a pobreza, e nunca seria capaz de conseguir um emprego numa empresa de renome. Eu ainda era melhor do que ela, eu disse a mim mesma, apascentando o meu desespero. Foi necessário apenas um incidente menor como aquele para que os insetos em meu coração desaparecessem por completo. Naquela noite eu me livrei da ansiedade que eu pensei que me acossaria para sempre. Mas eu ainda tinha medo de que os insetos voltassem a me torturar – uma apreensão que ainda parecia bastante real.

Eu não tenho nenhuma lembrança boa da minha infância. Tentei esquecer tudo sobre ela. Ao olhar o meu reflexo no espelho do banheiro, eu não consigo deixar de recordar momentos desagradáveis do passado. Eu agora tenho trinta e sete anos. Ainda mantenho a aparência jovem. Eu faço dieta, portanto sou magra. Eu ainda consigo usar tamanho P. Mas eu vou completar quarenta daqui a três anos e isso me deixa apavorada. Quando uma mulher atinge os quarenta, ela já é praticamente uma velha rabugenta. Quando completei trinta, eu tive medo de já estar descendo a ladeira, mas não chega nem perto de fazer quarenta. Aos trinta havia esperança de um futuro. Quando digo esperança, quero dizer que naquela época eu imaginava que talvez ainda pudesse ser escolhida para algum cargo importante no trabalho que selaria o meu sucesso, ou que talvez eu pudesse encontrar o príncipe encantado ou algo assim tão ridículo quanto. Hoje em dia eu não tenho mais esse tipo de ilusão.

Eu sempre fico perturbada quando atinjo essas marcas da idade – como quando estava saindo dos dezenove e entrando nos vinte ou saindo dos vinte e nove e entrando nos trinta. Eu tinha trinta quando passei a trabalhar como prostituta. Eu me incomodava por não ter experiência sexual. Quando disse que era virgem, eu arrumei um cliente na mesma hora só porque o cara ficou curioso. Eu não quero me lembrar desse encontro. Mas naquela época eu imaginava que jamais chegaria aos cinquenta. Eu duvidava que chegaria inclusive aos quarenta. De qualquer modo, eu pensava que seria melhor morrer do que me transformar numa velha rabugenta. Sim. Eu preferia morrer. A vida não tem sentido para uma velha rabugenta.

– Quer tomar uma cerveja?

Eu ouvi o cliente me chamando da outra sala. Eu estava no chuveiro me lavando, lavando todas as partes do meu corpo, lavando o suor e a saliva e o sêmen que estavam em meu corpo – fluidos de um homem que eu não conhecia. Mesmo assim, o cliente daquela noite não era particularmente ruim. Ele tinha quase sessenta anos. Pelas roupas e pelos modos eu diria que ele trabalhava numa empresa respeitável. Ele era gentil. E estava me oferecendo uma cerveja. Aquilo era algo inédito para mim.

Da perspectiva de um cinquentão, eu devia parecer jovem. Se tivesse sempre clientes como ele, eu seria feliz; eu poderia continuar no negócio mesmo depois de passar dos quarenta. Eu enrolei a toalha no corpo e voltei para o quarto. Meu cliente estava sentado de cueca fumando um cigarro enquanto esperava por mim.

– Aqui, tome uma cerveja. Ainda temos tempo.

O jeito tranquilo dele me deixou calma. Se ele fosse mais jovem ia querer ficar trepando sem parar.

– Obrigada. – Eu usei as duas mãos para levar o copo à boca, e os olhos do cliente se estreitaram num sorriso.

– Você tem boas maneiras. Você deve ter sido criada pra ser uma mulher digna. Me diga uma coisa, por que está nessa?

– Eu nem sei direito... – Eu me senti bem ouvindo ele dizer que eu tinha boas maneiras, então sorri educadamente. – Eu acho que em determinado momento eu fiquei de saco cheio de ir pro trabalho todos os dias. As mulheres às vezes querem levar uma vida de aventuras. Num emprego assim, quer dizer, do ponto de vista de uma mulher, eu consigo ver todos os tipos de pessoas que talvez eu não tivesse oportunidade de ver em outra profissão. Eu acho que assim consigo conhecer um pouquinho mais do mundo.

Eu faço isso por aventura? Ah, por favor, essa talvez fosse a última opção! Mas o cliente era do tipo que queria fantasia. Ele queria uma mulher que lhe contasse uma história.

– Aventura? – Ele acreditou.

– Vender o corpo é a aventura definitiva. Tenho certeza de que um homem não poderia fazê-lo.

Eu sorri suavemente e ajustei a peruca. Mesmo quando estou debaixo do chuveiro eu não molho o rosto, e nunca tiro a peruca.

– Você trabalha numa empresa?

– Trabalho. Mas isso é segredo!

– Eu não conto; me conta o seu segredo. Que empresa é essa?

– Se você me contar qual é a sua, eu conto qual é a minha.

Eu fiz o máximo que pude para manter o suspense. Se eu jogasse bem, talvez ele me chamasse de novo. Pelo menos era nisso o que eu estava apostando.

– Combinado. Eu fico um pouco constrangido de dizer, mas eu dou aula numa universidade. Eu sou professor.

Pude perceber que ele tinha orgulho do que fazia e de quem era. Se eu conseguisse obter um pouco mais de informação, eu ganharia uma bolada.

– Não brinca. Qual universidade?

– Eu vou te dar o meu cartão. E se você tiver um eu gostaria muito.

Então, nus, nós trocamos cartões. O nome do meu cliente era Yasuyuki Yoshizaki. Ele era professor de direito numa universidade de terceiro escalão na província de Chiba. Colocando os óculos de leitura, Yoshizaki olhou o meu cartão com respeito.

– Bom, estou realmente chocado! Você é subgerente do departamento de pesquisa da Firma G de Arquitetura e Engenharia. Ora, ora, que pessoa mais distinta. Seu emprego deve envolver uma boa dose de responsabilidade.

– Não é tão ruim assim. Eu faço pesquisa e escrevo relatórios sobre fatores econômicos que afetam os mercados.

– Bom, nesse caso, nós estamos praticamente na mesma área de trabalho. Você fez mestrado?

Os olhos de Yoshizaki revelavam não apenas medo como também curiosidade. Eu fui levada a tirar vantagem do entusiasmo dele.

– Ah, não. Depois que me formei em economia na Universidade Q eu parei por aí. Pós-graduação já era demais para mim!

– Você se formou na Universidade Q e trabalha como garota de programa? Bom, é a primeira vez na vida que eu vejo uma coisa assim! Estou verdadeiramente impressionado.

Visivelmente excitado, Yoshizaki encheu meu copo de cerveja.

– Eu espero que a gente se veja de novo. Vamos fazer um brinde ao nosso próximo encontro.

Nós batemos os copos. Espero muito, eu expressei. Eu questionava Yoshizaki enquanto estudava seu cartão.

– Professor, eu posso ligar pro seu escritório? Eu gostaria de me encontrar com você por fora da agência. Se eu for pela agência, eles pegam uma parte do dinheiro e eu saio perdendo. Será que eu posso ficar com o número do seu celular?

– Oh, eu não uso celular. Mas você pode me ligar no escritório. Se você disser que é Satō da Universidade Q, eu vou saber quem é. Ou então você pode dizer que é Satō da Firma G. Dá no mesmo. Minha assistente jamais desconfiaria que uma aluna da Universidade Q pudesse trabalhar como garota de programa!

Yoshizaki deu uma risada. Médicos e professores são os homens mais lascivos que existem. Pelo que sei do mundo deles, a maioria dos homens obedientes a figuras com autoridade, assim como aqueles que galgaram eles próprios posições de autoridade, são sempre os mais idiotas. Quando me recordo da ansiedade que costumava sentir por estar no topo do mundo, eu rio tão amargamente que meus dentes chegam a doer.

Quando saímos do hotel, Yoshizaki seguiu pela rua e se afastou imediatamente de mim, como se nós jamais houvéssemos nos conhecido. Mas eu não liguei. Ao contrário, isso fazia com que o meu coração latejasse de entusiasmo. Yoshizaki estava interessado em mim como mulher, e certamente isso era uma prova de que ele estava destinado a se tornar um cliente fiel. Eu ia ter condições de me encontrar privadamente com ele, sem o agenciamento que me tomava uma parte do pagamento, o que era a forma ideal de ganhar dinheiro naquele negócio. As mulheres usam seus corpos para ganhar dinheiro – então parece insensato nós não podermos ficar por conta própria nas ruas. No entanto, não há nada mais perigoso do que tentar achar seus próprios clientes nas ruas. Mas Yoshizaki era diferente. Ele era um afável professor universitário que parecia ter um verdadeiro interesse em mim. Eu estava contando que ele se tornasse um bom cliente.

Eu cantarolava alegremente enquanto zanzava pela noite com Yoshizaki. Eu esqueci a recepção gélida que estava me esperando na agência de garotas de programa, a beligerância da Trancinha, a maneira como as minhas colegas na firma me esnobavam, a encheção de saco da minha mãe e até mesmo o medo que eu sentia de envelhecer e de ficar feia. Eu estava tomada por uma sensação de vitória. O futuro me parecia brilhante. Boas coisas estavam à minha espera. Eu não tinha essa sensação de otimismo há muito tempo. Pela primeira vez desde que entrei para a agência de modelos com trinta anos de idade, a minha posição de mulher de negócios de alto nível estava sendo apreciada, e eu estava sendo celebrada e procurada.

Eu agarrei o braço de Yoshizaki e enrosquei no meu. Yoshizaki deu um risinho e olhou para mim.

– Ora, ora, não é que a gente parece um casal de amantes?

– Podemos nos tornar amantes, professor?

Os casais jovens pelos quais passávamos viravam-se para nos olhar e em seguida começavam a sussurrar uns com os outros. Você está um pouquinho velho para isso, não está?, era o que eles pareciam dizer. Eu não dava a mínima para o que eles estavam pensando e não prestava a menor atenção, mas Yoshizaki se livrou do meu braço, aparentemente confuso.

– Isso não está me parecendo uma boa coisa. Você é jovem o suficiente para ser confundida com alguma aluna minha, e um erro como esse poderia me custar o emprego. Vamos ser um pouco mais discretos, está bem?

— Eu sinto muito.

Eu pedi desculpas educadamente pelo inconveniente que estava causando, ao que Yoshizaki balançou a mão na frente do rosto timidamente.

— Não, não, não me entenda mal. Eu não estou culpando você.

— Eu sei.

Entretanto, ele ainda parecia chateado, e olhava nervosamente em volta de si. Quando um táxi se aproximou ele acenou.

— Eu vou de táxi o resto do caminho — disse ele, enquanto entrava no veículo.

— Professor, quando é que vou poder vê-lo de novo?

— Semana que vem. Liga pra mim. Diga que é a Satō da Universidade Q. Eu vou pedir para minha assistente atender.

A maneira como ele disse isso foi um pouco arrogante, mas eu não liguei. Eu estava feliz. Yoshizaki reconhecera o meu talento, a minha superioridade. Um encontro de ouro o nosso.

Assim que eu cheguei no alto da avenida Dogenzaka, eu me virei para olhar na direção da estação de Shibuya. A estrada se erguia numa curva suave. Já passava da meia-noite e a brisa estava intensa, intensa demais para o mês de outubro. Ela levantava a bainha de minha capa Burberry. Minha armadura durante o dia era uma capa pendurada; à noite ela se tornava a capa do Super-Homem. De dia uma mulher de negócios; de noite puta. Dentro da capa havia um atraente corpo de mulher. Eu era capaz de usar não só o meu cérebro como também o meu corpo para ganhar dinheiro. Ha!

As luzes traseiras de um táxi piscaram para mim entre as árvores ao longo da avenida enquanto subia lentamente a colina. Se andasse um pouco mais rápido, eu o pegaria, eu pensei. Naquela noite eu estava me sentindo bonita, cheia de vida. Eu dobrei em direção a uma rua estreita com pequenas lojas. Quem sabe eu não daria de cara com alguém que conhecesse? Naquela noite em especial eu queria dar às pessoas da minha firma um pouquinho do meu outro eu.

— Você parece estar se divertindo bastante.

Um executivo que parecia estar na casa dos cinquenta me chamou, estreitando os olhos como se estivesse se protegendo de uma luz forte. Seu terno era cinza e seus sapatos cobertos de poeira estavam gastos e deformados. O paletó estava aberto e a manga estava sendo puxada para baixo pela correia da pesada bolsa preta que ele levava no ombro. Dava para ver uma revista masculina enfiada na bolsa. Seus cabelos eram quase inteiramente brancos e seu rosto, acinzentado e sem cor, como se ele sofresse de alguma espécie de doença do fígado. Ele parecia o tipo de homem que abria um jornal de esportes num trem lotado, totalmente indiferente ao desconforto dos outros; o tipo de homem que estava sempre com pouco dinheiro. Definitivamente não o tipo de homem que estaria empregado numa empresa prestigiosa como a minha. Eu sorri para ele com doçura. Poucos homens haviam me chamado assim nas ruas, mesmo quando eu me dirigia a eles.

– Você está indo para casa? – perguntou ele, mais ou menos tímido. Sua voz revelava um certo sotaque. Estava claro que ele não era da cidade.

Eu assenti:

– Estou, sim.

– Bom, que tal tomar um chá comigo?

Logo vi que ele não estava interessado em comida ou bebida. Quais eram suas intenções?, eu imaginava. Será que estava tentando me pegar? Será que tinha percebido que eu era uma prostituta?

– Por mim está ótimo.

Eu consegui outro cliente! Eu senti o meu coração apertar de tanto entusiasmo. E conseguir encontrar o cara logo depois de Yoshizaki! Eu precisava tomar cuidado para não deixá-lo escapar; aquela era a minha noite de sorte.

O homem baixou os olhos, nervoso. Ele não estava acostumado com mulheres. Ele parecia estar com medo do que ocorreria e eu voltei ao meu antigo eu. Quando entrei nesse negócio da água – a prostituição – aconteceu a mesma coisa comigo. Eu não entendia muito bem o que os homens queriam e ficava completamente ansiosa. Mas agora eu sabia. Não, isso não é verdade. Eu ainda não sei. Igualmente perplexa, eu coloquei minha mão no braço do homem. Ele não ficou tão satisfeito com o meu gesto quanto Yoshizaki havia ficado antes e recuou instintivamente. O vendedor ambulante em frente ao cabaré olhou para mim e riu. Parece que você arrumou uma presa fácil, não é, garota? Pode apostar que sim, eu pensei enquanto retribuía o olhar, minha confiança nas alturas. Essa noite eu estou me divertindo.

– Aonde você quer ir? – perguntou o homem.

– Que tal um hotel?

O homem ficou sobressaltado com a minha franqueza.

– Eu não sei. Eu não tenho muito dinheiro. Eu só estava pensando em sentar um pouco e conversar com alguma mulher, só isso. E aí você passou. Eu não sabia que você era esse tipo de mulher.

– Bom, quanto você pode pagar?

Constrangido, o homem respondeu numa voz baixa e tímida.

– Bom, se eu tiver de pagar a despesa do hotel, provavelmente uns 15 mil ienes.

– A gente acha um motel barato. Existem uns que custam apenas 3 mil ienes. Eu vou te cobrar 15 mil.

– Nesse caso eu acho que dá...

Quando vi que ele estava balançando a cabeça em concordância, eu comecei a ir atrás de um motel. O homem me seguiu. Seu ombro direito estava levemente caído por conta do peso da bolsa que carregava. Ele era um sujeito realmente molenga, um carinha sem graça nenhuma. Mas tinha me chamado, então eu tinha de tratar o cara como se ele fosse um rei.

Eu me virei e perguntei:

– Quantos anos o senhor tem?

– 57.

– Parece mais jovem. Pensei que tivesse uns cinquenta.

Yoshizaki teria agradecido o elogio. Mas esse homem apenas franziu o cenho. Em pouco tempo a gente chegou ao hotel. Era um motel perto da estação de Shinsen, bem no limite de Murayama-chō. Quando apontei o motel para o homem, ele não conseguiu esconder o desconforto. Eu tenho a impressão de que ele lamentava a decisão de vir comigo. Eu olhei para ele com cautela. E se ele tentasse desistir agora? Eu precisava pensar em alguma coisa para fazê-lo ficar, eu disse a mim mesma, surpresa diante de minha própria temeridade. Eu estava acostumada à agência fazer todos os arranjos.

Quando a gente chegou na entrada do motel, o homem pegou a carteira. Eu dei uma olhadinha dentro e vi que ele só tinha mesmo duas notas de 10 mil ienes.

– Não se preocupe com isso agora. Pode pagar depois.
– Ah, é? Eu não sabia.

O homem colocou de volta no bolso a carteira velha. Parece que ele também nunca tinha estado num motel antes. Eu ia ter de dar um jeito de transformar o cara num cliente regular. Ele não era um cliente ideal, mas se eu conseguisse fazer com que homens como ele e Yoshizaki me patrocinassem regularmente, eu não dependeria mais da agência de garotas de programa. Essa parecia ser a única saída do rumo que eu estava tomando, minha única defesa contra o massacre da velhice. Eu peguei o quarto pequeno no terceiro andar e a gente se espremeu no elevador diminuto. Parecia que ele mal conseguia levar uma pessoa de cada vez.

– Vamos conversar um pouco no quarto, está bem? Talvez você não esteja percebendo, mas eu também trabalho numa empresa.

O homem olhou para mim, surpreso. Reparei que ele estava se sentindo mortificado por ter sido pego por uma prostituta. Ele estava ficando vermelho.

– É verdade, eu trabalho, sim. Quando a gente chegar no quarto eu vou te dar o meu cartão e depois vou te contar tudo, certo?
– Obrigado. É uma boa ideia.

O quarto era pequeno e estava sujo. A cama de casal enchia todo o ambiente, de parede a parede, e o carpete estava cheio de manchas. O homem jogou a bolsa no chão e suspirou. Ele tinha tirado os sapatos e suas meias estavam fedendo.

– Isso aqui custa 3 mil ienes?
– É o mais barato que eu consegui na área de Murayama-chō.
– Obrigado pelo esforço.
– Quer uma cerveja?

O homem sorriu e eu peguei uma garrafa de cerveja no frigobar. Servi a cerveja em dois copos e fizemos um brinde. O homem bebeu em pequenos goles, quase como se estivesse sedento.

– Que tipo de trabalho o senhor faz? Se importa de me dar seu cartão?

O homem hesitou por um momento e então puxou um cartão amassado do bolso. "Wakao Arai, vice-diretor de Operações, Indústria Química Chisen Gold, Ltda." A empresa tinha sede em Meguro, era o que estava escrito. Eu nunca tinha ouvido falar nela. Arai esticou um dedo ossudo e apontou para o nome da empresa.

– Nós vendemos produtos químicos no atacado. A firma tem sede no distrito de Toyama, portanto eu duvido muito que você tenha ouvido falar dela.

Eu entreguei a ele o meu cartão com um gesto de quem se acha muito importante. Um olhar de choque ficou estampado no rosto de Arai.

– Você me desculpe se a pergunta soar grosseira, mas por que você faz esse tipo de coisa se tem um emprego tão bom?

– Por que será, você deve estar imaginando. – Eu bebi a cerveja. – No trabalho ninguém presta atenção em mim.

Eu deixei escapar um pouquinho dos meus verdadeiros sentimentos. Só até os trinta anos eu trabalhei com toda dedicação. Quando fiz 29 anos, eu fui mandada para uma unidade de pesquisa separada. Minha rival Yamamoto trabalhou somente quatro anos lá e depois saiu para se casar. Isso fez com que sobrassem apenas quatro mulheres que haviam entrado na firma comigo. Uma era da área de publicidade. Outra de assuntos gerais, e as outras duas da engenharia. Elas eram responsáveis pelo planejamento arquitetônico. Quando completei 33 anos, eles finalmente me trouxeram de volta para o departamento de pesquisa. Mas não havia mais ninguém interessante por lá. Todos os homens que haviam entrado na firma comigo já haviam sido há muito tempo promovidos a cargos mais altos na administração interna, onde as mulheres jamais seriam aceitas. As auxiliares de escritório mais jovens antipatizavam claramente comigo. Universitárias que haviam entrado na firma depois de mim estavam trabalhando menos e progredindo na empresa. Resumindo, eu fiquei para trás. Eu havia claramente saído do time das vencedoras e entrado no time das perdedoras. Por que será que isso aconteceu? Porque eu não era mais jovem. E eu era mulher. Eu estava fazendo um péssimo negócio ao envelhecer e não tinha mais como construir uma carreira sólida.

– Eu fiquei realmente chateada. E acho que o que eu quero mesmo é me vingar.

– Se vingar? De quem? – Arai olhou para o teto. – Eu acho que todo mundo se sente assim às vezes. Todos nós queremos vingança. Todos nós fomos magoados de uma maneira ou de outra. Mas a melhor coisa a fazer é seguir em frente como se nada disso importasse.

Eu não concordava com aquilo. Eu ia me vingar, sim. Eu ia humilhar a minha firma, debochar da presunção da minha mãe e manchar a honra da minha irmã. Eu ia até mesmo magoar a mim mesma. Eu que havia sido uma mulher, que era incapaz de ter sucesso vivendo como uma mulher, cuja maior conquista na vida era ter entrado para o Colégio Q. Estava tudo descendo a ladeira desde essa época. Era isso – era por isso que eu estava fazendo aquilo, era por isso que eu tinha virado prostituta. Quando tudo finalmente fez sentido para mim, eu comecei a rir.

– Sr. Arai, eu gostaria muito de continuar falando sobre isso, então seria um enorme prazer encontrar com o senhor novamente. Quinze mil ienes está ótimo. Nós podemos nos encontrar aqui mesmo e tomar cerveja e conversar. Que tal? Eu sou muito boa em economia, o senhor sabe, e eu vou cuidar da cerveja e dos salgadinhos, pode deixar.

Quando ele me ouviu fazer a solicitação com toda a seriedade do mundo, o desejo surgiu em seu rosto. Era o primeiro sinal disso em toda a noite. Os homens são estranhos. Eles precisam pensar que são eles que estão no controle.

4

4 DE OUTUBRO
SHIBUYA: E (?), 15 MIL IENES

Hoje eu cochilei a manhã toda na mesa da sala de reuniões vazia. Minhas costas me mataram, encostadas na mesa, mas ignorei a dor.

Eu tinha ficado na noite anterior até mais ou menos onze e meia na agência de garotas de programa, e fui a única que não foi chamada para nada. Nem uma única vez sequer.

– O que é isso? Você arranjou um ótimo lugar para tirar uma soneca! – Uma voz masculina me assustou e eu dei um salto, balançando as pernas em cima da mesa. Era Kabano, o homem que tinha me dito que o meu pai o ajudara quando ele entrou para a empresa. Kabano subira mais na empresa do que o que eu havia imaginado. Ele fora promovido de gerente de departamento a gerente de assuntos gerais e era agora um funcionário de nível executivo. Em nossa empresa nós quase nunca víamos os executivos. Eles eram superestimados, com escritórios nos andares superiores. Eles possuíam inclusive um elevador privativo, e tinham direito a carro com motorista por conta da empresa.

Kabano não tinha nenhum talento particular, mas era afável e não tinha inimigos conhecidos, e isso já era suficiente para fazer com que ele galgasse degraus na escada que conduzia ao sucesso. Isso era um aspecto da estrutura da empresa que eu simplesmente não conseguia entender.

– Eu ouvi alguém roncando e vim dar uma espiada, e não é que eu dei de cara com uma mulher dormindo profundamente? Era o que eu menos esperava encontrar!

– Desculpe, eu estou com dor de cabeça.

Eu desci lentamente da mesa e calcei os sapatos que tinha deixado em cima do carpete. Não consegui evitar um leve bocejo. Kabano olhou para mim com uma expressão de desprazer. Isso me deixou puta. Qual é a sua afinal?, era o que eu queria perguntar. Você acha que só porque é um executivo todo-poderoso pode chegar assim me dando ordens? Velho babaca. Que audácia me acordar desse jeito!

– Se está com dor de cabeça, você deveria dar um pulo na enfermaria. Ela existe para isso, sabia? Satō, tem certeza de que está tudo bem com você?

– Como assim?

Eu passei os dedos pelos meus cabelos compridos. Estavam embaraçados e despenteados demais para ficarem com uma aparência razoável sem uma boa escovada. Mas o que ele olhava tanto, por Deus do céu? Kabano finalmente desviou os olhos.

– Você não sabe? Está magra demais. Praticamente pele e osso. Você está muito mais magra agora do que quando era mais jovem. Quase não consegui reconhecê-la aí deitada.

Quer dizer então que eu sou magra? E daí? O que isso tem de errado? Os homens gostam que as mulheres sejam magras e tenham cabelos compridos; isso não é praticamente uma regra? Eu tenho 1,67m de altura e peso 45kg. Eu diria que assim está absolutamente perfeito. No café da manhã eu como um tablete de gymnema. No almoço eu vou até a cantina da empresa no subsolo e como quase sempre uma salada de algas. Às vezes eu simplesmente deixo de almoçar, e dificilmente como o arroz branco que vem acompanhando o prato. Mas eu como tempura de legumes. De qualquer modo, sempre que eu vejo uma mulher gorda eu fico revoltada. Acho que ela deve ser uma completa idiota para ter uma aparência assim.

– Se eu engordar as minhas roupas vão ficar horríveis em mim.

– Preocupada com as roupas? É isso? Eu sei muito bem que isso é uma questão essencial para uma jovem como você, mas... Satō, eu acho realmente que você devia ir ao médico. Eu estou preocupado com a possibilidade de alguma coisa muito séria estar acontecendo com a sua saúde. Você está trabalhando demais?

Se estou trabalhando demais? Bom, estou sim, à noite! Um sorriso rápido surgiu em meus lábios.

– Eu não estou trabalhando tanto assim. É só que ontem à noite eu fiquei meio que na seca.

– Do que você está falando? – perguntou Kabano, o alerta se espalhando por seu rosto. Hi, as coisas estão embaralhando na minha cabeça. Esse velho babaca tem um cargo executivo aqui. Eu preciso voltar ao meu eu diurno – e rápido. Eu hoje não estou administrando muito bem a minha vida dupla.

– Ah, não é nada. Eu só quis dizer que não tenho tido muito trabalho extra para fazer, só isso.

– Bom, eu sei que o trabalho aqui no departamento de pesquisa pode ser puxado às vezes. Eu me lembro de alguém observando um tempo atrás que você escreveu um relatório bastante elogiado.

— Isso faz muito tempo. Naquela época as condições eram bem mais positivas.

Eu tinha 28 anos quando escrevi aquele relatório: "Investimentos financeiros na construção civil e no mercado imobiliário: criando novos mitos." Este era o título do trabalho. Ele recebeu um prêmio da Economic News Publishing House. Foi a fase mais feliz da minha vida. O Japão ainda flutuava na Economia da Bolha, o mercado para novas construções estava promissor e os tempos eram animadores. Mas teve um idiota que criticou o artigo, dizendo que faltavam nele sugestões estratégicas claras. Eu nunca esqueci o quanto as observações dele me deixaram amargurada.

— Isso não é verdade. Você ainda tem muito potencial — disse Kabano, olhando subitamente para mim com expressão de pesar. — Satô, sua mãe deve estar mesmo muito preocupada com você.

— Minha mãe? Como assim?

Eu encostei o indicador no queixo e inclinei a cabeça para o lado. Desde que o professor Yoshizaki me dissera que achava essa pose particularmente engraçadinha e bem de menina, eu vinha tentando usá-la sempre que tinha uma oportunidade. O professor Yoshizaki parecia gostar de mulheres que se comportavam como jovens muito bem-educadas.

— O que eu quero dizer é que a sua mãe pode estar achando que você não está bem, e você é tudo o que resta a ela.

Bom, nisso você acertou. Eu sou a fonte de renda dela. De jeito nenhum ela vai querer me perder. Se eu parar de injetar dinheiro, ela não vai saber o que fazer. Mas o que eu faria? De repente, eu senti uma pontinha de medo. O que aconteceria quando eu ficasse velha? Se eu ficasse cansada da firma e não tivesse mais condições de manter o meu trabalho noturno eu perderia todas as minhas fontes de renda. Se isso acontecesse, pode ter certeza de que a minha mãe me botaria para fora de casa.

— Eu entendo. Vou tentar ser um pouco mais confiável daqui pra frente.

Quando viu a mudança estampada em meu rosto, a seriedade com a qual eu ouvira sua sugestão, Kabano balançou a cabeça em concordância.

GROTESCAS

– Vamos deixar isso que aconteceu hoje aqui somente entre nós dois, portanto não se preocupe com isso. Fico feliz por ter sido eu que a encontrei aqui; nem sempre passo por aqui, você sabe disso. Mas eu sou obrigado a dizer, e eu sei que isso vai ser meio duro, que você realmente está diferente. A sua aparência é de quem está com alguns parafusos soltos.
– Qual é o problema da minha aparência?
Eu experimentei de novo a minha pose, inclinando a cabeça.
– Você usa maquiagem demais, para começo de conversa. Ninguém nunca lhe disse isso? Quer dizer, um pouco de maquiagem é bonito, mas você está exagerando. Não é adequado a um local de trabalho. Meu conselho pode estar parecendo exagerado demais, mas eu realmente sou de opinião que você devia consultar um psicólogo.
– Psicólogo? – Eu fiquei tão surpresa que quase gritei. – Por que acha isso?
Eu tinha sido orientada a procurar um psiquiatra no fim do meu segundo ano no ensino médio por conta de meus distúrbios alimentares. Eles disseram que a minha vida corria risco e deram as previsões mais ridículas do mundo, fazendo com que minha mãe chorasse e o meu pai explodisse de raiva. Era um absurdo total. Mas por acaso eles me curaram? E quando eu tinha 29 anos? Por acaso não me disseram a mesma coisa nessa época?
A porta da sala de reuniões foi aberta e a cabeça da secretária apareceu. Eu imagino que ela tenha ouvido o meu grito. Ela me encarou em estado de choque.
– Sr. Kabano, é o senhor? Já passou da hora.
– Estou indo, então.
Kabano saiu às pressas da sala de reuniões. A secretária fez uma cara feia para mim, desconfiada. O que está olhando, sua vaca? Você não faz ideia do que é ter toda a liberdade do mundo à noite, faz? Aposto que você nunca teve um homem que a desejou. Caramba. Já voltei novamente ao meu lado puta.
Quando saí do departamento de pesquisa, o gerente olhou fixamente para mim.
– Satō, eu gostaria de falar com você um minutinho. – E agora, o que seria? Mais um sermão? Muito irritada, eu me dirigi à mesa

do gerente. Ele levantou os olhos da tela do computador e girou a cadeira para me olhar quando eu me aproximei.

– Você sabe que não tem problema nenhum você dar uma saidinha do escritório. Mas precisa tomar cuidado para não ficar muito tempo ausente.

– Desculpe. É que eu tive uma dor de cabeça muito forte. – Eu olhei de relance para Kamei com o canto do olho. Ela estava com aquela ostentação típica dela. Hoje usava uma camiseta vermelha e calças pretas. Seus cabelos estavam presos para trás e tinha a cara enfiada nos documentos que estava lendo, a imagem escarrada da mulher bem-sucedida na carreira. Meu Deus, como eu odeio essa mulher. Ela aperfeiçoara a pantomima de maneira fantástica.

– Satō, você está me ouvindo?

O gerente ergueu a voz, irritado. Todos no escritório se viraram para olhar para mim. Kamei me olhou de relance e viu que eu estava olhando para ela, mas logo em seguida desviou o olhar casualmente.

– O que eu estou dizendo é que se isso tiver de acontecer novamente, me informe antes de sair.

– Desculpe, eu entendi.

– Você não é mais nenhuma criança. Precisa se comportar de maneira mais responsável. Você está ultrapassando os limites. Eu vou ser franco com você. Eu não sei quanto tempo nós ainda vamos poder mantê-la aqui no escritório. Os bons tempos já passaram e ninguém mais é indispensável aqui dentro. O nosso departamento está com excesso de pessoal. Eu ouvi dizer que o departamento de pesquisa e o departamento de planejamento vão sofrer grandes mudanças. De modo que eu te aconselho a prestar mais atenção às coisas que faz.

Aquilo era puro blefe. Eu olhei para o chão, mal-humorada. Eu era a subgerente, eu quis gritar bem alto, como é que eles podiam me demitir? Isso não estava certo. Será que era porque eu era mulher? Porque eu era prostituta de noite? Uma noção de superioridade começou a borbulhar intensamente dentro de mim quando esse pensamento me veio à cabeça. Eu era fantástica. Uma estrela capaz de ter um desempenho superior ao de qualquer outra pessoa naquela porcaria de firma. Eu tinha recebido prêmios pelos meus artigos enquanto servia a essa firma como subgerente de pesquisa, uma subgerente que vende o corpo. Meu peito inflou de orgulho.

– Obrigada pelo conselho. Serei mais cuidadosa.

Depois de ser esmagada daquela maneira, eu tinha de fazer algo para me acalmar, então resolvi sair do escritório para tomar um café. Assim que pisei no corredor, os funcionários que vinham na minha direção rapidamente desviaram para a esquerda ou direita, evitando qualquer contato comigo. Parem com isso! Eu não sou nenhuma aberração, tá sabendo? Eu senti o sangue me subindo pela cabeça, mas aí pensei na minha vida noturna secreta e me acalmei. Eu precisava fazer alguma coisa para me vingar da Trancinha, pensei comigo mesma. Então eu fui até o saguão no primeiro andar para usar o telefone público.

– Alô, você ligou para Morangos Molhados.

Eu reconheci a voz do atendente. Dava até para imaginar a excitação e a expectativa nos corações das garotas enfiadas naquela agência no período diurno. Eu encostei um lenço no fone para disfarçar a voz.

– Eu queria falar com uma garota chamada Kana que vocês mandaram outro dia. O cliente fez uma queixa e me pediu pra passá-la a vocês.

Kana era o nome de guerra da Trancinha.

– O que é?

– Parece que essa tal de Kana pegou dinheiro na carteira do cliente. Ela é uma ladra.

Eu desliguei. Meu Deus, que sensação maravilhosa. Eu mal podia esperar para chegar na agência mais tarde.

Eu dei um jeito de parecer ocupada o resto do dia e depois fui embora. Parei numa loja de conveniência e comprei um pouco de *oden* e um pacote de bolinhos de arroz. Comprei até um maço de cigarros para o atendente. Em seguida saí correndo pela rua animadíssima em direção à agência. Eu tenho de arrumar algum programa hoje à noite, eu pensei, um tanto impaciente. Minha meta de juntar 100 milhões de ienes antes de completar quarenta anos estava ficando cada vez mais improvável, mas não havia muito o que eu pudesse fazer se a agência não me arrumasse clientes. Eu tinha certeza absoluta de que a Trancinha ia ficar puta, mas eu queria ser chamada antes dela naquela noite. Entrei às pressas na agência.

– Boa-noite, meninas!

O atendente olhou para mim e em seguida se virou para olhar em outra direção. Já havia cinco ou seis garotas na agência acomodadas na sala lendo revistas idiotas, assistindo à TV ou ouvindo música nos fones de ouvido. A Trancinha me ignorou.

– Prontinho! – eu disse, enquanto entregava ao atendente o maço de cigarros Castor Mild. Eu tinha comprado com dinheiro do meu próprio bolso, mas como aquilo era uma propina para que ele me arrumasse trabalho, não havia outra alternativa.

– Isso é para mim?

Não sei dizer se o atendente ficou surpreso ou irritado.

– É, sim. Estou esperando algum trabalhinho hoje à noite.

Isso daria certo. Eu fui até a mesa cheia de confiança e depositei a bolsa com a comida. Eu comi o *oden* e dei umas mordidinhas nos bolinhos de arroz. O telefone tocou e todo mundo se virou na maior expectativa. Ele apontou para Trancinha.

– Kana-chan, ele está pedindo você.

– Tudo bem.

A Trancinha saiu da frente da televisão, relutante. Eu tinha devorado o meu jantar e estava agora me sentindo satisfeita. Por que será que a Trancinha não tinha sido demitida? Assim que ela saiu, o atendente me chamou. Não havia nenhuma chamada para mim, então eu imaginei o que ele queria. Eu dei um sorriso cheio de ternura enquanto me aproximava.

– Pois não?

– Yuri-san, é que...

Pude perceber que um sermão estava a caminho. Eu me preparei para o que viria a seguir.

– Yuri-san, a gente prefere que você não use mais a agência daqui pra frente. Aquele golpe do telefone hoje cedo; foi você, não foi? Vê se não dá mais esse tipo de golpe. Kana-chan é uma das nossas melhores garotas.

Eu estava sendo demitida. Não dava para acreditar. Fiquei lá parada de queixo caído. As outras garotas estavam lá sentadas fingindo não saber o que estava acontecendo, mas eu tinha certeza de que elas tinham ouvido tudo.

– Então me devolva o maço de cigarros – eu disse ao atendente.

Saí correndo pela Dogenzaka com um outro plano na cabeça. Eu precisava encontrar uma loja de departamentos para poder ir no banheiro retocar a maquiagem. Eu entraria na marra no negócio da Bruxa de Marlboro. Eu não via nenhum problema em ficar de pé horas e horas seguidas. Eu sempre quis ter a minha própria clientela. E como eu fora dispensada da agência de garotas de programa, parecia que aquele era o momento perfeito para começar. E além do mais, não havia momento melhor do que o presente para passar por cima de toda a amargura que senti durante o dia.

Avistei o Edifício 109. O prédio era um verdadeiro farol da moda no cruzamento da Dogenzaka com a rua que dava no shopping onde se encontrava a loja de departamentos Tokyu. Bandos de pessoas andavam pelas ruas de ambos os lados do edifício. Eu abri caminho em meio a rapazes segurando garotas pela cintura e fui me acotovelando pelo aglomerado de funcionárias de escritório entretidas nas compras. Finalmente alcancei o banheiro do subsolo. O lugar estava apinhado de mulheres jovens, mas consegui achar um lugar em frente a um dos espelhos e comecei a aplicar a maquiagem no rosto. Pintei as pálpebras com sombra azulada e passei um batom que era ainda mais vermelho do que o que eu usava habitualmente. A *pièce de resistance* era, é claro, a peruca preta que eu trazia na bolsa. Minha transformação estava completa. Yuri-san ficou em pé diante do espelho, garota de programa *por excelência*, pronta para encarar a noite. Enquanto olhava a mudança em mim mesma, senti o meu coração pulsar de confiança. Eu não preciso daquela agência fedorenta. Administrarei o meu próprio negócio.

Eu tive a mesma sensação de realização e triunfo que tivera quando Yoshizaki salientou o quanto eu valia. Agora eu estava preparada para reconhecer o meu próprio valor, estipular o meu próprio preço. Chegara a hora de eu assumir o controle. Nada de empresa, nada de agência, nada de atendente para me arrumar programa. Eu agora faria tudo por conta própria, e começaria ficando de pé em frente à estátua de Jizō. Lá eu teria condições de ser eu mesma, de ser livre. Eu me perguntei por que antes eu sentira pena da Bruxa de Marlboro. Ela era uma mulher para ser respeitada, uma mulher entre várias mulheres, afinal de contas.

Eu retornei à Dogenzaka, os cabelos compridos da minha peruca balançando de um lado para outro a cada passo que dava. Passei pela fileira de motéis e me encaminhei para a estátua de Jizō. Benevolente bodhisattva, Jizō suplicava pelo alívio do sofrimento e pela diminuição das sentenças daqueles que cumpriam suas penas no inferno. Na luz pálida filtrada pelas ruas escuras eu vi a Bruxa de Marlboro na frente da estátua esperando por algum homem. Ela fumava um cigarro. A estátua de Jizō tinha uma expressão suave e delicada e ficava numa faixa de terra triangular que dava para um antigo restaurante japonês. A área em frente à estátua brilhava suavemente pela água que havia sido depositada ali como oferenda. Era ali que eu ficaria.

– Como estão as coisas? – eu perguntei à Bruxa.

Ela fez uma cara feia para mim, desconfiada, o cigarro pendendo no canto da boca. Mas em contraste com seu visual, ela falou com muita polidez. Ela já não demonstrava mais aquelas maneiras ofensivas que usara para se livrar de mim em nosso primeiro encontro.

– O que você quer? Eu não pego mulheres, vou logo avisando.

– Como andam os negócios?

A Bruxa de Marlboro olhou na direção da estátua de Jizō. Parecia que ela e a estátua estavam em conluio, como se ela tivesse de consultar a estátua antes de responder.

– Você quer saber dos negócios? Estão como sempre estiveram.

Quando ela se virou para olhar para trás, a pele de seu pescoço enrugou como um tecido de crepe. Por mais que estivesse escuro, suas rugas ainda assim eram perceptíveis. Ela usava uma peruca castanha espalhafatosa. Seu corpo era baixinho e troncudo e tão decrépito que chegava a ser patético. Não havia dúvida em minha mente de que eu superava aquela mulher com minha juventude e com meu físico magro. Senti uma onda de superioridade tomar conta de mim. A Bruxa de Marlboro retribuiu meu olhar e me olhou dos pés à cabeça.

– Eu pensei em dar uma experimentada.

– Hum! – A Bruxa de Marlboro bufou levemente e riu. Então se virou para a estátua de Jizō e disse: – Bom, só Jizō pode saber se você vai ter sucesso ou se vai fracassar. Não é verdade?

Eu decidi que deveria abrir logo o jogo. Eu diria a ela que daquela noite em diante eu ficaria ali, portanto ela podia logo começar a procurar outro lugar para ficar.

– Eu quero que você me passe este ponto agora mesmo.

A velha jogou fora o cigarro com raiva. Quando falou, parecia que era uma pessoa completamente diferente.

– Como é que é? Você acha que eu vou te dar o meu ponto?

– Bom, todo mundo é substituído em algum momento. A vida é assim. Além do mais você nem está mais na ativa, para ser sincera, está? – Eu dei de ombros. – Está na hora de você se aposentar, não acha?

– Ah, entendi, e você acha que está aqui para me dizer isso? Mas eu ainda tenho vários clientes que esperam me encontrar bem aqui onde eu fico.

A Bruxa de Marlboro estava inventando aquilo. O sutiã preto não era a única coisa que dava para ver através da jaqueta fina. Também dava para ver a pele caída do peito dela. Estava mais do que claro que a dona daquele peito devia estar com quase setenta anos.

– Eu não estou vendo nenhum cliente neste exato momento – eu disse, enquanto apontava para a rua vazia. Já eram quase oito horas da noite e não havia ninguém nas redondezas. Um jovem com um uniforme branco de cozinheiro saiu do restaurante de sushi do outro lado da rua. Ele olhou na nossa direção com nojo e parecia que ia dizer alguma coisa, mas quando a Bruxa de Marlboro acenou para ele o sujeito fez cara feia e franziu os lábios. Ele pegou um regador ao lado do restaurante e começou a regar as plantas da frente e a lavar a calçada.

– Você não sabe de porra nenhuma. Logo, vai aparecer um monte de clientes, você vai ver só.

Eu peguei o maço de Castor Milds na bolsa e estendi a ela.

– Escute aqui, eu dou para você esses cigarros se você sair daqui agora e me deixar ficar com o seu ponto.

A Bruxa de Marlboro ergueu seus olhos pesados de tanta maquiagem e olhou os cigarros. Depois ficou zangada.

– Ah, vai se foder, sua fedelha. Você não vai me comprar com um maço desses cigarros de merda. Eu sou muito desejada por aqui, está me entendendo? Eu tenho um corpo que os homens todos pagam para ver. Eu tenho uma coisa que você não tem. Não está a fim de dar uma olhada? Eu não dou a mínima se você quer ou não. Eu vou mostrar assim mesmo.

A Bruxa de Marlboro baixou o zíper da jaqueta, expondo o sutiã preto e a carne fétida. No instante seguinte ela agarrou a minha mão e levou-a até seus seios contra a minha vontade. Eu tentei me livrar dela, mas a Bruxa de Marlboro era bem mais forte do que eu esperava. Forte demais para mim, pelo menos.

– Pare!

– Não, não vou parar, não. Eu te disse que ia te mostrar e é exatamente isso o que eu estou fazendo. Pronto, toca aqui.

A Bruxa de Marlboro apertou a minha mão debaixo do lado direito de seu sutiã. Eu fixei os olhos nela, horrorizada. Em vez de um peito caído, havia ali apenas uma bola de panos amassados. Ela empurrou a minha mão em direção ao lado esquerdo do peito e lá eu encontrei a maciez que eu tinha esperado encontrar – uma carne quente e flexível que cedeu à pressão dos meus dedos como se estivesse tentando escapar de mim.

– Agora você entende? Eu não tenho o seio esquerdo. Eu perdi ele dez anos atrás por causa de um câncer. E eu fico aqui em pé desde essa época. No início eu ficava nervosa, sentia vergonha. Eu imaginava que não era mais uma mulher completa. Mas entre os meus clientes não eram poucos os que gostavam de mim pelo que me faltava. O que você acha disso? Acha estranho? Você entende? Não, eu duvido que entenda. E como poderia? Mas é assim que a coisa funciona nesse tipo de negócio. E aí é o seguinte, não vou te dar o meu ponto, não. É aqui que os homens que querem uma mulher de um seio só apareçam. E como aparecem! De qualquer jeito você é magra demais. Você pode ser mais jovem do que eu, ainda jovem o suficiente para ser uma mulher. É cedo demais para você ficar aqui ao lado da estátua de Jizō. Além do mais, você ainda tem muita coisa aí nesse corpo. Se você acha que pode se dar melhor do que eu, eu gostaria muito que me mostrasse o que *você* não tem.

A Bruxa de Marlboro falava como se tivesse vencido aquele round. Eu peguei o meu crachá da empresa.

– Bom, então dá uma olhadinha nisso aqui.

– O que é isso?

– O meu crachá.

– Eu não consigo ler sem óculos. – Mesmo assim, a Bruxa de Marlboro pegou o crachá e estreitou os olhos.

– O que é que está escrito aqui?

– Está escrito: Kazue Satō, Subgerente, Departamento de Pesquisa, Firma G de Arquitetura e Engenharia. Sou eu.

– Puxa vida, não é pouca coisa, hein? Essa empresa é de primeira categoria, não é? Mas se você realmente é uma das gerentes, por que é que quer pegar a porra do meu ponto na marra? Além do mais, eu pedi para você me mostrar alguma coisa que você *não* tinha. Aposto que você tem o maior orgulho disso aqui.

– Eu não tenho orgulho nenhum. É que eu simplesmente não sei que outra coisa podia mostrar para você.

Eu realmente não sabia. De algum modo, eu não conseguia entender como os meus objetivos dos tempos de colégio, o meu orgulho atual e a firma que deveria ter sido a origem da minha identidade pudessem ter algo em comum com o seio perdido dela. Mas parecia que a coisa de que mais nos orgulhamos e aquela de que mais nos envergonhamos são as duas faces da mesma moeda. Elas nos torturam e animam ao mesmo tempo.

A Bruxa de Marlboro acendeu um cigarro. Um homem estava vindo na nossa direção. Ele trajava terno cinza, camisa branca e sapatos pretos. Parecia um trabalhador suburbano. Até suas sobrancelhas eram caídas.

– Façamos uma aposta – eu disse. – A que conseguir descolar um programa com aquele homem fica com o ponto.

– Beleza, só que ele é um dos meus clientes regulares.

A Bruxa de Marlboro sorriu como se tivesse se dado bem em cima de mim.

– Ei! – falou o homem com ela. Ninguém passava por lá, então qualquer mulher que ficasse ali esperando tinha um programa fácil. Era uma coisa idiota. Mas mesmo assim parecia que a Bruxa de Marlboro possuía um surpreendente número de clientes. É por isso que eu estava decidida a pegar o ponto dela.

– Sr. Eguchi – falou a Bruxa de Marlboro, dirigindo-se ao homem.

– Como é que você está hoje? – O homem chamado Eguchi olhou para mim sem sorrir. Determinada a não perder, eu me ofereci para ele.

– Está a fim de dar uma volta por aí?

– Quem é essa?

– Uma garota nova. Eu não tive coragem de expulsá-la daqui – respondeu a Bruxa de Marlboro enquanto endireitava a peruca.

– E aí, sr. Eguchi, topa? – eu continuei.

Eguchi franziu o cenho e pensou a respeito. Ele parecia ter quase uns sessenta anos. A Bruxa de Marlboro pensou que já tinha ganhado a aposta. Ela riu e disse:

– Ela é insistente mesmo.

– Eu te faço um desconto – eu rebati, sem pensar.

Eguchi respondeu imediatamente:

– Nesse caso eu vou com você.

A Bruxa de Marlboro pegou a bolsa e fez uma carranca.

– Eguchi, você é um filho da puta insensível. Ela não tem o que eu tenho, você sabe disso.

– Bom, uma mudança de ares faz bem para todo mundo.

Eu tive a sensação de triunfo. Entreguei o maço de cigarros à Bruxa. Ela pegou com um olhar de resignação, mas então um sorriso surgiu em seu rosto. Isso me perturbou.

– Qual é a graça?

Ah, não é nada. Mas você vai ver, mais cedo ou mais tarde – murmurou ela consigo mesma.

Ora, você já devia saber. Está na hora de se aposentar, sua vagabunda velha, eu resmunguei em meu coração. Ha! Eu venci!

– Pode ficar aqui até eu voltar – eu disse, educadamente, enquanto ficava de braços dados com Eguchi. O braço dele era grosso e musculoso para a sua idade.

– Aquele lugar ali está ótimo. É barato.

Eguchi apontou para o motel onde eu estivera antes com Arai. Era o mais barato da área. Parecia que Eguchi estava por dentro.

– Há quanto tempo você está trabalhando na rua?

– Desde hoje. Eu assumi o ponto da Bruxa de Marlboro, então espero herdar a clientela dela.

– Bom, você trabalha rápido. Como se chama?

– Yuri.

Nós continuamos conversando ao entrarmos no elevador apertado. Os olhos de Eguchi estavam cheios de curiosidade, fixos em mim. Eguchi, Yoshizaki, Arai – eram todos iguais. E agora eram meus clientes regulares. Eu senti o meu astral subir ao perceber que o meu negócio estava indo de vento em popa.

Nós fomos para o mesmo quarto que eu tinha usado com Arai. Fazia poucos dias, mas eu abri a torneira da banheira como se jamais tivesse estado ali antes e peguei dois copos. Em seguida peguei uma garrafa de cerveja no frigobar e tirei a tampa. Eguchi se sentou na cama e ficou observando o que eu estava fazendo. Ele não parecia muito satisfeito.

– Não precisa se preocupar com isso agora. Vem cá me ajudar a tirar a roupa.

– Sim, senhor, agora mesmo.

Eu olhei para Eguchi, surpresa. Ele estava zangado e seu rosto tinha ficado vermelho. Imaginei se ele não acabaria se revelando um cliente difícil. E se ele fosse perigoso? Eu tentei lembrar os nomes dos homens que estavam na lista dos problemáticos divulgada pela agência de garotas de programa.

– Vamos logo! – gritou Eguchi. Eu o ajudei a tirar o paletó, ainda em estado de choque. Eu não estava acostumada a fazer isso, e o serviço não saiu muito bom. O cheiro da brilhantina barata que ele usava era nauseante. Eu dobrei a camisa puída e as calças e pendurei tudo num cabide. Assim que ficou só com a camiseta folgada e a cueca amarelada, ele apontou para os pés.

– Ei, você esqueceu as meias!
– Ah, me desculpe.

Quando tirei suas meias, Eguchi ficou lá de braços cruzados e pernas abertas, apenas de cueca, parecendo a porra do Rei do Sião.

– Vamos lá, vamos lá!

Quando levantei os olhos para ver o que ele queria, ele me deu um violento tapa na cara. Instintivamente, tentei me defender.

– Por que essa violência toda?
– Cale essa boca, sua puta, e vai logo tirando a roupa. Eu quero te ver nua e deitada ali naquela cama.

Ele era um sádico. Será que o negócio dele eram esses joguinhos pervertidos? Sorte a minha pegar um cliente pervertido, pensei comigo mesma. Eu estava tremendo ao tirar a roupa. Quando fiquei completamente nua, fui para a cama e fiquei lá, morta de medo. Quando Eguchi latiu sua ordem, eu não consegui acreditar nos meus ouvidos.

– Eu quero ver você cagando.

5

2 DE DEZEMBRO
SHIBUYA: YY, 40 MIL IENES
SHIBUYA: O SEM-TETO (?), 8 MIL IENES

Nos meus primeiros dias de trabalho em frente à estátua de Jizō, eu estava feliz. É claro que havia momentos em que o cozinheiro do restaurante do outro lado da rua jogava água em mim ou alguns passantes começavam a me xingar, mas a sensação de realmente me virar sozinha, com meu próprio corpo, era algo que eu nunca havia sentido em meu trabalho diurno. E eu estava encantada com a possibilidade de juntar todo o dinheiro que eu ganhasse e não ter mais ninguém com quem dividir meus lucros. Isso, eu acreditava, era precisamente o que significava estar no negócio. Sem dúvida a Bruxa de Marlboro aproveitara tanto aquela situação que nem queria sair de lá.

Eu realmente não tinha a menor esperança de que aquela mala sem alça fosse desistir com tanta facilidade de seu ponto. Depois que terminei com Eguchi naquela noite, voltei direto para a estátua de Jizō. Eguchi era um sádico tão nojento que eu estava certa de que a Bruxa de Marlboro tinha me passado a perna ao me deixar sair com ele.

– Que sujeito pervertido! – eu exclamei assim que a vi. Ela estava agachada no meio-fio desenhando alguma coisa com uma pedra como se fosse uma criança. O som que a pedra fazia raspando no asfalto parecia com o de unhas no quadro-negro. Ela ergueu os olhos quando me ouviu e deu uma risada.

– E aí? Você fez?

– Fiz, sim. E suponho que nunca mais vão me deixar entrar naquele motel!

– Bom, você é mais corajosa do que eu – disse ela, enquanto se levantava. – Se você quiser o meu ponto, pode pegar. – Tudo estava parecendo fácil demais.

– É mesmo?

– É, sim. Já não dá mais para mim. Eu não aguento mais as exigências de Eguchi. Acho que isso significa que já está na hora de eu me aposentar.

Na noite seguinte a Bruxa de Marlboro não foi mais vista em frente à estátua de Jizō. Uma saída tão tranquila e um começo tão impressionante. Era tudo muito engraçado.

Mas mesmo assim, trabalhar na esquina a noite toda era duro, e eu estava sempre exausta na manhã seguinte na firma. O resultado é que eu praticamente não fazia nenhum trabalho de fato por lá. Tudo o que fazia era recortar artigos interessantes sobre economia. Eu imaginava que podia dar todos eles para Yoshizaki. Como eu não precisava pagar para fazer as fotocópias, eu xerocava todos os artigos e juntava tudo num caderno de recortes. Em pouco tempo eu já tinha o suficiente para encher três cadernos. Fora isso, eu escrevia cartas sedutoras, cartões de aniversário e coisas assim, tudo isso enquanto fingia trabalhar em meus relatórios. Além disso, retomei o hábito de dar uma escapadinha do escritório para tirar uma soneca na sala de reuniões vazia, como fazia antes. E como a minha própria mesa estava coberta de montanhas de papéis, eu almoçava no banheiro das mulheres. O pessoal do escritório começou a me evitar cada vez mais. Numa ocasião, quando eu estava no elevador, ouvi uma mulher cochichando atrás de mim: "Eu ouvi dizer que ela é conhecida como o fantasma do escritório." Mas eu realmente não dava a mínima para o que as pessoas pensassem de mim. Eu só era real mesmo à noite. A esperança de alcançar um equilíbrio agora não passava de uma farsa.

Um dia, em dezembro, depois de me encontrar com Yoshizaki e me enfurnar com ele num hotel, eu estava retornando ao ponto em frente à estátua de Jizō quando peguei a carteira na bolsa e avaliei o conteúdo com um leve aperto. Eu estava contente. Yoshizaki me dava 30 mil ienes sempre que saía comigo, mas naquela noite, depois que eu dei a ele de presente o caderno cheio de recortes de jornal com matérias sobre economia, ele me deu um extra de 10 mil ienes. Com uma reação como aquela, fiquei determinada a continuar juntando os recortes para ele. Foi quando eu reparei que um homem já estava lá em pé em frente à estátua de Jizō.

– Oi, garota.

Ele vestia calças pretas pregueadas e uma jaqueta de aviador. Um leão estava bordado em fios dourados na frente da jaqueta. Seus cabelos eram bem curtos. Eu apertei o passo, pensando que fosse um cliente.

– Você estava me esperando? – eu perguntei, cheia de entusiasmo. – Quer fazer um programa?

– Um programa? Com você?

O homem riu debochadamente e passou as mãos nos cabelos curtos.

– Eu não cobro muito alto.

– Espere um minutinho. Você não sabe quem eu sou, sabe?

– Como assim?

O homem enfiou as duas mãos nos bolsos, fazendo com que a frente das calças inchasse como uma lanterna de papel.

– Eu faço parte da Organização Shōtō, que controla essa área aqui. Você é nova, não é? A gente ouviu falar no escritório que tinha uma garota nova em frente à estátua de Jizō, aí eu vim dar uma olhada. Há quanto tempo você está aqui?

Assim que percebi que ele devia ser membro da yakuza e que viera para extorquir meu dinheiro, eu fiquei alerta e dei uns passos para trás. Mas o comportamento dele em geral e a maneira de falar eram surpreendentemente gentis.

– Eu estou aqui há dois meses. Eu assumi o ponto da Bruxa de Marlboro.

– A velha? Ela morreu, sabia?

– Não brinca. Como?

– Eu acho que estava doente, não estava? A coisa piorou tanto que ela nem conseguia mais ficar aqui.

O homem respondeu de forma abrupta, como se estivesse claro que o assunto não lhe dizia respeito.

– Mas isso é notícia velha. O mais importante é você pensar na proteção que a minha organização vai te dar. É perigoso para uma mulher ficar aqui sozinha. Outro dia mesmo uma garota de programa apanhou feio do cliente. O cara afundou a testa dela. Você olha com a cara virada para um desses marmanjos e eles viram umas feras. É perigoso demais para uma mulher ficar sem proteção.

– Obrigada, mas estou bem.

Eu segurei a bolsa com firmeza, preocupada com o meu dinheiro, e balancei a cabeça.

– Você acha isso agora porque não viu as coisas que eu vi. Basta um cliente mal-intencionado e aí já é tarde demais. Minha organização vai cuidar de você. E isso só vai te custar 50 mil ienes por mês. Baratinho, não acha?

Cinquenta mil ienes? Aquilo só podia ser piada. Não havia a menor chance de eu concordar com uma coisa dessas.

– Eu sinto muito, mas eu não ganho o suficiente para pagar essa quantia. Não dá para mim.

O yakuza olhou bem no meu rosto. Percebi que ele estava tentando me avaliar, então não desviei o olhar. Isso fez o cara rir.

– Tudo bem, então. Vamos ver como é que fica. Eu vou dar um tempo para você pensar com calma no assunto. Mas eu volto.

— Tá bom.

O yakuza desceu a rua na direção da estação de Shinsen. Eu sabia que ele ia voltar. Tinha de haver alguma maneira de eu me livrar disso, pensei comigo mesma, passando a língua nos lábios. Eu não deveria ter ficado surpresa com o fato de a yakuza tentar arrumar um ganho em cima de alguém que trabalhava sozinha. Eu entendi que eles estavam me testando. Peguei o caderno e, na escuridão, tentei somar o dinheiro que eu tinha ganhado nos últimos dois meses. Dava mais ou menos 50 mil ienes por mês. Com certeza eu não ia querer ver tudo isso indo para os cofres da yakuza. Eu me recusava a ceder porque ainda estava na metade do caminho para atingir a minha meta de 100 milhões de ienes.

— Ei, você aí! Está trabalhando ou não?

Eu estava tão absorvida com meus cálculos que nem reparei no homem que estava de pé bem na minha frente. Por um instante eu pensei que o yakuza tivesse voltado com seus comparsas, e olhei em volta desconfiada. Mas o homem que estava na minha frente era claramente um sem-teto. Ele devia ter por volta de cinquenta anos, usava um casaco escuro por cima de calças cinza estilo uniforme. Ele estava segurando duas bolsas de lona com aspecto imundo e puxava um carrinho de supermercado todo arrebentado.

— Eu estou trabalhando, sim. — Eu enfiei rapidamente o caderno na bolsa.

— O que aconteceu com a senhora que ficava sempre aqui?

— Ela morreu. Estava doente.

O sem-teto arquejou.

— Que brincadeira é essa? Eu deixo de passar por aqui uma vez e aí a mulher morre? É assim? Ela era uma boa mulher. Muito gentil.

— O senhor era um dos clientes da Bruxa de Marlboro? Se for, eu posso cuidar de você.

— É mesmo?

— O senhor não tem onde morar, tem?

As roupas que o homem estava usando não eram tão imundas quanto os trecos que ele carregava no carrinho. O homem estremeceu quando ouviu a minha pergunta e baixou a cabeça.

– Não. E daí?
– Eu não ligo.
Com teto ou sem teto, um cliente é sempre um cliente. Eu balancei a cabeça positivamente para ele e comecei a providenciar tudo. O homem deixou escapar um suspiro de alívio e deu uma olhada na área em volta.
– O problema é que eu não tenho dinheiro para hotel, então a senhora dava para mim num terreno baldio perto da estação.
Um terreno baldio? Isso já era um pouco demais para mim, mas se a gente conseguisse ao menos fazer a coisa sem muito estardalhaço eu imaginei que talvez a experiência não fosse tão ruim assim. Contanto que o dinheiro trocasse de mãos, quem se importava com o local?
– Quanto você paga?
– Mais ou menos 8 mil.
– Quanto é que você pagava para ela?
– Às vezes 3 mil, às vezes 5. Mas você é jovem. Eu me sentiria mal se não te pagasse um pouco mais.
Era agradável ouvir alguém me achando jovem. Eu ergui oito dedos, meu ânimo renovado.
– Tudo bem, então. Fica por oito.
Nós fomos andando lado a lado em direção à estação de Shinsen. Quando alcançamos uma elevação que dava para a estação, mais ou menos na metade da subida, encontramos um terreno aberto. Parecia que ele havia sido limpo para a construção de um novo prédio. Andaimes haviam sido montados e materiais de construção estavam empilhados. Era um lugar tão bom quanto qualquer outro. Eu tirei a capa de chuva à sombra dos andaimes. O sem-teto largou as bolsas e sussurrou em meu ouvido.
– Deixa eu fazer por trás.
– Tudo bem.
Eu entreguei uma camisinha para o homem, me virei, coloquei as mãos nos andaimes e levantei os quadris.
– Está frio, vê se vai rápido.
O homem me penetrou. Que tipo de homem era ele? De onde era? Contanto que me pagasse, eu não ligava nem para uma coisa

nem para outra. Meus sentimentos agora eram simples assim, fortes assim. Fiquei feliz ao perceber isso. O homem me penetrou insistentemente até finalmente gozar. Eu peguei a caixinha de lenços de papel que havia pego na estação de Shibuya – com os cumprimentos da Financeira Takefuji – e me limpei. O homem levantou as calças e disse:

– Obrigado. Você é muito legal mesmo. Eu te agradeço. Eu te procuro novamente quando tiver dinheiro.

Em seguida ele grudou um maço de notas sujas na minha mão. Eu desamassei as notas enquanto contava; devia haver oito notas de mil ienes. Eu observei o sem-teto se afastar do terreno baldio e guardei as notas na carteira. A camisinha usada que ele havia jogado na grama pisada e sem vida era uma que eu tinha pego no hotel que visitara antes com Yoshizaki. É isso aí. Eu vou emporcalhar o lugar, eu vou sair correndo pela rua como uma alucinada; eu vou fazer o que bem entender! Eu olhei para o céu noturno – o céu frio, frio. Os galhos das árvores tremiam, mas eu estava animada. Eu nunca me sentira tão livre e tão feliz em toda a minha vida. Eu poderia satisfazer qualquer exigência que um homem me fizesse. Eu era uma boa mulher.

Quando voltei para a estátua de Jizō mais tarde naquela noite, eu vi uma mulher no ponto que eu herdara por direito da Bruxa de Marlboro. Para piorar as coisas, ela era estrangeira. Eu fiquei furiosa. Mas assim que me aproximei, eu vi que era Yuriko. Ela, por sua vez, não fazia a menor ideia de quem eu era. Ela ficou olhando para mim como quem não está entendendo nada, com o mesmo jeito imbecil que tinha na época do colégio. Eu dei uma avaliada de alto a baixo nela. Como ela tivera orgulho daqueles seus seios voluptuosos. Agora seu tórax amplo parecia não ter forma nenhuma, parecia pertencer a uma matrona. As rugas debaixo dos olhos eram profundas e estavam saturadas de base. Tocando ainda mais na ferida, a ex-beldade possuía uma papada de respeito. Mas lá estava ela num casaco de couro vermelho, vestindo uma chamativa ultraminissaia prateada. Eu queria dar uma gargalhada, mas de alguma maneira consegui me controlar.

– Yuriko!

Yuriko olhou para mim, perplexa. Ela ainda não tinha percebido quem eu era.

– Quem é você?

– Você não se lembra?

Eu me tornei uma mulher tão espetacular que Yuriko nem me reconhece. Por outro lado, Yuriko está com uma aparência hedionda. Isso fez com que eu me sentisse bem. Eu precisava rir. Um vento frio do norte estava soprando. Yuriko parecia enregelada e apertou o leve casaco de couro contra o peito. Eu não estava perturbada com ventos frios ou com qualquer coisa desse tipo. Afinal, eu estava voltando de um compromisso profissional a céu aberto. Duvido muito que você conseguisse fazer algo assim, sua ex-beldade. Piranha! Porra, você pode até ter nascido puta, e ainda pode estar até conseguindo arrumar uns programinhas, por tudo o que eu sei, mas Deus do céu, como ficou horrorosa!

– Será que a gente se conheceu em alguma boate? – perguntou Yuriko, numa voz toda educadinha.

– Segunda tentativa, vamos lá. Menina, você envelheceu mesmo, hein? Olha só essas rugas na sua cara! E essa flacidez toda! Por pouco eu não te reconheço!

Yuriko franziu o cenho e esticou o pescoço para dar uma olhada melhor em mim. O jeito como ela se movia ainda era exatamente o mesmo. Estava tão acostumada a ser o centro das atenções que mantinha aquela postura de realeza até mesmo nos gestos mais prosaicos. Ela fora tão linda, tão celebrada, que as pessoas naturalmente sentiam vontade de criticá-la.

– Quando éramos jovens nós duas éramos como noite e dia, você e eu. Mas olha só pra gente agora. Nós não estamos tão diferentes assim. Eu tenho a impressão que dá até para dizer que a gente está igual, ou talvez fosse mais certo dizer que você está um pouquinho abaixo de mim agora. O que eu não daria para mostrá-la aos seus amigos agora!

Yuriko olhou-me fixamente. Sim, nos seus olhos eu podia ver o ódio que ela estava sentindo por mim. Olhos que compreendiam cada pequeno detalhe a sua volta, por mais que ela tentasse fingir ignorar. Eu me lembrei da irmã de Yuriko. Será que ela sabia que Yuriko tinha ficado assim tão horrorosa? Eu queria ligar para ela naquele exato momento. Ela sempre teve um complexo em relação a Yuriko que nunca conseguiu superar, então imaginei se ela não estaria agora levando uma vida infeliz.

– Você é Kazue Satō, não é?

Yuriko finalmente conseguiu enxergar por trás do meu disfarce. Sua voz soou arrogante. Incapaz de conter a minha raiva, dei-lhe um empurrão. Minha mão afundou imediatamente na carne mole dela.

– Acertou! Eu sou Kazue. Como você demorou. Esse aqui é o meu ponto, sabia? Você não pode ficar pegando cliente aqui.

– Ponto?

Que idiota completa. Ela ainda não tinha entendido o que eu estava fazendo ali. Eu não conseguia acreditar que alguém pudessse ser assim tão obtusa. Será que era assim tão difícil acreditar que eu trabalhava como prostituta?

– Eu sou puta.

– Por que você, logo você?

– Bom, por que você?

A minha resposta pareceu surpreender Yuriko. Parecia que ela ia perder o equilíbrio, mas eu perguntei novamente.

– E aí? Por que é que você faz isso?

Era uma pergunta retórica. Desde a época do colégio, Yuriko vivia se divertindo com os homens. Uma bonequinha como Yuriko não teria conseguido sobreviver sem homens. Eu, por outro lado, era uma garota inteligente que poderia ter sobrevivido muito bem sem um homem. No entanto, lá estávamos nós duas – prostitutas – dando de cara uma com a outra em frente à mesma estátua de Jizō. Dois córregos fluindo na mesma direção. Eu imaginei que isso só podia ser o destino, e a ideia me deixou feliz.

Yuriko começou a implorar.

– Você acha que podia me deixar usar este ponto nas noites em que não está aqui?

Naturalmente, seria difícil para mim cuidar do meu negócio ali trezentos e sessenta e cinco dias por ano. Por mais tênue que a minha existência na firma estivesse prestes a ficar, não era muito provável que eu viesse efetivamente a pedir demissão. Eu precisava do salário que recebia lá para sustentar a minha mãe. Além disso, era muito melhor a Yuriko pegar emprestado o meu ponto de vez em quando do que ter uma desconhecida se dando bem na minha área enquanto eu estava ausente. E também tinha sempre a questão dos caras da yakuza. Eu tinha medo de que eles continuassem no meu encalço atrás de dinheiro de proteção. Enquanto olhava para a corpulenta Yuriko, eu comecei a delinear um plano.

– Quer que eu deixe você usar a minha esquina?
– Você se importa?
– Bom, com uma condição. – Eu agarrei o braço de Yuriko. – Eu não me importo que você use a esquina quando eu não estiver aqui, mas você vai ter de se vestir como eu, entende?

Nas noites em que eu não podia aparecer, Yuriko ficaria lá no meu lugar – como se fosse eu. Eu achei a ideia brilhante.

6

3 DE DEZEMBRO
SHIBUYA: ALGUNS ESTRANGEIROS (?), 10 MIL IENES

No dia seguinte ao meu encontro com Yuriko, a temperatura estava agradavelmente quente, parecia até primavera. É difícil pegar um cliente sendo obrigada a lutar contra os ventos gélidos de dezembro; temperaturas frias costumam esfriar o romantismo das pessoas. É muito mais fácil quando as noites são cálidas e o cliente está de bom humor. Vendo o ótimo tempo que estava fazendo, eu imaginei que a noite seria promissora. Um dos aspectos interessantes de se ficar de pé na esquina é poder ver como a temperatura e o astral das pessoas afetam os negócios. Um dia é sempre diferente do outro. Quando trabalhava na agência de garotas de programa, eu nunca tive oportunidade de fazer observações como essa.

Eu segui na direção da estátua de Jizō num ótimo humor, cantarolando uma musiquinha. Cheguei e fiquei esperando Yuriko.

Eu não tinha tanta certeza assim de que ela fosse aparecer. O que poderia estar passando pela cabeça dela? Eu nem podia imaginar. Quando a gente estava no ensino médio ela se destacava de todas as outras. Era tão bonita que era difícil até mesmo aproximar-se dela. E como ela estava sempre olhando o vazio, claramente visando o nada, ela parecia ainda mais inacessível. Eu sempre me senti muito intimidada para falar com ela. Não que ela estivesse sempre absorta; ela era mestre em medir as sutis diferenças entre si mesma e os outros. Se alguém lhe fizesse uma pergunta, ela respondia. Não fosse por isso, ela ficaria eternamente calada. Essa era a Yuriko. E eu desprezava aquele olhar de sóbria superioridade que ela tinha. Mas a nossa bela Yuriko ficou horrível quando envelheceu. O destino caçou-a impiedosamente e devorou-a por completo. O tempo tem um jeito de equilibrar o jogo. À medida que envelhecia eu ia adquirindo uma noção de valor próprio e de superioridade. Em comparação com a solitária e empobrecida Yuriko, eu agora tinha um excelente emprego numa grande firma. Suponho que o fato de eu ter sido uma moça educada numa família decente teve muito a ver com isso. Enquanto estava lá pensando nessas coisas, eu senti vontade de dar uma gargalhada. Família decente! Que piada. Ela estava desmoronando.

– Santo Jizō, eu agora sou uma pessoa totalmente diferente. E estou loucamente feliz!

Meu rosto abriu num sorriso. Eu ergui os olhos para Jizō, que sorria silenciosamente, como um contraponto ao meu entusiasmo. Eu remexi na bolsa procurando a moedinha mais brilhante que pudesse encontrar, coloquei-a na frente da estátua e juntei as mãos em prece.

– Santo Jizō, por favor, arrume para mim quatro clientes hoje à noite. Essa é a meta que estabeleci para mim mesma. Minha missão é cumpri-la. Por favor, faça o possível para me ajudar.

Antes que eu pudesse ao menos terminar a minha oração, dois caras com pinta de estudante começaram a andar na minha direção vindo da estação de Shinsen, conversando num tom tranquilo. Eu me voltei para Jizō.

– Olha só! Trabalhou rápido, hein? Mil vezes obrigada.

Os estudantes notaram a minha presença no escuro e olharam na minha direção como se tivessem visto um fantasma. Eu falei com os dois:

– E aí, rapazes, algum de vocês está a fim de um programinha?
– Eles ficaram aparentemente perplexos e começaram a cutucar um ao outro com os cotovelos.
– Vamos lá, vai ser divertido.

Os estudantes eram jovens. Eles me olharam com nojo, se viraram e foram embora. Eu me lembrei de como as pessoas no trabalho tentavam evitar manter contato visual comigo, como se elas tivessem visto alguma coisa nojenta. Até a minha mãe, a minha irmã, elas só precisavam olhar para mim para ficarem constrangidas. Parecia que qualquer um que olhasse para mim não faria outra coisa a não ser recuar e se afastar.

Será que eu era totalmente sem-noção? Eu não fazia a menor ideia de como os outros me viam. Eu fui na direção dos rapazes.

– Vamos nos divertir até pirar. Vamos lá. Eu transo com os dois. A gente pode ir para um hotel e eu transo com os dois por 15 mil ienes. Que tal?

Os dois ficaram mudos. Eles praticamente começaram a correr quando viram que eu estava atrás deles. Mas eu não posso deixar as minhas presas fugirem! E então, naquele instante, eu ouvi alguém falando:

– Experimentem comigo. Eu transo com os dois, um depois do outro.

Eu não consegui acreditar. A mulher na rua à minha frente, com os braços bem esticados, estava vestida exatamente como eu. Ela tentou bloquear os garotos para que eles não se desviassem dela. Os garotos, completamente pegos de surpresa, pararam.

– Eu faço um preço melhor para vocês: 5 mil cada um.

A peruca preta dela ia até a cintura. Ela estava com uma capa de chuva Burberry igual à minha, sapatos pretos de salto alto e uma bolsa marrom no ombro. Havia pintado as pálpebras com uma sombra azul bem forte e seus lábios estavam com um batom supervermelho. Era Yuriko. Os garotos, agora em total estado de pânico, correram dela. Ela olhou para eles e então se virou e deu de ombros.

— Eles foram embora.

— Bem, é claro, você assustou os caras.

Eu estava com raiva, mas Yuriko não parecia estar se importando.

— Fica fria. A noite é uma criança. O que você acha, Kazue? Estou parecida com você?

Yuriko abriu a capa. Por baixo ela estava usando um agasalho azul barato. Parecia muito com o que eu estava usando. Eu olhei para a espessa camada de base branca que Yuriko havia aplicado. Ela estava parecendo um palhaço. Era horrendo. Essa era a minha aparência? Eu fiquei furiosa.

— Você acha que eu tenho essa aparência?

— Tem sim, Kazue. Você parece um monstro.

— E o que foi que aconteceu com aquela linda mulher que você era no passado? Agora está gorda e feia.

Yuriko deu um sorriso debochado, seus lábios franzidos como costumam fazer os estrangeiros.

— Pode rir à vontade, mas você não está muito melhor do que eu.

— Como assim, eu não estou muito melhor? — eu perguntei. — Você não acha que eu estou com a aparência de uma mulher de negócios?

Yuriko me encarou com os olhos estreitos e bufou:

— Não. Eu não vejo isso. Você não está com a aparência de uma mulher de negócios ou mesmo de uma mulher jovem. Na realidade, você nem parece uma mulher de meia-idade. Você está mesmo com cara é de monstro. M-o-n-s-t-r-o.

Eu olhei para Yuriko, minha imagem espelhada. Nós duas éramos monstros.

— Bem, se eu sou um monstro, você também é, Yuriko.

— É, deve ser. Uma dupla de putas usando as mesmas roupas deve ser aterrorizante. Mas você sabe que tem homem que adora um monstro. É esquisito imaginar esse tipo de coisa. Por outro lado, acho que podemos dizer que são os homens que transformam a gente em monstro. Kazue, quando é que poderei ficar aqui? Se isso for um problema para você, eu posso muito bem ficar em frente à estação de Shinsen.

– De jeito nenhum – eu disse, num tom decidido. – A estação de Shinsen faz parte do meu território. Eu herdei a área da Bruxa de Marlboro, e se você não seguir minhas instruções, não vou dividir nada com você.

– Bruxa de Marlboro? – perguntou Yuriko, olhando para a estátua de Jizō e visivelmente desinteressada na pergunta.

– A velha que trabalhava na área antes. Ela morreu logo depois de se aposentar.

Yuriko deu um risinho debochado. Seus dentes estavam amarelados devido ao excesso de fumo.

– Que merda de jeito de morrer. Eu desconfio que serei morta por algum cliente. Provavelmente você também vai ser, Kazue. É assim que acontece quando se está na vida. Assim que aparecer um homem que goste de monstros, você pode ter certeza de que ele vai acabar com você, e comigo também.

– Que porra de ideia é essa? Você precisa ter uma atitude mais positiva!

– Eu não acho a minha atitude negativa. – Yuriko balançou a cabeça em negativa. – Depois de trabalhar na prostituição por vinte anos, eu posso dizer que sei muito bem como os homens são de fato. Pensando bem, talvez eu devesse dizer que sei como *nós* somos. No fundo um homem odeia uma mulher que vende o corpo. E qualquer mulher que vende o corpo odeia os homens que pagam por isso. Você junta duas pessoas com todo esse ódio e não vai demorar muito alguém vai acabar matando o outro. Eu só estou esperando o meu dia chegar. Quando ele chegar, eu não tenho a menor intenção de resistir. Eu simplesmente vou deixar que ele me mate e pronto.

Eu imaginei se Yoshizaki e Arai me odiavam. E o sádico do Eguchi? Eu não conseguia entender a perspectiva de Yuriko. Será que ela vira o futuro? Será que olhara para o inferno que estava à sua espera? Comigo era diferente, não era? Eu normalmente gostava de vender o meu corpo, embora fosse verdade que de vez em quando não passasse de um esquema podre de se ganhar dinheiro.

As luzes de néon do motel tremeluziam. No instante em que o perfil de Yuriko flutuou na escuridão como uma espécie de visão

celestial, lembrei-me novamente da beleza etérea que ela possuía na época em que estudávamos juntas. Era como se eu estivesse viajando no tempo.
– Yuriko, você odeia mesmo os homens? Eu sempre pensei que você gostasse tanto dos homens que nunca conseguia ficar satisfeita.
Yuriko virou-se para olhar para mim. Quando vi o seu rosto de frente, ela me pareceu novamente uma mulher de meia-idade acabada.
– Eu odeio os homens, mas adoro sexo. Com você é o oposto, não é, Kazue?
Eu fiquei pensando. Eu adoro os homens e odeio sexo? Eu vou para as ruas só para poder ficar perto dos homens? Essa era a maneira errada de ver a coisa. A pergunta de Yuriko me deixou chocada.
– Se você e eu fôssemos uma só pessoa, seríamos perfeitas. Nós seríamos capazes de tirar o máximo da vida. Mas, por outro lado, se é uma vida perfeita o que se quer, é melhor não nascer mulher.
– E aí, Kazue? Quando é que você vai me deixar trabalhar na sua esquina?
– Pode vir depois que eu for para casa. Eu sempre pego o último metrô para Fujimigaoka às 12:28. Se quiser vir para cá depois que eu sair, por mim tudo bem. Você pode ficar o resto da noite, se quiser.
– Você é muito gentil. Muito obrigada mesmo – disse Yuriko, de maneira sarcástica.
Ela foi andando na direção da estação de Shinsen, a barra do casaco flutuando com a brisa. Eu olhei para a estátua de Jizō, irritada. Senti que a presença de Yuriko havia sujado a mim e ao chão em que eu pisava.
– Santo Jizō, eu sou mesmo um monstro? Como foi que eu me tornei esse monstro? Por favor me diga, eu imploro.
É claro que a estátua de Jizō não fala. Eu ergui os olhos para o céu noturno. Os cartazes de neon ao longo da Dogenzaka davam ao céu uma tonalidade rosa. Eu ouvia o som do vento acima de minha cabeça. Estava esfriando cada vez mais. Ao olhar as copas das

árvores balançando, o meu bom humor de antes se desfez por completo. Uma friagem de inverno tomara conta do ar noturno. *Assim que aparecer um homem que goste de monstros, você pode ter certeza de que ele vai acabar com você, e comigo também.* A profecia de Yuriko ecoava em minha mente, mas eu não estava assustada. Eu não tinha medo dos homens; eu tinha medo do monstro em que eu havia me transformado. Fiquei pensando se algum dia eu teria condições de voltar ao meu antigo eu.

Ouvi uma voz atrás de mim.

– Essa estátua é um deus?

Constrangida por ter sido pega de surpresa, ajustei rapidamente a peruca e me virei. Um homem usando calça jeans e uma jaqueta de couro estava lá parado. Ele não era particularmente alto, mas era musculoso. Parecia ter uns trinta e poucos anos. Eu senti uma onda de excitação. Nos últimos tempos, a maioria dos meus clientes eram ou velhos ou mendigos sem-teto.

– Você esteve aqui antes rezando, não esteve? Por isso eu estou imaginando que isso aí é um deus.

Ele era estrangeiro. Eu saí da sombra e olhei bem no rosto do homem. Seus cabelos estavam rareando, mas ele até que era razoavelmente atraente. Ele estava com cara de ser um ótimo cliente.

– Um deus, sim. O meu deus.

– Verdade? Bem, ele tem mesmo um belo rosto. Eu passo por aqui com uma certa frequência e sempre fico imaginando que tipo de estátua é essa.

O homem tinha um jeito de falar educado e calmo. Muito calmo. Mas eu estava tendo muita dificuldade em entender o que ele dizia.

– Você mora aqui perto?

– Moro, sim. Num prédio ao lado da estação de Shinsen.

Nós poderíamos usar o apartamento dele e economizar o dinheiro do hotel. Eu comecei a fazer os cálculos na minha cabeça. Ele parecia não estar percebendo que eu era uma prostituta. Curioso, ele continuou me fazendo perguntas.

– Você estava rezando para quê?

– Eu estava pedindo pro deus me dizer se eu tinha cara de monstro ou não.

– Monstro? – O homem pareceu perplexo com a minha resposta e olhou fixamente para mim. – Eu acho você uma mulher bonita.

– Obrigada. Nesse caso, que tal um programinha comigo? Atônito, o homem recuou alguns passos para trás.

– Não posso. Eu não tenho muito dinheiro.

O homem puxou do bolso uma nota de 10 mil ienes muito bem dobrada. Eu olhei para a cara honesta dele, imaginando que tipo de homem ele seria. De acordo com a minha experiência, existem dois tipos de clientes. A maioria adora tirar onda, esconde os verdadeiros sentimentos e conta todo tipo de mentira possível. Eles se comportam como se tivessem dinheiro e fingem estar dispostos a distribuir e gastar a grana à vontade. Mas eles são na verdade uns duros e você precisa tomar cuidado para não ser passada para trás. Por mais que estejam no jogo, eles são mentirosos e esperam que você minta dizendo que está apaixonada por eles. O outro tipo é bem menos comum, é o tipo honesto. Eles nos dizem desde o início que não têm muito dinheiro e então negociam tenazmente o preço. Esse tipo normalmente só quer sexo convencional e não está nem um pouco interessado em amor, paixão e coisas assim. Eu não sou muito boa em lidar com o tipo honesto. Eu sou apenas uma prostituta boa mesmo para uma trepada à moda antiga.

– Isso é tudo o que você tem? – eu perguntei ao homem.

– Eu tenho 10 mil ienes, mas não posso gastar tudo. Eu preciso de dinheiro para chegar em Shinjuku amanhã.

– Bom, vamos ver. Um bilhete de ida e volta de Shinjuku até Shibuya custa trezentos ienes.

O homem balançou a cabeça.

– Eu preciso de dinheiro pro almoço e pro cigarro. E se me encontrar com um amigo eu vou querer pagar para ele pelo menos uma cerveja. Quer dizer, essa é a atitude mais correta.

– Você pode pagar tudo isso com mil ienes.

– Nem pensar. Eu preciso de pelo menos dois mil.

– Tudo bem, então vamos dizer oito mil. Eu faço por oito mil ienes.

Eu enganchei rapidamente o meu braço no braço do homem antes que ele pudesse mudar de ideia. Ele olhou para mim em estado de choque e se soltou de mim.

– Você se venderia por apenas 8 mil ienes? Eu não consigo acreditar.

Eu não consigo acreditar. O homem repetia a frase sem parar. Bom, eu mesma estava tendo muita dificuldade para acreditar. Depois de ter transado com o sem-teto pela mesma quantia era como se algo dentro de mim tivesse começado a ruir. Eu estava disposta a pegar qualquer homem; eu faria sexo em qualquer lugar e praticamente a qualquer preço. Antes eu não fazia por menos de 30 mil, mas agora estava disposta a fazer por qualquer valor. Eu chegara ao fundo do poço em matéria de prostituição.

– Essa vai ser a primeira vez que eu pego uma mulher tão barata assim. Eu fico aqui imaginando se é seguro – disse o homem.

– Que papo é esse de *seguro*?

– Quer dizer, você não é assim tão velha. E mesmo com essa maquiagem pesadona, você não é tão feia assim. Então por que você cobraria tão pouco? Eu só acho estranho, é só isso.

Eu detectei uma pontinha de deboche nos olhos do homem. Eu peguei o meu crachá da empresa.

– Bom, então deixa eu me apresentar direito para você. Eu sou funcionária de uma das maiores firmas do país. Eu me formei na Universidade Q, então dá para você ver que eu só posso ser uma pessoa inteligente.

O homem andou até o poste de luz e leu o meu crachá. Depois de examinar o documento, balançando o tempo todo a cabeça enquanto fazia isso, ele me devolveu.

– Eu estou impressionado. Da próxima vez que você tentar pegar algum cliente experimenta mostrar para ele isso. Eu aposto que um monte de homens se sentiria atraído por uma mulher que trabalha numa firma tão distinta quanto essa.

– Eu sempre mostro para eles.

Quando ouviu a minha resposta, o homem riu, exibindo os dentes brancos. O seu jeito de rir me conquistou na hora. Eu quase nunca via homens rindo daquele jeito, e me senti atraída por ele.

Eu gosto muito quando os homens são atenciosos comigo – especialmente homens que são meus superiores. Era assim com o meu pai. Aconteceu a mesma coisa quando eu entrei na empresa. Todos os meus superiores estavam sempre me elogiando e eu adorava. E agora eu estava lá, envolta em nostalgia. Eu olhei bem nos olhos do homem e disse numa voz de garotinha:

– Eu disse alguma coisa engraçada? Por que você está rindo?

– Meu Deus, você é uma gracinha mesmo. Eu pensei que estivesse fazendo isso só pra subir o preço. Mas as coisas não são o que parecem, não é?

Eu não entendi o que ele estava tentando dizer. Havia homens por aí, tipo Yoshizaki, que ficavam muito excitados com o fato de que eu havia me formado na Universidade Q e era funcionária de uma firma de grande porte. E é por isso que eu passei a ter como hábito mostrar o meu crachá a todos os clientes potenciais. Então o que aquele cara estava querendo dizer, afinal?

– Por que você disse que as coisas não são o que parecem?

– Esquece.

Ele ignorou minha pergunta e se virou para ir embora.

– Ei, espere aí. Onde é que você gostaria de transar? Eu faço onde você quiser. Até ao ar livre, se quiser.

O homem acenou para que eu o seguisse e eu saí correndo atrás dele destrambelhadamente. Eu estava disposta a fazer por 8 mil e em qualquer lugar. Eu não queria que esse homem escapasse. Eu não tenho muita certeza se eu entendia o motivo. O homem virou à esquerda num cruzamento e seguiu a rua que descia até chegar na estação de Shinsen. Eu fiquei imaginando se ele estava me levando para a casa dele. Eu sentia a umidade do ar nas minhas faces enquanto o seguia, tomada de uma excitação nervosa. O homem virou numa rua estreita em frente à estação de Shinsen, caminhou mais ou menos cem metros e parou em frente a um prédio de quatro andares. O prédio era antigo e parecia que o vestíbulo de entrada não era limpo havia séculos. Jornais rasgados e latinhas vazias estavam espalhados por todo lugar. Mas era perto da estação e os apartamentos em si não pareciam particularmente pequenos.

– Você mora num lugar legal. Qual é o número do apartamento? – eu perguntei.

O homem encostou o dedo na boca, fazendo um sinal para que eu não falasse. Em seguida ele começou a subir a escada. Não havia elevador, e a escada estava repleta de lixo.

– Qual é o andar?

– Eu tenho uns amigos que estão morando no meu apartamento, então não vai dar para gente ir para lá – disse o homem em voz baixa. – Aí eu pensei se de repente a gente não podia ir pro terraço. Tudo bem?

– Eu não ligo. A noite está agradável.

Eu ia fazer de novo ao ar livre, afinal de contas. Ficar ao ar livre tinha as suas vantagens. Mas também parecia uma coisa suja demais, tipo cagar no mato. Minha sensação de liberdade não conseguia exatamente superar a imundície. Eu subi a escada bastante confusa. Os degraus do quarto andar até o terraço estavam atulhados de todo tipo de tranqueira, como se alguém tivesse despejado todo o conteúdo de seus armários lá. Havia garrafas de saquê, fitas cassete, papéis de carta, fotografias, lençóis, camisetas rasgadas e livros de bolso em inglês. O homem foi abrindo caminho em meio ao lixo, chutando tudo para o lado enquanto passava. Eu olhei de relance para uma das fotos que ele tinha chutado. Era a foto de um homem branco cercado de japoneses jovens de ambos os sexos. Estavam todos sorrindo. Havia também outras fotos desse homem.

– São de um professor canadense. Ele deu calote no aluguel e acabou sendo obrigado a morar no terraço por alguns meses. Ele disse que não precisava desses troços, então ficou tudo por aí. É tudo lixo.

– Fotografias e cartas são lixo? Um japonês jamais jogaria fora uma carta que tivesse recebido, ou suas fotos.

Ouvi o homem rindo no escuro.

– Se você não precisa mais de uma coisa, ela vira lixo. – Ele se virou para olhar para mim. – Eu acho que os japoneses não gostam de ver esse tipo de coisa. Mas eu vou lhe dizer que eu mesmo, na condição de trabalhador imigrante, gostaria de esquecer tudo sobre o Japão. Se pudesse eu deixaria essa experiência como um grande buraco vazio na minha vida. Sem problema nenhum. As coisas mais importantes do mundo estão na nossa terra natal.

– Acho que deve ser uma coisa legal ter uma terra natal.
– É, sim.
– Você é chinês? Qual é o seu nome?
– Zhang. Meu pai era funcionário do governo em Pequim, mas ele perdeu tudo na Revolução Cultural. Eu fui mandado para uma pequena comuna na província de Heilongjiang. Lá, eu sofria horrores se ao menos mencionasse o nome do meu pai.
– Então imagino que você fizesse parte da intelectualidade.
– Não. Eu era um garoto inteligente, mas sempre me impediram de avançar nos estudos. Uma pessoa como você não tem como entender isso.

Zhang me ofereceu sua mão. Eu aceitei e ele me ajudou a subir no terraço apinhado de lixo. O local era cercado por um muro de concreto com mais ou menos um metro de altura, e em um canto ficava uma geladeira ao lado de um colchão – exatamente como se ali fosse um quarto sem paredes ou teto. O colchão estava sujo e rasgado em alguns pontos, de modo que as molas ficavam para fora. Havia uma torradeira enferrujada e uma mala arrebentada. Eu dei uma olhada pelo muro para ver a rua abaixo. Não havia ninguém, mas os carros passavam correndo. Podiam-se ouvir um homem e uma mulher conversando em um dos apartamentos do segundo andar do prédio ao lado. Eu vi um trem da linha Inokashira indo para Shibuya entrando na estação de Shinsen.

– Ninguém consegue ver nada, vamos fazer aqui mesmo – disse Zhang. – Tire a roupa, por favor.
– Tudo?
– É claro. Eu quero ver como você é nua.

Zhang cruzou os braços e se sentou num canto do colchão imundo. Sem muita escolha, eu me despi até ficar completamente nua. Enquanto eu estava lá em pé tremendo de frio, Zhang balançava a cabeça.

– Sinto muito dizer isso, mas você é magra demais. Um corpo magro como o seu não me deixa nem um pouco excitado. Eu não vou lhe pagar 8 mil ienes.

Eu me cubri com a capa Burberry, furiosa.

– Quanto você paga?

— Cinco mil.
— Tudo bem, então. Cinco mil.
Quando ouviu que eu tinha concordado, Zhang perguntou, incrédulo:
— Por quê? Eu não acredito!
— Bom, é você quem está estipulando o preço aqui.
— Eu estou negociando. Você cede com muita facilidade. Eu acho que você sempre fez assim. Mas na China você não sobreviveria um dia. Você tem muita sorte de ter nascido no Japão. Minha irmãzinha não deixaria eu me dar bem numa barganha como essa.

Eu não estava conseguindo entender o que Zhang estava tentando dizer e a minha capacidade de compreensão se aproximava do limite. Eu estava congelando. Um vento do norte começara a soprar, e não havia mais o menor sinal da agradável brisa noturna de antes. Eu olhei para o cobertor rasgado em cima do colchão e não disse nada. Zhang também começou a ficar impaciente.

— E aí? Como é que vai ser?
— Você decide. Eu só tento satisfazer o cliente.
— Você não está nessa pelo dinheiro? Não dá para acreditar que seja tão pouco ambiciosa. Você é realmente uma mulher pouco atraente, você sabe disso. Eu aposto que também não é isso tudo no seu outro emprego. Os japoneses são todos iguais. Se você tivesse um pouco mais de individualidade, talvez fosse uma prostituta melhor. Você seria, não seria?

Que cara sacal. Tinha sido muito mais fácil para mim, entender Eguchi e suas exigências nojentas. Eu comecei a pegar as minhas roupas.

— O que você está fazendo? Por acaso eu disse que você podia vestir a roupa? – perguntou Zhang, confuso. Ele se aproximou de mim.
— Bom, você está sendo difícil, e não me agrada nem um pouco ficar aqui ouvindo os seus sermões.
— Você parece ser o tipo de mulher que gosta de sermão.
Zhang me agarrou com força e eu me curvei em direção a ele. O casaco de couro dele era frio em contato com a minha pele nua.
— Vamos lá, tire logo essa roupa.

— Eu não vou tirar a roupa. Eu quero que você me chupe assim como eu estou.

Eu fiquei de joelhos e abri o zíper do jeans de Zhang. Ele colocou o pau para fora da cueca e enfiou na minha boca. Ele ficou divagando enquanto eu chupava.

— Você é uma garota submissa mesmo. Você faz tudo o que eu digo para você fazer, já que eu sou o seu cliente. Eu fico aqui pensando por quê. Eu não sei muita coisa sobre a Universidade Q, mas imagino que ela seja uma das instituições mais prestigiosas do Japão. Na China, garotas que se formam na universidade jamais ousariam fazer o que você faz. Elas só conseguem pensar na profissão delas, em chegar ao topo. Parece que você desistiu da sua carreira. Suponho que tenha ficado cansada de ser submissa no trabalho, aí em vez disso você se submete a homens que nunca viu na vida. Estou errado? Você sabe que os homens não gostam de fato de mulheres submissas. Minha irmãzinha era extremamente atraente. O nome dela era Mei-kun. Ela já morreu, mas eu a respeitava muito. Eu a amava. Por mais que as coisas fossem difíceis, por mais que ela tivesse de lutar, ela sempre se esforçava ao máximo para chegar no topo. Ela estava sempre em busca do próximo desafio. Eu odeio mulheres que ficam olhando pro passado. Eu nunca conseguiria amar uma mulher como você. Por isso eu trato você dessa maneira.

Zhang ficava cada vez mais excitado à medida que falava. Eu tirei a boca do pênis dele e remexi rapidamente na bolsa atrás de uma camisinha. Zhang ainda estava sentado no colchão. Ele me puxou para junto dele e começou a me beijar bruscamente. Eu fiquei sobressaltada. Eu nunca fora abraçada daquela maneira por um cliente. Zhang começou a mexer os quadris em cima de mim e eu senti uma mudança ocorrendo dentro de mim que jamais havia experimentado antes. O que estava acontecendo? Eu estava ardendo. Durante todo esse tempo eu fingira orgasmos e agora eu estava finalmente tendo um? Não era possível! Oh, meu Deus! Eu me agarrei à jaqueta de couro de Zhang.

— Oh, meu Deus, me salve, por favor!

Assustado com o meu grito, Zhang ergueu os olhos e me encarou. E em seguida gozou. Eu prendi a respiração e me grudei nele, tentando trazer ele mais para perto de mim, mas ele se afastou rapidamente.

– Por que você disse *me salve*? – perguntou Zhang, com a expressão séria. – Eu te segurei agora há pouco como se você fosse a minha irmãzinha, foi por isso que você sentiu esse prazer todo, não foi? Eu acho que você devia me agradecer.

Será que ele ainda estava regateando o preço? Eu estava arfando tanto que mal podia me concentrar. Quando recobrei os sentidos, percebi que a minha peruca tinha escorregado e Zhang estava brincando com ela.

– Minha irmãzinha também tinha cabelos compridos. Parecido com esses aqui. Coitadinha, ela caiu no mar, e eu a vi morrer.

O rosto de Zhang ficou sombrio.

– Sr. Zhang, eu teria o maior prazer em ouvir a sua história, mas isso vai fazer o preço subir de novo para 8 mil ienes.

Zhang levantou a cabeça. Ele parecia irritado, como se eu tivesse interrompido seus pensamentos.

– Bom, isso não me surpreende. Você precisa dedicar todas as suas energias a vender o corpo. Não é de espantar que você não seja muito interessada no que os seus clientes têm a dizer. Você só consegue pensar em si mesma. – Ele soltou essas palavras com raiva e levantou-se para ir embora.

Um vento do norte acabara de soprar de repente, fazendo um redemoinho no lixo que estava amontoado no terraço. Zhang engatou o zíper da jaqueta, que ia até a cintura, e puxou até o queixo com um movimento agressivo. Eu queria dizer algumas palavrinhas para ele, mas fiquei na dúvida porque eu não queria começar uma discussão antes de receber o meu dinheiro. Mas aquilo era típico dos estrangeiros. Era comum um homem mostrar-se insensível diante da minha inquietação. Eu xinguei Zhang de todas as formas possíveis e imaginárias – em silêncio. Mas o que mais me irritava era o fato de que aquela fora a primeira vez em toda a minha vida que eu sentira realmente prazer fazendo sexo, e no entanto ele me mandava embora daquele jeito tão frio. Será que tinha sido o jeito totalmente indiferente de ele me tratar o responsável por me deixar tão excitada? Quanto à minha própria inquietação, o que exatamente estava me deixando inquieta?

Com a maior seriedade, eu disse a Zhang:

– Eu devo te dizer que nem todos os meus clientes me pagam apenas para fazer sexo. Um deles é um professor universitário que gosta de conversar comigo sobre uma vasta gama de assuntos. Nós discutimos os últimos projetos de pesquisa dele e ele me mantém informada sobre o andamento do trabalho. Nosso relacionamento se estende à área acadêmica. E existem outros também. Tem um que é vice-diretor de operações de uma empresa química. Ele me conta tudo sobre as dificuldades que enfrenta na empresa, e eu dou conselhos a ele sobre como lidar com isso. Ele fica sempre muito grato. Então, você pode ver que eu escuto sim os meus clientes. Mas esses são homens que me levam a hotéis e me pagam adequadamente. E tem mais, todos eles são homens inteligentes que conseguem manter conversas que têm um certo conteúdo.

Não dava para saber se Zhang tinha ouvido alguma coisa do que eu acabara de dizer. Ele parecia entediado e coçava o canto da boca sem muito entusiasmo. O vento soprou os cabelos dele para trás e percebi que ele tinha algumas entradas. Vejam só: um rosto até bonito, mas ficando careca! Eu comecei a ficar chateada pelo fato de ter sido coagida a fazer o meu trabalho em cima daquele terraço cheio de lixo e com aquela ventania toda. Eu joguei a camisinha usada na superfície áspera de concreto do terraço e observei o sêmen de Zhang respingar para todos os lados.

– Jogou fora como se fosse lixo, não é? – disse Zhang, quando viu o que eu havia feito com a camisinha. Uma pontinha de emoção vazou de suas palavras.

Eu ri.

– Você não acabou de dizer que queria esquecer tudo sobre o Japão e tudo que tinha acontecido aqui? – eu perguntei. – Você não vai ter a menor dificuldade em me jogar fora junto com o lixo que está naquela escada ali.

Zhang olhou para mim, mas não disse nada. Ele abriu a porta que dava para a escada, e eu vi uma luminosidade alaranjada.

O acesso à escada cheia de lixo parecia a entrada de uma caverna escura. Eu prossegui com o meu ataque.

– Enquanto a gente estava no meio da trepada, você falou sem parar na sua irmã. Você curte *hentai* ou alguma perversão desse tipo? Por acaso isso não é tabu?

– Por quê? – Zhang olhou para mim, surpreso. – O que tem de errado nisso?

– O que tem de errado nisso? Parece que você andou fazendo sexo com a sua irmã. Isso é incesto! E se você não fez de fato a coisa, parece que sentiu muita vontade, não sentiu? Quer dizer, isso não é uma coisa meio bestial?

– Bestial? – Zhang balançou a cabeça. – Não, é uma coisa linda. A gente podia ser irmão e irmã, mas a gente também era como marido e mulher. Que relacionamento poderia ser mais íntimo do que esse? A gente ficou junto a vida inteira. Quando a minha irmã veio pro Japão, ela me traiu. Ela decidiu que viria antes, e ela me enganou para poder fugir. Mas eu usei todos os recursos que eu tinha e consegui descobrir onde ela estava. Eu acho que o afogamento dela foi um ato do destino. Eu estiquei a mão para tentar salvá-la, mas não deu para alcançar. Talvez eu não quisesse alcançar; eu já pensei nessa possibilidade. Eu lamento por ela agora, mas na época eu achei que ela teve o que estava reservado para ela. Você acha que sou um demônio? O que uma coisa assim não faria com uma puta como você?

Eu não fazia a menor ideia do que responder. Esse homem tinha deixado a irmã morrer – mas também, isso não era da minha conta. Eu amarrei a capa de chuva na cintura e usei o lenço de papel que tinha pegado na estação para tirar o batom. Olhei na direção das colinas de Maruyama-chō. Cercada por colinas, a estação de Shinsen parecia situada no fundo de um vale – e o meu humor também estava chegando no fundo do poço. Eu queria voltar para a luminosidade da Dogenzaka. Eu tinha uma leve desconfiança de que Yuriko estava de campana no meu ponto em frente à estátua de Jizō, e essa ideia estava me deixando nervosa. Eu queria receber logo o meu dinheiro e ir embora. Olhei de relance para Zhang,

mas parecia que ele ia continuar falando para sempre. Ele pegou um isqueiro barato e acendeu um cigarro.
— Você tem irmãos? — perguntou ele.
Eu assenti com a cabeça, uma imagem do rosto sério da minha irmã flutuando diante de mim.
— Tenho, sim. Tenho uma irmã mais nova.
— Como é que ela é?
Ela é do tipo que só pensa no trabalho e está empregada numa fábrica. Ela sai de casa todas as manhãs às sete e meia e volta às seis da tarde, como se fosse um relógio suíço, não sem antes dar uma passada na mercearia para fazer uma comprinhas para o jantar. Ela é uma pessoa muito simples. Ela leva o almoço para o trabalho e consegue poupar 100 mil ienes do salário todo mês. Frugalidade é apelido! Eu a odeio desde que éramos crianças. Ela estava sempre escondida na sombra, observando silenciosamente os meus sucessos e fracassos, determinada a não seguir os meus passos. Ela sempre foi uma garota sensata. Ela foi para universidade com o meu dinheiro, e ela e minha mãe agora são boas demais para mim! Eu pensei em tudo isso, mas é claro que não falei nada.

Zhang olhou para mim.
— Você alguma vez já desejou que a sua irmã morresse? — perguntou ele.
— Essa ideia nunca saiu da minha cabeça. Mas há outras pessoas que eu também gostaria de ver mortas!
— Tipo quem? — Zhang estava absolutamente sério.
Que pessoas eu gostaria de ver mortas? Minha mãe, Kamei, o gerente do escritório — muitas e muitas pessoas, eu pensei. Tantas pessoas que nem me lembro muito bem das caras de todas elas agora, quanto mais dos nomes. Eu não gosto mesmo de ninguém. E nunca fui amada por ninguém, me dei conta de repente. Eu simplesmente atravesso as águas da noite escura sozinha. Eu podia muito bem imaginar a maneira como a irmã de Zhang levantou a mão acima da superfície do mar escuro. Esticando o corpo até não poder mais em busca de ajuda. Eu não era como a irmã de Zhang. Eu não estava pedindo ajuda. Eu atravessaria as águas geladas desta cidade

até que minhas mãos e meus pés ficassem dormentes demais para se mexer. Eu afundaria cada vez mais até meus pulmões pararem de funcionar sob a pressão da água. Eu deixaria as ondas me levarem para longe. Não poderia haver sensação melhor do que essa! Com essa sensação de liberdade, eu dei uma boa espreguiçada. Zhang jogou fora o cigarro.

– Então qual foi o cliente mais horrível que você já teve?

Eu pensei imediatamente em Eguchi.

– Eu tive um cliente que gostava de me ver cagando.

Os olhos de Zhang brilharam.

– E aí, o que você fez?

– Eu fiz o que ele queria. Eu sabia que ele estava falando sério, o que literalmente fez com que eu me cagasse de medo!

– Bom, então eu acho que você topa qualquer coisa, não é?

– Provavelmente.

– Você é pior do que eu, então. Eu já fiz muitas coisas na minha vida. Já fui gigolô de uma mulher famosa. Mas a coroa fica com você.

Zhang tirou do bolso uma nota de 10 mil ienes muito bem dobrada e me entregou. Eu tirei 2 mil ienes da carteira e dei para ele de troco, mas ele me devolveu.

– Você não quer o troco? Vai ficar mesmo por 10 mil?

– Não, não vai ficar por 10 mil. Eu quero que você receba esses 2 mil ienes.

Zhang murmurou essas palavras, a boca próxima do meu ouvido. Eu coloquei rapidamente na carteira a nota de 10 mil ienes.

– Como assim, você quer que eu receba?

– O meu apartamento fica bem aqui embaixo. Tem um amigo meu lá. Ele não tem namorada e anda muito solitário. Ele está sempre reclamando disso. É meio ridículo, não é não? Eu queria que você desse uma força pra ele, certo? Transa com ele como se fosse um complemento. Ele é meu amigo, eu queria fazer isso por ele.

– Vai custar mais de 2 mil ienes.

Eu olhei para Zhang como quem não está gostando nem um pouco do que está ouvindo. Mas eu estava congelando naquele terraço e a ideia de dar uma aquecida no corpo no apartamento dele me pareceu atraente. Além do mais, eu precisava ir ao banheiro.

Zhang me deu um olhar sonso.

– Por favor. Vai ser rápido. E ele vai usar um negócio desses, não vai ter perigo nenhum. – Ele apontou para a camisinha que eu tinha jogado fora.

– Dá para eu usar o seu banheiro?

– Sem problema.

Eu segui Zhang escada abaixo. Ele parou em frente ao apartamento no canto do quarto andar. A pintura da porta estava descascando, e havia diversas garrafas de bebida vazias e algumas garrafas de cerveja estavam enfileiradas ao lado. Só de olhar já dava para dizer que o apartamento era ocupado por um bando de homens bagunceiros. Zhang girou a chave na maçaneta e entrou antes de mim. O cheiro de hambúrguer gorduroso e de corpo de homem estava impregnando no ar. A entradinha estreita estava atulhada de sapatos sujos e tênis com a parte de trás amassada para ficar com jeito de chinelo.

– Eles são jovens, não são organizados como eu. – Zhang riu enquanto tentava explicar a bagunça da casa. – Eu faço a minha comida. Mas os jovens de hoje só comem no McDonald's!

– O seu amigo é jovem?

Se ele fosse jovem provavelmente ia querer fazer um monte de exigências. Como eu normalmente só lidava com homens mais velhos, senti uma pontinha de excitação – junto com um pouquinho de medo – diante da perspectiva de transar com um jovem. Zhang me deu um empurrãozinho e eu entrei.

– Há um jovem e um outro com mais ou menos a nossa idade.

Dois homens? Eu fiquei surpresa. E então escutei uma conversa em chinês. A porta de correr se abriu e um homem vestindo uma camisa escura e com uma expressão sombria colocou a cabeça para fora. Ele parecia ter a idade de Zhang. Seus cabelos compridos estavam despenteados e eram bem pretos e sem brilho. Sua camisa estava aberta.

– Esse cara aqui se chama Dragon.

É esse o tal que vai transar comigo?, eu imaginei. Sorri para ele com doçura.

– Boa-noite – eu disse.
– Quem é você? Amiga do Zhang?
– Sim. Muito prazer.

Eu peguei Dragon e Zhang trocando olhares e fiquei em estado de alerta. Tentei examinar o máximo que pude o apartamento. Não era grande coisa. Consistia basicamente de um quarto de 4 por 3 metros e uma área de tatame de um metro com uma cozinha minúscula e um banheiro. Quantos homens viviam naquele espaço?, eu imaginei. Mal dá para um! Zhang disse que queria que eu transasse com seu amigo, então eu entendi que se tratava de Dragon.

– Tire os sapatos e entre aí.

Zhang se curvou como se fosse me ajudar a tirar os sapatos, mas eu me virei muito bem sozinha. Coloquei os meus sapatos de salto alto bem bonitinho ao lado do emaranhado de sapatos masculinos imundos. Há quanto tempo aquele pessoal não tomava banho?, eu imaginei. As bordas do tatame estavam encardidas, parecia uma sujeira de outro mundo.

Foi aí que eu vi um outro homem sentado no canto ao lado da porta de correr que separava os cômodos. Quando percebeu que eu estava olhando para ele, o homem ergueu as esparsas sobrancelhas, mas sua expressão praticamente não mudou em nada. Ele estava usando um agasalho esportivo cinza e óculos.

– Aquele ali é o Chen-yi. Ele trabalha meio-expediente numa loja de fliperama em Shinkoiwa.

– O que você faz, Dragon? – eu perguntei.

– Ah, uma coisinha aqui, outra ali. Não dá para resumir numa palavra só.

Dragon não era de falar muito. Pela maneira como respondeu, dava para perceber que ele estava envolvido em alguma atividade suspeita. Dragon olhava fixamente para mim, só dando uma folga para trocar olhares com Chen-yi de vez em quando.

– Você quer que eu transe com qual deles? Você e os seus míseros 2 mil ienes.

Parada com as mãos na cintura e olhar desafiador, os pés plantados firmemente em cima do tatame, fui logo colocando os pingos nos is. Era gostoso estar ali naquele apartamento quentinho, mas eu queria descobrir com quem eu ia transar e onde é que a gente ia fazer. Embora estivesse parecendo que isso não seria uma coisa tão fácil.

– Bom, com quem você quer ir primeiro, Dragon ou Chen-yi?

– Espere aí um minuto. Eu não vou transar com dois por 2 mil ienes. Isso não tem cabimento!

– Você disse que ia. – Zhang me agarrou pelos braços. – Você não perguntou quantos seriam. Aí eu imaginei que você tinha entendido. Agora não dá mais para desistir, você se comprometeu.

Sem muita escolha, eu apontei para Chen-yi. Jovem e aparentemente reticente, Chen-yi era de longe preferível a Dragon e seu jeito assustador.

– Nem pensar! – interrompeu Dragon. – A gente vai de acordo com a idade. A tradição chinesa é assim. O Zhang é o primeiro.

– Eu acabei de transar com ele. Ele não conta mais – eu gritei.

Zhang riu sarcasticamente e latiu alguma espécie de ordem a Dragon em chinês. Eu estava ficando com raiva.

– O que vocês estão falando aí?

– A gente só está pensando se é melhor fazer um de cada vez ou todos ao mesmo tempo.

– Vocês devem estar malucos! – eu berrei. – É um de cada vez ou ninguém.

– Mas você mesma disse, não disse? Você disse que faria qualquer coisa. Você estava supertranquila com relação a isso, não estava? Eu acho que você se amarra em fazer o que a gente pede.

Chen-yi se levantou e veio até mim, e Dragon fez um gesto como quem diz: fique à vontade. Em seguida ele me falou alguma coisa em chinês que não deu para eu entender.

– Dragon está dizendo que você é magrela demais, não é uma boa trepada, mas já faz mais de seis meses que ele não toca em mulher nenhuma, então você vai dar pro gasto.

– Isso aqui já está passando dos limites!

– Você acha, é? – disse Zhang, rindo. – Desde que a gente chegou ao seu país a gente só ouve esse tipo de coisa. Nós estamos sempre sendo avaliados. "Ele é inteligente", ou então, "Ele é forte" ou "Ele é esperto" ou "Ele trabalha duro". As pessoas nos avaliam como se nós fôssemos animais. Com certeza com você é a mesma coisa. O seu negócio é vender o próprio corpo, então você deve estar acostumada com as pessoas te avaliando antes de sugerirem um preço. Eu aposto que você faz o que faz porque gosta. Estou errado?

Eu estava a ponto de protestar, mas Dragon começou a arrancar a minha capa. Ele me empurrou em direção ao tatame. Sua violência fez a minha blusa azul enrolar em torno do meu peito; então Dragon começou a tentar levantar a minha saia. Eu estava sendo violentada bem ali enquanto Zhang e Chen-yi assistiam a tudo. Era a primeira vez que algo assim acontecia comigo. Eu era lixo, o tipo mais barato de prostituta que um homem poderia ter. Eu cerrei os olhos com toda força.

– Olhe pra mim! Você vai ficar com tesão! – gritava Zhang, entusiasticamente.

Eu abri os olhos sem muita vontade e vi as meias brancas de Zhang e os pés descalços de Chen-yi.

O de nome Dragon não tomava banho há semanas. Ele fedia. A única coisa que eu podia fazer para não vomitar era guiá-lo para o lugar certo. Instintivamente, cobri o nariz com a mão. Dragon não pareceu ter notado ou então não ligou. Ele estava ocupado demais se movimentando sem parar em cima de mim. Eu fechei com força os olhos, segurei o nariz e fiquei lá deitada fria como uma estátua de Jizō. Era sempre assim. Eu nunca sentia nada. Eu ficava lá deitada enquanto o homem enfiava o seu troço em mim e a única coisa que eu precisava fazer era ter paciência. Não demorava muito. E não passava disso. Às vezes eu fazia alguma encenaçãozinha. Mas ali não havia nenhuma necessidade desse tipo de coisa.

Eu sabia que Zhang e Chen-yi estavam bem ali assistindo a tudo, mas naquela altura eu já não estava mais ligando. Se eu não tinha ficado excitada, como Zhang dissera, então eu não ia ficar constrangida ou mesmo irritada por fazer a coisa na frente deles. Mas transar com dois caras por 2 mil ienes? Eu fiz as contas na cabeça. Era óbvio que eu não estava tendo nenhum lucro, só prejuízo. Então por que aceitei? Foi aí que me lembrei de que eu tinha ido ao apartamento de Zhang porque queria ir ao banheiro. Como é que pude ter esquecido uma coisa dessas? Será que eu tinha ficado completamente anestesiada a ponto de esquecer até as coisas que estava sentindo? Ou talvez eu tivesse ficado ainda mais consciente delas. Eu não estava conseguindo decidir e os meus pensamentos ficaram confusos. Eu tinha aproveitado o tempo com Zhang no terraço. Aquela foi a primeira vez que senti prazer, e imaginei se a coisa se repetiria. O sexo sempre parecia a mesma coisa, mesmo que fosse com um homem diferente. Certamente o sexo era uma coisa estranha. Desde o momento em que cruzei com Yuriko, eu passei a ter várias dúvidas, como se eu tivesse passado a vagar no meio de um sonho, e a sensação era boa.

Dragon agarrou os meus ombros com violência e deixou escapar um gemido agudo. Em seguida gozou. Sem pensar em muita coisa, eu fiquei olhando para o teto, que tinha manchas de sujeira aqui e ali. No terraço, bem em cima de onde estávamos naquele momento, ficava o local onde eu tinha feito sexo com Zhang antes. Eu me lembrei de que joguei a camisinha e observei o sêmen escorrer pela parede do terraço. Talvez ele tenha vazado aqui para dentro. Talvez aquelas manchas fossem isso.

De tempos em tempos flagro a mim mesma me divertindo com a quantidade de sêmen que um cliente ejacula depois de todos aqueles arquejos e gemidos. E é por um produto tão ínfimo quanto esse que um homem paga uma prostituta como eu? O meu eu noturno é sempre mais competente do que o meu eu diurno. Se não fosse o meu eu noturno, o que seria de meus clientes e de seus produtos tão insignificantes? Naquela noite, pela primeira vez, eu senti alegria por não ter nascido homem. Por quê? Porque eu achava os desejos dos homens triviais. E porque eu havia me tornado a entidade que proporcionava esses desejos.

Eu senti que podia finalmente entender a calma abominável de Yuriko. Desde que era uma garotinha, Yuriko botava o mundo a seus pés usando sua sexualidade. Ao lidar com todos os tipos de desejos masculinos, ela havia construído um mundo inteiramente a partir dos homens, mesmo que apenas pelos mais breves momentos. Isso me deixava amargurada. Ela não precisava estudar; ela não precisava nem mesmo trabalhar. Ela possuía a capacidade de botar o mundo a seus pés por um único método – por ter a capacidade de fazer os homens ejacularem. Agora eu ia fazer o mesmo. Por um breve segundo senti-me inebriada pela sensação de poder.

Eu ouvi uma troca de palavras em chinês e abri os olhos. Zhang e Chen-yi estavam sentados ao lado de Dragon e de mim. Eles estavam com os olhos fixos em mim. Chen-yi, que não parecia ter mais do que vinte e poucos anos, estava vermelho e com as mãos apertadas entre as pernas. Você sentiu?, eu queria perguntar. Como é que foi a sensação? Eu olhei bem nos olhos de Chen-yi da minha posição no chão. Chen-yi desviou o olhar do meu rosto como se estivesse zangado e olhou para outro lado.

– Chen-yi é o próximo – disse Zhang, dando uma cutucada em Chen-yi.

Chen-yi parecia um pouco relutante em fazer sexo na frente de uma plateia como aquela e olhou com raiva para Zhang como se estivesse protestando. Mas Zhang não estava nem aí. Por míseros 2 mil ienes ele tinha feito com que eu, Dragon e Chen-yi nos curvássemos diante de sua vontade. Pude ver que eu ainda não conseguira me reconciliar com o mundo de Zhang. Eu teria que conquistar Zhang. Levantei os braços e abracei as pernas dele.

– Você é o próximo.

Mas ele apenas se livrou do meu abraço e empurrou Chen-yi para cima de mim.

– Vamos logo com isso.

Chen-yi começou a tirar o agasalho sem muita vontade. Quando viu o pênis ereto de Chen-yi, Dragon disse alguma coisa. Eu peguei uma camisinha na bolsa e entreguei a Chen-yi. Desacostumado com esse tipo de coisa, Chen-yi se atrapalhou um pouco, mas conseguiu colocar a borrachinha no lugar; em seguida tirou os óculos e colocou ao lado do tatame. Que cara mais idiota. Dragon pegou os óculos e colocou na cara, como um bobalhão. A superioridade e a amargura haviam desaparecido do semblante de Dragon e eu reparei que ele parecia estar relaxado e mais gentil. Eu imaginei que o meu próprio semblante estivesse idêntico.

    Chen-yi me abraçou, e então começou a dar vários beijos molhados no meu rosto, o que me pegou totalmente de surpresa. Zhang tinha feito a mesma coisa. Eu abri os olhos e vi que Zhang estava olhando fixamente para mim. Meus clientes nunca me beijavam. Nós apenas trepávamos. Isso era fato até mesmo com meus clientes regulares como Yoshizaki e Arai. Nenhum deles me beijava, e nenhum deles sentia vontade de fazer isso. Zhang me pressionava com seus olhos. Eu me lembrei de ter tido o meu primeiro orgasmo com ele ali em cima no terraço. Se eu pudesse ter mais, eu poderia dominar o meu próprio mundo. Abracei Chen-yi e comecei a retribuir os seus beijos, me enroscando nele como se nossos corpos fossem apenas um. Eu senti a mão de Zhang massageando a minha coxa esquerda. A mão dele estava quentinha. Dragon chegou logo em seguida, tocando a minha coxa direita. Eu estava sendo excitada e tocada e acariciada por três homens. Eu não precisava pedir mais nada. Eu era uma rainha! Meu Deus, que coisa maravilhosa. Naquele momento, Chen-yi e eu gozamos juntos; aquele foi o segundo orgasmo da minha vida.

    Zhang colocou a mão na minha cabeça, levou os lábios ao meu ouvido e sussurrou com a voz rouca e totalmente excitada:

    – Foi bom?

    Eu me sentei no tatame e recuperei a minha peruca, que tinha ido parar do outro lado do quarto. Chen-yi olhou para mim timidamente e então se vestiu rapidamente. Dragon ficou lá sentado olhando para o meu corpo enquanto fumava um cigarro. Eu recoloquei a peruca e prendi com um alfinete. Em seguida comecei a me vestir.

    – Vou ao banheiro.

    Zhang apontou para uma porta de compensado perto da entrada. Eu estava tonta quando me levantei. Imagino que isso seja algo comum. Enfim, aquela era a primeira vez que eu servira três homens, um após o outro. Tantas coisas inéditas em um só dia deixaram-me completamente esgotada, e eu fui cambaleando até a porta do banheiro. Estava uma imundície. O chão estava molhado de urina. Por que será que os homens precisam se comportar como porcos? Senti vontade de vomitar. O banheiro, o lixo na escada, aquela mancha nojenta na borda do tatame – era tudo a mesma coisa. Eu acho que foi isso que fez com que eu começasse a ter uma sensação nova dentro de mim, uma sensação de aflição que eu não conseguia que me abandonasse. Contendo as lágrimas, terminei de fazer o que tinha de fazer o mais rápido possível.

– Quer transar comigo de novo? – perguntou Zhang, assim que eu saí do banheiro.

Eu balancei a cabeça.

– Não. O seu banheiro está tão imundo que me deu até vontade de vomitar.

– Bom, bem-vinda à realidade.

Será que aquilo era a realidade? Um lugar como aquele? Então o que eram os orgasmos que eu tinha tido? E aquele momentâneo prazer de me sentir controlando a situação? As sensações que eu tive antes começaram a tomar conta de mim novamente. Mas por quê? Bem-vinda à realidade. Era precisamente por causa disso que eu queria viver para sempre no sonho em que eu consigo dominar o mundo.

– Estou indo.

Eu me recompus e olhei para o interior do apartamento enquanto calçava meus sapatos. Nenhum dos homens olhou para mim enquanto eu saía.

Eram onze e meia quando voltei para a estátua de Jizō. Em pouco tempo Yuriko estaria chegando. Eu consultei o relógio e dei uma olhada na rua para ver se via algum sinal dela, mas ela não apareceu. Com frio, cansada e irritada, comecei a me dirigir à estação. Então ouvi Yuriko me chamando atrás de mim.

– Kazue, como foi a noite?

Ela descia a colina lentamente, vestida exatamente como eu: cabelos pretos e compridos, pó de arroz branco, sombra azul e batom vermelho. Tive a sensação de estar olhando para o meu próprio fantasma, e um calafrio percorreu a minha espinha. Puta de quinta categoria. Uma mulher que existe apenas para receber alguns reles centímetros cúbicos de esperma. Monstro. Eu ignorei a pergunta.

– E você?

Yuriko levantou um dedo.

– Um. Um sujeito de 68 anos. Ele disse que viu um filme de sacanagem no Bunkamura e teve uma ereção. Ficou com vontade de sair com uma mulher, a primeira que ele pegava em dez anos, foi o que ele me disse. Muito fofo, não acha?

– Quanto você conseguiu?

Yuriko voltou a se expressar através de gestos, dessa vez estendendo quatro dedos. Quarenta mil ienes? Eu senti uma onda de inveja.

– Sortuda, hein?

– Ei, foram 4 mil só! – Yuriko ria como se não estivesse se referindo a si mesma. – Eu nunca dei para cliente algum por tão pouco. Mas ele disse que isso era tudo o que ele tinha no bolso, aí eu acabei concordando. Dá para acreditar? Quando eu tinha vinte e poucos anos eu arrumava 3 milhões apenas em uma noite! E olha só para mim agora. Por que será que quanto mais velha a gente fica menos consegue faturar? Mesmo quando se é jovem e bonita, o que o cara quer é sempre a mesma coisa. Eu não consigo entender por que as pessoas fazem esse estardalhaço todo por causa da juventude. No fim das contas a gente faz sexo da mesma maneira sendo jovem ou velha, você não acha?

– Contanto que não seja feia, eu não sei qual é o problema em ser velha.

– Não foi isso o que eu quis dizer. – Yuriko balançou a cabeça solenemente. – Não tem nada a ver com aparência. Tudo o que os homens querem saber é se a mulher é jovem.

– Imagino que sim. Ei, estou curiosa. Como foi que você ficou tão feia?

Meu comentário maldoso provocou apenas um rubor em Yuriko.

– Hum... Eu acho que foi o destino. De qualquer modo, eu nunca fui assim tão consciente da minha beleza. Sempre foram as pessoas ao meu redor que faziam todo esse alvoroço. Mas é bem mais fácil para mim agora.

Yuriko pegou um maço de cigarros na bolsa e perguntou:

— E aí, que tipo de cliente você teve essa noite, Kazue?

— Três estrangeiros. Chineses. Arrumei 30 mil de cada um e aí fechei a noite com noventa.

Eu menti por entre os dentes. Yuriko exalou um suspiro de fumaça de cigarro.

— Ah, que inveja. Quando você encontrar bons clientes como esses, vê se me apresenta algum.

— Nem pensar.

— Ah, eu não estou com inveja porque você ganhou esse dinheiro. É porque se esses homens estão dispostos a pagar essa quantia a você, Kazue, eles devem ser do tipo que gosta de monstros. Quer dizer, você também está feia pra caramba. Se alguma criança cruzar com você no escuro, pode ter certeza de que vai começar a chorar. E você não tem muito futuro mesmo. Você só vai continuar caindo cada vez mais. Logo vai ser obrigada a abandonar o seu emprego na firma porque ninguém vai mais aguentar olhar para você.

Os olhos de Yuriko brilhavam. Eu posso até ter sido uma puta de quinta categoria, mas a ideia de ir ainda mais para o fundo do poço me deixou assustada. De acordo com a profecia de Yuriko, em algum momento um homem que gosta de monstros ia aparecer para acabar com a minha vida. Fiquei pensando se eu não seria morta por Zhang. Eu me lembrei da humilhação que eu senti quando ele me jogou para o lado depois do sexo. Ele me odiava. Ele odiava sexo. Mas gostava de monstros.

Um vento forte soprou e eu fechei a minha capa de chuva na esperança de conseguir enxergar dentro do coração de Zhang. Talvez ele tivesse se expressado com delicadeza, mas seu mundo era sórdido, cheio de mentiras. E ainda assim eu sentia apenas alegria por ter sido admitida naquele mundo sórdido. Eu tinha muito mais medo da natureza impenetrável de Zhang do que tinha tido de Eguchi.

— Yuriko, o que você acha da sua irmã?

Yuriko sorriu ligeiramente olhando a estátua de Jizō.
— Conta para mim.
Eu dei um apertãozinho no ombro gorducho de Yuriko. Mais alta do que eu, Yuriko virou-se lentamente. Seu olhar não estava fixo em ponto algum, um brilho de desconfiança pairava em seus olhos.
— Por que está interessada na minha irmã?
— Zhang, o meu cliente, ficou falando o tempo todo da irmã mais nova dele, o que me fez lembrar que você também tinha uma, é só isso. Ela morreu, a irmã do Zhang, quero dizer. Parecia que ele era doido por ela.
— A minha irmã tem uma inveja doentia de mim desde o momento em que eu nasci. É quase como se ela fosse apaixonada por mim. Ela me negou completamente.
Oh, meu Deus, Yuriko estava prestes a disparar sua metralhadora de filosofices. Suas divagações me deixavam confusa. Eu não estava no clima para pensar num nível tão abstrato. Tudo o que eu queria era tapar os ouvidos e esperar que ela calasse a boca. Mas Yuriko não parou.
— Irmãs? Há! A gente não se dava naquele época e não se dá agora. A minha irmã e eu éramos duas pessoas diferentes, mas na verdade éramos uma só. Ela é virgem, tímida demais para pegar um homem, e eu sou o oposto: eu não consigo viver sem homem. Eu nasci para ser puta. Nós somos como polos opostos do mesmo espectro. Interessante, não é?
— Eu não acho nem um pouco interessante — eu rebati logo. — Por que será que neste mundo onde a gente vive as mulheres são as únicas pessoas que têm dificuldade para sobreviver?
— Simples. Elas não têm ilusões. — Yuriko deu uma risada de estourar os tímpanos.
— Quer dizer então que teríamos condições de viver se tivéssemos ilusões?
— Já é tarde demais pra nós, Kazue.
— Ah, é?
Eu tinha acabado com a realidade do meu emprego na firma por causa das minhas ilusões. Ouvi ao longe o som do trem da li-

nha Inokashira. Não demoraria muito até o último trem partir. Decidi parar na loja de conveniência e comprar uma cerveja para tomar a caminho de casa. Deixei Yuriko lá em pé batendo os pés por causa do frio.

– Bom, vê se trabalha duro!

Essa foi a resposta de Yuriko:

– A morte está à espera.

Eu peguei o último trem. Quando cheguei em casa, o cadeado estava na porta e eu não consegui entrar. Elas tinham apagado todas as luzes e trancado a porta, na certa para me deixar do lado de fora. Aquilo me deixou tão furiosa que toquei a campainha feito uma louca. Finalmente ouvi alguém puxar o cadeado da fechadura. Minha irmã estava em pé na porta, com cara de muito puta da vida.

– Nunca mais me deixe trancada aqui fora, ouviu?

Minha irmã baixou os olhos. Ela devia estar dormindo. Ela colocou um suéter por cima do pijama. Seu olhar avivou alguma coisa dentro de mim e isso me deixou bastante irritada.

– Que porra de olhar é esse? Você tem alguma coisa para me dizer?

Minha irmã não respondeu. Ela estremeceu ligeiramente quando o ar frio – e a depravação que eu tinha trazido para casa comigo – soprou nas suas costas. Enquanto eu tirava os sapatos, ela voltou para a cama. Nossa família estava desmoronando. Eu fiquei parada no corredor gélido, petrificada.

7

25 DE JANEIRO
SHIBUYA: UM BÊBADO, 3 MIL IENES

Eu entrei numa maré de azar depois de conhecer Zhang. Duas semanas atrás fui a um hotel com um cara que curtia dominação e sadomasoquismo, e ele fez um estrago tremendo no meu rosto. Eu precisei parar de trabalhar por uma semana em consequência disso. Quando finalmente me recuperei, a falta de sorte para arrumar clientes continuou. O sádico era um sujeito que eu peguei depois de uma seca de cinco dias sem cliente nenhum. Eu tinha ligado inúmeras vezes para Yoshizaki para ver se ele saía comigo, mas ele sempre dizia que estava superatarefado com provas e não tinha como dar uma escapada comigo. Aí eu tentei Arai, mas pelo visto ele tinha sido transferido para o escritório central em Toyama e não estava disponível. Então eu passava as noites sem ter o que fazer, parada em silêncio em frente à estátua de Jizō esperando por clientes que nunca apareciam. Eu comecei a me sentir impaciente com o desespero da minha situação. Nos meses frios, não havia muitos homens zanzando pela área. Então eu decidi que naquela noite eu andaria pelas ruas bem iluminadas da área mais movimentado da Dogenzaka.

    Meu trabalho noturno era estritamente voltado para fazer caixa. O dinheiro que eu ganhava na noite dava uma sensação completamente diferente da do salário que era depositado diretamente na minha conta bancária. A sensação de tocar nas notas de papel era tão prazerosa que eu mal conseguia suportar. Sempre que enfiava as notas no caixa eletrônico, eu sentia uma tristeza tão grande por ver todo aquele dinheiro desaparecer que eu chegava a dar *adeusinho* para ele. Mas cliente zero, dinheiro zero. E se eu não conseguisse ganhar dinheiro, eu não teria condições de seguir com a minha vida nas ruas. Era como se eu estivesse sendo totalmente negada como ser humano. Será que era isso que Yuriko se referia quando disse: "A morte está à espera"? Eu estava aterrorizada com a possibilidade de esse dia chegar.

    Saí correndo em direção à plataforma de metrô da linha Ginza. Eu precisava chegar em Shibuya antes que as outras prostitutas agarrassem todos os clientes.

    – Não é possível! Eu não acredito que ela faça uma coisa dessas! – Estava um barulho danado na plataforma, mas dava para ouvir o que duas mulheres com jeito de funcionárias de escritório estavam dizendo na minha frente enquanto esperavam o próximo trem. Uma delas vestia um casaco preto da moda, a outra um vermelho. Estavam ambas com bolsas de grife e os rostos muito bem maquiados.

— Um dos caras do departamento comercial disse que a viu rodando bolsinha na Maruyama-chō. Disse que parecia que ela estava tentando pegar uns caras.

— Não brinca! Que coisa escrota! Logo ela? Eu não consigo acreditar que um cara pague para se deitar com aquela mulher.

— Eu sei. É inacreditável mesmo, mas parece que é verdade. Ela ficou ainda mais repulsiva do que nunca ultimamente. Todo mundo evita usar o banheiro do décimo primeiro andar porque ela almoça lá. Ela bebe água da torneira, não usa copo não. Foi o que eu ouvi falar.

— Por que será que eles não a mandaram embora?

Elas estavam falando de mim. Eu fiquei lá parada, estarrecida, minha cabeça rodopiando. Quer dizer então que eu virara o foco de atenção. Mas com todos aqueles homens e mulheres em pé numa formação perfeita — três filas até a porta — esperando o trem do metrô enquanto olhavam os trilhos escuros, as duas nem repararam na minha presença. Isso me deixou calma, mas de certa forma desapontada. Mas eu não fizera nada errado! Eu dei um tapinha no ombro da mulher de casaco preto.

— Com licença.

A mulher se virou e me encarou, atônita.

— Eu quero que você saiba que eu desempenho corretamente as minhas funções no departamento de pesquisa. Eu sou subgerente e, além disso, um relatório que eu escrevi recebeu um prêmio de um jornal. Não há nenhum motivo para eu ser demitida.

— Desculpe.

As mulheres saíram da fila e deixaram apressadas a plataforma. Que sensação maravilhosa! Piranhas idiotas. Até parece que eu seria demitida da empresa. Todos os dias, o dia inteiro, eu recortava e juntava artigos dos jornais. O gerente não disse nada sobre os hematomas roxos no meu rosto quando fui espancada na semana passada. As pessoas do escritório só precisam olhar para mim para admirar o meu trabalho. Ha! Eu fiquei lá assoviando sozinha na maior felicidade enquanto esperava o trem chegar à estação.

Eu apliquei a maquiagem no banheiro do subsolo do edifício 109. Os hematomas ainda estavam ligeiramente visíveis no meu rosto. Cobri tudo com uma grossa camada de base. Depois passei blush nas bochechas. Os cílios falsos que eu tinha posto nas pálpebras deixaram os meus olhos maiores. Com a peruca grande como toque final, eu estava pronta. Sorri para mim mesma na frente do espelho. Você está linda! Perfeita! E reparei que as jovens ali por perto estavam todas me olhando boquiabertas. Eu gritei para o reflexo delas no espelho sem me virar.

– O que é que estão olhando? Isso aqui não é um circo, não!

Elas evitaram rapidamente os meus olhos e deram uma de inocentes. Uma das jovens deu um sorriso debochado, mas eu não dei a mínima. Eu fui empurrando a estudante que estava em pé na fila do banheiro e saí de lá.

O vento soprava forte, sacudindo as pontas das árvores enquanto eu subia lentamente a Dogenzaka. Um homem de meia-idade carregando uma pasta estava alguns metros na minha frente, sozinho. Eu me dirigi a ele.

– E aí? Está a fim de se divertir um pouco?

O homem olhou de relance para mim e continuou andando como se não tivesse me ouvido.

– Vamos lá. Só uma rapidinha. E não vai custar muito.

O homem parou abruptamente e rosnou para mim:

– Cai fora.

Eu olhei para ele como se não tivesse entendido.

– Se manda daqui, porra! – ele vociferou enquanto apertava o passo. Qual é a dele afinal? Eu senti a raiva me subindo pela cabeça, mas consegui me controlar. Um homem de uns cinquenta anos estava vindo na minha direção, basicamente aquele tipo tradicional com cara de enterro que trabalha das nove às cinco.

– E aí, quer se divertir um pouco?

O homem passou por mim às pressas sem se preocupar em responder. Enquanto subia a rua, eu fui fazendo uma proposta atrás da outra a vários homens de meia-idade que encontrava pelo caminho. A maioria deles simplesmente me ignorava e seguia em frente. Eu cometi até a ousadia de abordar um homem de vinte e poucos anos, mas ele fez cara de poucos amigos, enojado, e foi logo me dispensando. Foi então que eu senti alguma coisa atingir meu rosto e cair no chão. Eu olhei para a calçada; era uma bola de papel amassado. Quando olhei para cima, vi um jovem de calça jeans encostado na amurada ao lado da calçada assoando o nariz. O homem riu e jogou outra bola de papel imundo na minha direção. Eu saí correndo. Tem um monte de homem que adora atazanar prostitutas, e a melhor coisa a fazer é evitar esse tipo de gente. Eu disparei por uma ruela cheia de lojas e agarrei o braço de um trabalhador que estava saindo de uma taberna barata. A manga da camisa dele estava puída. O homem não tinha cara de quem tem muito dinheiro.

– E aí, está a fim de um programa?

Ele gritou para mim, com o hálito fedendo a birita:

– Sai da minha frente, porra. Eu estou numa boa e não quero que você estrague tudo.

Os vendedores ambulantes em frente ao cabaré viram o incidente e deram uma boa gargalhada à minha custa. Eles se cutucavam e olhavam para mim, me ridicularizando.

– Que monstro do caralho! – um disse ao outro.

O que há de tão monstruoso em mim? Confusa, eu continuei a vagar pela ruela movimentada. Apesar de aquele ser exatamente o mesmo ponto onde Arai me encontrou pela primeira vez, e apesar de haver tantos bêbados ali e de eu estar agora bem mais bonitinha do que estava naquela ocasião, por que os homens estão reagindo de maneira tão agressiva quando eu faço alguma proposta?

Eu cheguei ao prédio onde ficava a agência de garotas de programa onde havia trabalhado, a Morangos Molhados. Fiquei imaginando se eles me contratariam de volta. Mas aí eu me lembrei das condições que o atendente tinha definido quando me demitiu e me dei conta de que seria altamente improvável que eles me dessem mais uma chance. Eu fiquei lá parada por um tempo olhando a escadaria estreita que dava para o escritório e avaliando as minhas opções.

Quando eu acabei me decidindo e começava a subir a escada em direção à Morangos Molhados, a porta se abriu e um homem saiu, descendo a escada. Não era o dono ou o atendente. Aquele homem era extraordinariamente obeso; sua papada era imensa. Mal dava para ver o rosto dele enquanto ele descia a escada. A escada era estreita, então por mais que eu fosse magra, não havia a menor chance de aquele gordão passar comigo no caminho. Eu desci a escada e esperei impacientemente que ele saísse do caminho. Ao passar por mim ele levantou a mão numa saudação.

– Desculpe – disse ele, olhando para mim e me avaliando de alto a baixo.

Sem perder a oportunidade, fui logo soltando a minha frase habitual.

– Não tem problema. Mas e aí, não está a fim de um programinha?

– Você está dando em cima de mim? *Você?*

O homem deu uma risadinha. A voz dele era dolorosamente ofensiva – como se os sons que produzisse estivessem encharcados de graxa. Mas mesmo assim era um tanto ou quanto familiar. Eu curvei a cabeça para o lado, perplexa. Naturalmente, eu não me esqueci de levar o dedo ao queixo num esforço de dar o máximo de charme possível ao meu gesto. Parecia que o homem também havia inclinado a cabeça para o lado, embora fosse difícil dizer com toda aquela gordura.

– A gente se conhece de algum lugar?

– Eu estava justamente pensando na mesma coisa.

Assim que o homem terminou de descer a escada, eu percebi que ele era um pouco mais alto do que eu. Ele olhou fixamente para o meu rosto, me encarando de maneira grosseira. Seus olhos eram como os de uma serpente.

– Talvez você já tenha aparecido no meu estabelecimento. Eu sei que a gente já se viu antes.

Enquanto o homem falava, de repente me ocorreu que ele pudesse ser alguém que eu conhecia do passado. Era Takashi Kijima, sem dúvida alguma. Ele era o garoto por quem fui tão apaixonada no colégio que cheguei até a escrever-lhe um monte de cartas de amor. E lá estava ele, o garoto que era magro como um palito, enterrado numa montanha de carne.

— Espere aí! Você é aquela garota que era amiga da irmã de Yuriko? — Ele deu uma cutucada na cabeça, perturbado, tentando se lembrar do meu nome. — Você era da turma um ano na frente da minha...

— Eu sou Kazue Satō.

Se eu não o ajudasse, a gente ia ficar naquilo para sempre. Kijima deu um longo suspiro de alívio.

— Bom, com certeza isso foi há muito tempo! — disse ele, num tom de voz surpreendentemente simpático. — Eu acho que faz mais de vinte anos desde que eu saí da escola.

Eu assenti com a cabeça, perturbada, reparando especialmente na roupa que Kijima estava usando. Ele usava um sobretudo cor de camelo que parecia de cashmere, um anel de ouro com um diamante na mão direita e uma pulseira com aparência de pesada no pulso. Seus cabelos ondulados estavam fora de moda, mas mesmo assim parecia que ele estava muito bem. Então por que será que ele ainda estava trabalhando como cafetão? E por que cargas d'água eu havia sentido essa atração toda por aquele cara? Só de pensar nisso já me dava vontade de rir.

— Qual é a graça?

— Eu estava aqui pensando em por que motivo eu era tão louca por você.

— Eu me lembro de que você me mandava cartas. Elas eram realmente qualquer coisa.

— Eu gostaria muito que você simplesmente esquecesse que um dia isso aconteceu. — Aquele havia sido o fato mais humilhante de toda a minha vida. Mas eu segurei a língua e a raiva e fiz uma nova proposta a Kijima.

— Kijima-kun, que tal um programinha?

Kijima começou a abanar a mão na frente do rosto num esforço vigoroso para encerrar a minha pergunta.

— Não vai rolar. Eu sou gay, e não estou mais nessa. Portanto, nem pensa em aparecer por lá.

Então era isso! Que idiota que eu fui. Muito pior do que falta de mérito da minha parte, as minhas esperanças não estavam nem mesmo no terreno das coisas possíveis.

– É mesmo? Bom, a gente se vê por aí, então.

Eu dei de ombros e fui embora.

Kijima foi atrás de mim, a respiração pesada, e agarrou o meu ombro.

– Kazue, espere aí. O que aconteceu com você?

– Como assim, o que aconteceu comigo?

– Você está totalmente diferente. Você está realmente fazendo programa agora? Eu ouvi falar que você tinha sido contratada pela Firma G de Arquitetura e Engenharia. O que houve?

– Não houve nada. – Eu me livrei de sua mão no meu ombro. – Eu ainda trabalho lá. Eu sou subgerente do departamento de pesquisa.

– Impressionante! Quer dizer então que você tem um segundo emprego à noite? As mulheres têm sorte. Elas conseguem ganhar dinheiro levando uma vida dupla.

Eu me virei para dar uma olhada em Kijima.

– Você também está muito diferente, sabia? Está tão gordo que eu mal reconheci.

– Bom, eu acho que nós dois não somos mais o que éramos antes – respondeu Kijima, bufando ligeiramente.

Aquilo não era verdade, eu me opus silenciosamente. Eu sempre fui magra e bonita. Em voz alta, eu disse:

– Eu cruzei com a Yuriko outro dia. Ela também mudou.

– Yuriko? Não brinca!

Kijima repetiu consigo mesmo o nome de Yuriko várias vezes, visivelmente emocionado.

– Yuriko. Ela está bem? Eu perdi o contato com ela faz um bom tempo e fico me perguntando por onde andará.

– Ela está uma merda. Está gorda e horrorosa. Eu não consigo acreditar que uma pessoa tão bonita possa ter se transformado em algo tão horrendo. A gente era como noite e dia. Bom, ainda somos. Só que agora eu não consigo entender como é que eu pude sentir tanta inveja e ressentimento por ela.

Kijima assentiu silenciosamente.

— Agora ela está nas ruas como eu. Ela fala que quer mesmo é morrer logo e não está nem aí para mais nada. Foi você quem levou Yuriko para essa vida, não foi?

Kijima deu a impressão de ter ficado ofendido com a minha acusação. Ele franziu o cenho e mexeu nos botões do casaco; parecia que eles iam estourar a qualquer momento. Em seguida ele olhou para o céu e deu um longo e dramático suspiro.

— Kijima, você está trabalhando aqui?

— Não. O proprietário da Morangos Molhados é um conhecido meu, e eu só dei uma passadinha aqui para ver como andavam as coisas. E você?

— Eu trabalhei um tempo aqui. E como ficou frio eu pensei em voltar para ver se não conseguia alguma coisa temporária. Ei, será que não daria para você me dar uma forcinha?

Kijima ficou lívido e balançou a cabeça com firmeza.

— Não vai dar, não. Se eu fosse o proprietário eu não te contrataria. Você não tem mais condições de ser garota de programa. Você está velha demais até para fazer o papel da mulher madura. Você devia esquecer a ideia de trabalhar num lugar como esse.

— Por quê? — eu perguntei, indignada.

— Bom, olhe só para você! Você já passou do limite. Se você está se oferecendo a caras como eu, só pode estar desesperada. A única coisa que você ainda pode fazer é ficar em pé em alguma esquina. Além do mais, você faz o tipo de trabalho que aquelas garotas de programa pequenas e frágeis não conseguem fazer com aquelas peles fininhas delas e todas aquelas neuroses.

— Eu também me magoo com facilidade, sabia? Eu estou sempre chateada com alguma coisa.

Kijima lançou um olhar cheio de dúvidas para cima de mim, os cantos de sua boca desenhando um ar de deboche.

— Está certo. Você tem cara de que nem resfriado pega. E quando a sua adrenalina sobe, aposto que ninguém te encara. Você fica na rua porque curte, não é? E provavelmente você também gosta de ridicularizar a sua empresa.

– Bom, o que você espera? É a única forma que tenho de exercer um pouquinho de controle na minha vida. Eu sou tratada como merda desde que pus os pés naquela empresa. Eu faço um bom trabalho, mas ninguém me acha muito atraente, aí eu nunca venço. E eu não gosto de perder.

Kijima ouvia sem me interromper, mas tinha pegado o celular no bolso do casaco como se estivesse imaginando quanto tempo ainda demoraria aquele meu discurso. Eu mudei de assunto rapidamente.

– Você tem um cartão? Eu gostaria muito de ficar com um. Sei lá, eu posso precisar ligar para alguém em algum momento se eu precisar de ajuda.

Kijima pareceu ficar exasperado. Eu tenho a impressão de que ele não queria ter mais nenhum contato comigo.

– Bom, o que eu quis dizer foi se de repente a Yuriko morrer ou qualquer coisa assim.

A expressão de Kijima ficou séria, e em dois segundos ele puxou um cartão do casaco e me entregou.

– Se você voltar a ver a Yuriko, diga a ela pra entrar em contato comigo.

– Por quê?

– Nenhum motivo especial – respondeu Kijima pensativamente, apertando o celular com a mão gorducha. – Eu acho que é só curiosidade da minha parte.

Curiosidade. Sim, essa era uma resposta satisfatória.

– Kijima-kun, os homens sempre se sentiram atraídos por mim por curiosidade. Então por que será que o meu negócio anda tão ruim ultimamente? Tem sido assim praticamente todas as noites.

Kijima esfregou as bochechas rechonchudas com um dedo roliço.

– Eu imagino que qualquer homem que saia com você atualmente só está fazendo isso porque quer saber como você conseguiu chegar tão no fundo do poço. Eu não diria que a palavra é curiosidade. Eu diria que é algo mais profundo, mais sombrio. Enfim, um homem normal teria medo da verdade. Eu odeio dizer isso, mas duvido muito que exista algum homem por aí que esteja disposto a pagar para dormir com você. E se houver, pode ter certeza de que ele tem colhão suficiente para olhar bem nos olhos do mal.

— No fundo do poço, eu? — Eu fiquei tão chocada que não consegui evitar um grito. — Por que você está me ofendendo? Eu faço o que faço por vingança. Olhar bem nos olhos do mal? Isso por acaso não é um pouco exagerado?

— Vingança? Vingança de quê?

Kijima pareceu subitamente interessado. Ele olhou para mim fixamente e então rapidamente desviou o olhar.

— Oh, eu não seiiiii! — eu gritei, fazendo um beicinho exagerado, e balancei o corpo de um lado para o outro. — De nada! De tudo que acontece de errado!

— Por que essa atitude agora de garotinha? — bufou Kijima, olhando para mim como quem finge não estar acreditando. — Escute, eu preciso ir embora. Se cuida, Kazue. Você realmente está na pior. — Ele me dispensou com um aceno desinteressado, virou-se e começou a andar na direção da avenida principal.

— Você não pode falar comigo assim, Kijima-kun! Está pensando que eu sou maluca? É assim, é? Ninguém nunca me disse nada parecido antes, seu gigolô! — eu gritei para as costas dele enquanto ele ia embora.

Com a confiança esfacelada, eu desisti da ideia de tentar arranjar um serviço na Morangos Molhados ou tentar arrumar alguma coisa com algum passante ao longo da Dogenzaka. Eu fechei com força a capa de chuva e cruzei os braços. Eu queria correr de volta para o meu ponto em frente à estátua de Jizō. Eu estava muito melhor preparada para ficar esperando pacientemente no escuro algum cliente passar.

Quando entrei numa ruazinha estreita cheia de motéis, notei uma velha me observando das sombras. Ela deu um passo à frente e cutucou delicadamente o meu braço.

— Você se incomoda se eu lhe fizer algumas perguntas? — disse ela.

Ela usava um chapéu de crochê de lã branca com luvas no mesmo tom, e havia colocado por cima do casaco cinza um cachecol de poliéster estampado de flores fazendo com que o visual lembrasse o colarinho de um marinheiro. Seus trajes eram tão pouco comuns que eu não tive como evitar um ataque de riso. Ela envolveu com todo o carinho a minha mão na sua mão enluvada e sussurrou numa voz suave:

— Você não deve se sujeitar a essa profissão tão vergonhosa. O amor de Deus é imenso e abarca todas as coisas. Mas você também deve tentar se erguer, sabia? Se fizer isso, vai conseguir recomeçar. Sua dor é a minha dor; sua submissão será a minha submissão. Eu vou rezar por você.

A sensação de ter as minhas mãos geladas envoltas pelas mãos quentinhas dela era deliciosa, mas mesmo assim eu me soltei.

— Do que você está falando? Eu já estou me esforçando tanto para me reerguer que estou quase morrendo! Se quer saber, eu era uma excelente aluna.

— Eu sei, eu sei. Eu sei disso tão bem que chega a doer.

Eu detectei um leve aroma de menta, típico de idosas, quando a mulher exalava.

— O que você sabe? — eu perguntei, com um riso de deboche. — Eu estou conseguindo me virar muito bem sem nenhuma ajuda sua. Eu trabalho numa empresa durante o dia, sabia?

Eu puxei rapidamente o crachá para mostrar à mulher, mas ela praticamente nem olhou para ele. Em vez disso, ela puxou um livro preto da bolsa que estava carregando e apertou-o contra o peito.

— Você gosta de vender o corpo, não gosta?

— Gosto, sim. Com certeza eu gosto.

A mulher balançou a cabeça.

— Mas isso não é verdade, é? Suas mentiras me magoam profundamente. Você gosta de ser tratada com crueldade pelos homens? Eu fico com pena de ver como você é boba. Meu coração dói sempre que eu encontro mulheres desafortunadas como você. Você foi enganada pelos seus patrões, não foi, querida? E à noite você é traída pelos homens. Esse é o limbo horrendo que você é obrigada a suportar. Você é inclusive iludida por seus próprios desejos. Minha pobre menina patética. Corra, abra logo os seus olhos para a verdade.

Enquanto a mulher acariciava a minha cabeça, a peruca saiu do lugar. Eu dei um tapa na mão dela e gritei com raiva:

– Patética? Vire essa cara feia pra lá!

Assustada, a mulher deu um passo para trás. Eu arranquei a Bíblia da mão dela e joguei com força no muro. O livro fez um barulho e caiu no asfalto com um suave estampido. A mulher arquejou e começou a correr para recuperar a Bíblia, mas eu empurrei-a para o lado e pisei no livro. Pude sentir as páginas finas do livro rasgando por baixo do meu salto afiado. Eu me senti tremendamente feliz por fazer algo que eu sabia que não devia estar fazendo.

Eu comecei a correr pela rua escura. O vento norte castigava o meu rosto e o som dos saltos altos rompia o silêncio enquanto eu corria. Eu me sentira bem humilhando aquela mulher. Cheguei a uma loja de conveniência, entrei e comprei uma lata de cerveja e um pacote de lulas secas. Abri a lata e bebi a cerveja enquanto andava. Refrescada pelo líquido gelado descendo pela garganta, olhei para o céu escuro. Eu era livre. Eu estava ainda mais magra e bonita do que antes. E eu aproveitava o máximo possível a minha independência.

Eu não conseguia mais suportar a ideia de ficar em pé na frente da estátua de Jizō esperando pacientemente, então desci em disparada os degraus de pedra da escada que levava à estação de Shinsen. No caminho passei pelo terreno baldio onde eu tinha dado para o sem-teto. Entrei no terreno e fiquei lá tomando a minha cerveja e mastigando as lulas. Eu não estava nem aí para o frio. Senti uma súbita vontade de fazer xixi, e então me agachei ali mesmo na grama seca e mandei ver. Eu me lembrei do banheiro imundo do apartamento de Zhang. Eu preferia muito mais aquele terreno baldio.

– Ei, irmã! O que você tá fazendo aí embaixo?

Um homem estava me observando da escada de pedra. Ele devia estar muito bêbado porque o vento trazia o cheiro de bebida dele lá de cima.

– Uma coisa bem engraçada.

– É mesmo. Posso participar?

O homem cambaleou escada abaixo. Eu me ofereci a ele.

– Olha, eu estou congelando aqui. Vamos para algum lugar fechado.

Assim que vi o homem acenar cheio de entusiasmo, eu agarrei o braço dele e fui andando com ele de volta à Maruyama-chō. Lá eu puxei o cara para dentro do primeiro motel que encontrei. Ele tinha cara de assalariado, estava na casa dos quarenta e poucos, talvez cinquenta. Sua pele estava quentinha devido ao saquê que ele tinha tomado e seu aspecto era sombrio. Eu arrastei-o pelo corredor, mal conseguindo me manter de pé porque ele cambaleava demais, e depois empurrei-o dentro do apartamento.

– Eu cobro 30 mil ienes.

– Eu não tenho essa grana aqui, não.

O homem deu um passo ligeiro à frente enquanto remexia os bolsos. Ele pegou um recibo e seu vale-transporte. Eu imaginei que se a gente já tinha chegado até ali, era bom fazer logo o serviço. Então eu empurrei o cara para a cama, me joguei em cima dele e plantei um beijo naquela boca com gosto de álcool. Ele afastou a cabeça todo sem jeito e ficou me encarando.

– Corta essa! – protestou ele. – Não vai dar.

– Espere um pouquinho. Foi você quem me trouxe para cá. Eu vou pegar os meus 30 mil antes que você tente me passar a perna.

Fazia tanto tempo que eu não tinha cliente que eu não estava nem um pouco a fim de que ele fosse embora. Fiquei desesperada. O homem ficou um pouco mais calmo e puxou várias notas de mil ienes da carteira. Depois baixou a cabeça.

– Desculpe. Isso é tudo o que eu tenho aqui. Mas eu não vou pedir mais nada a você. Eu vou embora agora.

– Ei, eu sou funcionária de uma empresa famosa. Você não quer saber por que eu viro prostituta à noite?

Eu me virei no meu lado da cama e tentei parecer o mais sedutora possível. O homem fechou a carteira e vestiu o paletó. Eu também fui correndo pegar as minhas coisas. Eu não queria ficar com a conta do quarto. O homem saiu e foi direto para a recepção discutir preços. Era visível que ele não estava mais com aquele ar de bêbado.

– Nós não bagunçamos o quarto nem nada assim. Por que você não nos cobra a metade? Nós não ficamos nem dez minutos.

O hostess olhou de relance para mim. Era um homem de meia-idade usando visivelmente uma peruca.

– Tudo bem. Vou deixar por 1.500 ienes.

O homem entregou duas notas de mil ienes sentindo um evidente alívio. Quando o recepcionita entregou a ele uma moeda de 500 ienes de troco, o homem disse que ele podia ficar com ela pela dor de cabeça de resolver o problema.

– Não é muita coisa, mas eu agradeço a compreensão.

Quando ouvi o homem dizer isso, eu estiquei imediatamente a mão.

– Ei, espere aí, eu acho que isso pertence a mim. Afinal de contas, eu fui a única obrigada a suportar os seus beijos por míseros 3 mil ienes!

Os dois homens olharam para mim, perplexos. Mas eu nem pisquei um olho, e por fim o hostess me deu a moeda.

Estava chegando a hora do último trem da noite. Eu comprei outra lata de cerveja e tomei quase que de um gole só. Desci a escada de pedra mais uma vez e voltei para a estação de Shinsen. Meus ganhos da noite ficaram entre 3 mil e 3.500 ienes se acrescentarmos a gorjeta que eu tirei do recepcionista. Mas com o custo da cerveja e da lula, eu estava no vermelho. Enquanto andava pela rua em direção à estação, eu vi o prédio onde Zhang morava. Eu me virei para olhar as janelas do quarto andar. A luz estava acesa no apartamento dele.

– Bom, nos encontramos de novo. Você está muito bem.

Eu ouvi uma voz atrás de mim. Era Zhang. Joguei a lata de cerveja vazia no meio-fio e ouvi o barulho do metal no asfalto. Zhang estava usando sua jaqueta de couro e calça jeans, exatamente como naquela noite. Seu rosto estava com uma expressão séria. Consultei o relógio.

– Eu ainda tenho um tempinho. Você acha que o pessoal do seu apartamento estaria a fim de alguma coisa?

— Você vai me desculpar — disse Zhang — mas você não fez muito sucesso com eles. Tanto Dragon quanto Chen-yi acharam você magra demais. Eles gostam de mulher com mais carne.

— Bom, e você?

Zhang rolou os olhos para cima. Suas sobrancelhas eram grossas e os lábios carnudos e, tirando o fato de que estava ficando careca, ele era realmente o meu tipo. Por algum motivo eu queria ficar com ele.

— Eu não dou a mínima. Qualquer mulher transa comigo — disse Zhang, rindo. — Qualquer mulher exceto a minha irmã.

— Se é assim mesmo, dá para me dar um abraço?

Eu abracei o corpo de Zhang. O trem da linha Inokashira que ia para Shibuya tinha acabado de chegar à estação e os passageiros estavam se amontoando na plataforma. Todos olharam para nós, mas eu não dei a mínima. Zhang, sim. Com o olhar de quem está constrangido, ele me abraçou, tentando me manter a uma certa distância, mas eu continuava apertando, tentando aprofundar cada vez mais o abraço. De repente eu me senti assaltada por uma sensação de tristeza.

— Você vai ser legal comigo? — eu perguntei a Zhang, num tom sentimental.

— Você quer que eu seja legal com você? Ou quer que eu faça sexo com você?

— As duas coisas.

Zhang me empurrou para o lado com rispidez para poder me olhar no rosto. Então disse friamente:

— Não, não. Você tem de escolher. O que você quer?

— Que você seja legal comigo.

Assim que eu murmurei a minha resposta, eu soube que era exatamente isso o que eu queria. Eu não estava atrás de dinheiro. Então por que diabos eu ficava em pé naquele esquina todas as noites? Será que eu queria apenas que alguém fosse legal comigo? Certamente não. Eu estava confusa. Talvez bêbada. Eu passei a mão na testa.

— Você vai me pagar para eu ser legal com você? — perguntou ele.

Eu olhei para Zhang, surpresa. Ele parecia sinistro ali em pé na escuridão com aquele olhar malicioso.

– Por que eu tenho que pagar? Por acaso não deveria ser o contrário?

– Mas você está me pedindo uma coisa esquisita. Você não gosta de ninguém, gosta? De nenhuma outra pessoa, nem de si mesma. Você foi ludibriada.

– Ludibriada? – Eu curvei a cabeça para o lado, sem entender o que ele estava falando. Eu não tentei fazer a minha pose de garota bonitinha; não tinha energia para isso.

Zhang prosseguiu cheio de entusiasmo:

– É, ludibriada. Eu acabei de aprender essa palavra. Tecnicamente falando, significa que alguém foi sacaneado ou iludido. Você foi ludibriada por todo mundo que cruzou o seu caminho – no escritório, na rua. No passado você foi ludibriada pelo seu pai e pela escola.

O último trem devia estar saindo agora da estação de Shibuya. Enquanto ouvia aquela conversa mole de Zhang, eu olhei na direção dos trilhos. Eu não tinha outra escolha a não ser voltar para casa. Assim como eu não tinha outra escolha a não ser ir para o trabalho na manhã seguinte. Não dava para evitar. Quer dizer então eu que estava sendo ludibriada pela sociedade? Eu lembrei o que a mulher da Bíblia tinha me dito: "Eu fico com pena de ver como você é boba."

8

5 DE JUNHO

Durante a estação das chuvas, os negócios secaram por completo. E com a chuva constante eu não tinha a menor vontade de ficar em pé ao relento a noite inteira me encharcando. E para piorar as coisas, as rajadas de vento de baixa pressão deixavam os meus olhos inchados, e eu sentia sono o dia inteiro. Era cada vez mais difícil sair da cama de manhã. Tudo o que eu queria era tirar o dia de folga, e a batalha interior que eu tinha de empreender para cruzar a porta começou a ficar exaustiva. Por que será que mesmo quando o espírito está disposto o corpo se recusa? Hoje eu me levantei ainda mais tarde do que o habitual, me sentei à mesa e fiquei ouvindo a chuva. Minha mãe já tinha preparado o café da manhã da minha irmã e a despachado para o trabalho. Ela depois voltou para o quarto e a casa estava absolutamente silenciosa. Eu despejei numa xícara um pouco de água quente e preparei um café instantâneo. Em seguida, em vez de comer alguma coisa, comecei a mastigar um tablete de gymnema. Minha saia azul-marinho estava agora tão folgada na cintura que chegava a subir pelos quadris quando eu me sentava. Eu estava mais magra do que nunca. Quanto mais leve eu ficava, mais feliz eu me sentia. Naquele ritmo meu corpo acabaria simplesmente pulverizando no ar. Eu estava exultante. O tempo podia até estar carregado, mas o meu astral estava nas alturas.

A chuva tinha começado a cair torrencialmente. As flores no jardim que deixavam a minha mãe tão orgulhosa estavam todas amassadas: hortênsias, azaleias, rosas, pequenas gramíneas. Estava tudo achatado. Eu me virei para o jardim e xinguei as malditas plantas. Assim que a chuva parasse elas voltariam à forma normal, mais vistosas do que nunca devido à umidade. Filhas da puta! Eu desprezava o precioso jardim da minha mãe.

Olhei para o céu. Eu não iria faturar nada hoje à noite. Eu só tinha sido capaz de trabalhar uma semana durante o mês de junho inteiro e conseguira juntar apenas 48 mil ienes. Consegui quatro clientes, incluindo Yoshizaki e um cara bêbado. Eu suguei 30 mil de Yoshizaki e o bêbado me deu 10 mil. Aí houve também dois sem-teto. O primeiro era o homem que eu tinha pegado antes no terreno baldio, mas o outro era um novato. Eu transei com os dois ao ar livre debaixo de chuva. A coisa chegara a um ponto em que os homens me pagavam para me ver fazer xixi no terreno baldio. Nada mais me perturbava. Mas em consequência disso, eu estava achando cada vez mais difícil me concentrar no trabalho; eu estava sempre cansada demais. Eu simplesmente me sentava à mesa e recortava artigos de jornal, e nem ligava para que tipo de artigo eu estava recortando. Às vezes eu me divertia recortando a programação da TV. Meu chefe fazia cara feia para mim com o canto do olho, mas nunca dizia uma palavra sequer. As outras pessoas do escritório olhavam para mim e se juntavam para fazer fofoca, mas eu não ligava. Que falem à vontade. Eu era forte.

Eu abri a edição matutina do jornal e, depois de conferir as previsões meteorológicas, dei uma folheada nas colunas sociais. Meus olhos foram atingidos pelos farelos de torrada que a minha irmã havia deixado no jornal – ela lera o jornal antes de mim. Deve ter parado para ler esta página. A manchete dizia: CORPO DE MULHER ENCONTRADO EM APARTAMENTO. O nome da vítima era Yuriko Hirata. Yuriko! Eu me lembrei de que não tinha visto Yuriko recentemente. Então você conseguiu mesmo ser assassinada. Foi exatamente como previu, não foi? Parabéns. Enquanto falava essas palavras em meu coração, eu ouvi um som de riso. Quem era?, eu imaginei, enquanto me virava para ver.

O espírito de Yuriko pairava entre o teto cheio de fuligem e a mesa atulhada de coisas; ela estava olhando para mim. Apenas a parte de cima do seu corpo era visível na penumbra azulada da luz fluorescente. Seu rosto não era mais aquele rosto gordo e horrível que eu via ultimamente. Ela voltara a ter aquela beleza luminosa que tinha quando jovem. Eu falei com ela.

– Aconteceu exatamente como você queria, não é?

Yuriko sorriu, exibindo os dentes brancos e brilhantes.

– Obrigada. Eu fui na frente e morri antes de você. O que você vai fazer agora, Kazue?

– Meu negócio de sempre. Eu ainda preciso ganhar dinheiro.

– Pare enquanto é tempo. – Yuriko riu. – Você nunca vai juntar dinheiro o suficiente para ficar satisfeita. Além disso, mais cedo ou mais tarde o homem que me matou também vai matar você.

– Quem?

– Zhang.

A resposta de Yuriko era inconfundível. Mas como ela havia conhecido Zhang? Eu comecei a desenvolver a ideia na minha cabeça. Yuriko deve ter atraído Zhang; Yuriko é um monstro; Zhang

gosta de monstros; uma coisa levou à outra. Mas se foi assim mesmo que aconteceu, será que Zhang vai mesmo me matar também? Outro dia, quando eu me joguei nos braços dele, ele me abraçou, não abraçou? Eu queria que ele fosse legal comigo. Eu queria que me abraçasse. Yuriko levantou um indicador magrinho na frente do rosto e balançou vigorosamente de um lado para o outro.
— Não, não, não, Kazue. Você não deve ter desejos próprios. Ninguém vai ser legal com você. Eles não querem nem nos pagar. Putas velhas como a gente só servem para fazer os homens encararem a verdade, você sabe disso, não sabe? É por isso que eles nos odeiam.
— Encararem a verdade? — Antes que eu pudesse ao menos perceber o que estava fazendo, eu já tinha levado a mão ao queixo e inclinado a cabeça para o lado.
— Ah, pelo amor de Deus, Kazue, você ainda está tentando dar uma de menininha bonitinha? Desiste disso. Isso não leva a nada. Você simplesmente não entende, não é?
— Eu entendo sim. Eu entendo. Eu entendo que estou mais magra e mais bonita do que nunca.
— Quem foi que lhe deu esse péssimo conselho?
Do que ela estava falando? Foi então que eu lembrei que alguém me dera aquela ideia. Será que tinha sido na escola? A irmã de Yuriko?
— Foi a sua irmã.
— E você acredita numa coisa que alguém lhe disse há tanto tempo? — disse Yuriko, suspirando. — Kazue, você é mesmo muito bobinha! Você deve ser a pessoa que eu conheço que acredita mais facilmente nas coisas.
— Pouco importa. Escute aqui, Yuriko. Diga pra mim o que você quis dizer com encarar a verdade.
— Que tudo é um vazio. Um imenso nada.
— Eu sou um imenso nada?
Assim que fiz a pergunta, eu vi que eu estava abraçando a mim mesma. Eu sou um nada! Vazia. Quando foi que desapareci? Tudo o que restava de mim era uma roupa, a roupa que pertenceu a uma graduada pela Universidade Q, uma funcionária da Firma G de

Arquitetura e Engenharia. Não havia nada dentro. Mas também, o que existe dentro, afinal?

Quando voltei a mim, percebi que tinha derramado café em cima da página aberta do jornal. Passei rapidamente um paninho na mesa. O jornal tinha ficado completamente marrom.

— Kazue, qual é o problema?

Eu olhei para trás e vi a minha mãe em pé ao lado da porta da sala. Seu rosto pequeno e sem maquiagem estava contorcido de medo.

— Você estava falando agorinha mesmo. Eu ouvi a sua voz e pensei que estivesse conversando com alguém.

— Eu estava conversando com alguém, *sim*. Estava conversando com essa pessoa aqui.

Eu apontei para o jornal. Mas a matéria tinha ficado tão manchada de café que era difícil continuar a leitura. Mamãe não disse nada, apenas colocou a mão na boca num esforço para conter um grito. Eu não prestei nenhuma atenção nela, mas arranquei a minha bolsa da cadeira.

— Eu preciso dar um telefonema! — eu gritei.

Enquanto tirava a agenda da bolsa, um bolo de lenços de papel cheios de catarro voou dela junto com um lenço sujo. As duas coisas aterrissaram no chão ao meu lado. Mamãe olhou com raiva, mas eu mandei ela passear.

— O que você está olhando? Saia daqui.

— Você vai chegar atrasada ao trabalho.

— Não é grande coisa eu chegar um pouquinho atrasada. O gerente chegou uma hora atrasado um dia desses. E no dia anterior, uma das secretárias chegou atrasada. Todo mundo faz isso, então por que eu não deveria fazer? Por que eu sempre tenho que ser tão séria em relação ao emprego? Eu tenho trabalhado como uma escrava esse tempo todo só para manter você nesta casa. Você tem toda a razão quando diz que eu já estou cansada disso!

— Kazue, minha querida, você faz o que faz por mim? É isso?

Minha mãe estava murmurando. Rugas de preocupação apareciam em seu rosto enquanto ela olhava fixamente para mim.

– Não tem nada a ver com você! Eu trabalho porque sou uma filha obediente.
– Você é, sim. – Os balbucios de minha mãe eram quase inaudíveis. Ela parecia não estar disposta a sair, mas por fim retirou-se para o quarto com uma cara de desgosto. Eu folheei a minha agenda em busca da seção de endereços. A irmã de Yuriko. Fazia mais de dez anos desde a última vez que eu tive contato com ela, mas de repente eu senti que não ia conseguir sossegar até ouvir a voz dela. Enquanto discava o número, tentei entender o que exatamente eu precisava tão desesperadamente confirmar. Eu estava absolutamente perplexa.
– Alô. Alô? Quem é?
A voz do outro lado da linha era sombria ao extremo, cautelosa. Eu falei logo o que queria, sem nenhuma introdução.
– Aqui é Kazue Satō. Eu soube que Yuriko-chan foi assassinada.
– É isso mesmo.
A voz dela tinha uma pontinha de depressão, mas ao mesmo tempo reverberava uma espécie de calma.

A irmã de Yuriko começou a fazer um som estranho no outro lado da linha. Baixo e constante como o motor de uma motocicleta. Ela estava rindo. O seu riso era o de alguém que estava tendo uma sensação de alívio, um riso que revelava a alegria que estava sentindo por finalmente ter se livrado de Yuriko. Eu tinha a mesma sensação. Ela era mais experiente do que eu nos negócios da noite, e tinha aparecido do nada para roubar o meu ponto: a ex-beldade da escola. Então eu creio que nós duas estávamos com a mesma sensação de que havíamos, de uma certa forma, nos livrado dela. Mas também, ao mesmo tempo, havia algo que nos ligava a ela.
– Qual é a graça? – perguntou a irmã de Yuriko.
– Nada.
Eu nem estava rindo. Por que ela fez uma pergunta como essa? A irmã de Yuriko era louca. Então eu resolvi retribuir a pergunta.
– Bom, eu imagino que você esteja triste.
– Na verdade, não.
– Ah, é mesmo, você e Yuriko-chan não eram particularmente próximas, se eu bem me lembro. Era como se vocês duas não

fossem nem parentes. Outras pessoas podiam até nem perceber que vocês eram irmãs, mas eu percebi logo.
A irmã de Yuriko me interrompeu.
– Chega dessa história. O que você tem feito ultimamente?
– Adivinha. – Eu coloquei um tom de desafio.
– Eu ouvi dizer que você arrumou emprego numa firma de engenharia.
– Você ficaria surpresa se eu te dissesse que Yuriko-chan e eu estávamos no mesmo ramo de trabalho?
Tudo ficou em silêncio do outro lado da linha. A irmã de Yuriko devia estar pensando no que acabara de ouvir. Eu sabia que ela tinha inveja de mim. Ela era uma mulher que ansiava por ser como Yuriko, mas não podia imitá-la nem se sua vida dependesse disso. Mas eu era diferente.
– Bom, eu pretendo ser cuidadosa!
Isso fez com que ela batesse o telefone. Eu desliguei logo em seguida. Mas do que realmente eu e a irmã de Yuriko havíamos ficado livres? De viver? Talvez eu quisesse ser morta da mesma maneira que Yuriko. Porque eu também era um monstro. E estava cansada de viver.

À noite ainda não havia parado de chover. Eu abri o meu guarda-chuva, encarei o temporal e comecei a circular pelas imediações da estação de Shinsen na esperança de cruzar com Zhang. Fiquei parada em frente ao prédio em que ele morava e olhei para o apartamento dele, mas estava tudo escuro. Ninguém havia chegado ainda. Justamente quando eu estava pensando em desistir e voltar para casa, avistei Chen-yi caminhando na minha direção. Ele vestia uma camisa leve, short e sandálias de praia, mesmo com o tempo frio trazido pelas chuvas. Eu comecei a andar ao lado dele.
– Boa-noite.
Quando Chen-yi reparou em mim, parou de andar. Os olhos por trás dos óculos escuros se mexiam enlouquecidamente, como se ele estivesse sendo forçado a ver alguma coisa desagradável.

— Eu preciso ver o Zhang, e eu fiquei pensando se de repente ele não estaria em casa.
— Ele provavelmente não está. Zhang mudou de emprego, então ele fica fora dia e noite. Eu não sei a que horas ele chega.
— Posso esperar por ele lá em cima?
— Não, não vai dar, não. — Chen-yi balançou a cabeça agressivamente. — Tem um outro pessoal lá. Não vai dar.
Ele se comportava como se estivesse envergonhado de ter feito sexo comigo na frente de todo mundo.
— Eu posso dar uma olhadinha?
Eu fui me encaminhando para a escada, mas Chen-yi me segurou bruscamente e me obrigou a parar.
— Eu vou ver se ele está ou não. Você espera aqui.
— Se ele estiver, diga a ele que estou esperando por ele no terraço.
Chen-yi olhou para mim com desconfiança quando eu me dirigi à escada, mas eu não dei a mínima. O lixo que entupia a escada entre o quarto andar e o terraço havia se multiplicado, como se fosse alguma espécie de organismo vivo. Toda a escadaria estava agora com um tapete de lixo: papéis velhos, jornais em inglês, garrafas plásticas de refrigerante, capas de CDs, lençóis rasgados e camisinhas. Eu chutei o lixo para o lado com as pontas molhadas dos sapatos e subi a escada. Passei pela porta do apartamento de Zhang e segui para o terraço. O colchão ensopado de chuva estava atravessado na escada e apontava para o céu como se fosse um cadáver — o colchão que o professor de idiomas havia deixado. O colchão onde Zhang agora estava sentado, a cabeça baixa. Camiseta encardida, calça jeans. Os cabelos por cima das orelhas. Parecia que ele não fazia a barba há dias. Zhang não estava muito diferente do lixo que se avolumava no local. De repente eu me lembrei das plantas no jardim de mamãe, destruídas pela chuva. Assim que a chuva parasse, aquelas plantas renasceriam.
— O que você está fazendo sentado aí?
— Ah, é você? — Zhang levantou a cabeça e olhou para mim, surpreso. Meus olhos avistaram uma corrente de ouro brilhando no pescoço de Zhang.
— Essa corrente é da Yuriko, não é?

– O quê? Isso aqui? – Zhang tocou a corrente como se tivesse acabado de se lembrar que ela estava ali. – Então o nome dela era Yuriko?

– Era. Ela era uma conhecida minha. Ela sempre se vestia exatamente como eu.

– É mesmo, quando você falou eu me lembrei.

Zhang torceu a corrente nos dedos. Pingos de chuva escorriam do meu guarda-chuva e faziam uma poça num canto do colchão que começava a se espalhar como se fosse uma mancha. Zhang não pareceu notar.

– Você matou Yuriko, não matou?

– Matei, sim. Eu a matei porque ela me pediu. Foi a mesma coisa com a minha irmã. Eu disse que a minha irmã caiu no mar e se afogou, mas isso foi uma mentira. Eu a matei. No contêiner, na viagem pro Japão, a gente fez sexo todas as noites. Ela odiava a ideia de viver como se fosse um animal selvagem e me pediu, com lágrimas nos olhos, que eu a matasse. Eu disse para ela não se preocupar com o nosso relacionamento e pedi várias vezes para ela viver comigo como se a gente fosse marido e mulher, mas ela não queria aceitar. Aí eu a joguei no mar. Eu podia ver as mãos dela balançando em meio às ondas enquanto ela se afastava cada vez mais de mim; era como se estivesse se despedindo de mim. Ela sorria. Parecia feliz por estar se despedindo de sua vida comigo. Nós pedimos muito dinheiro emprestado só para fazer essa viagem pro Japão. Não dava para acreditar na estupidez dela. Aí sempre que eu encontro uma mulher que diz "Me mata", eu fico muito feliz em atender o pedido. Se ela simplesmente não consegue mais suportar a vida, eu dou um jeito nas coisas para ela. E você?

Zhang deu um leve sorriso na escuridão. O vento ficara mais forte e chicoteva os nossos rostos com a chuva. Eu fiquei de lado, tentando evitar a chuva, mas Zhang fez apenas uma careta ao deixar a chuva atingir seu rosto. Sua testa brilhava com a umidade.

– Eu ainda não quero morrer. Mas eu posso querer daqui a pouco tempo.

Zhang agarrou as minhas pernas.

– Como você é magra! Parece até um esqueleto. Eu não consigo entender por que você não ganha peso. Você acha que está doente? A minha irmã e aquela tal de Yuriko eram saudáveis. Por que justamente você tem que estar doente? É triste, não é?
– Você acha que eu estou doente? Mas eu não quero morrer.
– Tem gente por aí que já está à beira da morte e nem desconfia disso. E tem gente também que é a própria imagem da saúde, mas prefere morrer assim mesmo. Você não concorda?
De repente senti uma tristeza enorme. Por que será que sempre que eu conversava com Zhang eu me sentia tão solitária, tão triste? Eu me sentei naquele colchão imundo e encharcado. Zhang me pegou pelos ombros e me puxou para junto dele. Ele estava com cheiro de suor e sujeira, mas eu não me importava.
– Seja legal comigo. Por favor.
Eu enterrei a cara no peito de Zhang, brincando com a corrente que brilhava em seu pescoço.
– Tudo bem, desde que você seja legal comigo.
A gente se abraçou, murmurando um para o outro sem parar:
– Seja legal. Por favor, seja legal comigo.

9

30 DE JANEIRO
SHIBUYA: WA (?), 10 MIL IENES
SHIBUYA: ESTRANGEIRO, 3 MIL IENES

Zhang é um grande mentiroso. Um bosta. E ainda por cima assassino! Eu coloquei minha lata de cerveja, meu pacote de lulas secas e um frasco de tabletes de gymnema em cima do balcão da loja de conveniência e pensei nele.
– Ei! – Alguém me cutucou as costas. Eu percebi que tinha furado a fila, mas não me importei nem um pouco. Fiquei onde estava e ainda pedi um pouco de *oden*.

— Eu quero bolo de peixe, rabanete e *konnyaku*, um de cada. E enche a tigela de caldo, está bem?

O homem atrás do balcão bufou de irritação, mas a atendente – que estava acostumada a me ver por lá – foi até o caldeirão de *oden* e pegou a quantidade que eu queria sem falar nada. As duas jovens atrás de mim na fila resmungaram alguma coisa – ou um insulto ou uma reclamação – então eu me virei e olhei com raiva para elas. As duas pareceram ter ficado intimidadas, o que me divertiu bastante. Eu adquirira o costume de olhar bem nos olhos das pessoas – no escritório, em casa, onde quer que eu estivesse. Eu sou um monstro. Todo mundo me trata como se eu fosse especial. E se isso te incomoda, experimente ser como eu!

Eu saí da loja e comecei a tomar rapidamente o caldo. O líquido quente e suave desceu pela minha garganta. Eu sabia que o calor do líquido encolheria o meu estômago. Ele ficaria cada vez menor. Um trem da linha Inokashira passou zunindo pelos trilhos. Eu estiquei o corpo e observei a composição parar na estação de Shinsen. Fiquei imaginando se Zhang não estaria nele.

Mais de seis meses haviam se passado desde que Zhang e eu ficáramos grudados um no outro naquela noite chuvosa. Agora estávamos em janeiro. O inverno não estava sendo rigoroso até agora, o que deixava as coisas bem mais fáceis para mim. Sempre que eu ia até a estação de Shinsen, eu procurava Zhang. Uma vez, enquanto espiava através da cerca da rua, pensei ter visto um homem muito parecido com ele em pé na plataforma. Mas eu não o via desde aquela noite chuvosa. Por mim estava ótimo. Ele não significava nada para mim mesmo. Eu depositei todas as minhas energias em meu trabalho noturno. Zhang vai continuar vivendo neste país, esquecendo que matou Yuriko.

Naquela noite nós dois estávamos desesperadamente sentimentais. Mas mesmo assim, eu fui obrigada a dar uma gargalhada quando ouvi o ridículo solilóquio de Zhang.

— Eu amava aquela prostituta. A que você disse que se chamava Yuriko.

— Ah, dá um tempo! Você nem conhecia a mulher. E Yuriko não passava de uma puta xexelenta. Além do mais, eu acho que nem ela acreditaria em você. Você sabe que ela odiava os homens.

Zhang agarrou o meu pescoço enquanto eu me contorcia de tanto rir. Parecia até que ia me estrangular.

– Ah, então você acha que isso é engraçado? Bom, que tal se eu te matasse da mesma maneira? Sua puta babaca.

A luz alaranjada que iluminava a entrada da escada refletia os olhos de Zhang, fazendo com que eles brilhassem intensamente. Ele parecia possuído, arrepiante. Assustada, eu dei um tapa nas mãos dele e me levantei. A chuva atingiu em cheio o meu rosto. Eu levantei a mão para me enxugar e percebi que não era água, era cuspe de Zhang. Esperma, cuspe: uma mulher recebe o que os homens excretam.

– Cai fora – disse Zhang, me dispensando, e eu fui embora correndo do terraço. Desci destrambelhadamente a escada escorregadia, chutando o lixo encharcado. O que havia exatamente em Zhang que me fazia sentir vontade de fugir? Nem eu mesma tinha certeza. Quando cheguei à porta do prédio, esbarrei em um homem que estava entrando em disparada. Seu corpo, molhado de chuva e suor, emitia um odor peculiar. Sua camiseta preta estava ensopada, revelando um corpo delgado. Era Dragon. Ajustei minha peruca e me dirigi a ele.

– Oi!

Dragon não respondeu. Em vez disso me fuzilou com seu olhar de agulha afiada.

– Zhang está no terraço – eu informei a ele. – Você sabe por que ele está lá? Ele está fugindo de alguma coisa.

Eu tinha planejado contar a Dragon que Zhang havia assassinado Yuriko, e que era por isso que ele estava fugindo. Mas antes que eu pudesse fazê-lo, Dragon me surpreendeu com sua própria explicação.

– Ele está fugindo da gente, aquele babaca. Ele pediu dinheiro emprestado e ainda não pagou. Aí a gente falou para ele que enquanto ele não pagasse o que devia ele não ia entrar no apartamento.

Na noite em que eu tinha transado com Chen-yi e Dragon, Dragon estava tratando Zhang como se ele fosse um rei. Mas agora estava com um ar arrogante.

– Bom, é o seguinte, ele matou uma prostituta, sabia? Ele matou uma prostituta em Shinjuku – eu disse, com um risinho debochado.
– Uma prostituta? Ele que mate todas as prostitutas que quiser. Elas podem ser facilmente substituídas. Agora, dinheiro é diferente! Dragon sacudiu o guarda-chuva barato de vinil que estava levando, espalhando água de chuva em todas as direções.
– Não concorda com isso?
Eu assenti. Ele tinha uma certa razão. Dinheiro certamente era algo mais valioso do que a vida de alguém. Mas também, quando eu morresse, o meu dinheiro não teria o menor significado. A minha mãe e a minha irmã iam acabar ficando com ele. A ideia me deixou irritada, mas o que eu podia fazer? Eu estava chateda pelo fato de não conseguir entender uma coisa tão simples como aquela. Dragon olhou para mim e riu com sarcasmo.
– Você acredita nas coisas que aquele babaca te diz? Zhang é um tremendo mentiroso. Ninguém aqui acredita numa palavra do que ele diz.
– Todo mundo mente.
– Mas nada do que aquele merda diz é verdade. Ah, ele se comporta como se fosse um trabalhador superesforçado, fala que saiu da aldeia dele atrás de fortuna na cidade grande. Mas a verdade nua e crua é que ele acabou com o avô dele, com o irmão mais velho e com o homem que ia se casar com a irmã dele e acabou não tendo outra saída a não ser fugir da cidade. Ele fala que obrigou a irmã a se prostituir quando eles chegaram em Hangzhou e ele se envolveu com tráfico de drogas. Ele finge que foi sustentado pela filha de um figurão da política chinesa só para despistar. Ele é um babaca. Porra, ele só veio pro Japão pra escapar da polícia.
– Ele me contou que matou a irmã.
Dragon olhou para mim, surpreso. Uma expressão de perplexidade se desenhou em seu rosto.
– Bom, eu imagino que o filho da puta vez por outra diz a verdade. Isso aí tem cara de ser verdade. Eu ouvi essa história de um outro cara que fez a viagem no mesmo barco que eles. Ele disse

que Zhang fingiu agarrar a mão da irmã, mas o cara teve a impressão de que ele na verdade empurrou a garota pro mar. Bom, seja lá o que tenha acontecido, o filho da puta é um criminoso. E ele sacaneou a gente na maior.

Dragon se dirigiu à escada. Eu vi os músculos das costas dele por baixo da camiseta molhada.

– Ei, Dragon!

Ele se virou para mim.

– Que tal um programinha?

A mais pura repugnância ficou estampada em seu rosto enquanto ele me olhava de alto a baixo.

– Não vai rolar, não. Vou guardar o meu dinheiro para alguma mulher melhor do que você. Além do mais, eu gosto de mulher com um pouco mais de recheio.

– Seu puto! Você sabe muito bem que gostou de trepar comigo.

Eu peguei o guarda-chuva que Dragon tinha deixado na entrada e joguei em cima dele, mas o guarda-chuva aterrissou no meio da escada. Dragon deu uma gargalhada e continuou subindo em direção ao terraço. Filho da puta! Filho da puta de merda! Era a primeira vez em toda a minha vida que eu utilizava um palavreado tão xulo, mas não consegui evitar. Eu espero que todos eles morram. Filhos da puta! Eu me lembrei do apartamento nojento que eles dividiam. Eu tinha prometido a mim mesma que jamais poria os pés de novo naquele pardieiro. Então por que eu havia me oferecido a Dragon? Só pode ter sido um momento de fraqueza provocado pelo abraço que recebi antes no terraço. Ou talvez tenha sido exatamente como Yuriko previra. Talvez tenha sido porque putas como nós deixam os homens desprotegidos. Eu tinha deixado exposta a fraqueza de Zhang e a malícia de Dragon. Eu estava tão furiosa comigo mesma que quebrei de propósito a cobertura de madeira da caixa de correspondências do apartamento 404.

Fiquei imaginando o que teria ocorrido com Zhang. Era isso que estava na minha cabeça enquanto eu seguia lentamente em direção à estátua de Jizō, a sacola de plástico da mercearia balançando na minha mão. Eu tinha marcado de me encontrar com Arai lá. Fazia um bom tempo que a gente não se via: quatro meses. Tanto Yoshizaki quanto Arai me chamavam para jantar antigamente. Mas agora eles só queriam se encontrar comigo em motéis. No início eram duas vezes por mês, depois uma, e agora mais ou menos uma vez a cada dois meses. Para compensar essa falta de frequência, decidi tentar arrumar mais dinheiro com eles a cada encontro.

Quando alcancei o beco que dava em frente à estátua de Jizō, eu vi as costas redondas de Arai. Ele estava à espreita no escuro em frente à estátua, vestindo o mesmo paletó cinza de má qualidade que tinha usado no ano passado e no ano retrasado, um dos ombros caídos, como sempre, devido ao peso da bolsa de vinil preta. E, como sempre, a ponta de uma revista de notícias semanal estava visível na parte de fora da bolsa. A única coisa diferente era que os cabelos dele estavam mais esparsos e mais brancos do que dois anos atrás.

– Sr. Arai, está esperando há muito tempo? O senhor chegou mais cedo, não chegou?

Arai franziu o cenho quando ouviu minha voz aguda e levou um dedo à boca indicando que eu deveria fazer silêncio. Não havia ninguém por perto. Por que estava tão nervoso? Eu fiquei imaginando se ele não sentia vergonha de ser visto comigo em público. Arai não disse nada, mas se virou e se encaminhou para nosso motel de sempre. Os que ficavam na Murayama-chō eram os mais baratos das redondezas. Três mil ienes por uma permanência curta. Eu assoviava enquanto andava, sem nunca esquecer de ficar alguns passos atrás de Arai. Eu estava de ótimo humor. Estava satisfeita por Arai ter me ligado. Fazia um bom tempo desde a última vez, mas eu sentia que as coisas talvez pudessem estar voltando a ser do jeito que eram antes, quando eu me sentia a dona da noite de Shibuya. Eu podia até ser uma prostituta barata, mas ainda não estava disposta a morrer. Eu não ia acabar como a Yuriko.

Quando chegamos ao quarto do motel eu abri a torneira de água quente da banheira e vasculhei o local em busca de alguma coisa valiosa que pudesse levar de lá. Decidi pegar alguns rolos extra de papel higiênico que haviam sido deixados no banheiro. Talvez eu pudesse usar o roupão de banho para alguma coisa. E, é claro, também havia as camisinhas ao lado do travesseiro. Eu reparei que apenas uma tinha sido fornecida naquela noite. Normalmente eles deixavam duas. Liguei para a recepção para reclamar e eles mandaram mais uma. Eu ia deixar uma lá para Arai e levaria a outra comigo.

– O senhor toma uma cerveja, não toma?

Eu abri a sacola da mercearia, tirei uma lata de cerveja e os salgadinhos que tinha comprado antes e coloquei tudo em cima da mesinha fajuta. O *oden* era a minha refeição noturna, portanto eu comi tudo sem oferecer nada a ele.

– Meu Deus, você gosta de muito caldo no seu *oden*, não é?
– ele disse, enojado.

Essa era a primeira vez que a gente se encontrava em não sei quanto tempo, e isso era tudo o que ele tinha a me dizer? Eu não respondi. Caldo de *oden* é comida dietética; qualquer pessoa sabe disso! Ele sacia e aí você não precisa comer outras coisas. Como é que os homens desconhecem coisas tão simples como essa? Eu tomei o resto do caldo. Arai olhou para mim com ar de irritação e foi até o banheiro. Ele antes se preocupava tanto em não falar coisas erradas na minha frente, era tão consciente de seus modos de cidadão interiorano: o sr. Arai, de uma empresa química em Toyama. Quando foi que ele mudou? Eu fiquei lá sentada um tempo, mirando o vazio, enquanto refletia sobre isso.

– Eu quero que esse seja o nosso último encontro.

O anúncio de Arai me pegou completamente de surpresa. Eu olhei para ele, chocada, mas ele evitou o meu olhar.

– Por quê?
– Porque eu vou me aposentar este ano.
– E daí? Isso significa que você também precisa se aposentar de mim?

Não consegui evitar o riso. Empresa e prostituta agora eram a mesma coisa? Isso faria de mim uma funcionária de dia e de noite. Ou talvez seja o inverso: eu sou uma prostituta de noite e de dia!

– Não, não é isso o que eu estou sugerindo. É que eu vou ficar em casa o tempo todo, e vai ser um pouco difícil a gente se encontrar. Além do mais, eu duvido muito que eu continue a ter tantas reclamações que precise extravasar com você.

– Tudo bem, tudo bem. Já entendi – eu disse, impaciente, com a mão estendida na frente de Arai. – Então me dá logo o que você me deve.

Arai foi até o closet onde havia pendurado o paletó amarrotado e, de cara amarrada, enfiou a mão no bolso para pegar sua carteira fininha. Eu sabia que lá dentro havia apenas duas notas de 10 mil ienes. Ele sempre levava apenas o suficiente para cobrir os meus 15 mil ienes e os 3 mil do motel. Ele nunca andava com mais do que o necessário. Yoshizaki era igualzinho. Arai colocou as duas notas na palma da minha mão.

– Seus 15 mil ienes. Agora pode me dar os meus 5 mil de troco.
– É pouco.

Arai olhou para mim.

– Como assim? Isso é o que eu sempre pago.

– Isso é apenas o meu salário. Se eu sou uma funcionária da sua empresa noturna, você precisa me pagar a pensão referente à minha aposentadoria.

Arai olhou fixamente para a palma da minha mão estendida, mas não disse nada. Depois olhou para mim com cara de quem estava ficando visivelmente irritado.

– Você é uma prostituta. Você não tem direito a nada disso!

– Eu não sou apenas uma prostituta. Eu também sou funcionária de uma empresa.

– Certo, certo, eu sei disso: Firma G, Firma G. Você passa o tempo todo se gabando desse emprego. Mas eu aposto que você é um tremendo fardo em sua firma. Se você trabalhasse na minha empresa, você já teria sido despedida há muito tempo. A época em que você começou já acabou há muito tempo, sabia? Você não é mais aquela funcionária com carinha de flor que era antes. Você está esquisita mesmo, para falar a verdade, e a cada minuto fica mais esquisita. Sempre que eu transo com você, eu pergunto a mim mesmo que porra eu estou fazendo. Eu não consigo entender. Você me dá nojo. Mas aí, sempre que você me liga, eu sinto tanta pena

de você que não consigo deixar de concordar em me encontrar com você.
— Ah, é assim, é? Bom, então por enquanto eu só vou pegar o que você me deu aqui. Os outros 100 mil ienes você pode depositar na minha conta.
— Me devolve isso, sua puta!
Arai arrancou as notas da minha mão; eu não podia deixá-lo ficar com elas. Se eu perdesse aquele dinheiro, eu perderia a mim mesma. Mas Arai me deu um soco na cara e a minha peruca saiu voando pelos ares.
— O que você está fazendo?
— Isso é o que eu gostaria de saber! O que você está fazendo?
Arai estava com a respiração pesada.
— Aqui sua puta — sibilou ele enquanto jogava uma nota de 10 mil ienes para mim. — Estou indo embora.
Arai enfiou o paletó e dobrou a capa no braço.
Assim que ele colocou a bolsa no ombro, eu gritei:
— Você também vai ter que pagar o motel. E está me devendo 7 mil ienes da bebida e dos salgadinhos.
— Ótimo.
Arai enfiou a mão no bolso e puxou um punhado de moedas. Contou todas elas e jogou tudo em cima da mesa.
— Vê se nunca mais liga para mim — disse ele. — Quanto mais eu te vejo mais você me assusta. Você me dá náuseas.
Olha só quem está falando, eu queria dizer a ele. Quem é que sempre queria me excitar com os dedos? Não foi você que pediu para eu posar para as fotos da Polaroid; que me amarrou e fez todo aquele joguinho sadomasô? E quem era o homem que eu tinha de chupar até ficar com a cara roxa porque o pau simplesmente se recusava a ficar duro? Eu fiz tudo isso para você — eu o libertei — e é assim que você me agradece?
Arai abriu a porta e disse secamente:
— Satō-san, você precisa tomar cuidado.
— Como assim?
— Você está com a sombra da morte pairando sobre si.

Ele disse isso e bateu a porta. Quando fiquei sozinha, dei uma geral no quarto. Bom, graças a Deus eu não tinha aberto a lata de cerveja! Muito engraçado, isso foi a única coisa que me veio à cabeça naquele instante. Eu fiquei mais ofendida com a afirmação de Arai de que eu era igual a uma empresa do que com a repentina mudança no estado de espírito dele. O trabalho de um homem e a prostituição são a mesma coisa? Se um homem está na idade de se aposentar na empresa, então ele também se aposenta dos programas que faz com as prostitutas? Era a mesma coisa que o sermão que aquela mulher em Ginza tinha feito para mim um tempão atrás. Bom, chega disso! Eu enfiei a lata de cerveja e o pacote de salgadinhos na sacola de plástico e fechei a torneira de água quente.

Voltei para a estátua de Jizō. Havia um homem em pé no local esperando por mim. A princípio pensei que talvez Arai pudesse ter mudado de ideia, mas aí eu reparei que o homem era mais alto do que Arai e estava de calça jeans.
– Você está muito bem – disse Zhang, sorrindo.
– É mesmo?
Eu abri a capa de chuva o máximo que pude. Eu queria seduzir Zhang.
– Eu estava na esperança de cruzar com você.
– Por quê?
Zhang levou a mão até o meu rosto e me acariciou suavemente. Eu estremeci. Seja legal comigo. Eu rememorei aquela noite chuvosa. Mas eu não ia dizer aquelas palavras novamente. Eu odiava os homens. Mas eu adorava sexo.
– Eu gostaria muito de um programinha – eu disse a ele. – Que tal? Eu faço um precinho camarada para você.
– Três mil ienes?
Zhang e eu começamos a caminhar. Eu mantenho um registro dos homens com quem tenho relação no meu diário de prostituta. Mas as marcações que fiz no diário nessa noite agora estão na ordem inversa, não estão? Dessa vez eu marquei Arai, WA, em vez do estrangeiro, com um sinal de interrogação. Isso indica os homens

com quem eu provavelmente não farei sexo novamente. Em outras palavras, isso marca os homens que eu considero podres.

Zhang e eu estamos de braços dados e andando de uma ruazinha escura para outra. Passamos pelo cozinheiro que jogou água em mim e me disse para dar o fora de lá; passamos pelo homem que me disse que ninguém mais faz isso, quando eu tentei trocar garrafas de cerveja por dinheiro; passamos pelo proprietário da loja de saquê que me tratou friamente; passamos pela balconista da loja de conveniência que se recusa a falar o que quer que seja comigo, mesmo que eu esteja constantemente comprando todo tipo de coisa na loja dela; passamos pelos punks que direcionam o foco de luz da lanterna na minha cara e começam a rir quando eu estou no terreno baldio fazendo sexo. Eu queria gritar com eles todos. Olhem para mim agora! Eu não sou só uma puta de calçada, uma vadia oportunista. Aqui estou eu andando na rua para o mundo inteiro ver com um homem que estava me esperando em frente à estátua de Jizō. Um homem que é legal comigo. Eu sou a procurada, a desejada, a que tem capacidade: a rainha do sexo.

– A gente parece um casal de amantes!

Eu dei um gritinho de puro prazer. Eu estou com Zhang. Eu sou funcionária da Firma G. Meu artigo recebeu um prêmio do jornal. Eu sou subgerente de pesquisa. Como era possível que eu nunca pudesse deixar de dizer essas coisas? Será que era simplesmente porque eu queria dizer isso para os clientes? Não, era mais do que isso. Eu precisava dizer o que eu dizia porque se eu não fizesse isso eu ia sentir que eles estavam gozando com a minha cara. Eu precisava ser a melhor em tudo que fazia. Era importante para mim como mulher. E isso fazia com que eu sentisse vontade de me mostrar. Eu queria que os homens olhassem para mim, que me admirassem. E mais ainda, eu queria que me aprovassem. Isso era eu em resumo. Em última análise, eu era apenas uma menina doce que precisava de aprovação.

– O que você está murmurando aí?

Zhang olhou fixamente para mim. Seus olhos estavam arregalados e banhados em incerteza.

– Eu estava falando sozinha. Deu para ouvir? – eu perguntei a Zhang, surpresa com a pergunta dele. Mas ele apenas balançou a cabeça cada vez mais careca.

– Está tudo bem com você? Eu quero dizer mentalmente. Que droga de pergunta era aquela? Claro que eu estava bem! Não havia nada de errado com a minha capacidade mental! Eu acordei na hora hoje de manhã, embarquei no trem, mudei pro metrô e trabalhei como uma agressiva mulher de negócios em uma das maiores empresas do país. À noite eu me transformei numa prostituta bastante procurada pelos homens. De repente eu me lembrei da discussão que tivera antes com Arai e fiquei pensando. Eu sou funcionária de uma empresa dia e noite. Ou será que eu sou uma prostituta noite e dia? Qual a opção correta? Qual delas sou eu? A área em frente à estátua de Jizō é o meu quartel-general? Então a Bruxa de Marlboro era a chefe de operações antes de eu assumir? A ideia me divertiu tanto que eu caí na gargalhada.

– O que você está fazendo?

Zhang se virou para mim enquanto eu gargalhava. Quando olhei ao meu redor, vi que a gente tinha chegado na frente do prédio de Zhang. Eu coloquei as mãos na cintura e declarei:

– Nessa noite eu não vou aceitar transar com aquele fileira toda de homens!

– Não se preocupe, ninguém vai querer transar com você mesmo – disse Zhang. – Quer dizer, ninguém além de mim.

– Você gosta de mim? – eu perguntei a Zhang, mal cabendo em mim de tanto entusiasmo pelas últimas palavras dele. Diz! Diz! Diz "Eu gosto de você". Diz, "Você é uma boa mulher. Você é atraente". Diz!

Zhang não disse nada. Ele remexeu os bolsos.

– Para onde é que a gente vai? Pro terraço?

Eu estava com medo de o terraço estar frio demais. Eu encostei no muro e olhei o céu escuro. Mas também tem o seguinte, se Zhang fosse legal comigo, eu não ligaria para o frio. De repente eu fiquei cheia de dúvidas. O que significava um homem ser legal com uma mulher? Será que significava que ele daria muito dinheiro a ela? Mas Zhang não tinha dinheiro. Era muito mais provável que ele tentasse pechinchar em cima dos 3 mil ienes. Será que era alguma coisa que a gente sentia, então? Mas eu tinha medo de sentir. Quer dizer, para uma prostituta tudo isso tem a ver com trabalho.

– Você ouviu o que eu acabei de falar?

Zhang passou por seu prédio e parou em frente ao prédio ao lado. Era um edifício peculiar. Havia um bar no subsolo e dava para ver luzes laranjas reluzindo no asfalto a partir das janelas que estavam no nível da rua. Quando olhei para as janelas, eu vi clientes sentados tomando seus drinques, suas cabeças mais ou menos na altura dos meus pés. O prédio tinha três andares, mas parecia ser da altura de um prédio de dois andares. A parte de cima das janelas do subsolo ficava no nível da rua, e o primeiro andar começava logo acima. A algazarra que vinha do bar localizado no subsolo parecia estranhamente incongruente com a silenciosa solidão dos prédios ao redor. Eu achei isso um pouco inquietante. Mesmo tendo estado inúmeras vezes no apartamento de Zhang, eu jamais havia notado aquele prédio estranho que ficava bem ao lado.

– Esse prédio sempre esteve aqui? – eu perguntei.

Zhang pareceu ter ficado chocado diante da estupidez da minha pergunta. Ele apontou para o alto do prédio.

– Ele está aí desde sempre. Olha lá, aquele é o meu apartamento. Eu consigo ver esse prédio da minha janela.

Eu olhei para o quarto andar do outro prédio e vi duas janelas que se abriam por cima da gente como se fossem olhos. Uma das janelas estava escura, a outra bem iluminada com uma lâmpada fluorescente.

– Você pode ver tudo.

– Sim. Eu consigo ver se tem gente lá ou não. O síndico desse prédio às vezes me dá a chave de um dos apartamentos.

– Então, se eu morasse nesse apartamento, você saberia exatamente o que eu estaria fazendo a qualquer hora do dia.

– Se eu quisesse.

A ideia me deixou feliz. Zhang pareceu ter ficado confuso. E balançou ligeiramente a cabeça. Ele parou em frente ao apartamento no fim do outro prédio – número 103 – e tirou uma chave do bolso. O apartamento ao lado deste estava totalmente escuro. Não parecia haver ninguém morando lá. Parecia que havia também unidades vazias no segundo andar. Três caixas de correio imundas estavam presas na parede fina da entrada. Acima delas havia uma placa onde estava escrito CONDOMÍNIO GREEN VILLA. Camisinhas e folhetos estavam espalhados pelo chão de concreto. Eu estremeci. A sujeira na frente do apartamento me fez lembrar do lixo no terraço do prédio de Zhang e do fedor do banheiro do apartamento onde ele morava. Eu tive a sensação de que aquele era um lugar que eu não deveria ver e que não deveria visitar. Eu não devia estar fazendo aquilo.

– Hum, será que eu não estou fazendo uma coisa que não deveria estar fazendo? – eu perguntei a Zhang, sem pensar.

– Eu duvido que haja alguma coisa no mundo que se encaixe nessa categoria – respondeu Zhang, enquanto abria a porta.

Dei uma olhada lá dentro. O cheiro parecia o de bafo de gente velha. Estava bem escuro; o odor que me recebeu parecia ter surgido de um imenso vazio. A gente podia trepar ali e ninguém ia ficar sabendo, pensei comigo mesma. Zhang me deixou lá parada e desapareceu na escuridão. Ele parecia conhecer muito bem o local. Ele provavelmente já havia levado diversas mulheres para lá. Bom, eu não ia deixar elas se darem melhor do que eu, eu pensei, enquanto tirava rapidamente os sapatos de salto alto e jogava num canto.

– Não tem eletricidade, portanto é melhor tomar cuidado.

Criada para ser uma jovem educada, eu me virei e arrumei os sapatos direitinho no batente da entrada. O batente estava frio. E mesmo usando meias, pude sentir que ele estava coberto de poeira. Zhang já estava sentado no tatame no fundo da sala.

– Eu não estou enxergando nada. Estou com medo – eu falei numa voz sentimental demais, na esperança de que Zhang estendesse a mão. Mas ele não veio em meu auxílio. Eu fui tateando até chegar ao fundo da sala. O apartamento estava completamente vazio, então não havia motivo para temer esbarrar em alguma coisa. Não demorou muito até que os meus olhos se adaptassem à escuridão. Uma luminosidade do exterior era filtrada pela janela da cozinha, o que significava que a escuridão não era total. Era um apartamento pequeno. Dava para distinguir vagamente Zhang sentado de pernas cruzadas no fim do tatame. Ele estendeu a mão para que eu me aproximasse.

– Vem para cá e tire a roupa.

Eu tirei o casaco enquanto tremia de frio. Tirei o agasalho azul. Tirei a calcinha e o sutiã. Zhang ficou lá sentado completamente vestido, envolto em sua jaqueta de couro. Eu me deitei no tatame e olhei para o teto. Zhang olhou para mim.

– Você não esqueceu alguma coisa?

– O quê? – eu perguntei, os dentes batendo de frio.

– Por que você tirou a roupa antes de pegar o dinheiro? Você é uma prostituta, não é? Eu estou aqui para te pagar pelo serviço, então você deveria ter exigido o dinheiro antes.

– Bom, então me dá.

Zhang colocou três notas de mil ienes em cima do meu corpo. Uma no meu peito, uma na barriga e uma na virilha. Míseros 3 mil. Eu senti vontade de gritar, eu quero mais! Mas por outro lado, eu teria ficado feliz de transar com Zhang de graça. Eu queria experimentar sexo normal. Eu queria ser tocada com carinho. Eu queria fazer amor.

Zhang, como se tivesse lido o meu coração, disse:

– Você não vale mais do que 3 mil ienes. O que é que você acha? Você quer o dinheiro? Se não quiser, você vai se transformar numa mulher normal, vai deixar de ser prostituta. Mas você sabe que eu não estou interessado em mulheres normais, então eu não transo com elas. Então o que é que você vai ser, uma puta que não vale mais do que 3 mil ienes ou uma mulher normal que eu não vou querer tocar?

Eu recolhi as notas de mil ienes de cima do meu corpo e segurei firme. Eu ainda queria que ele me abraçasse. Pude ouvir Zhang baixando o zíper da calça jeans. E, na penumbra, vi o pênis ereto

dele. Zhang colocou-o na minha boca e começou a mexer os quadris. Sua respiração começou a acelerar.
— Eu não consigo transar com mulher nenhuma a não ser pagando. Mesmo que seja apenas uma quantia assim irrisória, meros 3 mil ienes.
Zhang se deitou e entrou em mim. Ele ainda estava vestido, e seu corpo só estava quente no local onde ele entrou em mim. Era uma sensação estranha. Sua jaqueta de couro estava fria na minha pele, e sempre que ele se movimentava, a fricção do jeans nas minhas coxas me machucava um pouco.
— Você gosta de prostitutas porque a sua irmã era uma?
— Não é isso. — Zhang balançou a cabeça. — É exatamente o oposto. Eu gostava de prostitutas, então convenci a minha irmã a se tornar uma. Eu não fiz isso porque queria me deitar com a minha irmã. Eu fiz isso porque eu queria dormir com a minha irmã prostituta. Não existem limites neste mundo. Mas as pessoas que são ludibriadas não entendem isso.
Zhang deu uma sonora gargalhada. Ele começou a se mover em cima de mim. Eu queria beijá-lo. Eu encostei o meu rosto no dele, mas ele virou a cabeça para o outro lado, evitando propositalmente os meus lábios. Somente nossos corpos se tocavam, se mexiam, como uma máquina, metodicamente. Será que isso era realmente o que o sexo era? Eu me senti tão vazia, como se estivesse à beira de enlouquecer. Na outra vez ele havia sido delicado. E eu tinha sentido algo que jamais sentira antes. O que será que ia acontecer naquela noite? Eu ouvi Zhang rir. Ele estava ficando cada vez mais excitado, arfando. Ele agora estava totalmente sozinho, não estava? Aquilo era sexo.
Ouvi a voz de Yuriko. Eu a vi se sentando à minha esquerda. Usava uma peruca que ia até a cintura. Suas pálpebras estavam pintadas de azul, os lábios de um vermelho bem vivo. Uma prostituta vestida exatamente como eu. Yuriko começou a fazer cócegas na minha coxa esquerda com seus dedos finos.
— Continua! Olha só, eu vou te ajudar. Eu vou te ajudar a gozar.
Lentamente, suavemente, ela começou a massagear a minha coxa.

— Obrigada, você está sendo muito simpática comigo. Desculpa se eu te persegui na escola.

— Bobinha, quem sofreu as piores perseguições foi você. Por que você não consegue enxergar isso? Você nunca conseguiu enxergar as suas próprias fraquezas — disse Yuriko em tom pesaroso.

— Se você tivesse tido condições de perceber isso, talvez pudesse ter sido feliz.

— Talvez.

Zhang tinha começado a me penetrar violentamente. Ele estava ficando pesado em cima de mim, pressionando o meu peito com tanta força que eu mal conseguia respirar. Zhang nem reparava na mulher que era obrigada a aguentar o seu peso. A maioria dos meus clientes era assim. Será que eles pensavam que eu jamais notaria o desprezo que eles sentiam por mim? A questão do dinheiro acertou realmente o alvo. Será que eu valia realmente aquilo? Pouquíssimo provável! Não para uma funcionária da Firma G que ganhava um salário anual de 10 milhões de ienes.

— Existem clientes por aí que se sentem atraídos por uma mulher como eu, sem um seio. Esquisito, não acha?

Eu me lembrava daquela voz. Eu olhei para a minha direita, surpresa, e vi a Bruxa de Marlboro sentada lá. Ela estava usando um sutiã preto com um enchimento onde deveria estar o seio — o seio que havia perdido devido ao câncer. Pude ver o sutiã através da blusa fina de náilon. A Bruxa de Marlboro massageou a minha coxa direita. Suas mãos eram secas e calosas porém fortes. A massagem era gostosa. Estava parecido com o que havia acontecido no apartamento de Zhang, quando eu transei com Chen-yi. Dragon estava à minha direita e Zhang à minha esquerda, ambos acariciando as minhas coxas.

— Não pense em nada. Você pensa demais! Libere seu corpo, relaxe, aproveite a vida! — disse a Bruxa de Marlboro, rindo. — Eu te dei o ponto em frente à estátua de Jizô porque achei que você fosse fazer um bom trabalho, quer dizer um trabalho melhor do que o que eu tinha feito antes.

— Isso não é verdade! — gritou Yuriko com a Bruxa de Marlboro. — Você sabia o tempo todo que Kazue ia acabar assim.

As duas continuaram conversando, totalmente indiferentes a mim ou a Zhang. Mas elas nunca paravam de usar as mãos. Elas continuavam acariciando as minhas coxas. Zhang estava quase atingindo o orgasmo. Ele gritou bem alto. Eu também queria gozar. Ouvi uma voz acima da minha cabeça.

– Sua tolice me dá uma dor no coração.

Era aquela mulher maluca com a Bíblia. Eu não sabia mais no que acreditar. Eu estava tão confusa que comecei a gritar em plena escuridão.

– Alguém me salve!

Zhang gozou no exato momento em que eu gritei. Arfando intensamente, ele por fim saiu de cima de mim. Ao mesmo tempo, Yuriko desapareceu e depois a Bruxa de Marlboro, e eu fiquei sozinha no local, deitada no tatame, nua.

– Você está falando sozinha de novo!

Zhang abriu a minha bolsa sem pedir, puxou um pacote de lenços de papel e se limpou. Em seguida avistou a nota amassada de 10 mil ienes que eu tinha arrancado de Arai.

– Não tente roubar esse dinheiro. Ele é meu.

– Eu não vou roubar nada – disse Zhang, rindo, e fechou a minha bolsa. – Eu não roubo prostitutas.

Mentiroso. Por acaso ele não acabou de dizer que não havia nada no mundo que ele não fizesse? De repente comecei a sentir frio e me levantei para me vestir. Os faróis de um carro que passava percorreram as paredes da sala. Com a luz eu consegui ver que as paredes estavam cheias de manchas e que o papel de parede estava rasgado em vários pontos. Como era estranho alguém com uma boa educação como a que eu tinha tido acabar num apartamento como aquele. Inclinei a cabeça para o lado. Zhang abriu a janela da cozinha e jogou fora a camisinha usada. Ele se voltou para mim.

– Vamos nos encontrar de novo aqui.

Estou em casa agora e acabei de abrir o meu caderno. Eu acho que não vai demorar muito até que eu seja obrigada a parar de escrever no meu diário. Era para ele ser um registro das minhas atividades como prostituta, mas eu estou tendo cada vez menos clientes ultimamente. Portanto, Kijima-kun, esses cadernos são para você. Por favor, não os mande de volta como você fez com as minhas cartas de amor nos tempos de colégio. Porque é preciso que entenda que o que você leu nesses diários é o meu outro lado verdadeiro.

✦ **O I T O** ✦

Sons de cachoeira a distância: o último capítulo

Bom, meus caros, eu cheguei ao fim desta longa e complexa narrativa. Peço-lhes um pouco mais de paciência enquanto concluo o desfecho.

Tentei contar a vocês o máximo que pude sobre a trágica morte de Yuriko, minha irmã mais nova, que impressionava a todos com sua beleza; a vida no Colégio Q para Moças, o epítome da sociedade classista solidamente entranhada no Japão; os fantásticos acontecimentos envolvendo Kazue Satō, uma ex-aluna da mesma escola; os sucessos e fracassos de Mitsuru e Takashi Kijima, também ligados à escola, que por acaso se encontraram anos depois; e o canalha Zhang, que cruzou os mares para aqui conhecer, por mais estranho que possa parecer, não só Yuriko como também Kazue. Para este fim tornei públicos os registros, diários e cartas que estão em minha posse. E persisti no meu relato na esperança de que vocês pudessem entender pelo menos uma fração da minha história. No entanto – e este é o meu dilema – o que exatamente eu quero que vocês entendam? Isso ainda não está claro para mim.

Depois que Yuriko e Kazue morreram, vocês poderiam pensar que eu teria tentado reagir a todas as humilhações que o crime e o julgamento que o sucedeu – tão amplamente divulgados na mídia de massa – geraram. Mas estariam errados se pensassem assim. Eu não tenho essa generosidade nem esse senso de justiça. E por que isso? Eu não tenho um motivo definido.

Posso apenas sugerir uma única explicação: talvez Yuriko, Kazue e Mitsuru, e até mesmo Takashi e Zhang, sejam todos eles parte de mim mesma – o que quer que "eu" seja. Talvez eu exista para permanecer atrás dos espíritos deles – flutuando, recontando suas histórias. Se for esse realmente o caso, tenho certeza de que alguns de vocês observarão que o meu espírito é negro. E vocês estariam certos. Um espírito, saibam, pode assumir uma forma negra. Ele é pintado de ódio, tingido de amargura e possui o rosto desfigurado por maldições e ressentimentos. E é por isso que ele sobrevive. Talvez vocês pudessem dizer que a minha existência foi como a da neve encardida retirada dos cantos sombrios do coração de Yuriko – e de Kazue e de Mitsuru e de Zhang. Depois de dizer isso, percebo que talvez tenha levado a comparação longe demais. Mas eu não tenho outra forma de exprimi-la. Eu era carne e sangue – apenas uma pessoa comum que vive seu dia a dia mergulhada na intolerância, ressentimento e inveja.

Assim que me formei na faculdade, segui um caminho totalmente diverso do escolhido por minha irmã modelo que virou puta. Eu escolhi ser insignificante. Na minha situação, a insignificância significava ser virgem para sempre, uma mulher que não teria nenhum contato com os homens.

Uma virgem para sempre. Vocês sabem o que isso significa? Pode lhes soar como uma coisa íntegra e pura, mas não foi realmente o caso. Kazue definiu brilhantemente em seu diário, não definiu? Perder a única chance que se tem de ter controle sobre um homem. Sexo é a única maneira que uma mulher tem de controlar o mundo. Esta era a visão deturpada de Kazue, de qualquer modo. Mas agora eu não consigo deixar de imaginar se ela estava certa ou errada. Quando um homem me penetra (a ideia em si é ainda mais ridícula do que eu imaginava) e ejacula dentro de mim, por acaso eu não sou dominada pela satisfação... eu não me sinto como se estivesse finalmente em contato com o mundo? Pelo menos é isso o que sinto agora. Mas isso é uma ilusão total. A ilusão decorre da crença de que a prostituição é a única maneira – a única maneira de uma mulher exercer controle sobre seu próprio mundo. Ou seja, fazendo o que Kazue fez. Uma mulher que desperta para esse fato vai saber que isso não passa de um grande engano.

Eu disse que preferia ter uma vida comum, não disse? Mas na verdade não é exatamente isso que ocorre. Tudo o que eu sempre quis foi não ser comparada a Yuriko. E como eu sabia que ia perder qualquer competição de que participássemos, eu decidi me retirar do jogo por completo. Eu sempre soube que eu vivia para ser o outro lado de Yuriko, sua imagem negativa. Uma pessoa como eu – uma imagem negativa – é profundamente sensível à existência de sombras naquelas que vivem à luz do sol. Essas radiantes criaturas carregam seus pensamentos sombrios furtivamente, não querendo que os outros os vejam. Mas elas não têm nenhuma compaixão da minha parte. Eu logo percebo o seu lado escuro, tendo vivido eu mesma durante tanto tempo como um ser negativo. Muito ao contrário da compaixão, seria mais correto dizer que eu sobrevivo dos restos que consigo recolher das sombras lançadas pelos que vivem ao sol.

O registro que Kazue fez de sua vida como prostituta foi tão triste que me deu um novo alento para continuar vivendo. Quanto mais triste ela ficava, mais eu me ressentia dela. Eu adorava os fracassos dela. Dá para compreender? E, pela mesma razão, o diário de Yuriko não me deu nada. Por trás de tudo isso, Yuriko era, na verdade, uma mulher forte e astuciosa. Isso ficou bastante claro para mim. Ela era absolutamente odiosa. E eu não tinha nada que pudesse usar contra ela.

Eu estava aprisionada por Yuriko. Eu não tinha nenhuma saída a não ser trilhar o caminho dela a minha vida inteira como se eu fosse a sua sombra. O depoimento de Zhang, portanto, não me trouxe nenhuma surpresa. Seu caso foi entediante. Isso porque Zhang, um bandido em todos os sentidos, não possuía nem um resto de sombra. Há bandidos, saibam disso, que vivem à luz do sol.

Os diários de Kazue eram bem diferentes. O depoimento de Zhang pode ter sido até previsível, mas não os diários de Kazue. A dissoluta solidão que ela retratou era horrível. Quando terminei de ler seu relato, senti uma mudança se processando em mim – algo que eu jamais havia sentido em minha vida. Antes mesmo de me dar conta disso, eu comecei a chorar de pura compaixão. Eu! Eu não conseguia conter as lágrimas enquanto pensava em como Kazue fora absurdamente solitária: sua aparência externa era tão grotesca que ela mais parecia o Incrível Hulk. As reverberações que ecoavam do coração vazio de Kazue deixaram o meu próprio coração trêmulo, fiquei tão paralisada que eu mal conseguia falar. Eu jamais experimentei um orgasmo, mas imagino se o que senti não seria algo parecido.

Os diários dela preenchem dois cadernos grossos, um encadernado em couro marrom, o outro em couro preto. Cada um contém uma caligrafia muito bem-feita e precisa, lembrando-me os cadernos que ela usava na escola. Kazue registrava a quantidade de dinheiro que recebia dos clientes com um zelo absurdo. Tinha uma personalidade tão honesta, tão meticulosa, que não suportava deixar de escrever acerca dos seus encontros. Kazue, a excelente aluna que queria apenas ser elogiada por sua inteligência, a garota legal que ansiava por ser admirada por sua educação rígida, a profissional que tinha como meta uma carreira de sucesso. Mesmo no que tinha de melhor, Kazue estava sempre deixando a desejar em algum quesito – e nesse ponto ela havia revelado a si mesma e seu espírito nas páginas de seus diários de maneira totalmente involuntária.

De repente eu me lembrei das palavras de Mitsuru: "Você e eu somos iguais. E Kazue também. Nós três tivemos nossos corações arrasados por uma ilusão. Eu fico imaginando como isso era visto pelos outros." Não, ela estava errada. *Isso está errado!*, eu gritei do fundo do meu coração. Vocês não veem? "Ódio e confusão", foi isso o que Yurio disse quando tocou nos diários de Kazue, e foi isso o que o meu coração sentiu. Não podia ser de outro jeito. Eu era uma mulher sensível à sombra dos outros. Então onde estavam o ódio e a confusão em mim mesma? Os resquícios dos quais eu vivia eram apenas os que eu extraía das outras pessoas, o ódio e a confusão delas. Eu não era como Kazue. Eu não era um monstro grotesco.

Eu tirei os diários de Kazue de cima da mesa. E, num esforço para me acalmar, toquei o anel em minha mão esquerda, o que

Mitsuru havia ridicularizado. É a fonte de todos os meus sentimentos. O quê? Sim, estou me contradizendo. Eu debochava do absurdo classista do Colégio Q para Moças. Mas, ao mesmo tempo, eu gostava daquela sociedade. Vocês não acham que todo mundo é contraditório de um jeito ou de outro?

– Algum problema?

Yurio, sentado ao meu lado, sentia que eu estava tremendo. Ele colocou as mãos em meus ombros. Que garoto sensível. Ele cobriu meus ombros com suas mãos fortes. Eu sentia o calor que emanava das palmas de suas mãos penetrando minha pele. Fiquei imaginando se fazer sexo não seria parecido com isso. Nervosamente, eu pressionei meu rosto naquelas mãos. Yurio sentiu a umidade das minhas lágrimas e perguntou, alarmado:

– Tia, você está chorando? Alguma coisa nesses diários deixou você chateada?

Alarmada, eu tirei as mãos de Yurio de meu rosto.

– Eles são tristes. E existem também algumas passagens sobre a sua mãe. Mas eu não quero comentar o que está escrito aqui.

– É porque o que está aí é ódio e confusão, não é? Mas e daí? Me conta. Eu quero saber. Eu quero saber todos os detalhes do que está escrito nesses cadernos, de A a Z.

Por que Yurio queria saber?, eu me perguntei. Olhei para os lindos olhos do garoto. Ele tinha a íris castanha com alguns pontos esverdeados, a cor mais bela que já vi em minha vida. Seus olhos pareciam lagos perfeitamente límpidos, sem reflexo algum. E, no entanto, Yurio era como eu. Ele também era sensível às sombras escuras que os outros lançavam, não era? Se ele fosse capaz de perceber instantaneamente a escuridão nos outros e de transformá-la em algo que ele próprio pudesse desfrutar, então eu certamente teria o maior prazer em compartilhar com ele o conteúdo desses diários. Eu tinha ficado tão satisfeita com os despojos de todos os outros que meu coração começara a latejar. Eu queria macular Yuriko e Kazue com o veneno das palavras e encher os ouvidos de Yurio com essas palavras de tal modo que ele pudesse talvez crescer com a verdade. Eu queria deixar os meus genes. Era a mesma coisa que querer dar à luz, não era? Porque se eu fosse capaz de preencher

Yurio com o veneno da verdade, então não seria provável que também ele – esse lindo garoto – ficasse igualzinho a mim?
– Os diários de Kazue retratam uma luta absolutamente sublime, a luta entre um indivíduo e o resto do mundo. Kazue perdeu a batalha, acabou completamente só, e morreu faminta por um pouco de carinho de alguma outra pessoa. Você não acha uma história triste?

O rosto de Yurio brilhou com um choque.
– Foi a mesma coisa com a minha mãe?
– Foi, sim. Você está certo. Você nasceu de uma mulher exatamente assim.

Eu menti. Yuriko estava longe de ser como Kazue. Desde o início, Yuriko jamais acreditou no resto do mundo – nas outras pessoas. Yurio baixou os olhos, tirou as mãos dos meus ombros e juntou-as como se estivesse rezando.

– Sua mãe era fraca. Ela não valia nada.
– Isso é tão triste. Se eu estivesse lá, eu poderia tê-la ajudado.
– Como?

Ninguém poderia ter feito nada, eu pensei. Além disso, você era apenas uma criança, não teria nenhuma condição de entender a situação. Eu queria desafiar o idealismo de Yurio, mas ele continuou, com determinação.

– Eu não sei o que eu teria feito, mas teria feito alguma coisa. Se ela estivesse se sentindo sozinha, eu teria ido morar com ela. Eu teria selecionado algumas músicas para ela escutar. E teria composto músicas mais bonitas ainda para ela. Assim eu teria ajudado a deixá-la um pouquinho mais feliz.

O rosto de Yurio brilhou como se ele tivesse imaginado a mais maravilhosa solução do mundo. Eu não conseguia entender como ele podia ser tão belo, tão carinhoso. Suas noções eram infantis e ainda assim particularmente doces. Seria essa a verdadeira forma de um homem? Antes mesmo de me dar conta disso, uma nova emoção começou a florescer dentro de mim: amor. Mas isso é impossível. Yurio é seu sobrinho! E daí? O que há de errado nisso? Eu ouvia o anjo e o demônio dentro de mim engalfinhados numa batalha.

– Você está absolutamente certo, Yurio-chan. Sua tia se desestimula facilmente. Eu fico aqui pensando por que Yuriko não levou você para morar com ela. Não consigo imaginar.
– Eu era suficientemente forte pra não precisar da minha mãe.
– Você quer dizer que eu sou fraca? Yurio pressionou as mãos nos meus ombros e nas minhas costas, como se para saber como era o meu corpo. Eu estremeci com o seu toque. Era uma sensação inteiramente nova. Eu estava sendo avaliada por outra pessoa. Não, avaliada, não. Eu estava sendo experimentada por uma outra pessoa.
– Tia, eu não acho você fraca. Eu acho você pobre.
– Pobre? Você quer dizer sem dinheiro? Não há a menor dúvida de que sou pobre.
– Não. O que eu quis dizer foi que o seu coração encolheu. É uma pena. É exatamente como aquela mulher disse antes. Mas ainda dá tempo. Eu concordo com ela nesse ponto.
Eu pensei que ele estivesse ouvindo o rap dele nos fones de ouvido. Mas devido ao seu agudo senso de audição, Yurio ouvira tudo o que Mitsuru dissera. Eu senti que Mitsuru e Yurio estavam conspirando, e isso me deixou com tanta amargura que o meu ressentimento chegou a doer.
– Você é forte, Yurio-chan?
– É isso mesmo. Eu sempre vivi sozinho.
– Bom, eu também. Eu também sempre vivi sozinha.
– É mesmo? – Yurio inclinou a cabeça para o lado. – Eu tenho a sensação de que você dependia da minha mãe.
Viver à sombra de Yuriko: será que isso era algum tipo de dependência? Era uma forma de fraqueza e pobreza, certamente. A percepção doeu. Eu olhei para os lábios carnudos de Yurio. Diga-me mais! Ensine-me mais sobre mim mesma. Guie-me.
– A propósito, tia. É sobre o computador. Quando é que eu vou ganhar? Se eu tivesse um computador, eu poderia facilitar muito a sua vida.
– Mas eu não tenho dinheiro.
O rosto de Yurio empalideceu. Vê-lo olhando o espaço daquela maneira – um espaço que ele não tinha como ver – imerso em pensamentos era adorável, eu pensei.

– Você não tem nenhum dinheiro guardado?
– Eu tenho mais ou menos 300 mil ienes. E só. E eu guardo esse dinheiro para alguma emergência.

Yurio virou-se de repente.

– Ah, o telefone.

Eu não tinha ouvido nada, mas o telefone começou a tocar. Eu sabia que a intuição de Yurio era aguda, mas aquilo era impressionante. Eu peguei o aparelho com uma sensação de pavor.

A ligação era do hospital de idosos. Era o vovô: ele havia falecido alguns minutos antes aos noventa e um anos de idade. Que necessidade eu tinha de saber acerca de seus últimos instantes de vida? Em sua senilidade ele retornara a um período cinquenta ou sessenta anos atrás, quando era jovem. Meu avô espertalhão e fanático por bonsai havia esquecido tudo sobre o suicídio da filha, e nunca soube que sua neta tinha sido assassinada. Ele morreu desfrutando a euforia de sua senilidade. Mas por falar em passagem do tempo, nós tínhamos acabado de começar a conversar sobre as finanças. Eu imaginei que teria de aplicar minha magra poupança nas despesas do enterro de vovô. E isso não era o pior. Com vovô morto eu teria de sair do apartamento porque o imóvel estava alugado no nome dele. Eu teria também que arcar com os custos da mudança. E agora ainda tinha de comprar um computador.

– Yurio. Vovô acabou de morrer. Eu não posso deixar você usar a minha poupança. E ainda por cima nós vamos ter de sair deste apartamento. Por que você não pede pro Johnson comprar o computador?

– Por que você não faz alguma coisa para ganhar dinheiro?

– Ganhar dinheiro?

– Na rua, como a minha mãe.

O que ele estava pensando, afinal de contas? Eu dei um tapa na cara dele. Não muito forte, é claro. Mas quando a palma da minha mão atingiu sua face macia, eu senti a fileira de seus dentes perfeitos. Sua juventude me deixou trêmula. Yurio não disse nada, mas passou a mão no rosto e olhou para baixo. Uma beleza fria. Exatamente como Yuriko. Eu senti o meu peito enchendo de amor, e soube no fundo do meu coração que eu queria o dinheiro. Não, não era apenas o dinheiro que eu queria. Nem o computador. Era o garoto que queria o computador. Eu queria Yurio. Eu queria uma vida ao lado de Yurio. Porque era lá que eu poderia encontrar a felicidade.

Em seus diários, Yuriko faz alguns comentários interessantes sobre a prostituição. Se me permitem, eu gostaria de citar uma passagem:

> Eu desconfio que existam muitas mulheres que querem ser prostitutas. Algumas veem a si mesmas como mercadorias valiosas e imaginam que possam se vender enquanto o preço está alto. Outras sentem que o sexo não possui nenhum significado intrínseco em si mesmo ou para si mesmo, exceto permitir que os indivíduos sintam a realidade dos próprios corpos. Algumas mulheres desprezam sua existência e a insignificância de suas vidas insípidas e querem se afirmar controlando o sexo como os homens. Há também aquelas que passam a ter um comportamento violento e autodestrutivo. E por fim temos aquelas que querem oferecer consolo. Eu acho que há um bom número de mulheres que encontra o significado de suas vidas dessa maneira. Mas eu era diferente.

Yuriko era diferente. A seguir ela explica que virou prostituta porque era lasciva até a raiz dos cabelos.

Agora, se eu tivesse de virar prostituta, meu motivo seria diferente. Ao contrário de Yuriko, eu não adoro sexo. Eu não gosto nem de homens. Eles são furtivos, e seus rostos, seus corpos, seus modos de pensar são grosseiros. Eles são egoístas e fazem qualquer coisa para conseguir o que querem, mesmo que isso signifique magoar as pessoas que lhes são próximas; eles não se importam. Além disso, só se preocupam com a fachada; não se preocupam nem um pouco com o que está por baixo das aparências. Acham que estou exagerando? Bom, eu não acho. Todos os homens que conheci até hoje nos meus quarenta e poucos anos de vida são exatamente iguais. Meu avô era um sujeito agradável, mas não particularmente atraente. Takashi Kijima, ao contrário, era atraente porém totalmente pervertido.

Mas agora eu encontrei uma exceção: Yurio. Eu não acho que possa haver outro homem por aí tão atraente e delicado em espírito quanto Yurio. Quando penso na possibilidade de ele se transformar num desses homens horrendos quando crescer, sou acometida de uma profunda tristeza! E se eu me tornasse mesmo uma prostituta? Eu teria o dinheiro que poderia garantir que Yurio jamais se tornaria um homem repulsivo e nós dois poderíamos viver juntos para sempre. Que tal? Bastante original, vocês não diriam? Eu imagino como seria a minha vida como prostituta.

Eu me vejo andando pela Maruyama-chō usando uma peruca preta até a cintura, sombra azul nos olhos e batom vermelho nos lábios. Eu flano pelas ruas e becos. Eu vejo um homem de meia-idade em pé em frente a um motel, com todo o jeito de que está a fim de alguma coisa. Ele tem muito cabelo no corpo e pouco na cabeça. Eu o chamo.

– Eu sou virgem, sabia? Sou mesmo. Virgem aos quarenta. Não está a fim de experimentar?

O homem olha para mim com ligeira preocupação, mas percebo que ele está curioso. Será que ele viu a determinação em meus olhos? De repente ele fica sério, e eu já me encontro entrando num motel pela primeira vez em minha vida. Não preciso nem dizer que só de imaginar o que vai acontecer em seguida o meu coração já começa a disparar. Mas a minha determinação assume o controle. Eu tenho sido atormentada por um desejo de transformar não só a mim mesma como também o ódio que eu sinto por Yurio, que começou a me desprezar. Eu luto para respirar sob o peso do homem e, à medida que começo a aceitar suas carícias, que não são nem um pouco delicadas, vocês podem ter certeza de que é isso o que eu estou pensando. Kazue ficou horripilante e expôs seu corpo horrível a outras pessoas. Ela se vingou de si mesma e do resto do mundo fazendo os homens pagarem por ela. E agora eu estou vendendo o meu corpo pela mesma razão. Yuriko estava errada.

As mulheres possuem apenas um motivo para se tornarem prostitutas. O ódio pelos outros, pelo resto do mundo. Sem dúvida é uma coisa incrivelmente triste, mas os homens têm a capacidade de se opor a esses sentimentos na presença de uma mulher. Ainda assim, se o sexo é a única maneira de dissolver esses sentimentos, então os homens e as mulheres são seres realmente patéticos. Eu vou lançar o meu barco num mar de ódio, meu olho na praia longínqua, imaginando quando terei condições de alcançar terra firme. À frente ouço o rugido das águas. Estaria o meu barco se dirigindo a uma queda d'água? Talvez eu deva primeiro mergulhar na cachoeira antes de partir para o mar de ódio. Niágara? Iguaçu? Victoria? Meu corpo treme. Mas eu consigo empreender a primeira descida, a trilha que se abre a partir daí será surpreendentemente prazerosa, não será? Foi isso o que Kazue expressou em seus diários. Então deixem-me pegar a minha bagagem de ódio e confusão e desfraldar as velas destemidamente. Em honra a minha coragem, lá na praia para onde sigo, Yuriko e Kazue acenam para mim, instando-me, aplaudindo a minha heroica determinação. Corra!, elas parecem dizer. Eu me lembro do que Kazue registrou em seu diário, e também eu quero me prender no abraço de um homem.

– Seja legal comigo, por favor.
– Eu serei. E você também vai ser legal comigo, não é?
Eu estava com Zhang? Eu estreitei os olhos para ver.

Este livro foi impresso na Editora JPA Ltda.,
Av. Brasil, 10.600 – Rio de Janeiro – RJ,
para a Editora Rocco Ltda.